国家社科十五规划项目优秀成果

中国俄苏文学研究史论

陈建华 主编

重庆出版集团 重庆出版社

Проект в области социальных наук в рамках госпрограммы

история исследования русской и советской литературы в Китае

Главный редактор:

Чэнь Цзяньхуа

Издательская группа Чонь Цинь

Издательство Чунцин

National Project under the "Tenth Five-year" Plan for Social Science

The Critical History of Russian-Soviet Literature Studies in China

Edited by Chen Jianhua

Chongqing Publishing Group

Chongqing Publishing House

谨以此书献给
2006 中国"俄罗斯年"和 2007 俄罗斯"中国年"

Книга посвящена
Году России в Китае в 2006 году
и Году Китая в России в 2007 году

This book is dedicated to :
the "Russian Year" in China in 2006
& the "Chinese Year" in Russia in 2007

中国俄苏文学研究史论

История исследования русской и советской литературы в Китае

卷四

目　录

第七编　中国俄苏文学研究文献选（上）

1

第八编　中国俄苏文学研究文献选(下)

第七编

中国俄苏文学研究文献选（上）

中国之新民(梁启超):《论俄罗斯虚无党》(节录)[①]

俄罗斯何以有虚无党,曰革命主义之结果也。昔之虚无党何以一变为今之虚无党,曰革命主义不能实行之结果也。

吾今欲语虚无党不得不先叙其略史。史家纪虚无党者,率分为三大时期:

(第一)文学革命时期　自十九世纪初至一八六三年

(第二)游说煽动时期　自一八六四年至一八七七年

(第三)暗杀恐怖时期　自一八七八年至一八八三年

其事迹之关系最要者略纪之则

一八四五年　高卢氏始著一小说,名曰《死人》,写隶农之苦况。

一八四七年　缁格尼弗氏著一小说,名曰《猎人日记》,写中央俄罗斯农民之境遇。

一八四八年　耶尔贞著一小说,名曰《谁之罪》,发挥社会主义。

一八四九年　尼古拉帝捕青年志士三十三人下狱处刑,禁人民留学外国本国大学学生限额三百名止,禁读哲学书及他国之报章。

一八五五年　亚历山大第二即位,锐行改革。

一八五六年　《现代人》丛报发刊专提倡无神论。

一八五七年　渣尼斜威忌氏著一小说,名曰《如之何》,以厌世之悲观耸动全国。

一八五九年　《俄语》新闻发刊,大鼓吹虚无主义。

一八六〇年　革命派之学生在彼得堡及莫斯科立一团体,名曰"自修"俱乐部。

一八六一年　二月,亚历山大第二下诏,释放隶农。

因各学生煽吹暴动,六月禁学生集会,逮捕多人放于西伯利亚。

---

① 原载《新民丛报》第 40 和 41 合号本(1903)。文中标点系编者所加。

八月，各军人持立宪主义者，设一秘密会，在参谋本部出一丛报，名曰《大俄罗斯》，仅出三册被封禁。

一八六二年　耶尔贞创一日报名曰《钟》，有号称中央革命委员者，传檄全国。

十一月，政府严禁集会并封禁报馆数，岁渣尼斜威忌被捕。

一八六三年　《自由》日报发刊　波兰人反。柏格年募义勇兵助之不成，被捕处刑者十余人。

……

虚无党之事业，无一不使人骇，使人快，使人歆羡，使人崇拜。顾吾所最欲研究者有一问题，即彼辈何故不行暴动手段而行暗杀手段是也。是无他故，以暴动手段在彼等之地位万不能实行故，请条其理。

第一　西人有恒言曰，后膛枪出而革命迹绝，此其言于论理上或不尽合，而于事实上则无以易也。美之独立，法之革命，皆在十八世纪末，故其事易就。自兹二役以后，风涛大簸激欧陆。十九世纪上半期，骚动者踵相接，而俄人彼时犹举国鼾睡也。及法兰西第二革命以后，西欧之暴动已渐收其迹，而东欧之俄罗斯乃始为新思想滥觞时代。一二文学家摇舌弄笔无丝毫之势力，彼时之俄虽或可以暴动（实已不能），其奈民党之魄力万不足任也。以培以灌，磅礴郁积历十余年之岁月，党势渐张，而政府自卫之力亦益巩固矣。政府之进以尺，民党间之进以寸，至一八七〇年以后，虚无党达于全盛，而中央政府之兵力，足使全欧肝食，而何区区民间斩木揭竿者之足以芥蒂于其胸也。故暴动之最大障碍中央兵力使然，尽人所能知者也。

第二　综观各国革命史，其为中央革命者可以成，其为地方革命者罔不败。一八四八年以前，欧洲诸国其有能奏革命之凯歌者未有不起自京师者也。若夫蜂涌（拥）于外徼，啸聚于郡国，则虽有骁鸷之将谋略之士义勇之卒，而其究也败而已矣。匈之噶苏士、意之加里波的、玛志尼其尤著者也。俄罗斯之彼得堡与法兰西之巴黎及其他西欧诸国之首都大有所异。彼得堡者，贵族之窟穴也。而彼中市民之大多数又皆仰衣食于贵族而自安者也。故俄人不谋暴动则已，苟其谋之，势不得不在京师以外。即此一端，固已犯历史上革命家之第一忌。故一八七〇至一八七七年之间，南俄及波兰诸地蜂起者凡二十八次，无一能支一月以上者。虚无党以屡经试验屡遭失败之余而不得不思变计则地理上使然也。

第三　凡欲暴动不得不藉多数之景从。法兰西之大革命也，实巴黎全市民乃至法国全国民皆狂沸而表同情者也。俄罗斯情势则异是,彼虚无党以数年之间谋弒其王者十二次,敌党之斃于其手者百数十人,轰动五陆,谈虎色变。皮相者或以为其党员必遍于全国,而不知乃仅区区千数百人也。其在游说煽动时期,亦尝汲汲以扩张党势为独一无二之手段。故绩学青年,轻盈闺秀,变职业,易服装,以入于农工社会,欲以行其志者所在而有收效不能如其所期。彼等常多著俗语短篇之小说,且散布且演释,终不能凿愚氓之脑而注入之。夫彼志士之掷头颅注血汗以欲有所易者,非为一己为彼大从数之氓蛊耳。而彼大多数者,匪惟不相应援而仇视者目十而八九焉。"急雨渡春江,狂风入秋海。辛苦总为君,可怜君不解。"此运动家所最为呕心最为短气,而其甘苦固不足为外人道也。俄罗斯之上等社会与下等社会其思想绝不沟通殆若两国然。彼虚无党常以人民之友自楬橥者也。而与之表同情者仍在上中等社会,而所谓普通之人民魔视之者比比然焉。于此而欲号召之以起革命其亦难矣。

闽中寒泉子：
《托尔斯泰略传及其思想》[①]

　　今日之俄国有一大宗教革命家出矣。其人为谁。曰勒阿托尔斯泰[②]也。托尔斯泰文学之事耳。而何以曰宗教家。托尔斯泰破帽垢衣。在寂寞之野与田夫野老伍。既无基督骑驴入耶路撒冷之光荣。亦无路德鸣罗马教皇之败坏。吁号天下之气焰。观其所为亦不近于古之高士乎。而何以曰宗教革命家。此不可以无解说也。而吾之所以推托尔斯泰为俄国宗教革命家者。约诸二语。曰托尔斯泰反动于俄国现在之境遇而起者也。曰托尔斯泰将欲以更变世界宗教之意义者也。彼之所以为宗教家者在此。彼之所以为宗教革命家者在此。

　　托尔斯泰之宗教思想如何乎。虽曰本乎耶教。而非世之所谓耶教也。虽曰近乎佛教。而与世之所谓佛教相去甚远也。盖彼之宗教非佛教耶教之旧宗教。而托尔斯泰之新宗教也。而此新宗教之所以发生于今日则其原因乃在俄国人民之境遇。在俄国阶级之悬绝。在俄国政府之虐政。在俄国宗教之腐败。在俄国君相之夸大而好战。是以其厌世观似佛教也。而其忧世济时讲求一种社会学说。欲挽人类之劫运归之永久之平和。非佛教之类也。其以福音为根柢似耶教也。而其抛弃教权教会教仪。排黜骄奢虚伪残酷无慈悲无正义无公道之文明。则非耶教之比也。惟其疾视在社会之甚往往流于矫激驰于空想。而不自知耳。虽然。此在衣驼毛。束皮带。食蝗虫野蜜。以呼于野之豫言。非所可尤也。庄子曰。为之斗斛。所以量之。则并与斗斛而窃之。为之权衡。所以称之。则并与权衡而窃之。为之符玺。所以信之。则并与符玺而窃之。为之仁义。所以矫之。则并与仁义而窃之。故绝圣弃智。大盗乃止。摘玉毁珠。小盗不起。禁符破玺。而民朴鄙。破斗折衡。而民不争。托尔斯泰之思想。有与此近焉者矣。礼运曰。大道之行也。天下为公。选贤举能。讲信修

---

① 原载 1904 年福建《日日新闻》，同年 10 月《万国公报》190 卷转载。
② 今译列夫·托尔斯泰。

中国俄苏文学研究史论
История исследования русской и
советской литературы в Китае

睦。故人不独亲其亲。不独子其子。使老有所终。壮有所用。矜寡孤独废疾者有所养。男有分。女有归。货恶其弃于地也。不必藏于己。力恶其不出于身也。不必为己。是故谋闭而不兴。盗贼窃乱而不作。故外户不闭。是谓大同。托尔斯泰之思想又与此近焉者矣。呜呼。以如此之人。而出于第十九世纪。而又出于今日。而又出于俄国。尤可注目之下也。吾请略叙其人物与思想于后。

勒阿托尔斯泰以千八百二十八年生于俄国之牙斯那亚①世袭伯爵。固贵族子也。幼丧父母。为亲戚所育。延师教以各国语言文字。无不精通。夙信宗教。每有过。志诸简册。痛自悔改。其叔母曾语之曰。凡世间自非长于交际之人。则快乐名誉。皆不可得。而交际之道。一在操法国语而雅驯。二在磨光手爪而长之。三在娴于舞蹈。四在风流蕴藉。托尔斯泰从其教。锐意学之。以为舍是而别无成人之道矣。既而入大学习教。学医学。学法。学东洋语。学诸科。皆不成。乃辞大学从军。赴高加索地方。边塞天然之风景。生活之质朴。均有所感于心。而著诸小说。后有种种名作。士女争诵。迨千八百五十四年克里米亚之役。从军有功。且著一书。极力摹写此役之大活剧。大惨剧。使读其书者。神泣魂惊。而托尔斯泰之厌恶战争。实始于此。

战罢乃游圣彼得堡。与其文人交。为世所重。托尔斯泰回顾此时之境遇。深自惭愧。曰吾昔以绝代文学家自任。而今顾自问。当时于人生之意义。何知何觉。则茫乎无有也。惟文字之所获使吾居美宅。昵美人。博美名耳。观乎此语。则可见未悟以前之托尔斯泰为何等人矣。

居数年。与其友漫游德意志诸国。视察其教育制度。即设一学堂。躬执教鞭。以实验自己之教育理想。时千八百六十二年也。托尔斯泰年三十四。娶德国军医某之女。深厌都会纷奢之风。夫妻相携退隐于其邑牙斯那亚。其夫人有妇德。笃信宗教。佐其夫管理家政。其夫托尔斯泰每有著作。夫人缮写其稿。随写随易。有时或至五六次。而犹未已也。而夫人拮据黾勉。驰翰如此。则托尔斯泰大著作之成。夫人实有力焉。夫人生子十三人。和气蔼然。极室家之累。且有马三千。家产广大。内有敬爱彼之邑人。外有仰彼文名之士女遍于全欧。若使常人居之。则人生得意之极也。而托尔斯泰懊恼益甚。何也。以人生问题生其心。而不得解说也。然则此解说彼将何由求之。科

① 今译雅斯纳亚·波良纳。

7

学哲学非其所由也。无已其宗教乎。

佛不入涅槃而入地狱。此言何谓也。夫涅槃极乐也。惟佛得以入之。而地狱者众生所沉沦也。故佛欲救众生则不可不身入地狱以拔众生苦而佛之慈业乃圆成矣。不然。则是佛以己苦以己乐而不以众生苦以众生乐也。不以众生苦以众生乐者。焉得为佛哉。此其所以不入涅槃而入地狱也。托尔斯泰即佛也。佛者大慈悲心是也。若以自己而已。则财产名誉文学绑绕托尔斯泰之一身。五欲之乐无所不备。又何苦为忧愁无聊之人乎。乃托尔斯泰之意以为。天下若我境遇。自俄国人民全体视之。仅居其最少数。而其最多数。则食而不饱者也。衣而不暖者也。居而不安者也。孳孳营营。惟日不足。犹且不能以脱于饥寒。而又为无慈悲无正义无公道之政之教之所凌虐矣。苟有人心者。可睨此多数同胞之沉沦地狱而不之救方。且欢笑于其侧。歌舞于其侧。战胜于其侧。意气傲然。以为优等人类者。固如是耶。

于是。托尔斯泰自贵族降而投农夫之群。以倡新宗教。破帽垢衣。与田夫野老杂。或耕于野。或樵于山。以自食其力为无上之乐。而诚爱之福音迸乎其口。真理之光明照乎其心。其心愈隐而名愈显。其行益谦而德益高。俄国农民之爱彼如父母也。俄国君相之惮彼如严师也。欧洲人民之敬彼如豫言者也。彼曾设一譬喻以自叙心中之情状。曰有人乘我于小舟。放之中流。授我以櫂且指示我以可达之彼岸。既而激流浩荡。将卷我舟而去。我乃为回头顾于背后。则只见小舟大舟相接而下者。不知凡几。须臾之间我舟为其所拥。一齐流下。众相祝曰。彼岸近矣。谁料前面殷殷乍有悬瀑之响。众即惊惶狼狈。欲避不能避。况其能回乎。舟之陷于瀑底而粉碎者在眼前矣。我乃极力返櫂。仅得以免于难。而向于彼岸。托尔斯泰自解之曰。彼岸者。神也。以彼岸指示我者。宗教也。櫂者。自由之意志也。此之譬喻比之约翰天路历程中之譬喻。尤觉剀切。亦时势之异也。

虽然。托尔斯泰开新宗教而犹未禁其笔砚者。盖彼以笔砚为新宗教之武器也。均是笔砚耳。在未悟以前之托尔斯泰则为博名钓利之具。在既悟以后之托尔斯泰则为载道济世之具。所谓杀人剑活人剑。顾用之如何耳。托尔斯泰之出处既言其略。请进而言其宗教思想。

其一。溯源宗旨也。托尔斯泰原非欲研究宗教以求其真理者也。乃欲由宗教以达其期望者也。彼盖以为近世科学种种之发明大助物质文明进步。其勋烂焉不可掩也。而富者益富。贫者益贫。强者益强。弱者益弱。且杀人之

器。夺国之具。精益求精。利益加利。与人类幸福相去日远矣。是科学可以
救世乎。人类之罪恶莫大于伪善。伪善之本在夫不信神不信人不信真理不信
人道之人。而酿成此不信之风以磅礴充塞于十九世纪之世界者。谁乎。怀疑
哲学是耳。是哲学可以救世乎。科学哲学既不足以救世。则惟有宗教而已。
然而。宗教之伪者。多为富者强者之交。不为贫者弱者之友。且与科学奸通
而生妖儿。与哲学接吻而染病毒。是宗教亦可以救世乎。若求救世之宗教。
则其必在大圣基督之教矣。于是。托尔斯泰得福音书而读焉。而思焉。而涣
然冰释焉。而怡然理顺焉。夫然后知基督福音之实义在天壤间本昭昭。非庸
儒之所能索解也。基督曰。有人批尔左颊。转右颊向之。解之者之言曰。此
信言不敌敌之意。若有人实批吾颊。则吾岂得默甘乎。托尔斯泰则曰。基督
之意。不可不如其文字解之。人人不敌其敌。而天下之争熄矣。则是转左颊
以任批者。果然人类之道德也。基督曰。售汝所有以济贫。解之者之言曰。
此但戒富者重财。其求道之心不胜其求财之心。托尔斯泰则曰。基督之意。
不可不如其文字解之。富者以其财施诸贫者。则贫者必德富者。恩所以报之。
而天下相爱相助之风起矣。则是富者以其财施诸贫者。果然人类之道德也。
推此类也以往。则托尔斯泰之于基督教。一扫前此之百家繁说。而独欲溯其
源者。谓之溯源宗旨。可也。谓之新宗教新天地。亦可也。

　　其二。实行宗旨也。基督教之神学。此博学宏通之鸿儒所以研究义理。
精微所析古今同实也。而托尔斯泰不与焉。盖托尔斯泰之目的在救火焚水溺
之人类。是以其宗教独重实行。而实行之要。在躬自践履以为群伦之师表。
夫托尔斯泰之实行。不一其以财产施诸贫民。则所以实行慈善之宗旨也。其
耕于田。樵于山。则所心实行力食之宗旨也。其恶衣恶食肃然一农夫。则所
心实行寡欲之宗旨也。其读圣书不用俄文必用希腊原文。则所以实行溯源之
宗旨也。其当仁虽帝王不让。则所以实行独立之宗旨也。人有恒言曰。一实
行有益于千百理论。此语吾不敢谓然。何也。实行之善者。其益固大。然实
行之不善者。其害尤大。人亦有恒言曰。一实行有力于千百理论。此语吾则
谓然。何也。理论惟达于人之听官。而实行则感动人之精神。以移其心志。
能使其人效而化之也。抑托尔斯泰之意则高矣美矣。而其所行宁无惊世绝俗
或失中道者乎。此吾所不知也。然其实行之勇猛。感化之伟大。则今代宗教
家孰出其右者。托尔斯泰之于此点。诚以代表斯拉夫民族之特性。而亦不
失为世界之一伟人也。孟子曰。伊尹耕于有莘之野。而乐尧舜之道焉。非其

义也。非其道也。禄之以天下。弗顾也。系马千驷。弗视也。今世之人。非托尔斯泰其谁当此。

其三。平和宗旨也。平和者。人类之一大目的也。一人一家一国乃至天下。无不向于此。惟夫一时之平和。不可以易永久之平和。一方之平和。不可以易大局之平和。于是乎宁破一时一方之平和而欲得永久大局之平和者出矣。基督曰。勿以我来平世。我来非以平世。转兴我也。此语岂非宁破一时一方之平和而欲得永久大局之谓乎。而其附会此语。标榜太平天国四字。煽发大难。糜烂神州生灵。终于无成者。是为中国数十年前之洪秀全。而彼之必曰太平者。亦足以见永久之平和足为破坏一时之平和之口实。而兴戎一语。尤为彼等借其口实之好典据。若乃与洪秀全同宗基督。而出其反对。则托尔斯泰也。托尔斯泰之平和宗旨。在使万国弭兵。铸干戈为耒耜。销兵气为日月之光。或问托尔斯泰曰。吾子既以弭兵宗旨立于天下。若有盗贼入子室。以凶器拟子身。子犹敛手不抗耶。曰。然。吾侪右颊为人所批。则亦转左颊任其批者。固不可不如是。此乃大圣基督之教也。而与之抗。则可以自卫。不与之抗。则不能自卫。此子之所曾大惑也。今则释然得其解说曰。盗贼亦人耳。苟人矣。其中必有善恶及爱生憎死之心。其所以害于我。则亦所以害于彼也。彼岂终不悟真理者哉。故使彼司此真理。乃吾任务。而真理之教。莫急于以身行之。论者曰。未开野蛮之民安悟真理。战则子能杀彼。不战则子为彼所杀。要有此二途耳。子将安出。曰。不然。有爱他助他之行为者。断不招虐。我杀我之敌。仁者无敌。此之谓也。要之。基督爱敌之教。为人类万古不易之真理。由此则人类荣焉。不由此则人类衰焉。然非知之难。行之难也。吾党其可不自先天下以实行斯宗旨乎。可见托尔斯泰之平和宗旨。即弭兵宗旨也。

其四。平等宗旨也。托尔斯泰以弭兵为宗旨。其目的在进世界人类之幸福。不在计一国之富强。是以其眼有世界。无邦国。有人类。无国民。有害于世界之邦国。则不认其存立之权理。此其所以同于释迦。同于基督。而不同于俄皇。不同于彼得大帝也。俄皇曰。军队有用。托尔斯泰曰。军队无用。俄皇曰。兵器有用。托尔斯泰曰。兵器无用。俄皇曰。税关有用。托尔斯泰曰。税关无用。俄皇曰。贡税有用。托尔斯泰曰。贡税无用。推此类也以往。则托尔斯泰无事不与俄皇相谬戾者。而托尔斯泰其能免为妖妄乱国之尤乎。然而。俄皇不敢诛之者。何也。以民心归之者也。民心为之者。何也。以真理在焉也。盖结合民族。建设国家。内图自国之发达。外敌众多之列国。以立于优胜劣败之天演界者。是诚今代世界大势之所趋向。而俄皇用之人类之资格。渐归平等。贵不得凌贱。强不得侵弱。治者不得以愚被治者。而世界交通日益亲密。曩行一国之道德。今则转行于世界。有益世界进步之国。则享文明之尊号。有害世界进步之国。则蒙野蛮之丑名。而人道之辉光将行遍照全球者。是亦今代世界大势之所趋向。而托尔斯泰用之故两面之真理。俄皇与托尔斯泰各得一面。合此二面而真理乃全矣。此托尔斯泰之所以在天下第一等之压制国而倡其无国宗旨也。

其五。社会宗旨也。古来开一宗教以风动一世感化亿兆者。必有为之先驱提醒其思想者。亦必有为之后殿而完成其思想者。斯托耶夫之于托尔斯泰。其先驱者乎。故知斯托耶夫之思想。则知托尔斯泰之思想矣。曾有一人问斯托耶夫曰。何谓真理。斯托耶夫答之曰。共同生活是也。又曾有一人问斯托耶夫曰。来世如何。斯托耶夫答之曰。天国在此世矣。来世吾所不知也。然则天国如何立之。斯托耶夫曰。人类凡百罪恶。若媢嫉。若盗贼。若斗争者。皆由人人私占其财生焉。故废私有财产归之于公。则斯世太平。而罪恶绝迹矣。于是。以一千五百留布之贮金施之贫民。又焚券而不责偿。此斯托耶夫之思想而其所实行者也。此思想也。于托尔斯泰所著书中而一一现之。恰如天上之月倒影于池,托尔斯泰所怀抱之思想亦可以见也。要而论之。托尔斯泰以爱为其精神。以世界人类永久之平和为其目的。以救世为其天职。以平等为平和之殿堂。以财产共通为进于平和之阶梯。故其对于社会理想之淳古粗朴。岂与初代期之基督教徒相似而已。抑亦夺许行之席而入庄周之室矣。虽然。托尔斯泰之思想亦有衣被十九世纪之服装者。何也。彼之不以个人为本位而以社会为本位之思想即是也。惟以社会为本位。故有共同生活之说。故有财产共通之说。有世界大同之说。而社会能生罪恶亦能生道德。社会能自堕落亦能自向进步。托尔斯泰其知之矣。故托尔斯泰之说。求其比于古人而崭新有异彩者。则惟其是。

其六。精神宗旨也。十九世纪者。物质进步之世界也。富之世界也。兵之世界也。商之世界也。王之世界也。蒸气之世界也。械器之世界也。数理之世界也。其势力之雄伟。其进步之迅疾。其舞台之广大。其颜色之崭新。人类发现以来之所未有者也。而精神之进步。果与之并驱日进高明乎。否乎。果有优于前世纪者乎。否乎。吾侪不能答之以否之一字也。亦不能答之以然之一字也。夫进步者。比较之谓也。物质之进步如彼。精神之进步如此。则虽曰有物质之进步。无精神之进步。宁为不可也。然则精神之进步者。何乎。忠信也。仁爱也。正义也。纯洁也。则毅也。和平也。温柔也。恭谦也。勤敏也。举凡所以高尚人格者。皆是也。人格之不高尚者。虽有物质之进步。将焉用之以进人类真实之幸福乎。是犹授野蛮凶暴之民以文明之兵器耳。彼之不以之破坏文明者几希。于是。反对物质之文明。倡道德宗教之豪杰。往往而出焉。卡莱尔其人也。拉斯钧其人也。托尔斯泰亦其人也。托尔斯泰之取于基督。取其精神宗旨也。基督曰。当一心一性一意爱尔主之上帝。此诚之首而大者。其次爱人如己。亦犹是。托尔斯泰曰。爱神爱人。乃为吾侪万善之本。宜基础于是以立太平天国。不基础于是之文明。则不免胥人类而沉沦于罪恶之海而已。故立五戒以儆人类。曰勿怨恨。曰勿堕落。曰勿伪誓。曰勿敌意。曰勿分邦国以作争战。托尔斯泰之精神宗旨。具见于此矣。吾故曰。托尔斯泰之宗教思想精神宗旨也。

王国维：

《脱尔斯泰传》（节录）①

军人时代第四

　　一千八百五十一年（时二十四岁。），以长兄汲引，得为炮兵大队之候补少尉，与兄同居一营。其屯戍之所，则高加索之山麓，台列克之河畔也。故是役也，于脱之文学生涯，实有莫大之影响焉。高加索地方，本可谓俄国文学之产地。其间雪山蜿蜒，积白万里；海波决渀，湛碧千尺；朔风匹马，只闻肃杀之声；落日大旗，都作凄凉之色。凡在深情之少年，豪气之武夫，睹兹风物，犹足移情，而况天才磅礴，思想超妙，如脱尔斯泰者乎？噫！脱之得为世界文豪，虽谓为高加索地方之赠可也。

　　脱在军中，曾有一冒险事。一日，有友曰琐德者，新得一良马，约与脱易乘，作远游计，脱诺之，有炮兵亦请与俱。时伏莽未清，脱等所欲至之地，又为土番巢窟，长官虑而止之，不听。既行五俄里，果有土番二十人许，冲骑自林间出。炮兵二人中，一见虏，一见杀。脱与琐德幸返辔早，未及于难。距其地一里外，有官军戍焉，二人拟驰往依之，误入歧道。琐德所乘马颇劣，远在脱后，脱回顾失琐德，大惊，复回马，往救之。至则追骑已及。二人舍命格斗，夺路而逃，渐遇他兵，号召哥萨克一队来援，脱等始得安然归营。琐德之免祸，实脱之力也。后一夕，脱与人博，大负，书券约期偿之。懊恼之余，僵卧榻间。俄一卒至，呈琐德书，启视则为自书之借券，已裂之矣，琐德盖以是酬其德也。（脱未从军前，亦嗜博，一夕大负不能偿，乃遁至一村落，节衣缩食，月仅用五元，数月后，乃得了债。）

　　一千八百五十四年，克里米唵一役，脱与焉。初战于希利斯滔及巴拉克伯，以勇敢称。是年十一月至翌年八月，困于瑟法斯德堡，脱坚守第四垒，防战尤

　　① 原载《教育世界》1907 年。

力，众惊其勇。事定论功，自谓必得圣佐治宝星，然上官中有以私意憎脱者，卒不及赏。由是愤恚辞职，其时官至陆军中尉。

脱在军，尝从事歌咏，与朋辈谈笑，诙谐百出，固不失为活泼豪爽之人物。然某时胸有所触，则烦闷万状，至无端曳友人手，而忏悔己罪，曰："我，斯世之大罪人也！"不解其意者，辄以狂人目之。盖彼于军人时代，血气方刚，所谓[为]庸有不合者，故严肃之良心时时自责，而不禁抱此忧郁之感也。然彼之所谓罪恶，自时俗视之，固以为无足轻重者耳。

文学时代第五

脱之著作，以《回想录》为嚆矢。（书分三篇，本以《幼年时代》等命名，然合之可为一卷，故以此名之。）其首篇《幼年时代》，以一千八百五十二年，寄刊于俄京之某杂志，不署名。见者奇其才，佥曰："此人他日，必以小说家名世矣。"越二岁，其次篇《少年时代》嗣出，此书实即脱之自叙传，特托名贵公子伊台勒夫为书中主人，且假设人物以点缀之，故亦小说家言也。此书描写儿时之生活与思想，而穿凿入微，恰有少年批评大人之观。俄之批评名家披利萨甫所著《教育论》，即根据此书立言，则其内容若何，可想见已。

自一千八百五十二年后五年间（即从军时代），尚有小说数种，如《入寇记》如《瑟法斯德堡所见录》（前后共三篇，成于瑟法斯德堡围解后，其书于自己及全堡人民之生活思想，俱精写之。）如《樵者传》如《农话》（此书略叙一青年，富有田产，忽抱解放农奴之志，各假以耕具及资本，又欲进而教之，然卒无成效。益脱家田产甚广，其去加萨恩大学而归乡里也，目睹农民生活之惨，欲改良之，不得遂志，故托之此书。农为世奴，俄国之俗也。）皆其最著者也。故脱在军中，文名已大震。俄帝尼古拉士爱其才，至传命于统将曰："脱尔斯泰，才人也！宜善视之，毋俾陷危地。"（又按《哥萨克笔记》，亦起稿于一千八百五十二年，而成于游历欧洲之际者。）脱不惯作诗歌，或言渠在瑟法斯德堡被围时，曾戏仿军歌体，咏巴克拉伯之败，讽主帅指挥失宜，然未署名，亦未付印，厥后不知若何喧传人口。但果否出脱手笔，无由知之矣。

辞军籍后，游于圣彼得堡，公卿士夫艳其名，争相倒屣。一时文学家，如宰格鼐夫、巩察乐、斯额里葛禄威第[①]等，亦与之倾心结交。时脱年甫二十八（一千

---

① 今译屠格涅夫、冈察洛夫、格里戈洛维奇。

中国俄苏文学研究史论
История исследования русской и
советской литературы в Китае

八百五十六年。),而既于俄国文坛隐然执牛耳矣。居俄京六阅月,日为文酒之
会,履舄交错,每痛饮达旦,名士结习,盖亦未免。然脱性本沉静,究不耐此。未
几,心鄙都人士之浮薄虚伪,归故里。其明年(即一千八百五十七年。),乃有欧
洲之游,与长兄尼古拉士俱。

　　自一千八百五十七年后六年间,所著短篇小说尚有数种:一曰《雪中游》(纪
一旅客冒风雪彷徨于中俄大平原之事。)一曰《双骑士》(假骑士二人,巧摹两种
时代之生活。)一曰《三死》寓言(以贵归人、桦树、驹三者,较其死,盖自述其人
生观者,笔致轻妙,殆散文之诗也。)一曰《妹与背》,一曰《波利克希加》,诸篇皆
简短幽峭,殆其技巧之极品者也。又《回想录》之三篇《青年时代》,以此际续成
之。(此篇言主人公伊台勒甫,既十六岁与人生问题相触,日彷徨于理想之背
影,心情十分烦闷,与其至友奈克里窦,常互语道德上之理想。于是二人相约忏
悔,力图前进云。)稍后而《全家乐》出,《哥萨克所闻录》亦出。(此书所叙事迹,
系一女子,名马莲者,美姿容,而性情端淑,少年争慕之。有贵公子鄂烈林,百计
求女欢,顾女先已属意宰禄休嘉,弗为动。宰,哥萨克勇士也,性豪爽真挚,故女
悦。会宰他适,鄂乘间益以甘言诱女,女渐不能拒,颇相缱绻。宰归,愤女无
情,面责之,女悔恨泣下。是夜适村中有寇来劫,宰奋身拒敌,不幸及于难,女嘉
其勇,益哀之。鄂闻宰死,自谓良缘已谐,诣女,以贵公子口吻,侈陈一切,是时
女既心变,斥曰:"懦夫!"以是为收束。)后者与《回想录》及《农话》二种,虽皆小
说体,然亦可谓脱自传之一。盖自责其旧日奢侈浮靡之习,观其以自然之生活
与不自然之生活,隐隐对写,则虽谓之受影响于卢骚可也。至篇中精写哥萨克
风景,趣味深长,引人入胜,知其受感化于境遇者大矣。脱在欧洲,漫游有年,益
深掏自由主义之泉源。及归,颇以解放农奴建立学校为志(事迹见后。),皆无成
效。一千八百六十二年,与莫斯科人斐尔斯博士之女结婚,家于图拉别墅,由是
专意著述。嗣后十五年间,谓即此大文学家月圆潮满之时代亦可。是时观察益
深,阅历益富,构思益妙,运笔益熟,如《名马》寓言、如《台瑞谟伯利斯德》、如
《高加索囚徒记》等名篇,不及备述。而三杰作中《和平与战争》及《俺讷小传》
亦成于是时。此二篇与后年所作《再生记》,实千古不朽之作,海内文坛,交相推
重,与格代之《法斯德》、琐士披亚之戏曲、唐旦之《神曲》,价值相等云。

　　《和平与战争》一书起稿于一千八百六十四年,陆续揭载于报知新闻,阅六
年始告成,都四卷,每卷各七百页,益巨帙也。初,脱欲著历史小说,名曰《十二
月党》(此盖俄国党人名。),甫成第一章,意不惬。偶忆拿破仑率师攻俄之事,因

假之为材料，叙当时俄人之家庭生活，兼写战场景况，以平和与战斗两舞台，相间夹写，局势变化，烘染渲明，令读者有应接不暇之概，所说人物以百计，而面目各异，自非奇才，不易办此。（如写罗斯达福之马，与铁尼沙之马，亦迥然有别，其工细若此。）此书虽亦历史小说，然笔致稍不同，论其实，则战争哲学也。非深入人心，以窥见其战斗之波澜者，殆莫能解其真意。自此书出，而俄国人民之战争观为之一变。俄土一役，从军记者之通信，无敢作浅陋而惨酷之功名谈者，则此书影响之大可知已。

《俺讷小传》起稿于一千八百七十四年，四载而竣事，篇幅甚巨。盖本其四十年来之阅历，以描写俄国上流社会之内幕者也。观其书名，虽似以俺讷为主人，实则就正邪二面两两对写，以明其结果之祸福，又以见姻缘之美满，家庭之和乐，尚非人生究竟之目的。篇中所写烈文之精神烦闷，盖著者自道也。观烈文之为人，勇毅而沉默，正直而强拗，虽谓脱氏性质，已隐然现于纸上可矣。

自《俺讷小传》出版后，旋有《自忏录》之作，于是忽由名[文]学家时代，一转而入宗教家时代。此后虽稍有短篇数种陆续问世，然于[脱]氏之著作中，尚未可推为压卷。至一千八百九十九年《再生记》出，乃与《战争两面观》（按，《战争与和平》）及《俺讷小传》，褒然以三杰作见称焉。

先是，脱闻其友哥尼语一实事，谓有一处女，为无行之男子所乱，后弃之，女流为娼，遂陷于罪恶之深渊，至犯窃盗谋杀之重辟云。脱闻之，悲愤不胜，欲执笔叙述其事，会有故未果。迨一千八百九十五年，左霍波唵教徒，以抗征兵之命，为俄政府所虐待，戮窜羁禁，备极惨毒，其妻孥等流离漂泊，死亡累累。脱悲之，因忆前事，著为是书，以唤醒世人之良心，且以售书所得金，赈恤教徒遗族。此书实捕捉十九世纪之政治问题、社会问题，而以深远有味之笔，现之于纸上者也。法国某批评家谓《再生记》之作，乃对十九世纪人间之良心，为当头一棒喝！可谓知言。故即令脱氏生平，无他杰作，而仅此一篇，亦足执世界文坛之牛耳矣。

三杰作之外，其他名篇杰构，不可备举，如《烛说》、《三叟传》、《黑暗世界》（戏曲）、《四十年》、《克罗宰尔琐达纳传》等，要皆各有价值，因隘于篇幅，不能详述之矣。

令　飞（鲁迅）：
《摩罗诗力说》（节录）①

七

若夫斯拉夫民族，思想殊异于西欧，而裴伦之诗，亦疾进无所沮核。俄罗斯当十九世纪初叶，文事始新，渐乃独立，日益昭明，今则已有齐驱先觉诸邦之概，令西欧人士，无不惊其美伟矣。顾夷考权舆，实本三士：曰普式庚，曰来尔孟多夫，曰鄂戈理。前二者以诗名世，均受影响于裴伦；惟鄂戈理以描绘社会人生之黑暗著名，与二人异趣，不属于此焉。

普式庚（A. Pushkin）以千七百九十九年生于墨斯科，幼即为诗，初建罗曼宗于其文界，名以大扬。顾其时俄多内讧，时势方亟，而普式庚诗多讽喻，人即借而挤之，将流鲜卑，有数耆宿力为之辩，始获免，谪居南方。其时始读裴伦诗，深感其大，思理文形，悉受转化，小诗亦尝摹裴伦；尤著者有《高加索累囚行》，至与《哈洛尔特游草》相类。中记俄之绝望青年，囚于异域，有少女为释缚纵之行，青年之情意复苏，而厥后终于孤去。其《及泼希》（Gypsy）一诗亦然，及泼希者，流浪欧洲之民，以游牧为生者也。有失望于世之人曰阿勒戈，慕是中绝色，因入其族，与为婚因，顾多嫉，渐察女有他爱，终杀之。女之父不施报，特令去不与居焉。二者为诗，虽有裴伦之色，然又至殊，凡厥中勇士，等是见放于人群，顾复不离亚历山大时俄国社会之一质分，易于失望，速于奋兴，有厌世之风，而其志至不固。普式庚于此，已不与以同情，诸凡切于报复而观念无所胜人之失，悉指摘不为讳饰。故社会之伪善，既灼然现于人前，而及泼希之朴野纯全，亦相形为之益显。论者谓普式庚所爱，渐去裴伦式勇士而向祖国纯朴之民，盖实自斯时始也。尔后巨制，曰《阿内庚》（Eugiene Onieguine），诗材至简，而文特富丽，尔时俄之社会，情状略具于斯。惟以推敲八年，所蒙之影响至不一，故性格迁流，首

---

① 原载《河南月刊》第 2、第 3 号（1908）。

尾多异。厥初二章，尚受裴伦之感化，则其英雄阿内庚为性，力抗社会，断望人间，有裴伦式英雄之概，特已不凭神思，渐近真然，与尔时其国青年之性质肖矣。厥后外缘转变，诗人之性格亦移，于是渐离裴伦，所作日趣于独立；而文章益妙，著述亦多。至与裴伦分道之因，则为说亦不一：或谓裴伦绝望奋战，意向峻绝，实与普式庚性格不相容，曩之信崇，盖出一时之激越，迨风涛大定，自即弃置而返其初；或谓国民性之不同，当为是事之枢纽，西欧思想，绝异于俄，其去裴伦，实由天性，天性不合，则裴伦之长存自难矣。凡此二说，无不近理；特就普式庚个人论之，则其对于裴伦，仅摹外状，迨放浪之生涯毕，乃骤返其本然，不能如来尔孟多夫，终执消极观念而不舍也。故旋墨斯科后，立言益务平和，凡足与社会生冲突者，成力避而不道，且多赞诵，美其国之武功。千八百三十一年波阑抗俄，西欧诸国右波阑，于俄多所憎恶。普式庚乃作《俄国之逑谤者》暨《波罗及诺之一周年》二篇，以自明爱国。丹麦评骘家勃阑兑思（G. Brandes）于是有微辞，谓惟武力之恃而狼借人之自由，虽云爱国，顾为兽爱。特此亦不仅普式庚为然，即今之君子，日日言爱国者，于国有诚为人爱而不坠于兽爱者，亦仅见也。及晚年，与和阑公使子覃提斯讧，终于决斗被击中腹，越二日而逝，时为千八百三十七年。俄自有普式庚，文界始独立，故文史家芘宾谓真之俄国文章，实与斯人偕起也。而裴伦之摩罗思想，则又经普式庚而传来尔孟多夫。

来尔孟多夫（M. Lermontov）生于千八百十四年，与普式庚略并世。其先来尔孟斯（T. Learmont）氏，英之苏格兰人；故每有不平，辄云将去此冰雪警吏之地，归其故乡。顾性格全如俄人，妙思善感，惆怅无间，少即能缀德语成诗；后入大学被黜，乃居陆军学校二年，出为士官，如常武士，惟自谓仅于香宾酒中，加少许诗趣而已。及为禁军骑兵小校，始仿裴伦诗纪东方事，且至慕裴伦为人。其自记有曰，今吾读《世胄裴伦传》，知其生涯有同我者；而此偶然之同，乃大惊我。又曰，裴伦更有同我者一事，即尝在苏格兰，有媪谓裴伦母曰，此儿必成伟人，且当再娶。而在高加索，亦有媪告吾大母，言与此同。纵不幸如裴伦，吾亦愿如其说。顾来尔孟多夫为人，又近修黎。修黎所作《解放之普洛美迢》，感之甚力，于人生善恶竞争诸问，至为不宁，而诗则不之仿。初虽摹裴伦及普式庚，后亦自立。且思想复类德之哲人勖宾赫尔，知习俗之道德大原，悉当改革，因寄其意于二诗，一曰《神摩》（Demon），一曰《谟唶黎》（Mtsyri）。前者托旨于巨灵，以天堂之逐客，又为人间道德之憎者，超越凡情，因生疾恶，与天地斗争，苟见众生动于凡情，则辄施以贱视。后者一少年求自由之呼号也。有孺子焉，生长山寺，长老意已断其情感希望,而孺子魂梦,不离故园,一夜暴风雨,乃乘长老方祷,潜遁出寺,彷徨林中者三日,自由无限,毕生莫伦。后言曰,尔时吾自觉如野兽,力与风雨电光猛虎战也。顾少年迷林中不能返,数日始得之,惟已以斗豹得伤,竟以是殒。尝语侍疾老僧曰,丘墓吾所弗惧,人言毕生忧患,将入睡眠,与之永寂,第忧与吾生别耳。……吾犹少年。……宁汝尚忆少年之梦,抑已忘前此世间憎爱耶? 倘然,则此世于汝,失其美矣。汝弱且老,灭诸希望矣。少年又为述林中所见,与所觉自由之感,并及斗豹之事曰,汝欲知吾获自由时,何所为乎? 吾生矣。老人,吾生矣。使尽吾生无此三日者,且将惨淡冥暗,逾汝暮年耳。及普式庚斗死,来尔孟多夫又赋诗以寄其悲,末解有曰,汝侪朝人,天才自由之屠伯,今有法律以自庇,士师盖无如汝何,第犹有尊严之帝在天,汝不能以金资为赂。……以汝黑血,不能涤吾诗人之血痕也。诗出,举国传诵,而来尔孟多夫亦由是得罪,定流鲜卑;后遇援,乃戍高加索,见其地之物色,诗益雄美。惟当少时,不满于世者义至博大,故作《神摩》,其物犹撒但,恶人生诸凡陋劣之行,力与之敌。如勇猛者,所遇无不庸懦,则生激怒;以天生崇美之感,而众生扰扰,不能相知,爰起厌倦,憎恨人世也。顾后乃渐即于实,凡所不满,已不在天地人间,退而止于一代;后且更变,而猝死于决斗。决斗之因,即肇于来尔孟多夫所为书曰《并世英雄记》。人初疑书中主人,即著者自序,迨再印,乃辩言曰,英雄不为一人,实吾曹并时众恶之象。盖其书所述,实即当时人士之状尔。于是有友摩尔迭诺夫者,谓来尔孟多夫取其状以入书,因与索斗。来尔孟多夫不欲杀其友,仅举枪射空中;顾摩尔迭诺夫则拟而射之,遂死,年止二十七。

前此二人之于裴伦,同汲其流,而复殊别。普式庚在厌世主义之外形,来尔孟多夫则直在消极之观念。故普式庚终服帝力,人于平和,而来尔孟多夫则奋战力拒,不稍退转。波覃勖迭氏评之曰,来尔孟多夫不能胜来追之运命,而当降伏之际,亦至猛而骄。凡所为诗,无不有强烈弗和与踔厉不平之响者,良以是耳。来尔孟多夫亦甚爱国,顾绝异普式庚,不以武力若何,形其伟大。凡所眷爱,乃在乡村大野,及村人之生活;且推其爱而及高加索土人。此土人者,以自由故,力敌俄国者也;来尔孟多夫虽自从军,两与其役,然终爱之,所作《伊思迈尔培》(Ismail Bey) 一篇,即纪其事。来尔孟多夫之于拿坡仑,亦稍与裴伦异趣。裴伦初尝责拿坡仑对于革命思想之谬,及既败,乃有愤于野犬之食死狮而崇之。来尔孟多夫则专责法人,谓自陷其雄士。至其自信,亦如裴伦,谓吾之良友,仅有一人,即是自己。又负雄心,期所过必留影迹。然裴伦所谓非憎人间,特去之而已,或云吾非爱人少,惟爱自然多耳等意,则不能闻之来尔孟多夫。彼之平生,常以憎人者自命,凡天物之美,足以乐英诗人者,在俄国英雄之目,则长此黯淡,浓云疾雷而不见霁日也。盖二国人之异,亦差可于是见之矣。

李大钊：
《俄罗斯文学与革命》[1]

俄国革命全为俄罗斯文学之反响。俄国有一首诗，最为俄人所爱读，诗曰：

> 俄国犹大洋，文人其洪涛；
> 洋海起横流，洪涛为之导。
> 俄民犹一身，文人其神脑；
> 自由受摧伤，感痛脑独早。

此诗最足道破俄罗斯文学之特质。俄罗斯文学之特质有二：一为社会的色彩之浓厚；一为人道主义之发达。二者皆足以加增革命潮流之气势，而为其胚胎酝酿之主因。

俄罗斯文学与社会之接近，乃一自然难免之现象。以俄国专制政治之结果，禁遏人民为政治的活动，自由遭其剥夺，言论受其束缚。社会中进步阶级之优秀分子，不欲从事于社会的活动则已，苟稍欲有所活动，势不能不戴文学艺术之假面，而以之为消遣岁月，发泄郁愤之一途。于是自觉之青年，相率趋于文学以代政治事业，而即以政治之竞争寓于文学的潮流激荡之中，文学之在俄固遂居特殊之地位而与社会生活相呼应。

更以观其历史，建国之初，即由东罗马帝国即比藏钦帝国[2]承俄罗斯正教之系统，奉为国教，并袭受比藏钦之文明，逮比藏钦灭亡，俄国遂以保护正教自任，故其立国方针与国民信念皆倾于宗教的一面。当彼得大帝时，虽在文学亦浸染宗教之臭味，谣曲传说罔不有然。厥后俄国文学界思想界流为国粹、西欧二派：

---

① 此文写于 1918 年，系作者的未完稿，当时未发表。1965 年在胡适藏书中发现，初次刊载于《人民文学》1979 年第 5 期。

② 比藏钦，今译拜占庭。

21

国粹派即以宗教为基础,建立俄罗斯之文明与生活于其信仰之上,与西欧之非宗教的文明与生活相抗立。西欧派虽与国粹派相反,然亦承认宗教的文明为其国民的特色。西欧派者,不过对于国粹派而言,并非谓其心醉西欧,亦非能表明西欧派人生观之特质。由西欧派之精神言之,宁以人道主义、博爱主义为名副其实。无论国粹派或西欧派,其以博爱为精神,人道主义为理想则一,人道主义因以大昌于俄国。凡夫博爱同情、慈善亲切、优待行旅、矜悯细民种种精神,皆为俄人之特色,亦即俄罗斯文学之特色。故俄罗斯文学直可谓为人道主义之文学,博爱之文学。

俄罗斯文学之特质,既与南欧各国之文学大异其趣,俄国社会亦不惯于文学中仅求慰安精神之法,如欧人之于小说者然,而视文学为社会的纲条,为解决可厌的生活问题之方法,故文学之于俄国社会,乃为社会的沉夜黑暗中之一线光辉,为自由之警钟,为革命之先声。

今请先论其诗歌。俄国抒情之诗感人最深,所以然者亦不在其排调之和,辞句之美,亦不在诗人情意恳挚之表示,乃在其诗歌之社会的趣味,作者之人道的理想,平民的同情。

俄国诗人几常为社会的诗人,吾人实未见其他国家尚有以诗歌为社会的、政治的幸福之利器,至于若此之程度者。

当十九世纪前期,社会的政治的动机流行于俄国诗歌之中。有名 Pushkin [普希金]者,人称"俄国诗界无冠之帝王"（Uncrowned Tsar of Russian Poetry）,尝作一诗,题曰"自由歌"（Ode to Liberty）。其诗一片天真,热情横溢,质诸俄国皇帝,劝彼辈稽首于法律之前,倚任自由为皇位之守卫。此外尚有一大诗人 Lermontov[莱蒙托夫],于 Pushkin[普希金]氏失败于悲剧的决斗之后,有所著作,吐露其光芒万丈之气焰,以献于此故去诗人高贵血痕之前,痛署贪婪之群小环绕于摧残自由与时代精神之皇位侧者。同时又有 Ryliev[雷列耶夫]氏,于其《思想》中唤起多数为自由而死之战士,诗中有云"我运命之神,憎恶奴隶与暴君"等,可以见其思想之一斑。Herzen[赫尔岑]氏之友人,有称 Ogariov[奥加辽夫]者,于一八四八年高声祝贺革命风云之突起。此一骚动,促人奋起于安泰之境,扬正义而抑贪欲,其光明一如纯粹之理性。一八四九年,此诗人之心,几为革命破灭、专制奏凯歌之光景所伤透,穷愁抑郁,常发悲叹。是年,氏尝为伤心之诗曰:"欧洲之大,曾无一单纯之所,为吾人可以达其生活于光明和平之状态者。"但自兹十年后,此先圣之心理,又从过去之星霜以俱消。是时氏复告

Herzen[赫尔岑]氏曰：

> 昔时方童稚，品性温如玉。
> 忽忽已少年，激情不可屈。
> 韶光催人老，渐知邻衰朽，
> 入耳有所闻，始终唯一语；
> 一语夫唯何？自由复自由。
> 音义在天壤，煌煌垂永久。

并乞其友于临终之际，勿令其尸骸已寒，而不以最终神圣之一语细语于其耳边。其语惟何？曰："自由！自由！"

十九世纪前半期之诗人，对于自由仅有一暧昧之概念。直至一八六〇年迄一八八〇年之间，抒情诗派对于自由之概念，始渐减其漠然无定之程度。于是时也，平民诗人之全部勃然兴起，是皆与于其时社会的运动重要之役者。会员中有一名 Plechtchiev[普列谢耶夫]者，以诗句表明此派之精神曰：

> 进进进吾友，勿疑亦勿怖。
> 刚勇之功烈，建立惟待汝。
> 上帝已昭告，赎罪光且曙。
> 吾侪坚握手，猛进以阔步。
> 扬我知识旗，缔我同心侣；
> 结合日益扩，精神日益固。

此诗至今犹传诵于俄国青年之口，且常高唱合奏于音乐会中。

同时诗人 Minaev[米纳耶夫]著讽刺诗甚多，以嘲传说之信条与经义，传布解放妇人与平民之理想，亦一先觉之诗人也。

女流诗家 Barykova[巴雷科娃]，其女性的抒情诗曲，既非传写爱情，又非描绘月夜，但以写沉湎于酒、困陷于贫乏与愚昧、罹于疾病之惨苦人民。其时有数辈诗人，但以歌咏为赏心娱志之具，变其天赋之才能而为人类之玩物。此女诗人则为危言以悚之曰："诗人者，保护国家之武器也，……彼为理想之渊源，……彼为贫苦愚钝人民之声音、之喉舌，……彼为晓日之第一曙光。"

此时之诗人，重视为公众幸福之奋斗，而以个人幸福为轻。就中有一诗人，尝训示青年曰："离尔父母，勿建巢居，其独立自营，……第一须于尔灵魂中扑灭情欲，其冷酷无情于恋爱、财富、荣誉之诱惑，其庄严神圣……保尔心之自然与清粹于尔胸中，然后全以授之于尔不幸之同胞。尔闻悲叹之处，尔往焉，……比大众多受艰苦，……留得清贫与明白。然则尔将成为伟大，举世将为尔叱贵之声所扰。"俄人于此无基督教的禁欲主义，而有革命的禁欲主义。自我之畀赋，全为竞争，全为奋斗，故其时之诗歌实为革命的宣言，读者亦以是目之。Dobrolubov[杜勃罗留波夫]者，诗人而评论家也。其诗句颇足状此派抒情诗家之精神，诗云：

> 死别告吾友，杀身为忠厚。
> 深信故国人，常忆吾所受。
> 死别告吾友，吾魂静以穆。
> 冀尔从我行，享尔以多福。

简要、鲜明、平易，全足以表示此时俄国青年之心理，此心理与现代中[产阶]级精神之精密复杂相去远甚。俄国之平民诗派，由 Nekrasov[涅克拉索夫]（一八二一——七八）达于最高之进步，其所作亦属于不投时好之范畴，故虽墓草已泛，而当其生前所起之议论，犹未能盖棺而定。此等议论，大抵皆关于其诗才之问题，有谓其诗为细刻而成之散文，并诗人之名而不许之者；有推为俄国最大之诗人者。是等议论，几分起于其诗之比喻的说明极重写实主义，但彼不欲认识文学之诗化的俄罗斯，而欲认识施行农奴制时与废止此制最初十五年之实在的俄罗斯者，必趋于 Nekrasov[涅克拉索夫]之侧，彼将以圣彼得堡城之官僚与实业家、诗歌与娼妓、文学与卖报人为材料，为尔描写此阴郁无情之圣彼得堡城，历历如画，然后引尔于空旷之乡间，庶民于此无何情感，亦无何理想，但为面包之皮壳而劳动，陈俄国农夫之心于尔前。

其所为诗亦或稍有所失，然轻微之过，毫不足以掩其深邃之思想，优美之观念。俄诗措词之简易，尤当感谢此公。盖惟所著多平易，故能为一般读者所接近。其诗多谱入音乐，为流行最普[及]之歌曲，传诵于俄国到处。

Nekrasov[涅克拉索夫]之影响于俄国社会，自其生前已极伟大，死之日，执绋从棺而吊者千万人。一诗人之葬仪，乃成极壮大之典礼。彼读者之后裔，常

中国俄苏文学研究史论
История исследования русской и
советской литературы в Китае

于其著作中寻得人道主义之学派,虽属初步,而能以诚笃真实著。

Nekrasov[涅克拉索夫]预知其诗必能觅得途径,以深入读者之心神,尝于诗中有云:"人能不爱此酷受笞刑、血迹淋淋、颜色惨淡之诗神者,必非俄罗斯人。""酷爱笞刑、血迹淋淋、颜色惨淡之诗神",殊非无用之语,是殆指俄国文学与诗歌之进步达于极点也。

斯时之俄国社会,实视诗人作者为人生之导师,为预言家,为领袖。斯时之诗人作者,亦皆尝出其最善之努力,以报此荣名。如 Pushkin[普希金]自遭放逐,终其身受警察之监视。Lermontov[莱蒙托夫]以一官吏而既被褫职,并受遣徙。Ryliev[雷列耶夫]以曾与于十二月党暴动之谋而身蹈刑戮。Ogariov[奥加辽夫]亦被政府勒令移居。他如雅负时誉之文学批评家 Pissarev[皮沙烈夫],身锢囹圄者四载。著"What's to Be Done"[《怎么办?》](流行最广之小说)之批评家 Tchernyshevsky[车尔尼雪夫斯基],亦见逐于荒寒之西伯利亚。而Dostoyevsky[陀思妥耶夫斯基]及较 Nekrasov[涅克拉索夫]稍后之著名诗人Yakubovitch[雅库鲍维奇],皆尝转徙于西伯利亚,置诸惩役监狱。即 Tolstoy[托尔斯泰]晚年亦曾受秘密警察之侦谍。Gorky[高尔基]必生活于异国,始免于放逐或投之坑中。

是皆俄国诗界最著之牺牲者,彼辈为文学之改进而牺牲,为社会之运动而牺牲,此外尚不知凡几。至于读者之受扰害与虐待,与书籍之遭禁止与焚毁者,尤更仆难数。以是因缘,俄国之诗神遂为衰亡纤弱之诗神,遂为烦冤惨苦之诗神;以是因缘,俄国伟大之诗家多以青年而早死,结核病与发狂,乃为俄国诗人常罹之病症。

Nekrasov[涅克拉索夫]后,俄国诗学之进步衍为二派:一派承旧时平民诗派之绪余,忠于其所信,而求感应于社会的生活,Oemtchujnikov[热姆丘日尼科夫],Yakubovitch[雅库博维奇]为此派之著名作者;一派专究纯粹之艺术而与纯抒情诗之优美式例以新纪元,如 Tuttchev[丘特切夫]、Fete[费特]、Maikov[迈可夫]、Alexis Tolstoy[阿力克谢·托尔斯泰]等皆属之。但纯抒情派之运动,卒不得青年之赞助而有孤立之象。一般青年仍多自侪于平民诗派之列,其运动之结果,适以增重俄国诗界之社会的音调而已。

十九世纪最后五年间,有一派新诗人崛起,号颓废派(Decadents),多属于新传奇主义派(Neo-Romantics)。一九〇五革命之起也,此派多不安于冷寂,踊跃以诉于革命事变所供给之资料,或且作诗以自誓忠于人民,且宣言甘为劳动阶级社会主义之战士。但此奇异之现象，不旋踵遂归于幻灭。而反动以起，此派复堕溺于神秘主义之中，而不愿废其探究虚伪之素志。观于是派中才名藉甚之Blok［勃洛克］，近年刊布一公函，函中信誓旦旦，谓公众之视颓废诗派与视平民诗派者不同，如颓龄之 Plechtchiev［普列谢耶夫］，伸其战抖之腕，劝人以向刚勇之功烈猛进，勿恐勿疑，闻者莫不以诚敬爱之，而在纯粹艺术之代表者为之，则闻者惟以俳优鄙夫弃之。此函中所鸣之不平，殆非无据而云然。盖俄国多数之读者，今犹视社会的诗歌为一种诗才之高贵的表示也。

今也赤旗飘扬，俄罗斯革命之花灿烂开敷，其光华且远及于荒寒之西伯利亚矣。俄罗斯革命之成功，即俄罗斯青年之胜利，亦即俄罗斯社会的诗人灵魂之胜利也。俄罗斯青年乎！其何以慰此血迹淋淋、颜色惨淡之诗神？其何以报彼为社会牺牲之诗人？

田 汉：
《俄罗斯文学思潮之一瞥》（节录）[①]

（一）沙尔脱意可夫 Saltuikof – Sichedrin（1826—1889）讽刺文学之天才也。其入此期益形圆熟仿佛英国之斯威夫特 Sweft 焉。六十年代时其讽刺不问为反动派自由派官吏文人莫不浴其锋铓。薛刹留夫评为"天真烂熳的讽刺之花"。沙氏之讽刺实有天真烂漫之气也。入七十年代，虽时势移易彼之人生时之则已确定，故讽刺之方向亦确定，不复若前此之无的放矢矣。所著《诶胜之豚》《真实》二书，实不啻守其最后二十年间制作之缩写。对于苟且迁就于人间而抱天国希望之人冷嘲热骂淋漓尽致。《坡色芬轶谭》亦构想于是时云。

（二）杜斯脱意叶福斯奇 Fedor Dostoievsky（1821—1881）者。一外科医之子也。一八二一——道光元年生于莫斯科之"Maison de Dieu"慈善病院。幼而贫苦终其身未尝富裕也。就学小学校时以师之薰陶，与其兄米海尔 Michail 同嗜文学。亲勃施钦之诗斯葛德之小说。其师又尝攜之观史雷 Schiller 之群盗 Robbers。剧感铭不浅。小学卒业后入圣彼得堡陆军工科学校，除受验之外不甚注意工课更耽于 Balzac，Geerge Sand，Homer 之作。鄂鄂尔之书尤为爱读者。一八四三年离校年二十三。其第一次之成功。则为二十四岁完成之《可哀之群》Ledmiya lyudi = Poor Folk（一八四六年出版）。书成，托其友持付诗人芮格纳所夫所。自惟无望惶愧绕室。越日晨四时有叩杜氏者则诗人芮氏偕批评家格利謂乐威迟 Grigorovitch 至矣。氏谓杜曰：君自知君所作者何物乎能作此书君必备艺术家之直接灵感也。如是芮氏复为誉于当时大批评家伯陵思奇 Bielinsky 而小说则由芮氏之新闻出版。杜之惊喜可知矣。第二作《双生儿》"the Double"出后，大失败，前之赞杜氏者皆自咎其谬曰是厥后忧患重重，杜氏无幸福之时。又生而以有家庭悲剧，患癫痫之疾。一八四九年事后其盖成。盖当一八四〇年——一八四七年大改革之前期—黑暗时代—圣彼得堡之青年研究法兰西"乌托邦的

① 原载《民铎》第一卷（1919 年）第 6、第 7 期。

社会主义"Utopian Socialism。如胡俄烈尔 Fourier，骆易濮兰 Louis Blanc，濮卢登 Prudhon 诸人的学说之风甚盛。一八四七年士官与新闻记者亦加入，组织俱乐部，以佩屈纳彻佛斯奇 Petrachevsky 为首领。会员中一方有属一八二五年之"十二月党"者。"以解放农奴"the emancipation of serfo，"设立自由宪法"the establishment of Liberal Constitution 为目的。前章已言之，想为读者所记忆。一方有为虚无党之先辈者则相机图"社会革命"Social Revolution。杜斯脱意叶福斯奇之职事，在说"斯拉夫主义"Slavophil Doctrine，即谓俄国在社会学上言之，不必规矩西欧。以其劳动组合与田赋互惠之制度，即已实现社会组织之最优形式云。此会成于一八四八年欧洲革命运动之后。尼古纳斯一世乾纲独断，自命为天道救民之君，夙有解放农奴意，以恶此会之人与之同一目的理想也。遂不惜摧残之。一夜，俱乐部开会，杜氏朗读勃施钦"农奴解放之歌""ode on the Aholition of Serfdom"。有质疑者谓欲达此目的恐非用暴力不可。杜氏曰然则用暴力亦自由他！一八四九年四月二十三晨五时，三十四个注意人物皆遭缧绁，杜氏兄弟则系城岩狱中八越月，十二月二十二日，杜与同志二十人引入一广场设有刑台。是日也，气温为烈氏冰点下二十一度。杜氏等褫去外衣受死刑之宣告。业举枪待发矣，以皇帝赦诏驰至，得不死。罚往西伯利亚作苦工四年。将发时谓米老可夫 A. Milionkov 曰。"罪囚非必野兽也，或者更较我佳，更较我有价值。前数月（在槛时）更事至多。将或能笔吾所目见与身经者"。至其地后与罪囚同操作，析旧舟也，运砖块也，扫雪堆也。以劳动也，体颇强健。后四年重惩役改为四年惩治槛与四年联队服务。然尝尽人间之苦矣。此苦役中遂成"死人之家的通信"Letters from Dead house，描写人生之渊底。美内日可夫斯奇曰，财产之放弃，肉体之劳动与人民之融和，此脱尔思泰之祈愿也，卒不能如愿。而杜斯脱意叶福斯奇以无可如何悉经验之。脱尔思泰所理想者，杜斯脱意叶福斯奇实际学之。于此点则杜氏较脱翁幸福多矣。云在配地，与当地某校长女结婚。未[几]逝去，复与同被放逐来西伯利亚之波兰人孀女马丽结婚。三十七岁始许归故国。自一八四九———一八五九年埋于"死人之家"Myortwago doma = Dead house 者，盖十年矣。惩治槛四年中所读之书，仅新约全书一册。反覆玩索，务体达忍苦耐劳之精神。故彼不仅以所受者为罪所应得，并感谢尼古纳斯皇帝也。以与他同居所经验，知无论如何沦落之人，其心底尚之一线之光明，其作《可怜之群》Poor Folk 即写此横蹂躏的下层民之悲惨生活。又写悲惨生活中灵光闪烁之良心的权威。因以高唱爱之福音与自己牺牲之福音。杜氏归来之日，

中国俄苏文学研究史论
История исследования русской и
советской литературы в Китае

正农奴解放之时。彼至彼得堡后,即为其兄 Michail 所发行斯拉夫主义之新闻"巫内门耶" Vremya 之通信者。即前章所云民情派者是也。在诸文豪中彼要为最谙民情深知流动于民间之俄国魂最为可贵。乃于虚无主义盛行之际扬接近人民地盘之声。未几,其以载波兰事,报被封禁。一八六四年再发行一新闻名习"叶颇茶" Epocha,此新闻固属自由而论调稳和。政府固忌之,自由主义者更诬为政府侦探。杜氏遂为"两枪中之人" a man between two fires。适其兄米海尔、知友格利歌柳夫 Girgorien——两人同在叶颇茶报——与其妻马丽 Marie 相继下世,余杜氏一人,自谓 my whole life was broken, and I had nothing to live for,矣。复哀其兄之遗族无慰护之人,遂决意以独力支持叶颇茶新闻,艰苦辛勤,无间昼夜。至一八六五年负债过多返还无力其寄友人书曰"I would gladly go back to prison if only to pay off my debt and to feel my self free once more""但返还负债使我后觉自由者虽再就圄圃亦所深愿也……"

其出版书肆主人 Stellovsky 者,著名之恶徒也,逼债尤力。杜氏可取之手段,一入狱一逃去耳。因去故国流浪德意志法兰西意大利之间,四年,贫困随身,癫痫时发。至一八六六年发表《罪与罚》Crime and punishment 一书名,誉顿起。然一八六九年在德时以缺乏两打勒(thaler)至于质去其外套与其身上之衬衣焉。然《罪与罚》出后,一八六八年发表《白痴》the Idiot,一八七一年发表《富翁》the Possessed,并作《嘉纳马作夫兄弟》"the brothers Karamazov"之腹稿。以贫病交侵之身得此可称精力绝人。其作《嘉纳马作夫兄弟》,借其主人公之口自道此情状曰。"I can hear anything, any suffering, if I can only keep on saying to myself = I live; I am in a thousand torments, but I live! I am on the pillory, but I exist! I see the sun, or I do not see the sun, but I know that it is there and to know that there is a sun is enough."(我只要常常能向自己说我是生存,就有千磨百难,我还是生存,我在头手枷上,我还是存在。我不管看见太阳与否,但是我知那里有个太阳,知道那里有个太阳就够了。)由此可以窥生活之一面也。

其间,一八六七年杜氏娶一妻,一八七一年重归俄国之时得国人之同情,将书出版所得赀还债务外,身亦略裕。一八七三年编辑"格雷齐丹林"新闻"the Grazjdanin",一八七六年发行"文人手记""the Diary of a writer"月刊,书系百科体。杜氏发表关于社会政治文学等之意见。复草创其最后杰作《嘉纳马作夫兄弟》,卒未完也。于各种文字中杜氏无不主张其斯拉夫主义,国人亦倾其视听。至一八八〇年七月八日于莫斯科举行勃施钦纪念祭时,杜氏之演说使国人热血沸腾。即平时政见龃龉者亦至感而无已。盖己仅知其为俄罗斯人，而忘其为西欧派或斯拉夫派 Westernisers or Slavophils 矣。就是年最后杰作著名中，体已大衰，一八八一年正月二十八日，自知将不起，取前狱中所用新约全书命其妻高声读之，至马太福音十四章三节，约翰扶耶稣归且曰：我将从汝受洗礼，汝肯过我乎。耶稣曰，毋留我，是适使我成大道也。杜氏听至此曰，汝听之，切莫留我，盖我将死也。因闭圣经，数日后，杜真死矣。葬之日，会者四万，中下阶级者尤多，男女着丧服，哀痛如丧其兄弟骨肉。俄罗斯任何帝后王公之葬仪，无若斯之盛大真挚者。谋律斯倍林 Maurice Baring 著《俄国文学之目标》，叙杜斯脱意叶福斯奇，至此曰："the dream of Dostoievsky, that the whole of Russia should be united by a bond of fraternity and brotherly love, seemed to be realised when this crowd of men, composed of such various a dwidlhy differing blemeuts, met together in common grief by his grave"（杜斯托意叶福斯奇之梦想谓全俄罗斯将以兄弟手足纯爱之绳缚为一气，今各地方各阶级之群众来会，以同一哀痛之情，临杜氏长眠之地，则其所梦想者似实现之矣。）又谓"the tears of thousands of hearts united together in the admiration and love of a man whom each one of them regarded as his brother"。（贯千万人心中之泪珠为一，以赞美斯人、爱戴斯人。斯人者认彼等中任何人皆为其弟若兄者也。）可谓善道之矣。

杜斯脱意叶福斯奇在俄国文豪中为最富于牺牲精神者，而其感人深处尤在一身之中备二种矛盾之精神，即认为天使同时即为恶魔。认为极端信仰之殉教者同时即为极端之无信仰者，认为深厚博大之天才同时即为残忍刻薄之天才。读《可怜之人》者孰不叹其同情心之彻底，而其对于伯陵思奇屠格涅夫之恨又达无理之程度。生平未尝富足，有钱，辄以与人。而观其自记有云"之为穷乏为金钱之劳役压迫我。使其精力消耗矣。余之苦恼果有尽期耶噫。可欲哉金钱噫。可欲哉独立。"其要钱之切不其可哀？要之其为恶魔，其为不信仰者，其至于残忍刻薄等，皆由对于天使对于信仰对于深厚博大等要求仰慕之真挚之热烈而来也。脱尔思泰称之为"病的健全"彼实于孱弱之驱壳中藏不可思议之生活力。故无论何时何地每走极端。其艺术之特征亦在善描写不健全之人的病的心理，又在能于恶魔之巢穴传爱力之福音，倍林曰：总之，杜斯度意叶福斯奇者，一医师也，一安慰者也，盖因彼之教训彼之道德彼之艺术彼之性格皆基于俄人所谓 dolgoterpjenie = forbearance（忍耐）与 Smirenie = Resignation（退让）也……其作品之"全理性"虽有说人类之悲剧而使读者不觉沉郁，而慰安不失望而有所希冀。

是因第一杜氏是爱他者,尝力行基督教最难行之教理——爱他人胜于爱自己"to love others better than oneself",第二引吾人下悲剧之最深渊以示"此种故事人类做不下去之时上帝乃为之续也""where man ends,god takes up the tale"。

杜氏三大杰作之中可视为代表作者推《罪与罚》一卷,以描写心理之深刻著,欧洲至今尚推为《马克伯斯》Macbeth以后之最大悲剧,爱读不少衰。此作之主人为拉斯可儿利可夫 Raskolnikov,有分俄国小说之人物为两"型"type者,一为卢悉怀 Lucifer 天上下凡之恶魔而骄恣暴慢者之表,一为依万都纳克 Ivan Durak 俄国家庭寓言常道的痴愚之人,以其单纯鲁拙战胜世界之智慧者。"依万诺威迟""Ivanvitch"即为俄国民之别称。此作拉斯可儿利可夫则属卢悉怀型的人物也。

拉斯可儿利可夫者一穷大学生也,自苦于穷困又见世间沦落可哀之人,愤社会不调和之念甚烈。其理想彼若能蹂躏人蕴习惯则彼亦为一种拿破仑。一日往质物于一老妇人所,忽自思曰,余杀此无生存意义而取人自肥之老妇,何害于社会。且散其财以济贫者益莫大焉。使拿破仑当此,必为之矣。古来立法者主权者最初多以人为牺牲,而未闻以罪人呼之,反为后世崇敬之对象。盖彼等皆超善恶而达彼岸也。善恶本相对名词,但为贯彻最高目的与社会以非常利益者,虽杀人亦所不顾。因杀老妇并老妇之妹,然不敢盗其金钱仅取二三微物而去。犯此罪后以为成蹂躏道德之超人矣。而骄慢之心不敌其良心之苛责。始知彼所谓超越善恶者为梦想,彼所赞美之人不能以己为律。盖彼等以铁造成而非以血肉造成者也。彼所杀者非老妇也,自己也,即自己之思想破产也。拉尝爱一少女名琐丽亚 Sonia 者,以父母死弟妹无所托,降身为妓。固出名贵虽居污泥而不失清美之心。以拉未尝贱视之,甚致感慕。见拉氏之苦闷也,究得其情劝之自首。拉初不愿曰"余杀老妇杀一虱耳——(彼谓'超人'Superman 以外之人皆为虱)——""余即自白于社会,奈社会较我恶何,每日之中,较我更大之恶事所作何限……"琐丽亚曰:"人类之事而虱处之耶?"后拉卒如女旨自首,判流刑七年送至西伯利亚,女随之往,谓"上帝将送彼以新生活"god will send him a new life"也。拉居配所杂众囚操作,琐丽亚时来慰之,然彼骄慢之心未尝去,每自评其所为曰:"安见我之所主张者劣于今世流行之学说道理耶,人当以独立的见地观察事物不当拘于成习。我之所见亦非大奇特,何以现之行为则如此之丑耶?以何标准判为恶事耶……"复深悔其自首之拙,又与同处诸囚不相能。诸囚至欲击杀之,然皆喜琐丽亚!一日为复活祭,拉偕诸囚同往教堂。诸囚却之曰：汝无入礼拜堂之权，汝不信上帝。汝一无神论者也，汝罪当诛。盖俄人恒分某种人宗教的，某种人为非宗教的，曾不顾其人行为之善恶，而拉则未尝与诸囚谈及上帝及宗教也。后拉有疾居病院多日，琐丽亚将护甚至，及痊可则琐丽亚病矣。旬琐丽亚亦愈。一日拉方操作，与琐丽亚遇，忽跪女膝下而大号，不能自辨其故。且曰"余非跪于汝前也，余跪于一切人类患难之前也""It is not before you that I am kneeling, but before all the suffering of mankind"自是入于新生活矣。其失望如云烟之消散，其书亦终于左之散语（语依英译）。

"But now a new history commences; a story of the gradual renewing of a man, of his slow progressive regeneration, and change from one world to another. —an introduction to the unknown realities of life. "（依英译）

但是现在一篇新历史开卷了，一篇讲一个人渐渐更新的故事，徐徐进步发达的故事，从某一个世界移转到他一个世界——那个世界可以与从来全不知道的人生现实相接近的。

此作之根本观念，要不过以拉斯可儿尼可夫代表物质的合理的原理，以琐丽亚代表精神的宗教的原理，即以前者代表肉的帝国，后者代表灵的帝国，结局离肉屈于灵，亦即杜斯度意叶福斯奇之中心思想也。杜氏虽亦喜尼采之超人说，然深信人类之灵魂内皆宿有神性。闻"人类之事而以虿处之耶？"之语者，可以知矣。所谓即凡罪人痴人狂人，其心底无不有善良之魂。人类精神价值之伟大与灵魂之不灭，彼所深信不疑者，故其于一切人类皆同等看待，既无杀之之权利，亦无被杀之义务。此拉斯可儿尼可夫之思想所以破产也。彼又于此作说，苦痛之为物可以使人发挥爱力发挥神性即《嘉纳马作夫兄弟》the brothers Karamazov 中其借促敘马 Zosima 长老之口训阿罗沙 Alosha 曰。

"You will have many adversaries, but even your enemies will love you , life will bring you many misfortunes, but you will be happy on account of them, and you will bless life and cause others to bless it . That is the most important thing of all. "（依英译）

你将有许多的灾难，但就是你的仇敌也会爱你，人生或将许多不幸与你，但你正以此可得幸福，你自己将惠爱你的生活，且将使他人也爱惠之。这是比什么都紧要的事。

又谓"罪人仅依处罚禁锢及强制劳动可使得救……刑罚非虐人而和人者……罪人悔改之速与放任甯加罚焉"云云。其所倡爱之福音皆彼自身自痛苦中体验得来也。《嘉纳马作夫兄弟》为杜氏最后之作,敘一大罪人阿罗沙 Alosha Karamazov 之生活也。但杜氏仅写此篇主公之长成其幼年之环境与其父兄之重要性质而。杜氏卒于敘阿罗沙历史开展之时,其结果虽不能知,而敘其兄弟三人之性状,微妙深刻,已叹为观止。嘉纳马作夫家有兄弟三人,长米梯亚 Mitya,次依万 Ivan,末阿罗沙 Alosha,其父则为荒乱之肉欲主义者。三人中米梯亚最有父风,卒弑父,已亦伏诛。此书主旨在以依万表肉的世界,以阿罗沙表灵的世界,即以己自况也。阿罗沙虽受不正之遗传,经若干肉之诱惑,以力行长老促敘马 Zosima 之所训,卒征服诱惑而得救。阿罗沙为天真纯朴而最富同情之人。说者以《罪与罚》之 Raskolnikov 为卢西怀型之人,而以阿罗沙为依万都纳克型之人,可无大差。长老促敘马将圆寂时训阿罗沙之言尤以说明杜氏之"爱之福音"。其曰:

"Be no man's judge; humble love is a terrible power which effects more than violence, only active love can bring out faith; love men and do not afraid of their sins; love man in his sin; love all the creatures of god, and pray god to make you cheerful。Be cheerful as children and as the birds," (依英译)

汝切不可裁判别人,谦让之爱较之暴力更有可惊之力,可以齐待信仰的只有活泼的爱情。但爱人而莫管其有罪恶否。有罪之人亦当爱之,爱上帝一切之创造物。祷告上帝使汝快活。汝当小孩儿小雀儿一般的快活。

杜氏"爱之福音"至七十年代"爱他主义"Altruism 盛行之时始为俄国文坛所注意,彼遂一跃而为当代伦理之指导者。人之从彼学得者,非学"何者当爱",而为"爱"之伟力。论者谓若以谔谔黎 Gogoli 代表国民之正义,则杜氏代表俄国民之良心。谔氏写日中暴露之俄国,杜氏写夜间潜伏之俄国。俄国之文豪多为田间之贵族,独杜氏为都会之贫人,物质上既为生活问题所驱,精神上复为道德问题所恼,故其作品乏敘自然之景者,乏叙荡人心魂之恋爱者。而风雨愁人之夜,冰雪照眼之天,防寒余一袭之衣,寄足无数橡之屋。此种悲惨生活之一隅,则天所以与杜斯度意叶福斯奇者也。

雁 冰：
《托尔斯太与今日之俄罗斯》（节录）①

十九世纪末之世界的文学

俄国革命之动力

今后社会之影响

今于造论之前，先提示本篇之大纲。曰：托尔斯太及俄国之文学、托尔斯太之生平及著作、托尔斯太左右人心之势力。缘此三纲，依次叙述。读者作俄国文学略史观可也，作托尔斯太传观可也，作俄国革命远因观亦无不可。

总 叙

十九世纪末年，欧洲文学界最大之变动，其震波远及于现在，且将影响于此后。此固何事乎？曰：俄国文学之勃兴、及其势力之勃张是也。前此数十年，俄国文学，不在欧洲文艺史上，占若何地位。乃未及数十年，俄国文学之势力竟直逼欧洲向来之文艺思想而变之。且浸浸欲逼全世界之思想而变之。呜呼！此首尾五十余年，实托尔斯太与其同时文豪之时代也。俄国有史以来，盖数千年矣，顾前此之文学进步若是其缓。而独于兹数十年间，文豪踵起，高俄国文学之位置，转世界文艺之视听。休哉盛矣！而此惟托尔斯太发其端。

俄文学之特色

十九世纪末俄国文明之勃起，其势颇似中古西欧文艺复兴时代之英法。中古黑暗时代，十五世纪十六世纪之交，西欧学术思想，狃于故常，垄断于旧教之手，当时所谓两大文学，希腊拉丁而已。全欧文艺，奄奄无生气。乃有活泼敢作之英法二国之新思想，出以打破之，而成今日之文明。今日俄国文学之勃兴，亦犹是已。其有造于将来之文明，固不待言。而其势力之猛鸷，风靡全球之广之

① 原载《学生杂志》第 6 卷第 4—6 号 (1919)。

中国俄苏文学研究史论
История исследования русской и
советской литературы в Китае

速,有迥非文艺复兴时代之英若法所可得并论者。盖尔时之著作家,犹未脱莫仿的臭味,犹不能飞轩绝迹,自出新理。惟俄则不然。其文豪有左右一世之力,其著作为个性的而活泼有力的。其著作之创格,"为心理的小说"。"Psychological novel"形式的"心理的小说"不始于俄固也。然彼所谓"心理的小说"者,其藏其否,非良心上之直觉,而有矫揉造作标异欺人之意,存乎其间。其理想多少必有几分为社会之旧习惯、旧道德所范围。故其良心上之觉悟之批判非天真烂漫如小儿的谓之为"心理的小说"。形式的非实在的也。惟俄之文豪则不然。其无存心,纯由良心上直觉之特长,随在可见。而托尔斯太与陀思妥夫思该之若作,尤其著也。

英法文学与俄文学之比较

英之文学家,矞皇典丽,极文学之美事矣,然而其思想不敢越普通所谓道德者一步,众人所是者是之,非者非之,不敢于众论之外,更标异论,更辟新境。其所谓道德,奴性的道德,而非良心上直觉之道德也。故一论及道德问题,已有成见,不能发抒其先天的评批力以成伟论。是英之文学家之通性也。法之文学家则差善矣。其关于道德之论调,已略自由。顾犹不敢以举世所斥为无理为可笑者形之笔墨。独俄之文学家也不然,决不措意于此,决不因众人之指斥,而委曲其良心上之直观。读托尔斯太著作之全部,便可见其不屈不挠之主张,以为真实不欺,实为各种道德之精髓。盖英也法也俄也,为西方民族之三大代表,有三种面目。十五六世纪,英人思想风靡世界支配世界之时代也。世界民族,乃由专制政治而转为立宪政治,由国内生活而转为海外生活。十八世纪法人思想大盛之时代也。建大共和国,破历来国家之定式。而十九世纪则俄人思想一跃而始兴之时代,亦即大成之时代。二十世纪后数十年之局面,决将受其影响,听其支配。今俄之 Bolshivikism 已弥漫于东欧,且将及于西欧,世界潮流,澎湃荡动,正不知其伊何底也。而托尔斯太实其最初之动力。呜呼! 托尔斯太。

复次,俄国文学犹有一特色,即富于同情是已。盖俄国民族性,为女性的而感情的。彼处于全球最专制之政府下,逼压之烈,有如炉火,平日所见,社会之恶现象,所忍受者,切肤之痛苦。故其发为文字,沉痛恳挚,于人生之究竟,看得极为透彻。其悲天悯人之念,恫矜在抱之心,并世界文学界,殆莫能与之并也。

俄国文学与古代文学之比较

俄国文学之美点,既独步世界而莫与之京矣。勉求其相似者,厥惟古希腊。

古希腊外受波斯之侵陵，内因雅典斯巴达二市府之争雄，蜩塘沸羹。其人民所受痛苦，不减于俄。即言其地位，介乎东西之间，受两大思潮之夹击，亦似于俄。是故其文学亦大都寄意深奥而词句出悒。大诗家荷马，以至由列必储（Euripides）之著作，在有此趣味也。（拉丁文学，即不如是）托尔斯太固嗜读荷马之著作者也，其所著《战争与和平》"War and peace"一书，感受荷马之势力实不少（《战争与和平》之批评详见后）。彼二人心目中之英雄观同，战争观同，情节之曲折同，对于人生向题之悲观同，而感情之浓厚亦复相同。谓近代文人得荷马之真趣者，惟托尔斯太，其谁曰不然？

托尔斯太在俄文学界之地位

又其次为托尔斯太在俄文学界之地位。夫托尔斯太之为俄之第一个文学家，复何疑义？虽然，应知其与英之莎士比亚之地位不同。莎士比亚为英文学之泰斗，然其地位为孤立的。与莎氏并肩者无一人，继莎氏遗响的亦无一人。托尔斯太则不然，其同时及略后诸文豪皆足与之相垺。譬犹群峰竞秀，托尔斯太其最高峰也。而其他文豪则环峙而与之相对之诸峰也。

愈之：
《都介涅夫》（节录）[①]

我国近来研究俄国文学俄国思想的人渐渐多起来了，这是一件可喜的事情。近代俄罗斯和西欧诸大国相较，在政治方面物质方面，没一件事能比得上。但从文学方面说来，俄国对于世界的贡献实在是非常重大，现代世界各国的文艺思想多少都受着俄国文学的暗示和影响的。一世纪以来，俄国作家，从极端理想主义的浪漫派到极物质主义的颓废派，都是很众多。其中开创俄国国民文学的元勋，要算普昔金（Alexander Pushkin 1799—1837）、楼芒多夫（Michael Lermontoff 1814—1841）、顾谷儿（Nikolai Gogol 1809—1852）这几个，人道主义的色彩最显明的，又要算陀斯妥夫斯基（Fiodor Dostoyevsky 1821—1881）、高尔基（Maxim Gorky 1868—）、恩德莱夫（Leonid Andreeff 1871—1919）这几个；但在实际上使俄国文学占世界第一位置的，功劳最大的却要算都介涅夫和讬尔斯泰（Leo Tolstoy 1828—1902），因为在他们以前，俄国文学不过是俄国文学，和世界不生干系，有了他们两人以后，俄国文学才真的变成世界文学了。讬尔斯泰是最大的人道主义者；都介涅夫是人道主义者而又是最大的艺术天才。讬尔斯泰的小说戏曲，是借此来宣传他的主义的；都介涅夫的小说，却是纯粹的艺术作品。讬尔斯泰的文学现在我国人也有些懂得了。但现在讲西洋文学的总是偏于思想方面，艺术天才像都介涅夫的就少人注意。我想文学到底是一种艺术，思想不过是文学上所应表现的一种东西。要想吸收西洋的近代文学，确立我国的国民文学，艺术方面实在比思想方面，更应该研究所。以我在俄国作家中，捡了个都介涅夫来约略介绍一下。

伊凡都介涅夫，（Ivan Turgueniev）是莫斯科西南阿拉耳（Orel）地方人。一八一八年十一月九日生。他和讬尔斯泰一般，是从富贵门第出身的。父亲是个陆军大佐，家境富裕。都介涅夫从小跟家庭教师学德法语文。俄国上等人家，

---

① 原载《东方杂志》第 17 卷第 4 号（1920）。

谈话多用法语；都介涅夫的母亲，除对下人之外，不讲一句俄国话的。所以都介涅夫从小同外国人一般，于本国文字一无所知。后来还亏他家里一个底下人，时常把俄国十八世纪诗人 Kheraskov 所作的"Rossiad"念给他听，于是他才引动本国文学的趣味。

都介涅夫生成是个艺术天才。当他做小孩子的时候，他脑子就像一副精密的测量器，玄秘的自然现象，微弱的情绪冲动，他都感受得到的。家中有一座花园他幼年时常游玩其中，于自然美妙，领略得不少。后来他说："当我年纪很小的时候，我在这花园里，看见蛇和蟾蜍争斗，我就疑心到造物仁慈的话了"。这花园里醉烘烘的夏日，冶清清的白昼，在这少年艺术家眼里，都含着自然的大秘密。

都介涅夫幼年受过一椿奇异的经验，就是他所作短篇《初恋》"First Love"（陈嘏君译载新青年第一二卷）里的那椿事，这篇小说记一个十六岁的童子，和邻女琪乃达（Zinaida）姑娘相爱。后来这童子探知琪乃达每晚在暗里和男子私会，他就起了个凶心。一天晚上，他怀著一柄利刃去伺候那私会的男子。不料那男子走近，从黑暗中望见，才知就是他父亲！这小说所记的全是实事，那童子是作者自己。

据都介涅夫自己说，短篇《春潮》"Spring Flood"（陈嘏君译载新青年第一卷）中所记的，也是他十九岁时的实事。这小说真的主人翁萨棱（Sanin）初恋一女郎，后来恋一有夫之妇，把这女郎弃却，终于演成可怕的悲剧。这大小说家儿童时代的理想和情绪，从这小说中很容易看出来的。

都介涅夫十六岁时，父亲便去世，以后全是母亲抚养长大的。母子性情是极端相反，他母是个骄倨的贵妇人，性情又严冷，又暴躁，思想更是顽旧不堪的。都介涅夫作的那篇《唔唔》"Mumu"（已译载本志后幅）是实有其事，书中的寡妇太太，便是他母亲。他母亲待奴隶非常之专制。都介涅夫幼时对于处不幸地位的奴隶，很表同情；对于他母亲的态度，很为反对。看《唔唔》这篇小说就可知道了。他后来竭力鼓吹农奴解放，也实在是因幼年感触极多，才有这种反动呢。

都介涅夫年十五岁入莫斯科大学，第二年改入圣彼得堡大学。后来又入德国柏林大学，学的是哲学和古言学。于黑智儿哲学说研究很精，他的思想受黑智尔影响，是很多的。一八四一年他年二十三岁，满装了西洋的自由思想，回到圣彼得堡来。这时候他和他那顽固的老母更加不和了。他于是独住一处，他的文学生涯就从这时开始。后来他虽在俄国内务部里办过事，但不久便又弃去。

一八四五年他所作的《巴拉沙》"Parasha"为当时大批评家伯陵斯奇（Visarion Belinsky 1810—1848）所赏识。一八五二年《猎人笔记》"Zapiski Okhotnika"出世。这部书乃集二十几种短篇而成,记作者到乡下去行猎,认识了个小地主,因此考见乡间生活情形。全书并没一定的结构,也没一定的意匠;但乡民性情之质朴,田野风俗之醇厚,却活现于纸上;对于自然和人生都能下精密的观察,把真面目揭露出来,真不愧为杰作。这部小说在俄国流行极广;上中下各阶级,甚至俄皇自己,都读过的。而且书中讲到农奴的不幸生活,无限深刻,于当时放奴运动,影响极大。后来俄人受了都介涅夫的感动,自由思想,一日盛似一日,到了一八六一年到底把全国二千三百万的农奴释放了。所以这一部"猎人笔记",可以和美国施拖夫人（Harriet Beacher Stow 1812—1895）的《黑奴吁天录》"Uncle Tom's Cabin"相并。

他从二十岁后,游德法诸国,吸收新思想,居本国的时候很少。一八五〇年母亲死后,都介涅夫承受遗产,把自己土地内的农奴,全行解放,任其自由。这种举动是讬尔斯泰所难以做到的,但都介涅夫因为不像讬尔斯泰有家庭的牵制,所以能"独行其是"。这时候都介涅夫是个盛气少年,思想和行事,都很激烈,在著名专制的俄国自然容身不下了。一八五三年,他因为在莫斯科报上,做了一篇吊顾谷儿的文,言辞激烈了些,触了致府的忌讳,几乎要送到西伯利亚去,后来禁止他往外国。过了两年,才被释放;以后他便住在法国,专心于著作事业。

都介涅夫一生经过四十年的艺术生活。他的作品质和量都是很丰富的。从一八四三到四四年他做过几卷诗,以后所作的却以小说占多数,长篇和短篇都很富。长篇小说最有名的是《路丹》"Dmitri Rudin"（一八五五年）《贵族之家》"The Nest of Nobles"（一八五八年）《海伦》"Helene"（一八六〇年英译"前晚"）《父与子》"Fathers and Sons"（一八六二年）《烟》"Smoke"（一八六七年）《荒地》"Vigin Soil"（一八七六年）的六种。这六种小说不单是俄国近代文学上的杰作,而且是世界的模范名著。此外名作还是很多。若要把他终身著作,作详细的研究,只好让那做文学史的人了。下面且把都介涅夫的文艺思想,约略讲讲罢。

在文学史上,都介涅夫是被列入写实派的。但他是热情的天才,多愁的（Melancholy）艺术家。像他所作的《海伦》描写爱情悲剧,可算最悲郁的小说。又像《荒地》中之主人翁,因为缺乏和现实奋斗的力量,其烦郁比较莎士比亚剧中的韩列德王子（Prince Hamlet）更甚。可见都介涅夫的作品，主观情绪是很丰富的了。但他的主观，却又和旧浪漫派不同，决不是理想的空洞的。丹麦大批评家布兰兑斯（Georg Brandes 1842—）说："他具有真诗人的能力，是能活画实生活的大艺术家。他作品中所描写的人物，作者自己的兴味判断，和读者所受的印象，是能调和一致的"。这印象调和，是都介涅夫独特的本领，不是浪漫派作家所及得的。又就近举一个例，像那《唔唔》一篇，表面看去全然是客观的描写，但我们细读一遍，觉得对于那被主人欺负的管门人，生一极热烈的同情，这种情绪是从作者心上流露出来的。可见都介涅夫的艺术和绝对客观的法国写实作家，又是不同。总之都介涅夫在一方面可说是写实主义的浪漫派（Romanticist of Realism），在一方面又可说是浪漫主义的写实派（Realist of Romanticism）。

都介涅夫和陀斯妥夫斯基讬尔斯泰是俄国写实派的三大文豪。大概讬尔斯泰是以道德来解释人生的；陀斯妥夫斯基是以病态心理来解释人生的；都介涅夫却是以艺术来解释人生的。克鲁泡特金（Peter Kropotkine 1842—）在他的《俄国文学上之理想和现实》"Ideals and Realities in Russian Literature"中也说"从小说之艺术的完密，和美丽看来，都介涅夫恐怕要算一世纪中最大的小说家了"。像他的《贵族之家》《海伦》等小说，诗的天才的丰富，结构印像的美丽，在俄国作家中，谁也及不来的。

但上面所讲的还不是都介涅夫的特色，都介涅夫最大的特色，是能用小说记载时代思潮的变迁。他的小说出现，先后要占三十多年的时期。在这三十年间，俄国社会从旧生活改到新生活；思想界经过好多次的变化。都介涅夫却能用着哲学的眼光，艺术的手段，把同时代思潮变化的痕迹，社会演进的历程，活泼泼的写出来；而且是富于暗示和预言性的。要是把他一生大著作汇合起来，便成一部俄国近代思想变迁史。这种反映时代精神的艺术手段，恐怕全世界找不到第二个呢！

所以要研究都介涅夫的文学，必须和十九世纪中段俄国的思潮变迁，互相参证，才有趣味。都介涅夫的六大杰作，《路丹》出版最早。这小说中所描写的，是一八四〇年间的社会情形。这时俄国处于暴君尼古拉斯一世治下，青年受了西方自由思想的鼓动，觉醒的已经不少。因为处于专制政体之下，政治方面早已绝望，一般青年都向艺术哲学宗教方面走去，离现实而近空想，好大言而忘实际。不但那时的学生界是这样，凡有点智识的人，差不多都是这样的。路丹——小说中的主人翁——就是这一种人的代表。他是个活泼的新青年，倾心于贵推西娄尔的思想。某年夏间路丹遇着一个十七岁的少女,名叫娜泰丽亚(Natalia),路丹美妙的辞令和空阔的大话,把娜泰丽亚迷住了,两人满心满意的私订了婚约。但不久娜泰丽亚的母亲得知了,把伊责骂了几次,不准伊和路丹往来。于是娜泰丽亚和路丹商量,要想跟了他逃走。但路丹是个说大话的人,不是能实行的人,口里虽然热烈,心里却是冰冷。他拒绝这计划,以后两人分离;路丹终于放浪而死。《贵族之家》出版的时候,俄国社会渐从理想返到实际;这小说里边所描写的人物已不像那路丹,专门空口说大话了。等到《海伦》这部小说出版,路丹式的青年,已完全绝迹,俄国社会到处充满了积极的活动的空气。《海伦》中的女主人海伦,是个有肝胆的奇女子,伊日记里说:"单是'善'不好算人生的目的,'为善'才是人生的大事。"伊在男子当中遇见了许多有才能的美术家和温和的学者,伊没一个中意的。后来遇见了殷色洛夫(Insarov)。他是保加利亚的爱国志士,是一个有担当的力行家;他所有的是一双钢铁般的手,却不是一张锦绣般的嘴;他只有一个观念,就是母国之自由。海伦便决计嫁给他,帮着他合力做去。后来殷色洛夫死于国事,海伦总算遂了伊的素志了。自从这部小说出世后,直到俄国革命为止,有不少青年男女,都学殷色洛夫和海伦的样;为争自由,送进牢狱的,送到西伯利亚去的,送上绞首台的,也不知有多少!《海伦》里边的人物,倒是个恰好的影子呢。

谈到俄国事情,便会联想到虚无主义(Nihilism),其实虚无主义这个字是都介涅夫造出来的。自从都介涅夫在他的小说《父与子》里,说起虚无主义之后,不到几年,虚无主义这名词,变成俄国人的"口头禅"了。都介涅夫所说的虚无主义,和俄国虚无党人的主义,却是不同。就《父与子》里所说,虚无主义是否定的主义,没有信仰没有崇拜的主义,也就是无主义之主义。书中主人翁巴柴洛夫(Bazarov)就是虚无主义的代表;他对于政治哲学宗教上认为"天经地义"的东西,只是一个"不相信";一切事物,都要用科学态度来考验过才算数。

这种虚无主义,不用说,是一种新思想,是一种新青年思想,——"子"的思想,当然是要和旧思想,老年思想——"父"的思想冲突了。《父与子》便是描写新旧"父""子"冲突的小说。巴柴洛夫和阿喀台(Arkady 巴柴洛夫的同学)代表"子"的时代,都是抱虚无主义的。尼古拉(Nikolai Petrovitch 阿喀台的父亲)和贝伐尔(Pavel Petrovitch 尼古拉的兄弟)代表"父"的时代;一个是冒充新青年的旧人物,一个是绅士式的顽固党,"父""子"两派各不相下。后来贝伐尔甚至和巴柴洛夫决斗。这可见新旧冲突的利害了。

都介涅夫晚年住在法国，和当时法国自然派名家刚考德（Jules de Goncourt 1830—1870）、佛劳褒（Gustave Flaubert 1821—1880）、曹拉（Emile Zola 1840—1902）、桃达（Alphons Dandet 1840—1890）等郊游，组成著名的 hissed table。他在西方自由空气中呼吸惯了，不知不觉生一种憎恶本国的感情，不高兴住在俄国。他是个爱人类的艺术家，和眼光短小的文人，自然不同。而且他替祖国增不少的光彩，俄国实在也省不了他，要是没有他，西方的文化固然不会传到俄国去，俄国的文化也决不会传到西方来！

一八八三年九月三日伊凡都介涅夫在法国巴黎去世。大批评家罗南（Ernest Renan 1823—1892）在他坟前演说道"他是全人类的化身；全世界住在他心里，借着他的嘴来发表思想的。"这几句话，就是这大小说家的定评了。

瞿秋白：
《托尔斯泰的妇女观》（节录）①

　　托尔斯泰的妇女观完全是从道德上着想，他对于妇女问题有一个根本观念，这个根本观念是根据于他的哲学——他的宗教——而有的。他的哲学，他的人生观，就是说为"爱之福音"。他说："爱"示人以人生的目的；而"理性"示人以达到目的（爱）的方法——劳动。所以他的妇女观根据"爱"而有一个根本观念，他于《告妇女书》上说，男子之道——劳动工作，女子之道——生育儿女。

　　他为什么以这个观念为他对于妇女的根本观念呢？就是根据于他所谓"神圣的爱"而说的，他以为"爱"是一切道德，宗教的根本，所以对于它非常注意；又以为母爱子女是一件最重要的事，因此有如此的根本观念。这是可以以后再说的。我现在先译几段他论妇女的话。

　　他说：

　　　　男子和女子的定职是一样的，服务于上帝。不过两性间的区别是在于服务的方法，而且是确定不易的。所以男子和女子都应当以自己的一定的方法服务于上帝。最紧要的，女子的绝对的事业——他对于生命，对于人类的天职，只有一件预定的必要的事业——就是儿女的生育和儿女的初步教育。所以女子应当尽心竭力的对于这件事，对于与这件事相关的事。女子能做一切男子所做的事，而男子不能做女子所做的事（生育儿女和初步教育）。所以女子应当尽全力于她独一能做的事（生育儿女和初步教育，抚养），使这件事做得好好的。

　　　　女子，是家庭之母，在家里不能有幸福的女子，无论到什么地方永不能有幸福。

---

① 原载《妇女评论》第 2 卷第 2 期（1920）。

他引马德志尼（Joseph Madsinie）的话，说：

男子和女子——琴上的两个音符，没有这两个音符，人类的心灵，好象琴上的弦，永不会正确也不会和谐。

男女真正的，坚定的结合——只在于精神上的关系。性别上的关系而没有精神上的关系——那是夫妇双方痛苦的起因。

男女的道德是一样的，"廉节"，"正直"，"善行"。而于女子的道德得有特别的"美妙"（Charm）。

一切世界和世界里的东西真是"美观"，而世界里"最美的"——就是有德行的女子（谟罕默德）。

人类的职务分为二部：（一）增进现存人类的幸福，（二）延续人类。第一件专为男子而设，第二件专为女子而设。

"生育儿女"是女子（学习）"自我否认"的学校。女子于此习于"自我否认"的方法，就能于别的生活情状中很容易的显出"自我否认"的方法来。

说是纺织，缝纫，洗刷，抚育，这些事绝对的是女子的事，而以为男子做了这些事，直是可羞可耻，这真正是根本上的错误。况且其正可羞的事却正相反；当粗俗的女子，又疲乏又羸弱，尽力纺织，洗刷或抚育儿女的时候，男子却没有职业，尽以浪荡虚度光阴，或者一件事都不做，这才可羞呢。

女子竭力去学男子，和学女子的男子一样可丑。

女子做得很大的事业：生育儿女。而男子培植发明智识。现在女子尽随着男子堕落，这种风气已经传播得很广，还正在传播出去呢。男子是只能教育儿女而不能生儿女的。

你不嫁，你有意避去生育，那么，你就去做男子所做的事。可是要知道，女子的事有一件——生育儿女及初步教育——无论什么都不能代替它的。

以上引的都在他的读书一周纪里，已经可以大略窥见他对于妇女的意见。他对于妇女的根本观念是很明了的。就是：男子之道——劳动工作；女子之道——生育儿女。男子的职务是增进人类的幸福，女子的职务是延续人类的后嗣。因此又根据于他的泛劳动主义，对于妇女职业问题另有一种意见。所以他对于妇女的意见最重要的就是妇女职业问题，其次，就是妇女贞操问题，再其次

中国俄苏文学研究史论
История исследования русской и
советской литературы в Китае

就是婚姻问题。现在就我所知道的略略说一说。

（一）妇女职业问题　他对于妇女职业问题，主张女子不应当做男子所做的事。然而他并不是主张女子不应当解放，应当永久受男子的压迫。也并不是主张女子不应当做别的生产的劳动。他另外有几层思想：（1）关于劳动的问题。他说，女子明说是做男子的工作，其实女子并不愿意去做劳苦的，男子的工作——矿窑，田地里的工作。女子所愿意的，是参与男子坐享他人劳动而做的工作——银行，学校，公署里的工作。所谓坐享他人劳动的工作，不是能因女子参与男子的工作而减少的，而且因女子参与男子的工作而格外显得出。就是所谓"现在女子随着男子而堕落了！"他在《克联谢洛槐曲》（Krei Cero Baya Sonata）一篇小说里（这篇小说我的朋友耿济之君已经译出来了，登在《新中国》上，更名《旅客夜淡》，是一篇专论妇女问题的小说。）曾说过："请看一看所有的工厂，一大部分的出品都是女人所用的，那些没有益处的首饰，高车器具和玩物。好几百万人都像奴隶似的，在专为女人充足情欲的工厂里，因为艰苦的劳力就毁坏了自己的身体。女子个个全使出那女皇的尊严，竟把十分之九的男子都当做她们的奴隶。这全是因为男子凌辱了女人，不使她们和男子有同等的权利，所以她们才借着男子情欲的力量把我们全数捕在网子里去了。"这不过是反面的话罢了。（2）关于母职的问题。他以为母职（生育儿女和初步的教育，抚养）是女子专长的事，男子所不能做的。除以上已经引过的话以外，他的奇霍甫（Anton Tchehoff）的《小说〈可爱的人〉（Douchetchka）的后序》里也说过。他的《答人驳告妇女书》里也曾说过。他对于这一层意思仍旧是根据于他的根本观念。就是说：女子能做男子所做的一切事件或者比男子做得更好些，所苦是，男子不但不能做女子所做的事，而且那些类似的事也不能做。这本来是男女生理上的异点。科学家也承认，科学虽然万能，可不能变男为女，也不能使男子能生育儿女。而且奈尔英（Nearing）也曾说过，母职是妇女的天职。就是奇霍甫和连史夸甫（N. S. Lieskoff）也有过这样论调。（3）关于"爱"的——宗教的，哲学的——问题。托尔斯泰的学说以为"爱"（Amour）和"克己性"（Abnegation）是人类进化的最大枢纽。所以他对于妇女的意见，以为妇女尽他的天职去生育儿女，抚育儿女，即使历尽千辛万苦也绝不指望人家感谢他，称赞他，正是"克己性"和"自我否认"——无抵抗主义，无我主义的——表显。再则呢，母亲"爱"她的子女，纯出于天性，不可以理论争的，正合着那"伟大的爱"——所谓"爱之福音"。假使女子违背了她的天职——不生育儿女，不抚育儿女而参与男子的工作,去享受他人的劳动,——那么,(1)犯了不劳而食的信条,因而穷奢极欲;(2)自己丧失理性的人生意义——"爱",——以致于绝灭人类;(3)即使只有少数女子如此,已足以丧失人的"爱性",使家庭,社会里发生许多不和,不爱的乖戾现象,这一层他在《告妇女书》里论到堕胎的事情已经说及。

他有这三层意思,所以反对妇女参与男子的虚伪假善的劳动——工作,然而他于物质的经济的现象似乎没有大注意,假使时势所逼女子因要求经济的独立,而不得不参与男子的工作,又没有能力完全做生产的工作,那又当怎样办呢? 这一层他没有什么解释。(也许是我没有读到,或者虽读到而不能领会,也未可知。)托尔斯泰死了不到五年,欧战就起,假使他多活几年看看现在欧洲妇女职业的状况,还不知道要怎样惋惜呢?

(二)妇女贞操问题　托尔斯泰常时也推崇禁欲派的学说,而对于妇女贞操问题,却绝不以宗教,以法律为标准,也绝不是以家族,以国家,以夫权来苛责妇女的贞节。而完全从侧面着想——归罪于社会制度。其实这也是根据于上述的各种意见而来的。他虽说那淫荡媚人的女子决不是能尽天职的,能统御男子的,正直的女子,然而他却也说,那些淫荡妖媚的女子,因为要淫荡,要纵欲,却用科学的方法来堕胎。那科学——能研究物质现象而不能解释人生意义的科学——真是贻害匪浅。他又说,政府监察那妓院的正当营业……许多医生去检查她们的身体,这好象他们明明的说淫欲是一件有益卫生的事,卖淫是一件正当的营业。他对于贞操问题常常是用这样严刻的,冷峭的眼光去批评他。我们只看一看他做的小说象《克连谢洛槐曲》和《复活节》(Ressurecton),剧本《黑暗之势力》等就可以知道了。《克连谢洛槐曲》里有一节,很可以显出他对于社会制度持那种严厉的态度,和对于妇女贞操有一种宽恕的口气,我把他抄在下面:

　　……那些强制手段(医治梅毒的强制手段)却不用在消除淫欲上,反去用在奖励淫欲上,要来保证那淫欲的没有危险,这算什么事呢? 那件可怕的事,差不多没有人不遇着的,青年人不用说了,恐怕有十分之九都受这个苦,连乡下的农夫都免不了的。这个原因,并不是因为妇人生就了蛊惑人的手段——妇人决不会媚人的,却是因为有些人,看着淫欲是法定的和有益于卫生的事情,还有些人却把它当做一种少年人最自然并且没有罪的游戏……

中国俄苏文学研究史论
История исследования русской и
советской литературы в Китае

（三）婚姻问题　他对婚姻问题也是以如此严刻的，冷峭的眼光去批评婚姻制度。他有句话说："求婚这件事……这边（男子）权利和希望是平等的，妇女那边可如同市场上贩卖的奴隶，猎网下的饵食。你不信，问问那做母亲的或她女儿自己，她哪一天不忙着要捕着一个未婚夫呢？这正是可耻的事情。这是她们妇女们所做的，只有这种事情，别的她们全不会做。……这不是可怕么？"他简直说，清白身体的女儿卖给浮荡子弟，那个代价只不过是繁缛的礼节罢了。他谨告妇女，能尽天职的妇女，给她女儿选女婿，决不以手腕的白净，体态的温柔，常是以有没有真正的劳动——工作，去估量男子的身价。不能尽天职的妇女，给她女儿选女婿，才不以男子自身的价值，而以男子的地位，财产，才干，能不能享受他人的劳动定去取呢。这也是根据于他的泛劳动主义的。总之，我们明白了他的根本观念，由此推出那三种意义——妇女职业问题里所举的三层意义——至于贞操问题，婚姻问题的主旨也可以一隅三反了。

我再说一说理想上的女子。他理想上的女子是什么样的呢？就是：

> 女子能有当代高尚的宇宙观，确是尽她女子的，一定不易的天职的——依于自己的宇宙观而去生育哺乳，教育培植成最多数宜于为着人类去工作的小孩子。

托尔斯泰的学说，大概是消极的，破坏的，批评的性质居多，而积极的，建设的，讨论的性质较少。所以他的妇女观也是如此。我们讨论一个问题，或研究一种主义都不能缺少消极的，破坏的，批评的性质，因为消极的，破坏的，批评的性质愈丰富，那积极的，建设的，讨论的性质也愈丰富；这不过是一种对象的两方面，是相对的同时而起的。现在中国讨论妇女问题的多极了，我特地就我所知道的介绍了这一篇，虽然是一鳞一爪，也未始不可做参考的材料；不知道读者对于这一篇有什么感想没有？

一九二〇，二，十二。晨五时。

泽　民:
《阿采巴希甫与〈沙宁〉》[①]

　　俄国因思想潮流的变迁,各大家文学风行的中心也逐渐迁移了。一场革命之后,人心大变都介涅夫(Turgueniev)安静的悲观思想,讬尔斯泰宗教的无抵抗主义,以及一般最普通的俄国式的无意志的哲学,都已不时行了,一般思想都合有和他们反抗的精神。虽然在革命以前,高尔基(Gorky)曾表示他特有的反抗精神,但当革命以后,阿采巴希甫的杰作出来,他也不得不退避三舍。阿采巴希甫在他的小说《沙宁》中间,道德上的无政府主义革命可算被他宣扬到最高点了。批评家郎格(Long)曾说,俄国的文学,前半期是被动的文学,这派文学到了乞呵夫(Chekhov)而至极点;自此以后渐入后半期,自动的反抗的文学,也就是俄国最近的文学。自从乞呵夫的作风变到现代的作风,中间一个转扭,最好请高尔基的朋友安得列夫(Andreyev)来代表。这后半期的文学和前半期的精神上不同之处,就在他们对于人生的态度。他们已渐渐廓清从前那种谦卑不中用的,被"生命所压碎"的个人精神了。新来的精神是尼采(Nietzsche)、斯铁尔(Stirner)等人的哲学思想,他们在斯铁尔的口中喊出那些"个人绝对的独立,个人自主,个人主治一切"的呼声。俄国的精神已醒了,他就要回复到他自己了。无政府主义饰为自我表现的外形是这一期俄国文学的真精神;其实也可说是俄国一般生活的真精神。我们只看俄国自从欧战停止,鲍尔希维克发生后至今的现在,就可相信郎格后半期精神之说是不错的。这一期思潮之中,也产出了不少文学的创作,这一派作家之中最有力的作者,也是惟一可称为天才的作者便是阿采巴希甫。

　　密切耳,阿采巴希甫(Micheal Artoy Vashew)是俄国南部人,具有谷戈尔(Gogol 亦南俄人)热烈冲动的天性。他是一八七八年生的,一生苦病。他尝有一段自序说道:"我的姓氏来源都是鞑靼人种,但不是纯种。我的血管里同时流

----

① 原载《东方杂志》第 17 卷第 21 号(1920)。

中国俄苏文学研究史论
История исследования русской и
советской литературы в Китае

着俄罗斯,法兰西,乔治亚,和波兰种的血液。我很愿意把这位有名的波兰人考修司哥(Kosciusko)认作我的祖宗,他是我的外大父。我的父亲呢,他是一个退职的官,也是一个小小地主,但进款却有限得很。我的母亲死的时候,我不过三岁。她传给我一个瘰症,算是她的遗产……我现在住在克里米亚(Crimea)是要希望病好,但是痊愈的希望我看来是很少的了。"他的著作是尽著一九〇五年以至一九一〇年这五六年间出版的,著作的年代不多,所以著作的分量也不甚大。《沙宁》(Sanin)是他最大的著作,已译成英文,我们现在就专门介绍他,因为阿采巴希甫的中心思想都在里边了。

《沙宁》一篇是一九〇七年出版的。这时代刚值俄国革命党失败后的第二年。俄国自从一九〇五年革命失败之后,一般思想界上大起变化。起初是改革者要求政治自由和社会改良正在渐有希望的时候,革命一动,总算略尝着自由风味,可是事变反覆,政府挟着雷霆万钧之力,这一点初兴的希望就立刻打断了。一时俄国社会中的最良分子都弄得心神麻痹;许多抛弃了他们的快乐安逸,一切家庭社会的幸福而来干这冲锋事业的人到此都心灰意懒了。他们失望之馀来了反动,遂由极端的利他主义转入极端的自纵和个人主义,于是把他们的攻击点从政府方面移到道德方面,不承认自己的宗教;也不承认一切社会教育和教会所建立起来的风俗习惯,正在这时候,一篇用极大能力极好艺术的小说应运而出,发挥人类固有的本能,把自由的精神化为超人的沙宁,他鄙弃一切道德律条,以为是不通的暴制,而独往独来大发挥他的自我主义。沙宁这个人可称是力之化生,也是阿采巴希甫理想中的超人;不但是阿采巴希甫理想中的超人,也是当时全俄国青年理想中的人物。他们受了国家政府社会的载刺,不安已极,只苦于赤手空拳无可如何,除开法律的束缚以外,还有许多教育教会社会所造成的种种束缚,居其上者利用了来钳制人民的思想;对于这种方面的苦感一经革命失败的刺戟而印象益深,来了沙宁这个榜样,那爆裂的药线就点着了。在这篇小说中间,他们可以找到刚巧是他们所要说的话和他们所要做的行动。青年思潮奔放,一受这等感触,岂有不立刻波涛汹涌的么?这便是阿采巴希甫的小说风行一世的原因了。那时俄国的大学校和中学校的男女学生如醉如狂,奉行所谓"沙宁道德",他们还结了社,专门讲究沙宁主义。这部书所发生的影响如此猛烈,他的内容如此有鼓动人心的力量,所以人都称这部小说为"可怕的小说""危险的小说";因为鄙弃道德专尚独往独来的精神,所以又有"放纵的小说"之目。

"塞翁失马焉知非福"，沙宁的出世便是如此。阿采巴希甫在一九〇三年早已著成了这篇小说，他拿到书店里去卖，没有一家肯收他的，所以一直迟到一九〇七年才出版。但是就是这几年耽延得好，沙宁的出来刚在该出来的时候，要不然早几年，社会上思想尚没有那种变态，沙宁的思想难免要扞格不入，反不能那么风行了。可是他如何能得政府准许发行呢？这是因为他对于革命所抱的态度。时代刚在革命之后，他的沙宁偏偏绝端鄙弃革命和鄙弃争政治自由的精神。因为沙宁式的快乐是个人的自体的，完全偿满欲望的快乐；劳精疲神于政治上面，是沙宁所鄙夷，以为是空废光阴的。然而一般热心政治运动的人却非常恨他，以为他是受政府的指使，特地做出这样的文章来非笑攻击他们的事业，打破他们将来改良政治的希望。总而言之，《沙宁》本不是一部政治革命的书，这一派人看了这部书，只见他的主张相反，可恨，而不会见他所含文学的真力量真才艺，也是无怪其然呢。

这篇小说不但是这位作者天才的流露，也可算他的病魔的反抗。他赞美沙宁的体力雄壮，卡沙芬娜的女人的纵欲，并且大声疾呼的主张肉体畅乐，一半可说是作者哲学思理的表示，一半也可说是作者瘵症的喊痛。因为身有恶疾不能参预这种活泼的快乐，故而羡慕不已寄诸文墨，这种心理也是有的。我们再看他书中一个人物，西米沃诺甫，便知这人就是他自己病症的化身。这人也是书中一个有趣味的人物，他在书中第一回出场，已是个痨病鬼了，不过还不曾死，勉强可以走路。大凡痨病的人有种特征，便是希望这病早好，希望很浓，因而人也往往很高兴；他呢，偏偏不然，性情古怪容易发怒，看见了他的康健的朋友，他便大怒不已。他经过一阵很凶的咳嗽之后说道："我常想我是不久就要死到完全的黑暗中去。你明白么，鼻子塌了，四肢烂了。在我的上头呢，就是你们所在的地面上，一切的样子，像我现在还能够看得见的一般，一定还是照旧的下去。你们自然都是要活下去的了，你们可以看着这同一的月亮，你们可以呼吸，你们可以从我的坟畔走过；你们或者要在那里停一停火速干一些必须的事。我呢，躺在地下烂完了罢了。"他一夜夜间死在医院里了，他的朋友都望着他。那个蠢头蠢脑的胖牧师做完了一些身后之事，遇见了沙宁的一副轻蔑的样子，他大惊之下。西米沃诺甫死这一段描写得极其动人，于此可以见作者的才能。

沙宁有一个美貌的妹子名梨妲，被一个男子毁坏了。那个男子是一个奴才习俗卑不足道的官场中人。后来她发现她自己身子已怀了孕，便羞愤不堪想要自杀，沙宁笑她道："你现在怎样办呢？还是静听我的话罢，你的意志太弱，又不

中国俄苏文学研究史论
История исследования русской и
советской литературы в Китае

识世事,很苦。可是死了又有什么用呢。世界上繁华满目。阳光是普照的,去
的水是长流的,你死了以后世上人知道你受孕便和你不相干了么? 可见你不是
为孕而死,是怕世人的嘲骂而死。你的所谓最不幸,并不是你自身的不幸,乃是
你自以为一生之间有了这场不幸所以如此。你所以自以为不幸,因为你除此以
外一无所有的缘故。并且你所怕的也无非是几个亲爱的人罢了,你不认识的人
你不见得去怕他,和你亲爱的人听见你有这等事,自然是要惊疑的;可是他们有
什么说,无非说你不曾正式结婚就有了性交罢了。他们是不必说,一定要将此
来责备你的,可是你也正不必以此戚戚……你要晓得,这批奴才们都是毫无知
识的,只有贪酷卑污的心思,你也无非是处在这种世界方才甘心肯死罢了。
……"他看得世人如毫无一物,他的妹子的行为也毫不足怪。不过未曾结婚就
有了性交罢了,有什么希奇? 所以他劝她不必因此而失去她的傲气,不如趁孩
子没有生下来赶紧找一个和她相爱的朋友结了婚就完了。后来她嫁了一个丈
夫。其实他不但是不以他妹子的私孕为可耻,并且不以那个官员为可恨;不但
如此,他自己看了他妹子秀色可餐还想和她起性交哩。因为他的主义是满足肉
体的要求,名分礼俗一概不知道,也是一概否认的。但是他的妹子却没有这么
解放能做这样的事。

那个官儿呢,后来沙宁处处轻贱他,并不是因为他欺侮他的妹子,却看他是
个"寿头"。那个官儿是拘于俗尚的,受了他这样的轻侮只有和他决斗的一法
了。写到那个官员的两兄弟挑逗沙宁决斗的一幕活剧,算是这一篇小说中最滑
稽的一段;读者也最能和书中英雄表同情。这两个兄弟拿了剑来挑战;一个做
出种种繁文缛节自以为很合式的了,一个完全是无知无识的人,这人自命为讬
尔斯泰的信徒。却不料沙宁的人生观偏不喜欢决斗,决斗也是一件习俗,和宗
教道德以及其馀种种的习俗一样蠢。他的冷峭无情的话先把这两个假参政的
官员顶头碰一个钉子。这两个人忽见他不答应决斗简直弄得不知所云了;那个
讬尔斯泰的信徒以为沙宁自己违背他的信条了,便大怒起来。沙宁告诉他们两
个人说他不愿决斗,一则是他不愿结果这官儿的性命,一则他自己也不愿把他
的性命来冒险;可是这官儿若敢在街上对他行一点身体上的攻击,他一定当场
就痛打他一顿。这种特别的解决困难的方法简直把这两个人闹昏了,他们又怒
又困惑,可是没有法子,只好像斗败的公鸡一般逃了下来。他们以为沙宁既然
不敢决斗,可见卑鄙,想要把他不齿人类,可是这又是不成功的。后来,一天这
个挑战的人在街上遇到了沙宁了。沙宁又镇静又轻侮的瞪着他,他一把无明火

高到三千丈，立刻把马鞭子打他一下；哪知鞭子刚伸得出去，一个又粗又大的拳头早已在他的脸上狠击了一下，用力又大，痛得不知所云。一个朋友把他抬回寓所，他就在寓所自杀了。因为按着习俗的见解讲来，这是唯一的路给他走了。

这篇小说和大多数俄国的小说是绝对相反。俄国的男子大半是意志薄弱好说空话的人，女子倒反而意志坚强能干一些正经事。俄国一般的小说自然也把这国民性格映在他们的文学中了。沙宁一篇却不然，他的男英雄偏偏是个意志力强到极顶的人而女子们却反而都是怯弱的。书中四个女人，沙宁的妹子，美貌的教师加撒维娜女士，裴里的妹子，已许给一个少年科学家了，这个少年当已订婚之后还诱着她的哥哥去嫖娼妓，还有一个便是沙宁的母亲。这四个人都是"名教中人"自然是囿于习俗的了。她们都是在沙宁所谓"习俗的暴君"之下讨生活。他的母亲见了他的行为自然是非常震骇的，沙宁用野蛮方法对待她——骂她。梨妲怀惭，沙宁笑她。加撒维娜和裴里刚有了爱情，沙宁便去引诱她，等她后来悔痛的时候，他又冷冷的耐心观察。这四个女人都是名教中人了，唯其是困于习俗所以逢到沙宁以为不成问题的事，她们都痛苦得了不得。在这等地方，阿采巴希甫的意见是显然可见的。他苦恨习俗羡慕沙宁一流人物，他自己固不能做沙宁，现在的人固然也没有一个沙宁，但他却希望将来有沙宁实现。并且据他的观察，男子和女子中间，女子要达到这不调和的唯我主义的一步，究竟是为时尚远咧。

这本书里除开正主人沙宁以外最引人兴味的便是裴里了。这个人是正式的俄国人，若放在都介涅夫的悲剧中，就是一个 Protagonist。裴里正是一般俄国小说中所描写的英雄了，因为是一个正式的俄国人，所以他是天生着意志瘫痪的毛病的，遇事不决是俄国这么许多人中间的通病，也就是裴里的病。他也是苦闷人生的，他遍读诸书，想要从书中找到一些人生的哲学做他的指导。他已没有宗教信仰了，他从前的政治自由的迷梦也冷了，他现在已没有宗旨了，但他不能没有一个一定的目标来做他的北极星。因此他陷入了极深的苦痛。他害的病刚巧就是当时一切俄国小说家所共同诊断出来的病。他妒忌沙宁的快乐能力，同时又看轻他，可是无论如何，要他学沙宁是学不来的。到后来他逃不过他的思想的困扰也只好自杀了。——说到这里我要跳出圈子说一段话：阿采巴希甫既然想出了沙宁这么一个超人做他小说的中心，又想起一个官员一个裴里两个人来做当时俄国两种人物的反影。官员是代表一般困守习俗的人，他们困守习俗而为习俗所杀。表明在习俗专制的社会之中个人没有生路；这种习俗专

中国俄苏文学研究史论
История исследования русской и
советской литературы в Китае

制之下的人生是苦闷的。裘里是代表俄国一般有思想有学问的良好分子的,这般人宗教是不信了,习俗是怀疑了,起初迷信政治革命,后来连政治革命都冷淡了,他们否定的工夫不为不大,但是他们终于困惑,因为他们不能不有一条可信的哲学来指导人生。可是他只知道向外求指导,却不知道反求诸己身;外界的都是可以怀疑可以打破的,因此裘里就终于困惑了。裘里有不做 Conventional man 的勇气,而没有做沙宁的勇气。沙宁的方法便是唯我主义的方法。可是裘里不能相信他,他羡慕他的快乐能力,同时又看轻他,于是他不得不死了。作者拿他的死表示俄国一般良好分子不会得到人生的意义,也终生不会有快乐的能力。这种人虽然比官员一类人高明一些,但也是沙宁所不取的。所以裘里死了以后他的许多朋友送葬,那些朋友很蠢的请沙宁说几句好话。逢到沙宁是个心里有什么口里说什么的人,便说道:"世界上如今又少一个寿头了"。寿头! 沙宁眼中的裘里是个"寿头!"于是那些朋友大怒,痛骂了他一顿,沙宁遂离了城市。后来他们在乡下看见他,正对着黎明发认识的欢呼。"天朗气清,平沙无垠,千红万紫,在朝雾中间,隐隐约约。沙宁身心俱泰张开他愉快的眼睛远望着四野。举起他壮健的步子,向着朝阳前进。长睡之后方才醒过来的草,含着天色在远方掩映着;无穷的穹苍在他的头顶上罩着;——太阳挟着锐敏的光线辉煌四射。沙宁意境湛然向着这光明前进",这是沙宁的最后。"向着这光明前进,意境湛然",这二句也可说是沙宁生活意态的象征了。

沙宁的人生观怎样呢? 他的主张是这样:人生用不到受什么理论来指导的,也用不到什么原理,上帝有没有不可知;不过无论如何他是和我们不相干的。人的最合理的生活应该像飞鸟一样。他是纯任一时的愿欲的。鸟心里想要停在树上了,他就去停在树上;他想要飞了,就飞了去,沙宁以为这样才是合理的;男人女人就该这样生活,没有原理,没有计划,没有追悔。饮酒和性交没有什么可耻,也没有什么不道德。给人愉快的东西没有一件是不道德的。喜欢洪饮和喜欢渔色不算罪恶;其实世界本没有罪恶这样东西的,这种心情都是果敢的自然的,自然的就决不会错。沙宁的信条之中颇有一些尼采的哲学思想,更多的是卢梭的自然主义。

沙宁的自身全不是一个可轻的人物。人家若不拖他进旋涡,他是不好辩的;他不想把别人都改变到和他的思想一样。他内部自有一种光明,这种光明我们常常把他作为基督教信仰的光明。沙宁在他的一群困惑自扰的伙伴之中赛如一个铁柱,静静的立着摇摆不动。他已在生命中找到了绝对的和平,绝对的调和了。他的思想，言语，行为绝对的和他的志愿相同，也不管别人的便利和快乐怎样。在这个身体健康，眼光清澈，安闲，镇静果决的人中间，是有一种历久常新的质地的——他的生活方法是绝对不受公共意见的影响的，除他自身以外，哪怕是一根稻草也和他无干。一句话，他是自然主义之外，又是个绝对的唯我主义者。所以基督教的教义，耶稣的个人，和他在俄国的宣传者讬尔斯泰都是他自然的仇敌。因为基督教若有所教训，他是叫人舍弃自身去服从天国的。是叫人舍弃他自然的本能去依着反乎自然的生活的。所谓"新宗教"也是没有根基，因为他是要把基督的信条顺应到现代生活的。不如沙宁的办法好得多了：他明明看到基督教对于现代生活是有碍的了，无可顺应了，不如丢了这种偶像来自寻他"自然人"的生活罢；自然而然封于这"自然人"的仇敌基督教是要不容情的和他宣战的了。

阿采巴希甫的沙宁大概介绍完了，沙宁的人物大略是如此。经许多倾向看来，将来基督教的战场是要立在现代小说中间了。基督教精神的超自然一面受各方面的攻击好多年了，不过沙宁一篇恐怕要算是攻击得最有胆量的。大凡宗教不过是人生的一种指导，宗教的合理与否要看他对于人生的、实际生活行得去否；因为是一种实际生活的问题，所以我们要用实际的讨论。专就历史的考证或专用毁坏的批评来攻击基督教是不中用的——这些攻击对于基督教的存在是丝毫不能动的。所以要毁灭基督教应当从实际生活方面证明信从他的人所说的平和和休息是假的，他在社会上个人上的影响是坏的，这样，基督教就可以打破了。至于《沙宁》这一篇呢，沙宁的道德是否果可实行，沙宁的"自然人"果否可成一种宗教，是要看他实行起的效果如何了，若我们觉得他只有一时兴奋的能力么？那么就只好算他只有一时的价值了。但这一时的兴奋对于意志麻痹的俄国人的兴奋的效力如何，是不容忽视的事。又对于中国这样暮气沉沉的国民性，把沙宁介绍过来，究竟有否廉顽立懦的效用，这也是我所愿意知道的事；我们看罢！

将俄国近代文学的情形约略一说，我们可以看出他的特色：是社会的、人生的。俄国的文艺批评家别林斯奇（Bielinski）以至托尔斯泰，多是主张人生的艺术，固然很有关系。但使他们的主张能够发生效力，还由于俄国社会的特别情形，供给他一个适当的背景，这便是俄国特殊的宗教政治与制度（基督教、君主专制、阶级制度）。当时欧洲各国大抵也是如此，但俄国更要进一层（希腊正教、东方式的君主、农奴制度），这是与别国不同的了。而且十九世纪后半，西欧各国都渐渐改造，有民主的倾向了，俄国却正在反动剧烈的时候。有这一个社会的大问题不解决，其余的事都无从说起，文艺思想之所以集中于这一点的缘故也就在此。在这一件事实上，中国的创造或研究新文学的人，可以得到一个大的教训。中国的特别国情与西欧稍异，与俄国却多相同的地方，所以我们相信中国将来的新兴文学，当然的又自然的也是社会的人生的文学。

就表面上看来，我们固然可以速断一句，说中俄两国的文学有共通的趋势。但因了这特别的国情而发生的国民的精神，很有点不同，所以这其间便要有许多差异。第一宗教上，俄国的希腊正教虽然迫压思想很有害处，但那原始的基督教思想却也因此传布得很广，成为人道主义思想的一部分根本。中国不曾得到同样的益处，儒道两派里的略好的思想，都不曾存活在国民的心里。第二政治上，俄国是阶级政治，有权者多是贵族，劳奴都是被治的阶级，景况固然困苦，但因此思想也就免于统一的官僚化。中国早已没有固定的阶级，又自科举举行了以后，平民都有接近政权的机会。农夫的儿子固然可以一旦飞腾，位至卿相，可是官僚思想也非常普及了。第三地势上，俄国是大陆的人民也自然的有一种博大的精神。虽然看去也有像缓慢麻木的地方，但是那大平原一般的茫漠无际的气象，却是可以尊重的。第二种大陆的精神的特色，是"世界的"。俄国从前

---

① 原载《新青年》第 8 卷第 5 期（1921）。

以侵略著名。但是非战的文学之多，还要推他为第一，所谓兽性的爱国主义在俄国是极少数。那斯拉夫派的主张复古，虽然太过。所说俄国文化不以征服为基础，却是很真实的。第三种气候的剧变，也是大陆的特色，所以俄国的思想又是极端的。有人批评托尔斯泰，说他好像是一只鹰，眼力很强，发现了一件东西，便一直奔去，再不回顾了。这个比喻颇能说明俄国思想的特色。无抵抗主义与恐怖手段会在同时流行的缘故，也是为此。中国也是大陆的国，却颇缺少这些精神。文学及社会的思想上。少说爱国，是确实的。但一面不能说没有排外的思想存在。妥协调和，又是中国处事的态度。没有什么急剧的改变能够发生。只是那博大的精神，或者未必全然没有。第四生活上，俄国人所过的是困苦的生活，所以文学里民歌以至诗文都含着一种悲哀的气味，但这个结果并不使他们养成憎恶怨恨或降服的心思，却只培养成了对于人类的爱与同情。他们也并非没有反抗，但这反抗也正由于爱与同情，并不是因为个人的不平，俄国的文人都爱那些"被侮辱与被损害的人"。因为——如安特来夫所说——"我们都是一样的不幸"。陀思妥夫斯奇、托尔斯泰、伽尔洵、科罗连珂、戈里奇、安特来夫都是如此。便是亚勒支拔绥夫以及厌世的梭罗古勃（Sologub）也不能说是例外。俄国人的生活与文学差不多是合而为一。有一种崇高的悲剧的气象。令人想起希腊的普洛美透斯（Prometheus）与耶稣的故事。中国的生活的苦痛，在文艺上只引起两种影响，一是赏玩，一是怨恨。喜欢表现残酷的情景那种病理的倾向，在被迫害的国如俄国波兰的文学中，原来也是常有的事。但中国多是一种玩世的（Cynical）态度，这是民族衰老，习于苦痛的征候。怨恨本不能绝对的说是不好，但概括的怨恨实在与文学的根本有冲突的地方。英国福勒忒（Follett）说："艺术之所以可贵，因为他是一切骄傲偏见憎恨的否定，因为他是社会的。"俄国文人努力在湿漉漉的抹布中间，寻出他的永久的人性。中国容易一笔抹杀，将兵或官僚认作特殊的族类。这样的夸张的类型描写，固然很受旧剧旧小说的影响，但一方面也是由于思想狭隘与专制的缘故。第五，俄国文学上还有一种特色，便是富于自己谴责的精神，法国罗兰在《超出战争之上》这部书里，评论大日耳曼主义与俄国札尔主义的优劣，说还是俄国较好，因为他有许多文人攻击本国的坏处，不像德国的强辩。自克利米亚战争以来，反映在文学里的战争，几乎没有一次可以说是义战。描写国内社会情状的，其目的也不单在陈列丑恶，多含有忏悔的性质，在息契特林（Shtshedrin—Saltykov）、托尔斯泰的著作中，这个特色很是明显。在中国这自己谴责的精神，似乎极为缺乏。写社会

中国俄苏文学研究史论
История исследования русской и
советской литературы в Китае

的黑暗,好像攻讦别人的阴私。说自己的过去,又似乎炫耀好汉的行径了。这个缘因大抵由于旧文人的习气,以轻薄放诞为风流,流传至今没有改去,便变成这样的情形了。

以上关于中俄两国情形的比较。或者有人觉得其间说的太有高下,但这也是当然的事实。第一,中国还没有新兴的文学,我们所看见的大抵是旧文学,其中的思想自然也多有乖谬的地方,要向俄国的新文学去比较,原是不可能的,这是一种的辩解。但第二层,我们要知道这些旧思想怎样的会流传而且还生存著,造成这旧思想的原因等等,都在过去,我们可以不必说了,但在现代何以还生存著呢。我想这是因为国民已经老了,他的背上压有几千年历史的重担,这是与俄国不同的第一要点。俄国好像是一个贫苦的少年。他所经过的许多患难,反养成他的坚忍与奋斗,与对于光明的希望。中国是一个落魄的老人,他一生里饱受了人世的艰辛,到后来更没有能够享受幸福的精力余留在他的身内,于是他不复相信也不情愿将来会有幸福到来。而且觉得从前的苦痛还是他真实的唯一的所有,反比别的更可宝爱了。老的民族与老人,一样的不能逃这自然的例。中国新兴文学的前途,因此不免渺茫。……但我们总还是老民族里的少年,我们还可以用个人的生力结聚起来反抗民族的气运,因为系统上的生命虽然老了,个体上的生命还是新的,只要能够设法增长他新的生力,未必没有再造的希望。我们看世界古国如印度希腊等,都能从老树的根株上长出新芽来,是一件可以乐观的事。他们的文艺复兴,大都由于新思想的激动。只看那些有名的作家多是受过新教育或留学外国的,便可知道。中国与他们正是事同一律。我们如能够容纳新思想,来表现及解释特别国情,也可希望新文学的发生,还可由艺术界而影响于实生活。只是第一要注意:我们对于特别的背景,是奈何他不得,并不是侥幸有这样背景,以为可望生出俄国一样的文学。社会的背景反映在文学里面。因这文学的影响又同时的使这背景逐渐变化过去,这是我们所以尊重文学的缘故。倘使将特别国情看作国粹,想用文学来赞美或保存他,那是老人怀旧的态度,只可当做民族的挽歌罢了。

耿济之：
《俄国四大文学家合传》（节录）[①]

俄国文学以十九世纪为全盛时代——自二十年代至二十世纪之初端，从那时起俄国文学才有丰富的，独立的思想上和艺术上之创造，产生出理想与形式之传统，才与别种文学有广大的交际，得列为世界文学之一员。才能真实的对于本国民族，文化与人道有所效力。这八九十年中间，人才辈出，著作如林；正如黄河决口一般，顷刻之间，一泻千里；又如夏雨一般，乌云方至，大雨就倾盆倒下，有"沛然莫御"之势，而使世界的人惊愕失措，叹为奇观。其所以致此的原因自然很多，而郭克里，托尔斯泰，屠格涅甫，道司托也夫司基辈挺生其间，砥柱中流，以其真实的人格，坦白的态度，创造的精神，坚苦的志趣，来感化世人，挽回风气，其功也不为小。郭克里开俄国写实主义的先声，植国民文学的基础。他的作品仿佛没有什么理想的任务，只是讨人家的欢笑，但是读的时候，固然可以欢笑，而读完以后，不由得令人生无限悲切之感，因为所描写的生活自然是可笑，同时却又可痛，可悲，可泣。"笑中之泪"——实在是郭克里作品的特色。托尔斯泰富有伟大之天才，至高之独创性，不为旧说惯例所拘，运用其高超之哲学思想于文学作品中，以灌输于一般人民。他是俄国的国魂，他是俄国人的代表，从他起我们才实认俄国文学是人生的文学，是世界的文学。屠格涅甫艺术手段的高妙，当代文学家中无出其右。他的作品含有一种忧愁的性质，他笔底下所写出来的东西仿佛都罩着一层黑影，——他所著的《贵族之巢》便是俄国新文学最忧愁的小说，他排斥农奴制度，不遗余力；他是西欧派的健将。——道司托也夫斯基是人物的心理学家，是人类心灵深处的调查员，是微细的心的解剖者。他为人类呼吁，他的文学满含着人道主义的性质。

这四个人实在是俄国文学的中心，俄国思想的源泉，我们不能不研究他们，——他们的生平，著作和思想。所以，我把这四位合起来做一篇略传，以供

[①] 原载《小说月报》第 12 卷号外《俄国文学研究》(1921)。

中国俄苏文学研究史论
История исследования русской и
советской литературы в Китае

留心俄国文学的人参考。

郭克里 N. V. Gogoli

所以我们看他以后直到一八三五年的著作,即能断定那时候郭克里已从小俄罗斯的浪漫主义移到纯粹的自然主义。一八三五年又有二集刊行:一名《阿拉伯语》,一名《茉果露特》,两集都分上下两卷;不过内中还有许多含着浪漫的性质,如《魔鬼》,《达拉司布里白》,《肖像》含着最多的幻想的原质。在这两部集子里,我们可以找见不少充满着"泪中之笑"的纯粹自然派的短篇小说;如《旧田主》,《二伊凡口角故事》,《涅夫斯基街》,《疯人日记》(按此篇已由鄙人译载本月报十二卷第一号,读者可参阅之)等均属此类。以后郭氏在普希金主干的《当代》杂志上曾发表过几篇作品,如《马车》、《鼻子》、《外套》(按此篇已由毕君庶敏译载本报本号)等都含有这样的精神。

那时候郭氏还热心于戏剧的制作。他在一千八百三十三年就想著一本戏剧,名《三等佛拉地米勋章》,但是未曾完稿,仅分成《事务家之早晨》《诉讼》,《断片》,《仆御室》(按此短剧已由瞿秋白君译载北京《曙光》杂志)四种独幕剧。不久,他又制成《婚事》一趣剧,载《当代》杂志。逮一八三四年而《巡按》之初稿成。郭氏的文学创造于此期殆最剧热,挺然树一新奇的趋势。

郭氏幼时嗜读史乘,求学时代喜欢搜集历史资料,对于历史一学平素最加研究。不过他所收藏著的各种零碎的资料自然不足以作教材。但是他竟痴想得一大学的讲座。那时候基夫大学正在预备成立,玛克西莫维奇被聘为该校教授。郭氏亦想因之得一历史的讲座。那时候他幻想基夫(Kieвъ)为未来的雅典,他自己也准备著成一篇关于世界历史各世之作,并且尽力研究小俄的风土。可惜这些幻想不久便化成灰烬,基夫的讲座竟为别人夺去。后又经友人极力吹嘘才在那个学校里充当讲师,但是郭氏非教习才,不久因为力不胜任,只得辞去。

从此他就弃去教育界的职务,专门从事于文学事业。那时候他所有思想都集中于自己所著的戏剧,至终而《巡按》一剧遂于一八三六年出演于耶律山大剧园。关于使这个剧本出演一事,郭氏费了不少力量,还受到许多不快的感触。那时候的优伶,尤其是彼得堡的优伶,大半都养成只能做浪漫的戏剧和法国式的趣剧,自然不惯于用纯粹写实的工夫来描写郭氏剧中黑暗的人物。因为这个情形,所以剧场后台发生无意识的怨望。郭氏只得亲自教他们,把每一个人物,每一场幕,讲解得清清楚楚,但是他们的演说他至终不大满意。还有一层困难的问题,就是检查的通过。他费了好几番疏通的手续,终未达到通过的希望。所幸后来国皇尼古拉很喜欢这个剧本,准其奏演,否则,恐怕在国内永世没有出演之望啊。

该剧既于一八三六年四月十九日出演;但是结果听众对于这个戏剧的意见都不相一致。一般青年人个个都拍掌欢呼,至于观客中一大部分政界中人都于每幕演毕以后,屡次表示极不满意的态度。国皇尼古拉亦亲临观剧,一幕既终,即语左右道:"唔,这个戏剧把所有人都说尽了,连我也说在里面!"

顺洛克(Шенрокъ)所著《郭克里传》中讲到这一节,曾言:"郭氏本来是真正的守旧党,一提起自由党的名字便斥为诞妄,但是现在人家都上了自由党的尊号;他最近还是个宗教的神秘神者,可是现在人家都责斥他不信神了;(今天他能够说这个官怎么不好,明天就可以说没有上帝了。)他本来拥护着已被人指摘的法律,可是现在人家都大声喊着,仿佛他是法律和国家的仇敌了。(现在已经不剩什么。法律也用不着。至于我身上所穿的那件制服应该弃去,那个东西简直是擦桌布。)"

诸位看着这段,就可以明白这本巡按剧出演后众人不满意的态度。所以他当时受着这样难堪的压迫,走出剧场时,喊道:"唉,上帝呀! 一两人骂,还不要紧,不料竟是大家全骂呀!"

郭氏怀着这种怨气,就于一八三六年七月西渡,打算到外国去散散心,休养身体和精神,以便远离祖国,而从事他想用全力以赴之的工作,即著《死灵》一部长篇小说。

起初他住在德国和瑞士国,冬天同达尼莱夫斯基寓于巴黎,在那里和女流作家斯密尔诺瓦夫人相识,交谊极挚。适闻普希金死耗,郭既悲且怒。一八三七年三月间至罗马城,郭氏极爱之,拟定居此间,作第二家乡。郭氏素不擅长交际之才,故友朋极鲜少,于罗马城尤甚,遂能在寂静中间,致力以观察佳美的自然风景,和艺术的伟大纪念品。那时候他又和美术家伊凡诺夫缔交,伊氏为审美理想派。性甘恬淡。多年致力于自己一幅名画。郭氏时偕伊氏,周游罗马各处,研究古代的碑石,历访美术家的画室和展览会。友辈中有抵罗马者,郭氏必亲导之游各处名胜,习以为常。

但是这个并不妨碍郭氏勤奋的工作;那时候他把在彼得堡时动笔的《外套》完稿。又著成名《阿奴谢特》的小说,即此后改名为《罗马》者是;但是他大部分的时间还是用在著《死灵》上的居多。

郭氏旋于秋间因事回国,旋即复返罗马,从事《死灵》之创作。既成第一卷,又回国,拟公之于世。初拟在莫斯科出版,但当地检查机关不允其出版。最为那些官吏触目就是那个题目,他们说道:"岂能把不死的人的灵魂,称作死的呢!"莫斯科既不能出版,只得移到彼得堡去,经该地检查机关不少改削,才得刊成行世。题目改为《契诃夫小传或死灵》。

《死灵》一出版,郭氏的生活和创作的繁盛时期即此告终。那时候他的天才已大放光明,自然慢慢要到油尽灯灭的时候;而他的精神和身体亦渐随着天才的衰减,日就死道。

一八四〇年他在罗马生了两次重病,几频危殆,历久才愈。同时物质上的状况又困难达于极点。家乡田地全已废耕,家人们均陷于穷困之境,但是郭氏爱莫能助,因为他自己还负着一身的债务。这些情况都是使郭氏从乐生的人移到忧愁的厌世主义者的一个转机。实在讲,这个并不是真正字义上的转机。在他心里自幼已经撒着神秘主义的种子;少年期间这个种子慢慢成熟,一下子很明显的露在外面。(如《肖像》一篇小说是)从他的天性看起来,郭克里的造成决不是为着纯粹的艺术。

仅仅对于恶人的讥笑,虽然讥笑中含着一泡眼泪,但是不能使他满足;他的需要时常在于做一点宽广的,丰盛的实事,或者简直是说教。他时常舍弃文学事业,而从事官厅的服务,和教育事业,由此即可知其倾向之所在。他说教的心异常强烈,尤其在他和人的通信中可以概见,从母妹到亲友,几乎没有人不受过他的教训的。事实的压迫,随着健康的失调,愈以磨练负天才的人所常犯的自慢心。后来郭氏不但设想自己是伟大的艺术家,还自拟为先知,使徒之类,为上天选来传布上帝真理的。每一次疾病痊愈,他就以为这是上苍特地把他死中救出,以便使他能用那未来的作品为天上的美唱出赞美诗来。

所有以前文学的工作现在他觉得都十分卑贱,决定要用心灵的全力来给世界宣传那从未听见过的话。他把《死灵》第一卷看得如同到庄严的宫殿里去最低的一级台阶,所以在这部小说里字里行间都含着感慨的语气,使人读着能痛哭而不自已。

郭氏既为病魔所缠,遂历游欧洲,从此城移至彼城,仆仆道路间,仿佛天地间竟觅不到一块容身之地。心爱的罗马现在已经住得厌烦,意大利奇美的风景也不能博他的快乐。他的偏僻性一年年的扩大,社交性一年年的减少,而幼年朋友间心灵的关系都变成勉强的应酬。至于文学的作品在质量上又两见其缺乏。《死灵》第二卷稿方脱，又因为他心灵里突起了一种幻想的目的，竟将原稿投在火中，好几时的工作仅赢得一团纸灰。

此后他不复再做小说，而从事发刊一部《与朋友通信集》。在他看来，这件事情十分重要，并且是他那时刻不容缓的工作。他曾恳请友人潘莱脱涅夫相助发刊这部新书；他还说道："这部书是为众人所很需要的；所有事情书上均为解明了。"

此书旋于一八四七年出版。这部书的效验完全出于作者意料以外。此书不但使世人得着深刻的印象，并且使郭氏的朋友亦得其很大的影响。凡读此书者莫不惊愕失措，发生不满意之感。其中不满意态度最激烈的表现当推白林斯基致郭克里的信；这封信很使郭氏得着感动，可惜看他的复信上，对于白氏这封信的真意义还不十分明了。

一八四七年郭氏动回国之念，中道至耶鲁撒冷谒圣陵；翌年，自君士坦丁及渥台萨回俄国。既归，怏怏不得志，四年间常居莫斯科，间亦回到家乡去，有时还住在斯密尔诺瓦夫人家中。

晚年世事之阅历既深，皈依宗教之心亦愈盛；复因与某牧师常相往来，心灵间起一突变，遂时动其忏悔之意，这也是富于思想的人老年时候必经的一个关口。斯时郭氏遂尽弃其文学的事业，专心慕求天国的幸福。某日夜间，郭氏正在作宗教的幻想，忽得一疑念与恐怖，因为他觉得那上帝责成于他的任务他未能一一实行，便大动其忏悔之念，立刻唤醒仆人，吩咐打开火炉门，把所有一切手写的稿件，投在炉中焚掉。明晨，他的意识方复原，未免后悔，但是已经来不及了。嗣后他的精神丧失常态，后即屏绝饮食，越四日而死，那时候是一千八百五十二年二月二十一日。

郭克里和普希金在俄国享有同一的名誉。他们两人所献于俄国文学的劳绩是一样伟大的，他们两人所做的事业也是同样重要的，不过由普希金发其端，由郭克里全其终而已。他们两人的事业如何？就是排斥伪古典主义和浪漫主义的文学，而确定文学的基础于写实主义的田地上面。普希金自称为"回声"的诗家，他说他的诗不过为世人反射出所谓生活的真实情况；郭克里也说："凡从现实中取得的，才是我要写的。"可见两位文学家目的之同趋。

但是两人亦自有其不同之点。其不同之所在，亦即写实主义与自然主义不同之所在。普希金采取诗材，固然不在云端渺茫不可知之处，而在人间社会之中,但是他极力留心使这些诗材不触着一点人世的污泥,专特用有诗味的,美妙的现象来描写现实;这完全是所谓"美声及祈祷"的诗家。郭克里却不然;他寻觅材料于人世的污泥中间,他把所有卑鄙龌龊的人物和可以使人忧愁、烦闷、笑谑、厌恶的事情——用诙谐讽刺的手笔描写出来。

只可惜他晚年情性一变,把老旧的理想宣传给众人听,竟使那守旧的斯拉夫派都见着只有摇头。那时候他在俄国文坛上的地位,正仿佛一个人坐在两张椅子中间,两头不着实,两头不讨好。守旧党极力反对他初期的作品,称他为卑鄙的、寻常的、害人的著作家,说他蓄意搜集所有龌龊的事情来咒骂俄国,——至于以白林斯基为首领的自由党因为看见他晚年的著作,也竟给他上了一个"鞭仆的、野蛮的使徒"的尊号。

但是在自由党和守旧党的中间对于郭氏的态度也自有事实上的区别。自由党不过表示不满意的态度,守旧党却把郭克里看成洪水猛兽,把他的作品看成白林斯基一般。悬为厉禁。所以屠格涅甫在郭氏死后为他做了一篇祭文竟致监禁了一月。以后又发遣到家乡去。凡关于讲到郭氏的文章都遭禁止发刊。

虽然如此,郭克里依旧不失其为郭克里,郭克里在俄国文坛上的位置依旧是极崇高的。德国哲学家和批评文学家杜林格(Dühring)称他为"十九世纪欧洲文学的伟大散文家";这个尊号实在上得十分确切啊。

雁　冰：
《近代俄国文学家三十人合传》（节录）[①]

弥里士考夫斯基

弥里士考夫斯基（K. D. Merezhkovsky）生一八六五年，诗家，小说家，兼批评家。他是九十年代时俄国文学界中所谓"新派"，"Modernists"者的一个领袖人物。那时俄国文坛上有两派：高尔该等一派是写实主义的作家；与之对抗者，就是这所谓"新派"。如诗人巴尔芒（Balmont）勃列苏夫（Briusov）以及弥里士考夫斯基夫人等人都是著名健将。

新派的主张，是说：艺术应以"美"为最重要最先之一义，不应以"道德"；艺术的真功能就是直接诉之想像，不是教诲道德。他们这主张，一方面是受了法国表象派的影响，一方也是对于俄国文学过置重于政治社会的反抗。

弥里士考夫斯基的根本思想见于他的大著《基督与反基督》一书；此书共分三部，第一部叫做《背教者九林》（一八九六年），第二部名为《文西》（一九〇一年），第三部名为《彼得与阿莱克齐斯》（一九〇五年）。第一部里讲的是希腊思想与基督教思想的冲突，而归结到后者的胜利；第二部是讲意大利的文艺复兴，希腊思想重复暂时地在人心中占了胜势；第三部是讲俄皇大彼得新建的大都会圣彼得堡里再见灵肉思想冲突的事，彼得是代表肉的反基督的思想。阿莱克齐斯——他的子——是代表灵的基督的思想。弥里士考夫斯基以为人类历史有三个段落，都是按照"正""反""合"这例子来的。第一段是基督教以前的时代，那时认神即在世界，即与世界合一；这时代又可称为父的时代。第二段是基督教的时代或又可说为子的时代；这时代神把宗教流行在人间。第三段现在方正起头，可称为精神的时代；在这时代，父（即Cosmos）与子（Logos）连合为一，就造成了"神的人类"。

---

① 原载《小说月报》第12卷号外《俄国文学研究》（1921）。

此外,弥里士考夫斯基的著作中间有一本文学批评的书《托尔斯泰与陀斯妥以夫斯基》最有名。这部书共有两卷,仍不外讨论灵肉问题;他先自立了主观的前提,然后到这两位大名家的作品中去找证据。只可惜他的议论过偏于主观了,有使人误解托尔斯泰伟大处的危险。其余尚有批评普希金(Pushkin)郭戈里(Gogol)以及西欧文家的著作,都很风行。

弥里士考夫斯基时俄国正宗的批评文学家是密克哈罗夫斯基(Mikhailovsky),对于新派攻击很烈,自然也不免太偏,以至湮没新派真正的好处;当新派的机关杂志《北方使命者》(Sieverny Viestnik)在一八九七年停刊(在发刊后第二年头)时,密克哈罗夫斯基派人嘲笑着,说是"没有材料"。其实新派于介绍西欧文学思潮——尤其是法国的象征派——到俄国这一点事业上,着实也有"微劳"呢。

克鲁泡特金在他的俄国文学之理想与实质上说:弥里士考夫斯基对于前辈的许多大文家的著作中所含的社会思想,起了疑问;因而自己更换方面,专说:"个人权利的神圣"与"美之崇拜"。又说弥里士考夫斯基的思想与艺术仍是时代背景的产物;俄国自从一八五七年起了争自由的运动直到一八八一年,忽受重压;此后十年中俄国知识阶级显见颓丧的神气,对于旧理想已无信仰,"疲倦"的现象已甚显著。于是因为国内社会情形与西欧思想灌入的影响发生共同结果,成了知识界中要求"个人权利"的新倾向。弥里士考夫斯基一派就应时而生。

光景这样的观察是确实不过的。

巴 尔 芒

巴尔芒(K. D. Balmont)初到文学界中,也算是新派中的颓废一流;然而后来他却发挥出真的巴尔芒出来了。现在他是俄国诗人中最伟大的诗人,抒情诗之王。他的诗集《让我们像了太阳》和《火烧房屋》出版后,惹起非常的注意;赤血的叫嚣声,太阳光线的强欲似的跳律,火的威力,都在这两本诗集强烈地表现出来,使人觉得这是普希金以来第一的好诗——也就是新诗。从这些诗看来,巴尔芒是个异教徒,是个崇拜原子力者,是吮血的野蛮人的朋友。这时的巴尔芒就是恶魔派的巴尔芒。

但巴尔芒的诗并不常是如此,他立刻改变情调,转而描写痛,忍受,美,生存之乐,爱,热情,地狱,恶魔,绝望等等感情了。他又能描写自然界的变迁。他刚说过"我是截断光线的平面,我是游戏的雷,我是结晶体的破坏者,我是一切都宜而无一相宜的"等等的话，便可以接着著赞美树花鸟蝴蝶的话；他刚自悔："我的心被我的无理性伤害了"，但立刻他又赞许"背理"，因为"从背理的堆里可以生出疯狂的花来"。他自知"我已经烧毁了我的快乐"，但是又自信"能毂用更强的火焰把他重燃起来"。他诗中的哲理原不怎样高深，但他的气势和音节真不是平常人能做到的。他常自夸，以为俄文中所含音调之美是到了他手头才发现出来，又说，以前的许多诗家都不过是他的"先锋"而已。

巴尔芒是欲把一切冲突的原子融化为一的："我把自己给了宇宙，同时宇宙也渗进我。星儿，山谷，山岭，都近着我。野兽与英雄也都近着我。美与不美也都近着我。我和一个朋友谈天，同时我是远离着他，远至相隔数国境。我和一个仇人谈天，同时我是秘密地爱着她。……无量的大可以缩在小的空间内，一粒沙可化大千世界。柔弱的手可以美的名义建立了伟大的事业。城可以堕，林可以焚，多声的存在，可以静寂，静寂的地方可以有新的小语出来"。所以生命是永久的。从变生出永久来，所以变就是生活的要义。"我知道神有两个，一是止的神，一是动的神。两个我都爱，但不愿只跟着前者"。这是巴尔芒的人生观了。

巴尔芒当俄国革命的时候也做政治诗，但不很好；他生于一八六七年，一九〇六后不能安居本国，常逃寓巴黎。著作除上述之两本诗集外，有在《北方天空之下》一卷（一八九四年出版）及《只有爱》一卷。（一九〇四年）又曾著短篇小说及儿歌若干。

巴尔芒又是大翻译家，通各国文字，曾译谢莱（Shelly）著作全部及惠特曼（Walt Whitman）《草叶集》大半；又译易卜生剧本多种，波兰诗人斯罗滑奇的诗，和古印度的传说。

布利乌沙夫

布利乌沙夫（Valery Briusov）生一八七三年，是俄国现代的有名诗人，小说家，批评家。他的诗和巴尔芒的可又不同，——虽然他们俩同属于新派。

布利乌沙夫借"灰色的肢体""失望的呼声""物质快乐的旋风似的无竭尽的热情"为手段以采求"生存"之神秘。他以为现象的世界只是"真实世界"的一串象征罢了。他早年做的诗还不如此，在一八九六年做的诗，已有一篇里说道："在地的反射的强光中，我见朦胧的影，不分昼夜都见得的，过去的影，为滞暗的光所映"。这显然是和上年他诗中说的："上帝，救我不可耐的苦痛啊！我们像野兽一般被关在地洞里。我们睡在碝石的床,我们因为没有阳光与信仰而气闷死了"完全不同其情趣。而且也就是这后来的思想造成了他著作的主要面目。

布利乌沙夫的冷酷而空幻的人生观与世界观也是俄国社会情形的产物,时代的反映。革命时代他做的诗,更无一不是极端的颓丧思想;因颓丧到了极点,所以欢迎破坏;他说:"你们焚王宫,焚教堂,焚书籍……焚毁一切的文明罢……我们诗人将燃著烛到地洞里到荒野去了……你们谁来破坏我,我真欢迎呀!"他在《灰色马》这首诗中描写了一个城市内流血的惨景,群众伸手向天等着从天上来的灰色马的骑者来毁灭他们,不知实在只是一个幻象罢了。在这首诗中,他用了西欧物质文明的新名词,如摩托车,电车,飞艇等等;在俄国诗中也算得是创见了。

布利乌沙夫的小说也是冷酷的神秘的;喜欢用古代事做小说的材料——尤其是关于"奇迹"的传说。如《南方共和国》及《情狂的安琪儿》等都是疯狂的冷酷的神怪小说。

他的著作除上举者外,尚有短篇小说及短篇戏曲集《地球的轴》(一九〇七年)也是同样的梦的神秘的。诗集七卷中要算《斯蒂芬诺斯》(一九〇六年)为最好。批评家邱戈夫斯基(Tchukovsky)说:"《斯蒂芬诺斯》是一部伟大的书。在这书里,布利乌沙夫是对于自己精神的原子力的战胜者。……在高的山上,你向下看你的全部生命,而且你调和自己到一切恕一切,知道一切是好的是静的。"可知在他的反常的冷酷的中常伏着温和的。

他的批评论文见于一九〇三年至一九〇八年的 Viesy(Scales)杂志中的,都有独到的正确的见解。他又译了梅德林·邓南遮·王尔德等人的著作。

布 洛 克

布洛克(Alexander Blok)就是继伊凡诺夫之后起来的新诗人。他生于一八八〇年。他的诗体以字句轻盈,含蓄吞吐有致著名;不论怎样的悲哀的感情,一到他诗中,便美化了;不论怎样动人魂魄的热情,一到他诗中,便美化了。布利乌沙夫和伊凡诺夫的诗都不能像布洛克的那样刺心。

但布洛克的诗因是玄奥晦涩的缘故,更不通行;懂得他好处的人实在不多。只可于音节中得他一点意义,绝不能求解于字句之间。诗到这个地步,就是音乐谱了。

布洛克的文学也是时代的反映。他把那时代的精神破碎的生活实录在诗中记下来了；他也企图暂时地把极大的悲哀忘却，在虚幻的"美"中得一点安慰。

布洛克的著作有《美女歌》一卷，一九〇五年出版。《霉的假面》和《雪地》等作。一九一五年出版的《俄罗斯诗》则很多爱国思想，和其余神秘之作不同。在这本中，他表示对于未来的希望，和对于祖国能力之信赖。《美女歌》的诗都是崇赞女性灵魂之永久的美。

此外，布洛克又做了些歌剧，最有名的是《波尔辛南罗》(Pulcinello)《奇异的妇人》及《在大街上的王帝》等作。

美论或艺术论的发生虽未必常在文艺发达之前,而这种论议的指导亦常影响一时代文艺的作风。论述美或美的品评之法则本是美学的一种职务。这所谓美的品评之法则,在艺术家视之常奉作规范看待,好似生理上的法则是医术的规范一样。所以吾人研究一地方或一时代的文艺,同时亦须考察当时当地支配这种文艺思想的美论。单就其美论而研究之,好似批评除去色素的织物;单就其文艺作品而绍介之,又好似研究织物色素的美丽,而忽略织物当初的图案。美论之与文艺本是相互规定:有时由美论的指导以支配文艺,亦有时由文艺的作风以造成美论,固然未必完全是和图案的与织物一样——总是由图案以支配织物的;但是吾人与其从事于片面的研究,不如由其美论与文艺参互考证之为愈。

大凡在文艺极不发达的时代,只是肤浅的,因袭的思想,以成其肤浅的,因袭的文艺,此时固不会发生所谓美论或艺术论;待到文艺稍兴,创作的天才日渐诞生,批评的目光亦渐以正确,而美论或艺术论自能应时以生:一以结束以前的作风,一以批评当时的作品,一以指导未来的进行,所以与文艺是有密接的关系了。

人类的思想不是常住不变,一时代所奉为真理的,于又一时代或以为非理。古典主义盛行之时,许多人对于艺术的观念发表为美论或艺术论者,必不与浪漫主义盛行时的主张相同。所以美论与文艺常是相互规定,亦颇多因于文艺的作风以转移美论的主张的。美论是根据于观赏者的心理,文艺是根据于制作者的心理,——即美论是批评所取的态度,而文艺是创作所得的成绩,吾人若以社会学的眼光来看,则此二者又常与社会生关系,即美论与文艺的所由发生自有其社会的背影。人不能遗世独立,无形之中常与许多人文现象相交涉,当然不

---

① 原载《小说月报》第 12 卷号外《俄国文学研究》(1921)。

能不受其影响,因此无论是制作者的发表或观赏者的批评都和社会有关系,所以人类艺术作品的创作或其对于艺术美的趣味,不单是单独的,个人的事实,而亦是普遍的,社会的事实。吾人对于俄国的美论与文艺更可看出他和社会有密接的关系。

俄国文艺的发生以比欧洲诸国则是最弱小的兄弟。自其发生以至发达虽不过最近百余年来的事情,而因于社会的特殊情形亦颇有其特殊色彩,即不必说是"后来者居上",总可以在世界文坛上占一个特殊的位置。

俄国的发生文学是在十八世纪大彼得输入西欧文化并改作字母以后,但当时的诗人如洛摩诺梭夫(Lomonosoff)苏玛洛科夫(Sumarokoff)康推密尔(Kantemier)等都不过为德法古典派忠实的模仿者,而并无独创的才能,对于自己的艺术亦不有应然——所以然——的概念。其中洛摩诺梭夫比较的算有创作才能。他欲传拉丁要素于俄国文脉,以使半野蛮的国语含有艺术的旨趣,这是他的成功。

至加查林二世,文学颇受法国思想的影响。诗人戴尔耶温(Deriaoin)用浅近语以抒写情景,开俄国韵文流畅轻快的词致,以为后代真率的国民诗之典型。

亚历山大一世治世之初,锐意改革政治上,社会上的事情,而关于艺术上的思想亦渐以自由。此时凯兰仁(Karamsin)与楚可夫斯基(Zonkoffsky)输入感情主义与浪漫主义的新潮,打破旧时模仿俄国文学而提倡自由的艺术观。凯兰仁的小说《梨差》(Lisa)已表示对于俄国农奴制度的不满以引人同情,楚可夫斯基更翻译西欧浪漫派的作品以破坏尚右派浮华的韵文,所以他的艺术观亦是倾向于美的渴仰,悲哀的心情,剧烈的狂热,以及恋爱,友谊等,而偏重于主观的情感。大凡俄国是处于专制之下,民主思想既不发达,古学又不昌明,所以专尚主观,摧毁旧章,而对于摆轮(Byron)等的作品最为推重。

至一八二九年俄国大学提倡德国哲学遂一新美论的面目,当时新派的文艺家或批评家所最信奉的为鲜霖(Schelling)的哲学论。鲜霖的哲学视自然与精神同为一物。于意识以外所现的自然亦即是于意识之中所现的精神。换句话说来,即是实在(现实世界)与理想(无形灵界)在他看是同一样。这自然与精神的共同根柢称为"绝对"。"绝对"因于量的关系而现差别的时候即生自然与精神的分别。所以他的美论是谓:

"哲学的究竟在观察'绝对'。这观察有二:一是知的观察,二是美的观

中国俄苏文学研究史论
История исследования русской и
советской литературы в Китае

察。知的观察惟哲学者能之,美的观察则尽人可以享受,所以艺术是尽人可因以观察'绝对'的方便。于艺术除去其客观性即成哲学,于哲学加入客观性便为艺术,所以艺术能使一般人都能观察'绝对'。"

鲜霖的哲学既以自然与精神视同一物而谓世界是普遍,统一,创造精神之发展,所以这种思想极有影响于人生之意义与价值。当时俄国一辈新派的文艺家或批评者受此影响,遂欲凭他自己的心灵,于有限生灭的现象界观察无限不灭的想念,而醉心于艺术以谋艺术趣味之发达。他们以为诗的意义是内的情感之发现,以使不灭的灵界与人类发生关系——即吾人可使永劫不灭的理想包括于艺术的符号之中。

此时俄国审美的思想是将由艺术以观察绝对,探求真理,使这永劫不灭之理想显于生活之中。一言蔽之,即是要求内的生活之充实。若偏重于外的生活而不与内的生活相调和,则即有生活枯燥无味之感。那谛定(Nadejdin)的审美观念,谓:

> "美的教育所以使吾人的生活完全而高贵。无此则人类生活全陷于冷淡,幽暗,而所企图的事业只如机械的干燥无味,不能享受生存的高贵。"

其论旨虽并不主张纯艺术论,但当时流风所煽,一般青年徒醉心于审美论,艺术论的研究,而转置政治社会的问题于度外,这亦本是浪漫哲学易有的倾向。

那谛定的审美论影响于俄国文艺界者其势力犹微,至于裴林斯基(W. Bjelinsky)则为俄国批评界的嚆矢。当时俄国的文艺差不多随其思想为转移。自他死后的数年俄国文艺界即陷于黑暗时代。此虽另有其他原因,而失去强有力的指导亦未必不有关系。

裴林斯基一生的思想差不多起三种变化:最初是鲜霖哲学的思想,次为黑革尔哲学的思想,最后为黑革尔哲学左派的思想。其前二时期都为纯艺术的主张,最后始有人生的倾向。

裴林斯基在莫斯科大学之时,完全为鲜霖哲学思想所支配,所以他对于艺术的观念,以为在描写自然的生活而使再现之,欲于森罗万象之中以发见一元的"绝对";其主张遂偏于纯艺术的倾向。他于一八二四年载于Molva杂志的论文说:

　　"诗的神异只是自然之发生力之反射。诗人由想像所流露之烂漫的天真,以起感兴之时为真的诗人;一有其他目的而故意造作,即成为哲学者或道德家而全失感动吾人之力。"

　　裴林斯基更有一种主张即为艺术上国民性的问题。他于艺术问题的议论一变从前模拟外国文学的态度,而主张足以充俄国人心的需要,遂以为艺术要足以表现全人类生活中的特种情形。在他思想第一时期的美论,差不多有二种主要性质:

　　1. 诗的目的在包括永久观念于艺术符号之中。

　　2. 诗人所表现的观念应符合于其生存的时代而描写国民性的隐曲。

　　美论一方面有如此主张,而当时的文学亦由模拟文学以进于国民文学。成此伟业者即为普式金(Pushkin)。普式金于俄国文学界上伟大的事业,即在表现俄国的社会倾向与要求,而又能造出活现国民思情的用语。以后俄国文学每常描写俄国社会的企图与理想,实肇始于此时。至于普式金的作风则依旧是唯美的倾向,亦一时风尚所致。

　　由于当时社会的情形以考察之:自一八一二年拿破伦侵入俄国以后,国民亦引起自觉之心,而常以祖国安危为忧念,所以这种国民文学遂发生于此时。

　　至一八三七年裴林斯基的审美思想由于黑革尔哲学的影响而起一变化。黑革尔会有"一切现实皆合理"之语,所以他此时对于艺术的观念,不偏重于理想,而以为艺术家于其所表彰的想,与包此想的形之间应使有亲密的关系。废想则形以丧,无形则想亦亡,想须透澈于形,形须体现其想,这是他艺术理想上的想形一致论;但他同时又赞美现实而趋于保守,所以以为艺术只是自然界调和沉静无关心的再现,而无取于激烈的形之思想。艺术家于其制作常拒绝一切道德的要求。诗人即使描写人的恶行,于其心中亦并不起嫌恶愤怒的感情;以愤怒足以害性情,灭愉快,而诗的感兴之时又常是最高欢乐之时故。

　　在此二时期的思想完全为纯艺术派的论调,其后至一八三九年以受赫尔岑(Herzen)的影响,即醉心于黑革尔学说左派的思想,而使其审美观渐趋于写实,弃其纯粹的理想主义而考察现实世界的需要,遂由纯艺术的赞美者一变而为写实主义的宣传者了。他说:

"所谓单纯,是艺术作品的要件,——即于其本质之上,无取于粉饰。艺术而不反映现实者,都是虚伪,即足证艺术家才能的缺乏。故由作者凭空虚构者,只是虚伪;只是对于趄的诽谤。"

此时他排斥重形轻想的古典主义,又不取尊形弃想的浪漫思想,其艺术观念比较的近于醇正。他临死前致其友人的书,至谓"俄国小说若带现实的色彩,即喜读之,因他还足唤起诸种问题,给社会一个道德的印像故。"又谓"吾人对于乞食,醉狂的车夫;试自问于此等情形之上,岂可安闲以沈溺于艺术与智识之中?"其倾向于人生至如此。

这一种功利的见解与纯理哲学的美论未免冲突,但以俄国的社会情形反映在思想之中,自然有使此二种见解调和融合的倾向,而俄国文学遂亦成为理想的写实派的文学。当裴林斯基时有个青年批评家麦可夫(W. Majkoff)他以为吾人对于环境的事物,每先考核其与自身有无关系;有一种的事物于吾人自己的性情不起何等的反响,只不过刺激吾人的好奇心而觉其新异,遂欲研究以认识之;有一种的事物则与吾人有关而足以引起同情的。新奇的事物只限于新奇的时候若吾人一经认识即失其效力;而足以引起同情的事物,只须不失其同情的能力即可永久保存其感兴。所以他说:

"新奇与同情两方面的区别即是科学与艺术之所由分。刺激吾人的好奇心而毫不动情感的事物是属于科学的范围;其足以诱动吾人而生喜悦、愤激、恐怖等情者,属于艺术的范围。"

由此说以观察,则艺术家是再现现实,不变其形,而以移之于人类感兴的世界——诗的世界;而艺术的领域亦不限于美的一方面而普遍于人生的各方面了。

这是俄国近世文学黎明期的思想。自裴林斯基及麦可夫殁后,俄国文学起一反动,七年之间(1848—1855)差不多复还于纯艺术主义,把裴林斯基的议论一扫而空,文学制作亦只务雕琢形式,是为俄国文学黑暗时代。

这黑暗时代是俄国文学的反动期。其所以成此现象者亦自有其社会的背影。此时是尼古拉一世秉政时代,检查书报,大兴文字狱,少壮有为的作者,非窜即亡,所以文学上亦并无成绩可言了。

至一八五五年时采尔涅夫斯基（Nicolas Tchernicheffsky）现于文坛，而使审美思想复演于俄国，以其哲学上的学说，至引起文学美术上极端的写实主义。对于裴林斯基理想派的纯艺术观适趋于反对的方向。这种反动于十年后更达极点，甚至全然蔑视艺术，这又成为虚无主义文学的起源了。

他的美论即是筑于写实的基础上面。他不主张以前种种的美的定义，——如表现永久观念说或想形一致说，而只由于实生活的要求以立其定义。他说：

> "美是生命。生物于其生活状态觉适意之时始为美；即以无生物表现生命使吾人想起生命之时亦为美。"

这是他所定的美的定义。他以为美对于人类所引起的感情，亦如吾人对于所爱的人的感情一样。一切生物都怕破灭，恶死亡而欲生存。不论何人其所最爱最喜者即为生命，所以于艺术的美远不如于现实世间的美。

这种美论的结果，便把自然美的位置抬高于艺术美之上。旧时以为美的观念不在现实世间而在艺术的制作；又以为艺术的制作须汰去自然界中的不美之处；始合于美的理想——这些学说至是遂完全否定了。因此在于采尔涅夫斯基的意见，以为艺术的任务只在再现实际的生活，只不过使自然与人生足以想起于吾人的心中——即求其足以助记忆则艺术的能事已尽。吾人有曾经沧海的经验，则对于再现沧海景象的绘画，由于想像力的活动即再引起感觉而觉愉快，此说固似稍偏——使艺术只和目录日记一样作用——但他更有进一步的说明。他说：

> "由于普通的意见，艺术的对象虽为美而畛域却极为狭隘。吾人虽认优美，壮美，滑稽为美的要素，而艺术上的许多作品每有不能包括在此三者之中。绘画、音乐都有这种情境而诗为尤甚。诗的题材多取求于人生与自然的领域中。诗人对于人生观察的方面千端万绪，恰和吾人对于无数现象以引起的概念一样的多。吾人于优美，壮美，滑稽之外更可见好多的事物于现实世界之中。诗的题材既不尽是这三种要素，所以吾人于诗的创作亦不可局促于旧时区分的典型之中。"

他以为由于普通的观察所起的感兴都为艺术的对象，因此对于仅仅如优

中国俄苏文学研究史论
История исследования русской и
советской литературы в Китае

美,壮美滑稽三种的区分不能满意。在他所谓艺术的领域,不是和马可夫一样——以新奇性与同情性分为科学与文艺的区别;他只重在很广的意义所起的感兴,以为艺术的领域虽在于美而亦包括人生或自然之足以动人感兴者。

由于这种学说的根据,于是艺术的观念是所以使人理会科学,哲学,政治上种种见解的方便。他于艺术上虽不拒绝美的需要,而却提出社会的生活之兴味,且要求表现时代精神的艺术;于是艺术批评的艺术批评的任务不必论其艺术的作品有合于美学的理论与否,只须视其描写人生是真实与否。批评家应排斥不真实的描写,不必显其技巧上的成功。这种的批评主义,于其末流,甚至完全否定艺术美的问题,所以他的思想是排斥以前抽象哲学的思想,而使变为科学的实证的世界观。这一种的审美态度遂成为近世俄国文学的中心主张。

这种思想由于当时社会的背景以观察之亦可明其所以发生之由,即(一)亚历山大二世即位政治较为开明,斯时俄皇鉴于克里米亚之败,以为由于缺少社会的监督,还主张积极改革庶政。(二)唯物论战胜唯心论,理想的社会主义变为科学的社会主义,所以产生科学态度的虚无思想——不合于科学试验的习俗完全否定——而亦成为虚无主义的文学了。

俄国文学至今常鼓吹公民的思想与权利义务的观念,以引起国民生活及社会生活的改革,都在此时期脱离精神方面而倾向于现实方面的动机。自此时起而文学者的地位遂成为社会改革者,未来的预言者,将来文明的宣传者。

继承采尔涅夫斯基的思想而完成其说者为多蒲乐留博夫(Dobroljuboff)他的主张见解,始终一贯,不稍变更,实是六十年代初俄国青年代表的典型。他对于艺术的观念,以为——

> "文学由其本质而言,决不有第一义的价值。文学的任务只在暗示不可不为之事,又描写既为或方为之事。由前者而言则其材料与基础,均取于纯粹科学,由后者而言则又取之于现实世间的事实。所以文学的任务只在于宣传,至其价值即视其题材与方法之如何。"

由于这种见解,多蒲乐留博夫归纳自己批评的标准称为现实的批评。他以为对于艺术家的作物与对于实生活的现象应取同样的态度,所以他的批评已超出艺术批评的范围,与其称为文艺批评家不如称为社会评论家。

总之这时代因于社会政治的勃兴而文学界上——不论创作或批评——遂

愈富于社会的色彩。所以多蒲乐留博夫以为文艺并无自身独立的价值,而以社会生活为目的,艺术品只不过表明自己社会的思想之方便罢了。标榜此种主张,卒至成为艺术破坏者——文艺否定者,而其主张之最趋极端者又为毗莎莱夫。(D. Pisareff)

毗莎莱夫初奉纯艺术主义,后来论锋一转,至唱艺术否定论。采取采尔涅夫斯基及多蒲乐留博夫的思想而益完成之,以为诗歌,艺术及形而上学等都是装饰品,与实际生活全无关系,遂不惜破坏攻击之。这时唯物论的发达趋于极端,所以毗莎莱夫以为人类只宜使其智力为有益的事业,以谋社会的幸福,决不可推敲声韵,营此无益之事。这种极端的主张可以为当时虚无主义的代表。

毗莎莱夫极端的功利论,甚至谓文学只以发表新思想为要项,而浮华的辞藻极不适于论述学理的思想。偏主内容而不重形式,遂至教训不能与艺术相调和,所以这种浅薄的功利主义,不久即归销沈,而其影响所及,却产生七十年,代他爱主义与民情派的文学,此时为其中心者实为托尔斯泰(Tolstoy)。

托尔斯泰的艺术论差不多即是标榜他人道主义文学的旗帜。他反对享乐主义的艺术而谓艺术必须与人生有关系。他说:

> "近人多以真善美的融合为无条理的梦想,而以艺术的唯一目的只在快乐——每以这种以快乐为目的伪艺术为最高的艺术,这岂不很可惊骇的么?"

托尔斯泰于晚年虽不主张文学,常倾向于他宗教——主义——的宣传,但他作品所含的教训,总能与艺术相调和,依旧不失为文学的名著。又毗莎莱夫倡为"艺术娱乐说",以为人于休息之时未尝不可以艺术为娱乐,而托尔斯泰则以为艺术的目的不在快乐。本于此种主张所成的艺术,当然是思想严肃,情意真挚,而无游戏分子了。俄国文学开灿烂的花,放普遍的光明以及于世界,全在于此时,而托尔斯泰实为其中枢。当时创作方面除托尔斯泰自己的作品以外,如陀思妥夫斯基(Dostojevski)伽尔洵(Garskin)科罗连珂(Korolenko)邬斯本斯奇(Uspenski)都有这种倾向。

自是以后到亚历山大三世之时,俄国文学又起一反动。斯时厉行迫压,人民绝望,而西欧方面又输入尼采的超人思想与法国的颓废派,——这种思潮足使俄国青年未成熟的心减少爱他的精神而注入颓废的倾向。这亦是当时社会情形必然的反映。幸这种利己主义的教义与颓废趣味,在俄国文坛不曾为长期间的支配,不久颓废派即移于象征主义以希望未来,而尼采思潮亦成为社会主义化了。

在此象征主义盛行时代的美论虽亦可以看出由于当时人心惶惶不安的反映,而却有希望,有宗教的情调,不似颓废派的过于颓丧了。基普司女士说:

> "祈祷是人类天性之自然的且必然的要求,诗——即言语音乐,即是祈祷的的一种形式。吾人的心即由此形式以祈祷。吾辈现代的诗人服从人性之永久不变的法则而作诗以祈祷,至其诗之为名作与否可以不问。"

她又说:

> "现代文学的精神是现代人的精神。是打碎,脆弱,反应的精神。是与无论何物都不调和,对于无论何物都起不安,永久怀闷,永久不决的精神。"

于此可见这种美论都是由于现代生活的不安而起。其影响到当时的文学,如梭罗古勃(Sologub)的描写灰色的人生,库普林(Kuprin)的对于现实生活深刻的讽刺与表暴,都是这种倾向。

库普林的思想感情最伟大亦最忠实,而其才能又最适于艺术的表现。其背面则浓雾朦胧而真道埋没,社会失生气而倦怠,其前面则阳光煊赫,而现鼓舞激励人心之希望的光明,最近革命诗人洛普洵(Ropshin)在灰色马里描写一个英雄,一半是死之天使,一半还是有热的心肝的人。于暗淡绝望之中而弥漫生气与希望,已显示革命的新时代有了稳固的地盘了。

以上由于时代的叙述,虽时见美论主张的不一致,实在十九世纪的俄国文学,差不多可以不加区分,都有人生的色彩。以俄国阴森,恐怖,黑暗,残酷的社会,遂以酿成人生的文艺,而因于人生的文艺卒至创造新俄罗斯,可见文艺与社会的相互规定有如此。这一篇的意旨即在说明社会的改善,文学亦肩其责任,而文学的发达,又不仅在创作一方面更须赖有正确忠实的批评者。吾人一想到中国文学正在筚路蓝缕之时,创作方面固须注重,批评方面亦不可忽。为中国文学的前途计,对于光明的指导者,其渴仰的希望为何如!

一九二○二八

郑振铎：
《托尔斯泰》（节录）[①]

托尔斯泰（Leo Tolstoy，1828—1910）的作品，在艺术方面看来，高出杜思退益夫斯基远甚，在内容方面看来，其感人之深，含意之远，与人道的，爱的精神之真挚则与杜思退益夫斯基差不多。

托尔斯泰的家庭与屠格涅夫一样，是传统的贵族之家。他的母亲死得很早，他的父亲在他九岁时也死了。他和他的兄姊都是由一个远亲扶养成人的。他在大学里很不规则的读了几年书，便离开了学堂，跑进社会的旋涡里去。他的哥哥尼古拉叫他加入高加索军队里。他的生活进了一个新时期。在这个山水明秀的地方，他开始他的著作。最初做的是《幼年》一书，后来又写了《童年与少年》，这二书都是他的自叙传。一八五三年，离了高加索，参预克里米亚（Crimea）的战争。《莎巴斯托堡故事》（Tales of Sebastopol）是他此行的收获，在这个小说里，他的反对战争的见解已经萌芽。一八六二年，他结了婚；他的家庭很快乐；在这个时候，他写了两部最大的小说：《战争与和平》及《婀娜小史》（Anna Karenina）。七十年代之末，托尔斯泰的精神上忽起了很大的变动。他不满意他的生活，不满意他以前的著作，由一个艺术家的托尔斯泰变成一个道德家的托尔斯泰。但这个变迁，对于他的作品的价值却并没有损失；他的精深的技术，使他讨论或宣传他的理想及教义的作品仍不失其为第一等好的著作。

他宣传他的教义，并修订四福音，希腊教会的人大起反对，一九〇一年宣布逐他出会，但他并不介意。他实行他的泛劳动主义。到了一九一〇年，他突然离开家庭，想寻求更好的更安心的生活，走到中途，患肺炎死。

在托尔斯泰的早年著作《幼年》及《童年与少年》二书里，我们已可看出他的性质的两方面，兽的生活的爱恋，与更高的道德标准的寻求。这两种矛盾的性格，终他的一生，都在那里冲突。他的第一期的作品，则兽的本能的生活占优势。

---

① 本文选自《俄国文学史略》（商务印书馆 1924 年）。题目系编者所加。

在他的短篇小说《二骠骑》,《三死》,《一个地主的早晨》等中,托尔斯泰描写塞巴斯托堡战时的生活,极可赞美,一个兵士的心理描写,在他看来,较之全部的战争尤为重要。他以为战争不是一种光荣的动作,乃是痛苦与死亡的事件。在《战争与和平》里,他所持的意见也是如此。

《战争与和平》是托尔斯泰最大的一部著作,叙述的是一八○五年到一八一二年俄国在拿破伦战役里的情形。人物这样的多,背景这样的复杂,他却一层一层的写来,以活泼动人的文词,把各个人都写得极有个性,把每件事都写得极为精彩,而全部的结构,又毫不凌乱。这实是他天才独到的地方。《战争与和平》的主人翁,并不是历史上的大人物,如拿破伦或科托莎夫(Kutuzov)之流,乃是一个朴讷的农人白拉顿(Platon)。托尔斯泰把白拉顿当做一个具有他理想中基督教徒的一切条件的人;以无限的爱,爱全世界,以绝对博爱的无抵抗主义,对待一切恶。柏勒(Pierre)遇见他后,深受他的高尚精神的感化,终其生不违背这些基督教义。由柏勒生活的变化,我们可以看出托尔斯泰自身的变化。

《战争与和平》之描写伟人,与一切历史及小说大不相同。托尔斯泰绝不夸张的写拿破伦或亚历山大一世等英雄;他以平常的人看待他们。他以为一切历史的事变都是不可知的群众运动所造成的,每个人都分有创造的力量,同时却每个人都为一种不可抵抗的潮流所驱迫。这种见解是托尔斯泰所独具的。

《战争与和平》的道德观念,在他的第二部大著作《婀娜小史》里更扩大宣达出来。托尔斯泰在这部小说里,叙述圣彼得堡的两个高等社会的家庭。婀娜当少年时嫁给一个老官吏。她因此得到社会上的好地位,并且有了许多钱。但过了几年,她觉得她的生活是苦痛的。她爱了一个少年,离开这个家庭,但她始终没有勇气与这个家庭断绝关系。经过了许多痛苦,她便投身在铁路上死了。与婀娜的悲惨历史相对的是一个快乐的家庭。李文(Levin)像《战争与和平》里的柏勒一样,经过一番道德的改革,最后得到一条结论:在自己家庭里常常做工,且在健全的环境里生活着,是一个人所应该求的生活。

自经过宗教的观念的侵占(一八七九年)后,托尔斯泰的作品的色彩便截然与以前不同。悲观的黑云开始在他的一切作品里占领着。以前的健全的生的快乐已经完全不见了。人生是没有意义的;所谓文明,就是最人性的东西,只有自己牺牲及博爱人类,我们才能完成我们人生的目的。这是托尔斯泰所要宣传的教义。在《艺术论》里,他明白的宣言这个意思,而反抗以空幻的美为骨子及为个人娱乐而设的一切文艺及音乐。在其他小说里,这种教义也极鲜明的存在着。

《伊凡依利契之死》(The Death of lvan Ilyich)是写一个平常人知道他将死的悲剧。他孤独的生存在世界上;他的生活什么特点也没有,谁也没有给他以同情的。但正当他的死时,一线希望的光明,穿透了黑云,他便成了一个快乐的人,相信将来的生活而死去。

《黑暗的势力》是他的一个剧本,写农民生活的一幕悲剧。一个少年仆人犯了许多罪恶,最后因良心的打击而忏悔一切。除了这个剧本外,托尔斯泰所著的剧本还很多,如《教育之果》是讥刺教育界的。如《活尸》,如《黑暗之光》则都是宣传他的教义的。

《克利志莎娜太》(Kreutzer Sonata)是一篇讨论妇女问题与性的生活的小说。他对于家庭及恋爱,这时的见解与以前已不同。《塞祺士父亲》(Father Sergius)所含的意思也与《克利志莎娜太》差不多。

他的最后的大著作是《复活》(Resurrection)。在这部书里,托尔斯泰的道德观念,更充满鲜明的刻着,同时,他的伟大的艺术,也更纯炼的微妙的表现出来。书中的事实是如此:一个富有财产的贵族尼希留道夫(Nekhlyudov),少年时与一个女郎相爱,后来又舍弃了她。她因此堕落。后来她受了杀人的嫌疑,被捕到法庭上去。那时,尼希留道夫刚好做陪审官。他忏悔以前的行为,竭力的救护她。到了她被判决流放西比利亚,他便牺牲一切,随跟了她到配所里去。他想同她结婚,补救以前的过失。但她坚执的拒绝他,另外嫁给一个人。同时,尼希留道夫已进入新的生活中,他从爱与怜与自忏中得救了。

托尔斯泰的著作,除了上面所举的外,还有不少。他也做了不少的论教育,道德,宗教及艺术的论文。

从宗教的立足点看来,他可以称为一个纯正的基督教徒;虽然他反抗卑鄙龌龊的教会及一切不好的教义,教会也反对他,不认他为教徒,然而他的博爱,他的行动都是可以直进天堂之门而不受诘问的。

从政治的立足点看来,他是一个无政府主义者。他反对政府,反对法律。

从文艺的立足点看来,许多人都以为他是艺术的破坏者。他主张以文艺为宣传主义的工具,反对一切无用的伪美的作品。

虽然有人以他的艺术的主张为不对的,虽然也曾有人以他的和平的意见为不对的;但他的人格,他的数十年的收获,却如树之拔地而立,江河之永古常流,什么人都不能不对之表示崇敬。

赵景深：
《罗亭型与俄国思想家》（节录）[①]

　　现在《小说月报》上已经把罗亭登完了。首先我得感谢调孚兄，因他的鼓励，使我能够做完这第一部长篇小说的翻译工作，一向只译一些短篇作品，译罗亭还是初次尝试，有译的不对的地方，诚恳的希望诸君给我温和的、友谊的指教。谩骂我是要把好意当作恶意的。并不是我做文章太嫩，一开头就来这个熟套，的确我是诚恳的希望着善意的批评。此外我译《罗亭》还有一个动机，就称之为"全集癖"罢；我觉得屠格涅甫的《猎人日记》、《春潮》、《初恋》、《胜利的恋歌》、《畸零人日记》、《爱西亚》、《浮士德》……都经人译成，而六大著作中又有《前夜》、《父与子》、《烟》、《新时代》等的译文，因之也想将这六大连续著作的第一部译出来，使我们能够对屠格涅甫的著作窥一个全豹。听说《贵族之家》也已经有人译好了。

　　……

　　大家都承认罗亭是只能说不能行的人，这是事实。史提普涅克（S. Stepniak）说："他几乎是语言的巨人，行为的矮子。他的才华有如底莫西尼司。他是无敌的辩论家，无论什么事都要参加讨论。但他一经行为很难的试验，便很羞辱的失败了。"费尔普司（Phelps）更运用他那美丽的词句说："罗亭很像白朗宁《立像和胸像》中的大公，只是一个华丽的剑鞘，里面并没有剑。'空虚而且美丽，好像没有剑的剑鞘'。他因了广远的旅行，良好的教育和深沉的思想心中遮满了艺术、音乐、哲学和一切装饰，但他却没有成就，因为他的内面没有单纯坚毅的目的，那姑娘的大志打着他，他只发出空空洞洞的回响。他好像衰老的运动家，有肌肉而无活力"。

　　不但罗亭是能说不能行的人，在四十年代的俄国有思想的人差不多都是这样。所以史提普涅克说："这时是黑暗时代：尼古拉一世凶恶的专政——好像

　　① 原载《文学周报》第 6 卷合订本（1928）。

棺材的石盖一般,重压着全国,压碎了每一句话,每一种思想,凡是不合于它那偏狭的观念的,都不能容纳。但这还不是最坏的。最坏的是进步的俄国只以一群人来代表。他们踏进了环境,在自己的家乡感到非常孤寂无助,与人生的现实接触,就仿佛他们自己是漠不相关的异乡人。但人的精神能力总要有一个出路。那些人不能生存于鄙陋的环境,便自己来创造艺术生活,寻求趣味。因为生活孤寂,自然把他们引成一群。所谓'群',是在非正式集会与辩论会之间的,这些人一见面就是谈话,以满足的心的缺陷,此外再也不能做别的事"。后来他又说到《罗亭》中,米逗向他的爱人讲到一群,这一群人就是指当时的青年,有赫尔岑、倍林斯基等人。"他们是那个时代最好的人,充满了崇高的热望和学问,他们对于'真理'不偏的搜寻,实是一个崇高的搜寻。他们有充足的理由,俯看他们的邻人吞下卑鄙的泥土和自私的实利主义。不过这一群人只生活于精神的梦之花房,哲学的空论和抽象并不能参与真实的生活。沉浸于趣味之中于本国生活并无关系,且更是与生活疏远起来。重压的话的河水放干了自然情感的源流,这些人时常攻击感觉的分析,然而自己却几乎失去了感觉,罗亭是那时代的代表,同时是那时代的英雄"。罗亭成了型,并不是特指某人,所以丹麦大批评家勃兰特说:"在他早年伟大的小说《罗亭》(一八五五) 中,矛盾的研究是很透澈的,因了罗亭的软弱,我们知道俄国各处人性格的软弱"。克鲁泡特金也说:"空话,空话,没有动作,实在是四十年代人们的特性,他们代表了俄国社会的思想家"。因此屠格涅甫早年所写的小说,处处都显出罗亭来:费尔普司说:"罗亭的继续是超过历史上的趣味的。……每一个受过教育的俄国人,都有点罗亭在里面,这是实情。……也许屠格涅甫是小说中最大的诊断家,感到时常描写这种人的行为,俄国会明白它主要的弱点,以图补救。因为他看得很清楚,所以他屡次描写这个人物。他显示罗亭型是什么,从来不曾倦怠。差不多一切他的长短篇小说,都写到罗亭,不过换了名字罢了,例如,在《爱西亚》(Acia) 中,那少年画家葛谨(Gagin) 便是罗亭:"葛谨把他一切的油画拿给我看。他画的中有许多生命和真实,宽容和自由;没有一张是画完了的,我以为画得太随便,不大合理。便不客气的说出我的意见。他叹息了一声,点头说道:'是的,是的,你说得很对。贫乏而又不成熟,怎么办呢? 我没有相当的训练;再说,该咀咒的斯拉夫的软弱占据了我的心。我梦想着工作,像鹰一般的飞扬;幻想要摇撼大地——但每逢要做时,就立刻软弱而且困倦了。'"勃兰特也举了几个例:"在屠格涅甫早期的著作中,很难找到有恒心和毅力的青年。从普希金的亚尼征和

中国俄苏文学研究史论
История исследования русской и
советской литературы в Китае

赫尔岑的 Beltov 都是哈姆雷特式的人物。他写一个为妇人所看得到起的完人,在《前夜》中故意举一个外国的巴尔干人殷沙洛夫,他有恒心和毅力,这是俄国人从贵到贱所没有的,……否则,屠格涅甫所称赞的人便只是偶尔提起,例如《罗亭》中的普珂斯基就并未出面,经米退热烈的称赞,我们可以在他里面看到批评家倍林斯基的影像,倍林斯基是屠格涅甫幼年的朋友和先生,《父与子》便是纪念他的。……俄国有毅力的人物,直到《父与子》,屠格涅甫直接的描写出来。"

费尔普司更进一步说,罗亭虽是四十年代的人物,却绝非"过渡的"(Transitional),柴霍甫所写的也只是罗亭,连托尔斯泰、杜思退益夫斯基、高尔基、阿支巴绥夫等人所写的也无在而非罗亭。喂,朋友,恐怕你我也带几分罗亭罢? 罗亭的确不是过去的人物,中国的现状恐怕也就是这样了。

但罗亭却不是完全可以蔑弃的,至少他能够鼓励青年们去做,自己只是力量不足,并不是利用青年,在这一点上,比那些既不能行,又不能说的人要好得多了。所以勃兰特说:"罗亭虽是能说不能行的懦夫,却显出他是一个真实的热情者。罗亭的话很温暖,他很迷人的说出一个故事,完全占有'辨才的音乐',他虽是懒惰、专制、花费别人的钱,似乎温暖,实则严冷,似乎想要做事,实则能力薄弱。但屠格涅甫依旧说他应得我们的怜悯,不应使我们诅咒,他给了青年的灵魂很大的力量。"史提普涅克也说:"他依旧不是一个欺骗者。因为他的热情是真挚的,所以才有传染性。才能显然是有的,他忠心于他的理想,为此而死。最可贵的是他不想得一丝一毫的私利,也不怕艰难。不过这个热情完全是出于脑子,心却是睡眠的"。

如今我们的眼睛再移到女主人娜泰芽身上去,恰与罗亭相反,极有毅力,鼓励着罗亭向前。费尔普司在一段美丽的文字里说道:"小姑娘娜泰芽是将来丽莎淡淡的影子。屠格涅甫的女子似乎都不是闹着玩的,与美国小说家的女主人公不同,美国女子只知道世界是欢乐的花园,把漂亮少年当作园丁! 但俄国女子却是严肃的、虔诚的、宗教的,他们对于自己的希望很少闪耀女性的光辉。她们有难于抑制的权力,石头一般坚定的性格,包含在甜蜜的脉脉情意中。她的全身颤动着静穆的拜祷,好像花朵迎着阳光一般。妇人的德性是演说家丰腴的泥土。不管他是在讲演台上说话,还是在学院里说话,娜泰芽差不多立刻被罗亭语言的蜜所胶住了。在他求爱时,她那圣洁的灵魂扩张开来,不顾她的母亲反对,也不顾传统的铁链,她预备抛弃一切来跟随他。后来她非常惊讶,方知这位大演说家只是"一个声音，没有别的"。(Vox，et Praeterea Nihil) 史提普涅克也说："她是个沉静严肃、实事求是的女子，她的心之深处是热情和女英雄的天性。她只是一个小孩，天真未凿，毫无处世经验。……娜泰芽在近代俄国史中是一个动人的事实。妇人的心之力量比那时代的男子要强。"

至于在艺术描写方面，屠格涅甫是高过托尔斯泰的。他写《罗亭》简直是画家的写法，有色彩，有远近景，有各种不同的阴影，还能把内心描写出来。我们看他直到第三章才使罗亭出场，从作者方面来描写，又从大家眼光中看出，又从米退口中谈起，真写得细致极了。

《罗亭》的第九章和第十二章我们应该仔细看看，这两章是批评家所时常称引的。

一九二八，五，四。

钱杏邨：
《安得列夫与〈红笑〉》①

在 1900 年代的俄罗斯文坛上，高尔基（Gorky）和安得列夫两人可以说是一对怪杰。他们所代表的完全是相背驰的两个方向。假如说：高尔基是一个胜利的歌唱者，那么，安得列夫就可以说是一个失败的预言家。假如说：高尔基是一只海鹰，暴风雨的胜利的先知；那么，安得列夫必然的是一只乌鸦，他生着一对黑色的羽翼……

所以，有人说，安得列夫（Andreev），他是一个生着黑的羽翼的战败的先知。这种黑色羽翼的长成，是在 1905 年以后。在这以前，在了献身文坛的初期，不是如此的。那时候，他的著作是具有高尔基的精神的。而在 1898 年第一次发现他的也就是高尔基。这这个期间（1898—1900）的安得列夫的著作，还充满了同情于城市贫民的精神。我们可以说，这正是高尔基的精神。到了 1905 年以后却不然了，他完全脱离了高尔基的影响，走到了他自己的世界，他的黑色的羽翼便开始成长了。他的精神完全的变为失望与死亡。他的著作于是充满了忧郁与黑暗的情调。这以后，他有了他自己的精神，他自己的英雄，他自己的体裁，他自己的技巧……

安得列夫不但和高尔基脱离了关系，也离开了以前所具有的契诃夫（Chekhov）的风味了。从那时候起，安得列夫的精神，可以说，完全是城市小资产阶级的绝望。

高尔基的创作是充满了乐观怜悯的心情。安得列夫所有的只是悲观的艺术。高尔基看到了人类的潜在的生命的力量，安得列夫所看到的只有人类的丑恶，使他对人间绝望的丑恶。高尔基的英雄是在自身以外，安得列夫的英雄却产生在他自己的内心。这当然是脱离了群众的智识阶级的必然的结果。所以，安得列夫终于转入神秘的一面，而 Decadent 的精神完全暴露了出来。

----

① 原载《海风周报》1929 年第 17 期。

越列旷也夫有一篇《在转变中》，所表现的就是安得列夫的时代……

关于高尔基与安得列夫相异之点，我们可以举一简单的例证。譬为如说：工厂主利用武装的暴力来压迫工人。这一件事在高尔基看来是最痛心的；安得列夫却不作如此想，他要说，最痛苦的不是这个，而是工厂主在办公室里的思想的冲突——就是"应该对工人增加工资呢，还是顾全厂方利益而不让步呢?"两个思想的冲突。

安得列夫的取材必然是后者，而高尔基却是前者。安得列夫是注意人类内心生活的表现的。由此，我们可以看到，高尔基是具有 Don Quichotte 的前进的精神；安得列夫所具有的只是 Hamlet 的怀疑。

安得列夫本来是与革命有关的，但是，此后他是离开了，而且成了另一派的领袖。他的主要的精神便成为近代主义的颓废情绪了。他的创作遂具有极其浓厚的世纪末的病态。

在另一方面，安得列夫，他，是承受了杜斯道也夫司基（Dostoevsky）的影响，也承受了托尔斯泰（Tolstoy）的影响，他很爱读爱伦玻（Allan Poe）的小说，同时他也受了梅德林克（Maeterlinck）的影响……

安得列夫（1871—1919）便是这样的一个作家，洛加契夫斯基如此说。

说过了安得列夫，在这里，我们再谈一谈他的《红笑》（Red Laugh,1904）。

《红笑》在他的小说之中，当然是一篇很好的东西。这是一篇非战的小说，描写战争的疯狂与恐怖（The Madness and Horror of war）的小说。全书分为两部，十九个断片。第一部是主人公自己的叙述，叙述在战场的经过，及其腿折断的因缘；第二部则是他的弟弟的记录，在他哥哥死后的记录。从他们弟兄两个的叙述之中，把整个的战争的影响，战争给与各方面的危害，全部的暴露了。像这样的非战的著作，他写作的实在不少，如《比利时的悲哀》（The Sorrows of Belgium,1915），如《小人物的忏悔》（The Confessions of a Little Man During Great Days,1907），……都是。

《红笑》的完成期，虽然是在安得列夫的黑色的羽翼还没有完全长成的时候，可是，在这里面，我们已经能够看到他的初期的创作所潜伏在的他黑色哲学的轮廓了。他的黑色的羽翼那时是在孕育着，而且有了相当的完成了。从这一点看去，从他的划作的哲学的一方面看去，《红笑》确实可以说是他将羽翼丰满时的著作。在这个时候，他是已经"我为人人悲哀，我不觉安适"，而具着"死似

中国俄苏文学研究史论
История исследования русской и
советской литературы в Китае

乎只是在奇异纷乱的幻象的路上的一时期"的思想。在他的面前已经站立了
"红的笑"。他虽然还没有完全的离开高尔基,可是,他已是在掘发他的坟墓了。

这以后,"红的笑"便成了安得列夫的国土,"红的笑"就是死亡……

他只看到人类的丑恶面,在笑里他看到了战争的影响。他所看到的是人类
的兽性的发挥,是人类理性的失掉。人人变成狂暴疯癫,在前敌死去的人固不
知有多少,就是影响于后方,于死者的家庭的地方也着实是可怕。儿童都受了
这种疯狂的传染而变成恶兽,惊悸之余的人类差不多连姓名都会忘却,甚至于
在前敌的一个士兵写信给后方受伤的友伴,当信投到的时候,双方竟都过世了,
信件变成了死者给予死者。至于母亲因战死了自己的儿子而自杀,更是常有的
事。……

安得列夫是富于怀疑的,这样,他便忍不住的要喊出"什么时候这无意识的
屠杀才告终",以及"为什么有这许多疯狂的人"的咒骂了。同时,他是不断的怀
疑着,怀疑着同类的残杀,怀疑着为什么"红的血要迸出自愿的满地流溢"。他
肯定这"若不是疯狂是什么呢"? 然而,他没有方法去制止,他所看到的仍旧的
不免是战争使每个人流泪,血雾包围了大地。这样他绝望了,他的收缩了的黑
的羽翼便张开了。

于是,他,安得列夫,便走进了"神秘的现象及阴沉不吉的黑影的世界。"

于是,他,安得列夫便睁开了神秘的眼睛,看见了"红的笑"迎面而来了:"那
就是红的笑。当地球发狂时,它要像那个笑的。人知道地球已发狂了。已没有
花与歌在地球上了;它已变成圆的、红的,像一个剥去皮的头。"安得列夫便这样
的走进了绝望与死亡的境界。

然而这究竟是他初期的,还没有完全离开高尔基的关系的著作。这怎么说
呢? 就是在这以前,"死"固然诱惑着安得列夫,同时,"生"也在强烈的招致他,
究竟哪一方面引诱他的多,这是连安得列夫自己也不能说明的事。不过,到了
写《红笑》时已经不然了,死对他的诱惑似乎更强了。然而,生还是没有在他的
心里灭绝。

所以,他说道:

"我的四周一切都是静与死,但远处田间有骚动,似乎还有生命的——
或我在寂静中以为是有生命的。但呻吟并不减少。这蔓延于各地——高
声,无希望如孩子的哭或成千的被弃的小犬饥寒交迫的吠声。像尖厉、无

穷的的冰的针刺入你的脑，缓缓的向前向后骚动————……"

话虽如此，他终竟是一个绝望与死亡的歌者，在生与死的怀疑、探讨、与冲突的结果，到底为死亡所战胜了。虽然他也强烈的喊着"打倒战争！"喊着"……埋葬你们的兵器，拆毁一切兵营，剥去，撕破一切疯狂的人的灿烂的制服"，但他是接着写下了"人们都将死"的一句。死是胜利了。

我们可以看末一段，他们弟兄俩生的渴求与死的决定的对话：

"他们要来闷死我们了"，我说，"让我们从窗门逃出，救我们自己罢。"
"我们不能！"我的哥哥说"我们不能！看那面是什么！"
黑色窗之后，在红黑色，不动的光中，立着红的笑。

写这一篇并没有多少的意义，不过是要藉着《红笑》来印证安得列夫的黑色哲学罢了。而且他的心理的冲突，于此我们也可以看到，《红笑》里正有一节可以说是他自己的写照。那就是："他独自不倦的织着癫狂的无穷之线，……发生不可避免的冲突的境界……成为不幸之结局。"Mirsky 说，安得列夫在今日的俄罗斯的读者之中，已没有复生之望。事实上，岂仅于俄罗斯的今日的读者，安得列夫的时代是不会复生于世界的所有的被压迫的大群里了。

他，安得列夫，在事实上已经成了一块历史的化石了，一只乌黑的老鸦与失败的预言者的化石。……

4,12,1929。

伊凡屠格涅夫 Ivan S. Turgenev 是人性的叙述者,也是时代的描写者。

人性是静的永恒不变的,时代却是动的绵延变化的,就是这动与静的关系。就是这变与不变的反应,决定了一切人们的全部人生,也就是这人生,屠格涅夫得以造成他的优美的艺术。

屠格涅夫的小说,结构是那样的精严,叙述是那样的幽默,在他的像诗像画像天籁的字句中,极平静也极壮严的告诉了我们:人性是什么,他的时代又是怎样,读他的每一篇小说,可以知道几种典型的静的人性,可以知道一个时期的动的时代。读他的几篇有连续性的小说,可以知道人性的永恒不变时代的绵延变化,知道全人类的生活。

谁在主宰着人性呢? 谁在推动着时代呢? 又是谁在播弄着这时代和人性的关系及反应造成的人生呢? 屠格涅夫告诉我们:这是自然。自然主宰着人性,自然推动着时代,自然播弄着这人生。宇宙没有绝对的真理,人生没有客观的意义,一切的一切,只是像树,不得不被风吹,只是像物件,不得不被阳光照耀。屠格涅夫感觉到这个,认识了这个,也忠实的描写了这个,所以在他的纵横交织着时代和人性的作品下,显示了不可理解的人生,在这个人生下,又潜伏着一个无情的命运之神。激动了读者的情感的,是这命运之神。威胁着读者的思想的,也是这命运之神。

屠格涅夫是一个宿命论者。

屠格涅夫认自然为最高法则,不承认有客观的真和伪,善和恶,美和丑;所以他的人性观不是批判的,不是解释的,只是叙述的。他的小说中所表现着的人性,只是他自己所认识的人性,既不在评量他的价值,也没有解释他的原因。

屠格涅夫觉得人性两种根本相反的特性任何人都可归纳到这两种的一种。

① 原载《中央大学半月刊》第 1 卷第 7 期(1930)。

他说："就是我们人类中间的无论哪一个，总或者将自己的自我，或者将自我以外的有些东西当作比较更高尚的东西看，而将他置在第一位。"然将自己的自我置在第一位的，就是所谓哈孟雷特 Hamlet 型，是为我主义者，是信念的狐疑者。将其他东西置在第一位的，就是所谓堂克蓄德 Don Qixote 型，是自我牺牲者，是真理——自己认为真理——的信仰者，屠格涅夫以为无论谁，如不类似哈孟雷特一定类似堂克蓄德，这两种人性都是自然的，当然不能评判谁善谁恶谁真谁伪谁美谁丑。

用作者自己的话，来解释他的作品，是最近情理的。我们正可拿屠格涅夫的话来了解他的小说中的人物。屠格涅夫的小说极多，里面的人物确可以分成哈孟雷特型与堂克蓄德型两种。他不是不会写第三种人，实在世界上没有第三种人给他写啊！

像哈孟雷特的人，屠格涅夫的小说中多极了。单在他的六大杰作中有五篇小说就充满了这些人物。《罗亭》(Rudin) 中能说不能行的罗亭，《贵族之家》(A House of Gentlefolk) 中能力薄弱的拉夫尔斯基 (Lavretski)，《父与子》(Fathers and sons) 中意志不坚强的阿卡特 (Arkady) 和虚无主义的巴沙洛夫 (Bazarov)，《烟》(Smoke) 中的自我发展而被命运侮弄的李维诺夫 (Livinov) 与伊琳娜 (Irene)，《新时代》(Virginsvie) 中的聂暑大诺夫 (Niejdanov) 似乎是牺牲自我了，但在他没有决心自杀而竟至自杀时，却留了一封信，承认他的革命是扯谎！这些人，一个个都是聪明的；言论风采，都足以掀动旁人的视听；各人走上各人的道路，都走到绝境，他们的哈孟雷特的人性叫他们走到绝境！

哈孟雷特的人性所表现的是宇宙的求心力，怀疑着真理分析着自己，轻笑自己的缺点，又有绝大的虚荣，绝大的自负，而恋恋于生命。

屠格涅夫以为"在目下的时势里，自然是哈孟雷特型的人比堂克蓄德型的人更多。"所以在他的小说里堂克蓄德型的人也比较少，但这并不是说没有。《父与子》中那个可怜的不知怎样才能迎合他儿子的脾胃的伊温诺维奇 (Ivanovitch)，《新时代》中终生爱着一个不爱自己的人的马殊玲 (Machorina)，《前夜》(on the eve) 中牺牲自己随着爱人去救国的海伦 (Helene)，《贵族之家》中的牺牲爱人遁入修道院的里沙 (Liza)，都是为了自己所信仰的一件事，负起责任，牺牲了自己。幻灭的悲哀，失恋的痛苦，也许不是常人所能受的，但他们有一颗坚强的心，像堂克蓄德骑上他的洛齐难戴 (Resinate) 样闯进了世界，追求他们的目的！

中国俄苏文学研究史论
История исследования русской и
советской литературы в Китае

但我们要提的却是两个志士青年,一是《前夜》中的殷沙洛夫(Insarov),一个是《新时代》中的马克罗夫(Makerov)……

堂克蓄德型的人性所表现的是宇宙的远心力,一切的"存在"都是为"他"而存在的。生命只是实现理想的手段,除此以外,自己的生命毫无重视的必要。

屠格涅夫的人性观是二元论,认定这二元论是一个人生的全部生活的根本法则。他说:"人的全部生活,是不外乎继续不断忽分忽合的两个原则的永久的冲突和永久的调解",屠格涅夫不批评这两种人性的优劣,堂克蓄德型也许能做一点事,哈孟雷特型却也有一种破坏力量。人性本是自然的,根据人性的发展,在事实上能成就些什么,怕也只有命运能决定罢!

屠格涅夫的时代观,同样的,是以自然法则做根据的。否认时代根据一定的原则而进展。时代只是自然的推演,也许正是盲目的偶然的推演。就在这种盲目的偶然的推演的时代中,屠格涅夫找出每一个时代的特性,了解每一个时代的精神。如果一个时代放射出耀眼的光,他就拿光彩绘成画,如果一个时代呐喊着刺耳的呼声,他就拿这呼声编成歌,这些歌这些画就是他的小说。

屠格涅夫生于一八一八年,卒于一八八二年,从他的《猎人日记》(一八五二年)到《新时代》(一八七六年)不断描写着俄国当时的时代状况。他用哲学的眼光,艺术的手段,把同时代思潮变化的痕迹,社会演进的历程,极忠实的也极细致的写出来。俄国十九世纪中叶的思想变迁,确可拿屠格涅夫的小说来代表。这些小说,最能代表时代精神的是《猎人日记》和他的六大杰作。

《猎人日记》(一八五二年)是作者描写当时农奴所受到的压迫所感到的苦痛的一部小说,也是作者对农奴制度宣战的一篇檄文。屠格涅夫在他文学与人生之回忆中,自己承认誓死反抗农奴制度,《猎人日记》就是他的武器。看罢,多少善良纯朴的农夫在这农奴制度的锁架下辗转呻吟,又有多少大地主小地主在农奴制度的卵翼下,榨取他人的劳力以享安乐,屠格涅夫认清了农奴制度的罪恶,描写了它,实在,破坏了它。

《罗亭》(一八五五年)是描写"四十年"时代的俄国社会情形的,这时俄国正在尼古拉一世专制压迫之下,青年对政治方面早已失望,一个个都向艺术哲学宗教方面走去,受了西方自由思想的鼓动,知道反抗了。但都没能力来改革这腐朽的环境,他们整天整夜的空想,说大话,没有一个能实行。罗亭谈自由,谈牺牲,一遇事实的压迫,却只好服从。

《贵族之家》(一八五八年)的时代,俄国社会已从理想回到实际,但青年们的能力仍极薄弱，环境的压迫，仍是根深基固，不可动摇。所以像拉夫尔斯基那样的人，总算比较罗亭有毅力些了，但要爱一个女人，也需等听到被压迫而结婚的妻子的死讯后，方敢进行，等到证明他的妻子没有死时，又只好牺牲了真正的恋爱。从这里，我们可以看见当时俄国已经僵化了的旧礼教，有多大的魔力！

《前夜》（一八六〇年）出版，罗亭型的少年已很少，一般青年也较拉夫尔斯基有能力了。但忧郁哲学的空气，仍充满了俄国各处，自命为哲学家艺术家的人们，仍在幻想他的辩证法，仍在画他的未完成的杰作，但有些人，自己不能做什么事，却能帮助人们去奋斗，像海伦，这显示是进步了，在《罗亭》和《贵族之家》的时代，俄国连这种人也没有呢！恒心和毅力，俄国人终于是缺乏的，屠格涅夫只能找到异国的青年，写出一个积极的活动的殷沙洛夫。俄国需要这样的人，当时的俄国却一个也没有！

到了《父与子》（一八六二年），俄国的时代已大变动了，旧时代虽没有去，新时代却来了，新旧思想已各不相容的决斗了，像贝伐尔（Pavel Petrovich）样代表"父"的时代的人，只是极顽固的死守着旧礼教，崇拜着那既成势力，像巴沙洛夫样代表"子"的时代的人，却否定一切"天经地义。"这样的"否定主义"，虽然是"虚无主义"没有能做出什么来给人们瞧，就这样有勇气来重新估定一切的价值，已经是俄国人从前无论如何不敢的了。要真能有作有为，却须等待另一个新时代。

《烟》（一八六七年）的出版，正是俄国又走进思想混乱的道途的时代，也是虚无主义的反动的时代。社交界的妇女愚弄着男子，支配阶级的官吏，仍是那样浅识和愚蠢，有些青年，借着虚无主义的庇护，极自私的乱动，有些青年，又对什么都绝望，意外的消沉，旧道德已动摇，将要没落了，新道德尚未奠定了基础，这是如何的恐慌，如何的混乱啊。屠格涅夫回到圣贝德堡第一个遇见的人，就对他这样说："看你的虚无主义者做了些什么罢！他们差不多去烧了城"！实在，这是一个保守主义和改革主义混战的时代！

终于《新时代》（一八七六年）到了，这时，俄国的思想界经过十几年的纷扰，酝酿，俄国的青年们已经都感到改革的必要了，虽然，他们的环境还是那样暗淡，贵族们借着维新来陷害他们，农民们又不能了解他们，他们已开始做改革运动了。不但坐在家里讲改革的方策，都一个个跑进工厂，踏入田野，实行他们"到民间去"的运动了，但客观的环境还没多大变化，一切急进的运动，仍不免失败；较缓和的改革，倒确是有效的。屠格涅夫在这里指示人们去做一点一滴的

中国俄苏文学研究史论
История исследования русской и
советской литературы в Китае

改革,也许这就是时代的曙光吧!

我们要知道,虽然时代在变着,但俄国的社会,在几百年专制压迫之下,绝不会轻易改革的。屠格涅夫虽然描写了各时代的新思潮,但在这些思潮底下,仍然是一个腐旧的虚伪的社会。黑暗的背景,时时在那些新的运动中露出狰狞的面目,充满着热情的青年们,时时受着旧时代人们的讥笑和诅咒,时时遇见事实上的重大打击。从《罗亭》到《新时代》,我们常常看见莱生绿奇式的贪慕着虚荣的女人们,拉特米罗夫将军式浅识的官吏们,和那西皮雅金式的虚伪的贵族们,那些哲学家,那些艺术家,那些维新家,更无处无时不出现他们上等人的脸面,那些可怜的脸面,聪明的人都可看出他们的无聊和浅薄,他们自己,却毫不怕羞的以为光荣,屠格涅夫不得不喊着"啊! 这是个什么时代啊!"

时代是永远变动的,但不是时代本身有什么目的,他不会按照一定的目的用一定的方式向前走。一切都是偶然的盲目的走着,谁也不知道是为什么,谁也不知道怎样,到底时代怎样推进,怕也只有命运能决定罢!

人性是命运决定的,时代也是命运决定的。人性和时代反应出来的人生,还是命运决定的!

屠格涅夫自己曾说过,"所以我想,真理的根本问题是在各个人的信仰的忠实和信仰的力量上的,反之,事实的结果,却须取决在运命神的手里。只有命运之神能够告诉我们,我们在面前搏击的,究竟是幻像还是实在的敌人?"啊;真理会是假的,运命倒是真的,这是什么人生之谜啊!

屠格涅夫的小说几乎每篇都在暗示着宿命论:

《初恋》中父亲和儿子会同爱一个女人,

《春潮》中为了预备结婚出卖房产的人却会忽然爱上买财产的人,

《贵族之家》中两个爱人会因一个荡妇的生死不明,演了一幕恋爱的悲剧,

《烟》中两个旧情人又会重燃烧起热情重受失恋的苦痛,

这种人生,只有命运可以解释。所以,罗亭会说:"服从命运,不然,怎么办呢?"一个一个的人,自私自利的也好,信仰真理的也好,他们的人性,逃不了命运的支配;一个一个的时代,向前进的也好,开倒车的也好,逃不了命运的播弄;全人类的生活,都逃不了命运之神的掌握!

人类受了命运的管辖,是人类永久的悲哀。自己不愿服从,事实又逃避不了,只是背起十字架绝望的向前进,这种人生,是如何样的悲剧啊!屠格涅夫是宿命论者,自然有浓厚的悲观色彩,他写恋爱,恋爱是悲剧,他写革命,革命是悲

剧,他写全部的人生,人生还是悲剧。读他的小说,我们认识的是人性的特点,看见的是一个时代的实状,感到的是人生永久的悲哀——人生的运命所支配的悲哀。

屠格涅夫曾拿烟来譬喻人生,拿风来譬喻命运,全人类的生活正像烟啊,"这烟。不绝的升腾,或起或落,缠绕着,勾结着,在草上,在树梢,好像,好像滑稽的小丑,伸展出来,藏匿开去,一层一层的飞过……他们都永远地变迁着,但又还是一样单调的急促的,厌倦的玩着! 有时候风向转变了,这条烟,一时弯到左边,一时弯到右边,一时又全体不见"。"第二阵风吹来了,一切都向着反对方向冲去,在那儿又是一样的不倦的不停的——而且是无用的飞跃着"!

一切都是烟,一切都好似在那里永远变化着,新的代替旧的,幻影追逐着幻影:但其实呢又全是一样的,人们像烟样的匆匆飞着追求着,一点没得到什么又像烟样的无踪无影的消逝了!

鲁　迅：《祝中俄文字之交》①

　　十五年前,被西欧的所谓文明国人看作半开化的俄国,那文学,在世界文坛上,是胜利的;十五年以来,被帝国主义者看作恶魔的苏联,那文学,在世界文坛上,是胜利的。这里的所谓"胜利",是说:以它的内容和技术的杰出,而得到广大的读者,并且给与了读者许多有益的东西。

　　它在中国,也没有出于这例子之外。

　　我们曾在梁启超所办的《时务报》上,看见了《福尔摩斯包探案》的变幻,又在《新小说》上,看见了焦士威奴(Jules Verne)所做的号称科学小说的《海底旅行》之类的新奇。后来林琴南大译英国哈葛德(H. Rider Haggard)的小说了,我们又看见了伦敦小姐之缠绵和非洲野蛮之古怪。至于俄国文学,却一点不知道,——但有几位也许自己心里明白,而没有告诉我们的"先觉"先生,自然是例外。不过在别一方面,是已经有了感应的。那时较为革命的青年,谁不知道俄国青年是革命的,暗杀的好手?尤其忘不掉的是苏菲亚,虽然大半也因为她是一位漂亮的姑娘。现在的国货的作品中,还常有"苏菲"一类的名字,那渊源就在此。

　　那时——十九世纪末——的俄国文学,尤其是陀思妥夫斯基和托尔斯泰的作品,已经很影响了德国文学,但这和中国无关,因为那时研究德文的人少得很。最有关系的是英美帝国主义者,他们一面也翻译了陀思妥夫斯基,都介涅夫,托尔斯泰,契诃夫的选集了,一面也用那做给印度人读的读本来教我们的青年以拉玛和吉利瑟那(Rama and Krishna)的对话,然而因此也携带了阅读那些选集的可能。包探,冒险家,英国姑娘,非洲野蛮的故事,是只能当醉饱之后,在发胀的身体上搔搔痒的,然而我们的一部分的青年却已经觉得压迫,只有痛楚,他要挣扎,用不着痒痒的抚摩,只在寻切实的指示了。

----

① 原载《文学月报》第 1 卷第 5、6 号合刊(1932)。

那时就看见了俄国文学。

那时就知道了俄国文学是我们的导师和朋友。因为从那里面，看见了被压迫者的善良的灵魂，的酸辛，的挣扎；还和四十年代的作品一同烧起希望，和六十年代的作品一同感到悲哀。我们岂不知道那时的大俄罗斯帝国也正在侵略中国，然而从文学里明白了一件大事，是世界上有两种人：压迫者和被压迫者！

从现在看来，这是谁都明白，不足道的，但在那时，却是一个大发现，正不亚于古人的发现了火的可以照暗夜，煮东西。

俄国的作品，渐渐的绍介进中国来了，同时也得了一部分读者的共鸣，只是传布开去。零星的译品且不说罢。成为大部的就有《俄国戏曲集》十种和《小说月报》增刊的《俄国文学研究》一大本，还有《被压迫民族文学号》两本，则是由俄国文学的启发，而将范围扩大到一切弱小民族，并且明明点出"被压迫"的字样来了。

于是也遭了文人学士的讨伐，有的主张文学的"崇高"，说描写下等人是鄙俗的勾当，有的比创作为处女，说翻译不过是媒婆，而重译尤令人讨厌。的确，除了《俄国戏曲集》以外，那时所有的俄国作品几乎都是重译的。

但俄国文学只是绍介进来，传布开去。

作家的名字知道得更多了，我们虽然从安特来夫（L. Andreev）的作品里遇到了恐怖，阿尔志跋绥夫（M. Artsybashev）的作品里看见了绝望和荒唐，但也从坷罗连坷（V. Korolenko）学得了宽宏，从戈理基（Maxim Gorky）感受了反抗。读者大众的共鸣和热爱，早不是几个论客的自私的曲说所能掩蔽，这伟力，终于使先前膜拜曼殊斐儿（Katherine Mansfield）的绅士也重译了都介涅夫的《父与子》，排斥"媒婆"的作家也重译着托尔斯泰的《战争与和平》了。

这之间，自然又遭了文人学士和流氓警犬的联军的讨伐。对于绍介者，有的说是为了卢布，有的说是意在投降，有的笑为"破锣"，有的指为共党，而实际上的对于书籍的禁止和没收，还因为是秘密的居多，无从列举。

但俄国文学只是绍介进来，传布开去。

有些人们，也译了《莫索里尼传》，也译了《希特拉传》，但他们绍介不出一册现代意国或德国的白色的大作品，《战后》是不属于希特拉的卐字旗下的，《死的胜利》又只好以"死"自傲。但苏联文学在我们却已有了里培进斯基的《一周间》，革拉特坷夫的《士敏土》，法捷耶夫的《毁灭》，绥拉菲摩微支的《铁流》；此外中篇短篇，还多得很。凡这些，都在御用文人的明枪暗箭之中，大踏步跨到读

中国俄苏文学研究史论
История исследования русской и
советской литературы в Китае

者大众的怀里去,给——知道了变革,战斗,建设的辛苦和成功。

但一月以前,对于苏联的"舆论",刹时都转变了,昨夜的魔鬼,今朝的良朋,许多报章,总要提起几点苏联的好处,有时自然也涉及文艺上:"复交"之故也。然而,可祝贺的却并不在这里。自利者一淹在水里面,将要灭顶的时候,只要抓得着,是无论"破锣"破鼓,都会抓住的,他决没有所谓"洁癖"。然而无论他终于灭亡或幸而爬起,始终还是一个自利者。随手来举一个例子罢,上海称为"大报"的《申报》,不是一面甜嘴蜜舌的主张着"组织苏联考察团"(三二年十二月二十八日时评),而一面又将林克多的《苏联闻见录》称为"反动书籍"(同二十七日新闻)么?

可祝贺的,是在中俄的文字之交,开始虽然比中英,中法迟,但在近十年中,两国的绝交也好,复交也好,我们的读者大众却不因此而进退;译本的放任也好,禁压也好,我们的读者也决不因此而盛衰。不但如常,而且扩大;不但虽绝交和禁压还是如常,而且虽绝交和禁压而更加扩大。这可见我们的读者大众,是一向不用自私的"势利眼"来看俄国文学的。我们的读者大众,在朦胧中,早知道这伟大肥沃的"黑土"里,要生长出什么东西来,而这"黑土"却也确实生长了东西,给我们亲见了:忍受,呻吟,挣扎,反抗,战斗,变革,战斗,建设,战斗,成功。

在现在,英国的萧,法国的罗兰,也都成为苏联的朋友了。这,也是当我们中国和苏联在历来不断的"文字之交"的途中,扩大而与世界结成真的"文字之交"的开始。这是我们应该祝贺的。

郑林宽:
《伊凡·蒲宁论》①

伊凡·蒲宁被多数人认为是现存俄罗斯小说家中最伟大的一人了,并且似乎他将来身后的名誉也是定而不移的。

蒲宁以一八七〇年生于佛龙尼兹城(Voronezh),他的幼年生活却是在鸟里省(Orel)过的,他的家父在这里领有一块很大的庄园——那块地方曾出过几位俄国文学史里知名的人物,如托尔斯泰、屠格涅夫以及李斯珂夫(Leskov)等,门第是个贵族的门第,可是"出处已随着时代的迷雾消失了"。蒲宁在没落的中等绅士家庭长大,这种绅士气氛常形成他的小说中的社会的背景。

中部俄罗斯的线材固有的那种单调的风景——"在冬季里(引蒲宁语),一望无际的雪海;在夏季是一片草谷田的海"——在蒲宁的灵魂上留一个深刻之印象,并且我相信,除了屠格涅夫之外,没有别人能像蒲宁那样诗意的,锐利的把它表现出来。当成俄罗斯乡野自然界的画家看,蒲宁在近代俄罗斯文坛上是个无比的人物;他的地位可与屠格涅夫,阿克莎珂夫(Aksakov)并驾齐驱了。

像屠格涅夫一样,蒲宁的文学事业是先从写诗入手:并且如屠格涅夫,在后来散文的作品是超过他的诗的。但是只有一件事与屠格涅夫不同:虽然他在现代俄国文坛的地位是散文方面的,可是他是不停息的写诗,并且他还是一个天才的诗人呢。在他眼中,诗是个启蒙的学校,并且也像屠格涅夫所感受的,能够得到它的训练:那是他的艺术自我表现中必需的一部:而且他的诗中杰作——早年的以及晚年时期的——并不较他的散文杰作稍有逊色的。他的早年的诗已出版有好几部。自一九〇七年而后,蒲宁总喜欢把他的诗与散文订为一册出版,并且他的短篇小说集在每册结尾总有一节诗。一九二九年在巴黎他的二十五年来诗选集出版;最近的有一九二五年作的。我们可以说蒲宁在俄国作家中并不是一位多产的作家;最近五年内他只印行了一本短篇小说集及一部长

---

① 原载《清华周刊》第 42 卷第 1 期(1934)。

中国俄苏文学研究史论
История исследования русской и
советской литературы в Китае

篇的。

蒲宁的诗的特点,是偏于能描写的,甚至其中的抒情气氛反不如他的散文作品丰富。那种说法是太肤浅,一点价值也没有。自然蒲宁的诗,尤其在他早年的著作里,描述的成分很浓厚;天赋与他一种敏觉,不论在他的诗或短篇小说里他都尝试着把事物的全态十足地表演出来,以致有时把诗中的成分埋没了。但是几首里,当他不曾应用他那文句上的逻辑的感觉的时候(在这时他是一位真正的"古典主义者",他保有普希金诗的作风),抒情的一针一线是极其丰溢的。他的文笔,他的语汇,是不会使他失败的。在这时候蒲宁是与象征主义者以及近代诗派极其相类,虽然实际他是与他们迥异,甚至有时候相左。虽然他是对二十世纪开始的进步诗运动无分,可是他在上世纪最后十年间诗坛衰微的时候,他那诗的作风为诗神扬眉吐气不少。

短篇小说是代表蒲宁文学生涯最重要的部分。他的小说集在革命前已出六册,革命后又在国外刊行了四册。或者可以这样说:蒲宁的最大成就是在短篇小说上:如《旧金山来的绅士》(Gentleman From San Francisco),《张的梦》(The Dream of Chang),《中暑》(The Sunstroke),《伊达》(Ida),《伊格拿》(Igna)——这是我按照作风及不同年代而选出的——简直可与屠格涅夫、柴霍甫的杰作并列。蒲宁文字是可惊的丰富与简洁。批评家都不能找出他的错误而加以非难,例如米尔斯基(Mirsky)曾说过:"在现代俄罗斯作家中恐怕只有蒲宁能受屠格涅夫及龚古洛夫的赞叹,而列入'名作'吧!"

蒲宁还有一样极强的创作力。在他的小说中,他能够不顾情节及外在事实无中生有的写出一篇小说来。他的那篇短短的《雪人》(Snowman)就是这一类作品。在降雪的夜,一个人在书室里静寂的乡屋,听见他的一位小侄儿在哭——他走进育儿室里恍惚中发现那窗户的雪人那怪样子吓哭了这孩子。他走了出去将雪人打得粉碎,并且在院子里散了一会步。在故事的末尾描写散文的一段用紧张的空气把全篇结束了。

"于是他转过身来,开始顺着那从这所房子通到牛场的小道走去。在他的足跟下横倒在雪地上的影子移动。在雪堆中他找寻着路向大门走去。门是用钩子锁上,但还开着一条缝。他从门缝望了外面——那里锐利的北风飘着雪。他想起柯里亚,他想起生活中所触到的种种事物,是那样有意味。他贪恋的瞪着空场。它是冰冷的但是极其服帖的。在棚子旁透出暗暗的光,立着睡的小羊拥拥挤挤在角落是那么暗淡的。盖满了雪的车辆也是暗淡的。在空场上面是闪烁着星的蓝天。院子的一半是落在阴影里，其他一半是光亮。被微光闪射的白毛老马，看去似乎有点发绿。"

在这篇小说后面或许还有点什么东西；它的好处是能领导你去幻想，蒲宁的小说中常常发现这种妙处的。若把他视为"流水账"式的写实主义者那是错误的；蒲宁的写实主义是含有诗的性质，他罗列事实也不是流水账似的；它们全是全部紧凑而着力描述那特出的部分。

在描述的时候，蒲宁似是冷冷的，无情的；他的水面他的"铁"也似的改天换地曾为多数批评家指导过，但是他的艺术的秘密是在乎他能够激发我们内心深处的感情，拨动我们的心弦，而表面上看来是似乎丝毫不动情的。将蒲宁视为一位说实的安然的作家是不对的。他实际上是并不安然的，他能够使我们不安静——他不必用什么残酷的手段，不必长篇大论的，就能动人了。

有过一长时期蒲宁的诗及翻译比他散文更为世人所知（他的翻译主要的是英国作品——如郎佛罗的《海瓦莎之歌》以及拜轮的神秘的剧）。他曾得国家学院普希金奖金两次，最后当选为该院名誉委员，虽然他的第一册诗集是由那家专门出版象征主义的作品的"天蝎书店"，但如作者在上所指过，他与现代主义运动无分，反而与高尔基写实主义之群有点近乎。其实他与高尔基派又不同；他的艺术是按照他自己的道路发展，并且在二十世纪最初二十五年间他在俄罗斯文坛保持他个人的优越地位。由历史方面去看蒲宁的艺术与其说是与战前的写实派同宗不如说是与现代主义的诸倾向同流；甚至由诗人方面看来，在某一限度内，开了反象征主义的先河，这是无可否认了——这使我想起诗人基尔特以及所谓"阿克梅主义"来。

蒲宁在俄罗斯的荣誉是由于他第一本长篇小说《乡村》(Village)之刊行。这部小说并不是俗语满篇，蒲宁在副标题上写上"一首诗"不是无意义的。里面所写的是第一次革命（一九〇四——九〇五）俄罗斯乡村生活之素描。在研究乡村里社会背景的时候，我们必须要记着那是革命前与革命（一九〇五革命）的俄罗斯概况，是远在施托里平农业改革之前。在《乡村》里没有什么情节，差不多没有什么开展的场面；那是一幅俄罗斯农村生活的绘画，着上黑暗悲哀的颜色——作者把它赤裸裸显示在我们的眼前，在一方面是残忍及野蛮，在另一方面是俄罗斯农民的不开化及贫困。蒲宁前一期的作品一贯的表现出这种画面的。

中国俄苏文学研究史论
История исследования русской и
советской литературы в Китае

二

我在前面已经说过,从历史方面看,蒲宁的艺术是出于屠格涅夫、阿克莎珂
夫(Aksakov)、柴霍甫,在某一限度内又相当受过托尔斯泰及龚格罗夫的影响。
他受陀斯托益夫斯基的影响最小,他甚至似乎有点厌恶他。但是无论如何,蒲
宁的地位是超出俄罗斯写实主义及心理小说路线之外的。蒲宁并不是一般通
俗所认为小说家的那种小说家,他的作品中并没有堪与托尔斯泰、陀斯托益夫
斯基,或屠格涅夫小说中相比的东西——我意思是说在形式上而不是在纯粹的
文学价值上。蒲宁与这些作家以及欧洲相等的大文人(例如不同典型的作家如
巴尔扎克、佛禄贝尔、哈代或高尔斯华绥之流人物)的不同点,是他并不创造一
"逸世而独立"的超人生的新世界,他并不像其他作家那样俨然如创造者似的立
在外界来说话。蒲宁不将现实变形而成一种仿佛身外之物;在他的作品永远可
以找到他的。在这一意义上,蒲宁不妨被称为"主观"作家,在某一限度内有点
像——虽然不是在小说方面——诗人屠格涅夫。情节,描述的意味,动作的开
展,姑无论其或有或无,在大多数蒲宁的作品中都是立于次要地位,尤其在他长
篇的作品中更缺乏上述的元素。《乡村》及《苏克何德》(Sukhodol)都不能成为
小说。《亚森尼夫之一生》全然缺少幻想小说,严格说来也不能成为说部。例外
的怕只有白莱(Bely)的自传式的小说在俄罗斯文学中算是最深入的主观作品
吧。

可是在另外一意义看来蒲宁又可称为客观作家。他的眼光不仅仅只是向
内看,虽然他常是沉思仔细解剖自己,但是他的眼光还向开阔的世界展望。自
然赋给蒲宁一种敏锐的感觉。他的幻觉,他的色调是异常的。在《亚森尼夫之
一生》中他曾说过:"他(巴西珂夫)引起我要作画家的美梦——我变为对真正
神妙造物及天地间色彩的含意最易感的人了。仔细想想庸庸一生,只有这件事
是最有价值的……"

蒲宁作品中的丰富色彩以及变化万千的语句是不能不令人惊异的。有一
位俄国批评家,在蒲宁最近发表的近东游记的一篇短文里,算计形容"阴影"的
字将及有二十六种之多。在语句中的表现出视觉之敏锐仔细,入细入微,恰到
好处,——他的描写所以能感动我们的也就是因为其体化不落空虚。下面可举
一明显的例子以见一斑。在他的一篇巴利斯坦游记中放出他对那块,一千九百
年前基督耶稣曾亲临的那块土地上所有的感想与印象来。蒲宁的描绘使人十

分体会出圣徒们足踏圣地的感觉，但同时又不落圣经的俗套，读者似乎看见了那"活着的耶稣——细长瘦削，酷黑发亮的双眼，紫黑的发皱的手"。另外一个明显的例可以《死》（Passing Away）为代表（一九一八），在这篇里他描写一个年老地主的死。借着青年白士杜西夫，我们可以感到死之恐，无疑作者在这里现身说法了：

白士杜西夫坐在窗台上，继续望着那黑暗的屋角，那停尸的床。他想要理解些什么东西，集中他的思路，他有点怕。但是并没有什么可怕的。这里只有奇异的感觉，不能理解，发生过的事情都是一个秘密……

只有在看见与死有关的一切具体的事事物物，如婢女提着那预备洗尸的水桶进来，以及两个老妇人在水桶里洗手，白士杜西夫经验着一种恐怖，使人引起死的思想来，他觉得心神若失了。

我们若是想要在蒲宁作品中找出心灵之描述心理之分析，最终必感失望。陀斯托益夫斯基的分析方法对他是生疏的。在他的小说中是含有抒情以外的文章，那里有动作，有发展，有戏剧中的人物但却是极其少的，这些人物藉外在的事物，周围的空气烘托出来。蒲宁的心理分析加深一步，他的心理小刀越加锐利，他常常把注意力贯注在一个人物上——别的人物都从主角的眼中表现给我们看。他永远不愿将他的注意力分散。故此在《乡村》中，次要角色很多并且大多数是农民，我们只能从两个主要人物柯拉索夫兄弟的眼中看出他们来；甚至蒲宁将《乡村》分成两部，使两位兄弟各得一部作为主角及观察者而出现于读者面前。如此在第一部我们从泰杭眼中看出库士玛，在第二部则由库士玛看出泰杭来。在这两人视界之外，别的人物没有他们自己的生命。这种方法自然是与托尔斯泰或陀斯托益夫斯基的方法，写实方法相反的。

在《苏克何德》里也是一样。故事中的诸多人物没有什么平等权利的——他们都是拿特施婀的陪衬，虽然在叙述上不会明确的指点出来（正如《乡村》里的泰杭与库士玛似的。）

在蒲宁最近的作品中，书中的人物减少至两个人了。这种"二人式"（à deux）的故事可算是他的杰作，特别是那以爱情为体裁，首屈一指的《美耶的爱》（Mitya's Love）。在力求朴素作风之中，蒲宁将累赘的东西全都舍弃，结构上更显得紧凑。有些俄国批评家以为蒲宁是过度用了写实主义，处处显示累赘，这是大谬不然的。在《美达之爱》中蒲宁仍然是用衬托法表现其他的人物。我们在另外的地方看不见嘉达亚，只有在美达心的射影内才见到她。在《中暑》一篇中也是同样情形:主人公的旅伴用淡淡的几笔,给人留下似乎罩上神秘的黑纱的暗影。注意力的焦点是在主人公和他的情感上,在他迷漫的爱情中。

蒲宁艺术的特点,他的这种方法,或者出于,在一方面,是具有半意识的主观性,所有他全部作品所显现的自传式情调——自然并不是指绝对的自传而言。显然地在讲到那为避免爱情幻灭而自杀的美耶的时候,蒲宁的方法是超自传的,虽然在故事的结尾是完全个人经验的复述的。

在另外方面,蒲宁的这种方法可从他确信人类灵魂的不可侵犯性及神秘性这件事找到相当的解释。他的一篇极其短的小故事中,用古怪的空气说出在寂静的乡间为两个不知名的人无意义的谋杀一法国老夫人的那件案子,他曾说过下列极其有意义的话来:

"世界上最可怕的东西是有灵魂的人。"

这将要怎样解释呢?据我看,这是最重要的,这是蒲宁作品中的哲学以及心理的"关键",可以说是世界上神秘的最复杂的东西。我们所知道的所瞭解的是些什么东西呢?——这疑问似乎滞留在蒲宁口头上。

这种关键并不是开始就有的,但是在他早年的小说及诗中也稍稍露出一点面目了。蒲宁的旅行生活,在他的小说与诗中到处流露着对世界的惊奇,显然不那样使人困惑——在俄国作家中找不到一个人像他那样到过赤道,去过印度,足迹遍近东,叙利亚,他激动地读过沙第的碑:"看了地球的面孔,却在我的灵魂上留下一个印象……"在《苏克何德》里这种惊奇的困惑高声的喊出了;虽然还是模糊的,可是他的全作品中全浸着一种神秘的追求。最令人不可解的是世界上所发生的事物,我们那可怜的人类理智被它们困惑得无以自拔啊!这种情调有点与屠格涅夫小说的幻想似——但是我应当说蒲宁的更加有力更有技巧。在最近的作品中这种情调是更常常流露,更加固执的喊了出来。《一个不知名的友人》(一九三三)(An Unkown Friend)那篇小说里蒲宁藉女主人翁的口中借一位不相识的而崇拜着他的作品的作家信中,表示出这种困惑奇异的哲学来。"我们一无所知!"他在一封信中说过:"种种事情都是奇怪的,世界上一切东西都是不可理解的。""我们甚至不会明白自己的梦,我们自己创造出来的幻想。"不可解只是这种态度之一面;奇异——法文上所说的 emerveillement——是它不可避免的产物。这是蒲宁与屠格涅夫的异点,屠格涅夫在晚年生活中,对世界也是具那种困惑态度的,以致使他变为悲观派。在无论哪方面看来蒲宁也不能是悲剧派的。"其实"——《一位不知名的人》中那个女人说道——"世界上种种东西都是可爱的……"。《乡村》英译本前言上,蒲宁对悲观主义有过分辩,他否认并引诗篇第四十二篇如下:"正像壮鹿在小溪前眷恋着,主啊! 我在你的前面也是那样眷恋的。"这句引语正是表明蒲宁的态度。

题名为《蝉》(The Cicadas)那篇小说里,我们可以找出蒲宁哲学最充分表现的地方来。严格说来,这并不是小说;这是抒情的哲学的独白,使人想起伏尔夫(Virginia Woolf)的小说《波浪》来,那里面只听见不断的蝉鸣及海啸所引起的独白。但是若除掉那严密的语句组织外,读上十二页就会使人感觉沉闷的。兹摘译几段如下,可见蒲宁全作品的关键竟在那里了。

"……我所思想过的究竟是些什么,这是无关的——有关的是我现在所想是那样使我不能瞭解的东西,而尤其有关的是日加使人困惑——在我的思想中是关于所思想的,关于在我本身或世界里令我不可解的各种东西,可是我又很明白我在午夜及神奇的呢喃声中,不管是生或死,不论是无意义或对我讲些最需要的事情,这一切我不明白,都使我困惑。"

"人连自己的存在也感觉到惊奇的。这是与那居住在天堂,漠不思虑的造物的一大不同点。但是人,在他们的中间也是有区别的——惊奇程度的差异。为什么上帝赋予我这种奇异的感觉而在一天一天的加深起来呢? 是有千亿只晨蝉全宇宙唱着情歌包围着我么? 不,它们是在天堂的,在幸福的生活的梦里,而我是早醒过来的。世界是在它们身上,而它们是在世界里面,而我呢,却是旁观者啊。"

在《亚森尼夫之一生》里同样的思想一再的显示着。论到早年的童年生涯时,亚森尼夫说过:"……家鼠与百灵鸟会因安静而觉得烦闷吗? 不,它们一无所求,它们体会不到那人类灵魂时时梦想的东西;它们也不懂什么是空间或时间。我呢,却一切都明瞭,并且它们还在挖苦我。"

"夜是什么意思呢?"——蒲宁在《蝉》中独语道。"那是时间空间的奴隶暂得着自由的时候,忘掉了世俗上东西,世俗的名子——假使他醒转来的时候,许多引诱全来了——无结果的理智,追求的失败,易言之即特殊的不可解的谜——不可解的环绕他及世界的事物,不可解的是生抑死。"但是随即这里是无生亦无死。"我的降世不能算是死……我也没有死。"——蒲宁在《蝉》中这样说过。亚森尼夫又一次的复述过:"我们缺乏着生与死之意识"。蒲宁以及他的替身(Alter Ego),敏锐的感觉到早至不可记忆的日子已经存在了。在印度旅行的时候,蒲宁十分自信的他已经在先前到过那里一次了。青年亚森尼夫读《鲁

中国俄苏文学研究史论
История исследования русской и
советской литературы в Китае

滨孙漂流记》热带冒险故事时也觉得他已经曾在那个世界一次,美丽的木刻引起他回忆到那"从前,不可记忆的生活。"

　　蒲宁世界观中的惊奇元素引着他常喜以爱与死为资料——这是世界上两件最神秘最不可解的事情。我已经说过,在《亚森尼夫之一生》中描写死的一段是最好的一段;全书中都可找出无数的这种美——从幼年初次接触死的印象起,以至美丽的回忆死在南法的流放的尼古拉大公爵,全书结束在忧郁的情绪中。蒲宁——亚森尼夫说过他是最敏觉感到死的人。可是在蒲宁这种死的感觉为另外一种生之感觉所包;这种感觉是与那对世界美丽神奇的感觉一样的敏锐。这是生之喜悦及死之恐怖的混合品。诗篇的精神盖过传道书,悲观主义找不到立足的地方。"正像牡鹿在小溪前眷恋,主啊! 我在你的前面也是那样眷恋的。"——自然这是蒲宁作品中的箴言。

梁实秋：
《耿济之译托尔斯泰的艺术论》（节录）[①]

本书的出版，远在十几年前，今日已无追评之必要。但我个人当时很受这书的感动，至今还留着很深的印象，并且我近来又细读了 Aylmer Maude 的英译本，颇有一些感想，以为此书在今日未尝没有重提一下的价值，故愿藉此引起读者对于十几年前出版的一种译本之注意。

一　托尔斯泰的艺术学说

译者在序言里说："托氏这本书议论精练，见识独到，实堪称为艺术书中最佳之著作"。所谓"精练""独到"，诚非溢美之辞；但"最佳"则殊不易言。大概涉及理论的书，尤其是文艺理论的书，我们不便直接了当的说某一部"最佳"。托尔斯泰本不是一位专门的艺术学家或批评家；这部《艺术论》的佳妙，就在可成一家言。他的学说的要旨，据 Maude 在英译本序言里所说，似乎可以归纳成下列几点：

（一）托尔斯泰的艺术定义："艺术是一个人于经历某一种情感之后有意的把那情感传达给别人之一种活动"。譬如一个童子路遇奔牛，惊逃回家，向他的父母叙说奔牛如何凶猛，他如何受惊，如何逃避，假如他说得有声有色，使得他的父母也感受了他所感受的情感，则他便是成就了一件艺术品。如他始终没有遇见奔牛，而于想像中揣摩其可怖之态，然后回忆起来，加以叙述，亦能使其父母发生兴趣，那么，这也算是艺术。但若有人在稠人广座之中，误踏了一位女士的脚趾，使她锐叫一声，则其疼痛之情，虽亦传达给人，而不算是艺术。因为那种表情是自然流露的，出自本能的，且是经验时发生的。如其那位女士的脚趾，根本没有被人践踏，而她装做被踏，且为使人共感起见，利用声音姿势来表演其疼痛之感，那便可以成为艺术——当然这也要看她的声音姿势是否能产生她所

---

① 原载《图书评论》第 2 卷第 11 期（1934）。

中国俄苏文学研究史论
История исследования русской и
советской литературы в Китае

希冀的效果。

（二）一件艺术品的"形式"与"情感"是有分别的。托尔斯泰说："有时候有些人聚在一处，彼此虽无敌意，然至少在心情上是疏冷的，可是一篇故事，一段表演，一幅图画，甚至一座建筑，尤其是音乐，就许能像电闪一般的忽然把他们联成一体，泯除了以前的疏冷与敌意，感觉到团体与互爱的精神。每人都很喜欢，因为别人感觉到了他所感觉的，不仅当场彼此之间有了感通，并且觉得有一种神秘的喜悦，似乎对于已往的感人以及未来的后人都被同一的情感支配着"。可是艺术要有什么样的形式才能产生这种效果呢？那形式一定是要尽美尽善的。例如音乐就要注意到三件事：音调的高低，延续的长短，和音力的强弱。这其间是不能有分毫之差的。其他艺术亦然。形式上稍有出入，往往即不能发挥其传染的效能。形式的完美是不能传授的，要在心领神会。形式不完美，则艺术品的情感不能传达给别人，亦即根本不能成为艺术品。所以真实的情感和适宜的形式是艺术品的两大要素。

（三）形式固甚重要，然艺术品所传达的情感，究竟是于人类有益的，还是有害的，这一点很有关系。若说这一点没有关系，那即是说艺术与人生没有密切关系。艺术家也是人，凡足以使一般生活变好或变坏的东西，一定也是和他有关联的，除非艺术家是过分热心于他的专门事业，而于人生麻木不仁。

（四）假如艺术仅是技巧问题，那便可与打球或下棋等量齐观。但艺术是很重要的；因为那由艺术家所传布出来的，便可以形成或转移人的情感。情感可以影响我们的思想，信仰，及行为，所以有这句话："一个人若是能得到允许去作所有的歌谣，他便可不必再过问国家的法律是由谁制订了"。果尔则艺术对于人类的生活及其进展，实与科学同样重要。

以上四点是 Maude 所指出的《艺术论》的精髓。这学说，未必全是托尔斯泰的发明，但这学说之有如此系统的建立，不能不说是托氏的苦心。这学说是托尔斯泰的人道主义，宗教虔诚和艺术修养的凝合体；也是对近代文艺批评的一大贡献[①]。

二　晦涩的崇拜

《艺术论》最获我心之处，便是它对鲍特莱尔（Baudlaire）和魏伦（Verlaine）

[①]《艺术论》在英国惹起不少的评论，萧伯纳的评论是很著名的一篇。关于这一桩公案，可参看 Maude 著的 Tolstoy on Art and its Critics，牛津大学 1925 年版。

一派的作风的攻击。《艺术论》第十章完全是对法国的象征派颓废派文艺的攻击。鲍特莱尔的著名诗集《恶之花》里面含着不少的晦涩难解的东西，但是从没有一个人能像托尔斯泰这样公然的加以排斥。普通的诗的读者，遇到晦涩之处，往往因为谦逊的关系而保持其存疑的态度；有的因为唯恐暴露自己的不了解，因而不敢指斥诗的晦涩不通，甚且强做解人，装做能了解的样子。试问托尔斯泰在本书里所引诸诗，有谁能看得懂？托尔斯泰以"传达"为艺术的任务，对于糊涂晦涩的文艺便无顾忌的力加排斥了。

文学——其他艺术也是一样——应以清楚明白为基本条件。表现不明白的东西，即是根本缺乏内容或内容庞杂的未成形的怪胎。现代西洋艺术有所谓"摩登派"者，抛弃了传统的一切规律，专事出奇制胜：论绘画，则以错综的线条，冲突的颜色，杂乱无章的纷陈于一幅，看上去不知是人是鬼是花是草；论诗则东撷一词，西摭一语，参差排列，不知所云，甚且乱用标点，矫情立异。此种作品，比之鲍氏似尤变本加厉，而为托氏所意想不到的了。

在我们中国的艺术界里，也有类似的病。中国的文学艺术，莫不讲究含蓄，含蓄与晦涩之间，相差本来很微。我们又讲究兴丽：兴丽更流于堆砌。新文学运动初起的时候，就揭橥"明白清楚""言中有物"诸信条，显然是有所见的。可是我们试看近来的新诗，有几首是有意义（value）的？往往读完一首诗之后，只觉得里面有"必瓣""胸膛"之类的一大串名词，而不知诗人究竟要说什么话。有了意义，不一定就是好诗，可是诗总要有意义，才能算诗。

对于这种"晦涩的崇拜"（cult of unintelligibility），托尔斯泰的艺术论是"当头棒"。

三　贵族文学与平民文学

现代文艺为什么有晦涩的现象？这原因，据托尔斯泰说，是：

> 各种由宗教意义流出来的情感是无尽的，是常新的，因为宗教意义就是人类对于世界新创造关系的一种指示，至于由快乐愿望流出来的情感不但被限制，却早就被人经验并且表现出来的了。所以上等阶级的无信仰便使艺术的性质流于枯穷之途。
>
> 上等阶级艺术性质的枯穷不但使艺术不成为宗教的，却还使他不成为平民的，并且缩小了所传情感的许多范围，因为那些不知道维持生活劳动

的富人阶级权力阶级,他们所得情感的范围比劳动阶级所有的情感窄得多,穷得多,并且低卑得多(耿译本页九六)。

　　……艺术因为上等阶级的无信仰而内容遂以贫乏。并且因为他越来越特别,所以越来越复杂,越不明白,越讲究门面(页一〇一)。

在这解释中有两个基本信念:一个是宗教观念,一个是阶级观念。讲到宗教,除非我们也有像托尔斯泰所经验过的宗教生活,便不容易领略。这可以说是他的成见、偏见、或独到之见,无庸加以论列。至于阶级这个问题,本身并不神秘,人人可参末议。托尔斯泰以为艺术之坏是坏在上等阶级的卑劣。但我以为这和阶级没有多大关系,纵然有关系也只是一部分的关系。文学品味的纯正与歪曲,高尚与低劣,固然与环境和修养有关,然而最重要的却还在遗传,所谓遗传即是天生的。上等阶级中人有的是生来品味低陋的,然下等阶级(即托氏所谓"劳动的人民")中亦不乏此种遗憾。上等阶级能产生艺术家和鉴赏者,同时下等阶级也并未和艺术绝缘。艺术的繁荣与衰落,其原因是要在整个的民族、社会和文化状态里去寻求的,不能一古脑儿的推在上等阶级的荒淫上去。托尔斯泰似乎是崇拜平民,以为平民都是纯洁的,这恐怕未见得是事实的全部呢。

我们以为现代艺术中之颓废主义和象征主义等等病象,诚有铲除的必要,但这中间并不发生阶级问题。托尔斯泰所料想的未来的艺术是这样的——

　　将来的艺术并不由于传达富人阶级几个人所受的情感,如现在的艺术一般……赏美的人也决不能像现今一般,只是富人阶级里的一部分,却是全人类都有分的。……那时候的艺术家也决不能像现今一般只是资产阶级中的人,却是全人类中具着天才而有能力并且倾向于艺术事业的人(页二五〇~二五一)。

这理想的境界诚然是值得向往的。但欲达到这个境界,必先要把一般人的生活改进一下!如今大多数人过着牛马似的生活,无论如何,伟大的理想中的艺术是产生不出来的。我们不能一味的把艺术大众化,我们同时要设法提高大多数人的生活状况。限于天资,一般人的品味也许没法子可以提高,那便是无可奈何的事。晦涩的艺术固为大多数所不懂,但是艺术能否为大多数所不懂而同时仍是上好的艺术,颇是一个疑问。所以我觉得艺术应该令人懂,而不一定要令大多数人懂。那么,懂与不懂应该以谁做标准? 我以为应该以有相当品味与修养的人来做标准,至于此人之属于哪一阶级是没有关系的。

好的艺术是不分贵族与平民的。好的艺术应该能令人懂。而大多数人也应该努力去懂好的艺术。

周　扬：
《高尔基的浪漫主义》（节录）[①]

　　这是周知的事实，高尔基是以一个浪漫蒂克走进文学世界的。他编织了吉尔卡西的传说的故事，描绘了豪爽豁达的褴褛的浮浪人的典型，歌颂了向天空飞翔的鹰和欢迎暴风雨的海燕。他初期的作品几乎全是浪漫主义的东西。但他的浪漫主义却不是对玄想世界的憧憬，而是要求自由的呼声，对现实生活的奴隶状态的燃烧一般的抗议。九十年代是俄国社会生活最阴暗的时期。支配当时文坛的，是把奴隶的锁链神圣化的朵斯退益夫斯基的思想，讬尔斯泰的"勿抗恶"的说教，柴霍夫的忧郁和哀愁。高尔基的出现对于俄国文学界真好像是一声春雷。

　　高尔基大踏步地跨过那摸不着现实发展的方向，看不见未来的真正的胚芽，而和现实妥协的旧现实主义的圈子，对阴暗郁暗的现实给与了有力的反拨。他从空想，传说的世界，浮浪人，"无家者"的世界，选拔了勇敢的人物，来和贪婪卑怯的俗物对立。他并不掩饰他对于主人公的爱情和憎恶。他用热心和感激对他的主人公，把他们的爱自由的方面当作积极的特质着重地表现出来。人物和周围世界都被用夸大的线，浓烈的色彩描绘着。这里有着文章的华美和庄重的谐调。这种浪漫蒂克的文学的形态比现实的形态更能唤起强烈的情绪。

　　初期高尔基的这种浪漫主义，在本质上是和过去一般的浪漫主义迥然不同的。浪漫主义是常常和颓废的反社会的气分，逃避现实，宗教的神秘的见解等等相关连的。当时流行的颓废派和象征派便是拿浪漫蒂克的覆被，来遮掩现实的矛盾，而把自己的眼光向着高邈的天空，神秘的幻境。高尔基对于这种颓废的倾向和神秘主义早就发出了反抗之声。他说："人生要求光和明瞭。·无限遥远的朦胧的绘画，神经病的诗等等，对真正的艺术，是完全不必要的。"所以他的浪漫主义带着明瞭地表现出来的积极的，战斗的性质。关于勇敢的旦坷的伊塞

----

　　① 原载《文学》1935 年第 4 卷第 1 期。

吉尔的故事,鹰的姿容,佐跋儿的歌,都是作为对于战斗,对于英雄的行为的象征的鼓吹而鸣响着。他所表现的东西是勃动着生命,并且永远活跃的。读者在这些作品里真可以感到"心脏的鼓动"。高尔基的初期作品之所以能够立刻抓住当时那班 Chekhov – fed 的读者们的心,大概也是由于这进步的浪漫主义的力量吧。

进步的浪漫主义是不但和现实的进行并不矛盾,而且是具有充实现实,照耀现实的作用的。在高尔基的浪漫蒂克的作品中,我们看到了真正现实的描写和画面。这些作品中的许多人物(例如《杰尔卡西》中的格夫立罗)都是非常现实的,典型的。现实的精神和浪漫的灵感在初期的高尔基中融合为一了。克鲁泡特金在他的《俄国文学的理想与现实》一书里说:"高尔基终于找着了俄国民众小说家寻求了那许多年载的现实主义与理想主义之圆满的结合(happy combination)",并不是没有理由的。

《马加尔周达》和《伊塞吉尔老太婆》都是以传说的故事做中心的。假使说贵族浪漫主义者们(如华尔特·司各特等)喜欢向中世纪找寻题材,为的是要从现代逃到过去,而以骑士美人的传说来粉饰封建废墟的话,那末,高尔基就卓然不同,他不过是借精神意志强健的传说的人物来跟在作者周围的蠕动着的可怜的,奴隶般顺从的人物对立而已。

这种对立在使作者一跃成名的不朽的杰作《杰尔卡西》(Chelkash)里表现得最明白了。主人公杰尔卡西是一个浮浪汉,盗贼和酒徒,但他却具有人类最可夸耀的精神的特质——果敢,矜持,爱自由,对金钱的蔑视,强烈的情感等等。和他成为一个分明的对照的,是一个胆小卑怯,为了钱可以出卖朋友的青年农夫格甫立罗。这位农夫的理想不出安家立业,蓄积资产的范围。但在杰尔卡西,人生最可宝贵的是自由。当他听到格甫立罗也谈自由的时候,他就非常生气了。他觉得格甫立罗一类的人是不配谈自由的。他们只是金钱的奴隶。……杰尔卡西的典型在《玛尔伐》(Malva)里又找着了他的表现。玛尔伐是一个不愿作任何人的奴隶的自由的女性。——"我不受任何人的拘束,我自由得像海鸥一样！那儿合我的意我就飞向那儿,没有一个人能阻止我,也没有一个人能干涉我。"

高尔基虽然对这些杰尔卡西,玛尔伐们感到兴味,感激他们的行为,但他却并没有把这些人物完全理想化,美化。他表现他们的特殊的反抗性,强调他们的爱自由的特点,同时也并没有忘记指出他们的行为的不正当,他们的缺点和犯罪。后来高尔基由于他的世界观的成长更明白地看出了这些浮浪者是被生活压碎了的可怜的人们,他们不能成为改革生活的起点(《夜店》便是作者和浮浪人的作品)。初期的高尔基不过是借他们来表示对当时社会现实的抗议。这个抗议是个人主义的无政府主义的。

因此,许多批评家都说初期的高尔基是个人主义的诗人,蔑视一切的,傲慢孤独的诗人,是有"超人"倾向的尼采主义者。这自然是一种错误的看法。克鲁泡特金早就说过:"高尔基的叛逆的浮浪者并不是尼采,他并不除了自己的狭隘的利己主义以外什么都不理,也不把自己看成了不起的人。"《伊塞吉尔老太婆》的第一篇故事——拉拿的故事便是一篇"痛惩尼采的超人,非难专为自己的满足而滥用自由和权力之不人道的小说。"(吉尔波丁)旦珂和佐跋儿都不是自私自利的个人主义者。佐跋儿被描写成这样一个人:"他没有一件东西是不可以拿来和别人分享的,便是你向他讨他的心,他也可以把它从膛胸里挖出来给你,只求讨你的欢喜。"旦珂更是实行了佐跋儿所做得出来的事。他为了救人们,牺牲了自己的性命。他挖出了自己的充满了爱的心,把他像燃烧着的火炬一样高高地举起,照耀着从黑暗到光明的道路。就是被认为最尼采式的杰尔卡西也决不是冷酷无情的个人主义的。……

高尔基没有把他的初期的人物写成个人主义者,写成英雄,但这些人物却被赋予了极强烈的独特的个性,在数十年后的今日还是和在他们的创造之初,一样地新鲜,泼辣,魅人。人物的形象愈奇特,愈有个性,就愈好,这是浪漫主义一般的原则。雨果的又聋又驼背,而又盲了一眼的钟楼怪人夸西莫德,和那天生一副丑脸,在愤激,悲痛,发怒的时候,看来也是在笑一样的君卜郎,便是明显的例证。高尔基也给了自己的人物以一般人所没有的特点,用粗大的笔触,浓郁的色彩,夸张的比较,激情的形容,表现出来。……高尔基对于人物的这样的描写很明白地表现了作者对他们的关系。他为了要使这些人物和流俗社会的对立成为明锐,不但使他们在社会地位上属于 Lumpen,流浪者,而且赋与了他们以一种肉体的力和美,他们的反抗的气质就是写于这种丰满健壮的肉体里面的。

……

讴歌自然,描写风景,是浪漫主义者的一个最大的特色。高尔基便是最善于描写自然风景的。他初期的作品几乎每一篇里都可以看见平静的海,威胁的浪波,或无尽的日光照耀的大草原。他描绘自然有时用丰富无比的,有时却用简练的文句。玛尔伐的第一句"海笑着"，便是有名的例子。他并且常常用比喻来表现自然。他不写"海是平静的"，而写"海也像一个日间工作疲劳了的人一样熟睡着了。"（《杰尔卡西》）。这类的表现法在高尔基是并不稀奇的。例如，《玛尔伐》里就有这样的句子："落日浓厚的色彩已渲染着海水，而且经过它光线魔术的点触之后，丝波已换上了紫色的，娇柔的玫瑰红的袍子。"确如卢纳察尔斯基所说，"不看天空，不看那具有星辰的容易变幻的魔术的天空的穹窿的难言的调色板等在作什么时，高尔基几乎是不能够与人接近，不能够开始写一个短篇或长篇的一章的。"所以称高尔基为一个"虽有屠格涅夫也不能与他比较"的"伟大的风景画家"，是并不过分的。

......

高尔基虽以浪漫蒂克的姿态出现于文坛，但他四十年创作的主要方向却是现实主义。在一八九七年左右，现实主义就差不多已经代替浪漫主义来支配他的作品了。一九〇一年的《海燕之歌》便是一篇标示高尔基的浪漫蒂克时代终结，新时代开始的有力之作，其后，经过带有几分浪漫气氛的《母亲》到《克里姆沙姆金》，再到最近的《蒲雷曹夫》，作者的现实主义便达到了最圆熟的地步了。

胡 风：
《M. 高尔基断片》（节录）①

当回忆一个他所敬爱的作家 M. 珂丘宾斯基的时候，高尔基说了："我们底时代缺乏善良的人们——关于他们，关于无限地爱人们和世界的这些明朗的心底善，关于能够为祖国而工作了的强的人们：关于这些的追忆底哀愁，尽心地享受吧。"

在高尔基底长长的一生里面，在他底全部著作里面，贯穿着一条耀眼的粗大的红线，那就是追求"无限地爱人们和世界的"，在至高的意义上说的"强的""善良的"人。

"人是世界底花，具有能够使自己吃惊的一切根源。"（读者底备忘录）这才是真实地肯定了人的价值。

高尔基是从"底层"来的，看够了一切人压榨人的残酷光景，同时也深深地记着了，就是在那样的残酷光景下面——不，应该说，尤其是在那样的残酷光景下面，人对于人的爱，对于世界的爱，对于光明和自由的爱，在活跃，在滋长，成为肯定生活提高生活的力量。摧毁劳动人民的沙皇秩序养成了高尔基的神圣的憎恶，劳苦人民在悲惨生活里的挣扎的反抗又使他望见了人类的将来，尤其是因为这将来是出现在把历史的必然法则扛在肩头上的无产者的铁的道路上面，在高尔基笔下出现的人物就取得了最大的真实，不管是要和过去死亡的也罢，向将来新生的也罢，一个一个金刚石的雕像似的在那一望无涯的远景下面光芒灿烂了。

"人是世界底花"，说这句话的是高尔基，使我们不能不感到了无比的重量。看报纸上的简单电讯，A. 托尔斯泰在他的哀悼文呢还是谈话里面说高尔基创造了苏堆埃人道主义，读者那我不禁至极同感地想了：没有比这句话更能描写高尔基的壮丽的生涯，也没有比这句话更能说出对于高尔基的真诚的赞仰吧。

----

① 原载《现实文学》第 2 期（1936）。

"这样伟大的人类的花存在过，人类是以这为夸耀的。"

这句被高尔基认作"至言"而引用过的写在 I. 牛顿墓铭上的话，如果我们拿来转献给高尔基本人，无疑地，那含义将百倍千倍地广大，百倍千倍地崇高。

……

对于中国革命文学，不用说高尔基的革命影响也发生了决定的意义。除开指示了作家生活应该向哪里走这一根本方向以外，我想还有两点是非常重要的。第一，不要把作家看成留声机，只要套上一张做好了的片子（抽象的概念）就可以背书似地歌唱；作家也不能把他的人物当做留声机，可以任意地叫他自己说话。这理解把作家更推进了生活，从没有生命的空虚的叫喊里救出了文字，使革命的作家知道了文艺作品里的思想或意识形态不能够是廉价地随便借来的东西。第二，文学作品不是平面地反映生活，也不是照直地表现作家所要表现的生活，它应该从现实生活创造出"使人想起可以希望的而且是可能的东西"，这样就把文学从生活提高，使文学的力量能够提高生活。如果我们的文学多多少少地离开公式（标语口号）和自然主义（客观主义）的圈子，在萌芽的状态上现出了社会主义的现实主义的胜利，那么，我们就不能不在极少数的伟大的老师里面特别地记起敬爱的高尔基来。

然而，比较高尔基的艺术思想的海一样的内容，我们所接受的实在太少，比较我们所接受的，我们的误解或曲解还未免太多吧。这只要记起除了极少数的例外我们所有的只是一小部分作品的不完善的译本这情形就可以知道，这只要记起我们的作家还常常把高尔基的话片段地片段地歪曲这情形就可以知道。即如我自己，就一面写着这简单的印象记一面抱着很强的内愧的心情，害怕自己的肤浅理解会损污巨像高尔基的完洁。

我们永远地失去了他，永远地失去了和这伟大的"善良的人"对面的机会，永年养成的敬爱的心使我们悲痛，然而由于他的死，由于他的死所给予的冲动，我们战取对于他的真实的理解吧。如果能在他底教训他底精神里面改造或提高我们本身，如果能把他的教训他的精神在我们的文学实践文学斗争里面活起。

徐中玉：
《普式庚的生平和艺术》（节录）①

二 普式庚和拜轮主义

拜轮主义，是支配十九世纪初期的俄国文学的，浪漫主义之一大潮流；对于这个人主义的思潮之形成，拜轮的艺术是有关系而且有力量的，因而被称为拜轮主义。

那么，拜轮主义是什么呢？

首先，让我们引用马克思的一段关于拜轮的话，他以拜轮和雪莱相比较的说："理解他们和爱他们的人们，认为拜轮在三十六岁死是幸福的，因为已有反动的布尔乔亚的倾向……反之，雪莱在二十九岁死是悲痛的，因为他甚至在骨髓里都是革命家，且永远是社会主义的前冲"。

这是说雪莱和拜轮虽然同样是浪漫主义的，但雪莱则较为深刻，较为现实，和有可珍贵的思想与热情，他是比较地接近着写实主义的。而拜轮，则虽有暴风雨似的热情，却也有失掉中心的宏伟目标，沉落于无政府主义和厌世主义的泥淖中的危险。

但是，拜轮在其还没有反动倾向时，是有其严肃的进步性的。他以比铁石还硬的灵魂，来追求自由、正义、解放和独立的光荣，他勇敢地反抗一切腐恶黑暗的势力、强暴者的侵略、奴隶的屈辱、旧社会的道德观念的桎梏……他对于反动势力的破坏，犹如一颗强有力的爆弹。

所以所谓拜轮主义，本质的说，就是一种具有革命性的自由主义。它代表着英国十九世纪初头工业资本主义的新势力。那时候，工业资本主义的迅速兴起，使一般贵族地主和小布尔乔亚等等逐渐没落，在这时代，一般思想比较前进的贵族地主和小布尔乔亚们就跟一般小农、中产阶级和劳动分子们合流，而卷

---

① 原载《东方杂志》第 34 卷第 3 期（1937）。

入革命的浪漫主义的风潮中，拜轮自己，就是荡动在这风潮中的贵族的代表之一员。

因此，拜轮主义在十九世纪初头受俄国之欢迎实是当然的事，无足怪的。因为十九世纪初头的俄国，正是最适合于这种思想发展的场合。拜轮主义的反抗的意志，附合了十二月党人的抱负，是故十二月党人接触的文学者几乎全是拜轮主义者，这件事也不是偶然的。二十年代的俄国文学界差不多是没有不模仿拜轮的，崇拜拜轮。在一八三〇年，拜轮主义更在莱芒托夫的艺术中达到了最高的表现。

普式庚之受拜轮的影响，是在他被沙皇放逐到南俄去漂泊时代的事。普式庚自己说："几为拜轮而发疯"。

普式庚在拜轮的影响之下写成的第一篇浪漫谛克的叙事诗，是《高加索的俘虏》（一八二一年）。这作品的浪漫主义，可说完全是拜轮式的。它的特征是与憧憬自由的幻影，要求强烈的刺激，想飞向一个遥远的世界去的热烈的欲求相错综着的。"我既无期待，他无希望地，做了情热的牺牲，零落下去"。那俘虏这样告白着。"他的狂乱的生活，毁灭了一切的希望，喜乐和期待，不幸的恋爱，像灵魂的暴风雨似地吹卷着，在他心上留了可怕的痕迹。"运命的暴风雨"，"灵魂的暴风雨"，"暴风雨似的生活"——这些是决定拜轮式的英雄心理的公式。那是冷严的古典家和感伤的主情家都不知道的宿命的情热的，暴风雨似的热情家。日本的俄国文学研究大家升曙梦这样说。

普式庚在拜轮的影响下写成的第二篇浪漫谛克的叙事诗，是《巴赫溪萨拉之泉》。在这作品里，各个人物的性格是非现实的，在纪利的人物上，甚至还有闹剧的气氛。然而我们必须指出一点，就是在这篇作品之中，普式庚的浪漫谛克的气氛已经较之在《高加索的俘虏》中的缓和得多了。这原因，是克里米亚的印象使他稍稍改变了自己的气质。在这篇作品中还有一个值得注意之点，就是那耽于物质的动物的生活中的人，一朝由于纯洁的精神的爱力而复活的思想，早已是普式庚独创的东西了。普式庚一方面虽然还热中于拜轮的主义。然而，在另一方面，写实主义的艺术家，正在他内心慢慢成熟起来。

普式庚终于以他那有名的《波希米》一诗而结束了他的浪漫主义时代。这时候普式庚已经脱出其浪漫主义的时期而进到写实的创作时期了。《波希米》这作品可说是由写实主义的诗人写出来的浪漫谛克的拜轮式的叙事诗。在这一篇作品里，波希米的自由放浪的生活代替了高加索的山民，成伏而加的盗贼，

中国俄苏文学研究史论
История исследования русской и
советской литературы в Китае

依然被写成文明社会的对照。主人公亚纳科,和"高加索的俘虏"同样地,是宿命的情热的牺牲,展开在我们眼前的,仍旧是拜轮式的对于平凡生活的反抗。

然而,随着普式庚的现实的天才的发达,他对于这些人物感到不满足了,于是一边对他们的性格投以批评的眼光,于是便渐渐的克服了自己的拜轮主义。

终于,在《由琴·奥涅琴》里,普式庚不但完全脱出了拜轮主义的桎梏,同时并且对他批评起来了,"拜轮卿由于任性的游移性,陷于忧郁的浪漫主义和绝望的利己主义"。"世纪反映在拜轮的艺术中,同时代的人们,及其对于耽于不道德的、自爱的、无限空想中的干涸的灵魂以及空虚的行动所涌起的愤怒的智力,在那里描写得相当适切"。

曾经是普式庚的"心的支配者"的拜轮卿,现在是完全为他所扬弃了。从《由琴·奥涅琴》开始,普式庚乃改变了他从来的方向,而以阔大的步子走向写实主义的道路。

四 俄罗斯国民作家的普式庚

普式庚的初期作品虽然带有模仿西欧诗人的倾向,但是就是他底最早的诗,也并非纯粹的模仿。在最早时期,他底天才底卓越的独立性,就已是表现着的。

屠格涅夫说:"普式庚底诗的本质,和一切的特性,是跟我们国民底特性与本质相一致的"。

果戈里也说:"在普式庚底作品之中,俄国底自然,俄国底精神,俄国底言语,俄国底性格,恰像为镜头的凸头所反映一样,以清朗的、明晰的美反映着"。

杜斯退益夫斯基在论及《波希米人》的时候这样说道:"这首天才之诗决不是一种模仿,决不!在这里,就已经低语着这一问题,这可咒诅的问题之俄罗斯式的解决,符合于人民底信仰与公道的解决了"。

而在论及《奥涅琴》时,他又说:"在这诗中,现实的俄罗斯生活是以前无古人(也许后无来者)的创造力与完美而体现出来的"。"在《奥涅琴》这一不朽的、无可比拟的诗歌之中,普式庚就出现为一位伟大的、前无古人的国民作家了。……他描出了我们以前的和我们今日的俄罗斯漂泊者底典型;他是第一个以天才底锐觉而看透了此种人的人,他看清了此种人在历史中的命运,和他们在我们底未来命运中的重大意义。而正在此种人旁边,他又在一个俄罗斯妇女身上安置了一种积极的、绝对的美底典型。除此以外,他也作为俄罗斯文学上的第一人,在那一时期他底许多作品里,给我们显示了无数由俄罗斯人民之中发觉出来的积极美的俄罗斯典型"。

普式庚创造了许多真实的、积极美的俄罗斯典型,普式庚之被称为俄罗斯文学上国民作家的第一人绝不是偶然的。

……

高尔基,这位逝世不久的世界文坛上的巨人说,"我们伟大的天才普式庚,他曾写过,叫露西(俄国古称)为'该诅咒的',曾给凡仁斯基写道:我,自然,从头到脚都是保护我的祖国的。一切那些叫忧郁,压迫的,无疑地都惹起了对于故国的关心,对于它的热爱来。……"

然而,普式庚所爱的,不仅是俄国,他更爱世界;他的作品,虽然是"深刻地俄罗斯的",但同时是更富于"世界"的。是这"普遍性"的艺术使普式庚的人格显得与众不同地伟大。

五　普式庚的普遍性

随着深刻的俄罗斯精神的发展,普式庚的艺术终于到达了一切艺术所能到达的顶点。他底作品,更显著地反映出一种世界主义的观念。在这些作品里,其他民族底诗歌概念就被反映着,其他民族底天才也被再现着。

杜斯退益夫斯基严重地指出普式庚在这上面所表现的某些事物,几乎是神奇的,无论在任何时代或任何民族,都是未之前见,未之前闻的。普式庚之所以能够那样具有普遍的同情之容量,他说:"主要地是因为这一点,他就是我们底国民诗人"。

他又说道:"欧洲诗人,即是其中最伟大的,也从不能如普式庚这样,在他们身上如此强有力地体现异族甚或邻族的天才,表现其极深邃、极隐微的精神,和其具有特定目标的一切抱负。"

他重复地说:"是的,我完全不苟且地宣称,从来不曾有过一个诗人是像普式庚这样具有普遍的同情的。不仅同情而已,而且,他有着惊人的深刻性,他能把他底精神再化身于异族底精神之中,这种再化身几乎是完全的,无遗憾的,而因此,也类乎神迹,因为在全世界任何诗人中,这现象是从未再见的,只有普式庚一人而已;就这一点,我再说,他是一种未之前见,未之前闻的现象,而且,依我底意见,甚且是一种预言的现象。……"

接着他解释这种现象说道:"因为,在这一点上就表现了他底诗歌底国民精神,未来发展之中的国民精神,今日已经默然进展的未来的国民精神,而这些,正是预言地表现出来的。因为,俄罗斯国民性的精神力量,假如不是对于世界主义和人类大同这种终极目标的仰望,那还能是什么呢?他一成为了一位完全国民化的诗人,他一与国民力量发生接触,他就马上预见那力量底伟大的前途了。在这一点上,他是位先见者,一位预言家"。

他最后再说:"我所要说的只是人类底兄弟爱;我要说,俄罗斯较之任何别的民族更有一种特殊的使命,那就是普遍的,万人底联合;在我们底历史上,在我们天才人物上,在普式庚的艺术天才上,我都见到了这种使命的痕迹"。

杜斯退益夫斯基这样的说法是不错的。法国文豪安德烈·纪德也曾引录了他关于普式庚的话,他认为杜斯退益夫斯基这样的论断是"特别明确而奇特"。

高尔基曾经这样说过:"巨大而普遍的普式庚的才能——是一种心理的健全的才能"。

关于普式庚的这种创造力和这种特质——普遍性,高尔基更添说道:"伟大完全的普式庚的世界感,在其中没有任何疲惫,残缺的要素存在"。从此高尔基得出他的结论,说:"就是在我们的时代,它也可能有世界的意义的"。

所以,本质地说,普式庚较之是俄罗斯的作家,实更是"世界的"、"国际的作家"。

《纪念柴霍夫》[①]

　　近来有许多刊物上，在发表纪念柴霍夫的文字，原因是因为他死在一九〇四年的七月十五，距今三十五年了。他生于一八六〇年一月二十九日，享寿四十四岁。

　　从纯文艺的立场来说，他原也值得纪念。但从只在上海方面出版的刊物，纪念他的文字特多的一点来看，就可以看出，孤岛上的那些文人，正同十九世纪末年，俄皇高压下的俄国青年一样，在感到绝端的黑暗与苦闷。因为柴霍夫的作品中的人物，正是这一时代在苦闷中的青年男女，和绝了望的无智的中老年人的写照。

　　在他的祖国大革命之前，他当然是影响俄国文学最大的作家之一；革命初期，因为他所描写的人物，太带灰暗的颜色，而且这些人物的绝望的悲哀太深沉了，深沉得只剩了一脸微苦笑，所以青年作家们，都对他起了反感。可是暴风雨过后的现在，当苏联诸作家做完了整理文学遗产的工作之后，又重发现了他原有的评价。他是和托尔斯泰、杜葛纳夫一样的，被视作了用俄国近代文字，制作出伟大文学的时代创造者。

　　柴霍夫的作品的影响，在外国恐怕比在他的本国大些，尤其是在欧洲。譬如说，英国文学罢，约翰·密特儿东·麦莱的夫人故路查琳曼殊菲儿女士，就是受他的影响极深的一位作家。

　　他的评传 Anton Chehov (A Critical Study) 的作者威廉姆·盖哈提 William Gerhardi 的初期作风的完全像他，自然更可以不必说了。

　　还有一点，他的作品，在英国出版的有两种名译，一是爱德华·轧纳脱未亡人康斯坦斯·轧纳脱女士 Constance Garnett 的全集本，一是郎氏的选译本。而直到现在，前者有一册被收在《潘根丛书》的大众读物之内，后者也加入几篇戏

---

　　① 原载新加坡《星洲日报星期刊·文艺》1939 年 8 月 13 日。

中国俄苏文学研究史论
История исследования русской и
советской литературы в Китае

剧,作为邓脱书店发行的《万人文库》之一而问世,也就可以见到他的影响,在英国正还强烈得很。

柴霍夫的短篇,在法国是被视为可与莫巴桑并立的;以国民气质这样不同的两个国家,一致地会推崇这一位微苦笑艺术的深刻创制人,这也可说是他的作品伟大的一个证明。

在我们中国,则我以为唯有鲁迅,受他的影响为最大。鲁迅和他,不但在作品的深刻、幽默、短峭诸点上,有绝大的类似之点;并且在两人同是学医出身,同是专写短篇,同是对革命抱有极大的同情,同是患肺病而死的诸点,也是相象得很。不过有一点,却绝对的不同,鲁迅是没落的乡宦人家的子弟,而柴霍夫却是农奴之子。

总之,在中国抗战正激烈的今日,来纪念柴霍夫,虽不是正对脾胃的举动,但从善师善学的创作家的立场来说,柴霍夫也是值得纪念的一位文学上的巨人。

冰　菱（路翎）：
《〈欧根·奥尼金〉与〈当代英雄〉》①

　　《欧根·奥尼金》，普希金底巨著，有甦夫和吕莹底译本，后者较完全。《当代英雄》，莱蒙托夫底名著，有小畏底译本，分为《塞外劫死记》及《毕巧林日记》两部。

　　莱蒙托夫底世界比起普希金底广大与深沉来，要显得深邃些，有着某种警拔的力量。普希金所广泛地接触，并且在里面深刻地生活了的，是俄罗斯底纯朴而雄厚的人民世界和它底文化，平民主义的伟大的诗人面对着贵族世界及其文化底深刻的激动，法兰西大革命底怒涛，以及十二月党人英勇的叛乱。这是一个激动着的辉煌的世界，在里面发生着新鲜而深刻的民主主义底理想。莱蒙托夫因普希金底被害而攻击沙皇，像普希金一样地流徙终生：两位诗人底人生遭遇大略相同。但莱蒙托夫所生活着的，主要的是在西欧底力量影响下的纷杂的世界，这中间得唱没落的贵族底动人的挽歌。假如说，托尔斯太在《战争与和平》里表现了贵族世界底美丽及力量，在《安娜·卡列尼娜》里深刻地批评了市民社会，果戈理强烈地表现了农民的俄罗斯底理想和浪漫的感情，那么，在普希金，尤其是莱蒙托夫这里，就直接地描写了美丽的，颓废的贵族底人生逃亡。

　　显然的，普希金批判了奥尼金，莱蒙托夫批判了毕巧林，但两人都不可抑止地对他们底主角涌起了悲凉的爱抚。普希金爱抚得明澈而温柔，莱蒙托夫则更为悲凉：美丽、烦恼、然而有力的毕巧林从遥远的波斯回来底时候死去了。说是，普希金自己并不是奥尼金，莱蒙托夫自己并不是毕巧林，当然是对的，因为诗人已经鲜明地把他们底人物写出来了；然而，奥尼金表白了普希金底人生迷惑及痛苦，毕巧林表白了莱蒙托夫底人生迷惑及痛苦，这个说法，也是无疑的可以成立的罢。

　　无论怎样伟大的诗人，总要受着历史底限制的，虽然他有着一个热情的，想

---

① 原载《希望》第 1 卷第 1 期（1945）

像的,属于未来的地盘。普希金坚信美好的未来,但处于当代,遭遇着各种现实的,文化的,精神的问题,敏感的诗人要比一切人都觉得痛苦,由痛苦就产生了迷惑。所以,《奥尼金》是热烈地表现了他底痛苦的作品,在对于他底主角的描写及检讨里,诗人回忆了自己底身世,生活,并且温柔地凝视了未来。

但莱蒙托夫在毕巧林里面却未凝视未来,因了他底环境,他要较为冷酷。显然的,莱蒙托夫,忠实的诗人,是民主主义者,但这并非理论的或实践的民主主义,而是客观倾向上的民主主义。在《当代英雄》里,他悲悼了一个美丽的颓废的贵族军官底灭亡,但并未自觉地指出他底客观上的、历史的孤立性以及其他的他所以灭亡的根据,如普希金在《奥尼金》里所竭力地做了的。普希金,在某种程度上完成了现实主义的史诗,莱蒙托夫则写成了美丽的,深邃的,颓废的挽歌。这表现着,较之广泛而深沉的普希金,莱蒙托夫底世界里有着更大的矛盾。但因为充分地吸收了俄罗斯人民底粗野而雄厚的活力,作者得到了真朴新鲜的对人生的美感,这种美感就又成为某种乐观的力量。我们看到,在现代的苦闷的西欧社会里,艺术家就得不到这种力量,在那里纯然地是社会分化与阶级孤立。

在普希金身上,存在着不小的矛盾,这是他没有能力在思想上或生活里得到解决的。他吸收广大的人民生活来创造他底艺术,用这来较量自己底痛苦,达到了现实主义的完成。他痛苦愈深,追求愈烈,愈广大,但他实在并未变成神仙,如有些人所想的,因为,显然的,在奥尼金里面,他表白了他自己底人生矛盾及思想矛盾,并寄托了他底痛苦。诗人底胜利,是在于诚实的,伟大的表白,批判,悲悼,和希望,他和历史的限制斗争,完成了现实主义的艺术。

《当代英雄》里面的思想,无疑地有很多是从《奥尼金》里面感染了来的,但它显得孤立,带着更深的失望的色彩。莱蒙托夫并未像普希金那样的凝视西欧,莱蒙托夫所渴望的自由,充分地带着原始的山林的性质,它用这样的武器来攻击暴君及崩裂的社会,好像盘踞在一荒山里的英雄,吸引了当代的蜕化着的贵族的视线。对于打击暴君他是顽强的,但对于自己底矛盾及痛苦他是无能为力的,终于恐怕只有"遗弃"的一途——但暴君使他不得"遗弃",而草野的人民给了他以人生的乐观的美感。

奥尼金是俄国文学里的第一个"多余的人",普希金使他在各种矛盾里比自己陷得更深更绝望,并且使他,除了热情的无望的骚扰以外,没有理想及批判自己的力量,如真正的当代英雄普希金所有的。这样,人们就不以为奥尼金与普希金底痛苦及思想有着痛切的关系。

真正的当代英雄莱蒙托夫，对于想象的当代英雄毕巧林，保留着他底批判，很显然的，他觉得人生永远地只是矛盾与痛苦，而且——虚无，他觉得批判无益。显然的，他在某种程度上同意着毕巧林底思想。所以，颓废的，"多余的人"的毕巧林和莱蒙托夫有着痛切而深刻的关系。莱蒙托夫，显然的，由于虚无思想和超越痛苦的人生的愿望，觉得自己是多余的人，虽然他不但不多余，反而被他底祖国和爱好自由的人类所需要。在那些站在社会矛盾中的艺术家底身上，我们常常看到这三种分裂：它表现为各种样式。

普希金底某种程度的虚无的感情，在莱蒙托夫身上，成为鲜血淋漓的伤痕了。虽然他美丽地装饰了这伤痕。

到了《奥布洛莫夫》，"多余的人"发展成熟，民主主义和现实主义也发展成熟，就展开了对"多余的人"的热情的，坦白的批判。

一九四四年九月廿日夜

谈民族性必须对民族精神,文化风尚及癖性具有特殊深刻的体会,本是一件很不容易的事情,而了解俄国的民族性困扰尤多。因为俄国民族的形成、发展与西欧各国体系迥异。试想从波罗的海直达太平洋之滨,东北端和美洲仅一水之隔;从地中海到北极洋;从冰雪笼罩的苔原经过郁茂的原始林原,肥活的黑土农作地带,直达燥热的广漠之野;这全球六分之一的陆地上,栖息着约二万万人民,大小一百八十五种民族。这亚欧一体的特性,不仅我们不易了解,就是欧美各国也一向认为神秘。这种神秘直到十九世纪后半叶,俄国伟大作家杜思退夫斯基(Fydor Dostoevsky)的主要小说刊行于世,才被世人所洞悉。当时各国的批评家都一致公认杜氏是了解俄国民族癖性最深刻,思想行动最十足俄国风味的作家(托尔斯泰及屠格涅夫等都已受了很深的西欧影响)。捷克国父马萨里克的名著《俄国精神》一书,对于杜氏推崇备至,主要论断皆根据杜氏著作推衍。十九世纪德国大哲学家尼采和当代法国文坛领袖纪德都是杜氏的崇拜者。当代英国的俄国问题权威裴尔氏(Bernard Pares)曾谓:"无人能了解俄国而能不研讨杜氏著作"。杜氏信札中亦曾一再说明流放西伯利亚的四年之中,使他接触了各种典型的俄国人,因此才能彻底了解俄国民族复杂的性格。笔者不谙文艺批评,亦不愿拾人牙慧,深信从杜氏几部巨著之中,细心观测俄国民族特性,不是一件没有价值的工作。

杜氏小说中所表现俄国民族第一特性,便是那种生命力量的雄厚,本能欲望的强烈,有时甚至流于野蛮而残酷。试看《喀拉马佐夫兄弟》(中译本称《兄弟们》)中那个五十五岁的父亲,看透世情,自私自利,恣意肉欲享受,以致与其长子米特里为了争一女人结下了深仇。当然无人能不指责他的为人行事,但他本能要求之强烈,生活力量的充沛却能引起读者相当的同情。米特里好色贪

---

① 原载《新中华》复刊第 2 卷第 5 期(1945)。

淫,粗鲁浑厚,会一再的说:"痛饮吧! 切勿幻想,我爱生命,实在太爱生命了,实在爱得太无耻了。我极感谢上帝创造我们人类,让我们痛饮吧,世上何物能较生命更足珍惜?"那博学多才虚无主义者二哥伊凡曾悬切的对三弟阿里奥夏说:"我对生命具有一种特殊的渴望,不顾逻辑,一直生活下去。我虽不信宇宙之间能有秩序,但我却极爱那春天新生油绿的树叶,那蔚蓝的天空和有些个人们。我还爱那些人们所做伟大的事迹,虽然我对他们早已没有信仰。这原不关智识和逻辑,而是一个人内脏的渴求,尤其是肚子。一个人总是爱他少年时代最初强健的体魄。"那热情虔诚的三弟阿里奥夏也曾月夜有感,倒地狂吻微泣,对宇宙人生似有一种说不出的爱恋。至于米特里浑厚之中不免粗暴,更充分表现原始民族一种新野的特色。此其一。

第二,今日苏联虽极推崇物质与科学,但俄国这民族却一向极重精神生活,尽管有些人生活放荡不拘,但每有过失,无不坦白承认,公开忏悔。米特里之例最多,三番两次的当众自承莽汉暴徒,但做事始终一本天良,深恐内心之中"丧失上帝",最著名的例子如《罪与罚》中的穷学生罗斯可尼可夫杀死当铺女主人后,经妓女罗尼亚的感化,直驱闹市之中,自承凶手。伊凡因父被杀,扪心自问,不能完全无辜,终因"良心之刺"未除,"精神制裁"难当,神经错乱。俄人忏悔与西欧不同,并不是向教士耳旁低语,往往在大庭广众之中,公开自首。法文豪纪德研究结果,认为俄国几百年来受了希腊正教影响很深的原故。欧洲人常常在说,德国人如吃醉了酒,便长篇大论,吹牛不止;俄国人如吃醉了酒,便喃喃自语,自责是一不可救药的罪徒。裴尔氏曾说,如果有俄国人自远方来,你问他和谁同来,他往往回答:"我同我的灵魂一起来的。"俄国人是重灵魂,重直觉,重精神生活的,我们切不可仅仅看到苏联外表的种切,而忽略了俄国民族这种内在的真正癖性。

第三,今日苏联对宗教之信仰及反对均赋自由,但俄国民族却是宗教信心最浓厚的民族。也许,有人要问,目前苏联人民信奉共产主义如此诚笃,而共产主义正是反对宗教最力的,何以能说俄国民族的宗教信心最浓厚呢? 其中深刻的解释还是不得不求教于杜氏的名著。《兄弟们》中的阿里奥夏年仅弱冠,教育未成,但生性笃厚,济世为怀,所以决意为僧。杜氏于书中曾作按语,分析阿里奥夏年少热情,精神上无时不欲寻求一种寄托,当他热狂的相信上帝及灵魂永生之存在时,他便不顾一切,一定要去做和尚。设若他受了某种强烈刺激,或忽而证明上帝及灵魂永生根本不能存在时,他便会一转而成为最激烈的社会主义

中国俄苏文学研究史论
История исследования русской и
советской литературы в Китае

者。消极的自我牺牲与积极的斗争革命,其间并无很大的距离。再如伊凡在酒店中问阿里奥夏:"关于宇宙的问题,是否有上帝? 是否灵魂永生? 那些不信上帝及灵魂永生的人便信了社会主义或无政府主义,希望按照新的典型把人类全部改变,所以这些都是一样的,他们不过是同样的问题从不同的方面着手而已,"杜氏小说中以《入魔者》(The Possessed)一书政治色彩比较浓厚,杜氏早已看出当时的俄国正在暗中酝酿着巨大的变化,这种变化不仅是政治的,经济的,而且是偏重宗教的,"一种新的宗教正在代替旧有的宗教",这种唯物的"社会主义,按其起源看来,一定不得不是无神主义……因为它自始即全部建筑在科学和理智之上。"书中那阴谋残酷的皮奥特曾经做过预言式的论断:"俄国行将被黑暗所征服,全世界都将为俄国旧有的上帝而悲泣。"杜氏死后未四十年,革命流血,即行发生,大体皆不出所料。今日在苏联马克思主义,列宁主义之被狂热信奉视同宗教,也正是因为俄国这比较原始的民族,一向有一种广义的潜在的宗教信心的存在。

第四,因为俄国这民族,新野充满了活力,他们极易接受各种外来的思想,再掺杂国内特殊的背景,往往变本加厉,偏激紊乱,壅塞不清。如米特里同阿里奥夏说:"我们姓喀拉马佐夫的人,并不是鄙夫恶徒,而都是哲学家,因为所有真正的俄国人都是哲学家。"再如那饱受西欧新思想的伊凡对他三弟说:"为了是俄国人的原故,我们可以开始谈下去。俄国人对这些问题的谈话,总是愚蠢得难以置信。同时一个人越是愚蠢,他也就越与真理逼近,越是糊涂,也就越是明白。"聪明的读者,当知这些绝不是呆话,正是杜氏对俄国民族性具有特殊了解的地方。

第五,俄国民族思想虽极敏锐,思潮虽极丰富,但每到壅塞冲突的时候,便时常各趋极端,不顾一切,即使自我毁灭,亦所不惜。杜氏小说中人物往往属于这种典型。如《兄弟们》中的米特里,《罪与罚》中的罗斯可尼可夫,《入魔者》中的斯太夫罗京和皮奥特等等,不一而足。米特里因为债务及爱人,与父亲冲突得不可开交,早已具有那种"同归于尽"的念头。杜氏晚年欲以《兄弟们》一书为全俄各型人物之综合写照,所以最富有意义。书中某神父知道喀家家务纠纷详情之后,不禁对阿里奥夏叹道:"咳,他们正在彼此毁灭,那是喀家人们一种原始的力量,一种野蛮,不可羁绊,现世的力量。"《入魔者》中的皮奥特早已预觉俄国社会将起空前的动荡,破坏流血是必不可免,因此不惜用种种奸诈手段实行革命暗杀。米特里,皮奥特等人的心理,绝非个人的,偶然的,事实上代表一部分俄人共有的性格。斐尔氏曾说，当他在第一次欧战前看到杜氏小说的时候，时常在怀疑，是否一般的俄国人皆如杜氏所描写的那样神经方面缺乏平衡，可是经过一九一七的革命流血之后，他才更加倍钦佩杜氏预言之验，对俄国民族特性认识之深。

第六，如果俄国民族仅能极端的破坏而不能从事复兴，俄国也决不会成为今日世界上最强大国家之一。其长处即在一阵大动荡之后，能有一种奇异的，安定的，"复活"力量。读地理的人都知道俄国冬季奇寒，各河封冻，行车冰上，反较平时更利，开春天暖，冰雪解冻，遍地泥泞，似乎一切交通活动皆被梗阻。等到复活节前后，忽而日丽风和，野花怒放，一切一切似乎又都充满了新的生命。受了这种季节的影响，这种"复活"的观念便很自然的产生出来。杜氏本人及其小说中之主要人物差不多都具有这种特色。最著名的例子，如《罪与罚》中的罗斯可尼可夫，被判流逐西伯利亚，在狱中渐渐知道生命较平时更可珍惜，内心之中渐渐生出一种新的希望和活力，八年虽长，亦不觉其苦，反而奠定了日后事业的基础。如米特里因弑父之嫌被捕，狱中告幼弟阿里奥夏"内心之中，发现一新人，"即使受尽千难万苦，亦不畏惧，而且对生活的渴望，有增无已，杜氏信札，对西伯利亚四年的流放期间内心演变的过程，也有亲切的叙述。试回想俄国经过革命，流血、内乱、外患、饥馑，千创百孔，存亡绝续，终能继之以新经济政策，五年计划，十几年来的休养生息，造成今日强盛的基础。这次战后苏联民族复兴力量的伟大，是可以预先断言的。

最后我们似乎还有拉杂提一提俄国民族其他几种癖性的必要。俄国广漠无垠，所以俄国人皆感到自己的渺小，谦卑便成了俄人特性之一。但他们同时又感到国家的伟大，一种荣誉的观念又同时并存。这种谦卑和傲慢便交织成俄国人复杂的性格。所有杜氏小说中人物的性格，差不多都受这两种心理的支配。最著名的例子，莫如《入魔者》中的斯太夫罗京，少年时本甚自负，但曾遭受侮辱，因而故意捉弄，胡作胡为，游戏人间，成为一个最难解释的性格。谦卑纯系一种自动的退让，本不失为一种美德，屈辱却是外加的被动的打击，最足使人自暴自弃。当一个谦卑的人遭受到外来的屈辱时，心里方面一定要起一种严重的叛变，行动一定要反常。推论到全俄民族，我们可以看出几点特征：俄人因一向谦卑，所以彼此最易成为朋友，"伙伴"Comrade 一字在俄国极有意义。

《论罗亭》（节录）①

一

屠格涅夫是一位有名的追求艺术完整的作家，勃兰特曾经称他为"俄罗斯散文里面的最大艺术家"。这赞词并不算怎么过分。当我们读着屠格涅夫的时候，我们完全沉入一个调和一致的诗境里面，如像倾听一支哀怨的曲调。

《罗亭》是他六大名著中的第一部，是继后几部的序曲。关于这部书在技巧上的成功，我们撇开屠格涅夫一贯灿烂夺目的文采，以及忧郁诗意的调子，单说那种单纯自然的结构，就极饶兴味。屠格涅夫的长篇小说，于主人公尚未出现之前，往往先让配角们登场，把读者牵引到一种特殊的气氛之中，然后使你跟主人公见面。在《罗亭》里，一开始就写出了德密特里·罗亭的一个老同窗密哈罗·密哈伊里奇·列兹尧夫和他的情妇亚历克山得拉·巴夫洛夫娜·黎宝。这列兹尧夫先生，是一位曾经跟罗亭生活在一起，倾倒过罗亭，后来全盘地了解到罗亭的底蕴，便和他疏离了的人；他充分明白罗亭的性格：知道他的短处，也知道他的长处。自然，他和罗亭的性格，彼此不同；作者在写罗亭的恋爱事件以前，先写列兹尧夫和他的情妇——他俩的恋爱方式，和罗亭的自然也彼此不同。列兹尧夫是一个喜欢对女人说几句俏皮话的人，当他在一个夏天的早晨碰见他的情妇时，他对她说，他很高兴碰到她。

"为什么？"

"这真是妙问呢！碰到你岂不总是可高兴的吗？今天你看来仿佛和这早晨一样的新鲜，明媚。"亚历克山得拉·巴夫洛夫娜笑了。"你笑什么？"

"笑什么？当真的！假如你自己能够看见你献这番恭维话的一副冰冷和无情的脸！我倒奇怪你说到最后的一句时不曾打呵欠！"

---

① 原载《文艺春秋》第7卷第3期（1948）。

131

"一副冰冷的脸……你老是要火；但是火是毫无用处的。闪了一阵，冒一阵烟，便熄了。"

不错，这位列兹尧夫的确是"冰冷"的，和罗亭不同。他把火看作毫无用处的东西，因为它"闪了一阵，冒一阵烟，便熄了"。然而罗亭却是火，并且当罗亭的火"闪了一阵，冒一阵烟，便熄了"的时候，这位"冰冷"的人可在恋爱上成了功，和他温和妩媚心地善良的情妇结了婚。屠格涅夫在写罗亭的恋爱事件同时，写了列兹尧夫的恋爱：一个热烈，一个冰冷；一个失败，一个成功。这样两对情人的恋爱，有如一根绳子的两辫，在整部小说里，作者非常有趣的纠结和对衬，使读者怀疑到作者是在借列兹尧夫喜剧式的成功，来对罗亭悲剧式的失败作辛辣的嘲弄。

而且，屠格涅夫非但把列兹尧夫和罗亭写成不同的人，也把他们的情人写成不同的人。

列兹尧夫的情人亚历克山得拉·巴夫洛夫娜，在小说的开端便出现了，她到一所很古旧很低矮的草舍里去问候一个濒死的老农妇，我们读者一看便知道她是一个仁慈的女人。她的仁慈几乎是无所不施的。她第一次见到罗亭，虽然很少懂得罗亭所说的话，但是充满了惊奇和喜悦，并且异常赞佩他那异乎寻常的敏感。甚至后来罗亭成为她兄弟的情敌，使她兄弟，陷入忧郁绝望时，对罗亭的观感也始终不变，相信除了他的才干以外，他一定还是一颗同样很优尚的心。甚至列兹尧夫在她面前对罗亭作着苛刻的批评时，她竟怀疑到他和罗亭曾经一度成为情敌。更甚至，当罗亭在恋爱上失败了，狼狈地被从那位好客的贵妇人家里赶出时，她还在为罗亭辩护，说她益发相信就是攻击罗亭的人们，也找不出他的什么坏处。

她就是这样一个好人。有一天，列兹尧夫在和她谈天的时候，谈到一个人的个性，他对她说：

"——他根本没有个性，谢谢上帝！"

"这是何等无礼！"

"这，这是最高的赞美，请相信我。"

自然她是相信了他的，因为不久之后，她便允许他的求婚了。

至于罗亭的情人娜泰雅·亚历舍耶夫娜，可是一个刚强的人，十分刚强的人。她的刚强性格的表现，非但使她的母亲吃惊，甚至使罗亭吃惊。亚历克山得拉·巴夫洛夫娜自然不能了解她，其他一切人也都不能了解——除却列兹尧夫。

二

另外一种对衬,是罗亭和他的情敌塞尔该·巴夫里奇·服玲萨夫。后者是亚历克山得拉·巴夫洛夫娜的兄弟。

说是情敌,其实,服玲萨夫那里算得是罗亭的敌呢? 和罗亭相比较,他是太木讷,太缺乏吸引力了。他是一个"完全老好的人",对文学没有趣味,诗只会使他吃惊;然而他却是一个专情的人,他热爱娜泰雅,如像列兹尧夫所说的,"他是一等的好人,整个灵魂都爱着她"。这种隐秘的爱情,她自然是知道的。可是一当两人见了面,他便处处显出慌张无措,言语也变成格外笨拙乏味了,甚至使得旁边的家庭老师彭果小姐,一个法兰西老处女,也不禁表示惋惜地想:"多可惜! 这位漂亮的小萨子讲话这样拙讷,多可惜!"

罗亭的情形和他适得其反。他的出现,有如一道虹光,使每个人都为之迷眩。他的充满着感情的热烈的谈吐,立刻抓住了娜泰雅的心,在第一天听着罗亭口齿伶俐,热情果断的谈话,她脸上便浮现起一阵红晕,她的眼睛便不移动的注视着罗亭,同时有点迷糊地发光了。

"他的眼睛多光彩?"服玲萨夫在她的耳边轻轻地说。

"是的,它们是。"

"只可惜双手太大,而且发红。"

娜泰雅没有回答。

她怎样会有回答呢? 她被罗亭所迷住了。一直到罗亭在最后一次最重要的会晤里显出他无力行动的本性,她始终以全生命信托着罗亭的爱,没有丝毫顾虑,也没有丝毫怀疑。在她身上,如果不是最后一次的失败,罗亭是完完全全成功的。可怜的服玲萨夫,罗亭的出现,立刻便使他从她遭受冷淡,而变成一只"忧郁的兔子"了。他在罗亭面前,简直是痛苦的。他惊佩着罗亭,知道在恋爱竞赛上,自己决不是罗亭的对手。而在见到罗亭的第一天,就意识到自己的失败。他很久便爱着娜泰雅,三番两次决定想向她求婚。她待他很好——但是心仍没有动,他清楚地看到。他并不希望挑逗起她心中更温柔的感情,只在等着一个时候她能够十分和他相熟,和他亲热。但是这个时候未到以前,罗亭却以暴风雨似的力量,把她从他夺过去了。他感到绝望,感到娜泰雅从他这里漂浮开去,随同着她,好像脚底下的土地也要滑走了。……

这种情形，对于像他这样"整个灵魂都爱着她"的人，自然是难堪的。由于痛苦的煎熬，他变瘦了，甚至沮丧到不愿出去监督田庄的工作，只把自己锁在房里，啃嚼着恋爱的苦果。然而他在罗亭面前，反而变得刚强了。当他在一次碰见罗亭和娜泰雅的花园里会晤后的晚餐席上，竟然使在座的人都感到惊愕地对罗亭发出尖刺的说话；更在一次罗亭突然跑到他家里来，向他解释自己和娜泰雅的感情以及对他所负的义务时，他的说话变成非常有力，他的行动也表现得非常坚强，甚至要试送一颗子弹到罗亭有学问的脑子里去，要枪杀一只鹤鸭似地枪杀他，至少，自己要到什么地方去跑一跑。

按照他能用整个灵魂去爱他的情人的性格，他自然能为自己所爱的人做出任何可怕的事的。不过用不着他这样做，因为，几乎是同时地，罗亭业已失败了。罗亭的失败，不用说就是他的成功——这是从娜泰雅在和罗亭作最后一次重要的谈话时，就可以看出来的，用不到后来他和娜泰雅快要结婚的喜讯来证明。他在那一次晚餐席上对罗亭的尖刺的说话，娜泰雅完全看在眼里，所以当罗亭最后对她显露出行为上的畏缩时，她便说："现在你是害怕了，正如前天在晚餐席上害怕服玲萨夫一样。"

所以，归结的说，服玲萨夫不仅仅是罗亭的一个真正的情敌，而且还是罗亭的一面镜子——作者屠格涅夫用他来照出罗亭可悲的性格的镜子。以自己整个的灵魂爱着所爱的人，当着情人的面便慌张失措，遭受情人冷淡时便忧郁沮丧，觉得土地也要从自己脚底下滑走，证明自己失恋时就喊着要和情敌决斗，要到什么地方去跑一跑，而当得知事情有了转机，以后百事都将一帆风顺时，便披上外衣出外看田野，服玲萨夫的成功决不是偶然的。

在恋爱上，罗亭的长处，便是服玲萨夫的短处；而罗亭的短处，则正好是服玲萨夫的长处。罗亭的长处，则最后成为自己的短处；服玲萨夫的短处，和罗亭的短处一比较，倒见得是长处了。他们两人的成败，被注定于彼此的性格中。

三

娜泰雅的母亲达尔雅·密哈伊洛夫娜·拉苏斯基，是一位自视甚高，脾气乖僻，容易激动，有点儿孩子气的贵妇人。她是既富裕又有名望，年青的时候很美丽，诗人们献诗给她，青年们都爱上她，高贵的男子们都愿意做她的臣仆。像这样的人，自然是爱客成癖，所以当每年夏天带着孩子到乡间避暑时，她的住宅是开放着的，她招待着男子们，特别是未婚的男子们。但在她的客人之中，照她自己的话说来,"简直没有什么人……他们真是毫无用处的",她一个都看不上眼。在这些人中间,只有一个叫阿菲利加·塞美尼奇·毕加梭夫的邻居,算是顶有机智。这毕加梭夫先生是一位古怪的人物,一位冷嘲家;对于任何事物——特别是女人——都十分刻薄,自朝至暮,他都恶声不绝,有时骂得很得当,有时相当傻气,但总是很有趣。他的坏脾气几乎近于稚气;他的笑,他的说话的声音,他的全部,都好像在毒液里浸过似的。达尔雅亲切地接待他,因为他的笑料使她快乐。在她眼里,他是一位丑角,她说,"在乡间就是他有一点用——他有时叫人喜笑。"她对他自然并无尊敬,所以她是寂寞的,她需要一个有用的值得尊敬的朋友。罗亭正好碰在她的需要上。

罗亭是突然出现的,最初的一刻,她并不欢迎他,毋宁说,她对他的外表感到失望,她的态度非常冷淡,开始的谈话十分生硬,时时被静默所打断。但是,毕加梭夫出来挑战了,也就是说,罗亭施展才能的机会到了,一步一步的,罗亭以其锋利的言辞压倒了他,使这位一向在达尔雅的客厅里东讽西刺所向无敌的冷嘲家,在众人之前狼狈败退了。而女主人,便轻轻地从罗亭手里把帽子拿了过去,她的态度立刻倾倒到新客这边了,她开始问他的父名,称他为"亲爱的德特里·尼哥拉伊奇,"要他坐得和她靠近一点儿,大家谈一谈……

不消说,罗亭当真把凳子移了过去,他在片刻之间便逼使她接受他的印象,他在她眼里成为英雄。

他的成功是可惊的。作者从四面八方来描写他的言辞的力量。在主人和宾客的面前,他以高亢热烈的声调,谈论着种种抽象问题,谈到真理的存在,骄傲的必要,牺牲的美德,以及人生永久的意义,等等。他谈吐风生,娓娓动听,不十分清楚,却自有魅力;他的思想之丰富,使他不能有条理地准确地表现自己;一番幻想过后又是幻想,一个比喻之后又是一个比喻——一会儿惊人地大胆,一会儿异常真实。他并没有思索字句,字句左右逢源地流到唇边,每一个字都像从他的灵魂的底里迸涌出来,燃烧着信仰的热火。他是最大的秘藏——辩才的音乐——的得主,知道怎样去拨一条心的弦而使一切的人都莫明所以地颤抖着,共鸣着。也许很多的听众并不确切地明白他讲点什么,但他们的胸头为之叹息,好像他们眼前揭起一层帏幕,有什么光辉灿烂的东西在远处遥遥闪耀。他谈着,他说话的声音,热烈而柔和,增加了幻想的成分,好像有什么更有力的灵动,在他的唇边流吐,使得他自己也吃惊了。……

在达尔雅乡间住宅作客的几个月里,他的言辞一直支持着自己的身价和位置。和毕加梭夫的以刻薄女性去博取女人的欢心不同，罗亭则易之以对女性的赞扬，所以达尔雅欢喜的说："你对我们女子很好。"他的言辞在达尔雅的女儿娜泰雅身上的成功，较之在达尔雅本人身上，有过之无不及。他的言辞立刻把她的感情擒住了。他在达尔雅家里的地位真是特殊。这位孩子气的贵妇人没有他便过不了。和他谈谈自己，听听他的雄辩，于她已成为必需。他从她借到钱，又从服玲萨夫借到钱。他使她所有的宾客感到一种威压（自然除了列兹尧夫），并且使他所有家里的人都顺着自己的好恶，他的极微细的嗜好都照做了。他决定一天的计划。没有一个同乐会不经他的合作而布置的。他对不论什么事都发生兴趣，达尔雅和他讨论她的田庄的计划，孩子教育的计划，家务的处理，和一般的事情；他听着她的计划，并不以这琐屑的事情为苦，并且，在其他的方面，他建议了许多改革，提出许多意见。但她真正赞成他的意见，听从他意见吗？不，她的赞成和听从只限于口头，正和她的需要他只限于趣味一样。

问题并不在她自己身上，而在她女儿娜泰雅身上，达尔雅虽然很容易接受别人的印象，很容易激动，但是异常精明能干；尤其重要的是，她老了，富有经验了，她知道"一个人要知可则止"。然而娜泰雅是年轻的，她才十七岁，还没有完全发育，更缺少经验。她着迷于罗亭，完完全全的着迷于罗亭，从他借书来读，听他的计划和论文及其他作品的念诵，虽然她时常不能完全捉摸到其中的意义。这情形当然叫母亲达尔雅感到不高兴。不过在别的事情上，她精明能干，在女儿身上，她却错了。母亲把女儿看作小孩子，看作冷静的人，以为暂时和罗亭在一起谈谈，并没有多大害处。谁知道女儿业已不是小孩子了，她的心灵比肉体发育得更早些，并且她也决不是一个冷静的人，她渴饮着罗亭的字句，想探索它完全的意义，她把自己的思想和怀疑，全部交托给他；她的少不了他，和母亲的少不了他，是完全不同的。悲剧就从此发生了。

如上所述，罗亭的成功，是言辞的成功。他和娜泰雅谈美和生命，谈诗，谈寻找真实的同情的灵魂，谈爱。他欢喜谈爱，时常这样。

"在我看来，"娜泰雅胆怯地说，"爱的悲剧便是无酬报的爱。"

"并不然！"罗亭回答："这倒是爱的喜剧的一方面……这问题应当用完全另外一种看法——应当更深奥地去探求……爱！"他继续说，"爱的一切都是神秘的；怎样产生；怎样发展；怎样消减。有时它突然来了，毫不犹豫的，像白昼那样光明愉快；有时它好像槁灰底下的馀烬在那儿冒烟，在事过境迁之后，在心中突然爆发出烈焰来；有时它如一条蛇弯弯曲曲地爬进你的心，又突然溜了出去

中国俄苏文学研究史论
История исследования русской и
советской литературы в Китае

……是的,这是大问题。但是在我们现在,有谁在爱?谁是这样勇敢地去爱?"

这是多么漂亮的言辞!然而和娜泰雅的见解相比较它又是多么的茫无边际,不可捉摸!在言辞本身,娜泰雅的说话十分朴质,罗亭的理论却要华丽得多,也高超得多。不幸的是,罗亭的言辞胜利了,而娜泰雅对于爱的见解,到后来竟然成为自己的谶语。

从一个不速之客,变作达尔雅乡下住宅中地位最特殊的贵宾,从压倒辛辣的冷嘲家毕加梭夫,到赢取一个纯真热情的少女的爱,罗亭的言辞是完全胜利的。在说话的当时,他并没有想到言辞会给自己带来怎样的后果;所以,一到需要实际行动来撑持的后果突然摆在面前时,他便完全没有用了。

四

罗亭和娜泰雅是两个性格全不相同的人。把这样的两个人纠纷在一起,使之彼此发生爱情,几乎是一件近乎残酷的事情。

但是,有什么办法呢?这正是罗亭悲惨性格的宿命。在表面上,尤其是在言辞上,他是一个热情的人。在他对毕加梭夫的批评里,他认为一个人在自己身上发现缺点,便以为有权利去找人的缺点,去否认一切,来增加自己的价值,是一件错误的事情;"只是爱人的人,才有权利责备和寻找错误。"而对列兹尧夫的批评里,他把列兹尧夫和毕加梭夫都看作"太多自我主义,太多浮夸,而太缺少真实"的人。他的批评十分严酷,但他自己则实在是一个好人。……

罗亭的热情往往是突发的。但他并不是不知道自己的缺点,当他第一次和娜泰雅谈话时,就向她表白了自己的缺点,以及自己未曾实践的志愿。他把自己称作"一个很可怜的人",从一个地方漂流到另一个地方,事情却糟得一塌糊涂。"是的,"他对她说,"我要干。我不应该埋藏起我的才能,假如我多少有一点的话;我不应该把精力浪费在说话——空洞的,无补实际的话——上面。"于是他的话像川流般泻将出来。他说得高贵地,热情地,有坚信地,说到懦怯和闲懒的罪恶,以及行动的需要。他把自己责备了一大顿,说是事先把你想要做的事加以讨论是不智的,正像拿一枚针去刺一只胀得烂熟的水果,只是耗费精力与浆汁而已。他说没有一椿高尚的理想是赢不得同情的,说那些始终不被人了解的人们,或是因为他们自己不明白他们要做些什么,或者是不值得去了解,等等。

这些话不是说得非常堂皇吗?而且,不是每一句都是真实的自我剖白吗?

他原是十分了解自己,同时也十分想改正自己的缺点的。他缺乏的不是自觉,而是自觉之后的行动,正因为没有行动的自觉,所以连这种自觉也成为缺点。他了解自己的长处和短处都在善于言辞,他具有要把言辞转为行动的自觉,可是,他的了解和自觉依然只止于用漂亮的言辞把它表现出来。这样,言辞于他是一堆深深的泥淖,他企图把一只脚从它拔出来,同时另一只脚却陷得更深了。

和罗亭不同,娜泰雅却是一个深沉,坚强,真正地热情的少女,如她母亲所说,是一个"不漏气的小东西",她的感情强烈而深刻,但不露出来。在做小孩子的时候,便很少哭,现在连叹息也很少听到了,每逢有什么事使她苦恼时,只是脸色变得苍白一点。所以她的母亲把她看作是冷静的人,是小孩子。别人也很少了解她。只有列兹尧夫把她看准了,他在自己情妇面前,一再的说她虽则不幸和小孩子一样的没有经验,但决不是一个小孩子,"正是这样的女孩子才会去投水,服毒,如此等等!……不要因为她貌似平静而看错了。她的感情是强烈的,她的性格——"他用一个叹息来说明她的性格,他预料到她将使人惊异不置。

他的预料没有错,因为娜泰雅在事实上受了罗亭的言辞的蛊惑,将以自己的全生命对罗亭的言辞作孤注一掷了。

娜泰雅一碰到罗亭,便注定了一个无可避免的悲剧。如磁吸铁,罗亭闪耀的言辞有力地吸住了她。坏就坏在她没有经验,对他的言辞虽不甚了解,却让它在自己心里起作用,让它扰乱着自己的灵魂,直至毁了自己的灵魂。他的言辞于她诚然是太高深,不可企及;但正因为是这样,她才会迷信着它,盲目的跟随着它。她是一个真正地热情的人,热情的星火一经燃起,便将不可遏止地扇成巨焰。

"你注意到么,"有一天他对她说,"在老檞树上,——檞树是坚强的树——旧叶子只是在新叶开始萌发的时候才脱落的么?"

"是的,"娜泰雅慢慢地回答,"我注意到。"

"在坚强的心中旧的爱就是这样;已经枯死了,但仍牢盘着;只等到新的爱来方能把它赶走。"

这话是什么意思? 娜泰雅感到迷惘和困惑了。她回到自己房里,思索着罗亭这句话的意思。如果她不去思索? 如果她思索了而不了解? 如果她了解而不重视? ……不幸,娜泰雅不是这样的人。她懂得它的意思,而且在自己心里下了坚不可拔的决心了,于是她突然捏紧了双手,很辛酸地哭起来,眼泪好像久壅顿开的泉水,倾泻不绝。

当他们第二次会晤的时候,罗亭又说到爱,说到爱不是为他存在的,他消受不起;一个女人爱男子,她有权利要求他的整体,而他却不能献出他全部来的。——这话在罗亭说着的当时,无疑地是真实的;但真实的只是言辞,言辞本身,如果不用行动去支持,它依然只是言辞。然而这同样的言辞一落入娜泰雅的心,却变成一把火种。"我懂得了,"她说,"一个志在崇高的目标的人,不应该想到自己;但是难道一个女子便不能够器重这样的男子么?……请相信我,一个女子不单能够重视牺牲的价值,并且她也能牺牲自己。"

火种引起巨焰了,罗亭漂亮的言辞在一个少女的心里结下果实了——爱的悲剧注定了。

在再下一次会晤里,罗亭对她喊出:"我爱你!"他喊了几遍,而且还要求她也说出同样的话来。她果然说出了,"我是你的,"她说。言辞的力量,到了这地步,业已到达它的极致。这真是言辞成功的最佳的例子。言辞成功了,她说出"我是你的"了,那么下文应该怎么样呢?不消说,应该是行动的准备。言辞的果实,必须用行动去采摘。罗亭有这种准备吗?没有,完全没有。他在言辞的成功上满足了。他唯一可做的,只是轻轻地说:"我是幸福的。"并且他还要重说了一句,好像要使自己相信。

然而——"这不是结束"。

一切关于牺牲的美德和行动的必要的议论,都是曾经从罗亭的口里发出来的,而且他用这样的议论压倒别人,攫取了娜泰雅的爱。就在他的言辞结了美丽的果实的同时,另一方面业已安排下一个机会,一个要求他采摘果实的机会。达尔雅知道了罗亭和女儿的秘密。她是一个刚愎自用的人,这事情自然是她所不能容忍的,必须阻止它。就这样,事情来到一个悬崖绝壁之上。母亲的成功,便是女儿的失败。然而,我们知道,女儿决不会失败的,这不是问题;重要的是在,如今牺牲的时候到了,行动的时候到了,罗亭能不能给自己的言辞以证明?能不能通过摆在眼前的试验?

这场试验的考问官是娜泰雅。我们且来看试验的经过和结果。

"……这是我最后一次见你……我是来征求你的意见。"

"我有什么意见可以给你,娜泰雅·亚历舍耶夫娜?"

"什么意见?你是男子;我一向信任你,我要信任你到底。告诉我,你计划是什么?"

"我的计划……你的母亲当然要把我赶出去。"

"也许是的。昨天她告诉我，她要和你断绝一切来往……但是你不回答我的问题么？"

"什么问题？"

"你想我们现在应该怎样做？"

"我们应该怎样做？"罗亭回答："当然服从"。

"服从，"娜泰雅慢慢地重复一句，她的嘴唇变白了。

"服从命运，"罗亭继续说。"此外还能够做些什么呢？我很知道这是多么酸辛，多么痛苦，多么难忍。但是你自己想一想，娜泰雅·亚历舍耶夫娜，我是穷的。固然我可以做工；但是，就算我是一个有钱的人，你能够忍受和你的家庭破裂，忍受你母亲的怒么？……不，娜泰雅·亚历舍耶夫娜；简直连想都不用想。这是很明显的，我们是命里注定不能生活在一起，我所梦想的幸福是非我有的！"

这就是罗亭的供辞。如果拿他在达尔雅的客厅里和以前对娜泰雅所发的关于种种抽象问题，关于牺牲的美德，行动的必要等等的滔滔议论相比较，他现在的供辞是如何的平凡，庸俗和畏缩！我们不禁要怀疑到，难道这是罗亭说的话吗？难道那么一个漂亮热情的人，会说出这样不漂亮的话吗？难道以前那样推崇骄傲，鄙弃自我主义的人，会说出这样卑怯的话，主张服从命运吗？可是事实上明明白白是罗亭说的，是他真实的供辞。同是一个人，为什么前后会有如此的不一致呢？

理由很简单：以前是为言辞而言辞，现在则是站在行动的边缘了。罗亭曾经在言辞上获得光辉万丈的胜利，但一碰在行动上，言辞便变成无济于事的东西，不管"这是多么酸辛，多么痛苦，多么难忍，"他还是只有失败的份儿，由自己证明了以前的言辞的无价值，只是一堆虚假，除了为自己招来可耻的失败之外，别无用处。

那么娜泰雅怎样呢？

娜泰雅是一个严厉的拷问官——不仅对罗亭，尤其是对自己。她在听了罗亭的供辞，衡度了他言辞的价值之后，她哭了。可怜的罗亭，他还以为她是因为得不到他的爱，因为不能和他生活在一起而哭的，他带着温情的要她宽心些。"你要我宽心些，"她说，"我并不是为了如你所设想的那些理由而哭——这对我一点也不悲哀；我悲哀的是我受了你的骗……什么！我是来求你的意见的，在这个时候！而你的第一句话是服从！服从！这就是你所谈的独立，牺牲的解释么？""你问我我用什么话来回答我的母亲，当她声明说是她宁愿我死而不同意我和你结婚的时候，我回答说是我宁愿死而不愿另嫁给别人……""你时常说牺牲自己，但是你知道么，假定你今天立刻对我说"我爱你，但是我不能和你结婚，我不担保将来，把你的手给我，跟我来吧，"你知道吗？我会跟你来，你知道吗？我会冒一切危险！但是说话和行为是这样大不相同的，现在你是害怕了，正如前天在晚餐席上怕服玲萨夫一样。""将来，请你守住你的话罢，不要随随便便的任意的瞎说。当我对你说'我爱你'的时候，我知道这句话的意义；我准备一切。""你是不能不盘算利害而做事的；但是我需要相信这些么？我是为这而来的么？""我来这里……天哪，我出来到此地的时候，我心中暗暗已和我的家庭告别，和我的过去告别——什么？我在此地遇见了什么人？——一个懦夫！……你怎样知道我不能和我的家庭脱离呢？'你的母亲将不答应……这是可怕！'这就是我从你的口里所听到的一切，是你，你，罗亭？……"

这是怎样严厉的判语！如果命罗亭的言辞和她这种言辞——不，这不是言辞，这是一个纯真勇敢的灵魂的呼声，任何漂亮的言辞都不能和它相比较，任何漂亮的言辞都将在它前面黯然失色！

"爱的悲剧便是无酬报的爱。"

五

罗亭和娜泰雅这场爱的悲剧，一切在场的人和当事的人，都是意料不到的——但除开罗亭的老朋友列兹尧夫。他是这场爱的悲剧的预言家。

当他们的爱情刚在萌芽的时候，这位列兹尧夫先生就在自己情妇面前作着苛刻的预言了。他说罗亭是一个聪明人，虽则实际上非常浅薄；但是浅薄还没有多大害处，他内心是暴君，懒惰者，学识谫陋，欢喜吃别人用别人，装面子，如此等等——但这也够平常，错处是他冷得和冰一样，装做狂热的样子；(读者当不会忘记，在罗亭未出场时列兹尧夫自己曾被他的情妇称为"冰冷"的。)但这也还不要紧，坏的是，他在玩着危险的把戏——对他自己没有危险，当然的；他不费一文，不损一毛——但是别人把灵魂孤注一掷地押在里面了。

这"别人"便是娜泰雅。

列兹尧夫的预言很灵验，娜泰雅的情形的确是如此。但是灵验的是，他说，罗亭不忠实。罗亭应该知道自己的话的无价值，可是说出来的时候，好像都含有重大的意义。罗亭的话好像始终是话，永远不会成为事实——这样的话也会扰乱一个年青的心，会把它毁了。列兹尧夫还顺便地批评了娜泰雅的母亲达尔雅，说她是一个自我主义者，只顾自己的生活，不能了解女儿，自以为是女梅西纳斯(一个罗马政治家)，一个有学问的妇女，事实上她不过是一个愚笨庸俗的老妇人，不知道事先去防阻娜泰雅和罗亭的接近，却让她真挚的，善感的，热烈的性质去碰罗亭那样一位戏角，一位浮薄的少年——"但是世界上这类事情并无足奇。"列兹尧夫慨叹的下着结论。

不幸，列兹尧夫的预言，后来完全为事实所证明，几乎丝毫不爽。

为什么？难道他是一个真正古代以色列的先知？

不，当然不是。我们不要忘记，他是罗亭的一个老同窗，老朋友。"我有权利很粗暴地说他！我付过相当高的代价，也许便是为了这种特权。我很知道他；我和他住过一个长时间。"这便是他能对罗亭作预言的缘故。他的确很知道罗亭。知道他是一个穷地主的儿子，父亲见背得早，母亲是很好的人，把儿子当作宝贝，自己吃燕麦粉挨饿过日子，把每一个铜子都花在他身上；知道他用一个叔父的钱在莫斯科读书，后来又拍上一位有钱的亲王，供给他各项费用；知道他到外国去，很少写信给母亲，只回国望过她一次，而且仅住了十天……老妇人在陌生人的照料中死去了，没有见到他，只是直到死的时候，眼睛还不离开他的画像；知道他在外国曾经和一位本国的，年纪业已不轻，不好看，爱好文学的女人同住了好久，终于他丢弃了她或者是她丢弃了他；知道他在学生时代，就很善于言辞，说起话来好像年青的提摩斯西尼斯在澎湃的海滨一模一样，等等。并且，在列兹尧夫的一次恋爱里，因罗亭的参与其事，而把幸福断送了……这样，他把罗亭的本相看出来了。

在列兹尧夫的眼睛里，罗亭自始便是一个关于发扬某种理想，善于辩论的人，但是他的理想不是从自己脑筋中发出，乃借取于别人。他外表好像充满了火，果敢和生命，内心却是冷的，几乎是懦弱的，除非冒犯了他的自尊心，他什么都忍受。他老想高人一等，可是只凭着一般的原理和理想的名词达到这目的，而且从来不拒绝和他所遇见的任何人争辩讨论。他书读得不多，不过有一个有条不紊的头脑，和异常的记忆力，这些，对于那般需要纲要，结论，完好无缺的真理的青年，很能发生影响；他所读的是些哲学书籍，他的脑筋又是天生能够把读过的概括的原则抽取出来，看透凡事的根底，于是向各方面演绎开去——连贯的，光明的，坚实的理想，给灵魂展开广阔的天地。所以他的言辞对青年人很有

中国俄苏文学研究史论
История исследования русской и
советской литературы в Китае

力量。然而虽则外表漂亮,相貌魁梧,罗亭却具有许多卑微小器的地方;他是一个侈谈者,他事事都欢喜插一手,事事要他布置,解释。他的细节的活动力是无穷竭的,他是一个天生的政治家。诸如此类。

这些当然是列兹尧夫早年的认识,他们分别已久,可能罗亭也已有着改变。但是,"不幸他没有改变。"真的没有改变! 我们读者所见到的,罗亭在贵妇人达尔雅家中所行所言的一切,他的压倒众人的谈吐,他在达尔雅家庭里特殊的地位,以及他和娜泰雅无结果的恋爱,莫不一一给列兹尧夫的观察作着证明,使列兹尧夫成为一个异常出色的预言家。

总之,罗亭的悲剧性格,注定了他和娜泰雅悲剧的恋爱。

但是,罗亭不是明明知道自己致命的缺点吗? 为什么还要和娜泰雅玩危险的把戏呢? 难道真如达尔雅所料,他本不想要和娜泰雅结婚,只是和她调调情;或者真如娜泰雅所说,他因为没有事做,因为无聊,和她闹玩意儿的吗?

罗亭可又不是这样的人。如像他的突然跑到服玲萨夫家里去作完全多余的解释时,列兹尧夫所说的一样,"他的动机是好的。"我们自居于读者的立场,如果事前并不知道情节发展的结果,她不去相信列兹尧夫的预言,我们能不为罗亭漂亮的言辞所眩惑,更能不为他的幸福的恋爱而鼓舞吗? 在我们眼前,没有一瞬间,罗亭不是完全真实的。当罗亭在达尔雅的客厅里大谈其种种抽象问题时,他是真正地热情奔放的;当他第一次和娜泰雅谈话,向她道谢,对她作自我倾剖,又复突然出其不意地握住她的手时,他是真正地非常感动的;而当他从娜泰雅口里听到"我是你的"的话,轻轻地说着,"我是幸福的"时,他也真正地是自觉幸福的。不管他的性格是如何的复杂,如何的矛盾,但他并没有丝毫虚假,他始终是一个赤裸裸的自我。他不是一个骗子。他的热情,他的冰冷,全系真实。所以听到在阿夫杜馨池畔和娜泰雅作最后一次的会晤,她说出他一定是因为没有事做,因为无聊,才和她来闹玩意儿时,他分辩道:"我向你发誓,娜泰雅·亚历舍耶夫娜! 我向你保证!"甚至他向她解释自己之所以主张服从命运,乃是为了她的平安;更甚至当她于骂他为懦夫之后,而离开了他时,他的羞赧,他的自责,他的悔恨……一切全是真实。

所以要探索罗亭的悲剧的原由,还须从他的性格深处去搜求。

六

埋藏在罗亭性格深处的,究竟是什么东西呢?

在回答这个问题以前，我们还是回到罗亭身上去，我们要在罗亭终身的行径上考察。他和娜泰雅的一场无结果的恋爱，只是若干行径中的一件；正如他在给服玲萨夫的告别信里所说的，"在我的经验中，这不是初次也不是最后一次。"关于罗亭的过去，我们业已从列兹尧夫的叙述里知道大概，那么，他在结束了和娜泰雅的悲剧之后，又将怎样呢？他在遭受了这样的打击之后，有没有改变呢？

我们还是来看他自己在给娜泰雅的告别信里的自供吧。

"自然禀赋给我的很多，但是我将碌碌而死，没有做一椿我的能力值得做的事，在身后不留一丝痕迹。我的所有的富藏将落空地耗散；我看不到我所播的种子的果实，我是缺少了什么。我自己不能确实地说我是缺少了什么。……当然的，我是缺少了什么，没有这便不能打动女子的心，或者整个地赢得女子的爱；率领人们的思想是浮移难定的，犹如率领地上的皇国也落不得好处。奇异的，几近乎滑稽的命运；我想献出我自己——切望地，整个地，为了某种事业——而我不能献出我自己。我将为了什么连我自己都不大相信的傻事或别的把自己牺牲作为了结……

"世上只有我留着要献身于比我更有价值的别人的利益……假使我真的得能为这些利益献身，假使我终于能克服我的惰性。但是不！我将到底仍然是一个充满缺陷的和从前一样的人……第一个阻碍……我便完全失败了；我和你的经过便把我表示出来。假如我是为了将来的事务和我的使命牺牲爱情，那也聊可自慰；而我却只是为了落在我身上的责任，畏难胆怯，所以我是真的配不上你的。……"

这自供很真实。而且对他自己，也就是一种预言。首先，罗亭和在得到娜泰雅爱的表示之后跑去向服玲萨夫作完全多余的解释而自求侮辱一样，在被她骂为懦夫不得不狼狈离去时，他又给服玲萨夫写了一封告别信。他这举动又是完全多余的，甚至是可笑的。他在信里说，他希望服玲萨夫能够比他长育其间的环境高出一头，他是看错了他了。但是可怜，他的向服玲萨夫解释自己和娜泰雅的感情，在他自己，乃是一种义务；可是在服玲萨夫，却认为是一种侮辱；而在列兹尧夫，则认为他为的是一个说话机会，可以显出他漂亮的言辞，因为，"这就是他所需要的，没有它便不能生活。"同样的，罗亭之所以要给服玲萨夫写告别信，他自己自然也目为一种义务；这一次，列兹尧夫把它比作回教徒的喊"阿拉"（神）；而服玲萨夫则轻蔑地喊道，"何等的谵语！天哪！这比诗还要坏！"

真是比诗还要坏！罗亭是欢喜诗的,他曾经对娜泰雅说过,"诗是上帝的语言。"在他的眼睛里,世界整个都是诗,无处没有诗。所以他的言语,他的行动(罗亭也有行动!)……也一切都含有诗意。他要把话说得漂亮,行动也力求其漂亮,(天知道他的行动是如何的漂亮!)可是他碰错了对手,他碰到一个"诗只会叫他吃惊"的人。第一次,他从服玲萨夫家出来,被悔恨噬啮着,"什么鬼主意驱使我,去会见这家伙!这是什么想头!"他这样责备自己。可是,悔恨刚过,蕴藏在他心里的那种莫明其妙的义务感,又复怂恿他做下第二次傻事情。感谢天,这一次他离开了,没有机会让他责备自己,对自己发"这是什么想头"的问题。

但是,究竟是什么想头?

我们还是把这问题暂时按下。我们还没有知道罗亭在离开达尔雅的乡间住宅之后,他到那里去和做了什么事情。作者屠格涅夫并没有正面写出这些,他让罗亭自己向老朋友列兹尧夫(自然也就是向我们读者)述叙了出来。列兹尧夫和他重逢的时候,业已在几年之后。在这次他们两人重逢前,作者也曾经匆匆地给我们和罗亭见过一面,说我们这位主人公戴一项便帽,穿一件旧外衣,在俄罗斯僻远的一个边区,低头坐在一辆破烂的有篷小马车里,由三只耕马拖着,一个头发斑白,穿着褴褛外衣的农人驾着,到一个车站,提着行李走进去,向一位有着带睡的声音的管理员雇马车,说要到S——去。但是管理员告诉他,没有马匹到S——去,只有几位客人准备到V——去。

"到V——?"罗亭说,"什么,这完全不在我的路线上。我要到彭柴去,V——是坐落在,我想,到泰卜夫去的方向上的。"

"这算什么? 你可以从泰卜夫到那里去,再从V——你并不绕远路。"

罗亭想了一会。

"好,就算,"他终于说出来,"告诉他们把马配起来。对我是一样的;我就到泰卜夫去。"

这之后,就一直到列兹尧夫重逢到他,我们才知道他别后的行踪。以一个似乎是很偶然的机会,在C城一家头等旅馆里,他们两位老朋友碰到了,互相干着杯,祝饮那一去不复返的往日。"你知道,密哈伊,"罗亭带着微笑开始说:"在我肚子里有一条虫在咬着我,磨折着我,永远不让我休息,除非到了生命完了时。这虫使我和人们冲击——起先是他们受了我的影响,但到后来……"他在空中挥着手,"自从离开了你,密哈伊,我见得很多,经验得多……我曾经重新开始生活,创办过二十几椿新的事业——而现在,你看!"

现在,他的容貌和在车站上所见到的差不多,不过逐步逼近的老年添印了不少衰痕了,表情也不同了,眼睛的神色也迥异从前;他的全身,一时缓慢一时又猝然而断续的动作,他的颓丧的讷讷的说话的样子,一切都显示着极端的疲乏,一种默受的暗暗的沮丧,和他从曾经有一时故意装着青年们充满了希望和怀着自信自尊的时候惯装的那种假设的忧郁是不同了。

这样一个青春的光芒业已消逝殆尽的风尘旅人,他是真正疲乏了,他漂流很远——肉体和精神一样。据他自己说,他做了不少的事,结识了不少的朋友;什么地方都住过,什么路都走过;有多少次他是幸福而有希望的,但是无缘无故结了仇敌,屈辱了自己;有多少次他像鹰般的疾扬高飞,而像一个碎了壳的蜗牛似的蠕行回来……一切都失败了。他曾经和一个很有钱,欢喜科学的很大的土地所有者结为朋友,一起到乡间去从事农业的改良;又曾经和一个叫做库尔比萨夫的人,一个长于商业和投机事业有创造力的天才合作,雇了工人,在 K 省开一条供航行用的运河;又曾经在一所中学里当过国文教员……虽然这几椿是在一生中觉得有成功的微笑临着他,或者说他希望成功的事,但到归结,不是和朋友闹翻,或是努力没有结果,便是受了暗算,而被攻击走了。总之,他空有种种改革的计划,空有种种改革的热情,却从来没有真正成功过,从来都是失败,失败……

"难道我竟是什么事都不适宜,在地上没有我可以做的工作吗? 我时常把这问题反问自己,但是无论如何我试想把自己看得低微一点,我总觉得我有一种别人所不曾赋有的才能,为什么我的才能不会开花结实? ……什么东西阻碍了我不能和别人一样地生活,一样地做工? ……我开始怕它了——我的命运……为什么这样? 请为我解释这谜!"

谜! 真是一个谜! 现在,我们业已知道罗亭在离开拉苏斯基家后,他的命运依然没有改变,依然东漂西流,无家可归;而且等着他的,依然是烦累而疲劳的旅途,沿着灼热的尘封的道路,从一处到另一处,无希望的奔波……为什么这样? 怎样才能猜破这个谜?

问题重又回来了,我们必须重新去搜求隐埋在他性格中的那东西——那一个谜。

七

我们要去探求罗亭性格深处的那个谜,最重要是在追寻生长这种性格的土壤。

我们的追寻仍须回到作品上去（我们不应该离开作品而空谈理论，我们的理论是剖释作品的结果。），回到列兹尧夫关于罗亭的学生时代的叙述上去。列兹尧夫曾经和罗亭在一起生活过一个长时期，在一起读着大学，他们的关系是很密切的，是属于同一集团里的人。自然，那时他们都还年轻，学识也并不丰富，在充满热力的年轻人的生命里，必须有一个追求的目标，有一个存在在他们前面的新世界，有一个灿烂闪耀的远大憧憬。这是一种生命力的发泄，或者竟可以说，是一种生命的支柱。罗亭和列兹尧夫都是这样的年轻人，而罗亭更是其中之佼佼者，我们且看列兹尧夫的描述——

"我们的集团是一群孩子们组织成的，学识浅陋的孩子们。哲学，艺术，科学，以至生命的本身于我们只是一大堆字汇——你要说是概念也随你的便，是迷幻的，富丽堂皇的概念，但是不连贯的，断续的。这些理想的总网络，宇宙的总网络，我们一点也不知道，也没有接触过，虽则我们泛泛地讨论着，想替我们自己形成一种概念。我们听了罗亭的话，初次我们觉得终于把这总网络握得了，好像一层帏幕被揭开了一样！在我们所认识的事物中确立了秩序与和谐；一切没有连的都合成整体，在我们眼前成了定形，像一座房子般的撑竖起来，一切充满了光明，到处都有异感。再也没有一样东西没有意义的，每样事物都明显地有巧智的设计和美，每一种事物都有了清晰的，但仍是神秘的意义；每一椿游离的生活事故都融入和谐，我们怀着一种神圣的畏惧和虔敬，怀着愉快的情绪，觉得我们自己永久的真理的有生命的神器，宿命注定要为什么伟大的……

"真的，当我回忆起我们的集会，我敢发誓，其中是有很多优美的感人的记忆的。试想一群五六个的孩子聚在一起，燃着一支蜡烛，茶是非常的苦，饼子是走了味的；但是你看看我们的脸，听听我们的谈话！眼睛为着热情发光，两颊红了，心跳了，我们谈上帝，真理，人类的将来，诗……我们所说的时常是错误的，我们狂悦于这些废话；但废话又何足为病？……夜好像驾着轻翼似的飞过去。在我们分手的时候，已经是灰白的早朝了，怀着一种甘美的灵魂的疲倦，感动的，快乐的，无限希望的，陶然如有几分醉意（在这时候，我们中间是决不喝酒的。）……甚至于仰睇天星都有一种信赖，好像它们是更近更可亲的了。啊，这欢乐的时间，我不能相信这是完全白费的！这并没有白费——就是对于此后过着鄙吝的生活的人们……"

够了。对于那样的欢乐的时间，我们倾听着列兹尧夫的描述，不是也将被那种充满希望和热情的空气激动起来？不是也可以想像得到,在不甚明亮的蜡烛光下的一群两颊红涨眼睛发光的脸孔上的圣洁的表情吗？罗亭就是其中的一人,而且是其中发生影响的一个。他的出色的辩才,漂亮的言辞,高远的理想,无尽的生命力,澎湃的热情……都是从那样的环境里培植出来的,而且一直没有改变!

列兹尧夫所描述的情形,是一八四〇年代的俄罗斯,是政治史上最黑暗的时期。那位专恣无度的暴君尼古拉一世,对外滥事攻伐,穷兵黩武;对内更肆行残忍的专制主义,以暴力统治,缄闭群言,偶有与政府相抵触的思想,立刻会遭遇到无情的杀戮。我们如果是读过俄罗斯政治史的,试一回想,当会有不寒而慄之感。稍后的虚无主义的突起,便是这种阴霾空气所激成的暴风雨的启端,但在这时候,可正当所谓密云期。罗亭和列兹尧夫们的一群,代表着当时最前进最优秀的人物。他们原是爱国主义者,关心祖国的命运,反对铁盖似的专制主义。然而,他们所处的时期,还不是行动的时期。他们的情形是心有余而力不足——还没有行动的力量,也没有一定的行动的目标。他们是处于一个苦闷的过渡时代。黑暗政治的壁垒还是坚强难破的,他们的眼睛看到这一点,很自然的,他们成为政治上的绝望者,不敢往实际行动上去想象。脱离了实际行动的一切期望,一切悲愤,遂不得不冲向另一条出路,追求另一种满足。

这种追求,便是列兹尧夫所描述的纵谈。

列兹尧夫把那样的时间称之为"欢乐的时间",事实上,乃是一种苦闷的无可奈何的发泄。他们自然充满着崇高的理想,在他们的思想里,没有自私,没有一切卑污鄙俗的观念。问题是在,他们的纵谈的结果,把自己幽闭在精神的温室之中;作为他们高远理想的内容的,是列兹尧夫所说的哲学,艺术,科学,一大堆漂亮的字汇,一座堂皇的概念的巨塔。他们在这种梦幻似的希望里陶醉了,逐渐离开所生长的土地,逐渐升腾起来,在自己所制造的美丽的云雾里飞翔不已。他们不愿去俯瞰地上那个丑恶世界里的一切活动。疏远它,不去了解它;因而他们变成更寂寞,更无聊,更和实际生活不相关连了。……

(这种情形,不禁使我联想起魏晋时代清谈的风尚。罗亭和列兹尧夫之辈,不是正和那般祖述老庄,崇尚无为,排斥世务,专谈玄理的何晏,夏侯玄,王弼和王衍等人颇相类似?)

虽然如此,他们的热情却仍不减退,他们是真挚的人,忠于理想,不怕辛苦。他们是自己的感情的殉教者。他们的热情未能转化为行动,是空幻的东西,所

中国俄苏文学研究史论
История исследования русской и
советской литературы в Китае

以一如一把无根的火,一种极光,列兹尧夫曾经责备罗亭"和冰一样冷",但到后来,他不能不修正自己的话,说自己对罗亭的责备,"是对的,同时也是错了。"罗亭决不是一个伪善者,一个无赖,或是骗子!罗亭爱谈哲学,但这也不是哲学的错误,更不是罗亭的错误!罗亭有理想,是一个大同主义者。然而,列兹尧夫批评道:"罗亭的不幸就是他不了解俄罗斯,这当然的,是一个大大的不幸。俄罗斯可以没有我们中间任何人,但是我们不能没有俄罗斯!谁想可以没有俄罗斯的人有祸了,谁是真的不要俄罗斯的双倍有祸了!世界大同主义都是谵语,世界大同是乌有——或更坏于乌有;没有民族便没有艺术,没有真理,也没有生命,什么都没有,你不能有一个没有个性表情的理想的脸;只有平凡粗俗的脸才没有个性。"——感谢这位罗亭的老同窗,他把罗亭性格中的那个谜,清楚地给我们作了精到的解释了。

（列兹尧夫对罗亭这种精辟的批评,我们也可以引来作自己的诤言,大同主义和民族主义并不冲突,只有在民族主义的基础之上,才有真正的大同主义;不了解自己的国家和民族而侈谈大同主义,结果所谈的只是一堆谎言,一个乌有。我们不要忘记"没有民族便没有艺术,没有真理,也没有生命"的真理。)

为什么罗亭凡事失败?为什么他在失败之后又会一个孩子似的重新开始新的生活?为什么他总是牺牲了自己的利益或幸福,而不能在肥美的土地上生根——回答只有一个,罗亭是一个爱真理的人,一个徒然的理想家,一个失败的苦行者。

罗亭的错误是时代的错误,他的悲剧是时代的悲剧。

八

接着来的问题是,既然罗亭和列兹尧夫是老同窗,同是一集团的人,那为什么后者能如此冷静地对罗亭作着苛酷而又正确的批评?

回答也很简单——罗亭一直没有改变,而列兹尧夫却变了,一如他自己对罗亭所说的,"我们的路是不同的。"

我们虽然不必给这两个老同窗评什么高下,但也不妨来谈一谈从同一个地方出发而走上不同的道路的结果,将会变成怎样不同的人。我们不应忘记,当罗亭在达尔雅的客厅里出现的第二天,列兹尧夫便和他碰见了。罗亭一听到列兹尧夫的名字很感惊异,而在女主人面前和他相对时,始终陷入惴惴不安之中,这情形甚至连女主人也觉察到了。当时列兹尧夫对罗亭非常冷淡,完全不像一对重逢的老朋友。和罗亭的不安相比较，列兹尧夫的态度简直是冷酷的。为什么会这样？不消说，他们之间有着隔阂。这种隔阂，表现在他们过去的关系上，尤表现在罗亭成为达尔雅的宠客的一段时间内——在这一段时间内，列兹尧夫简直始终成为罗亭的一根标尺，一种辛辣的对比，一个失败的预言家。

不管以前学生时代，他们两人相契的程度如何深厚，他们的梦如何相同，但现在他们是成为完全不同的人。在做人的态度上，列兹尧夫显得非常的冷静，稳重，精明能干，料事如神；守着一个小小天地，他无往而不成功。而罗亭却是狂热的，危险的，虽然漂亮的言辞能倾倒四座，可是对于下一刻将要发生的事，既无打算，也不能应付，结果饱尝失败的苦恼，依然执迷不悟。例如对待女人，列兹尧夫总是用的轻蔑甚至侮辱的态度，专事挑剔对方弱点说些刻薄话。罗亭则是一个女性尊崇者，他在达尔雅面前，指摘着那些不肯承认女子有实际生活的智能的人的错误；在娜泰雅面前，更认为只有贞德一个人能拯救法国……可是结果怎样呢？正当罗亭好像跳舞会后的手套，好像包糖果的纸片，好像不中彩的奖券一样地被人遗弃掉了的同时，列兹尧夫却在他的情妇前面玩着一套可笑的求婚的把戏，而且他的把戏居然非常轻易地成了功。

（我总觉得在列兹尧夫向情妇求婚的这一幕上，是可以看出屠格涅夫对所创造人物的态度。在这里，他把列兹尧夫写成近乎无赖的人，和罗亭在娜泰雅面前失败的一幕相比较，列兹尧夫卑污的行为，简直令人作呕。）

于罗亭寄身达尔雅乡下住宅的几个月里，列兹尧夫一刻也不肯放轻他。一开始，罗亭的辩才刚刚使达尔雅母女两人着迷的时候，他就在背后作预言了，说他现在虽是达尔雅的宠客，但是，"有一天她会和他离开。"接着，罗亭刚刚在娜泰雅面前谈论爱情，使她感到迷惘时，列兹尧夫又在一边作预言，说他将毁掉一个年轻的心。最后，罗亭在阿夫杜馨池畔和娜泰雅的会晤，注定了失败的命运时，列兹尧夫立刻跑到情妇那里去，告诉她的兄弟说，"以后一帆风顺了。"……他的存在，好像专为罗亭的悲剧性格作证明和解释，好像告诉读者，他们两人从同一地点出发，后来分离了各奔前程，罗亭走的是一条"失败路"，而列兹尧夫，他可选上了一条"成功的路"。

我们怎样来看这两条完全不同的路？

前面我们曾经叙述到，罗亭和列兹尧夫在学生时代是同一集团里面的人，他们同样的耽溺于哲学的思考，耽溺于一个高远的理想；而作为这种思考和理想的泉源的，乃是一种对实际政治的绝望之情。但是这种空幻的楼阁中的生

中国俄苏文学研究史论
История исследования русской и
советской литературы в Китае

活,随着学生时代的结束而结束了,大家跳到真实的社会上去受试验。不消说,他们的热情和理想太不合实际,他们在实际试验中全失败了。这种失败本身,是一种更为严格的试验,意志不坚定的,在落选之后便改弦易辙,走上另一条路子;热情不退的,跌倒了爬起来再走,虽明知很少成功希望,还是执拗地走下去,再跌再走——直到"灯里的油干了,而灯的本身也已经破碎,灯芯在那里冒烟熄灭了的时候。"

前者的代表是列兹尧夫,而后者,便是我们的可怜的主人公罗亭。

列兹尧夫诚然是一个乖巧的人,他知道自己曾经一度耽溺在里面的那种大同主义的理想,并不能在俄罗斯的土地上生根长成,如其徒然的扑向失败的火焰,自焚其身,何如退到自己的田庄里,做一名小小地主,娶一个贤淑的寡妇,说说刻薄话,消磨消磨平静岁月的好。他这样做自然是聪明的,所以一当罗亭那样的傻瓜光临到自己的附近来演悲剧的时候,他便有权利以老同窗的资格,对他作些苛刻无情的嘲弄了。仿佛是,罗亭的失败,更可以作自己的"成功"的辩护和安慰似的,他还频频地为罗亭之不变初衷而大呼着不幸。

然而,是不是罗亭不知道在自己的"失败的路"之外,还有另一条"成功的路"呢? 其实并不,罗亭也很了解他的老同窗,当他在达尔雅家第一次和列兹尧夫见面后,他就批评他道:

"他犯的也是和毕加梭夫同样的毛病,想立奇好异。其一想做曼费斯多斐里斯(哥德《浮士德》中之恶魔),另一个成了愤世嫉俗者。这内中原因,都由于太多自我主义,太多浮夸,而太缺少真实,缺少爱……"

这真是一针见血之论!

罗亭把列兹尧夫和冷嘲家毕加梭夫相提并论,不错,毕加梭夫是列兹尧夫更极端的一个例子。列兹尧夫虽然若干地方和毕加梭夫相像,但他究竟是了解罗亭的,所以也知道同情罗亭,知道自责;至于毕加梭夫,则是一个真正的冷血者,一个曼费斯多斐里斯。当罗亭在拉苏斯基家里的失败之后,列兹尧夫对他发出同情之辞时,毕加梭夫却对罗亭作着更恶毒的嘲谑,列兹尧夫要愤愤地说,"我认为他所做的角色——我指毕加梭夫——是更坏一百倍!"

九

新的问题又发生了:在当初那样轻视罗亭,把他攻击得体无完肤的列兹尧夫,到后来为什么忽然转变态度,同情起他,为他作辩护了呢?

这问题我们应该提向他们的创造主，提向屠格涅夫。

统观全部作品，我们总觉得当罗亭在拉苏斯基家庭里时，作者对主人公所持的是谴责的态度，但一到后来，却充满着同情的调子了。列兹尧夫的态度，几乎就是作者的态度。有人说，屠格涅夫是以上帝造人为榜样，依照自己的形象，制造罗亭的。我们从屠格涅夫的出身，从他所受的教育，以及他所发表的自由思想，可以断定《罗亭》是一部自传成分极浓厚的作品。屠格涅夫自己是一个大同主义者，是属于所谓初期哲理虚无主义时代的人物，他了解自己同时代一些进步人物的弱点，他自己自然也同样具有这种弱点，所以借了罗亭的形象，对自己所属的那时代，作了谴责的，然而也是同情的告别。一八四〇年代的英雄们，虽有高远的理想和炽烈的热情，但一般地是软弱无用的。从纯粹哲理中生长的人，如何能在实际生活中作坚强的斗争呢？时代过去了，下一代的新人物将要出现了，他们才是真正的从俄罗斯的土地里茁长起来的，才是真正的行动的英雄。对于那些未来的新人物，屠格涅夫表示着无限的钦敬和热望。

但对自己这一代人，屠格涅夫有的是依恋之情。他太了解自己这一代人了。从理想到实行，这中间有着距离，有着所谓过渡的时期。屠格涅夫的小说，就在用灿烂迷人的文字，绘描下这历史断片的真实。罗亭虽然是一个无力的英雄，但决不是那种对祖国的命运漠不关心对人世采取嘲弄态度的冷血者，他知道应该秉承爱人类的信念，为人类努力，而他也确实地献出自己的努力了。他的漂亮的言辞，为自己招来无穷的不幸，不过对人类对祖国可决不是没有用处的。他以一个宗教家的热情，带着理想的种子，风尘仆仆，从一处到另一处，随时随地散播。没有种子，怎样能有果实呢？没有理想，怎么能有实行呢？正因为有他们这些不幸的先驱者，才有继起的轰轰烈烈的实行者。罗亭的悲剧，正是后来大悲剧的幕序。这样的人物，难道不值得赋予同情吗？只有那般过吝啬生活的人，才是历史的赘物，才是完全无用的废料。屠格涅夫创造了罗亭，又同时写出列兹尧夫，乃是使之互相批评，互作对照，从这两个老同窗身上，反映出历史的真实。

如像毕加梭夫那样有自给的财产，对任何人都藐视，任何事都辱骂，攻击哲学和女人，专门阿谀逢迎有钱和有势者的人毋论了，即如列兹尧夫，也是属于过吝啬生活的一群，是自私的世故大家。在创造罗亭的同时，屠格涅夫又遣派他来代替自己对主人公作严酷的谴责，作者的惆怅之情不自禁的流露出来了，在列兹尧夫和罗亭最后一次的重逢里，前者终于对这位风尘旅人发出自责和感叹

中国俄苏文学研究史论
История исследования русской и
советской литературы в Китае

道:

"我们的路是不同的,也许正是因此,多谢我的地位,我的冷血,和诸般幸运的环境,没有什么来阻止我在家里,做一个袖手旁观的人;但是你须得跑到世界上去,卷起袖子,要劳苦,要作工,我们的路是不同的——但是请看我们是如何的接近。我们说的是几乎同样的话,只要半句暗示,我们便互相了解,我们是在同一的理想中长大的。同道的人已是不多,兄弟,我们是摩希庚最后的子遗了;在往时,当生命在我们的面前留着很多的时候,我们意见尽可不同,甚至于吵架;但是现在,我们这一辈人渐渐减少了,新的一辈越上我们,怀着和我们不同的目的,我们应当彼此偎近! 让我们碰杯痛饮罢,德密特里,唱一曲往日的Gaudeamusigitur(起来,大家欢乐罢)!"

这和屠格涅夫次一部小说《贵族之家》的最后,主人公拉夫列茨基对年青的一代所发的叹息一样,正象征着屠格涅夫自己的心境。这心境,正是一时代的悲哀。

列兹尧夫所说的"新的一辈",在《罗亭》里面业已有存在,不消说,那便是娜泰雅。和《贵族之家》里的丽莎及《前夜》里的爱伦娜相同,她是屠格涅夫的希望的化身。前一代人播下的种子,业已在俄罗斯土地上长出坚强美丽的果实了。新人物的代表娜泰雅,曾经从老一代人物的代表罗亭得到过理想的灌输,但是,在行动的表面上,老一代的人都显出怎样的懦弱无用啊。当娜泰雅骂罗亭为"一个懦夫"的时候,属于罗亭的一群的作者屠格涅夫,一定是有着深深的隐痛的吧。

十

《罗亭》一书的结构,单纯自然,简直有几分近于平铺直叙。作者以为罗亭和列兹尧夫两人的恋爱故事,并列发展,等到罗亭失败和列兹尧夫的成功业经决定时,故事就该完了。但是屠格涅夫能够让自己的主人公在众人无情的嘲骂中从读者面前隐去吗? 不,这是他的良心所不允许的,他必须使列兹尧夫重逢罗亭一次,从而抒写出自己深沉的惆怅。

罗亭经过无数次失败之后,又复添上一个尾巴,把罗亭安置在一个光荣的收场上。这位一八四零年的英雄,到了他生命的暮年,终于行动起来了,以生命牺牲在自己的理想里。但毕竟是一个大同主义者,他并没有死在自己的国土上,而是,穿着一件旧外套,束着一条红腰带,灰白蓬乱的头发上戴着一顶草帽

153

（依然是一个流浪人的装束），殉身在巴黎圣安东尼近郊的一个防垒上。屠格涅夫不忍他的英雄终老于漂泊之路，但又不能使他在俄罗斯本土生根，给他以这样一个收场，一方面固然是一种无办法的办法，另一方面却正可以表现出对自己所创造的人物的偏爱。

总之，无论从哪一方面看，罗亭决不是一个可诟骂的名字。

一九四八年重作

第八编

中国俄苏文学研究文献选（下）

　　鲁迅热烈地接触着近代民主革命的世界文学，尤其是俄罗斯和东欧被压迫民族的文学，是完全从他所觉醒了的中国民主革命的历史要求所促起的。而这个接触，就开始决定着他支配了他终生的文学倾向。他在青年时期对于世界民主革命的进步思想和文学的研究与修养的情况，也使我们能够最显明地解释为什么他在最早的时候就表现出了他的思想上的超绝。从思想上说，鲁迅是中国最早的一个彻底的资产阶级民主革命者；远在他青年时期，他已经具有我们在"五四"时期才能抱有的那种思想和见解：这种思想和见解；在他青年时的那个时代，对中国而说，是远远跑到时代的前头去的，他的见解比当时的任何一个革命领袖或思想界权威都来得彻底和深远。这是常常使我们惊奇的，但我们如果明白青年的鲁迅研究世界民主革命的进步思想和文学的那种狂热情形，的确是鲁迅所独有而为当时别人所不及的，那么我们当可以理解鲁迅所以特出也并非没有原因，同时关于鲁迅天才的成长上也就不难找到一个解释的关键了。由于这种研究和修养，先就使这个民族革命的志士得到了一种保证，不让自己成为一个狭隘的爱国主义者，更没有成为头痛医头脚痛医脚的、又近视又迂阔的那样的救国思想家。他使自己高出在当时中国思想界的水平之上，成为一个有超越的远见的人，虽然他的赞成者只有他周围极少数的几个朋友。由于他深知民主革命的世界文学，使他对于民族革命文学的要求，就不能停止在像当时是极可尊敬的邹容的"革命军马前卒"似的那样思想的水平上。同时，他对于他终生都敬爱着的老师——章太炎，也是学习了老师的不屈不挠的革命意志，大无畏精神，和治学的严格态度等等，并且终生保持着和发扬着这种优良的影响，而很快就抛弃了老师的狭隘的民族主义。其次，鲁迅跟资产阶级的改良主义和其他

_____

① 原载《人民文学》创刊号（1949）。

一切庸俗思想，也都离得很远，只让自己成为一个彻底的资产阶级民主革命的思想者，这和他一开头就接触着像进化论那样的战斗的思想及他所选择的那种最优秀的民主革命文学这一件事，一样有着最关重要的关系。

同时，我们也就可以明白鲁迅所以首先以革命文学运动的倡导者、组织者，以及论述家和翻译的工作，开始他的文学事业的理由；而俄罗斯和东欧被压迫民族的文学也就最先被他所介绍了。这介绍开始于一九〇七年。

这是一个简略的追溯。这说明着鲁迅和现代中国文学自己所形成的性格的一方面。

这里，我们先说前期罢。鲁迅的现实主义，我们自然要说，是最有中国特色的，独立的现实主义。鲁迅独创的全部作品，假如我们除了现代中国文学的形式和方法完全来自欧洲，而精神是完全现代的这一层不必说，那么我们简直找不出它受外国文学影响的具体迹象。在鲁迅那里，像外国作家常有的，即把别国作家的主题或思想拿来改作演绎的那种情形，是完全没有的。他也在任何一篇作品里都没有所谓异国情调之类。他的内容全部都是中国人民生活和问题；他的思想和感情全部都是中国人在中国的现实生活和革命斗争里所发生的思想和感情。他也没有在表现的手法上亦步亦趋地跟随外国某一个作家。然而从总的精神上说，鲁迅在中国民族生活和人民革命斗争的现实基地上所开辟和建立的、独立的现实主义，却又是最接近着俄罗斯文学的现实主义的。我们可以看看他的现实主义——这里不论它的全般性质——的几种显著的特色。

例如在鲁迅的现实主义里面，深沉浓厚的爱国主义的特色，是激励着每一个读者的心胸的。产生这种文学特色的最基本的条件，我们当然先想到中国的革命和鲁迅的爱国思想、以及人民被压迫的实际状况；其中又有着中国过去那些最特出的诗人和文人的优良传统的因素和气质，同时充满地沾染着他同时代的革命志士和人民的血，在在都反映着革命事件的影子和余痛的。我们，假如我不妨多说一句话，还甚至能够在他爱国主义的文学特色上，关于中国人传统的优良气质这一点上，看见鲁迅又特别反映了他故乡——浙东人气质上某种优秀的传统，即由大诗人陆游，明末浙东诸文人，清末和民初的浙东诸革命先进和烈士所表现着的那种爱国的富有特征的气质的。因为浙东在古代是越国的领土，曾经以卧薪尝胆，立誓报仇雪耻而复国的越王勾践出名的；同时在宋代和明末所谓汉族亡国的时候，浙东也是人民曾经有过顽强的斗争而留下了铭入人心的光荣血迹的那类地方之一；这种带着具体血迹和地方传统色彩的爱国主义的

中国俄苏文学研究史论
История исследования русской и
советской литературы в Китае

精神,就在浙东文人中有节气分子的作品里表现出来,在浙东的民间文学里也有着流露。然而我们已经说过,鲁迅的爱国思想是受过世界民主革命的进步思想洗礼的,他的文学上的爱国主义的特色也是受着民主思想的世界文学的启发和洗礼的。因此,我们也已经说过,其中有拜伦和海涅的影响,而尤其有着彼得斐、波兰和东欧其他诸国文学的影响。同时,和鲁迅的文学的别的几种特色相联系着,俄罗斯文学的影响使他的爱国主义显出了社会性的广阔和深刻的特色。

鲁迅的爱国主义的特色,和他文学上的抒情诗的特征分不开。鲁迅的抒情诗的气质之厚和天分之高,自然是毋庸置疑的,从他青年时和后来偶作的旧体诗的诗句看来,他还和远古的屈原及魏晋诸大诗人——伟大的屈原和以后的这些大诗人,在中国,是经由他们的爱国的情绪及对政治的忧愤,某种程度地反映着人民的痛苦和愿望的——有着深刻的渊源;但是,我们已经几次列举过名字的、他青年时代所狂热地喜爱的,那些世界的革命诗人和爱国诗人,却更加启示和发展着他的抒情诗的情思和天分。在他青年期,我们已经知道,鲁迅接触了这些世界的伟大的抒情诗人——拜伦、雪莱、海涅、普希金、密克威支和彼得斐等以后,他的诗人的天分这才开始赋有着近代世界思想的性质。因此,从发展上说,鲁迅的抒情诗的天分是和他的爱国思想以俱来,以爱国的情思而更显露的。据现在可考的他的第一首的非常深隽的抒情小诗,就是一首献身的爱国诗。但这固然是因为民族革命的思想和情绪支配着他的缘故,同时他的抒情诗的气质和爱国主义也都受着他的广阔的革命思想所指导了。所以他那种爱国主义的抒情诗的气质,虽然跟着中国过去的那些爱国的、不满暴虐或昏庸政治的忧愤的大诗人,有着不可否认的相通的地方,可是我们更看见他和那些大诗人之间的本质上的不同,也正用不着说的了。这样,鲁迅的爱国主义,是民主主义的,是附着在民主革命的思想本质上的;它表现成为文学上的特色,以至它表现在鲁迅本人的性格上的时候,成为一种只有近代和现代的人民的爱国诗人才有的、沁人心肺地可爱的、壮丽而挺拔的特色和秀气。这种特色,和鲁迅性格上的别的特征,凝结在一起,无论在他前期和晚年,也无论在他的诗和批判的思想性的散文上,或在反对帝国主义和反对反动统治的实际战斗的姿态上,都充沛地表现着的。

这是鲁迅自己的,非常地"鲁迅式"的特色,而同时作为世界文学的特色来看,又无论如何都要使我们想起他青年时代那么喜爱的诗人来,想起匈牙利诗人、波兰诗人以及普希金等来。但鲁迅是更为重视散文文学，自己也在散文上发展的；同时，爱国主义在东欧被压迫民族和俄罗斯的散文作品里，又表现得更为深厚和广阔。我觉得鲁迅接触着俄罗斯及东欧被压迫民族的散文文学，那影响所及，也就是从浪漫主义转注到现实主义，从热情的喷发转向到社会的深视；他的抒情的爱国主义的思想，不能不融化到对于社会的黑暗深渊的探测和对于压在人民身上的重重叠叠的繁复关系的解剖里了。这样，我们看见，鲁迅的爱国主义的特色，不但表现在抒情诗的特征上，尤其表现在现实主义的视察的广阔和深沉上。这是鲁迅和普希金、密克威支及彼得斐等人影响相比，却更加受着果戈理、柯罗连珂和显克维支等人的影响的所在。因此，鲁迅的爱国思想的深根不能不栽植在爱人民的思想上面，尤其不能不把它融合到社会革命思想里面去而显出它的实质和深刻。他的抒情诗的特征，也还是作为枝叶，生长在这种社会的、人民的思想深度的身体上，才显得它茂秀可爱的。这在鲁迅那里是显然的。

于是鲁迅的现实主义的另一个特色，和俄罗斯文学在精神上非常相通的，就是他的深厚的人民爱。

这在鲁迅，是因为它从始到终都把祖国的运命负在自己的肩上，他自觉和人民是同运命的缘故。他和人民同是处在被压迫之下，和人民共同在挣扎，在找出路；因此，他和人民的关系不但是平等的，以及痛痒相关的，而且相互织在同一的在患难和痛苦里挣扎的网里的。这种同运命的感情，在鲁迅，首先是发生在他和农民及青年之间。例如他对阿 Q 的爱，是为着阿 Q 的运命而加深的。他对闰土的深切的关怀和沉重的悲哀，并非只因为幼年的友谊，而是因为压迫和剥削的铁链牢牢地箍在闰土的颈上，这是鲁迅用任何的藉口也不能使自己轻松的现实。鲁迅和青年的关系，完全是一种彼此的血泪相交流在一起的关系。关于鲁迅对青年的爱，事实太明白了，我们不说大家也都记到的。

至于从本质上说，人民爱又是支配着鲁迅的全部作品，渗透在他的每一字之间的。这是因为鲁迅是一个人民的作家，无论从人民的现实生活和革命斗争出发，或从他最初接受俄罗斯文学的影响而来，他的现实主义都要建筑在探索人民力量这一条路线上面的。鲁迅探索着人民的力量，发现了人民的力量，所以他对人民的爱，不但深厚，而且总是战斗性的。

现在我们就可以当作鲁迅现实主义的一种最大的特色，谈谈他的对人民力的探索。

中国俄苏文学研究史论
История исследования русской и
советской литературы в Китае

这其实是鲁迅的现实主义的实质或基础。可以说,他的现实主义是从他对于历史力、社会力和人民力的一种探索的、追求的努力所凝成的。鲁迅终生都可以说是在探索和追求中,要探索出究竟是一种什么的历史的根本力量在促进或阻碍历史的前进。如果从思想上说,鲁迅在前期没有能够达到马克思的科学的结论,而只拿达尔文的进化论来做他的历史观;这也就是他在前期在思想上常有自己的矛盾的原因之一。直到后期,鲁迅才达到了马克思的科学的历史观。但鲁迅从青年时起就在探索着的,是对于历史运动的人的实践力量——人民的力量。从历史的实践任务上出发,这仍旧是最正确的方向,而且也是必然如此的。鲁迅意识着民主革命的历史要求,自己负着这革命的任务,于是他探索着那足以完成这革命任务的力量。他的文学事业,从这方面看,可以说都是他的这种探索的结果。鲁迅在思想上可以说终生都是一个在找路的人;但关于全人类的历史出路问题的哲学性的思想的探索,在鲁迅那里并不占重要的地位;在他那里重要的,使他心里煎熬着不得不探索的,是关于中国民族的出路、中国民主革命寄托在什么人的身上和依靠着什么的社会力量、以及应该用怎样的战斗法——战略和战术,等等的问题。鲁迅思想的中心价值,不在于他关于一般人类问题有什么哲学性的思想上的贡献,而是在:他对于中国的历史和旧社会的空前深刻和警辟的解剖;把重重叠叠地压在人民身上的历史的、社会的、思想的黑暗反动势力加以揭发,反复又反复地向人民和青年加以警告和忠告;在他一生的思想斗争中,积蓄了那么多的战斗经验和教训,形成了他特出的——对于中国的革命者是那么重要和宝贵的——战略和战术;眼睛看住人民,发现和培养了人民的力量。他终生对历史的反动力量战斗着,把自己看作人民的一个先驱者,一个前哨的士卒或斥堠,从不把自己看成一个思想家,可是他也就终生都在探索和研究着现实社会,搜寻着道路,敌人,和人民的力量。鲁迅的思想从没有离开过这条路线,他的思想是沿着这路线,为着这任务,而形成,而时时纠正,改变和发展的。鲁迅的艺术方法和一切优点,也都是循着他作为一个民主革命的思想战士和斥堠的任务而形成和发展的。同时,中国社会和革命的客观发展上的种种矛盾性,也都沿着他的探索而在他的作品上反映出来。

……对于人民力量的探索者的鲁迅,尼采的超人哲学,虽然有过影响,但终于成为在鲁迅那里不算重要,不能生根,而不久就被鲁迅自己看轻,后来是由他自己完全清算了,尼采和鲁迅发生了一度的因缘,仅仅由于如下的原因:尼采的那种主观的和悲观主义的号叫，以及那种诡辩式的警辟的表现方式，曾经和拜伦与叔本华的厌世主义一同投合着青年鲁迅的某种孤傲的反庸俗主义情绪，主要的是当时的鲁迅很中意尼采对于资产阶级的平庸性的那种猛烈的攻击，却还没有充足的能力去发觉掩盖在那种攻击之下的尼采自己的庸俗性；同时，处在中国资产阶级革命的历史要求之下的鲁迅，又把尼采在欧洲资产阶级开始衰落而无产阶级开始抬头的威胁之下，鼓吹以资产阶级的强有力者的独裁政治来挽回资产阶级社会之危机的、反动的超人学说，和资产阶级在革命期要求从封建和宗教束缚下解脱出来的个性解放的思想，混为一谈了。但这个原因，对于中国，对于鲁迅，都太脆弱了；因为中国革命所需要的是人民的群众的力量，鲁迅所探索的也不能不是人民的群众力量，而不是什么超人。其次，即使说是资产阶级的个性解放，在中国也是落空的，因为中国没有能够完成这任务的强有力的资产阶级；所以鲁迅的个性解放的思想，在客观上，一方面是资产阶级民主革命的历史要求的反映，另一方面跟着中国民主革命的现实发展又不能不成为解放人民群众的意思，就是：解放个性的任务在客观上不能不扩大为改革社会而解放人民大众的任务，只有在完成了解放人民大众的任务中才能一并完成了个性解放的任务。鲁迅自己就这样发展过来，从最早的个性解放而达到最后的工农大众的解放的结论的；其间他不但清算了反动的尼采的意见，并且纠正了虽在历史上是革命的，然而在现在对于中国即使不变为反革命也至少是不合时宜的资产阶级的个性解放的思想。

鲁迅也受过安特莱夫的影响，还感染过他的悲观主义和所谓阴冷的色彩，——鲁迅自己曾经特别这样指出过。但我觉得这在鲁迅那里，也不是重要的，因为有时在鲁迅那里出现的失望、虚无感、悲愤和阴冷的情绪和气氛，是对于人民被压迫的过重，革命力量的受挫折和青年们的有时的消沉的反应；有时又因看见知识分子的软弱以及本身的重荷，或甚至他自己感到和革命主力的短暂之间失去相互呼应，等等而来的。这和安特莱夫的虚无主义，以及神秘主义式的悲观主义，在本质上是不同的。何况流露了鲁迅的虚无感和阴冷心境最厉害的，莫如他的散文诗集《野草》，然而一则《野草》中就同样有极健康的战斗性的作品，二则无论在思想的比重上，在作品数量的比重上，《野草》中有知识分子式的虚无和悲观气氛的作品对于鲁迅都不是居重要地位的。同时，鲁迅虽曾自己指列他受过影响的个别作家的名字，但我以为如果说到俄罗斯文学，则俄罗斯现实主义的古典作家们的综合影响是超过任何个别作家的。即使说个别作

中国俄苏文学研究史论
История исследования русской и
советской литературы в Китае

家,俄罗斯作家中给了他影响最大的又仍是果戈理;其次,柯罗连科,迦尔洵和契诃夫的影响,在我看来,在精神上也更大于安特莱夫的。

到这里,我想可以总结一句话,这种以探索人民力量为基干路线的鲁迅的现实主义,是中国的革命和现实的条件所产生的,但俄罗斯古典现实主义对他所发生的启发的作用大,也是可以想像得到的。鲁迅曾经公然以自己从事文学"志在改造社会"作为自己所以亲近俄罗斯文学的理由,而把自己归入"为人生的艺术派";这就是一种说明,鲁迅是从为人生的艺术而发展到为人民的艺术的。其实,一切真正民主的,革命的作家,为人生都不能不就是为社会,为人民的。关于鲁迅最早的创作受着俄罗斯文学的影响,他自己有过一段话。

"在这里(《新青年》杂志)发表了创作的短篇小说的,是鲁迅。从一九一八年五月起,《狂人日记》,《孔乙己》、《药》等,陆续的出现了,算是显示了'文学革命'的实绩。又因那时的认为'表现的深切和格式的特别',颇激动了一部分青年读者的心。然而这激动,却是向来怠慢了介绍欧洲大陆文学的缘故。一八三四年顷,俄国的果戈理就已经写了《狂人日记》;一八八三年顷,尼采也早借了苏鲁支的嘴,说过'你们已经走了虫豸到人的路,在你们里面还有许多份是虫豸。你们做过猴子,到了现在,人还尤其猴子,无论比那一个猴子'的。而且《药》的收束,也分明的留着安特莱夫式的阴冷。但后起的《狂人日记》意在暴露家族制度和礼教的弊害,却比果戈理的忧愤深广,也不如尼采的超人的渺茫。"

这一段鲁迅评价自己的话,我以为很重要,一方面说明了他受着俄罗斯文学的启发,另一方面说明了鲁迅朝着中国的现实道路开辟了自己的独立的大路。

最后我们说到鲁迅和苏联文学的关系,就是一面沿着中国革命的发展,及十月革命和社会主义建设对中国革命的影响,一面承接他和俄罗斯文学的关系而来的。

鲁迅从苏联文学得到的帮助,主要是在文学思想上。他很早就开始注意苏联文学,即当苏联结束着革命内战时期而转入新经济政策的时候,苏联的作品开始有外国的译本了,他就已经开始注意的;但他和苏联文学发生真正亲密和深刻的关系的,是紧接着中国一九二五——一九二七年大革命之后,他正在转变为一个共产主义者,领导着中国无产阶级的革命文学运动(即在思想上主张以无产阶级的领导来完成中国民主革命的左翼作家们的文学运动)的时候开始的。这个时候,在鲁迅是一个新的开始;和他前期的开始时一样,先着重于世界无产阶级革命文学的理论和作品的介绍与翻译,从一九二八年起到他逝世时止他所翻译的苏联文学作品和马克思主义者的文艺理论,在他后期的战斗的文学工作上居了极重要的部分。他介绍苏联的木刻、版画和绘画,也在这期间。这后期,鲁迅成为一个最坚实的共产主义者和一个新民主主义革命的最不屈不挠的战士,——毛主席后来称他为骨头最硬的共产主义的文化巨人,而肯定他的一切战斗都是为着新民主主义的实践任务的;在实际上他那时就和中国共产党取得战斗上的密切联系,在文化和政治上都为中国共产党的主张而奋斗的。因此,在这时期,马克思和恩格斯的著作,列宁和斯大林的著作,普列汉诺夫、梅林格和卢那卡尔斯基等人的文学理论,为他思想上吸收阳光和水分的主要的源泉;而苏联作家的作品和高尔基的言论则为他研究苏联革命的实际经验的对象,同时作为研究文学和阶级斗争的关系的实例;他注意的,首先是苏联文学所反映的革命和它的教训,以为这对于中国革命以及他本人都有帮助;其次,他把苏联文学看作新的美学的实绩,以为这对于中国新的革命文学的创造是可以做参考和范本的。

这样,苏联文学对鲁迅的影响,主要的是在文学思想上。因为决定鲁迅转变或发展为共产主义者的,首先是十月革命的影响,中国新民主主义革命的发展,和马列主义的思想上的影响;同时,这转变也正沿着鲁迅自己思想的发展的道路,因为他和中国革命是一起地在发展的,他自来的个人的斗争都和革命运动相呼应,他在思想上的探索也和革命的前进步伐分不开的。但苏联文学的实绩,帮助鲁迅解决了文学史上的新的问题,即史的唯物论的观点,不仅只能够用来解释文学的现象,并且也是作为改造世界的、阶级斗争的武器的文学创造的根据。这就是文学和阶级的意识形态的问题。文学不仅是客观社会的镜子,而且是社会革命的武器。本来,鲁迅在前期,一开始就把文学看作革命的武器的,但在资产阶级的革命文学上阶级的立场和观点是朦胧的,或者表面上是以超阶级的面目出现的,而从来的理论家和文学史家又是无意有意地避开了这一个真理——文学之阶级意识的反映。现在,鲁迅碰见的,不是一般的超阶级的社会革命,而是站在一定的阶级立场上的社会革命;这和文学的关系,在理论上他在马克思主义者的理论著作里找到了解释,而苏联文学的成绩给了他新的阶级文学的例证。因此,鲁迅不是独独把文学置在阶级斗争之外的那类空谈共产主义的作家;在鲁迅,实践的战斗和工作是首先需要的,而文学是他的武器;这个问题的解决,对于他是重要的。这样,鲁迅成为新的无产阶级的启蒙主义者,成为

中国俄苏文学研究史论
История исследования русской и
советской литературы в Китае

工农大众的思想的开路人之一。他的从新的阶级立场出发的批判的范围就非
常广阔,涉及新民主主义革命所必须及到的一切现实问题,社会意识和政治现
象,同时解剖了和杀伤着各阶级的各种各样的敌人。

鲁迅在文学实践上,从苏联文学得来的这种益处,还作为根据,反过去用以
分别苏联的当时所谓同路人作家和无产阶级作家。鲁迅对自己中国的读者指
出所谓同路人作家的主要的缺点是对于革命和工农大众采取近于所谓观望或
欣赏的态度:这是值得我们重提的;而特别重视像法捷耶夫和孚尔玛诺夫等无
产阶级作家的革命主题的现实和鲜明、有真实根据的大众性格的分析、战斗的
实际经验以至有价值的革命实际生活的细节之记录和描写:那意义是更值得我
们记住的。在鲁迅,认为文学的战斗,也是应该和无产者大众的利益合成一气,
而革命文学不是虚幻的空谈,却应对实际生活和革命都有教育和教训的作用。
因此,鲁迅的这种态度,不但教我们如何去接受苏联文学的影响,而且在我们如
何创造革命文学上也有教示的作用。

这样,鲁迅接受苏联文学的影响,也是以对于中国革命的需要为前提,而立
即向着中国自己的独立的文学道路发展。他后期所达到的新的现实主义,分明
有着苏联文学和高尔基的社会主义的现实主义理论的一份影响在内的;然而更
重要和更根本的成因,是中国剧烈的革命斗争和他自己在这革命中血斗着;因
此,假如我们不从马克思等人的经典著作,世界各国革命的现状,苏联社会主义
革命及其文学和文化的成长,等等的综合的影响中,去细细地分析,那我们就简
直看不出他的新的现实主义究竟和苏联文学与高尔基有些什么关系。

鲁迅在后期属于小说,诗或剧本等部门的文学创作是很少的,但我们说的
是他的特别辉煌的一种诗——他的批判的思想的散文,在艺术上也有如珍珠一
般的政论,即他自己所说的杂文。中国人民虽然也看重他的前期,而尤其看重
他的后期,这固然因为他后期特别达到的晶莹精辟的革命思想的高度,但也因
为他一同达到的艺术高度。他不但是一个工农大众的政论家和思想家,而且是
世界文学史上比较少数的伟大散文家之一。鲁迅在后期就以他的这种政论性
的艺术散文,登上了二十世纪世界革命文学的几个高峰之一;这是现代世界无
产阶级革命文化之在中国的成果。我们就把鲁迅的这一个到达,称为毛泽东的
新民主主义革命的现实主义的成绩,在精神上作为我们现实主义的典范,而鲁
迅及中国新文学和苏联文学的关系,就联系在我们的这个现实主义的到达上。

于是,总结起来说,鲁迅和俄罗斯及苏联文学的关系,联系着中国革命和苏

联革命的关系，中国新文学和俄罗斯及苏联文学的关系。而鲁迅是从革命的需要，主动地去吸收俄罗斯和苏联文学的重要的滋养和力量，接受它的帮助的人；他给我们留下一种关于怎样做才能有益地接受世界文学影响的模范的态度。

一九四九年四月二十一日上海

巴　金：
《燃烧的心——我从高尔基的短篇小说中所得到的》①

　　高尔基的作品在中国有上千上万的读者，可是对他的作品，每个读者都有自己的看法，感受不一定相同。然而谁也躲不开他那颗"燃烧的心"的逼人的光芒。我翻译他的早期作品的时候，刚开始写短篇小说，我那个时期的创作里就有他的影响。所以二十年前得到他逝世的消息，我除了悲痛外，还有一种失望的感觉：作为读者，作为"初学写作者"，我有许多话要对他说。可是我永远失掉跟他见面的机会了。

　　我特别喜欢高尔基的短篇小说，不管在他早年的或后期的作品中，我都清清楚楚地感觉到作者的心跟读者的心贴得非常近，作者怀着真诚的善意在跟读者讲话。读者会喜欢他，把他当作一个真诚的朋友，因为他的作品帮助读者了解生活，了解人，它们还鼓舞读者热爱生活，热爱人。在他的每一篇作品里，读者感染到作者的十分鲜明的爱憎。

　　我自己确实有这样的感觉：高尔基的每一篇作品里都贯串着作者的人格。他写了不少用第一人称叙述故事的这种体裁的小说。小说中的"我"并不一定是他自己。可是我每读完他的一篇作品，我就好像看见作者本人站在我的面前。他的人物喜欢发议论，可是他本人并不说教。他让你感染到他的强烈的爱和恨，他让你看见血淋淋的现实生活，最后他用他人格的力量逼着你思考，逼着你正视现实。他就像他的《草原故事》中的英雄丹柯一样，高举着自己"燃烧的心"领导人们前进。

　　在作家中间有着各种不同的人，有些人写出好文章，却不让读者看见自己；有些人装腔作势地在撒谎；有些人花言巧语地把读者引入陷阱。但是有更多的人，严肃地在创作的道路上追求真理。至于高尔基呢，他带着不可制服的锐气

---

① 原载《文艺报》1956 年第 6 期。

与力量走进文学界，把俄罗斯大草原的健康气息带给世界各国的读者。在列夫·托尔斯泰以后再没有一个俄国作家像高尔基那样地激动全世界的良心，也没有一个苏联作家像高尔基那样地得到全世界一致的尊敬。连他的"流浪汉"和"讨饭的"也抓住了资产阶级批评家的心，不管你喜欢不喜欢，你不能够掉过背朝着作者，因为他正在凝神地望着你，他的"燃烧的心"一直在发射正义的光芒。

高尔基的生活面很广，他徒步走遍了半个俄国，他干过各种各样当时一般人认为卑下的职业，他亲身经历过当时贫苦人们所身受的痛苦和压迫。他深深了解人们的痛苦，而且看出了这些痛苦的根源。他作为被压迫阶级的代言人，昂然地走进文坛，他受过多少次黑暗势力的迫害，可是他控诉和抗议的声音越来越响亮，越来越有力。他不仅把他一生的精力贡献给人类解放的事业，他甚至把他文学方面的收入也用来帮助革命运动的发展。在他从事文学事业的几十年中间，他一直是一个万人景仰的巨大的存在。他的每一篇作品在反对旧制度的斗争中都起了战斗的作用，在培养新人的成长中都起了教育的作用。

一定有人不赞成我的看法。他也许在高尔基的一些早期作品中没有找到正面人物或者学习榜样，就低估那些作品的教育意义。我随便举一个例子，他可能认为《草原上》里的"兵"或《阿尔希普爷爷和连卡》里的祖父和孙儿不是正面人物，不能吸引读者，也值不得人同情。我不知道别人怎样，我自己翻译这两个短篇的时候，我很难抑制我心里的激动。我关心连卡和他爷爷的命运，我喜欢那个在草原上流浪的"兵"。小说中的人物一直在我的脑子里活动，我不能够摆脱他们。我闭上眼睛就看见流浪汉满身有劲地在草原上大步前进，讨饭的爷爷慈爱地摸抚孙儿的头。平凡人的命运竟然有如此震撼人心的力量！高尔基的艺术技巧是和他的人格的力量分不开的。作者在他的每一篇作品里都高高地举起他那颗"燃烧的心"。我们大家都了解这样的说法：做一个好作家也必须做一个好人；做一个伟大的作家也必须做一个伟大的人。伟大的作家高尔基大声疾呼地在控诉：旧社会的罪恶逼着阿尔希普和他的孙儿走向死亡！在这里，作者的爱憎是多么地鲜明！的确，我越读高尔基的小说，就越觉得人和生活都值得我们热爱，也越觉得自己应当献出一切力量来改变生活，使生活变得可爱，使人们不再受苦。高尔基即使把受苦的图画展开给我们看，我们也看得见那一根贯串整个画面的爱的红线。人们在受苦中相爱，相互同情，人们在受苦中保持着生活的勇气，人们在受苦中互相帮助，支持共同前进。哪怕作者在《草原

中国俄苏文学研究史论
История исследования русской и
советской литературы в Китае

上》的最后写上一句"我们大家都一样地是——禽兽",然而说这句话的"兵"就是一个"善良的……家伙",而且充满着对人们的同情。谁读了《因为烦闷无聊》,不同情麻子厨娘阿利娜呢？谁不愿意让她活下去,让她得到幸福呢？

不会有人讨厌小说或剧本中常有的一句话:"活着是多么地好",或者"多么美",或者"多么幸福"。可是这所谓"好",所谓"美",所谓"幸福",决不是指"享受"美好的生活,而是指"有机会发挥和贡献自己力量创造或帮忙创造美好的生活"。高尔基的短篇小说带给读者的正是这样一种感情。不必提爱自由胜过一切的茨冈左巴尔,为同胞挖出自己的心的勇士丹柯,到死也要飞上天空的苍鹰,就是那个在秋夜里给人赶出来的娜达霞,给自己写情书的杰瑞莎,为父母牺牲、自己跑到马蹄下去的小孩科留沙……也用他们那种任何黑暗势力所摧毁不了的爱的力量增加我们生活的勇气,鼓舞我们勇敢地投入生活的斗争。

我的这些解释也许是多余的。高尔基的作品里并没有一点晦涩的东西。别的读者的收获不一定就跟我的收获不同吧。其实谈到高尔基的短篇,甚至谈到高尔基的一切作品,我觉得用一句话就够了。这是他自己的话。这是他在小说《读者》中对一个陌生读者的回答:"一般人都承认文学的目的是要使人变得更好"。

的确,在任何时候读高尔基的任何作品都会使人变得更好。每一个高尔基的读者在他的作品中都会看到他那颗"燃烧的心",而且从那颗心得到温暖,得到勇气,——生活的勇气和改善生活的勇气。

《论车尔尼雪夫斯基对黑格尔
艺术哲学的批判》（节录）①

　　车尔尼雪夫斯基的批判是从美的定义开始的。他认为黑格尔的定义是完全从黑格尔的哲学体系中引申出来的。

　　车尔尼雪夫斯基根本不同意黑格尔的"美是理念"的看法，他认为这种看法即使与黑格尔的整个体系分开，也是经不起批判的。

　　他把黑格尔的美的定义表述如下："美是在有限的表现形式下的理念；美是个别的感性对象，它是纯粹的理念表现；所以在理念中没有留下任何东西没有感性地表现在这一个别的对象之中，而在个别的感性对象中也没有任何东西不是纯粹的理念表现。在这方面，个别的对象被称为形象（das Bild）。因此，美是理念与形象的完全适应和完全同一"②。接着，他就具体地展开了批评。

　　车尔尼雪夫斯基认为，"完全表现某一事物本身的理念的事物，就是美的"这一说法，如果译成简单的语言便是："出类拔萃的东西，就是美的；在这一类中不能想像有比它更好的那种东西，就是美的"。一切美的事物都是出类拔萃的事物，这固然是对的，但却并不是一切出类拔萃的事物都是美的。为什么呢？因为并不是所有的一切种类的事物都是美的，例如出类拔萃的田鼠并不见得美，大部份两栖动物、许多种鱼类、甚至鸟类也都是不美的。因此，黑格尔的美的定义仅仅说明了在可以具有美的那些种类的事物和现象中，出类拔萃的事物和现象是美的，但却完全没有解释为什么某些种类的事物和现象可以是美的，而另一些种类的事物和现象则一点也不美。同时，这个定义也抹煞了同一种类的对象和现象的美的多样性，譬如人体美就是异常多样化的，我们不能想像一个人兼有人体美的一切特色。

----

① 原载《哲学研究》1958 年第 1 期。
② 《车尔尼雪夫斯基美学与文学批评论文选集》，第 4 页。

由此可见,车尔尼雪夫斯基的观点与黑格尔的观点是根本对立的。在车尔尼雪夫斯基看来,美不是理念,美是客观的,它属于现实自身;事物和现象之所以美,只是因为它们自身就是美的。

黑格尔则恰好相反,他说:"可以把美的定义定为理念的感性的映现(Das sinnliche Scheinen der Idee)。因为感性状态和客观世界一般在美的方面没有真正的自己存在,而只能抛弃掉它们的存在的直接性"①。换句话说,美不属于客观世界本身,相反地,客观世界倒只是理念借以表现其自身为美的一种感性的手段。

这是哲学中的两条基本路线——唯物主义路线与唯心主义路线——的斗争。

车尔尼雪夫斯基也不同意"美是理念与形象的统一"的说法。他认为这个说法只是道出了艺术作品的本质特征,而不是一般的美的理念的本质特征,因为"漂亮地画出一张人脸"与"画出一张漂亮的人脸"是两件截然不同的事。而且,在这个说法中,还包含着艺术美高于自然美的主张的萌芽。

但值得注意的是,车尔尼雪夫斯基并没有全盘否定黑格尔的定义的价值,他也指出了(虽然是不充分地)黑格尔定义中的正确的方面,那就是:"'美'是个别的,活生生的对象,而不是抽象的思想;并且对真正的艺术作品的本质也有另一个正确的暗示:它们永远有着某种普遍地使人感到兴趣、而不是使艺术家一人感到兴趣的东西,作为自己的内容"②。很明显,车尔尼雪夫斯基是从自己的哲学角度来接受黑格尔的这些思想的。这真是"各取所需"!

为了理解车尔尼雪夫斯基的批判的实质,也许需要来看一下车尔尼雪夫斯基自己提出的美的定义。

这个著名的定义就是:"美是生活"③,具体地说:"某件事物,只要我们在其中看到按照我们的概念应当如此的生活,那它就是美的,某个对象,只要它在自身中显示出生活或使我们想起生活,那它也就是美的"④。

车尔尼雪夫斯基是怎样得出这个定义的呢? 他说,美在我们心中所唤起的

---

① 黑格尔:《艺术哲学》,Osmaston 英译本,第 1 卷。第 154 页。
②《车尔尼雪夫斯基美学与文学批评论文选集》,第 5 页。
③ 费尔巴哈说:"真理并不存在于思维之中,并不存在于自为的认识之内。真理只是人的生活和本质的总体。"这和车尔尼雪夫斯基的定义之间的联系,难道还不明显么?
④《车尔尼雪夫斯基美学与文学批评论文选集》,第 6 页。

感觉是一种明朗的喜悦。我们无私地爱着美,欣赏着美。由此可见,在美之中有着某种对我们的心说来是可亲的和珍贵的东西,这种东西应当是最多样化的、最一般的,因为对我们说来,有许多极其多样化的、彼此毫不相似的东西都是美的。而在人所爱好的东西中最一般的东西,人在世界上最爱好的东西,则是生活,并且首先是他所希望的、他所爱好的那种生活。

在这里就揭示出车尔尼雪夫斯基与黑格尔的另一个重大的分歧或对立。在黑格尔看来,"单靠知性(der Verstand)是不可能去把握美的意义的……知性根源于有限的、不完全的和不真的抽象。相反地,美的本身却根本就是无限的和自由的"①,换句话说,只有靠理性才能把握美的意义。而在车尔尼雪夫斯基看来,则把握美的意义并不一定需要理性,单靠感性就已足以担负起这一任务。人们爱生活、爱美,是出于"正常的人性",只具有感性的特征。

车尔尼雪夫斯基的定义与费尔巴哈的人本主义哲学有着明显的内在联系,"新哲学建立在爱的真理上,感觉的真理上。在爱中,在一般感觉中——人人都承认新哲学的真理。新哲学的基础,本身就不是别的东西,只是提高了的感觉实体……在心中承认的东西。新哲学是转变为理智的心情。心情不要任何抽象的、任何形而上学的、任何神学的对象和实体,它要实在的、感性的对象和实体"②。这些话不是为车尔尼雪夫斯基的定义作注释么? 如果我们不知道这些话是出于一个德国人之口,也许当真会误以为是这位俄国美学家说的呢。

现在大家都知道,车尔尼雪夫斯基的定义在摧毁黑格尔美学体系上起了怎样伟大的作用。但是,除了在基本上肯定这个定义的意义外,也应当指出在这个定义中包含着作者本人所无法解决的矛盾,这是许多研究者所忽略的。

在车尔尼雪夫斯基看来,一方面,现实中的美是客观的,它自身就是美的;但在另一方面,则只有符合我们关于"美好生活"的概念、只有我们在其中看到"按照我们的概念应当如此的生活"的东西,才是美的;换句话说,一个对象之所以美又不是由于它自身。照普列汉诺夫的说法,车尔尼雪夫斯基不能解决这个矛盾,是因为他缺乏辩证的观点,所以不能找出客体与主体之间的真正联系,不能用物的进程去解释思想的进程。这无疑是正确的。而另一种意见认为车尔尼雪夫斯基已把美当作是主客观的统一,从而在这一点上超出于黑格尔之上③,

---

① 黑格尔:《艺术哲学》第 1 卷,第 154 页。
② 费尔巴哈:《未来哲学原理》,第 59 页。
③ 如叶夫格拉弗夫就有这样的意见。

则是没有足够根据的。

车尔尼雪夫斯基的定义中的另一个矛盾是他不能科学地解释"生活的概念"。他认为经济地位不同的各个社会阶级具有不同的"生活概念",从而也具有不同的美的概念,例如普通的庄稼汉认为美的农村美女就与上层社会认为美的贵族小姐极不相同。这个思想是重要的,是他的重大贡献。但我们用什么标准去衡量这些不同的概念呢? 在他看来,却应当到人的天性中去寻找这个标准①,但人的天性难道是一成不变的么? 难道它本身不是随着社会的发展而不断地变化么? 车尔尼雪夫斯基在这里碰了壁。这是他的整个哲学体系的局限性使然,我们当然不能为此而深责古人。

马克思说:"艺术对象……创造着有艺术情感和审美能力的群众。因此,生产不仅为主体生产着对象,并且也为对象生产着主体"②。车尔尼雪夫斯基所缺乏的正是这种关于主、客体相互影响和渗透的辩证的历史发展观点。

车尔尼雪夫斯基既然反对黑格尔的美的定义,当然也就在与美的定义直接有关的问题上作出了与黑格尔截然不同的结论。我们且举出他关于"崇高"(das Erhabene)的说法作为一个例子。

在黑格尔看来,美是理念与形象的纯粹统一;但在理念与形象之间并不总是保持均衡,有时理念取得了对形象的优势,把我们带入绝对理念的领域、无限的领域,这就称为"崇高";而有时形象压倒理念、歪曲理念,则称之为"滑稽"(das Komische)。

车尔尼雪夫斯基坚决反对这种认为"崇高"是美的一种变形的说法,他认为"崇高"与美是两件毫不相同的东西。它们之间既没有内在联系,也没有内在的对立。理念对形式的优势,并不产生"崇高"的概念,而是产生模糊的、不确定的概念和丑陋的概念(das Hässliche)。"崇高"的秘密不在于理念对现象的优势,而在于现象本身的性质。"崇高"是对象的本身,而不是这对象所引起的任何思想。"崇高"也不是无限的理念的表现,甚至有时崇高的东西还是与无限的理念相对立的。对人来说,那比人们用来比较的对象更大得多的对象、那比人们用

---

① 顺便在这里指出,车尔尼雪夫斯基不仅在美学思想上,而且也在其他方面暴露了人本主义思想原则,例如,他说:"人类生活的物质的和道德的条件,支配着社会生活方式的经济规律,都要从这个目的来研究:明确它们适应人类本性要求的程度"(《俄国文学果戈理时期概观》,第333页)。可以说,人本主义是他始终没有逾越的一条界限。

② 马克思:《政治经济学批判》,人民出版社,第155页。

来比较的现象更强有力得多的现象就是崇高的。我们说蒙勃朗山和卡兹别克山是崇高的、伟大的，因为它们比我们所常见的小丘要远为巨大。

在这里，车尔尼雪夫斯基的长处与短处是和他在论美的定义时完全一样的。他正确地批评了"崇高"是无限的理念的表现这一说法，而唯物主义地把它看作是客观的、属于事物本身的；但他并没有真正地解决这个问题，因为他所用的方法不是辩证的。因此就暴露了一个矛盾：一方面，蒙勃朗山和卡兹别克山之所以崇高是由于它们自身；而另一方面，它们之所以崇高是由于它们比我们所常见的山丘远为巨大，即是说它们的崇高是依赖于它们对我们所产生的印象的。

……

车尔尼雪夫斯基对黑格尔悲剧论的批判也使我们感到很大的兴趣。

在黑格尔看来，悲剧的本质是不同的伦理观念之间的冲突。旧的伦理观念已临末日，于是代表着新的伦理观念的人物就起来破坏这些旧观念；但由于他们代表新的伦理观念的片面性和局限性，因此他们就要为了破坏旧观念而受到惩罚，遭到毁灭。勇敢地起来反对和破坏旧观念的伟大人物的悲剧结局是必然的、不可避免的，因为使他们毁灭的原因就在于他们本身的片面性，这种片面性使他们在一方面是正义的，而在另一方面则是不正义的。他们自己就必须对这种不正义负责。在理性法庭上没有不公正的裁决，在绝对世界里没有不正义。悲剧正是全面性对片面性的胜利，永恒的公正的胜利；而新的伦理观念则就是这样地借助于悲剧人物的苦难和牺牲而实现的。

我们可以看出，黑格尔的这种思想是与他的历史观点有着密切联系的，也是合乎他的整个哲学体系的逻辑的。

这种思想自然是革命民主主义者车尔尼雪夫斯基所无法容忍的。他以文才横溢的文笔指责道："难道苔丝德蒙娜在实际上是使自己毁灭的原因吗？任何人都能看到，是雅果的一些卑鄙的诡计毁灭了她。难道罗密欧和朱里叶本人是使自己毁灭的原因吗？当然，如果我们一定要把每一个遭到毁灭的人都看作罪人的话，那么我们就能责备一切人；苔丝德蒙娜是有罪过的，因为她衷心地天真烂漫，因而未能预见到诽谤；罗密欧和朱里叶也是有罪过的，因为他们彼此相爱。把每一个遭到毁灭的人都看作罪人的思想，是勉强造作的和残酷的思想。"①世界不是法庭的场所,而是生活的场所。人们要想使一切罪行都在世界上受到惩罚的思想是可笑的。"在现今,任何人都很好地懂得:在伟大人物的苦难和毁灭之中没有任何必然的东西;不是任何遭到毁灭的人都是为了自己的罪行而毁灭的,不是一切的罪人都遭到毁灭;也不是一切的罪行都遭到社会舆论法庭的惩罚等等。"②因此,在车尔尼雪夫斯基看来,第一,悲剧中没有任何必然性,仅仅偶然性就足够构成悲剧;第二,悲剧人物自身不是他们的悲剧性毁灭的原因;第三,悲剧的结果全然不是绝对公正的胜利;第四,伟大人物的命运是否是悲剧的应取决于各种情况。

的确,车尔尼雪夫斯基责备黑格尔把悲剧看作理性的胜利是完全正确的。车尔尼雪夫斯基本人所处的环境——沙皇统治的现实——使他看到千百万人的悲剧,把这些悲剧人物的毁灭归咎于他们自己的确是一种非常"残酷的思想"。他决不能相信这些人的毁灭是理性法庭的公正判决。他认为这些人只要处于另外的环境原本可以不遭到毁灭的命运。把他们的毁灭看作必然性就是与命运论观念联系在一起。

黑格尔的理论在悲剧问题上暴露了严重的与现实妥协的思想。"现实的就是合理的"这一命题在坏的意义上就必然要得出这样的结论。黑格尔的悲剧论是虚假的乐观主义,它使人相信事实上不存在的理性胜利,而粉饰了丑恶的现实。

车尔尼雪夫斯基的乐观主义不是这样的。它不使人消极地在必然性的面前俯首听命,在受苦受难之后还要赞美绝对公正的胜利。它剥去了黑格尔悲剧论的神秘的外衣,指明悲剧原来是人间的事。

但可惜的是,车尔尼雪夫斯基在批判黑格尔的悲剧论时又抛弃了这位德国哲学家的天才的辩证发展思想。普列汉诺夫关于这一点指出:"把苏格拉底的命运看作是雅典社会内部发展史中的一个戏剧性插曲的黑格尔,比车尔尼雪夫斯基更深刻地理解了悲剧。对车尔尼雪夫斯基来说,这种命运只单纯是一个可怕的偶然事件。"③的确如此,车尔尼雪夫斯基本人提出的悲剧定义:"悲剧就是人的生活中的可怕的事"是完全不能令人满意的,它过于一般化和不具体,它既不能解释悲剧的实质,也没有揭示出历史现实中的矛盾冲突的全部深度。这暴

---

① 《车尔尼雪夫斯基美学与文学批评论文选集》,第16页。
② 《车尔尼雪夫斯基美学与文学批评论文选集》,第17页。
③ 普列汉诺夫:《艺术与文学论文集》,第439页。

露了车尔尼雪夫斯基的乐观主义的一个根本性缺陷,正如列宁在《我们究竟拒绝什么遗产?》中所指出的那样,启蒙运动者相信当前的社会发展,因为没有注意到它所固有的矛盾。

从辩证唯物主义的观点看来,黑格尔关于悲剧中的必然性的思想是深刻的,但他关于这种必然性的解释却是完全错误的。在他看来,悲剧中的必然性首先是由于悲剧人物的片面性;但第一,人的悲剧性结局并不永远是由于他的片面性,这一点车尔尼雪夫斯基已经作了详细的批判,第二,这种片面性本身就需要解释,而黑格尔本人由于他的唯心主义体系的重负,是不可能作出任何令人满意的解释来的。

我们要到社会环境里去寻找对悲剧中的必然性的解释,换句话说,就是要把黑格尔的悲剧论放在一个社会的基础之上。车尔尼雪夫斯基曾经暗示过这个社会环境,但因为他不理解黑格尔的悲剧必然性思想,所以他根本不能作进一步的发挥和论证。

安娜·卡列尼娜的悲剧是必然的。如果她一直是一位高级官僚家里的"贤妻良母",而在一个风光明媚的春天偶然地被火车撞死,那这虽然也的确可以算得上一件"人的生活中的可怕的事",却决不可以构成艺术意义上的一幕悲剧。安娜的命运说明,她的毁灭之所以是一幕悲剧,正因为她的毁灭不是偶然的。她在她所处的环境下不得不毁灭,这就是悲剧之所在。关于安娜的毁灭的必然性这一点,托翁是有深刻的理解的。

当然,对一定要把偶然性加在一切事物头上的人来说,那无限多样化的现实确实是可以满足他们的癖好的。安娜的这种死法不是绝对偶然的吗? 要知道她还有其他无数种死法咧,她可以跳进涅瓦河,可以借用她的情夫的那柄用过不止一次的手枪,还可以吞服安眠药,来沙尔,D. D. T.……喔! 够了!!

把偶然性与必然性绝对地对立起来的观点,决不是辩证的观点。对悲剧中的偶然性与必然性的解释,如果抛弃了辩证法,那就只有走入绝路。

车尔尼雪夫斯基问,难道古斯泰夫——阿道尔夫的战死不是偶然的吗? 为什么不能说悲剧是偶然的呢? 我们回答说;古斯泰夫——阿道尔夫的毁灭是偶然的,正像《西线无战事》中的那个德国小兵的毁灭是偶然的一样。在战争中每一个人的毁灭都是偶然的,如果是必然的,那么就没有一个人能在战争中残存。战争的悲剧实质难道是在于某一个人的毁灭吗? 在战争中必然要有人死亡,有人残废,有人失去丈夫、儿子,这才是这种悲剧之所以发生的真正秘密! 在偶然性的背后有着铁的必然性,难道不是这样的么?

但当然,我们关于悲剧中的必然性的观点是与黑格尔的观点完全对立的。我们不同意车尔尼雪夫斯基,但也在同样的程度上反对黑格尔。

黑格尔到悲剧人物的主观性格中去寻找悲剧的原因,因此他至多只是探究了心理上的必然性,而他的结论是荒谬的;"凡人莫不自作自受","假如一个人承认他所遭遇的横逆,只是由他自身演变出来的结果,他自己只是担负他自己的罪责,那么他便挺身为一自由的人,他并会相信,凡他所遭遇的一切,并没有冤枉"①。的确,要劝一个挨了耳光的人不仅不咒骂揍他的人,反而还要承认活该,这不是容易办到的事,除非求助于一种力量,那就是宗教。我们可以看到,黑格尔也正是这样做的。

我们决不否认悲剧的主观原因和心理上的必然性,但我们把它们的本身原因归诸客观环境,它们不是在客观环境中没有根源的。我们也决不否认它们的重要地位,但我们认为用它们不足以解释一切。

在悲剧的环境里,那些起来与环境斗争而又具有"片面性"的人物,固然常常遭到毁灭,但那些不与环境斗争,逆来顺受的人物,那些似乎并不具有"片面性"的人物,亦未尝不遭到毁灭! 什么是瑞珏的悲剧命运的原因呢? 难道应当到她的主观性格的"片面性"中去寻找吗?

我们还可以举出千百个例子来证明黑格尔悲剧论在这里的破产。

也许,在莎士此亚的悲剧中,《奥赛罗》最可以被用来为黑格尔辩护了吧? 在这部不朽的悲剧中,苔丝德蒙娜的毁灭固然对黑格尔的理论并不光彩,但有人说,似乎奥赛罗本人的悲剧是可以证实黑格尔理论的。

毫无疑问,奥赛罗的心理条件或性格中的缺陷和"片面性"确实对他的悲剧性结局具有决定性意义;在一定程度上,我们甚至可以说在他的主观性格中已潜伏着悲剧的可能性。但如果我们细究起来,那么他的这种主观性格(连同"片面性")也只是一定的社会环境的产物,例如,我们能否想像奥赛罗的悲剧会发生在实行群婚制的原始氏族中呢? 显然是无法想像的。奥赛罗性格的产生条件是以男性为中心的对偶婚姻制社会,这种社会在人类历史上延续了一个很长的时期,因此奥赛罗性格就具有极其广泛的意义,但这种主观性格决不应被误解为天生的,独立于社会条件之外的东西,它必然只能依赖于一定的社会环境;

---

① 黑格尔:《小逻辑》,第316—317页。

换句话说，它本身不是原因，而只是后果。总之，各种性格的矛盾，各种"片面性"的矛盾、主观与客观的矛盾等等，都不外乎是社会矛盾的反映：而社会性的冲突则也往往以性格冲突、"片面性"的冲突和主客观之间的冲突作为自己的表现形式。

所以，从这个观点看来，我们应当把悲剧理解为悲剧的社会环境的本质表现，悲剧本身乃是特定的社会环境的判决词。有怎样的社会，才有怎样的悲剧。

在悲剧问题上，马克思主义者也是乐观主义者；但他既不像乐观主义者那样膜拜悲剧的必然性，到宗教里去寻找廉价的"安慰"，也不像盲目的乐观主义者那样看不到矛盾的深刻性，认为偶然性支配着悲剧。马克思主义者最清楚地理解到悲剧人物在一定的社会环境下的命运的必然性，但这却决不妨碍他对他（她）们付予最真挚的、最高贵的同情，而对真正应当负有罪责的人物和环境则表示无比的愤慨，为了消灭他（它）们而进行坚决的斗争。

草婴：
《俄国多余人的典型
——〈当代英雄〉译后记》（节录）[①]

"反动势力的沉重乌云浮游在国家上空，希望的明灯熄灭了，忧郁和苦闷抑压着青年的心，黑暗势力血腥的手重又迅速地编织起奴役的网。"——高尔基对沙皇俄国的这段描写，完全适用于莱蒙托夫所生活的时代，以及他的小说《当代英雄》所反映的俄国社会。

一八二五年十二月十四日，十二月党人的血染红了彼得堡参议院广场，起义失败，尼古拉一世加紧了镇压，具有进步思想的贵族青年纷纷遭到迫害：有的被流放，有的被监禁，有的被送上断头台。普希金在诗歌中传布自由思想，咒骂沙皇的黑暗统治，打动了千万颗人的心，却激怒了沙皇政府，使这位诗人终于在受尽折磨之后死于非命。

莱蒙托夫短促的一生(1814—1841年)就是在沙皇俄国这种血腥统治下度过的。

他出生于没落的贵族家庭，受过贵族学校的教育，但十二月党人的流血事件和普希金等具有自由思想人物的不幸遭遇，却在这个早熟的青年的心田上播下叛逆的种子，培养着他对沙皇统治的强烈憎恨，酝酿着他大量讴歌自由、反抗专制的动人心魄的诗篇。普希金不幸逝世(1837年)以后，莱蒙托夫写下悲愤的诗篇《诗人之死》，表达他对这位大诗人的悼念，同时发泄他对沙皇统治不可压抑的愤懑。这篇诗很快就以手抄本形式传遍彼得堡和整个俄罗斯，莱蒙托夫也因此被捕，流放高加索。他在高加索第一次过了半年的流放生活。高加索的自然景色和生活经历，大大丰富了他的见闻，扩大了他的视野，给他提供了新鲜的创作题材，培育起他以后写作许多优秀诗篇和《当代英雄》的思想感情。莱蒙托夫回到彼得堡以后，上流社会的空虚生活和虚伪习俗，使他产生强烈的反感。

---

① 原载上海译文出版社1978年出版的《当代英雄》。

179

他在写给一位朋友的信中说："不论在什么地方，都不会像在这里一样遇见这么多卑鄙和可笑的现象。"当时莱蒙托夫热衷于文学创作，同文学界许多人士交往；可是他的生活圈子毕竟突不破彼得堡贵族的上流社会，摆脱不了他们那种懒散的生活方式。因此他寂寞，彷徨，悲哀，绝望，不断地在诗篇中发出呻吟：

> 我寂寞，我悲伤！——没有一个知心的人，
> 可以在我心灵痛苦的时刻一诉衷肠……
> 希望……老是徒然地希望有什么用？
> 而时光在消逝——全是最好的时光！
>
> 爱，爱谁呢？——短暂的爱情不值得，
> 永久相爱又不可能……
> 窥察自己的内心吗？——往事没有留下一点痕迹。
> 欢乐，痛苦，全都那么平淡。
> 热情又怎么样？——热情的甜蜜冲动，
> 早晚会在理智的语言下消失干净，
> 只要冷静地观察一下世界，——
> 人生的把戏是多么空虚和愚蠢！

莱蒙托夫同沙皇政府是作过激烈斗争的，他的诗有力地鞭挞了反动的专制统治，但他在精神上还是摆脱不了极度的空虚和苦闷。这种心情充分反映了他所生活的令人窒息的社会和具有自由思想的贵族青年的绝望心情。这是一种"时代病"。这种"时代病"在十九世纪上半世纪流行于俄国，并且通过作家、诗人的笔在一系列文学作品中反映出来，患这种"时代病"的青年就是所谓"多余人"，著名的如恰茨基、奥涅金、毕巧林、别尔托夫、罗亭①等。这类人物在不同程度上接受了西方资产阶级的自由思想，对停滞在封建农奴制的俄国社会感到不满，他们正像赫尔岑所指出的，"在这个奴性的世界和卑鄙的野心世界中感觉不

---

① 恰茨基是格里鲍耶陀夫喜剧《聪明误》（1823 年）中的主人公，奥涅金是普希金长诗《叶甫盖尼·奥涅金》（1831 年）中的主人公，毕巧林是莱蒙托夫长篇小说《当代英雄》（1839—1840 年）中的主人公，别尔托夫是赫尔岑长篇小说《谁的罪过？》（1846—1847 年）中的主人公，罗亭是屠格涅夫长篇小说《罗亭》（1856 年）中的主人公。

中国俄苏文学研究史论
История исследования русской и
советской литературы в Китае

到任何热烈的兴趣。然而他们却注定生活在这个社会里,因为人民和他们距离日远,他们和人民之间也没有任何共同之处",他们"永远不会站在政府方面",同时却也"永远不能够站到人民方面"。

《当代英雄》中所反映的"当代"就是这样的时代,它所反映的"英雄"就是这样的"多余人"。这里要指出一下,就是俄语中的"Герой"(英语中的 hero)一词同汉语中的"英雄"一词含义并不完全等同。Герой 可以作"英雄"解,但还有"中心人物"、"时髦人物"、"风流人物"等含义。莱蒙托夫的这本小说,也可以译作《当代的时髦人物》,但《当代英雄》这个译法早已通行,我国读者对此早已习惯,因此这里也仍沿用旧译,不再改动。不过,为了让读者深入理解作者的主题思想,避免不必要的误解,我觉得有必要在这里提一下。其实,这一点作者在序言里是讲得很清楚的:"'当代英雄'确实是肖像,但不是某一个人的肖像。这个肖像是由我们这整整一代人身上充分发展了的缺点构成的。"正是由"整整一代人身上充分发展了的缺点",才构成了毕巧林这样一个"英雄"。十分明显,这里的"英雄"同我们平常所理解的"英雄"是两回事。莱蒙托夫在这本书里所塑造的毕巧林,也只是一个患有严重"时代病"的贵族青年的形象,同一般所说的"英雄",毫无关系。

再来看看毕巧林这个人物吧。毕巧林生活在西方资产阶级自由思想已传播到俄国,而沙皇尼古拉又竭力想保持封建贵族统治的农奴制的时代,这个"多余人"也陷入彷徨和苦闷之中。他问自己:"我活着为了什么?我生下来有什么目的?……目的一定是有的,我一定负有崇高的使命,因为我感觉到我的灵魂里充满无限力量。可是我猜不透这使命是什么。"找不到生活的目的,又无法把过剩的精力用在有意义的事业上,再加上集"整整一代人身上发展了的缺点"于一身,像毕巧林这样的贵族青年也就必然无法避免精神上的空虚和道德上的堕落,以致玩世不恭,到处找寻刺激,无事生非,玩弄女性,像他在日记里所坦白的那样:"我迷恋于空虚而无聊的情欲;饱经情欲的磨炼,我变得像铁一样又硬又冷,可是我永远丧失了高尚志向的火焰,丧失了这种人生最美的花朵。"

的确,在那暗无天日的旧俄社会里,毕巧林不能同人民站在一起,也就不可能找到光明的出路。他那种深入膏肓的"时代病"是无可救药的。毕巧林对这种病的"自我感觉"很强烈:"我的思想骚乱不安,我的心永远不知足。什么事情都不能使我满足,我对悲伤就像对欢乐一样容易习惯,我的生活一天比一天空虚……"对毕巧林的思想行为,莱蒙托夫显然抱着批判的态度,指出他是由一代人的缺点构成的,因此对他冷嘲热讽,挖苦揶揄。但是,我们应该看到,除了嘲讽之外,作者对毕巧林还抱有一定的同情和原谅,对他的生活遭遇表示惋惜,对他的思想行动流露出共鸣。这不是偶然的。贵族阶级的立场和世界观,不能不使莱蒙托夫对生活在同时代同阶级的主人公抱着这种矛盾的态度和复杂的感情,何况他自己也多少受到"时代病"的感染呢。他嘲讽毕巧林,谴责毕巧林,但把真正的仇恨集中到他所生活的"当代",并把批判攻击的矛头对准造成这样的"当代"的"当局",也就是沙皇政府。从这个意义来说,《当代英雄》在它发表的"当代"是起过进步作用的。也正因为这个缘故,它获得进步人士的赞许,却遭到反动派的仇视。

《当代英雄》在艺术技巧上很有特色。这部十几万字的小说,由五个中篇组成:《贝拉》是马克西姆·马克西梅奇所讲述的毕巧林生活中的一段故事;《塔曼》、《梅丽公爵小姐》和《宿命论者》是以毕巧林日记形式写成,而《马克西姆·马克西梅奇》则以作者的身份来讲述他同毕巧林的邂逅。这几个中篇体裁不同,独立成章,但都紧紧围绕着一个中心——小说的主人公毕巧林。这好比几盏聚光灯从四面八方照射拢来,集中到一点,把主人公的形象,包括他的全部经历、活动、思想、感情、性格特点,照耀得纤毫毕露,一清二楚。读完这部小说,毕巧林这个人物的形象,就栩栩如生地浮现在我们的眼前;特别给人印象深刻的,是毕巧林鲜明的独特性格。为什么会有这样的效果呢？因为作者从第一页起直到全书结束,始终集中力量来刻画主人公的性格,塑造毕巧林这个艺术形象。

为了更好地塑造人物,作者还着意描写周围的环境,用自然景色来烘托人物的性格和内心活动,加强感染力。例如,在《塔曼》里,作者用月夜海上的惊涛骇浪来衬托那帮走私贩子剽悍粗野的性格,情景的美妙渲染,把读者带到十九世纪俄罗斯这个滨海小城,使人仿佛亲眼看到主人公同走私贩子在这里展开的一场冲突,有声有色,但又毫不做作,十分自然,富有艺术的魅力。

莱蒙托夫是个天分极高的诗人,他的诗热情洋溢,朴素自然,他所使用的语言在俄国文学中达到了高峰,可以同普希金的作品媲美。《当代英雄》是散文作品,但莱蒙托夫使用的却可以说是诗的语言。不论叙事写景,或者人物对话,都显得简洁生动,富有诗意,而且成功地反映出人物的性格特征。

对莱蒙托夫的艺术技巧,俄国许多著名作家都有极高的评价。例如:果戈理曾评价《当代英雄》说:"在我们这里还没有人写过如此真实、优美和芬芳的散文作品。这里可以看出对生活实际的深刻理解,将会出现一位俄罗斯生活的伟大描写者……"契诃夫也赞叹说:"我无法理解,他还是个孩子,怎么能创作出这样的作品。唉,要是能写出这样的东西来,那末死也瞑目了!"别林斯基则对这部作品的艺术特色作了全面的概括:"深刻的现实感,面向真实的忠实的本能,朴素,人物性格的艺术性描绘,丰富的内容,叙述的令人倾倒的魅力,诗意的语言,对于人类心灵和现代社会的深刻理解,雄浑而又豪放的画笔,灵魂的力量和威力,华美的幻想,永无穷竭的充足的美学生活,独特性和独创性——这些便是这部足以代表崭新的艺术世界的作品的特点。"

戈宝权：
《马雅可夫斯基和中国》（节录）①

回想起来，马雅可夫斯基的名字，对中国广大的读者并不生疏，因为早在五六十年以前，他的名字就被介绍到中国来了。

在"五四"运动以后不久，《东方杂志》和革新派的《小说月报》，首先就对马雅可夫斯基作过介绍。1921年6月出版的《东方杂志》（第18卷第11期）上，刊载过化鲁写的《俄国的自由诗》，其中讲道："俄国革命后，已产生了一群新诗人。……最受俄国人崇敬的，便是梅耶谷夫斯基了"。1922年10月出版的《小说月报》（第13卷第10期）上，发表了沈雁冰（茅盾）写的《未来派文学之现势》，其中指出：

> 革命以后，未来派突然得势，在诗方面是全靠了天才的玛以柯夫斯基。玛氏现在不过三十岁，是个特出的天才。……一九一七年，他和同志加入了布尔塞维克党。自此以后，他的一支锋利的笔就全为布党效力了。他最近出版的一本小册子是一篇长诗，名曰《150,000,000》，为抗议封锁俄国而作的。……这小册诗能以出版，是以亿兆人的足踵为印机，以沿街的石板为纸的。

至于我国第一个见到马雅可夫斯基，同时也是第一个著文介绍他的诗歌创作的，则是瞿秋白。他在1921年2月14日，作为北京《晨报》的特派记者，在莫斯科访问了马雅可夫斯基。他这样写道："前日，我由友人介绍，见将来派名诗家马霞夸夫斯基。他殷勤问及中国文学，赠我一本诗集《人》。……"接着在1923年8月间，瞿秋白又为郑振铎编著的《俄国文学史略》写了《劳农俄国的新作家》一章（该书第14章），其中讲到马雅可夫斯基：

----

① 原载《武汉大学学报》（哲学社会科学版）1980年第3期。

184

马霞夸夫斯基是革命后五年中未来主义的健将,许多诗人之中只有他能完全迎受'革命',他以革命为生活,呼吸革命,寝馈革命,——然而他的作品并不充满革命的口头禅。他在二十世纪初期已经露头角于俄国诗坛,革命以后,他的作品方才成就他的天才。……马霞夸夫斯基的天才却在于他的神机——他有簇新的人生观。……马霞夸夫斯基是唯物派,——是积极的唯物派,并不是消极的定命主义的唯物派。他的著作,诗多而散文绝少。……他的诗才,真足以在俄国革命后的文学史上占一很重要的地位。

1923 年 7 月出版的《小说月报》(第 14 卷第 7 期)上刊载了耿济之翻译的俄国名诗人布利乌沙夫(即勃留索夫)的论文《俄国诗坛的昨日今日和明日》,其中讲到马雅可夫斯基。1924 年 4 月,沈雁冰为《小说月报》(第 15 卷第 4 期)写的《海外文坛消息》中,又提到了马雅可夫斯基的名字,说"他实在是一个伟大的天才"。1927 年底,蒋光慈编写的《俄罗斯文学》一书出版了。在这本书的上卷《十月革命与俄罗斯文学》中,有专章讲到《未来主义与马雅可夫斯基》,其中说:

无论谁个都不能不说马雅可夫斯基是一个伟大的天才的诗人。……十月革命涌现出许多天才的诗人,而马雅可夫斯基恐怕要算这些诗人中最伟大,最有收获,最有成就的一个了。真的,他真是一个稀有的现象,当我们读他的作品的时侯,我们感觉着这位诗人有惊人的魄力和不可限制的勇敢。……

我们虽然早就知道马雅可夫斯基的名字,但是他的诗歌作品被翻译成中文,却是比较晚的事,而且最初是从英文和世界语转译的。1929 年上海光华书局出版了 L.(李一氓)翻译和郭沫若校阅的《新俄诗选》,其中从英文翻译了马雅可夫斯基的 3 首诗。《我们的进行曲》、《巴尔芬如何知道法律是保护工人的一段故事》和《非常的冒险》(即《马雅可夫斯基夏天在别墅中的一次奇遇》)。这本诗选后又改名为《我们的进行曲》,附注 "原名新俄诗选",仍由光华书局出版①。这本选有马雅可夫斯基作品的诗集的出版，正是国民党反动派进行反革命文化"围剿"的时候，因此它也免不了遭到查禁的命运。光华书店虽将这本诗选改头换面出版，但无论是《新俄诗选》，还是《我们的进行曲》，在 1934 年都先后被查禁：前者是当年 11 月被查禁的，理由是属于"普罗文化"，后者是当年 4 月被查禁的，理由是"鼓吹阶级斗争"。尽管如此，马雅可夫斯基的诗歌作品还是被介绍了过来并广泛地流传，受到广大读者的热烈欢迎，任何"围剿"和"查禁"，是都阻挡不了诗人的声音的！

1937 年，上海 Motor（马达）出版社出版了万湜思根据世界语本马雅可夫斯基诗集"Per voco Plena"（《放开喉咙歌唱》）转译的《呐喊》诗集，译者在《后记》中写道：

> 在中国，他（指马雅可夫斯基）底作品被移译出来的似乎很少。据我所知道的，除了零零碎碎关于他的一生曾有过一点介绍之外，至于他底作品，仿佛见也不轻易见到。作者的姓名，我们已如此熟悉，而他底诗作，我们却如此生疏。实在是不很爽气的事。所以，纵使我的译笔如何恶劣、晦涩，甚或至于会有错误，也还是抖起最后的胆敢，把这本集子移译过来了。

这本诗集共选译了 20 首诗，其中包括《呐喊》（后改为《大声疾呼》，亦即《放开喉咙歌唱》）、《给艺术军的命令》、《向左进行曲》，《通行证》（即《苏联护照》）等有代表性的作品，还译了纪念列宁逝世的诗《兰宁》（《列宁》，即《我们不相信！》）以及诗人在法国和美洲等地旅行时所写的诗。这本诗集的出版，是一件值得我们重视的事，因为这是马雅可夫斯基的作品被较多地介绍过来，而且是第一次以单行本在我国出版的。抗日战争期间，译者在浙东一带经常受到日寇的骚扰，同时又生活在疾病与贫困交迫的情形之下，但他还是继续根据世界语和英语翻译马雅可夫斯基的作品。他的新译本在他逝世（1943 年）以后方于 1951 年由上海生活·读书·新知三联书店出版。1954 年又由上海新文艺出版

① 陈文超在《马雅可夫斯基作品初到中国》一文（见《吉林日报》1963 年 4 月 17 日）中说："马雅可夫斯基作品译成中文，从现有材料上看是 1927 年。这年泰东书局出版郭沫若与李霖合译的《新俄诗选》里，有《我们的进行曲》等三首诗。1927 年 10 月上海光华书局出版郭老所译《新俄诗选》，不但收入以上三首诗的修订译稿，还在附录《作者传略》中写下了诗人的小传。我当时曾就此事向郭老请教。郭老在 6 月 25 日复信说：'《新俄诗选》以 1929 年光华版为初版本。1927 年的泰东版是假冒的。'又说李一泯未用过'李霖'之名。请参看我为《社会科学战线》1978 年第 3 期写的《回想郭老关于马雅可夫斯基的诗和信》。"

社再印过。

在抗日战争艰苦的岁月里,我国介绍马雅可夫斯基的工作,并没有间断过。无论是在革命圣地延安,还是在广大的敌后游击区,无论是在大后方的重庆和桂林,还是在孤岛的上海,经常可以从报刊上读到马雅可夫斯基的作品,而且不少作品是从俄文直接翻译的。如肖三翻译了《左翼进行曲》、《最好的诗》、《与列宁同志谈话》等诗,于 1940 年发表在延安出版的《大众文艺》上,据田间的回忆,晋察冀边区的铁流社曾用油印本在 1938 年出版了马雅可夫斯基的诗集《呐喊》,当 1940 年马雅可夫斯基逝世 10 周年时,重庆的《新华日报》、《文学月报》和《中苏文化》等报刊上,都发表过纪念文章和新译的诗作,还举行过纪念活动。1943 年在上海出版的《苏联文艺》和《时代周刊》,编有纪念诗人诞生 50 周年的特辑。此后在 1946 年和 1947 年出版的《苏联文艺》,都介绍过马雅可夫斯基的作品。1949 年上海时代出版社出版了庄寿慈翻译的马雅可夫斯基的自传《我自己》。

我国建国以后,马雅可夫斯基的作品更被大量地介绍过来,甚至同一种作品就有好几种不同的译本。如马雅可夫斯基的长诗《列宁》和《好!》,过去只有片断的节译,现在却有了几种不同的全译。长诗《列宁》1951 年有赵瑞蕻的译本(上海正风出版社),1953 年有余振的译本(人民文学出版社),1961 年有飞白的译本(上海文艺出版社),长诗《好!》1955 年有余振的译本(人民文学出版社),1961 年有飞白的译本(上海文艺出版社)。此外,长诗《一亿五千万》,1957年有余振的译本(人民文学出版社)。

这个期间,开始有人从事编辑出版马雅可夫斯基选集的工作。如赵瑞蕻准备编一部 3 卷本的选集,但只出了一本长诗《列宁》和译者辑译的一本《马雅可夫斯基研究》。到了 1955 年和 1956 年,人民文学出版社通过集体力量着手编译 5 卷本的《马雅可夫斯基选集》:1957 年第 1 卷出版,译了诗人在 1912 年到 1924 年的诗歌作品;1959 年第 2 卷出版,译了诗人在 1925 到 1930 年诗歌作品;第 3 卷在 1959 年出版,收有《列宁》、《好!》等长诗;第 4 卷在 1958 年出版,内容为剧本;第 5 卷在 1961 年出版,内容为论文,讲演及特写等。参加翻译的,有余振、卢永福、张铁弦、丘琴、乌兰汗、任溶溶、岳枫林等许多人,我也参加了翻译工作。这套选集的出版,第一次在我国对马雅可夫斯基的作品作了比较全面的介绍。1958 年和 1959 年人民出版社出版了《马雅可夫斯基诗选》(《文学小丛书》本);1960 年出版了《马雅可夫斯基论美国》组诗;1959 年中国青年出版社出版了马雅可夫斯基诗选《给青年》。马雅可夫斯基的儿童诗歌,也受到我国少年和儿童们的欢迎,如任溶溶把马雅可夫斯基的儿童诗歌都翻译过来,1950 年时代出版社出版了《给孩子们》;1961 年上海少年儿童出版社又出版了他译的《马雅可夫斯基的儿童诗集》,至于研究马雅可夫斯基的著作和翻译的有关他的传记和回忆,也大量涌现。从 1950 年起,每逢到他的诞辰和忌辰,北京、上海等地都举行过纪念活动或是纪念诗人的诗歌朗诵会。

近年来,马雅可夫斯基的作品仍然继续不断被翻译和出版。人民文学出版社重印了长诗《列宁》,《诗刊》和《世界文学》等刊物上发表了马雅可夫斯基的讽刺诗,不久前,广东人民出版社新出了飞白译的马雅可夫斯基讽刺诗选集《开会迷》。这些诗歌作品的出版和在朗诵会上的朗诵,都受到了广大读者和听众的热烈欢迎。

马雅可夫斯基逝世 50 周年了,他的诗歌作品早就超出了国境,冲破了语言和翻译上的困难,在我国得到了广泛的流传。而且对我国当代的诗歌和不少诗人的创作都给予了很深的影响,用马雅可夫斯基的话来说:

> 诗
> 和歌——
> 是炸弹和旗帜。
> 歌手的声音
> 能够使阶级振奋。

马雅可夫斯基还说过:

> 我的诗
> 将奋力
> 突破千秋万代,
> 而且很有分量地
> 粗犷地
> 引人注目地
> 出现在未来。

作为革命的诗人和歌手的马雅可夫斯基的声音,具有无限的生命力,因此它一直到今天还能使我们感到振奋和鼓舞着我们前进!

王朝闻：
《读〈复活〉的开篇》（节录）[①]

一

在《复活》的第一节里，那也许经过托尔斯泰精心设计，然而读起来并不感到吃力，仿佛信手拈来地揭示出人与自然的矛盾。其实，这也就是在反映人与人的矛盾。这样的反映抓得住我——大手笔终究是大手笔。

春天的气息不甘心被人为的力量所压抑。透过石板缝里长出来的绿油油的小草，透过被阳光照暖而沿着墙边嗡嗡地飞动的苍蝇……诸般景象表现着它的不甘于接受压抑。然而它的美丽引不起人们的关心，"人们认为神圣而重要的，却是他们臆想出来借以统治别人的种种办法"，是"一份编了号码、盖了官印、注明案由的公文"。托尔斯泰以近似议论的文笔，写出与自然相对立的人们，"无休无止地欺骗自己而且欺骗别人，折磨自己而且折磨别人。"

冷酷无情的人对别人也有所关心。不过，他不是从对方那幸与不幸的遭遇着眼，而是曲折地以至直率地表现出他自己的私欲的。提取犯人的看守长嫌犯人动作太慢而不耐烦，押解犯人的兵士向同伴"挤一下眼睛，目光指着那个女犯"。这，显然因为女犯玛丝洛娃那"丰满的胸脯"等特征对他颇富魅力，而不是关心她那不幸的遭遇。

和狱中那"饱含着伤寒病菌，充满粪便，焦油、腐物的臭气"不同，狱室外边也有"由风刮进城来的"那"令人精神爽快"的新鲜空气。然而人与人的隔膜，比人与自然的隔膜严重得多。被押解的女犯经过闹市，"有人摇着头暗思：'瞧，这就是跟我们不一样的坏行径闹出来的下场。'孩子们战战兢兢地瞅着那个女强盗，心想多亏有兵跟着她走，她现在已经不能为非作歹。"此外，似乎托尔斯泰不愿把乡下人写得这么冷酷无情，写了卖完煤炭的乡下人走过玛丝洛娃跟前，

[①] 原载《苏联文学》1982 年第 1 期。

"在自己胸前画了个十字,送给她一个戈比。"这,也许是托尔斯泰出自对于信奉上帝的乡下人的同情,同情他对女犯的同情。然而在我看来,农民这样的同情,是否曲折地包含着某种私心,——求得自己良心的平静,不是值不得怀疑的。而且,正因为受难者也有人同情,才更显得她那基本性的环境的冷酷无情吧?

小说第一节并没有揭示"那个女强盗"吃的是什么冤枉官司,远远来不及把复杂的矛盾冲突展开来写;然而富于写作经验、掌握得住读者兴趣的托尔斯泰,包括对于自然与人的矛盾,人与人的隔膜的这种速写般的生动描绘,作为长篇小说的开端,它对读者是富于吸引力的。这一事例使我确信:凡是使人感到爱不释手的长篇小说,它的某一环节也必须是颇有看头的。《复活》这样动人的开篇,对于某些一开头就是不厌其烦的景物描写,读者读了半天还不知道他将要向读者介绍什么,或一开头就是不知道人物身份,没完没了的对话,这一切丈二和尚摸不着头脑的写法,难道不很值得作为改进写作方法的借鉴吗?

《复活)的开篇,既不显得离题万里,又不开门见山。而是为逐渐展开戏剧冲突作好准备,却又处处不忽略人物个性与相互关系的特殊点。这样的长处,在中国传统的文艺例如小说里,是不是什么史无前例的呢?

二

"朱生,阳谷人。少年佻达,喜诙谑。因丧偶,往求媒媪。遇其邻人之妻,睨之美。戏谓媪曰:'适睹尊邻,风雅妙丽,若为我求凰,渠可也。'媪亦戏曰:'请杀其男子,我为君图之。'朱笑曰'诺。'更月余,邻人出讨负,被杀于野。邑令拘邻保,血肤取实,穷无端绪:惟媒媪述相谑之词,以此疑朱。"这是《聊斋志异》那《冤狱》一篇的开端。字虽不多,层次分明,一步紧一步地接近着尖锐的冲突。我一接触它那"少年佻达,喜诙谑"的性格概括,就好像阅读《三国志演义》的开端,那"天下分久必合,合久必分",或《安娜·卡列尼娜》的开端,那"幸福的家庭都是相似的;不幸的家庭各有各的不幸",不能不被吸引住了那样,对朱生个性的这种概括,可能引起读者的关注,关注小说将会告诉他什么新颖的事件和事变。这就是说,这样地写朱生的个性,具有迫使读者关心下文的一种强烈的吸引力。可否认为,这样的开篇,对胡适之博士看不起中国的短篇小说,因而断定它们的开篇总是"某生某处人……",所以显得一般化的论点,也是一种不顾情面的反驳呢?"无巧不成书",朱生与媒婆两句开玩笑的对话,给一场冤狱的情节的发展作出了很有吸引力的铺垫,它自身也是富于戏剧性的。当然,长篇

中国俄苏文学研究史论
История исследования русской и
советской литературы в Китае

小说《复活》的开篇,对于一场冤狱的情节的展开,写法要从容得多。但它仿佛对受人蹂躏的大地的遭遇的不平,关于大地被"毁坏得面目全非"的描述,也是对冤狱带暗示性的,而不是什么可有可无的铺张之笔。

蒲松龄对于"他们臆想出来借以统治别人的种种办法"的揭示,与《复活》所再现的具体矛盾是大不一样的。然而"捕至,百口不承。令又疑邻妇与私,榜掠之,五毒惨至。妇不能堪,诬服。"这样的官老爷和帝俄时代的官老爷"折磨别人"的态度,可以说是"异曲同工"的。至于《冤狱》中的主角与《复活》中的玛丝洛娃之于冤枉官司所持态度,也有"欺骗自己而且欺骗别人"的共性。"又讯朱,朱曰:'细嫩不任苦刑,所言皆妄,既是冤死,而又加以不节之名,纵鬼神无知,予心何忍乎?我实供之可矣。欲杀其夫而娶其妇,皆我之为,妇实不知也'。"我想不必继续摘引原文,也不想转述朱生母亲怎样不忍儿子遭受"死而复苏者再"的酷刑的折磨,宁愿儿子被冤判死刑,制造假血衣等等情节。我只想说,短篇小说《冤狱》和长篇小说《复活》中的官老爷,对人犯虽然在形式上有"文明"与"野蛮"的差异,就他们那"躁急污暴"和"滥受词讼"之类的缺德行为的性质看来,这些"俨然为民父母者",不过是一路的货色。

玛丝洛娃和朱生一样,对于冤枉官司并不是逆来顺受的。然而斗不过仿佛神圣的黑暗统治,终于只得依靠外力来减轻自己遭遇的不幸。写小说不是写诗,可作者对不幸者的同情,在开篇里就有分明的流露。然而,它不是脱离具体生活逻辑而作空洞的表态。

三

关于人物对于自己遭遇的态度,在《复活》的开篇里,也有各种很生动的具体描写。

同一案件而受过侦讯的三名人犯中,玛丝洛娃被当成主犯,所以在送到法院受审时,"必须单独押送"。看来这个年轻的主犯,对于受审时的对策,远不如女犯中那个老太婆更关心,更慎重。玛丝洛娃"脚上穿着麻布袜子,袜子外面套着囚犯的棉鞋,头上扎着一块白头巾,分明故意让几绺卷曲的黑发从头巾里滑下来。"人犯被提出受审,不是妓女被叫去赴宴或接客,她受审时却还在注意打扮。其他与玛丝洛娃同样被压迫的女犯,却只是"从牢门里探出她那张苍白严厉的皱脸来"。当正要开口对玛丝洛娃讲话的老太婆,被看守长把牢门抵住她的脑袋而把牢门关上去,"那个脑袋就缩回去了"的时候,竟然在"牢房里响起女人的哄笑声。"这样的笑声，可能引起读者的怜悯。更值得怜悯的玛丝洛娃，"转过脸去瞧着牢门上安着铁条的小窗口"，她竟然"也微微一笑"。同样是丧失自由的女犯们，对老太婆的自由受到限制而报之以哄笑，可不可以把这样生动的细节描写，当做作家托尔斯泰对于掌握不住自己命运，把苦难当作消遣的受难者的怜悯，怜悯她们那种逆来顺受的态度来阅读呢？玛丝洛娃作为这一场合的主角，是经常接受老太婆的关心者。但她也在女犯们的哄笑影响之下，这么"也微微一笑"。这一笑的性质，其实也就是哭吧？这一笑，不能当作她对于关心她的命运的老太婆持了幸灾乐祸的态度。然而，她竟然会在老太婆这样丧失了自由的情势之下"微微一笑"。不论这是不是女主角那习惯性的表现，它在读者的感受中，可能觉得是带着眼泪的。这好像朱生母亲给儿子的口供制造假证据；——"予我衣，死也；即不与，亦死也；均之死，故迟不如其速也"那样，是一种逆来顺受的态度的表现吧？在《艺术论》中十分强调思想内容的作家托尔斯泰，为什么要这么写玛丝洛娃的"微微一笑"呢？看来这一笑，既是作者对人物不幸遭遇的同情，也就是作者对于把人们统治得连"沿着墙边嗡嗡地飞动的苍蝇"都不如的统治者的一种曲折的抗议吧？

"老太婆在里边把脸凑到小窗口上，用沙哑的声音说：'顶要紧的是别说废话，要一口咬定你的话不放。'"玛丝洛娃对此，回答是："只求好歹有一个解决的办法算了，反正总不会比现在这局面更糟。"这种由他去吧的对策，这种绝望的思想，和朱生的母亲那种无可奈何的态度和思想当然有差别。但对于"良民之受害者，且更倍于奸民"的黑暗统治者，同样属于逆来顺受的性质。紧接着，作者写出玛丝洛娃"摇一摇头"。在这四个字里，包含着许多被压抑着的难言的痛苦。我想：倘若戏剧演员要把这四个字用形体动作来体现，怎样有所偏重而又无损于它那情感内容的丰富性，的确不是轻而易举的再创造的任务。

看守长对玛丝洛娃所说的"解决办法"所引起的科诨、不论是在艺术上还是在思想上，对于"统治别人的种种办法"的揭示，更是值得反复阅读的细节描写。

四

在小说而不是在诗词里，作者爱什么和恶什么的情感，赞成什么反对什么的思想，在表现形态方面，小说比诗似乎显得更为曲折。曲折不等于是写作的缺点，传统的中国诗词对作者情感的表现，也有不少是借此喻彼，不作兴直来直往，因而更经得起反复阅读的。《复活》是作者情感充沛的小说，与应酬式的打

油诗有本质的差别。就连它的开篇,对作者自己的情感的表现,也是这样透过对人物情感的表现而得到表现的:

> "当然,解决办法只会有一个,不会有两个,"看守长说,露出做长官的人俨然相信自己讲话很俏皮的神色。"跟着我走!"

作者对于这个看守长那分明表现出来的丑态,并没有外加什么断语式的形容词,但作者对他的憎恶之情,已经溢于言表。

看守长对待被统治的别人的苦难,采取了这么心安理得,颇为轻松的态度:他"露出做长官的人俨然相信自己讲话很俏皮的神色"。这神气既可以当做统治者的爪牙对于他们的上司的神气的模仿的描写来读,也可以当做自认为善于模仿自己的上司的神气的一种自我欣赏的神气的描写来读。在帝俄时代,以资产阶级法律为工作依据的看守长,和以封建阶级的法律为根据条件的旧中国的统治者的爪牙相比较,他们对人犯的神气,既有一般性也有特殊性。当然,戏曲《女起解》里的崇公道,要比《复活》里的看守长善良些,但《聊斋志异》的《考弊司》里,那鬼王的爪牙却是"半狞恶若山精",比《复活》里的这个看守长在形态方面要可怕得多。然而对于人犯的幸与不幸,却同样采取着旁观者的冷酷无情的态度。《考弊司》没有描绘统治者的爪牙怎样把被统治者的命运当作卖弄自己那说俏皮话的本领的材料,不过以狞恶的姿态,只遵循上司命令,照例不分好人和坏人,在受统治者的大腿上割下一块肉来而已。尽管《复活》里的看守长没有这么野蛮,其态度仿佛要文明得多,——无非是把玛丝洛娃的痛苦当作笑料对待,但作为一种"统治别人的办法",它的基本性质仍然是残酷的和丑恶的。托尔斯泰这么细致地、堪称微妙地、也就是创造性地揭示着帝俄统治的丑恶,与他那"不抗恶"的宗教观点相矛盾。这,也是我对这样的细节描写很感兴趣的原因。

在《复活》那开宗明义第一章里,还有许多富于表现力的细节描写。且不说玛丝洛娃在闹市接受农民一个戈比的施舍,"女犯低下了头,说了句什么话。"是怎样在仿佛抽象的叙述中,包含着丰富的人物心理内容。单说这一开篇的结尾,关于玛丝洛娃与鸽子关系的细节的描写,我觉得它是越读越能引起读者深思的。

女犯走过一家面粉店，门前有些鸽子走来走去，摇摇摆摆，没有人来欺侮它们。女犯的脚差一点碰到一只蓝灰色鸽子，它就扑拉飞起来，摇动着翅膀，飞过女犯的耳边，给她送来一股风。女犯微微一笑，然后想起她的地位，就沉重地叹一口气。

为什么说这样的细节描写可能引起读者的深思？有深思习惯的读者不需要我再作啰嗦的解释。可能引读者深思的这样的描写，岂不正好说明，伟大的作家与平庸的作家的区别之所在吗？

《陀思妥耶夫斯基的〈地下室手记〉和小说复调结构问题》（节录）①

文学批评家用他本人或本派的思想观点、艺术主张为尺度，去衡量一个作家的作品或思想，不免带着主观的色彩。因此，每个批评家都有自己笔下的陀思妥耶夫斯基。但另一方面，也应看到，陀思妥耶夫斯基确是十分矛盾复杂的文学现象。

《地下室手记》以及其中"地下人"的形象在西方现代派文学中颇有影响。这部小说从某个角度说来是陀思妥耶夫斯基的最有代表性的作品之一，也是他的最复杂最难懂的作品之一。这不仅是因为它的结构特殊——第一部分《地下室》纯粹由主人公的议论构成，而第二部分《漫话潮雪》才叙述了主人公的几段经历；也不仅因为书中流露的思想闪闪烁烁，不易捉摸；主要是难在选取评价作品的角度。这个角度应该符合作品实际的内涵，而不由外在的因素来决定。

一般认为《地下室手记》是一部论战性的作品。因为这部作品涉及了陀思妥耶夫斯基和他哥哥米哈伊尔在《当代》杂志上和革命民主主义者的争论。第一部分《地下室》中提出的种种论点，从社会政治角度看确实是针对车尔尼雪夫斯基的长篇《怎么办？》而发的，尽管在《手记》里没有一次提到过车尔尼雪夫斯基的名字，但对于车尔尼雪夫斯基提出的"合理的利己主义"主张和小说中薇拉梦境里象征空想社会主义理想的"水晶宫"都有针锋相对的批评。萨尔蒂科夫·谢德林为此还写过一篇摹拟讽刺小品《灵魂不灭手记》，把陀思妥耶夫斯基隐喻为"第四只雨燕，精神沮丧的小说家"，说"他多半从托马斯·阿奎那神父那里搬来了论据，只因他对此讳莫如深，读者才以为这些思想是出自于他本人"。这样激烈的笔墨官司，足足进行了半年。凡是从这一场论战角度来评价《手记》

---

① 原载《世界文学》1982 年第 4 期。

的，一般对小说取否定的态度①。

　　也有从另一角度来剖析《手记》的。例如民粹派评论家米海洛夫斯基，他批评陀思妥耶夫斯基思想的消极方面，同时认为他"向读者抖落出自己的灵魂，竭力挖掘到灵魂的最深处，和盘托出这深底里的全部肮脏和卑劣"②，而主人公对于丽莎的专横暴虐又似乎同属于爱的一种流露，即所谓"因为爱你所以折磨你"。他的这种评论着眼于陀思妥耶夫斯基解剖人性以至于残酷这一面，因此称之为"残酷的天才"。

　　有的评论者认为，"陀思妥耶夫斯基创作了一部深刻的哲理小说……书中主人公没有姓名绝非偶然"③。这是把"地下人"径直作为一种哲学观念的代表来分析，于是这个行为乖张的主人公成了一个众人皆醉吾独醒的人物，成了人类种种品性的代表，他率真、矛盾、自负而有个性，苦恼是由于头脑过于清醒，把听从自己的意愿看作最高的利益……这已经是从一切物质形式中抽象出来的思想，而不是具体人物的形象了。

　　有的评论者则在"地下人"的"现身说法"（Icherzählung）里听到一种以另一种意识为前提的论争声调，这声调不等于作者的思想，因此不能用对"地下人"意识的批判作为对作家思想的批判；这声调也不是作者笔下要表现的客体，因为"在陀思妥耶夫斯基的世界里通常不存在物体、没有对象、没有客体，而只有主体"④。这是一种有完整价值的意识，自成一体而独立，似乎不受其他因素的支配。从这样的角度来看"地下人"的主张，也许比较地能显示其真实的内涵。

　　评论的角度不一样，形象的价值也就不同，现不妨再看看作者通过"地下人"意识所作的解释：

　　"过度的思考，那是一种病，是真正的、十足的病，……我们那不幸的十九世纪有教养的人"的病。这里所说的病，指的是一种内在情绪，近乎欧洲文学中的"世纪病"之类的精神状态。对于这一点，现代主义作家卡夫卡曾作过自己的解释，他在1914年12月20日的日记里说，有的人认为陀思妥耶夫斯基作品里精神病患者过多，但"这不是精神病患者。病症表示的只是一种性格化的手段，而且这种手段非常柔和有效"。陀思妥耶夫斯基自己把这一个形象的概括看得很

① 例如 M.古斯《陀思妥耶夫斯基的思想和形象》，莫斯科，1962 年。

② H.米海洛夫斯基：《残酷的天才》，见《俄国评论界论陀思妥耶夫斯基》第318页，1956 年。

③ IO.库德里亚采夫：《陀思妥耶夫斯基的三层圈子》第224—234 页。

④ 米·巴赫金：《陀思妥耶夫斯基诗学问题》第276 页。

中国俄苏文学研究史论
История исследования русской и
советской литературы в Китае

重。他写道:"而地下室和《地下室手记》呢? 我感到自豪的是,我最早描绘了一个代表俄国大多数人的真正的人,我最早揭示了他那反常变态的悲剧性的一面……只有我一个人指明了地下室的悲剧性在于经受苦难,在于自我折磨,在于看清了美好的事物而不可得;而最主要的是这些不幸的人们有一种明确的观念,认为所有的人都是如此,因此也就不求改正自己,什么东西能支持人去改正呢? 奖赏? 信仰? 奖赏——有谁会来给呢? 信仰——哪儿有人可信呢? ……从这里再向前一步,那就是极端的腐化、犯罪(谋杀)。真是个谜。"[①]

从作者自己对《地下室手记》的重视来看,它的产生不能归结于某种单一的动因,这里体现着对时代的思考,当然是陀思妥耶夫斯基式的思考。就像卢那察尔斯基所说的:"……他的人格已经解体、分裂,——对于他愿意相信的思想和感情,他没有真正的信心;他愿意推翻的东西,却是经常地、一再地激动他而且看来很像真理的东西;——因此,就他的主观方面说,他倒是很适于做他那时代的骚乱状态的反映者、痛苦的但是符合需要的反映者。"[②]

在小说开头的注解里,陀思妥耶夫斯基表示他旨在描绘"一个不久以前产生的人物。他是还活着的一代的代表中的一个"。可见这里涉及的是一种人物,当然包括作者自己的影子在内。虽然《手记》的创作有具体的论战对象,有具体的论点为目标,但《手记》里反映的内在情绪是某些人所共同的。这种"地下人"的精神状态,作者力图把它表现为每个人身上固有的本性,实质是时代精神的一种蜕化的典型。

1864 年的"地下人"四十岁,在地下室里已经呆了整整二十年,他有过希望,有过爱,有过信仰,但是"上帝啊! 我在我的这些对'一切美好而崇高的追求'里常常体会到多少的爱呀:那虽然是种幻想的爱,虽然事实上对人是永远不适用的爱,但这种爱是那么多,以致到后来事实上竟感觉不到应用的需要,因为这已经是多余的奢侈品了"。二十年前,即十九世纪四十年代,正是陀思妥耶夫斯基踏上文坛,接触空想社会主义理论的时代。幻想"在美好和崇高中得救",正是作者四十年代下半期文学创作的主题,"幻想者"的主题虽说不只体现在洋溢着纯真诗意的爱的《白夜》里,也表现在充满朦胧神秘情欲的《女房东》里,但主人公终究还不失为幻想家。二十年以后,"幻想家"成了"地下人",这不只是

---

① 《文学遗产》第 77 卷第 342—343 页。
② 卢那察尔斯基:《思想家和艺术家陀思妥耶夫斯基》,见《论文学》第 208—209 页,人民文学出版社,1978 年。

陀思妥耶夫斯基四五十年代的悲惨经历使然,这里确确实实体现了六十年代反动年月里一部分社会阶层的心理变化,陀思妥耶夫斯基把这种变化凝炼为思想形象,尽管在相当程度上可以把陀思妥耶夫斯基看作是《手记》的撰述人,但这并不影响作品的文学价值。陀思妥耶夫斯基一再强调"'地下人'是俄罗斯世界中的一个主要的人物。关于他,我比所有别的作家要谈得多……"①这不是没有原因的。

《手记》的结构也值得注意,按照苏联学者格罗斯曼的解释,小说共分三部(实际发表时后两部分并成了一部),内容各不相同,第一部分是论战性和哲理性的独白,第二部分是戏剧性段落、情节之所在,第三部分是悲惨的结尾部。三个部分有着内在的呼应,每个部分有自己的调子,但各部分都类似一种变奏,并不可截然分割。②陀思妥耶夫斯基自己在一封信中写道:"小说分成三章……第一章约一个半印张……难道能把它单独付印? 人们会笑话它的,更何况没有了其余的两章,它的精华就会丧失殆尽。你知道音乐中的'中间部分'是怎么回事吗? 这里也正是这样。第一章里表面看来全是废话;但突然在后两章里这些话却以出乎意料的悲剧转折结束了。"③陀思妥耶夫斯基似乎在证明虚假的"崇高理想"以及由此而来的"崇高"行为未必能改变现实悲惨状况,因而喊出了"说来说去,先生们! 不如什么也不干的好! 不如自觉的惰性好! 这么说,地下室万岁啦!"从反面表明了现实之不可为。就像地下人在被人像对付一只苍蝇那样从弹子台旁搬开之后,费尽心机,作了好长时间的精心准备才得以与人迎面相撞,结果第一次摔倒在对方的脚下,滚到了一边,第二次自己挨了重重的一下,甚至都没有引起对方认真的注意。后来对西蒙诺夫一伙人,他使用了包括提出决斗在内的方式,得到的反应却只是嘲笑或鄙视。他对丽莎作了那么多美好的说教,结果无非是让原本浑浑噩噩接受了肮脏生活的丽莎现在要在清醒状态里去体味悲痛和耻辱。"然而在实际上,我现在已经给自己提出了一个空洞的问题:是廉价的幸福,还是崇高的苦难——两者中哪一个更好些?"这就是《手记》撰述人的思索,也许是全篇的主旨。

对于陀思妥耶夫斯基的这部作品确实可以有两种理解的方法:一种方法是

---

① 《文学遗产》第 83 卷,1971 年。

② 参阅格罗斯曼《艺术家陀思妥耶夫斯基》,载文集《陀思妥耶夫斯基的创作》第 341—342 页,苏联科学院出版社,1959 年。

③ 《陀思妥耶夫斯基书信集》第 1 卷第 365 页,转引自上书。

把"地下人"的全部议论连同有关的故事情节单纯理解为作者本人思想的独白，因此主人公的思想或作品的主题就成了作者本人的思想的忠实写照，是作者在切实地提倡这些思想。例如主人公说过："自己本身的、随心所欲的和自由的意愿，自己本身的、即便是最野蛮的任性，自己本身的、有时甚至是被激怒到发狂程度的幻想，——这一切便是那些最容易被遗漏的、最为有利的利益，它对任何分类法都不适合，而一切体系和理论由于分类而经常化为乌有。"按照第一种理解，那就无异是作者在提倡处世待人可以为所欲为，有权使用、享有一切，而不受任何东西的支配。"不是英雄，便是粪土，中间状态是没有的"，就是在倡导：若不能成为可以随心所欲的个人主义者，就做"曳尾涂中"的奴隶。对照作品发表时的俄国六十年代的革命形势的低落和反动力量的猖獗，对照革命民主主义者的革命主张，这种思想的反动含义是显而易见的。但是照这样的理解，《地下室手记》只是一场政治论争中的失败者和反面材料。然而陀思妥耶夫斯基的作品却确确实实反映了一种当时社会上存在的意识，联系着一种新的艺术见解，即不把主人公的思想等同于作家本人的思想，而是把它作为现实生活中实际存在的声音表现出来。因此，这里关联着造成这种思想声音的种种因素。"地下人"在这里不仅是作者对革命民主主义者进行论战的代言人，而且是作为一定时代、历史和思想条件下的一定的意识出现的。作家描述它而尽量地不显示自己的好恶。作者自己的看法只认为"地下人是俄罗斯世界中的一个主要的人"，他用一种近乎病态的口吻进行叙述，这就更易于表达客观世界在这种病态"意识"里的反映。这个人对客观世界已经感到全然无能为力，他不能激起这个世界任何反应。因此竭力要显出一种样子，哪怕在自己的感觉里体验一丁点儿自己在这个世界里的存在。"我是个有病的人……"一下子意识到这只会引起人的怜悯，使他丧失存在的价值，于是故作凶狠："我是个凶狠的人。我是个不招人喜欢的人……"他不去就医是"故意赌气"，这种自我折磨不能为害别的任何人，但在自己的体验里造成一种报复的满足。为了维护"自尊"，地下人硬挤进西蒙诺夫一帮人里去酗酒、逛窑子，但他必须先向西蒙诺夫借钱丧失"自尊"于前，又受这伙人冷眼，忍受屈辱于后。这个人追求的不是物欲，不是利益，而是随心所欲的自由。追求"人唯一需要的只是独立自主的向往，不管这种独立自主要花多少代价，不管它会导致什么结果……"地下人的身上是有作者的影子的，这和陀思妥耶夫斯基作品中其他一些主人公不完全一样。但他并不是以一个万能的、无所不在的、确定基调的作者出现，而只是以一种声音参与抗争。因此它仍然是一个不等同于作家立场的独立的声音。围绕陀思妥耶夫斯基创作发生的种种争论，除了因为创作本身的复杂矛盾以外，对陀思妥耶夫斯基诗学特点的不理解也是一个主要原因。

这里就牵涉到陀思妥耶夫斯基创作中的"复调"问题。

最早提出这个问题的是苏联文学批评家米·巴赫金。他在一部颇有特色的专著《陀思妥耶夫斯基创作诸问题》(1929 年出版，该书于 1963 年经作者修订改名《陀思妥耶夫斯基诗学诸问题》再版，目前已出到第四版) 中提出陀思妥耶夫斯基小说中的"复调"现象。"复调"，或称"多声部"（полифония）本来是一个音乐术语，来源于希腊文，指的是由几个各自独立的音调或声部组成的音乐。巴赫金借用这个术语来说明陀思妥耶夫斯基小说艺术的主要特色，把他看作是复调小说的奠基人。在所谓复调小说里似乎存在着许多独立的、互不融合的声音和意识，分属于书中不同的人物。每个人物的声音被表现为一种似乎超脱作家意识之外的，自成一体的外在之物。书中人物的行为都有充分完整的价值，它们争辩、议论、冲突、矛盾，不是受作家统一意识的支配，而是和作家处在权利同等的地位。有时候作家自己也把声音夹杂在众多的主人公之中，但仅仅作为一种声音参与争辩，而不把自己的声音作为一种基调。

巴赫金认为传统的文学中的思想通常是"独自型"的，即人物的描写、性格的刻画、行为的显示都从叙述者，即作者的统一意识里出来，人物的思想、观念、行为都紧紧地镶在作者的态度、评价、言词的框架里。陀思妥耶夫斯基小说里的思想则为各个人物所独有，"他人的思想"有充分完整的价值，并不和作者思想融合。"作者不把任何过多的重要思想留给自己，而是在整部小说里和拉斯科尔尼科夫[①]平等地进行大量的对话"。

这种看法乍然一看是比较奇特的，明明是出自作家构思的人物却具有独立的意识，颇有点不可思议。巴赫金的解释是，陀思妥耶夫斯基和其他十九世纪现实主义作家不同。对于陀思妥耶夫斯基重要的不是他的主人公在世界上是什么人，而首先是这个世界和这个人物自己在他自己的意识里是什么样的问题。别的作家以描写刻画人为目标，陀思妥耶夫斯基主要写的是人的思想，人的意识。这就需要把作者的"我"限制到最小限度，而客观地写出别一个"我"。然而，这不是主观的文学，这是现实主义的文学，巴赫金把陀思妥耶夫斯基的现

---

① 陀思妥耶夫斯基的作品《罪与罚》中的主人公。

实主义概括成三点:

> "一、陀思妥耶夫斯基认为自己是现实主义者,而不是封闭在自身意识世界里的主观主义的浪漫主义者;他是运用'完全的现实主义'来解决他的新的任务,即'描绘人的内心的最深之处'的,也就是说他是在自身之外,在他人的内心里看到这些深处的。
>
> "二、陀思妥耶夫斯基认为,为了解决这一新的任务,通常含义上的现实主义,也就是在我们的术语里称之为独白式的现实主义是不够用的,而要求采取特殊的方法,在人的本身发现人,也就是'最高意义上的现实主义'。
>
> "三、陀思妥耶夫斯基绝对否认他是心理学家。"①

陀思妥耶夫斯基对自己的创作特色作过说明:"用完全的现实主义在人身上探索人。……人们称我为心理学家,这并不正确,我只是最高意义上的现实主义者,也就是说我描绘的是人的内心的最深之处。"

巴赫金上面的归纳就是从作家自己对现实主义的解释出发的。

巴赫金的这部专著分五个论述方面,第一部分概述历来的评论对复调现象的看法。第二部分分析作品中的人物和作家对人物的立场。第三部分谈陀思妥耶夫斯基作品中的思想。第四部分是风格结构特征。第五部分是语言。每一部分围绕的中心就是"复调现象"。《世界文学》本期译介的就是该书第一部分。

巴赫金的这个观点有其独到之处,但也引起很多争论。这是一个十分值得研究的问题,不仅对研究陀思妥耶夫斯基来说,即使对一般的文学研究,特别是长篇小说的研究也是一个饶有趣味的题目。

---

① 米·巴赫金:《陀思妥耶夫斯基诗学诸问题》第 71 页。

钱中文：

《复调小说：主人公与作者
——巴赫金的叙述理论》（节录）①

再谈"复调小说"涵义

在文学评论中，"复调小说"、"复调结构"等说法应用相当广泛，论者往往把多线索、多结构、立体交叉、不少人物同时对话，都说成"复调"。但是追溯"复调"本义，多线索、多结构未必构成"复调"，而不少人同时对话，也未必与"复调"相关。例如，照巴赫金的说法，托尔斯泰的短篇小说《三死》，写了马车夫、地主婆和一棵树的死，这是一种多结构的叙事方式，但不是"复调"小说。巴赫金甚至认为，象《安娜·卡列尼娜》这样的复式结构小说，虽然充满人物之间思想交流的对话，但也不是"复调小说"②。那末，"复调小说"有些什么特征呢？

"复调小说"是一种"多声部"小说，"全面对话"小说。所谓多声部，不是说小说里有各种人物的对话声音，不是"同音齐唱"；所谓全面对话，不是各种人物的热闹对话，而自有其特殊含义。巴赫金在谈及陀思妥耶夫斯基的小说时说："许多种独立的和不相混合的声音和意识，各种有完整价值的声音的真正的复调确实是陀思妥耶夫斯基小说的基本特点。不是许多性格和命运在统一的客观世界中根据作家的统一意识在他的作品中展开，而正是许多价值相等的意识和它们各自的世界在这里不相混合地结合在某个统一的事件中。陀思妥耶夫斯基的主要的主人公们在作家的创作构思中确实不仅是作家所议论的客体，而且是直抒己见的主体。""主人公的言论完全不局限于通常表示性格特征的和实际情节的含义，而且也并非作者本人思想立场的表现。""主人公的意识是作为他人的、非作者自己的意识来表现的……不是作者意识的单纯客体。""主人公

---

① 原载《外国文学评论》1987 年第 1 期。
② 有的苏联文艺理论家对此持不同意见。

中国俄苏文学研究史论
История исследования русской и
советской литературы в Китае

在思想上自成权威并具有独立性,他被看作为一个创立了自己充分完整思想观念的主体,而不被看作为陀思妥耶夫斯基完成艺术视觉的客体。"①

上面几段引述大体表现了下面几个思想。一,复调小说中的主人公不仅是作家描写的对象,不仅是客体;他不是作者思想观念的表现者,而是表现自己观念的主体。二,复调小说没有作者的统一意识,不是根据这种统一意识展开情节、人物命运、人物性格,而是展现有相同价值的各种意识的世界。三,复调小说由不相混合的独立意识、各具完整价值的声音组成。总括起来说,复调小说强调主人公不仅是客体,而且也是主体;强调主人公主体意识的独立性,它们都有自身的独立价值;主张主人公与作者地位平等,主人公的自我意识与作家的意识有同等价值;强调主人公与作者的对话关系。复调小说是一种突出主人公主体意识、主人公可以自由表达有独立价值的意识的对话小说。主人公的自我意识要求平等对话,对话则表现各种意识的独立。

巴赫金在《关于陀思妥耶夫斯基一书的修改》一文中说,这位俄国作家有三大发现。一,创造了人物形象的全新结构,别人(即主人公)的意识,不为作家的框架所限,与作者处于对话关系之中,作者创造了独立于他之外的人,并处于平等地位上,作者不能用自己的结论来完成他,因为作者发现的是一个独立的、与众不同的个性。二,作者创造了与个性不可分离的思想观念,思想成了艺术描写的对象;这种思想不是通过哲学、科学的观点得到揭示,而是借人们对于生活事件的观点得以体现的。三,对话性,这是一种具有同等意义、平等意识之间的相互关系的特殊形式。② 从这三方面来看,我以为强调的仍是这些问题:主人公的自我意识的独立性,主人公与主人公、主人公与作者之间平等的对话关系。可以说,这是理解"复调小说"的关键之点。

巴赫金通过观察陀思妥耶夫斯基小说得出的结论,看来是有相当的代表性的。从他对"复调"理论所作的概述来看,不少俄国学者都已不同程度地发现了陀思妥耶夫斯基小说中这一独特的现象。因此,巴赫金所提供的艺术感觉、分析的经验,大体上是可靠的。但是巴赫金的这种理论,和一般传统的小说理论甚至文艺学中的一些观念却大相径庭。那末,这种理论在哪些方面是一反传统理论的呢? 应当给予什么样的评价呢?

---

① 《陀思妥耶夫斯基诗学诸问题》第 1 章,译文载《世界文学》1982 年第 4 期,本文下面引述本章的译文不再注明出处。Видение 可译作"视觉",有的译者译作"观照",我认为前者更合适些。

② 见巴赫金《文艺创作美学》,俄文版,1979 年,第 308—309 页。

主人公自我意识的确立

巴赫金认为，陀思妥耶夫斯基创作中的主人公是些独立的人，如拉斯柯尔尼科夫、"地下人"、梅思金、伊凡·卡拉马佐夫等，都是有思想的人，他把他们称为"思想家"，大概是指有思想、有独立意识、爱思考的人。他认为如果过去的小说创造的主人公是一些依附于作者的人，是宙斯创造的奴隶，那末陀思妥耶夫斯基笔下的主人公则是普罗米修斯创造的自由人，是有血有肉的、不受他人摆布的独立的人。这种自由、独立的主人公，一，不是作家观察世界的客体，"对陀思妥耶夫斯基来说，重要的不是主人公是怎样出现于世界，而首先是世界对他来说是什么，和他自身对自己来说是什么。"①作者指出，这是认识陀思妥耶夫斯基主人公非常重要的原则性特点。陀思妥耶夫斯基需要的不是作为现实现象的主人公，即一种具有明晰的、真实的社会典型特征的主人公，而是作为对世界和对本人的一种特殊观点的主人公，作为人对自身和周围世界能够采取一定思想、评价立场的主人公。二，那末这种主人公的自身有些什么内容呢？巴赫金指出，这种主人公形象所构成的因素，不是现实的特征，即不是主人公本身和他的日常生活的特征。构成主人公形象的因素，是这些特征对他本身的意义、对其自我意识的意义。通常小说中组成主人公的"他是谁"等种种因素，在这里变成了主人公自身反射的客体，即自我意识的对象。巴赫金说，自我意识的职能成为作家视觉和描写的对象，与通常的小说不同之处，在于整个现实是他自我意识的成分，现实能"进入人物的视野之中，进入他自我意识的坩锅"（第55页）。例如，《穷人》一开始就写了主人公的自我意识，它与果戈理写的穷官吏有所不同。果戈理的《外套》写了主人公的悲剧命运，这是作者在那里展现。陀思妥耶夫斯基的"穷人"就不同，不同之处在于他自己在陈诉自己的命运和屈辱的处境，显示自己的自我思考、自尊和反抗意识。他评价别人，又进行自我分析。这样，果戈理主人公的客观特征，都成了陀思妥耶夫斯基主人公的自我意识的对象和内容。所以读者看到的不仅是他是谁，而主要是世界对主人公是什么，是他的自我意识。用鲁迅的话来说，就是陀思妥耶夫斯基写人物，无须写他外貌，而写语气、声音，通过它们显示人物的思想和感情，面目和身体。② 巴赫金把

---

① 巴赫金：《陀思妥耶夫斯基诗学诸问题》，俄文第4版，1979年，第54页。下文中引自此书的引文不再作注只在引文后标出页码。
② 见鲁迅《集外集·〈穷人〉小引》。

陀思妥耶夫斯基的主人公的思想看作是一种独立意识,是创立自己思想观念的主体,是自己言论的主体,而不是作者言论的客体。"我们见到的不是他是谁,而是他如何意识自己。我们的艺术视觉不是处于主人公的现实之前,而是处于为他意识到的现实的纯粹职能之前。"(第 56 页)三,由于主人公自我意识的充分发挥,于是自我意识本身便成了描写主人公的主要艺术成分和分析的对象,并使周围世界溶入了他的自我意识,成为主人公视野的组成部分,结果,必然也把作者引入他的视野,过去由作家来完成的,现在由主人公来完成。巴赫金认为,"陀思妥耶夫斯基有如完成了小规模的哥白尼式的转折,他把作家作出的明确的裁决,变为主人公的自我意识的成分。"(第 56 页)

这样,就在小说创作里出现了一种令人瞩目的变化:原来的客体向主体转化,客体意识转向主体意识,而原来作家的主体意识却转向客体意识。这种双向对流,使小说艺术视觉发生了重大的转折。与一般小说相比,在作者的意图、小说的对象与目的方面,都有明显的不同。这种不同具体表现为,陀思妥耶夫斯基感兴趣的不是故事、人物、性格、典型,而是主人公的自我意识。"陀思妥耶夫斯基并不在客观形象上下功夫,他寻找的不是作为客观的人物的语言(性格和典型的语言)",而是另一种语言,"它们表现的不是它的性格(或者说他的典型性),也不是他在特定的生活环境中的立场,而是他在世界上有决定性涵义的(思想的)观点,是他对世界的看法";"他建立的不是个性,不是典型,不是性格,一般说来,不是主人公的客观形象,而只是主人公关于自身和自己对世界的议论"(第 62 页)。既然自我意识成了主人公的结构的主要成分,那末,"对于主人公的自我意识,不能用社会性格学的观点去进行解释"(第 58 页)。在过去的小说里,作家构思中的一切都是明确的,是被决定了的,主人公是封闭的,他的思想界限是清楚的,他只能在作家意识的认识范围内活动,他不可能改变自己,改变自己的典型性。作者的立场在这里有决定意义。巴赫金认为陀思妥耶夫斯基则不然,他把一切变为主人公的自我意识,并使之动作起来。主人公经常想到的是别人将怎样看待他,是怎样想他的。"穷人"、"地下人"、《罪与罚》中的主人公,都是这类人物。陀思妥耶夫斯基把自我意识当作构成主人公的主要艺术成分,其意图在于建立人的完整的新观点,即写出他的个性,透入人的灵魂,找到"人身上的人"。

巴赫金的这些观点,一,说明了陀思妥耶夫斯基的小说并非以描写性格、典型为目的,而主要是描写意识(陀思妥耶夫斯基本人在不少地方谈到典型问题,这是需作研究的）。而意识照巴赫金的解释，不仅是指主人公的自我意识，同时也指他的个性。在陀思妥耶夫斯基那里，"意识的概念扩人了，本质上，意识与个性相同"。[①] "陀思妥耶夫斯基把任何思想都理解为并表现为个性的观点"。可见，巴赫金所说的意识，有时也可作个性解。二，说明了情节、故事描写的一种弱化趋向。应该说，陀思妥耶夫斯基常常利用欧洲冒险小说中的凶杀做关节，使情节紧张化。他的小说不易复述，要讲也难以连贯，但同时却存在一种更为诱人的紧张性，即各种意识的冲突和争论。这种意识冲突的份量，大大压过了冒险故事情节的运用。不过也应看到，自我意识、不同意识冲突的紧张性，实际上与情节结构安排有关，不能完全否定。三，这样就出现了环境的作用问题。照巴赫金的说法，如果作家不以人物性格、典型化为念，则环境的作用自然就减弱了。

巴赫金关于陀思妥耶夫斯基创作中的主人公、自我意识的论述，自有其独特之处，自然也有争论，我们后面再谈。同时他也力图阐明这类现象产生的原因。他认为这涉及陀思妥耶夫斯基本人对周围世界的理解。巴赫金以为，这位俄国作家作品中的世界是深刻的、多元化的，即在他的小说里，不存在一个辩证的统一精神，而只存在各种意识，它们并不融合于某一统一体之中，但又不失自己的个性而结合在一起。巴赫金认为，那种由作者贯彻的统一精神，与陀思妥耶夫斯基是格格不入的。在他的小说里，只存在各种个性，各种意识的对立状态，所以一些小说的故事往往没有开头，没有发展，也没有结果。如果一定要找一个合乎陀思妥耶夫斯基世界观精神的形象，那就是"教堂"。巴赫金的这个奇怪的比喻是什么意思呢？就是多元化。在教堂里，有圣洁端庄者，也有罪孽深重的人；有死不改悔之徒，也有灵魂得救的人，这些人可以在这里共处一堂。教堂被认为是那些不相融合的灵魂可以沟通的一个场所，有如但丁笔下的世界一般。总之，这是一个多元化的世界。

在这个多元的世界中，一切同时并存，相互作用。进入陀思妥耶夫斯基世界的，只有被理解为同时呈现的一切，同时发生联系的一切，只有这一切，才能进入永恒，因为"照陀思妥耶夫斯基看来，在永恒中一切都是同一时间的，一切都是同时共存的"。因此他的主人公一般不作回忆，一切都作为现时的东西被体验，如他常常描写"难以赎取的罪恶、犯罪、不可饶恕的侮辱"等等，只有这些

① 巴赫金：《文艺创作美学》第317页。

中国俄苏文学研究史论
История исследования русской и
советской литературы в Китае

事实才能进入他的小说的框架,"因为它们符合时间一致的原则。因此,在陀思妥耶夫斯基的小说里,没有原因,没有事物的缘起,没有从过去、从环境影响或从教养里去求得解释。主人公们的每个行为,全都属于现时,这样就不会是事先就被规定了的。作者是把它作为不受约束的东西来思考和描述的。"巴赫金的这段话的某些方面,有些抽象色彩,如谈及环境影响等处,都把问题绝对化了,但又反映和点明了陀思妥耶夫斯基世界观中的某些抽象方面,而关于他作品中的共时性的论述,却是相当真实、精彩的。陀思妥耶夫斯基喜欢把杂然纷呈的形形色色的矛盾,置于同一平面上进行描写。多元化和同时并存的思想,使陀思妥耶夫斯基对世界的观察和思考主要集中在空间而不是在时间上。正如巴赫金说的:"他总是力图把理解到的思想材料和现实材料用戏剧对比的形式,组织在同一时间里,使之分散地展现。"巴赫金提出了一个有趣的对比,他说象歌德这样的艺术家,总是把同时共存的各个矛盾理解为统一发展的各个阶段,在每一个现时的现象里,让人瞥见过去的痕迹,当代的顶点,未来的趋势。因此,对他来说,没有什么东西会散居在同一平面上。所以他建立的结构,倾向于纵向顺序。这种艺术视觉,在我看来,就充满了历史感。陀思妥耶夫斯基就不是如此,他总是尽量把各个阶段放在同一范畴里,同一层次上,而不作纵向顺序的理解和排列。他把世界的种种有关方面、内容,看作是同时并存的现象,并在同一横剖面上推测它们的相互关系。一切同时并存于空间,而不存在于时间之中。毫无疑问,一方面,这是作家缺乏现实、历史发展的抽象观点的结果,但另一方面,这在艺术思维、艺术创作中是完全可行的,所以它正是一种具有创新意义的艺术视觉。陀思妥耶夫斯基由于其强大的艺术天才而显示了极大的艺术表现力。我以为,可以把这种横向的艺术描写称做共时艺术,它揭示了小说艺术时空关系上的新变化、新动向,而传统的语言艺术、小说艺术是纵向发展的历时艺术。共时艺术表现的新的方法,使用成功,会形成一种强有力的紧张的艺术气氛,使用不当,则很可能在艺术上漏洞百出。即使是前一种描写得很成功的情况,有时对于那些习惯于把现实、把艺术描写作纵向理解的读者来说,也往往不易被接受,这也是可以理解的。《卡拉马佐夫兄弟》中的审判场景是如此,《白痴》第一部的描写也是这样,它在十多个小时之内聚拢着那么多人的矛盾和冲突,最后很快在一个画面上爆发出来。我们深究一下人物间的意识的矛盾和冲突的积聚,好象觉得这种描写失去了历史和时间,好象故事情节的进展经不起推敲,但从共时艺术的角度来看,这不能不说是一种新的、极其高超的艺术手段。

巴赫金认为，正是在这个基础上，陀思妥耶夫斯基确立了主人公的自我意识。

实现自我意识的艺术形式——对话；主人公的一些重要特征

作家在人物观点上的重大变化和艺术视觉的转折使巴赫金发现，陀思妥耶夫斯基的小说是全面对话性的。

世界既然是多元的，各种现象同时并存，互为作用，那末相互之间的关系应是什么样的性质呢？巴赫金认为，陀思妥耶夫斯基把对话看作是真正的、人的生活关系，只有对话才是小说的追求。"一个声音什么也结束不了，什么也解决不了，两个声音才是生活的基础，生存的基础。"人们生活，意味着相互交往、进行对话和思想交流，人的一生都参与对话，人与人的这种关系，应当渗入生活的一切有价值的方面。如果没有这种对话关系，那一切就毫无意义。"人真实地存在于'我'和'他人'的形式中"①，"个人的真正的生活，只有对话渗入其中，只有它自身进行回答和自由地揭示自己时，才是可以理解的"（第69页）。在俄国资本主义社会里，人被物化的现象在十九世纪后期达到顶点，它通过一切暴力形式到处出现。陀思妥耶夫斯基看到这种现象，他"描写阶级社会中的人的痛苦，他的被侮辱，不被承认，人被剥夺了承认、姓名，被赶入压抑的孤独之中"②。但是陀思妥耶夫斯基认为，人的孤独是一种虚幻，他以为人的存在就是为了别人，通过别人肯定自己；人的存在是一种极其深刻的交往，他体察自己内心，同时也透视他人内心，也用别人的目光来看待自己。"我不能没有别人，不能成为没有别人的自我，我应在他人身上找到自我，在我身上发现别人，我的名字得之于他人，它为别人而存在，不可能存在一种对自我的爱情。"③巴赫金说，这不仅是陀思妥耶夫斯基的哲学观点，也是感受、认识人的生活的艺术视觉。在这一点上，我以为一方面是这位俄国作家对生活的独特的理解，他从一个方面，即从生活的对话的本质方面，接近了对生活本质的认识，可以说，这是一种富有人道主义精神的理解。另一方面，我以为这也正是巴赫金本人观点的表现，他对现实生活怀有某种忧虑，从他本人和他的朋友的遭遇来说，这种忧虑不是没有根

① 巴赫金：《文艺创作美学》第319页。
② 巴赫金：《文艺创作美学》第312页。
③ 巴赫金：《文艺创作美学》第312页。

据的。生活是无限多样的,人与人是平等的,他们需要对话,生活的本质就是对话,虽然在实际生活里并不总能如此。

然而,资本主义社会中大量被压抑的人、被剥夺的人的存在,毕竟是一种现实,他们的整个精神世界已被扭曲。陀思妥耶夫斯基恰恰从被扭曲的意识的形式中,发现了它的矛盾的两重性,而且广泛反映于他的创作之中。他倾向于把主人公的自我意识置于横剖面上,这种做法的缺点是使他"对于现实的很多方面视而不见,听而不闻",而其强有力的方面,则"使他对于特定瞬间的横剖面的理解力,达到异乎寻常的敏锐程度。他能在别人看来是千篇一律的地方,看见许多各式各样的东西;在旁人看见一个思想的地方,他可以从中挖掘出另一种相反品格的存在。一切原本显得简单明了的东西,在他的世界里却显得极为复杂。他善于在每个声音里,听出两种争辩的声音,善于在每一个表情里,看到沮丧和立时变为另一种相反表情的预兆。在每一个手势里,他同时琢磨到信心和不自信,但这些矛盾的双重性,并不是辩证的,也不是按时间的程序,不按纵向序列运动,而是平行对立,或是协调而不相融合,或是矛盾得不到出路,并使之在同一平面上展现"。"陀思妥耶夫斯基的观察力封闭在这一五光十色的、多样展开的瞬间里,并使这一瞬间里的横剖面上多种多样的事物,各行其是而穷形尽相"。我以为这是巴赫金对陀思妥耶夫斯基主人公的主体意识矛盾两重性及其在创作中的艺术体现的最精彩的描绘。巴赫金抓住了这位作家的"瞬间"的艺术特征,瞬间的意识的矛盾、冲突和斗争,瞬间的双重意识,瞬间发生的争辩,瞬间的表情的转换,瞬间的心理爆发,全在瞬间的横剖面上集中展现。"穷人"杰符什金不时地显示着他的善良、顺从,对别人加之于他的蔑视、嘲笑予以反抗;他的未曾泯灭的自尊、反抗意识与他的同情、宽厚、感伤情调不时交织,读来令人为之心碎。陀思妥耶夫斯基在给哥哥的信中写道:"有人(别林斯基等人)认为我身上有一种清新独特的气息,它表现在我运用分析,而不是综合,也就是说,我向纵深发展,通过对原子的分析抓住整体。"[①]这个"我运用分析"的自我评价,我觉得概括得出奇的确切。他对细小的现象进行分析,给以分解,发现它的对立,揭示它的正面与反面,洞察它的静与动,把握它的顺体与逆转;同一心态中有自尊与自卑,同一情绪中有惶恐与自慰,而狂笑与心的嚎哭同时显现,然后再还其整体。我觉得陀思妥耶夫斯基笔下的人,是一些外表完整而内心实已

---

① 陀思妥耶夫斯基:《书信选》,人民文学出版社,第29页。

破碎的人，是破碎的完整体。因此当作家对他进行艺术的再现时，他尽量先把它分解为碎片，然后逐一叩击碎片的不同侧面，使其发出多音调的回声，再将它们逐渐粘合为原状。

生活的对话特性，自我意识的双重性，必然导致自我意识的对话性。就是说，主人公的这种自我意识的每时每刻，都紧张地面向自己，面向别人，即第三者。没有这种面向，自我意识就不能存在，就没有主人公本身。因此，他只有面向他人，只有同他人对话，才能揭示他人，才能把握他人内心，才能理解他人。只有在主人公的相互关系中，只有主人公面对面时，才能揭示"人身上的人"。这样，对话不仅是手段，而且也成了艺术目的，人物行动的本身。

陀思妥耶夫斯基的对话性，来自对生活对话性的理解和艺术的移植。因此这种对话有别于一般小说和戏剧中的对话，它具有一定的哲理意义，它是反映了人与人之间的平等精神的对话。主人公的不同的自我意识，相互作用，互为影响，纵横交织，但不相融合，不相合并，不相消融。这里的对话，就是那些有自由和独立感的个性，把对方视作与自己一样独立的个性，各自让对方充分表达自己的意见，用各种音调各自不同地唱着同一个题目，形成多声部状态的对话，所以，这种对话也是一种创作的精神和作者主观精神状态的表现。

主人公自我意识的确立，它的实现方式，给主人公带来了几个明显的特征，即开放性、反对背后议论、未完成性。

所谓"开放性"，主要就对话与独白比较而言。巴赫金认为，对话是作者和主人公之间的一种开放性关系；而独白，虽然也是作者和主人公的关系，但却是一种封闭性关系。巴赫金以为"独白小说"和"对话小说"相比，优点属于后者，原因在于前者人物虽然众多，但人物意识属于作家，人物不能与作者处于同等地位，所以在独白小说中，只存在作者一个声音，而其中不同人物的声音表现为"同音齐唱"。"独白对别人的回答置若罔闻，它不等待别人的回答，为此也不承认别人的回答是决定性的力量。独白可以在没有另一方的情况下应付过去，在某种程度上，它使全部现实生活物化了。"在独白的构思中，主人公是封闭的，他的思想受到限制，他在他那种被规定的样子中感受、思考，他不能不是他那个样子，因为他不能超越、破坏作者的独白式的思考，因为他是在作者固有观点的基础上建立起来的。巴赫金认为这是"独白主义"，独白主义就是"在对待真理的态度中，否定意识的同类价值，神没有人可以应付过去，而人没有人就不行了"。陀思妥耶夫斯基不用这种办法，他求助主人公的自我意识，使之成为构成主人

中国俄苏文学研究史论
История исследования русской и
советской литературы в Китае

公形象的主要成分。他们的意识活动不受限制,他们的感受是自己的感受,他们的行动不是预先被规定好的,而是主人公们自然的相互关系。被自我意识推动的人物会向哪里发展,会成为什么样的人物,他们自己并不十分清楚。

开放性反对"背后议论",背后议论是巴赫金的专门用语,指说背后的话,做背后的评价。在主人公背后指指点点,就是把他看成是某种附属品,使他的言行完全受制于对方。对方背着他,不同他对话,或是居高临下地作出结论,使他在别人的结论中得到完成。巴赫金说,陀思妥耶夫斯基不用这种写法,"第三者的背后议论,在原则上主人公是听不到的,不了解的,主人公不可能把它们变为自我意识的因素,不可能回答它们"①。主人公听不到的那种背后议论使人物化,贬低人的个性,它们即使是真理,那也是不公正的。人身上总有某种东西,只有他自己才能够在自我意识与语言中揭示它,而不屈服于那表面化的背后定论,真理只有在对话中才是可以理解的。在陀思妥耶夫斯基的作品中,主人公们总想打破别人对他们所作的评论的框架,例如娜司塔西娅总在和别人的背后议论进行斗争。又如,当《白痴》中的伊鲍里特自杀,引起了梅思金的评议,说他自杀不过是为了想使阿格拉娅读他的忏悔录,阿格拉娅听后对此十分不满,认为这种背后议论缺乏理解和同情。她说:"在您一方面,我认为这一切都很糟糕,因为这样观察一个人的心灵,并象您裁判伊鲍里特似的来裁判他,是很鲁莽的。您没有温良的性格,单凭一个真理,所以并不公平。"在《卡拉马佐夫兄弟》等小说中,这类反对背后议论的描写很多,它们显示了作家的主人公的一个重要特征。

"未完成性"不仅是陀思妥耶夫斯基小说对话的特征,而且也成了小说主人公的特征。意识的对话性,人类生活的对话性,未完成的对话,"是人类真正生活在语言形式中表现出来的唯一类似形式。每一个思想与每一种生活,汇合于未完成的对话中"。主人公对于作者来说,"不是'他'也不是'我',而是一个有完全价值的'你',即另一个异己的有充分权利的'我'(第73页)。陀思妥耶夫斯基的主人公们,生动地感到内心的未完成性,他们反对背后议论,反对在别人意志的支配下完成自己。陀思妥耶夫斯基在确定自己现实主义特征时所说的话,是很有意思的。他说他"通过彻底的现实主义发现人身上的人……人们称我为心理学家,这不正确,我只是最高意义上的现实主义者,也就是说,我描绘

① 巴赫金:《文艺创作美学》第322页。

的是人内心的全部奥秘"（第70页）。陀思妥耶夫斯基为什么不愿人称他为心理学家？照巴赫金的说法，当时的心理学，无论在科学、文学中，都表现为机械的心理学，用主观揣测来确定人、完成人。这种心理分析物化了人的心灵，抛弃了被分析者的主体意识、未完成性、不确定性、可变更性这些因素和特征，恰恰是陀思妥耶夫斯基描写的对象。他"总是在最终决定的边缘上，在人的心灵尚未完成——难以决断的危机时刻，来描写人物的"（第71页）。所以作家对于流行一时、极为肤浅的刑事心理学不屑一顾，而使用了启发式的心理分析和对话。例如《罪与罚》中侦察科长与拉斯柯尔尼科夫的三次对话就是，它们一次比一次诱人、深入。谈话并不作出结论，但又逼使拉斯柯尔尼科夫心理全面崩溃。不用对话式的渗透去理解对方的心灵，是陀思妥耶夫斯基所不取的，在他的主要人物的描写中，大体都是如此。

主人公与作者的相互关系

巴赫金关于主人公的论述，自然会引出一些问题。例如，如果主人公是一个独立的和作家处于平等地位的个性，那末作家在创作中处于什么地位？他的主体意识又表现在哪里？如果主人公自成权威，只见其独立性、未完成性，那末如何实现作者的创作审美理想？问题还可以提出一些。下面仅就第一个问题做些论述，其他问题，留待另文再谈。

应当承认，巴赫金关于主人公的理论，确有其独到之处。他发现，陀思妥耶夫斯基小说中主人公与作者的关系，和以往小说有所不同。作者艺术视觉发生的变化，引起了创作中的叙述角度的变异和艺术思维方式的更新。

在陀思妥耶夫斯基的小说中，主人公们都被卷入生活的旋涡，甚至跌入罪恶的渊薮。紧张的追求、探索，折磨着他们的心身。他们在挣扎中宣传自己的见解，叙述自己的矛盾与不安，竭力显示自己的意识，受苦、彷徨、惶恐、绝望、犯罪、赎罪、道德和宗教的探索……即使是那些被带入静静的回流的人物，也在争做自己的主人，好让人们听到他们内心的呼号。陀思妥耶夫斯基的主人公的自我意识的强化，使过去作者叙述的客观现象转入了主人公的视野，使原来作者的叙述成为主人公的叙述与对话的内容，作者叙述语言的重心大为降低，并发生转移。这些变化把过去小说中的客体转化为有独立意识的主体，把作为创作主体的作者意识变成了客体。巴赫金认为，正是复调小说，才发现了主人公的自身价值，赋予他真正的自由与独立。否则，小说中的人物不过是一个僵死的

中国俄苏文学研究史论
История исследования русской и
советской литературы в Китае

客体。我以为在最后一点上,情况比巴赫金说的要复杂得多。

可以说,"复调小说"在描写人物方面是相当深刻的,它体现了生活的一种原色,这是小说艺术一个方面的进展。艺术视觉的变化固然是一种革新,但是在我看来,它仍然属于常态类型的艺术假定性①的运用,它的出现丰富了艺术表现手段,但未改变艺术创造的本质。例如,主人公的确进入了与作家的对话关系,他的主体意识得到了加强,他的确获得了主体特征。但是也要看到,实际上,这种对话关系仍然处在非对话的把握之中,主人公的自我意识仍然处在创作主体的制约之中,而作为主人公即使可以获得主体性的特征,但他注定摆脱不了客体性的困扰。因为归根结底,主人公总是作者这一主体的创造物,总是受制于作者本人的意图的。

小说艺术的视觉面可以是多种类的。从作家本人的目光出发,扫瞄人物、现象,就可能出现几种情况。一种情况是作者作为主人公之一叙述故事;一种情况是作者并非主人公,但有时会站出来说话,抒发己见,这种插笔只要融入整体艺术构思,往往可以获得极大成功;一种情况是作者隐而不露,但处处感到他的意图和精神。当然作者与叙述者的关系应另作探讨。陀思妥耶夫斯基在谈到创作中的作者时说,镜子般的反映是消极的、机械的,"真正的艺术家不可能是这样的;在绘画中也罢,在短篇小说中也罢,在音乐作品中也罢,必然会见到他(指作者——引者)自己;他是不由自主地被反映出来的,甚至违背自己的意志,带着自己的观点、自己的个性、自己的发展水平而显露出来"②。

那末,人物是否由此失去了主体意识、自由和独立性了呢? 没有。从人物和作者的关系来说,真正的艺术作品,不管作者怎样站出来直抒胸臆,或隐而不露,都得遵守艺术逻辑,以表现生活逻辑。作者把人物写活了,人物就自成独立的艺术世界,按其自身逻辑自然发展。有时作家写不下去,从一方面来讲,好象是人物背离了他,不听从他的指挥;但从另一方面来看,也可以说这是由于作家对人物的发展出现了认识上的阻塞。当他踌躇不前,停下笔来,清理了人物原来的线索,重新估价了人物与人物、人物与环境的相互作用,摸准了人物性格逻辑发展的特征,就会使阻塞变为通途,使艺术逻辑得以顺利发展。所以可以说,巴赫金讲的主人公的独立性问题,他的主体性,并不是"复调小说"艺术的专有

---

① 见拙作《艺术假定性的类型和文学真实性的形态》,载《文艺理论研究》1985 年第 4 期。
② 《俄国作家论创作》第 3 卷,俄文版,苏联作家出版社,第 138 页。

品，而是一种普遍的规律性现象。巴赫金讲的独白小说中的客体，并不是纯粹、单纯的客体，它也是一种主体。只有那些傀儡人物，那些在艺术上站不起来的人物，那些成为作家传声筒式的人物，那些失去了自身艺术逻辑的人物，才是真正的僵死的客体。而那些光彩照人的艺术性格，从来都既是客体，又是主体。他是客体，说的是他是作家感知、认识、描写的对象，是作家艺术构思的创造物，他的一切都是作家的赋予。他是主体，说的是一旦人物成了真正的艺术形象，他自身就有了生命，成了主体。他脱离了创造者，创造者这时不能不尊重他，在这一意义上，他和作者是平等的。因此，在创造过程中，从创造与被创造的关系来说，作家就是宙斯，一旦进入艺术创造逻辑，作家就是普罗米修斯。从总体把握看，主人公的自由完全是相对的；从艺术逻辑看，主人公的确是自由的、独立于作家个性的。创作中的主人公与作家的关系，是否可以这样来表达：伟大作家之所以伟大，在于他始终具有把握人物性格发展的能力，他有时表现出来的无能为力是暂时的，艺术逻辑中的阻塞现象可以被他对现实生活的洞察力所克服。那些小作家就不是如此。他们的自信建立于对现实的浅薄的理解之上；他们的博学往往是一种炫耀，他们无所发现，对读者也无可奉告；他们的主动是一种矫揉造作，一种挑逗。所以他们不能把握自己人物性格发展的逻辑，在人物面前，他们好象颐指气使，实则一筹莫展，无所适从；人物形象始终站立不起来。

巴赫金提出的复调小说作者的积极性是一种最高级的积极性问题，我以为必然同样会引起争论的。一方面，他承认作者的作用，以为复调小说毫不表现作者的意识，那是荒谬的，"创作者的意识时时处处存在于小说中"，因而注意到了主人公独立性中的"相对性"。他说："在这里，我们要预见到一个可能出现的误会：让人觉得，主人公的独立性，可能会与他整体作为文艺作品的因素相矛盾。由此，他自始至终为作家所创造。事实上，不存在这样的矛盾，因为我们是在艺术构思的范围内来确定主人公的自由的。"（第75—76页）他认为任何创造都为对象和结构所决定，创作不是臆想，不允许有任意性。他把主人公的自由看作是作者的"构思成分"的观点，是值得肯定的。但是另一方面，他又认为只有"复调小说"中的作者的"积极性是最高级的"。相比之下，"独白小说"就不是如此，他以陀思妥耶夫斯基和托尔斯泰的创作为例，说明两者的差异，那种抑"独白"而褒"复调"的意思可谓溢于言表。那末，这种作者的最高级的积极性的具体表现是什么呢？巴赫金说："作者是完全积极的，但他的积极性带有特殊的对话性质。"他认为一种是对待死的事物、没有声音的材料，可以怎么想就怎

中国俄苏文学研究史论
История исследования русской и
советской литературы в Китае

么塑造的积极性;而另一种积极性存在于对待他人的有生命的、有充分价值的意识的关系之中。后一种积极性是一种提问、诱发、回答、同意或提出驳论的对话的积极性。这种积极性不使主人公的意识变为客体,不对人作背后议论,肯定人的未完成性。如果作者不采用对话,则主人公就会自我封闭。这样来区别作者积极性的高低上下,显然是绝对化了。事实上,艺术视觉的转变,建立了作者积极性的新的形式,增加了人物的主动性、独立性,但是它并不与"独白小说"作者的积极性相对立。巴赫金不认为托尔斯泰的那种具有复式结构的小说如《安娜·卡列尼娜》是对话小说,因为作者与人物并不处于对话的同一层面上。但是也要看到,托尔斯泰的积极性并未使人物成为单纯的客体、无声的材料、可以被任意摆布的傀儡。其实,作家的积极性总是建立在人物的积极性之上的,要是人物失去了独立性和他的自身的价值,作家的积极性就不过是沙漠里的海市蜃楼,一种徒劳的发动。托尔斯泰丰富的、生动的人物群体的魅力,正是作者强大的积极性魅力的表现。在这点上,他与陀思妥耶夫斯基在创作中表现出来的积极性何分轩轾? 因此,巴赫金把托尔斯泰看成是一位"通晓一切和全知全能的"(第83页)作者,并对此表示有点不以为然,似乎作者因此而物化了对象,未能使外在世界的模式代之以对话模式,未能让主人公显示自己的真理,我以为这就陷入偏颇了。他看错了对象,他把三四流作家的作品与伟大作家的作品等量齐观了。毫无疑问,托尔斯泰谬误极多,但在其作品里,他确是一位全知全能的、同时带有许多谬误的上帝。陀思妥耶夫斯基难道就不是如此吗? 尽管他改变了艺术视觉,但这种变化同样出于一位全知全能的上帝的安排,只是方式有所不同。至于巴赫金说,后世作家"必须摆脱独白性的技巧,以习惯于陀思妥耶夫斯基发现的新的艺术世界,并要在他所创立的那个不可比拟的、更为复杂的世界的艺术模式中驾驭自己"(第314页),那实际上说要与托尔斯泰的传统决裂,这就更难使人同意了。

复调的双向发展

陀思妥耶夫斯基的创作,在二十世纪文学发展中的作用是巨大的。不同思潮、流派、倾向的作家,都不同地感受到了他的影响。在欧美,既有托马斯·曼、罗曼·罗兰、德莱塞这样的巨擘,同时也有卡夫卡、纪德、加缪这样的名家,在苏联,则有高尔基、费定、列昂诺夫、普拉东诺夫、舒克申等人。一些现代的西欧哲学、文学、宗教派别,几乎都把他奉为鼻祖、思想家,先是自然主义者和象征主义的先驱,继而是尼采主义者、东正教哲学家,再后是存在主义者等等。

陀思妥耶夫斯基的创作,确实是个复杂现象。他就象一个丰富的艺术、思想的存储器,不同倾向的作家可以按照自己的需要,从中汲取自己感兴趣的部分。但是由此,他的不少方面,特别是他创作中的消极、谬误方面,往往被那些为我所用者夸大了,歪曲地发展了。我以为他的创作的魅力,在于他在自己的作品中展现的那种瞬息万变、人欲横流、犯罪赎罪、宗教忏悔的郁郁寡欢的令人惶惶不安的生活气氛,那种内心斗争的冲突意识,那种找到一个能够安身立命之地的普通愿望。这种种现象,在二十世纪西欧社会生活中比比皆是。经济危机、世界大战、革命动荡、普遍竞争,使人内心处于极度紧张状态。没有什么是永恒神圣的,没有什么是牢不可破的。昨天的敌人,成了今天的至爱亲朋;今天的山盟海誓,预示着明天的激烈争夺。这种普遍的危机感,使西欧读者在陀思妥耶夫斯基的作品里获得了生动的感受。同时,陀思妥耶夫斯基还提供了表达上述情绪的艺术形式。人物的主体意识及其独立价值,它的矛盾性的强化,它的对话性的本质形式,它的幻觉、梦幻般的时时变化、难以捉摸的未完成性,它的要死要活的紧张和往往是意料不到的迅速转折,都成了描写的对象,并使对象主观化了。而折磨人的、让人痛苦不堪的社会生活,都不再在平静的叙述笔调下再现,而通过主人公的矛盾意识、意识流被折射出来,通过共时艺术的描写而被集中起来。在我看来,这正是艺术思维发展的一个极为重要的方面。巴赫金抓住了陀思妥耶夫斯基艺术视觉的这一特征,预感到了它在二十世纪文学发展中的重要性。

巴赫金在概括复调艺术特征时,并非出于凭空联想,他力图找出其社会根源。"陀思妥耶夫斯基时代的客观的复杂矛盾和多声部现象,平民知识分子和社会上飘泊失所者的地位,个人经历和内心体验对客观存在的多结构式的深刻参与,最后是在相互作用和同时并存中观察世界的才能——所有这一切构成了陀思妥耶夫斯基的复调小说借以成长的土壤。"关于这点,卢纳察尔斯基也有过深刻的分析。他指出了资本主义社会的分裂和作者内在意识的裂变,是出现复调的基础;并且认为,复调艺术会随着资本主义的灭亡而消失。但是涉及复调艺术的消失,卢纳察尔斯基的论点是缺乏根据的。看来,他主要从社会学并且是从狭隘意义上的社会学来看待这一问题的。事实上,复调艺术是艺术思维把握世界的新方式。它确实和资本主义社会中人的意识分裂有关,但它又是人对世界认识深化的结果,是人的一种内心的需要,审美的需要。只要人与人之间仍然存在着对话关系,只要存在着多种审美趣味,这种艺术思维的表现方式就会存在下去,并且具有持久的生命力。

在当前世界的小说艺术中,我们看到了复调的双向发展。一方面,它在现代主义的一些流派中应用得得心应手,颇有创新特色,极为成功,但在理论上使之变形,走向极端;另一方面,它也在现实主义的不同流派中发扬光大,其中也包括以社会主义现实主义为旗帜的苏联文学。

倪蕊琴：
《托尔斯泰和陀思妥耶夫斯基对长篇小说创作的拓展》①

一

19 世纪下半叶新兴的俄罗斯文学开始产生世界影响,号称俄国文学三巨头的屠格涅夫、托尔斯泰和陀思妥耶夫斯基都是以自己的长篇小说的艺术魅力征服读者的。

俄国的长篇经过普希金的诗体小说(《叶甫盖尼·奥涅金》)、莱蒙托夫的系列小说(《当代英雄》)、果戈理的散文体叙事诗(《死魂灵》)到屠格涅夫、冈察洛夫而进入现代欧洲模式。托尔斯泰和陀思妥耶夫斯基的创作则为长篇小说这一体裁的发展开拓了无限广阔的道路。

作为长篇小说家,托尔斯泰和陀思妥耶夫斯基都处在俄国从农奴制转向资本主义的过渡时期。也就是说,两位作家都面临着如何理解并表现这个充满矛盾和混乱的动荡时代的任务。

身为上等贵族地主,正享受着婚后家庭幸福的托尔斯泰伯爵,首先思考和感到不安的是贵族在俄国社会中的作用和地位的问题。于是他的注意力集中到俄国历史上贵族的黄金时代——1812—1825 年。当然,《战争与和平》的作者,在这部宏伟的史诗中所达到的远远超出了他最初的构思,他认识到作为整体的人民在历史上的决定作用。而经历了长期监禁、流放,受尽了身心的折磨,深刻体验到底层人民的苦难的陀思妥耶夫斯基对资本主义的发展所造成的人与人之间的隔阂、敌视以及社会道德沦丧更为敏感。他痛心地发现周围的人们"基本的社会信念摇摆不定",相互不理解,缺乏道义的一致。根据他对现实的这一基本认识以及他对现实主义艺术创作的原则,《罪与罚》的作者满怀激情地

---

① 原载《外国文学评论》1987 年第 2 期。

218

中国俄苏文学研究史论
История исследования русской и
советской литературы в Китае

批评了当时的贵族作家不关心广大下层人民的生活。他说:"我们一些高度艺术地描绘了中上层(家庭的)生活的有才华的作家托尔斯泰、冈察洛夫以为,他们描绘了大多数人的生活。而我以为,他们才描绘了特殊的生活。相反,他们的生活是特殊的生活,而我的生活是一般的生活。后代会证实这一点,他们会比较公允,真理是属于我的。"①他还指出俄国文学还没有对处于混乱和变动中的现实进行研究和作出解释。当然,陀思妥耶夫斯基对托尔斯泰的批评有失偏颇。但是,我们必须肯定他在创作上的这种执著追求,力求尽量广泛地反映现实,力求窥探现代生活的发展方向和规律。而实际上托尔斯泰也在苦苦地探索着,尽管是从不同的侧面和视角着眼的。

这也许是俄国文学史上一个极为奇特的现象:两位同时代的大作家,曾经共同生活在一个城市里,甚至出入于同一个公共场所,却终生没有直接相识交谈过。他们之间的差异是如此显著,但在创作中却常常出现吻合或殊途同归现象。他们第一次构思上的相会是在《白痴》和《安娜·卡列尼娜》中。陀思妥耶夫斯基通过他的一个人物来概括这个时代的特点:"现在一切都是乱糟糟的","一切都颠倒了,一切都翻过来了。"同样,托尔斯泰也通过作品主人公列文说:"现在在我们这里,一切都翻了一个身,一切都刚刚开始安排。"农奴制的崩溃,资本主义势力的冲击,动摇了维系着人们关系的各种准则,动摇了作为社会细胞的家庭基础,"贵族之家"瓦解了,家庭丧失了过去那种确定的性质,成了所谓"偶合家庭"。这就是潦倒不堪的伊伏尔金将军和他的外遇玛尔法·鲍里骚夫娜,以及他的备受折磨、千方百计保持体面的妻子尼娜·阿历山大洛夫娜。而这个家庭的年轻成员几乎都有一颗扭曲的心:骄傲到病态的女儿瓦尔瓦拉,特别是一心想出人头地,爱钱如命的儿子茄纳,他准备接受七万卢布,娶被托兹基抛弃的情妇娜司泰谢·费里帕夫娜。可以说,在陀思妥耶夫斯基所描绘的世界里几乎没有一个和谐、安宁的家庭,没有一对正常相爱的男女,他们互相猜忌,甚至相爱时也用折磨、憎恨、愚弄的方式表现出来(阿格拉娜·叶潘钦娜对梅思金公爵,罗果京对娜司泰谢,娜司泰谢对梅思金公爵)。

在完成《安娜·卡列尼娜》时,作者明确地概括说:"为了使作品写得好,应该爱其中主要的、基本的思想。譬如在《安娜·卡列尼娜》中我爱的是家庭这个

---

① 《陀思妥耶夫斯基论艺术》(俄文版),莫斯科艺术出版社1973年版,第450页。

思想，在《战争与和平》中我爱的是……人民这个思想。"①这一主要思想在作品中开门见山地点明了："幸福的家庭都是相似的；不幸的家庭各有各的不幸。"作为全书情节开端的第一句话是："奥布浪斯基家里，一切都混乱了。"这句话像提纲张网，拉出一幕幕贵族家庭的悲欢图：柳里克皇室后裔奥布浪斯基与家庭教师发生暧昧关系，妻子获知后，家庭面临危机。为调解兄嫂纠纷的卡列宁夫人，在莫斯科之行中与近卫军官渥伦斯基邂逅相遇，一见钟情，这既改变了吉提的命运（她为了渥伦斯基，刚刚拒绝了列文的求婚），造成吉提和列文的精神危机；又种下了安娜悲剧的祸根。于是，一连串家庭都混乱了。在彼得堡，一位显贵带着自己的成年儿子出入于他情妇家，以增长儿子的见识；交际花别特西公爵夫人在家宴上公开招待情夫；慈善家莉济亚·伊凡诺夫娜伯爵夫人在安娜离家后主动充当卡列宁的"管家"。在这里，混乱的家庭无疑是混乱的社会、混乱的时代的缩影。而且史诗作家托尔斯泰善于对俄国现实作全景观察，从经济、哲学、政治、宗教、伦理道德各个方面提出问题。《安娜·卡列尼娜》又是作家在艺术表现方面最花功力的一部作品，无论就人物形象，作品结构等方面来看，其成就都远远超过《白痴》。

而"偶合家庭"的主题，却是由陀思妥耶夫斯基首先提出的，他早在《罪与罚》中就已经有相当充分的描绘。读者不会忘记那个靠索尼亚卖身活口的马尔拉美托夫的"家"；也不会忘记那个由女地主用钱买去当丈夫，根据合同在一起生活的潦倒贵族斯维德里加伊洛夫的"家"。但是作家注意的中心并不是偶合家庭本身，他更关切的是偶合家庭中的年轻一代的成员。他通过从拉斯柯尔尼科夫到卡拉马佐夫兄弟坎坷的命运揭示了时代的矛盾和动荡不安的氛围，下层人民的苦难，人们在道德信念上的动摇、迷误和探索。他强调，这是一个困难的任务，"这一工作是不容易讨好的，也缺乏优美的形式。而且这些人物……还处于变化状态，因此在艺术上不可能是完美的。可能犯重大错误、可能有夸大、疏漏。会有太多的猜测"②。

屠格涅夫称托尔斯泰是"思想的艺术家"，其实，陀思妥耶夫斯基也许是

---

① 见古谢夫：《列·尼·托尔斯泰生活和创作年谱》1958 年版，第 468 页，译文见《托尔斯泰研究》（论文集），上海译文出版社 1983 年版第 542 页。

② 陀思妥耶夫斯基：《少年》，见《俄国作家论文学劳动》第 3 卷第 151 页，苏联作家出版社 1955 年版。译文见《论文学创作》，冯增义译，《文艺理论研究》1980 年第 3 期第 159 页。

俄国作家中最富哲理性的小说家。两位大师都终生孜孜不倦地探求人生的根本意义,思考人与社会、人与人类的全面关系,窥察人的内心深处的奥秘。体现在创作中就是从道德角度提出了一系列永恒的主题:生与死,善与恶,灵与肉,罪与罚,爱与恨,复活和永生……可以说《罪与罚》、《卡拉马佐夫兄弟》和《复活》是两位长篇小说家创作构思上的又一次相会和对话。

拉斯柯尔尼科夫和卡拉马佐夫兄弟(包括老卡拉马佐夫的私生子斯麦尔佳科夫)都犯了杀人罪。拉斯柯尔尼科夫的理论是把人分为两类:"超人"和"凡人",前者为了达到目的可以不择手段,为所欲为,而不受一般法则的制约。为了做一次试验,看自己到底属于哪一种人,他杀死了放高利贷的老太婆。老太婆是个无足轻重、甚至对社会有害的人。但凶杀行为意味着拉斯柯尔尼科夫跨过了道德准则的界线,他忍受不住良心的痛苦。结果他的理论折磨了自己。所以,作家认为拉斯柯尔尼科夫犯罪的根源在于他不相信永恒法则,他心中没有上帝。伊凡·卡拉马佐夫是弑父行为的思想上的凶手。他的理论是:他不相信上帝和他的永生的信念,而假使没有永生,就无所谓道德,因此,一切都是可以做的,甚至杀人。斯麦尔佳科夫就是这一理论的执行者。同样,老卡拉马佐夫也是十恶不赦的恶棍。但伊凡和斯麦尔佳科夫违反了维系着人类社会的道德法则,他们都必然遭受自我毁灭的命运。

涅赫留道夫的犯罪和卡秋莎·玛丝洛娃的一度堕落属于另一种性质的罪。然而究其根源,在对待上帝和永恒法则这点上,都与拉斯柯尔尼科夫、卡拉马佐夫兄弟同出一辙。大学生时代的涅赫留道夫对姑妈家的养女兼使女卡秋莎产生过纯洁、真挚的爱,这种爱激发他爱周围一切人,愿为别人做好事,愿使自己变得更完善。这时的他一切行为听凭良心的声音,精神的人主宰着他。三年的近卫军官生活腐蚀了他的灵魂,他像别的贵族青年那样一味追求个人享乐,内心的声音被压抑下去,动物的人在他身上占了上风,沾辱了卡秋莎,犯下了亵渎上帝的罪行。而卡秋莎在意识到她已被涅赫留道夫忘记、抛弃的那个凄风苦雨的夜晚,便开始怀疑上帝的存在,怀疑人与人之间可能相爱。她恨,她要求报复,于是她堕落了。因此只有当涅赫留道夫良心发现,真诚忏悔,以行动赎罪,决心娶卡秋莎,而卡秋莎被感动,开始原谅他,为了真正地爱他而拒绝与他结合时,他们两人在精神上复活了。

既然犯罪的根源在于人违背了上帝的法则,因此惩罚不仅来自法庭、监狱等暴力措施,而且,来自人的自身,对人们来说,最沉重的惩罚莫过于良心的审判。拉斯柯尔尼科夫杀人后，仿佛有一把剪刀剪断了他和人们的联系，他不再有权利爱母亲和妹妹，更没有权利得到她们的爱。陀思妥耶夫斯基认为通过苦难灵魂能够得到净化，当心灵重新被爱溶化的时候，精神就开始复活了。伊凡·卡拉马佐夫和斯麦尔佳科夫根本没有受到法庭的审判，他们之间的相互揭露，每个人对罪行的自我意识，使他们在精神上完全崩溃了。而被控弑父的德米特里·卡拉马佐夫却在这场灾难中灵魂受到震撼，他自愿背负起十字架，通过火海奔赴新生之岸。他并不是"伏法"，相反，法庭往往做出错误的判决。两位作家都着意描绘了法庭审判，《复活》的作者展现的是一幅活生生的百官现丑图：在那里，一切都是虚伪、颠倒、残酷、不公正的。在那里，无罪的卡秋莎押在被告席上受审讯，被错判；而造成她堕落的罪魁祸首涅赫留道夫公爵却高高坐在陪审员的宝座上。法官们是玛丝洛娃呆过的妓院的常客。所有那些扮演正义主持者角色的官吏们（包括神职人员）或者考虑私利，心不在焉，或者炫耀自己的知识，夸夸其谈。实际上是作家以人民的名义在审判"审判者"。从法庭向上向下伸延，凡被沙俄专制制度的国家机器带动下的大小官僚，从大法官、司令、部长到监狱长、押送官都是缺乏人性、与民为敌的。这样，现实主义大师托尔斯泰植永恒主题于现实基地之上，从宗教伦理道德出发达到批判现实主义的高峰。而《卡拉马佐夫兄弟》的作者所勾画的审判德米特里·卡拉马佐夫的场景，采取了全然不同的视角。他通过法庭定罪这一关键性的、涉及所有当事人切身利害，触动他们灵魂深处的事件，探讨犯罪心理，罪人性格因素，揭示偶合家庭年轻一代成员被扭曲的心灵的奥秘。

二

如果说"长篇小说是集中描述个别人物的命运，人物性格及自我意识的形成和发展过程的长篇叙事体作品"[①]，那么，托尔斯泰首先以再现"心灵的辩证过程"而使人物性格无限丰满，使人的内心生活第一次得到这种独立存在的意义。托尔斯泰从青年时代起就有过大量的自我观察，自我分析（从1847年开始的日记最真实地记录了他的内心生活）。他常常追逐着一种思想、一种感情产生、变化的轨迹，捉摸着心理自我运动的过程，探寻它的表现形式，它的活动规律。这种从自身实验得出的结论，当然具有作家个人的特征，但是在这一个别的人身

---

① 见《苏联文学小百科》（俄文版）第6卷第350页。

中国俄苏文学研究史论
История исследования русской и
советской литературы в Китае

上,同时具有普遍性。托尔斯泰从自我分析开始他的文学创作活动,因而,主要人物形象带有浓郁的自我表现性质。从自传三部曲《童年》、《少年》、《青年》中的伊尔倩耶夫、《一个地主的早晨》、《琉森》中的涅赫留道夫、《哥萨克》中的奥列宁到三部长篇巨著中的男主人公构成托尔斯泰式的人物画廊。他们像作家本人一样,具有上下求索精神,心灵纯洁,天性高尚,健康质朴,是"势所必然地在大自然的心窝里定居下来"的"自然人"。同为心理分析大师的陀思妥耶夫斯基,对人内心的奥秘观察得也许更为深邃,更为无情,他仿佛要把人心灵深处的每一个角落都彻底翻抖出来,连最细小的隐私也不容躲藏。按照一般规律,谁如果没有在自己内心研究过人,那么就无法深刻了解人们。当然陀思妥耶夫斯基也进行过长期的自我分析。但与托尔斯泰不同,他尽量把自己隐蔽起来,从不直接露面,在他所塑造的几十个鲜明形象中没有一个是自我的化身,带自传性质。陀思妥耶夫斯基式的主人公,概括起来可分为二大类:一类是内心分裂的所谓"两重性人物",他们是:拉斯柯尔尼科夫、卡拉马佐夫兄弟、斯达弗罗金、韦尔西洛夫、娜司泰谢·费里帕夫娜、卡捷琳娜·伊凡诺夫娜、格鲁申卡等。另一类则是作家的理想人物,上帝的使徒:索尼亚、梅思金公爵、阿辽沙·卡拉马佐夫、佐西马神父等。这第一类人物形象可说是陀思妥耶夫斯基对世界文学的独特贡献。如果我们同意福克斯的说法,认为长篇小说"只能在人和社会之间失去平衡的社会里得到发展",那么,陀思妥耶夫斯基的两重性人物就是最典型的长篇小说的主人公。他们中的每一个人都是不可重复的个性,他们中每个人的命运都极为奇特。同时在他们的性格中又展示了人和社会、人和世界的全面关系。拉斯柯尔尼科夫心灵善良、敏感,对人富于同情心。但高度发展的自我意识使他倾倒于超人理论。这个破衣烂衫、饥肠辘辘的"英雄",躺在像棺材一样阴暗狭窄的小阁楼里思考着他的杀人计划。犯罪后,他有充分的论据证明他的行为的合理性、动机的高尚:一个微不足道的放高利贷的孤老太婆,占有对她毫无用处的大量银钱,但这些钱却可以用来挽救几个濒临崩溃的家庭,拯救多少无辜的孩子。然而他的心灵却承受不住道德的重荷。而卡拉马佐夫式的性格,用作品中检察官的语言来表达,则是"能够兼容并蓄各式各样的矛盾。同时体味两个深渊,一个在头顶上,是高尚的理想的深渊,一个在脚底下,是极为卑鄙丑恶的堕落的深渊"。他们是"善与恶的奇妙的交织体"。因为按陀思妥耶夫斯基的看法,在每一个人的内心世界里都存在着两种冲突的力量:对美好事物的追求和对残忍、卑劣事物的向往。正如德米特里所承认的那样:"理智认为是耻辱的东西,心灵却觉得整个儿是美。在淫乱中也有美吗？请相信我,在大多数人看来,在淫乱中存在着美……"他们都是"偶合家庭"的成员,"被遗弃的人",都没有体验过家庭的幸福与温暖。特别是女主人公们都自幼受到欺凌和侮辱,稚幼的心灵遭到深重的创伤,对受侮的意识越强烈,对于社会的复仇要求也越强烈。美丽、聪颖、热烈追求纯洁爱情的娜司泰谢,刚进入少女期就落进陷阱,从此她表面上过着上流社会的豪华生活,内心中却痛苦挣扎。最后她虽然当众揭穿了托兹基的阴谋和全部罪行,但却是以公开标榜把自己出卖给富商罗果京为代价,她摆脱了一种耻辱,又陷进另一种耻辱,从一种不幸转向另一种不幸。而卡捷琳娜大胆果敢,富于自我牺牲精神,为了挽救父亲的名誉,不惜冒险。她在德米特里·卡拉马佐夫的"恩惠"中意识到轻视和侮辱,却自愿当他的未婚妻,用加倍的补偿,在精神上进行报复,对所恨的人施以慷慨资助,对所爱的人百般折磨(也是自我折磨),强迫自己忠于所扮演的角色。与托尔斯泰的人物相比,陀思妥耶夫斯基的人物都带有病态的狂热,甚至歇斯底里。

作为长篇小说家,托尔斯泰身上存在着强烈的史诗因素,他总是让他的主人公的命运与民族的、人民的命运息息相关,在人与人之间的博爱与和平中得到心灵的和谐。在祖国受到侵略,民族面临灾难的时候,两对仇人相逢了:彼埃尔·别索霍夫与道洛霍夫拥抱言和,安德烈·保尔康斯基为成了残废的阿纳托尔·库拉金流下同情的泪。在为国捐躯和服从神圣法则的感召下,心灵达到了一致。列文的精神危机只有在与农民共同的体力劳动中得到解脱,在老农的生活启示("活着不是为了自己的欲望,而是为了上帝。")下找到出路。涅赫留道夫从为个人向卡秋莎赎罪发展到为整个剥削阶级向人民大众赎罪,最后获得灵魂净化,精神复活。

在陀思妥耶夫斯基身上更为活跃的则是戏剧因素。作家把他所描写的人物当作主体,不是像传统的小说中那样由全知全能的作者安排好的客体。作者赋予他的人物更多的独立性。作家和主人公具有同等权利,每个人有自己的声音去参与论争。按照苏联评论家巴赫金的说法,陀思妥耶夫斯基笔下的每一个主人公都被"狂热的思想"和个人关于世界的"真理"所控制,因而他们全体合在一起构成了一个有关世界、人和上帝的"大型的对话"。他的长篇小说"真理"的最大限度的"复调"、"多声部"就是由此而来的。陀思妥耶夫斯基意识到世界是极为复杂的,真理是相对的,任何"个人的"真理都有局限性,任何人永远也不可能在自己的狭小范围内看到生活的全部内容,因此,他认为,个人的真理

中国俄苏文学研究史论
История исследования русской и
советской литературы в Китае

应该向他人的真理敞开,这就需要进行不断的交流和对话。而托尔斯泰却有着完全不同的看法。他说:"长篇小说的任务——即使说它是表面的任务也好,就在于描写一个人或者许多人的整个一生,因此写长篇小说的人对于生活中什么是好的,什么是坏的这一点,必须具有明确而坚定的概念。"[①]所以长篇小说家托尔斯泰始终是以洞察秋毫的叙述者姿态出现,同时通过与叙述者在基本立场、观点上一致的托尔斯泰式主人公,以统一的思想驾驭全书,使人物形象体系泾渭分明:凡接近大自然,接近人民,远离宫廷,不为沙皇服务,不参与政权的庄园贵族和在野贵族构成正面人物阵营,凡接近宫廷,为沙皇服务,奔波于政界,远离大自然,远离人民的在朝贵族构成反面人物阵营。主人公内心矛盾的基本形式是动摇于城市——农村,上流社会——上帝的世界,动物人的情欲追求——精神人的道德探索。三部长篇越到后期贵族身上的正面品质越减少,而来自人民底层的人物的地位却越来越重要。"人民的真理"越来越取代"老爷的真理"。作家思想、信仰上的矛盾与统一也正表现在这里。

三

极为有趣的是,托尔斯泰和陀思妥耶夫斯基这两位从各方面看都如此独特的作家,在与屠格涅夫相比较时,却突然趋向一致了。在俄国长篇小说史上,如果说屠格涅夫以自己的六部长篇奠定了精巧简练,抒情完美的封闭型范例的话,那么,托尔斯泰和陀思妥耶夫斯基则创立了宏伟深沉,包罗万象,像生活本身一样无始无终,无边无际的开放型模式。

屠格涅夫继承了欧洲的传统,他的小说的特点是:情节一般都是围绕一个主要的矛盾冲突展开,故事按照事件发生、发展的顺序进行。时间和空间都有严格规定。出场人物不多,男女主人公的爱情纠葛为情节线索,人物性格的冲突决定着爱情的成败,同时形成故事的高潮或结局。尾声中作者向读者交待每个人物的命运归宿。真可谓有头有尾,结构严谨。托尔斯泰,这位"雅斯纳雅·波良那的荷马"(托马斯·曼语)却不习惯在溪川、湖泊里游弋,他需要汪洋大海,他需要畅通无阻的天地,而不愿受任何框架的束缚。当他进入创作盛期,一气写成《战争与和平》以后,人们被这一庞然大物惊呆了,评论界议论纷纷,对作品的体裁提出异议。有些评论家说,《战争与和平》"不是长篇小说,不是中篇

---

① 译文转引自贝奇柯夫著《托尔斯泰评传》,吴均燮译,人民文学出版社 1981 年版第 356 页。

小说"，或者说，"这不是编年史，也不是历史小说"，"全部作品的根本缺陷就是缺少小说的情节发展"，造成作品结构的松散。还有人认为这是"一部大而无当的作品，其中至少包括交织在一起的三部长篇小说"。这正说明了欧洲传统对俄国评论界影响之深。因此，作家只好为作品写了序和跋，自己来说明《战争与和平》的体裁特征。他承认这一巨著确实"既非长篇小说，又非中篇小说，既非叙事诗，又非历史纪事"，而是作者采用了他认为最能表达他所要表达的思想的适当形式。这就是说，《战争与和平》是作家艺术探索的成果，它突破了旧传统，实现了一次艺术创新。但这种创新不是凭空的，而是综合了过去叙事艺术的成就，创造了现在称作史诗性长篇小说的新样式。它的特点是：包罗万象、广阔无边、气势磅礴、结构宏伟。《战争与和平》从女官安娜·涉莱尔的家宴写起，一下子几十个人物同时登场。几条线索或平行或交叉发展，各种矛盾错综复杂，战争事件与和平生活交替展现。时间：从 1805 年到十二月党人运动酝酿时期，先后持续近 20 年。空间：从俄罗斯到西欧，从首都到外省，从城市到乡村。出场人物多达 550 人以上。结构上很难严格区分哪里是开端，哪里是高潮，而结尾却又是一部新小说的开始。所以，人们往往把这样的史诗性巨著与海洋联想在一起。托马斯·曼曾作过非常深刻的譬喻："史诗具有历史波澜壮阔的广度，一种蕴蓄生命的起始和根源的广度，阔大雄伟的旋律，消磨万物的单调——它多么像海洋，海洋又多么像它！我指的是那种荷马的素质，故事绵延不绝，艺术与自然合而为一，纯真、宏伟、实在、客观、永生不死的康健，永生不死的现实主义！所有这些，在托尔斯泰的作品中比在现代史诗的任何作者笔下都要强烈，他们使他的天才在本质上（如果不是在地位的高低上）不同于陀思妥耶夫斯基的病态的表现以及令人神魂飞越、高度歪曲了的现象。"①

而"灵魂的千里眼"（梅列日柯夫斯基语）陀思妥耶夫斯基也有一个广阔的世界，在他洞察其奥秘的这个心灵世界里，不仅有欢乐，更多的是痛苦。作家曾经被迫在"地下室"，在"死屋"里观察人，研究人。他理解到人们心灵的创伤归根结底是社会弊病造成的；被扭曲的灵魂实际上是不正常社会的反映。对他来说受苦孩子的一滴眼泪就包含了人类的苦难。这心灵的海洋同样汹涌澎湃，这人类的苦难也是无边无际。人们经历着信仰——怀疑——危机——新的信仰这一探索，道德上动摇于上帝与魔鬼之间，追求上徘徊在灵与肉之间。这种精

---

① 见《欧美作家论列夫·托尔斯泰》，陈燊编选，中国社会科学出版社 1983 年版第 395 页。

神上的"苦难的历程"反复、循环,永无止境。陀思妥耶夫斯基长篇小说的一大特点在于:不管小说的外部情节如何曲折离奇,而内在的推动力我以为都可以归结为心灵的活动史。所以说《罪与罚》是拉斯柯尔尼科夫的心灵活动史;《白痴》是娜司泰谢·费里帕夫娜(在一定程度上也是梅思金公爵)的心灵活动史;《群魔》是斯达弗罗金的心灵活动史;《少年》是多尔戈鲁基的心灵活动史;而作为作家思想总结和艺术总结的《卡拉马佐夫兄弟》则是一群人(卡拉马佐夫父子和卡捷琳娜·伊凡诺夫娜、格鲁申卡等)的心灵活动史。确切些说,其中大部分还是受伤心灵的活动史。这种心灵活动史一般又是顺着一定的哲理思考和伦理道德准则的轨迹发展的。拉斯柯尔尼科夫思考如何证明他的自我的价值与能量;伊凡思考他对上帝的世界是否承认的理由以及确定自己的信念以后的行为准则;娜司泰谢为了向托兹基报复,动摇于罗果京和梅思金公爵之间:前者是她自暴自弃的归宿,但良心却不受谴责;后者是她心灵追求的目标,她的从未实现的爱情把她引向后者,但女性的贞操感又不允许她去"沾辱"他。哲理思考与道德准则的选择在小说中往往达到矛盾的极点,于是外化为曲折的情节,其一般公式是:以凶杀事件为故事梗概,表现为侦探小说形式;而破案却在人的内心,表现为宗教小说的形式,最终出路是人的精神的复活。

车尔尼雪夫斯基在他关于托尔斯泰的"心灵辩证法"的著名文章中指出:"心理分析可以采取不同的方向:有的诗人最感兴趣的是性格的勾描;另一诗人则是社会关系和日常生活冲突对性格的影响;第三个诗人是情感和行动的联系;第四个诗人则是激情的分析;而托尔斯泰伯爵最感兴趣的是心理过程本身,它的形式,它的规律,用特定的术语来说,就是心灵辩证法。"①

如果按照这一观点来区分作家心理分析的特点,那么,屠格涅夫最感兴趣的是社会关系和日常生活冲突对性格的影响以及情感和行动的联系方面,而托尔斯泰和陀思妥耶夫斯最感兴趣的则是心理过程本身,即心灵的辩证过程,他们俩的区别在于:前者注意的是一般情况下的常态心理,而后者注意的是特殊情况下的病态心理。

托尔斯泰认为,"艺术的主要目的是表现一个人的心灵的全部情况,……艺术是显微镜,艺术家用以观照自己的心灵的秘密,并向人们表现这些为大家共

---

① 见《俄国作家批评家论列夫·托尔斯泰》,倪蕊琴编选,中国社会科学出版社1982年版第27页。

有的秘密。"[1]他着重描绘人们在历史洪流中的思想变化,自我意识的形成和矛盾、转化;描绘人的内在冲突:精神的人与动物的人的斗争;描绘贵族知识分子(与作家自我融为一体的)如何进行反省、自我完善,如何与平民接近的过程。所以人的心理活动本身就成了作家观察、研究的对象和他创作的主要内容。而陀思妥耶夫斯基早在创作初期就为自己确定了一项使命:"人是一个谜,我要探索这个谜。"[2]作为"社会关系总和"的人,在俄国封建农奴制向资本主义转变时期所特有的动荡状态下,心理畸形变态,出现二重人格。在陀思妥耶夫斯基笔下,这种病态心理具有各种不同的表现:有些人,像拉斯柯尔尼科夫那样,只强调自我的存在,他们的一切言行,从超人理论到杀人行为,目的在于认识自我,证明自我的价值、作用和能量,而全然不顾作为社会人应遵循的共同法则和道德制约作用,因而陷入孤独中,徘徊挣扎;有些人,像斯达弗罗金那样,在复杂的现实环境中无能为力,找不到出路,却又渴求"黄金世纪"的实现;另一些人像德米特里·卡拉马佐夫那样,在他们的内心和行为中善与恶、爱与恨、崇高与卑鄙永远交织在一起,分不清界限,相互撞击,造成内心支离破碎,性情怪戾,喜怒无常。心理上经常处于极端苦闷状态,有时甚至濒于悲剧性的狂热境地:思想与下意识,现实与幻想同存一身,思维活动完全缺乏逻辑。这在托尔斯泰的作品中是极为罕见的。他的主人公(从伊尔倩耶夫到涅赫留道夫公爵)心理活动的轮廓分明,读者清晰地看到在什么样的境况下他的人物内心产生了一种思想、感情。这种思想、感情在外界的影响或刺激下,在大自然的某种启示下,如何发生了变化,产生了新的思想和感情,而新的思想感情使他采取某种行动。主人公往往对自己的行动后果加以评价、思考,在不断的反省中进行道德的自我完善。人物的思维活动符合逻辑性,合情合理。但托尔斯泰也善于捕捉描绘那些内心处于极端痛苦,精神濒临绝望边缘的人的心理,对安娜·卡列尼娜在与渥伦斯基最后一次口角后直到卧轨自杀前的心理活动的全过程的展现,可以说是世界文学中最震撼人心的篇章。

当代苏联文艺理论家赫拉普钦科[3]指出,如果以作家们注意的一系列冲突

---

[1]《托尔斯泰全集》(俄文版)(百年纪念版)第53卷第94页。

[2] 见《陀思妥耶夫斯基书信选》,冯增义、徐振亚译,人民文学出版社1986年版第10页。

[3] 以下分析观点均见赫拉普钦科:《作家的创作个性和文学的发展》第6章《文学的分类研究》,上海人民出版社1972年版。

中国俄苏文学研究史论
История исследования русской и
советской литературы в Китае

以及用来表现这种冲突的方法不同来确定文学类型和流派的话,那么,普希金就是以注意个人和社会的冲突,以塑造"多余人"形象而独树一帜的。果戈理流派是对于民族和人民的要求同存在于国内的那个社会制度之间的矛盾表现出极大的注意,并创建了大规模的讽刺体裁。到 19 世纪下半叶巍然耸起了三座高峰——托尔斯泰、陀思妥耶夫斯基和契诃夫。他们中的任何一个人都既不隶属于普希金流派,也不隶属于果戈理流派。他们每一个人都不仅是俄国文学史中,而且也是世界文学史中一些新的创作倾向的首倡者。

长篇小说家托尔斯泰的作品中所显示的不仅仅是个人和社会的冲突,而且还有个人在重新考察一切社会准则的基础上对于同人民结合的探索。对于人民在社会的历史发展中所起的决定性作用的思考,对于人和人民的复生概念的体现,决定了托尔斯泰长篇的特点:史诗式叙述和心理描绘的综合,决定了作家创作的基调:雄浑、纯朴、明朗。

而构成陀思妥耶夫斯基现实主义作品的显著特点的,是描绘私有制社会中人的生活和人的命运的悲惨情况,显示了"被侮辱与被损害的人们"同社会邪恶的绝望的冲突。在作家的意识中这些冲突具有永恒不变的悲剧性。因此,他的长篇小说融合了社会的、哲学的和心理的因素。而对"被遗弃了的人"的悲哀和痛苦的关心,对于人身上个人追求的力量的思考,决定了陀思妥耶夫斯基创作的基调:深沉、阴郁、悲怆。

托尔斯泰和陀思妥耶夫斯基都是以毕生的精力,对社会的和人生的根本性问题进行"追根究底"的探讨的伟大作家,他们都发展了长篇小说这一"最广阔而不受拘束"的文体,以便最充分地表达他们对人、社会和世界的艺术概括,正因为他们看得深、掘得深、写得透,因此,他们的艺术生命是不朽的。同时,每个作家又以各自独特的创作个性和风格,在不同时代起着不同的作用。19 世纪末20 世纪初,作为长篇史诗的作者和伟大的人道主义作家,托尔斯泰赢得了世界文坛的注目。他的影响压倒了同辈作家,从罗曼·罗兰到法朗士,从亨利希·曼和托马斯·曼到德莱塞和高尔斯华绥都受到他的熏陶。而在他的祖国,托尔斯泰传统对一代代俄国和苏联作家的影响都是经久不息的。

当人类经历了两次世界大战,特别是经历了法西斯战争狂的蹂躏以后,西方的知识界普遍出现了信念危机:他们对文明世界、对人的理性力量产生了怀疑,对传统观念进行了重新思考。千百颗受创伤的心灵渴望人与人之间的理解,追求精神的和谐,但往往以失望告终,深深的孤独感折磨着他们。在经历了十年浩劫的中国，人的苦难仿佛具有了普遍的、永恒的性质。这时，广大读者对陀思妥耶大斯基——"人类苦难的表现者"越来越理解了。从西方到东方，他被广泛地阅读、谈论，人们从他那儿得到启示，引起共鸣。可以说陀思妥耶夫斯基以新的面貌参与了当代生活。

陈燊:
《列夫·托尔斯泰和意识流》[①]

把托尔斯泰的姓氏同意识流相联系,并非自我开始。很久以前西欧某些研究者就断言:托尔斯泰是意识流的"创始者",而意识流后来在乔伊斯、普鲁斯特、维·吴尔夫等人的作品里得到"成熟的"表现[②]。苏联批评界对此表示过异议,但只是就事论事。我这里不限于孤立地看他的心理描写与意识流小说的关系和同异,而是稍稍联系他的创作发展、创作思想的变化来考察这个问题。

托尔斯泰最早的习作是鲜为人知的《昨天的故事》(1851),它被认为是意识流小说的先驱。苏联批评家什克洛夫斯基说:"假如托尔斯泰写完[这个]作品,那么我们面前将有一部乔伊斯在数十年后才写成的书。"[③]这个作品据说是在斯特恩影响下写出来的。众所周知,斯特恩在欧洲文学史上标志着"内心独白"深化的一个阶段,为一些意识流小说家所师法。因此可以说,托尔斯泰几乎是与意识流小说家在同一地点发轫,而且在同一源头饮过水。

托尔斯泰写这个习作,是同他的生活有关的。他当时年轻,又时常感到"孤独"。醉心于自我观察和自我分析,流连于内心的琐碎活动,以致认为,"人的心灵,无论从哪方面来看,到处你都看到无边无际……"而且说:"要是把一天的内心活动都写出来,天下的全部墨水都不够使,全部印刷工人都来不及印刷"。就在这种思想指导下,他写了十分平凡的一天的"故事"。

《昨天的故事》分三部分:一、"我"在"她"家中作客,二、"我"在归途中,三、"我"抵家后。这个习作与传统小说颇不相同,在好些方面近似意识流小说。

作品开宗明义地说:"我写昨天的故事……是因为很久以来我就想谈谈一

---

① 原载《外国文学评论》1987 年第 4 期。
② 《作为艺术家的列夫·托尔斯泰》,苏联作家出版社,1963 年,第 501—502 页。
③ 《什克洛夫斯基文集》,文学出版社,莫斯科 1983 年,第 1 卷,第 497、第 502—503 页。

天间的生活。"所谓"生活"其实是内心生活。像意识流小说那样，它整篇写意识活动，而且全是内心独白，没有故事情节，没有人物交代和环境描写。突如其来地说"我在打牌"，在议论打牌的作用之后，便转而叙述"我"和"她"打牌，以及"我"喜欢"她"和关于"她"的一言一笑的想法。"她"是谁，"她"和"我"是怎样的人，又是在哪里并怎样打起牌来，全没谈到。据考证才知道，"我"即作者，那天在表兄亚历山大·伏尔康斯基家中作客，"她"是亚历山大的夫人。

意识流小说中一切通过意识"银幕"而表现。由于意识常常由外界印象引起，因此"银幕"上也有客观世界的"反映"，但这只是客观世界的碎片，只限于主人公所感知的一斑。意识之流随印象而自由联想，而任意飘浮，随着新的印象而改变方向，因此它不是定向流动，其轨迹是网状的。《昨天的故事》有类似的写法。在第一部分里，"她"的一言一笑只显示于"我"的意识中，"她"也只以"我"所感知的一言一笑出现于"我"的意识"银幕"上，而"我"的意识又是随着"她"的言笑而飘动的。在第二部分，"我"的意识更是随外界印象和联想而自由跳跃。"我"坐上雪橇，和仆人打了个招呼，他马上自问这是为什么？原来是由于告别时感到的高兴，于是联想到告别的情景和所说的客套话。一辆马车迎面而来，驾雪橇的仆人敏捷地避开，于是思路转到仆人身上——想象他的为人，却给一个马车夫的吆喝声打断了，于是联想到马车夫们的关系，但思路又给岗警喊叫声打断了……

意识流小说一般不写明确的思想之流，而是写飘忽不定的印象及其所引起的浮光掠影的感觉、情绪、联想或想象，而且像普鲁斯特说的，常常是"经历过的朦胧微明的阶段"，很多是下意识或无意识的东西。《昨天的故事》也说，它要写"内心"即"心灵背后"（зз. душой）"闪现过的各色各样的印象以及这些印象引起的朦胧模糊的……想法。""心灵背后"也就是下意识领域。在第一部分，"我"全神贯注于"她"的一举一动，想象"飞到九霄云外"，以致当她说要他"留下再打三圈"时，他却脱口而出地说："不行"，但话没说完就懊悔了，不过，"懊悔的不是全部的我，而是某一部分的我"。接着，"我"又在出神地琢磨"她"说的一句话，以致当"她"的丈夫要"我"留下吃晚饭时，一边是"我"说自己不能留下，请求原谅，一边是"我的身体却又放下了帽子，满不在乎地坐到了安乐椅里"。不过，"我的头脑的这一部分并未参与做这件荒谬的事"。在这两处，"我"分为两个部分，头脑也分为两个部分，两者彼此矛盾，"身体"做的和头脑想的又彼此矛盾，内心语言与出声语言也不相一致。实际上，这是意识与下意识的矛盾,部分的"我"、"身体"都代表着下意识。下意识之流,在第三部分关于梦的描写中写得更为充分。作家首先描述由醒到梦、由意识进入下意识的瞬间状态。在开头"我"由梦神想到"她",想到"她"的胳臂,又由自己伸了个懒腰想到圣托马斯(他是不准伸直身子躺着的),又想到打猎,于是意识模糊了,这些想象混在一起了,在"我"脑际浮现:"圣托马斯骑得多快——而在所有这些追逐猎物的人后面走着[那位]夫人……可是,胳臂真漂亮。"他入梦了:

> 我看见,我要追上夫人,突然——一座山,我双手推它,推它——它塌下来了(推掉了一个枕头);于是回到家里吃饭。饭没做好;为什么?华西里在胡闹(那是房东太太在隔壁,问是什么声音,年轻的女佣人回答她。我听见了,于是就这样做梦)。华西里来了,大家正要问他,饭为什么没做好,却看见——华西里穿着坎肩,肩上挎着绶带;我害怕了,跪下来哭着吻他的手;我那时的心情就像吻她的手那样愉快——甚至还愉快些。华西里没有理我,只问道:"上了子弹吗?"糖果点心商土拉人狄德利赫斯说:"准备好了!"——好吧,开枪! 一声枪响(百叶窗砰的一声)……

梦的描写固然古已有之。但这段梦却值得注意。它不是想象的随意编造,也不是日常经验的记录,而是作者根据自己关于意识的见解写成的。就在这作品里作者说,梦是人完全失去了意识的状态。但是人是逐渐入睡的,所以他的意识也是逐渐失去的。他认为:意识由三部分组成:头脑、感觉、身体。头脑是高级部分,先入睡,感觉的意识稍后入睡,身体的知觉最后入睡。在上述梦中,感觉和身体没有入睡,所以感觉到掉了枕头(于是梦见推塌了山),听到隔壁房东太太等谈话(于是梦见华西里在胡闹),听见百叶窗碰撞声(于是梦见开枪)。可见他在有意识地试行描写意识和下意识的活动,并研究两者的联系。他的关于意识的三种区分、关于梦的见解,对于意识流和梦的描写来,可以说是理论性的、创造性的探索。

还有一点值得一谈。娜·萨洛特曾因意识流小说没有使用"潜对话"之类新手法而颇有微词。《昨天的故事》第一部分却已写过"潜对话":"我"与"她"在出声的对话背后进行的"那场对话",是从"我"的角度、从"不易觉察的微笑和眼神所能表示的隐密的相互关系"中捉摸出来的两人的"无声的谈话"。

由此可见,托尔斯泰一开始就能写意识之流,他的习作很接近作为文体的意识流小说①。但他对这个未完成的习作并不怎么感兴趣，后来他说自己懒于加以修改。不久，他到高加索后曾模拟这个体裁写另一篇《在伏尔加河上》，但写不了几页就辍笔了。作家的创作才华引导他向另一方向发展。

几乎和《昨天的故事》同时，托尔斯泰开始《童年》的构思，在一年多后完成。这是他第一部公开发表的小说。与《昨天的故事》一样，它也以日记为基础，也用第一人称，也写自己的生活，也是写回忆。两者还有内在的共同点：很少写外界事件，注重内心生活。什克洛夫斯基说：《童年》不是表现人们"复杂的相互关系"，兴趣在于"思考人们最简单的感触和感受"，"事件的阙如似乎把作家所描写的领域转向发生于事件之外的人的意识之中。"他还指出，在《童年》第26章中，关于妈妈之死只有两页，关于孩子的痛苦却写了四页②。尤其是，如果说《昨天的故事》写的只是一天的事，《童年》则把童年生活浓缩在两天之内，当前生活与往事回忆彼此交错，打破时空的限制，比《昨天的故事》（以下简称《故事》）似更接近意识流小说。不过，这些只是外观，两个作品却有重大差别。

首先，《故事》是纯内心独白，是"我""不出声的"的自言自语；《童年》是第一人称小说，独白只是其中表现手段之一，"我"是讲故事人。前者只是默想主观感受，后者则要把客观现实和主观意识中发生的事情告诉读者。在前者，客观世界并非独立存在，只出现于主人公的感知中，例如"她"并不出现于具体的社会环境中，只出现于"我"的意识"银幕"上，我们不能从"我"的意识外窥其全貌。甚至"我"，除"我"的意识外，我们不能知道更多的东西，因此我也只存在于"我"的意识之中，我们只能从"我"的意识之流中看到他。《童年》虽则也以"我"为观察点，却夹杂着作者的声音，夹杂着客观的叙述和说明。因此，客观现实以完整的样子而呈现。不论"我"或其他人物：妈妈、爸爸、哥哥、祖母、家庭教师、娜塔丽亚、卡简卡以至格里沙、福加等，都生活在具体的环境之中，是现实的社会的人，即使他只在某一插曲中偶尔闪现，仍然让人感到他是独立存在的客体，知道他是怎样的人。其次，《故事》中"我"的意识沿着外界瞬间印象引起的联想而随意流动，《童年》中"我"的意识却主要是围绕着某个事物或事实而定向流动。最后，《童年》写我的内心活动，与《故事》不同，本身不是目的，而是为

---

① 梅·弗里德曼认为"意识流"是"小说的一种形式"，是一种"文体"（见《文艺理论译丛》，文联出版公司，1983年第1期第361—362页），这是对的。但他不承认有意识流技巧。而这种技巧，如本文所论述的，是确实存在的。

② 《什克洛夫斯基文集》，文学出版社，莫斯科1983年，第1卷，第497、502—503页。

了表现个性成长的一个阶段:从过自觉的生活开始到失去童心为止。由于这些差别,较之《故事》,它已离开意识流小说了。

托尔斯泰走上成熟道路的第一步便是从自我转向外界。到高加索从军后,在写《童年》等三部曲的同时,他就以军事生活为题材写了《袭击》和《伐林》两个短篇。在这里,"我"再不是贯穿全书的唯一的中心人物,人物的感受也不再限于个人的,而涉及社会历史事件了。的确,他并没有因此而忽视内心世界。在当时日记中他写道:普希金的散文作品已经过时了,"在新的倾向中,情感细节的兴趣代替了事件本身的兴趣"[1]。然而引人注意的是:这些作品虽则以人的精神品质为主题,人物却主要只从外部加以描写,内心活动只是寥寥几笔,内心独白几乎消失不见。因此,尽管作品的题材与人物是全新的,而风格则没有超出传统的范围,很像《猎人笔记》的某些篇章(作者自己也承认,《伐林》"多处不由自己地摹仿"屠格涅夫的短篇小说[2]。)就是当时他以心灵堕落为主题的《台球房记分员笔记》里,内心活动也只是通过动作等来表现。总之作家把注意力中心转向外界,但如何既写"我"的周围人物,又深入揭示其内心世界,暂时还是一个悬而未决的问题。

问题很快在《五月的塞瓦斯托波尔》里解决了。正如艾亨包姆指出,这个作品对托尔斯泰从旧"形式"进到新"形式"来说具有"中心的意义"[3]。在这里,一方面,作家不再以讲故事的"我"出现于作品的中心("我"只出现于序幕和结束语中),不再作为人物之一参与所发生的事件,因此作家成为客观叙述者;另一方面,作家却作为一个"全知全能"的主宰,居高临下地、深入地从内部描写人物的内心活动的过程。这两方面看似无关,甚至相反,实际上却是相辅相成的。要知道,从逻辑上说,作家如果以第一人称的"我"出现于作品里,那么除了表现"我"的心理外,他就没有艺术上的理由可以深入而直接地表现其他人物的内心活动了[4]。

---

① 《列·尼·托尔斯泰论文学》,文学出版社,莫斯科,1955年,第18页。

② 《列·尼·托尔斯泰论文学》,文学出版社,莫斯科,1955年,第28页。

③ 《列夫·托尔斯泰》(五十年代),激浪出版社,列宁格勒,1928年,第175页。

④ 顺便说说,在这里托尔斯泰与现代派作家正好相反。在形式上,现代派作家是"退出"作品,他却成为作品的"主宰"。实际上他是退出作品,成为客观叙述者;现代派作家则垄断作品,表现自我,作为作品的主宰。对此娜·萨洛特在《怀疑的时代》里说:"这个'我'篡夺了主人公的位置","这个主人公周围的人物","或者成为这个至高无上的'我'的附属品,或者只是一些幻象、梦境、恶梦、幻想、众照、拟态等。"

深入人物的内心世界,这部作品呈现的新的艺术特点,就是车尔尼雪夫斯基说的,揭示"心灵辩证法"①。当然,心灵的辩证运动,此前托尔斯泰是写过的,只是在这里才得到充分揭示。

"心灵辩证法"这个术语大家都很耳熟,但其内涵,远不是都了然的。不少人对此作最广义的引申,说是指一个人物在整个作品中的全部心理变化。苏联批评家斯卡弗狄莫夫大约因此几乎把这个术语等同于"心灵的历史"②。这固然无可厚非,因为托尔斯泰写人物的"流动性",笔下的性格(当然包括"心灵")大多是发展和变化的。但这样理解未必符合车尔尼雪夫斯基的原意,也不能区别托尔斯泰这种心理描写方法与其他作家之不同:要知道,不少作家都写人物性格的发展,却不都是揭示"心灵辩证法"。

依我看来,按照车尔尼雪夫斯基的本意,"心灵辩证法"是指一个人物在特定场合的心理过程,是"心理过程本身,这个过程的形式和规律"。安德烈在奥斯特里茨战役前的想法,达丽亚去看安娜途中的想法正是这种心理过程的表现。不过,假如更细致地体味车尔尼雪夫斯基的分析,"心灵辩证法"似乎还有更深一层、同时也是更狭义的意思。他说:"托尔斯泰伯爵最最注意的是一些情感和思想怎样由别的情感和思想发展而来;他饶有兴趣地观察着,由某种环境或印象直接产生的一种情感怎样依从于记忆的影响和想象所提供的联想能力而转变为另一种情感;它又重新回到以前的出发点,而且一再循着连串的回忆而游移而变化;而由最初的感觉所产生的思想又怎样引起别的一些思想,而且越来越流连忘返,以致把幻想和真实感觉、把关于未来的憧憬和关于现在的思考融合一起。"可见这不是一般的"心理过程"或思想变化过程,而是有两个特点,其一是这些情感和思想是由外界环境或印象所引起,并随着回忆或联想而不断变化,这个过程中内心的情感和思想同外界印象以及回忆和联想是交织在一起的;其二是,这里写的主要是情感,而且这些飘忽不定的情感融和着幻想和感觉、关于未来的想象和关于现在的思考。正是为了说明这些特点,车尔尼雪夫斯基引用毕巧林的一段独白作对比,并说,这段独白固然也是"思想萌生的心理过程",却和托尔斯泰笔下的"心灵辩证法""没有丝毫类似之处",因为"这决不是在我们眼前成长、进展和变化的概念和情感在半幻想和半思考中的交织—

① 本文引用的车尔尼雪夫斯基的话,均见《俄国作家批评家论列夫·托尔斯泰》,中国社会科学出版社,1982年,第25—33页。

② 《俄罗斯文学论集》,萨拉托夫出版社,1958年,第264—269页。

中国俄苏文学研究史论
История исследования русской и
советской литературы в Китае

起"，"决不是从其内心生活的各个时刻着眼"。他还说，托尔斯泰并不"一定经常给我们描写这样的场面"，也就是说，托尔斯泰的心理描写，并不都是揭示"心灵辩证法"。在当时青年托尔斯泰的作品中，他特地指出，《暴风雪》是"由许多这一类内心场面构成的"，而《暴风雪》中的"内心场面"是具有上述两个特点的。

如果我的分析符合事实，那么车尔尼雪夫斯基心目中的"心灵辩证法"在形式上与意识流有其近似之处。他摘自这篇小说的章节可为例证。

榴弹落在普拉斯库欣附近，在未爆炸的一秒钟间各种感情、思想、希望和回忆涌向他的脑际。先是在独白中他想：打中的会是谁，要是打中他，是否会致命，他又怎么办，要是打中上尉米哈伊洛夫，他又将怎样告诉人们。但是他感到榴弹就在身旁，于是他欠的债，在彼得堡唱过的小曲，爱过的女人，五年前侮辱过他的人……——在他心头闪现。榴弹炸开了，击中他的胸膛：

> 在他眼前闪过兵士，他无意识地数着他们："一个兵士，两个，三个；瞧，这是个军官，他撩起大衣，"他想。接着一道火光在他的眼前闪了一下，他又想，这是从哪里打出来的，是白炮还是平射炮？大概是平射炮。又打了一炮；瞧，这又是兵士——五个兵士，六个，七个，全都走过去了。他突然担心他们会踩他。他想喊，说他受伤了，但他的嘴里是那么干，舌头都粘在上颚上，一阵难熬的口渴折磨着他。他感到胸口周围湿漉漉的：这种湿的感觉使他想起要喝水，就连这一片潮湿的东西他也很想喝。"大概我栽倒时摔出血来了。"他想。他愈来愈害怕不断闪过的兵士把他踩死……

这段"心灵辩证法"具有上述两特征是显然的。只是要指出：这一段被车尔尼雪夫斯基称为"内心独白"。据美国批评家梅·弗里德曼说："内心独白"一词在 19 世纪 50 年代以前，只在大仲马的小说(1845)中作为普通用语出现过一次①，因此，把它用作专门术语车尔尼雪夫斯基几乎是第一次(1856)。不过，这一段不完全是"内心独白"，倒很像现在所谓的"意识流"："独白"只是其中一部分，其余大部分是"内心分析"。② 后者像心理分析一样，都用第三人称，都是作

---

① 参阅《文艺理论译丛》第 1 期第 361—362 页。
② 参阅《文艺理论译丛》第 1 期第 365—367 页。

者的间接叙述；不同在于，它以人物的意识为中心，叙述他的直接的印象、感觉、回忆、联想、想象、梦想等等，常常是前意识或注意力边缘的东西，不作任何的整理、概括、分析或者说明、表态。此外，这段描写还有一部分超出内心分析的范围。因为人物的头脑处于消极状态，只是被动地接受瞬息即逝的印象，他的意识由清醒逐渐转向迷乱，从真实的痛觉、视觉、听觉逐渐变为幻想以至幻觉，直至最后失去了一切感觉。我认为，这是用"感官印象"方法写的①。总的说来，这段内心活动的描述，显示了托尔斯泰的匠心独运。我们看到，人物的意志逐渐失去控制，思维的逻辑逐渐松弛，感觉逐渐模糊，以致区分不开自己内心的语言和所感觉的外在印象，因此作家把内心独白同内心分析和感官印象的方法混合使用，个别的独白（如上引"他又想，这是从哪里打出来的……"一段）也不用引号区分开来，从而更逼真地描摹了这个人物当时的心理状态。乍然看来，很像意识流小说的某些章节。

当然，我们这么说，并非把"心灵辩证法"简单地等同于意识流，也不等同于法国研究者米歇尔·奥古朱里埃的看法。他宣称，在托尔斯泰的作品中，"……印象、意象和思想的这种任意展开，车尔尼雪夫斯基称之为'心灵辩证法'的，无非就是现代小说家的'意识流'"。而且"内心语言"对托尔斯泰说来，"本身就是目的"②。对此，苏联学者赫拉普钦科曾经指出："托尔斯泰所描写的'意识运动'，不仅同现实处于各种各样的联系中，而且还经常超出它的周围环境的直接决定性。此外，托尔斯泰笔下人物的意识运动……绝不能归结为基于联想的联系而产生的印象、形象和思维之流。最后也是最重要的，作家所再现的人物的内心语言……是描写性格的一个环节；托尔斯泰的内心独白……以其心理的个性化为特征。"③不过，我认为，还应看到其他重大区别。托尔斯泰运用的是意识流技巧，他笔下的"心灵辩证法"绝不是就文体而言的意识流小说，他只是在个别地方写"意识流"，意识流没有结构以至主题上的意义。这不单纯是量的问题。意识流小说重视"内心真实"，贯穿全书的是人物的意识，客观世界只在意识的折光中偶尔闪现；托尔斯泰则同样重视外界真实和内心真实，同样表现客

---

① 参阅《文艺理论译丛》第 1 期第 365—367 页。需要指出，弗里德曼在《意识流，文学手法研究》第 2 章中只承认《昨天的故事》与《安娜·卡列尼娜》中使用意识流小说的内心独白与感官印象方法，却断言《五月的塞瓦斯托波尔》中毫无内心独白的痕迹，是同他的分析相矛盾的。如果因为这里作家有时"介入"（说出"他想"等等），那么《达罗威夫人》中不也是时时说"她在想"吗？

② 《作为艺术家的列夫·托尔斯泰》，苏联作家出版社，1963 年，第 501—502 页。

③ 《作为艺术家的列夫·托尔斯泰》，苏联作家出版社，1963 年，第 501—502 页。

观世界和主观世界:这两者正是现实主义诗学与现代主义诗学的根本区别。此外,托尔斯泰不是为技巧而技巧,而是适应特定内容而适可地使用新的形式;意识流小说则把一种技巧绝对化,使内容无条件地迁就形式,有时盲目追求形式,成了文字游戏!

从意识流的角度、亦即是否与意识流有关的角度着眼,在《塞瓦斯托波尔故事》之后,可以越过托尔斯泰的 50 年代和 60 年代初的作品,径直来谈《战争与和平》,只有上文提过的《暴风雪》以及《阿尔贝特》是例外。两个作品主要写内心活动,其中各自的两个梦尤其值得注意。《暴风雪》的第一个梦完全是基于回忆的自由联想:"我"从坐在另一辆雪橇里一个庄稼汉联想到仆人费奥多尔,再由他联想到家里的农奴、姑母、池塘、花园中的景物等等①。《暴风雪》的另一个梦和《阿尔贝特》的两个梦则有点像弗洛伊德说的,是"愿望的实现",只是这里"实现"的并非是不可告人的潜意识或性意识,而是实际生活中的愿望或憧憬:暴风雪中迷途者幻想有一个可以取暖的"雪屋";失意的音乐家幻想自己的成就能得到承认,幻想获得现实中无法实现的爱情。在这些梦里,人物的意识消极地随着幻想、联想、回忆和期望而流动,是完完全全的下意识流;加之作者用轻灵、惝恍的笔触把人物带入梦境,使你分不清梦和白昼、幻想和现实,读来有扑朔迷离之感。

这里还得提一下《家庭的幸福》。有人断言它全由独白构成,依我看来,它只是第一人称小说。二者的区别在上文分析《童年》时间接地谈到了。

《战争与和平》的突出的艺术特色是心理分析与史诗性的高度结合。这种结合是从《塞瓦斯托波尔故事》取得经验。不过那里表现的只是历史的一个小插曲,这里则是民族历史的一个时期;在那里活动的只是战地上的一些官兵,在这里则是整个民族。在如此广阔的画幅上,在如此巨大历史事件的背景上,人不啻沧海一粟。如何把广袤无垠的大千世界和内心世界的细微颤动并列地刻画出来而又不致比例失调,尤其是如何同时再现微观世界和宏观世界而显得彼此和谐,确是一个难题。托尔斯泰的方法是:把主要人物的命运和民族的命运密切联系,让他们直接参加到历史事件中来,而历史事件又常常联系他们的感

---

① 什克洛夫斯基说:这里梦见的池塘、姑母等是雅斯纳亚·波里亚纳的情况(《列夫·托尔斯泰传》,青年近卫军出版社,1963 年,第 118 页)。

受来描写,因此,历史进程的展示常常和人物内心的刻画相一致,内心过程成为历史过程的一个部分,史诗性与心理分析得以有机地融合。

表现人的精神世界,托尔斯泰通过多种手法,只在有限的场合,才直接揭示心灵辩证运动的全过程:例如精神的亢奋和紧张(尼古拉在赌输时),感情的强烈波动(娜塔莎在企图私奔时),思想的激烈斗争(玛丽亚在父亲垂死时),思想探索及其醒悟(彼埃尔和安德烈)。不过,这些地方所揭示的"心灵辩证法",如果用车尔尼雪夫斯基的定义来衡量,是不典型的。因为这些地方所表现的情感和思想并不总是由某种偶尔闪现、难以捉摸的印象所引起,并随着任何另一印象而随意变化;大多是由某一具体的事情或事件所激起,并随着人物固有的思想轨道而展开。因此与"意识流"也很不相同。打个比喻:一般的"意识流"有如春水泛滥随处流淌,而这里的人物的意识之流则总是集中的,定向的,总是在一个河床中流动,尽管这河床可能是万转千迴的。有时似乎有例外。

在第2卷第2部第1章中,彼埃尔去彼得堡,途经一个驿站。他想到某些问题,这些问题他既难解决,又不能停止思索。他的思绪凌乱,不断随外界事物而改变"流"向。在开始,因驿站长要获得外快,说要替他备马。他想:"这是好还是坏? 对于我是好,对于别的旅客就是坏……他说过,为了这,一个军官鞭打过他……"他联想到自己射击多洛霍夫,想到人们杀死路易十六。"什么是坏,什么是好? 该爱什么,恨什么? 为什么活着? 我是什么样的人? 什么是生,什么是死? 是什么力量在主宰一切?"他想到一个似乎不合逻辑的回答:"你死了,一切都了结了。"……接着看到一个小女贩尖声叫卖,他的思路改变了。"我有无数卢布无处可花,她却穿着破皮袄……她为什么需要钱? 钱果然能给她增添一丝一毫的幸福和心灵的安宁吗? 世上有什么东西能使她和我少受点灾害和死亡的支配吗? 死,它将了结一切……"接着,他接过仆人递给他的一本小说,他看到书中女主人公所受的苦难和她为维护贞操所作的斗争,又改变了思路:"她既然爱那个引诱她的人,为什么又和他斗争? ……我以前的妻子并不斗争,也许她是对的。什么也没有发现,什么也没有想出来……我们能知道的只是我们一无所知。这就是人类智慧的顶点。"乍然一看,这段意识之流是不定向的。但是,不管他的思路因任何外界事物而不断变化,总是回到一个中心思想:他心中的一切和周围的一切都很混乱而无法理解。所以这段"心灵辩证法",像作者说的,这个在彼埃尔脑中"拧坏了"的螺丝钉,"老是在同一刻槽中旋转",虽则"使它停止转动是不可能的"。也就是说,意识总是在流动,却总是在同一河床里定

中国俄苏文学研究史论
История исследования русской и
советской литературы в Китае

向流动。

《战争与和平》中揭示的"心灵辩证法"的内容,也常常不是人物瞬间朦胧的印象、感觉、自由联想或任意的遐想、幻想,而是明确的意识,深刻而严肃的沉思。从车尔尼雪夫斯基的定义说来,也是不典型的。但也有几处例外,它们很像"意识流"。一是睡意方酣的尼古拉·罗斯托夫在哨兵线上(第1卷第3部第13章):

> 山岗上有一个白色点子,罗斯托夫怎么也琢磨不透这是什么:是月光照亮的林间空地呢,是残雪呢,还是白屋呢?……"一定是雪,这个点子;点子,une tache(法语:一个点子),"罗斯托夫想。这并不是塔什……"
>
> "娜塔莎,妹妹,黑眼睛。娜……塔什卡。(当我向她说我看见了皇帝,她要惊讶的!)娜塔什卡……拿着塔什卡……罗斯托夫睡意朦胧从……骠骑兵身边走过。……对,对! 娜塔什卡,进攻……愚弄我们——愚弄谁?骠骑兵。骠骑兵们和胡子……"

这里由俄语的"点子"联想到法语的"一个点子"——音译为"云塔什",再由谐音联想到妹妹娜塔莎,因为她的小名是娜塔什卡,再联想到"塔什卡"(俄语:皮囊);接着又由娜塔什卡谐音联想到"进攻"——音译"那斯度毕契",联想到"愚弄"——音译"斯度毕契",再联想到刚从身边走过的骠骑兵,再由骠骑兵们——音译"古沙雷"谐音联想到胡子——音译"乌塞"……完全是睡意朦胧中头脑里毫无逻辑的下意识流动。

另一例子是安德烈在受伤后半昏迷状态中(第3卷第3部第32章)。他正思考爱的幸福问题。

> 思绪忽然中断了,安德烈公爵……听到某种轻轻的低语声,合着拍子,不停地重复着:咿——噼啼——噼啼,然后咿——啼啼……与此同时,安德烈公爵觉得在他脸上,在脸部正中,升起了一个由细针或小木片凑成的奇异而轻飘的建筑物。……安德烈公爵一面听着低语声,感觉到这个伸出的升起的细针凑成的建筑物,一面断断续续地看见蜡烛的红色光晕,听到蟑螂的爬动声和撞在他枕头上和他脸上的苍蝇的声音。……使他惊奇的是苍蝇正撞在他脸上升起建筑物的地方,却没有把它撞毁。但是此外还有一

种重要的东西，那是在门口的白色的东西，一个狮身人面像，它也在压他。

"但是那也许是我在桌上的衬衣，"安德烈公爵想，"这是我的两条腿，这是门，但是为什么它总是在伸展，在升起呢，并且噼啼——噼啼——噼啼，又噼啼——噼啼——噼啼……够了，停止吧，……"安德烈公爵痛苦地向谁恳求着……

"是的，爱，"他又十分清楚地想着……

噼啼——噼啼——噼啼……砰，苍蝇在碰撞……于是他的注意力突然被吸引到另一个真实与梦呓的世界中去……

这一段和前一段都是使用意识流技巧。两者的内心独白都表现完全无意识状态的东西。其余部分则是用感官印象方法，记录被动的头脑中闪现的可以说是没有消化的、互无关联的各种印象。在后一段下意识之流里，听觉、视觉、触觉同各种幻觉和幻象凌乱地交织在一起，似乎有非理性的东西。但这是病患者半昏迷中的心理状态。

更重要的是作家在此处上文所作的说明。他说："健康的人通常能够同时思索、感觉并记得无数东西，但他有能力和力量选择一系列想法或现象，而把自己全部注意力放在这一系列现象上。……安德烈公爵的心灵在这方面并不处于正常状态中。他的心灵的全部力量虽然比任何时候更活跃，更清晰，但它们都是脱离他的意志而活动的。……在它（思想）的活动中间会忽然中断，变成某种意料不到的念头，他却没有力量回转到先前的思想上去。"可见他认为，正常的人的意识是集中的专注的，意识之流是定向的。安德烈的意识任意流动，是由于无力控制自己的思路；上述尼古拉在瞌睡时也近似这种状态。这段文字是他关于意识活动的规律的理论概括。遵循生活真实，遵循心理活动的规律，是托尔斯泰心理描写的基本原则，在这点上他与意识流小说的随心所欲有本质的区别。

继《战争与和平》之后是《安娜·卡列尼娜》。后者虽则也以再现人民生活而被一些批评家称为史诗性作品，但毕竟不像前者那样直接描写重大的社会历史和政治军事事件，而主要是写家庭的、私人的、内心的生活。社会方面的现象，除了贵族选举之外，其余的大多通过人物生活的状况、主要是人物的思考和感触而间接表现出来的。因此，人物的思想感情更处于前景，心理分析更要求细致、深化、详尽。但令人感到奇异的是，较之《战争与和平》，该书中人物内心过程的直接描写反而较为稀少和简略了。不仅如此,《安娜·卡列尼娜》中不少人物,由于时代的发展,较以前是复杂化了。特别是安娜,在《战争与和平》中未必找得到一个在性格和心理的丰富和复杂性上同她近似的人物来。而她和渥伦斯基的多次会晤,他们的结合,他们之间的冲突等等,尽管有相当复杂的隐密的内心活动,也很少用内心独白表现,而独白也总是比较简短。甚至像他们之间的关系的转折点——赛马一场,安娜内心的变化也只是通过表情和动作来刻画。原因何在呢?

这是作家在艺术上的探索和发展的结果。

在 19 世纪 70 年代初,托尔斯泰对不久前写成的《战争与和平》表示不满,说它过于"噜嗦"。当时他在为农民孩子写识字课本,日益追求风格的简洁。他在青年时代为了写"心灵辩证法"曾嫌普希金的粗线条的心理描写有点"光秃秃的",而在写《安娜·卡列尼娜》时却强调要学习普希金。与此同时,在写这个长篇之前,他一度热衷于戏剧。虽然没有马上写出剧本,但在这个长篇的风格上,明显表现出戏剧化的倾向:性格的揭示更多地通过事件和情节,思想感情的直接描述更多地让位给动作和对白。这里没有像《战争与和平》里那样,主人公经常在单独沉思,经常有大段的内心独白;而简练的独白,则常用"心理说明"来补充,有时则直接插入场面。

不过,作家并没有忘记或摈弃意识流技巧,恰恰相反,这种技巧的运用达到了炉火纯青的境界。它最突出地表现于安娜自杀前的一段内心描写。作家让安娜坐着马车飞驰在街道上,瞬息变化的外界印象不断激起她的自由联想,她不断由一种感触或回忆迅速地转向另一种感触或回忆,她在自杀前强烈波动、心烦意乱、百感交集的心境跃然纸上。他是如此巧妙地利用了意识流手法的跳跃性,省略了许多不必要的环节和焊接点,使得人物的思路迅速转换而又十分自然,各种思绪断断续续,互不连贯,此伏彼起,历历在目而不凌乱无序,这段文字确是神来之笔。它使人想起了维·吴尔夫的《达罗威夫人》:两者一个用内心独白,一个用内心分析;都写女主人公经过街道时由各种印象引起回忆和联想的意识之流;都想起从十七八岁时到现在的人生经历,甚至几乎都是写自杀前的感想和情绪①。而就节奏的明快、笔墨的洗练、结构的紧凑,尤其是内容的充

---

① 参阅让季耶娃:《二十世纪英国小说》,俄文版,1965 年,第 94 页。在《达罗威夫人》第 2 版前言中作者说:按最初构思,女主人公将会自杀。

实和深刻而言,二者相去恐难以道里计。维·吴尔夫说过,要是拿乔伊斯同托尔斯泰比较,将"是荒唐的"①! 这句话看来也适用于她自己。

在《安娜·卡列尼娜》之后,在托尔斯泰世界观激变后的后期作品里,有人认为,"内心独白消失了"。这种说法过于绝对,不合事实,前人早已指出过了。托尔斯泰的后期作品是有内心独白的,他也同样注意人物的内心过程。例如在1890 年的一封信里说:"主要的事是内心的、心灵的活动,而且要使表现的不是末了的内心活动,而是活动过程本身。"②不过,内心过程的刻画是简化了、罕见了,更多的场合都通过动作、对白等来表现,用他自己的话来说:"主要的事是通过场面而表现的内心生活。"③总的说来,他的后期创作和我们这里探讨的问题关系较少,因而我就不赘述了。这里只想谈一件有趣的事。在逝世前四年他说:"很想写出一个人所思考的一切;哪怕在一连六小时之内也好,只是要全部写出。这将是极其新颖而有益的。"④这个意图后来没有实现。如果写成,是否会成为"意识流小说"呢? 从上述他的创作发展的趋势来看,是不难作出回答的。

由上文我们看到,托尔斯泰一开始就写过意识流,并且日益熟练地掌握了这种技巧,只是由于他的生活圈子日益扩大,思想境界与艺术视野日益开阔,不愿蜷伏于内心生活小天地(他认为:"宁静是心灵上的卑鄙"),后来在艺术上戏剧化的倾向又使他减少内心活动的直接描写。他是薄此而不为,而不是不能。很难说他的意识流技巧视乔伊斯、吴尔夫等为逊色,也很难说乔伊斯等人笔下的意识流是托尔斯泰的意识流技巧的"成熟的"表现。

这是我的结论,但还不是全部。

有人认为现实主义文学只是反映客观世界,而主观世界的开拓,则是现代主义文学的功勋。殊不知主观世界,是不少现实主义作家心目中客观世界的主要构成部分,托尔斯泰就是一例。他认为:艺术的"全部兴趣和意义"就是生动地描写"每一个单个的'人'的内心生活⑤。他晚年总结说:"艺术的主要目的""就是表现并且说出人的心灵的真实……艺术也正因此才成其为艺术。"艺术是

---

① 参阅让季耶娃:《二十世纪英国小说》,俄文版,1965 年,第 85 页。
②《列夫·托尔斯泰全集》,第 65 卷第 197 页。
③《列夫·托尔斯泰全集》,第 88 卷第 166 页。
④《列夫·托尔斯泰全集》,第 56 卷第 267 页。
⑤《列夫·托尔斯泰全集》,第 54 卷第 140 页。

中国俄苏文学研究史论
История исследования русской и
советской литературы в Китае

作家用以观察心灵"秘密"的"显微镜"①。不过,托尔斯泰不仅是"艺术家兼心理学家",还是"艺术家兼社会学家"。他说:文学应当描写"错综复杂、五光十色的生活"②。他既写意识之流,也写社会生活之流。他没有为了微观世界而忘了客观世界,反之亦然。如果说意识流小说把主体和客体割裂开来,那么在他那里,主体和客体,在艺术天平上是平衡的,在艺术机体中是和谐的。他的诗学的基础是:社会由人构成,人也不能孤立于社会之外。愈是深入揭示社会的人的内心世界,就愈能深刻挖掘社会生活和社会冲突的底蕴。反之,只有把人表现于社会关系和社会冲突之中,人的面貌、人的心灵才得到最深刻的揭示。

通常指摘现实主义作家似乎要作"全知全能的上帝"。其实,像托尔斯泰,首先是"在自己内心研究人",为了准确地描写他人,还亲自"体验"他人的心情。他先是服从必然,然后从必然获得自由,因此谈不上是"全知全能的上帝"。现代主义文学则不然。它的意识流很多是潜意识,虽则吴尔夫说她是"记录"纷繁心田的微尘,实际上他们也反复推敲修改,因而也出于揣测和模拟。而这些潜意识,尤其是第三人称的,连其主人也是模糊恍惚而难于捉摸。要真实地写出这种意识之流,要不是自欺欺人,真非得是全知全能的上帝。这个公开的秘密本来是皇帝的新衣,只是缺乏天真的童心,一语道破罢了!

现代主义作家常常自诩创新,嗤议现实主义保守。其实,上文谈过,像托尔斯泰就写过意识流、潜对话,使用过内心独白、内心分析、感官印象等方法,打破过时空的限制,此外,他还在《十二月的塞瓦斯托波尔》中全篇使用过第二人称,在《安娜·卡列尼娜》中使用过象征手法……无怪莫洛亚说:"凡是我们时代称为新发明的,我们早已在他的作品中发现过了。"③托尔斯泰认为,"艺术的条件是新颖"④,"再也没有比艺术中的保守更为有害"⑤。但是他说:"仅仅注意形式的完美是没有多大意义的",形式之所以重要,只是"为了让艺术能在群众中广泛流行"。意识流小说家却不是这样。他们完全无视读者大众,他们笔下的下意识流本来就很费解,而像乔伊斯还十来页不加标点,存心不让人读懂,使艺术失去存在的意义。这正如托尔斯泰说的:为艺术而艺术是"艺术颓废的标志"。

---

① 《列夫·托尔斯泰全集》,第 53 卷第 94 页。

② 《列·尼·托尔斯泰论文学》,文学出版社,莫斯科,1955 年,第 276 页。

③ 《欧美作家论列夫·托尔斯泰》,中国社会科学出版社,1983 年,第 114 页。

④ 《列·尼·托尔斯泰论文学》,文学出版社,莫斯科,1955 年,第 316 页。

⑤ 《列夫·托尔斯泰全集》,第 53 卷第 81 页。

意识流小说把"意识流"绝对化,胶柱鼓瑟,这是艺术上的"异化":作家所创造的技巧反过来奴役自己。而托尔斯泰则驾驭技巧而不为其所驾驭:他挥洒自如,视内容的要求或使用意识流技巧,或运用其他任何有效的手法。可以说,意识流小说只是抚弄一种乐器,托尔斯泰却是指挥一支交响乐队;意识流小说是画地为牢,托尔斯泰则是自由翱翔。此中优劣,只要没有先入之见,不难一目了然。

附注:文中摘自托尔斯泰小说的引文,一般根据国内出版的中译本,作过个别校改。

程正民：
《论普希金艺术思维的特征》（节录）①

一

文学史上的作家就其对待文学发展的态度而言,存在两种艺术思维类型:一种是保守性和封闭性的艺术思维,另一种是创造性和开放性的艺术思维。普希金的艺术思维就属于后一种类型。

普希金艺术思维的开放性和创造性,在很大程度上是由诗人在俄国文学史上的特殊地位决定的。拿高尔基的话讲,普希金是俄国文学"一切开端的开端"(《俄国文学史》),他完成了俄罗斯文学从浪漫主义向现实主义的过渡,确定了现实主义文学在俄国文学中的主导地位,同时又是俄国文学理论和文学批评的开拓者。作为俄国文学转折时期继往开来的人物,作为一种崭新文学的开创者,普希金的特殊地位决定了他的艺术思维必然是富有创造性和开放性的,是充满活力的。

普希金艺术思维的创造性和开放性同时是社会发展的新时代的产物,是同他的创造观点和发展观点相联系的。普希金把历史、科学和文学都看做创造活动,同时又看到科学创造和文学创造的区别。他在《奥涅金》第8章和第9章序言草稿里写道:"当古代农学、物理学、医学、哲学的伟大代表们的概念、著作和发现已经老化,而且每天都被另一些概念、著作和发现所代替的时候,真正的诗人们的作品却是永远新颖和永葆青春的。"②普希金曾经在未完成的诗行里宣称,人类创造活动的主要特点和条件是时代精神(启蒙精神)、经验、天才(同对事物大胆、反常的见解相联系)和机缘③,这种对创造本质的深刻认识是同他对

---

① 原载《外国文学评论》1989 年第 4 期。
② 《普希金全集》(16 卷集)第 6 卷第 54 页,第 11 卷第 181、67 页。
③ 梅拉赫《创作过程和艺术接受》,莫斯科,1985 年版,第 114、119、128—129、133、134、131—132 页。

文学创造本质的深刻认识完全一致的。普希金认为文学也是作家高度人才和发明勇气相结合的产物，而被贵族社会视为"健全思想"和"雅致"的条条框框是同文学的创造本质相违背的。

普希金的世界观包含发展的观点，他认为世界是不断变化的，人也随着世界的变化而变化。他在抒情诗《想当初……》(1836)中写道："……天道本来如此。/人周围的世界在旋转/难道独有他岿然不动?"这种发展的观点不仅促使他从全新的角度认识和探索生活，而且促进他从全新角度认识和探索艺术把握世界的新途径。例如他再也不把真理看成是不可动摇的、永恒的、只配以艺术形象体现的东西，而认为作家是可以通过深入研究生活来获得真理的[①]。

普希金艺术思维的创造性和开放性还具体表现在他对古典主义和浪漫主义的看法上。在19世纪20年代，普希金是作为浪漫主义诗人走上俄国文坛的。他继承了俄国文学的传统，同时又抛弃了古典主义。在当时，浪漫主义的概念是混乱的，不论是在俄国还是在欧洲，都把同古典主义抗衡的作家称之为浪漫主义者。别林斯基曾谈到古典主义和浪漫主义是俄国文学普希金时期"轰传着的两个词儿"[②]，指出在围绕这两个词所进行的剧烈斗争中，普希金始终持"公平看待一切伟大的当代事件、现象和思想，当时俄国所能感受的一切"[③]的见解。他虽然站在革新文学的浪漫主义一边，但又不把它看成是十全十美和万古长青的。他在《论古典主义和浪漫主义诗歌》(1826)一文中，从欧洲文化艺术发展道路出发，把古典主义和浪漫主义看做是人类文化艺术发展的历史必然阶段，肯定各自的历史作用。同时又指出，无论是崇尚理性和墨守成规的古典主义，还是崇尚情感和不拘一格的浪漫主义，都有其各自的片面性。在普希金看来，古典主义封闭性的艺术思维限制了作家的首创精神，然而同古典主义相抗衡的浪漫主义在艺术方法上同古典主义也有某些相似之处。它们都排斥发展的思想，都排斥多侧面描写性格和表现决定性格的环境。从艺术思维的角度看，他们都不善于把分析和描写，思想和感情，真实和想象有机结合起来。可以说，浪漫主义在反对古典主义的同时，并没有能够摆脱古典主义的教条而获得自由。普希金在1828年谈到法国浪漫主义诗歌时曾经指出："读着冠有浪漫主义称号的一些零星抒情诗篇，我没有从它们那里看到浪漫主义诗歌那真诚而自

----

① 《普希金全集》(16卷集)第6卷第54页，第11卷第181、67页。
② 《别林斯基选集》第1卷，上海译文出版社，1979年版第72页。
③ 《别林斯基选集》第1卷，上海译文出版社，1979年版第79页。

中国俄苏文学研究史论
История исследования русской и
советской литературы в Китае

由的进程的痕迹,却看到了法国伪古典主义的矫揉造作。"①

　　普希金显然不是简单地看待古典主义和浪漫主义之争,他力求用历史的眼光和客观的态度分析各种文学流派的利弊,取其所长,补其所短,创造出一种向生活开放的新文学,这就是现实主义的文学。

　　普希金的现实主义艺术思维既不同于古典的艺术思维,也不同于浪漫主义的艺术思维。普希金强调艺术真实性是现实主义艺术的首要标志和基础。他在《论人民戏剧和〈玛尔法女市长〉》(1830)一文中指出:"逼真性仍然被认为是戏剧艺术的主要条件和基础。""假想环境中激情的真实和感受的逼真——这就是我们的智慧对剧作家的要求。"②在这里他正确地阐明了逼真和假定的关系,把两者统一起来,而不是加以对立。同时,普希金在总结他人和自己创作经验的基础上,提出了多方面表现人物性格以及典型化和个性化统一的塑造人物的原则。这是现实主义文学在俄国的重大胜利。普希金原来深受拜伦的影响,但很快意识到浪漫主义把人物理想化、概念化的主观主义创作原则的局限性。他承认,他不应该把《高加索俘虏》中的俘虏写成一个很有理智和能克服个人情欲的人,他说:"俘虏的的性格是不成功的;这证明我不适于描写浪漫主义诗歌的英雄。"③他在1827年所写的《论拜伦的戏剧》中又指出,拜伦只是"把握了、创造了和描写了唯一的性格(即他本人的性格)"④。与此同时,普希金非常推崇莎士比亚"自由而宽广的性格描绘以及塑造典型的随意和朴实"⑤。他在《桌边漫话》(30年代)中谈到,"莎士比亚创造的人物不是莫里哀笔下的只有某种热情或恶行的典型,而是具有多种热情、多种恶行的活生生的人物;环境把他们形形色色的、多方面的性格展现在观众面前。莫里哀笔下的怪吝人只是怪吝人而已;莎士比亚笔下的夏洛克却怪吝、敏捷,怀复仇之念,抱舐犊之情,而又机智灵活……"⑥如果我们把普希金30年代的言论同马克思1859年提出的"莎士比亚化"原则加以对照,便可发现普希金对现实主义创作原则具有何等深刻的洞察力!

　　普希金从效仿拜伦到效仿莎士比亚意味着他同浪漫主义的决裂,同时也表

----

①《普希金全集》(16卷集)第6卷第54页,第11卷第181,67页。
②《普希金论文学》,漓江出版社,1983年版,第90—91页。
③《普希金论文学》,漓江出版社,1983年版,第60页。
④《普希金论文学》,漓江出版社,1983年版,第73页。
⑤《普希金论文学》,漓江出版社,1983年版,第86页。
⑥《普希金论文学》,漓江出版社,1983年版,第95—96页。

明他已从浪漫主义走向现实主义。在谈到《鲍里斯·戈都诺夫》时，普希金指出，戏剧的陈腐形式需要革新，要按照莎士比亚的体系撰写悲剧，要打破三一律，"力求用对人物和时代的忠实描绘，用历史性格和事件的发展来弥补这个明显的缺点，——总之，我写了一部真正的浪漫主义悲剧。"①显然，普希金这里所说的"真正的浪漫主义"就是现实主义。众所周知，"现实主义的诗歌"这个提法是别林斯基1835年才首次使用的。

通过对普希金创作从浪漫主义走向现实主义的分析，我们可以清楚地看到，如果没有普希金创造性和开放性的艺术思维，就很难有俄国现实主义文学的发展。

二

作家的艺术思维是由思想、情感、想象、形象诸多思维因素组成的，诸多思维因素在不同作家那里按照不同方式联结起来，形成独特的联系，并且具有系统性，正是这种独特的系统性决定了作家的创作个性。

在普希金的创作中，思想、情感和形象达到和谐统一，他的作品富有深刻的思想和真挚的情感，而思想和情感又总是蕴涵于生动鲜明的艺术形象之中。对于普希金艺术思维的这个重要特点，别林斯基曾做了深入的分析。他认为普希金的作品是思想和情感的高度融合，达到一种情致（пафос）的境界。在他看来，"每一部诗情作品都是主宰诗人的强大思想的果实"。然而"艺术不能容纳抽象的哲学思想，更不能容纳理性的思想，它只能容纳'诗的思想'，而这'诗的思想'不是三段论法，不是教条，不是箴言，不是规则，它是活生生的热情，它是情致。"②这种情致实际上是被思想提高了的情感，被情感深化了的思想，是情理美三者交融的统一体。别林斯基还指出，普希金诗歌中这种思想和情感的融合又是同艺术形象和艺术形式相适应的③。

思想、情感和形象的和谐统一是普希金艺术思维的特点，也是诗人的艺术理想。普希金向来把思想看做是艺术的真正生命。他指出，文学作品要达到思想、情感和形式的完美统一，那种"用词语代替情感和思想的不足"的作品以及虽有充沛的情感和思想，"却缺乏达意的词语"的作品，都是"毫无意义的"。普

---

①《普希金论文学》，漓江出版社，1983年版，第74—75页。
②《别林斯基全集》第7卷，苏联科学院，1953—1957年版，第311、277页。
③《别林斯基全集》第7卷，苏联科学院，1953—1957年版，第311、277页。

中国俄苏文学研究史论
История исследования русской и
советской литературы в Китае

希金认为真正优秀的作家总是通过独特的艺术形象体现自己鲜明的思想。例如,卡尔德隆把闪电叫做吐向大地的天空的火舌;密尔顿说,地狱之火只能使人看出地狱的永恒的黑暗。他赞扬这些别开生面的词语给人们描绘了"鲜明的思想和富于诗意的画面"[①]。

思想、情感和形象的和谐统一,在普希金的创作过程中体现得更加清楚和更加充分。他虽然不是哲学家,但称得上是诗哲。他十分重视思想在创作过程中所起的作用。他曾说,"我用诗句思考"[②]。他之所以赞扬巴拉廷斯基是"优秀的诗人",也在于诗人"善于思考"[③]。普希金同样十分重视想象在创作过程中的作用,然而他认为作家非凡的想象应当同创作过程中明确的目的性并行不悖。他在《秋》这首诗中生动地描绘了诗歌创作过程中出现的灵感、幻想、激情和思想,并且特别点明思想在文学创作中的作用。诗人把诗歌创作过程比作乘风破浪的航行,一方面是"庞然大物乘风破浪向前进",各种灵感、幻想、激情和思想纷至沓来,奔腾汹涌;另一方面提出"船在前进。我们驶向何方?"[④]在普希金看来,创作过程中的灵感、幻想、激情、想象犹如波涛翻滚中的航船,总是要有航向(明确的思想和目的)的,总是要由领航人操纵的,否则就要迷失方向,甚至翻船落水。

众所周知,普希金十分强调创作提纲的作用,他不仅把提纲视为创作技巧,而且视为创作思想,不仅把提纲视为未来作品的轮廓,而且视为创作过程的一个重要阶段。普希金对创作提纲的重视正体现了诗人艺术思维的特点,他要求作品有明晰的思想、强烈的情感和生动的形象,同时作品的一切因素又都是和谐统一的,没有任何混乱和繁杂,为此他曾经提出了"相称性"和"相适性"的原则。

作家在提纲拟定过程中所碰到的主要问题是如何处理好概念和形象的相互关系。在创作提纲中一切都是概括的、概念的,作家的本领就在于善于透过这些概念看到具体生动的形象,把它"内筑"到构思运动中去,使作品的立意得到实现。如果不是这样,作品的立意就很容易变成纯理性的目的,使文学创作误入通过形象语言复述抽象真理的歧路。这大概是作家在创作过程中所遇到

①《普希金论文学》,漓江出版社,1983 年版,第 118 页。
② 梅拉赫《创作过程和艺术接受》,莫斯科,1985 年版,第 114、119、128—129、133、134、131—132 页。
③《普希金论文学》,漓江出版社,1983 年版,第 120 页。
④《普希金论文学》,漓江出版社,1983 年版,第 130 页。

的最伤脑筋的难题。然而在普希金的创作中,这个难题一直解决得比较好。从诗人的创作过程中可以看到,概念和形象常常相互影响和相互作用,而且概念往往作为形象展开情节的先导出现。他经常通过概念性的定义勾画出作品的轮廓,然后用形象化手段有血有肉地将它表现出来。在创作过程中,提纲中散文的语言,概念性的语言转化为诗歌的语言,转化为形象、音调、韵律、语气,诗人的魔力使提纲变了样,在诗文中呈现的不再是抽象的思想和概念,而是激情和形象。

王 蒙：
《苏联文学的光明梦》[1]

苏联解体了。世界上第一个社会主义大国的立、破、兴、衰，人类的相当一部分在这块广袤的土地上所进行的实验的英勇、荒唐、恐怖、富有魅力与终未成功：个中的经验教训、爱爱仇仇，则会长久地留在人们的记忆中，留在史册上，警诫着并且丰富着人类文明，使人类变得更加聪明与成熟。

我个人以为，苏联文学的影响可能比苏联这个国家的影响更长远。前者毕竟是艺术，是理想。艺术与理想更多地取决于人们的主观感受，更多地是满足人们的精神的需求，谈不到实现与现实的成功——毋宁说艺术与理想的"落实"，既意味着"成功"也意味着失败乃至破灭——所以也谈不上真正的"解体"与消失。

我们这一代中国作家中的许多人，特别是我自己，从不讳言苏联文学的影响。是爱伦堡的《谈谈作家的工作》在 50 年代初期诱引我走上写作之途。是安东诺夫的《第一个职务》与纳吉宾的《冬天的橡树》照耀着我的短篇小说创作。是法捷耶夫的《青年近卫军》帮助我去挖掘新生活带来的新的精神世界之美。在张洁、蒋子龙、李国文、从维熙、茹志鹃、张贤亮、杜鹏程、王汶石直到铁凝和张承志的作品中，都不难看到苏联文学的影响。张贤亮的《肖尔布拉克》、张承志的《黑骏马》以及蒋子龙的某些小说都曾被人具体地指认出苏联的某部对应的文学作品；这里，与其说是作者一定受到了某部作品的直接启发，不如说是整个苏联文学的思路与情调、氛围的强大影响力在我们的身上屡屡开花结果。

我觉得苏联文学的核心在于正面人物，理想人物，正面典型，"大写的人"等等范畴。他们肯定人、人生、人性、历史、社会的运动与前进。他们写了那么多英勇献身的浪漫主义的革命者，单纯善良无比美妙的新人特别是青年人，嫉恶如仇百折不挠的钢铁铸就的英雄。他们歌颂劳动、青春、爱情、生活、友谊、忠

---

① 原载《读书》1993 年第 7 期。

贞、原则性、奋斗精神,他们歌颂祖国、革命、红旗、领袖、苏维埃、国际主义……他们批判自卫军、富农、反革命,也批判自私、怯懦、保守、心口不一。他们极善于把政治上对于苏维埃政权的忠贞与爱国主义、对于白桦树和草原的依恋、对于人和人性、人生的天真的勃勃有生气的肯定结合起来。即使今天重读以制造个人崇拜为己任的苏联作家巴甫连柯的直接歌颂斯大林的长篇小说《幸福》,你仍然会觉得他的对于"幸福"的体验确有真诚的、丰富的与动人的内容,他写到了外高加索的葡萄酒的香醇;他写到了一个因战争而残疾的孩子的奋斗毅力;他写到了主人公的爱情,写到了一个护士、一个普通的女人对于生命的短促与延续,对于爱情与婚姻的力量的思索。妙就妙在他把这些富有生活气息、人情味的体验、抒发与对于斯大林的歌颂水乳交融地结合在一起,这比中国式的"就是好"、"四个伟大"、"最红最红最红……"要富于感染力得多。

　　与中国的同期的革命文学、歌颂文学相比较,我至今仍然觉得苏联文学有它的显著的优点:(1)他们承认人道主义,承认人性、人情,乃至强调人的重要、人的价值;而中国的文学理论长久以来是闻"人"而疑,闻"人"而惊而怒。(2)他们承认爱情的美丽,乃至一定程度上承认婚外恋的可能(虽然他们也主张理性的自制),并在一定程度上承认性的地位。(3)他们喜欢表现人的内心,他们努力塑造苏维埃人的美丽丰富的精神世界。而在中国,长期以来文艺界相信"上升的阶级面向世界,没落的阶级面向内心"的断言。(我未知其确切出处,但一位可敬的领导常常引用此话,并说是出自歌德。)我们这里常常对大段的心理描写采取嘲笑的态度。(4)他们喜欢大自然和风景描写以及静态的细节描写,这可能与列宾等的绘画传统有关。而我们中国,常常把这种风景描写、环境描写、静物描写直至肖像描写,视为可厌可笑,视为"博士卖驴,下笔千言,未见驴字"的笑话。(5)那些在中国肯定被批评为"不健康"、"小资产阶级情调"、"无病呻吟"的东西,诸如怀旧、失恋、温情、迷茫、祝福、期待、忧伤、孤独……等等,都可以尽情抒发;苏联文学有一种强大的抒情性。在苏联文学中,什么感情都可以有,但在最后,海纳百川,所有的感情都要汇集成爱国爱苏维埃直到爱党爱领袖的"大道"上去。这种对于人类感情体验的珍视与咀嚼,使人不能不想起俄罗斯的音乐——从柴柯夫斯基、强力集团到伏尔加河沿岸的俄罗斯民歌——的抒情传统。女作家潘诺娃在《光明的河岸》中描写人们回想起自己的童年时代的伤感情绪,并讽刺一个死官僚——只有他才没有这种普通人的弱点。如果是在当时的中国,褒贬的对象肯定需要易位。(6)与当时的中国文学界的情况相比较,50 年代的苏联文学界似乎已有一定的自由度,虽然他们从未提过百家争鸣、百花齐放的口号。那时我阅读结集出版的 1953 年苏联第二次作家代表大会的发言,便可以看到肖洛霍夫与他所支持的奥维奇金对于作协领导人西蒙洛夫与支持西的法捷耶夫的尖锐抨击。这在当时的中国,简直难以想象。对于爱伦堡的小说《解冻》与潘诺娃的小说《一年四季》,不同意见也确实在报刊上展开了争鸣,这种争鸣并未受到苏共党的干预。

这里所讲的意思当然不是苏优中劣,对二者的比较不是本文的主旨。我只是想回顾,苏联文学在中国曾有的巨大影响,这不但是无法否认的,而且是事出有因的。

苏联——俄罗斯革命以前已经拥有了普希金、莱蒙托夫、涅克拉索夫、屠格涅夫、果戈理、托尔斯泰、陀斯妥耶夫斯基以及跨越十月革命的高尔基……的强大的批判现实主义的文学传统。俄罗斯的绘画、音乐、自然科学技术在十月革命前已经有了相当的发展,这与鸦片战争后大清朝乏善可陈的尴尬状况并不能同日而语。靠近欧洲发达国家的地理位置与彼得大帝开始的维新西化的历史成果,都有助于苏联文学的建设与发展,在苏联,全民的教育程度也大大高于同时期的中国。在 20 世纪 60 年代中国的好多同志们还在为"交响乐听不懂"而不知所措的时候,肖斯塔柯维奇早已经震动了世界;萧洛霍夫也早已赢得了世界性的声誉。

强大的现实主义传统是"本钱"也是包袱。从某种意义上说,苏联提出的真实地、历史地、具体地反映生活,并把反映真实生活与用社会主义思想教育人民结合起来的社会主义现实主义的"定义"正是批判现实主义的合乎逻辑的发展。对于沙俄旧社会的血泪控诉痛加针砭以及想象中的出走、"革命"(例如像契诃夫在《新娘》,屠格涅夫在《处女地》、《前夜》中所描写过的那样),再前进一步就要动真格的、走现实的、最终成为唯一可能的布尔什维克主义的革命的道路了。高尔基与列宁的友谊是这方面的一个具有象征意义的事例。

但这种苏式的"社会主义现实主义"的提法也带来了负面的结果。它是现实主义的继承,也是对于现实主义的背离,粉饰太平的自己安慰自己的幻想的真实正在取代严峻的真实。上述的巴甫连柯的作品中已经洋溢着这种粉饰自慰以激情充真实的调子。《光明的河岸》、《金星英雄》等更是等而下之。有趣的是,那些标榜着反对无冲突论("无冲突论",居然有这样的"论",还要认真地去加以反对,文学到了这一步,已经够可叹与可笑的了!)的作品诸如《收获》、

《拖拉机站站长与总农艺师》及奥维奇金的"干预生活"的特写等等,现在看来,其对冲突、矛盾的揭露又是何等简单化、小儿科、模式化! 名为揭露矛盾,实际仍是对于苏共的一个时期的"新政"的图解与对于旧政的抨击罢了。

尤其糟糕的是对于现实主义的推崇导致了对于一切非现实主义、超现实主义、前现实主义或者后现实主义的上纲上线的一概排斥。特别是20世纪40年代后期日丹诺夫主义的出笼,对于一批苏联著名作家艺术家(左琴科、阿赫玛托娃、萧斯塔柯维奇等)的批判,使现实主义变成了唯一的正统,而一切别的艺术手法艺术流派变成了政治上可疑的异端。把艺术问题搞成政治问题,宣扬僵硬的艺术教条主义,动用自上而下的行政手段直接干预文艺,这树立了一个极吓人极恶劣的样板。到了20世纪50年代联共十九大上,马林科夫又咋咋唬唬地提出典型问题是一个党性问题这样一个不知所云的命题。赫鲁晓夫也罢,仍然继承了日丹诺夫主义的某些衣钵,直接干预和压制获得诺贝尔奖的帕斯捷尔纳克的创作。呜乎,哀哉!

与这种僵硬的"社会主义现实主义"定义、典型论相比较,我曾经宁愿选择毛泽东提出的"革命的现实主义与革命的浪漫主义相结合"的命题。它毕竟为非现实主义开了一个口子。当然,提这个口号的当时的"浪漫主义"的代表作是大跃进的浮夸吹擂的"红旗歌谣",实在令人无法恭维。另外,连斯大林都肯定过的(至少是口头上肯定过的)"写真实"的口号在中国一度也作为"修正主义"的文学主张来批,这是颇堪一嗟的了。

据说十月革命后的一段时期苏联的作家艺术家曾经真正的思想解放过,包括前卫艺术的各种流派都曾在苏联十分活跃,我在1986年12月访问匈牙利时,便参观了在布达佩斯举行的20年代初期的苏联美术展览,真是琳琅满目,一派生机! 匈牙利的朋友告诉我,只是在后来,在斯大林时期,文艺政策才愈收愈紧了的。

斯大林死了。个人迷信被否定了。日丹诺夫主义的影响仍然不能低估。即使认同现实主义在文学创作中的首要乃至主流地位,画地为牢、排斥异端的做法也仍然与艺术的创造力、想象力互不相容。在20世纪50年代后期以后,苏联文学的自满自足的教化性、道德伦理的两极化处理、俨然社会先锋乃至救世主式的自吹自擂的调子仍然束缚着它的进一步突破和发展。即使一些苏联作家写到了诸如领导人的特权、领导人的决策失误、敏感的历史事件这些新鲜大胆的题材领域(有些带有"闯禁区"的味道);即使他们采取了不同寻常的手法(如寓言式、变换视角、几条线共同发展),这些作品仍然具有一种苏联文学的特殊胎记——即他们的主题思想的分明性、善恶对立的分明性,认为战胜黑暗就必定是一片光明的时至该日未免显得太天真纯朴的生活信念与历史信心。善与恶的具体对象与界定标准改变了,例如可以把劳改营的犯人处理成罪人或者英雄,又可以把党的工作者处理成英雄或者恶棍,这种处理可以改变,作品的鲜明的倾向性与自信性以及作者的煞有介事的郑重却如出一辙,多无二致。到了80年代,到了当代中国文学这个喷薄迸发的时刻,人们在常常认同苏联文学价值取向,并仍然接受他们当中的杰出人物如青季思·艾特玛托夫、叶甫图申科的影响的同时,又不免感到苏联文学的冗长与沉闷。与卡夫卡、海明威、加西亚·马尔科斯以及普鲁斯特乃至米兰·昆德拉相比,苏联文学在中国的影响、特别是对于当代中国作家的影响,呈急剧衰落的趋势。与中国80年代以来的当代文学创作相比,苏联文学反而显得缩手缩脚,踟蹰不前。

在我年轻的时候,一面热情而轻信地陶醉在苏联文学的崇高与自信的激情里,一面常常认真地思索:我认为,任何不带偏见的人,读了苏联的文学作品都会立即爱上这个国家、这种社会制度、这种意识形态。它们宣扬的是大写的人,崇高的人,健康的人;宣扬的是社会主义的人道主义与历史进取的乐观精神;宣扬的是对于人生的价值,此岸的价值,社会组织与运动的价值即群体的价值的坚持与肯定;一句话——而且是一句极为"苏式"的话:苏联文学的魅力在于它自始至终地热爱着拥抱着生活。

与此同时,我们如果打开西方发达国家的作家们的文学作品,姑且不去置论它的性加暴力的通俗读物;即使姑且不去置论它的直接进行社会批判的作品(如西德的海因里希·伯尔的一批作品);我们也在那么多的作家笔下看到孤独、疏离、病态、疯狂、怀疑、自杀、仇恨……看到那么多败坏人的胃口的对于人生对于生活的否定,怀疑,至少是十分消极的叹息。我曾经真诚地认为:提供光明的文学作品的社会,必光明必好必胜必成功,而提供阴暗的文学作品的社会,必阴暗必恶必败必瓦解消失。

也许,最有趣并且最意味深长之点就在这里:为什么光明的文学并没有为一个社会贡献出光明的图景,而"阴暗"的文学也并没有把一个社会推向阴暗的泥沼?

成也光明,败也光明。苏联文学像是一个光明的梦。苏联文学的光明性本来是它的魅力所在,然而:

一、把愿望当做现实，把认为应该有的光明当作实有的光明来展现，便变成了自欺欺人，至于为迎合某种需要而光明，就更是等而下之了。

二、不敢正视、有意无意地回避人性当中、人生当中、现实当中也包括理念当中那些有缺陷的东西，那些通向假恶丑或者使假恶丑与真善美混成一锅稀粥的东西，这种闭上自己的一只眼或一只半眼的对于"光明"的确认，如果不是虚伪和懦弱，最好的情况下也只是天真和幼稚。

三、认定自身是光明的使徒，而非己异己者是黑暗的魔鬼，这种价值取舍便捷简明果决，然而离开真实与真理愈来愈远。由此而派生的独断论、排他性、极端性本身便渐渐发展成为背离了理性与天良的烛照的狂妄与邪恶。

四、社会与文学的关系，并不总是同步或互相适应、互相影响、互相配合的关系，更不可能仅是主从关系主仆关系；不是社会光明文学表现出来的就一片光明，社会进步文学表现出来就一片进步，社会停滞文学表现出来就是一味停滞，社会混乱文学表现出来就是一塌糊涂。更不是文学光明就意味着社会一定光明，文学表现混乱社会就从而一定更加混乱。

文学与社会的关系，可能是一致的，也可能是各有侧重多元互补的乃至互相激励挑战的。文学更多地表现个人，更多地执著于理想追求而对现实采取批评或抱怨的态度，常常流露人生的各种痛苦和遗憾，文学本身并不能亦不善于积极地建设性地解决社会面临的问题。这样：1. 对于社会实践来说，文学具有它的消极性，用文学去直接干预生活干预社会，常常并非可取。2. 文学的这种消极性在一个健康与自信的社会中很容易转化为积极性。这样的社会是在不断的反思与自我批评中前进的，它不会视文学的"消极"为洪水猛兽。相反，文学的宣泄与疏通反而易避免大众的情绪郁结与爆炸。愈是健康与自信的社会愈是会对文学（还有艺术）采取比较宽容的态度。

一味地响应配合紧跟，削弱了文学的多方面的可能性，也只能降低文学的艺术品味。它不但束缚了作家艺术家，也束缚了全民族全社会的精神能力的创造发挥发展。归根结底，对于一个社会的发育与健全是没有好处的。

五、在文学创作与文学理论中，相异的思路完全不一定是互相敌对与不相容的。现实主义与非现实主义或超现实主义，反映（再现）与表现，自我与世界，写意与工笔，民族的与外来的，传统的与时髦的；它们之间更多地是需要互相激荡互相启发互相补充而不是你死我活地斗争。

死抱着一种思路而压倒灭绝一切不同的思路，只能是创造力的衰退与想象

中国俄苏文学研究史论
История исследования русской и
советской литературы в Китае

力的禁锢。死抱着一种选择(哪怕是当时当地最佳妙的选择)而不准进行不同的尝试,只能使这种选择愈来愈变成失效的方略与沉重的负担。

六、在多数比较正常的情势下,一个社会的多数读者会倾向于选择轻松解闷或惊险刺激的通俗读物。这虽然有可能败坏严肃的艺术审美的口味但却有助于抵制文学的专横单一和武断。苏联文学(除有一些反特惊险小说外)长期缺少这方面的品类,在严肃的文学作品中也缺乏更多地吸引读者的兴趣的自觉,这造成了苏联文学的沉重呆板有余而生机勃勃灵动飞扬不足的负面效果。

七、归根结底,文学作品中最积极最活跃最正面的因素来自创作主体,来自作家的人格、精神能力、勇气,智慧与艺术语言的捕捉与表达能力,以抑制、管束、干预创作主体的精神能力为代价,去取得文学作品所描述、反映、表现的对象的一片光明,其结果是创作主体的萎顿与缺乏自信,是文学本身的萎顿,是极其地得不偿失。

八、文学可以提供某种经验、感受以及愉悦、刺激,却常常不能提供答案;能够传达某种呻吟感叹,却常常不能提供药方;文学不具备正面的可操作的行动特质,这可以说是文学的先天的"弱点"。最好最反映现实的作品也带有纸上谈兵的性质,作家们和读者们最好能就这一点达成默契。文学不是交通规则,不是动作要领,不是行动纲领或者宣言。文学常常是创作主体陷于困境陷于矛盾的熬煎的产物,而不是小葱拌豆腐——一青(清)二白的果实。愈是提供那种咀嚼好了、处理过了、消化好了的模式分明的文学内容,就愈是降低了自己的文学品位与作品的独创性、震撼力。愈是摆出一副谆谆告诫、万物洞察与救世救民的样子,便愈是暴露了创造主体的幼稚浅薄与自不量力。这样做下去,就等于把文学的大厦建造在臆想的一厢情愿上,画虎不成反类犬,对自己的社会角色的夸张定位,反而使自己走进了简单明了规范化的政治社会艺术模式中去,哪怕不同的模式具有截然对立的取舍倾向。

当我们想到,一些杰出的苏联作家——例如法捷耶夫、费定和阿·托尔斯泰,无法摆脱他们的孩子气的虔敬恭谨,而终于没有能够尽情尽才地写出他们的传世之作。当我们想到另一些不错的作家——例如西蒙诺夫、苏尔科夫、柯切托夫、巴甫洛夫——有意去迎合意识形态的模式,而终于囿于已有的却是未经验证的武断之中。当我们想到还有一些杰出的作家——例如阿赫玛托娃或者左琴科、帕斯捷尔纳克以及可能有的没有被允许发芽的种子,——潦倒压抑,有花不能开的时候,我们怎么能够不为世界上第一个伟大社会主义国家文学上的严重失误和失算而痛心疾首呢！

文学正如人生，"人生不满百，常怀千岁忧"，永远不会十全十美。毋宁说文学是缺陷、是遗憾、是可望而不可得的焦首煎心产物，是梦的近邻。当你把你追求的一切搂在怀里抱在胸前，尽情地交欢做爱的时候，很难有文学；倒是失恋更可能造就一个爱情诗的作者。从这个意义说，苏联的瓦解，苏联文学的成为历史，一心热爱生活拥抱生活的文学追求的失败本身就是极好的文学契机，梦的契机。

时过境迁，现在再回顾《铁流》与《士敏土》，《初欢》与《不平凡的夏天》，《毁灭》与《青年近卫军》，《收获》与《金星英雄》……我们看到的是一个又一个的光明的梦。那是一个关于人成为历史的主人、宇宙的主人的梦。那是一个关于计划性与目的性终于全部取代了盲目性与混乱性的梦。那是一个人类的荣誉、智慧和良心具体化为、凸现为列宁、斯大林、联共党苏共党苏维埃与契卡（后来成为臭名昭著的克格勃）的梦。那是一个关于朗朗乾坤、清明世界、整个世界都变得那样明晰而且生动的梦。这样的梦不但苏联作家与读者、许多其他地方的作家与读者都不同程度地做过。今后，人们也还要继续做下去。苏联瓦解了，苏联文学的光明梦，产生这种梦的根据与对这种梦的需求并没有随之简单地消失。资本主义当然不是无差别的天堂。苏式社会主义实践的失败并不能证明资本主义的万事大吉。说不定因为世上许多人去转而追求资本主义而产生对于资本主义的新一轮的失望与批评。在这种情况下梦都不要做，太清醒也太沉重了。而梦做下去，就仍然会时而在这里时而在那里出现苏联文学的回声与反照。

用文学来表达人们的梦想，这本来是天经地义的。做梦是可以的，做做梦状却是令人作呕的。只准做美梦不准做噩梦则只是专横与无知。守住梦幻的模式去压制乃至屠戮异梦非梦，这就成了十足的病态。梦与伪梦的经验，我们不能忽略。苏联文学的历史并非空白，苏联作家的血泪与奋斗并非白费。总会有一天，人类的一部分为苏联文学而进行的这一番精神活动的演习操练会洗去矫强与排他的愚蠢，留下它应该留下的遗产，乃至在未来的某个时期，蜕变出演化出新的生机新的生命新的梦。

一

　　"手记"以第一人称自述形式写成。第一部"地下室"由蜗居地下室的主人公"我"议论对自己为人、对人生、对周围事物的种种看法。第二部"潮湿的雪"，由主人公"我"回忆青年时代在彼得堡经历过的几件事。这部小说并不是一部单义主题的作品，它包容了比较复杂的内涵，随着时代的发展，越来越显露它的丰富性。除了它隐涵的论争性外，至少还有三个层次的内涵并存。对于它产生的背景，涉及到作家本人的社会政治观点等等，在一般有关陀氏的生平介绍中都有简明扼要的评介。需要注意的，一是对主人公的观点应作客观评价；二是不要把主人公与作家完全划上等号（这一点近年有些介绍文章已经注意到了）。在本文中我想从文本与现当代读者的角度来讨论这部小说，尤其探讨一下它与存在主义小说的精神联系。

　　阅读"手记"常给人留下难忘的印象。这种印象首先来自作品内涵的第一层次，即令人熟悉的社会性批判。躲在地下室的主人公不是一个健康、正常的人。狭小、潮湿、阴暗的地下室是造成心情阴郁怨恨的一个物质环境因素。人际关系的冷淡、紧张、不平等构成他生活环境恶劣的另一个社会因素。而主人公本身的卑劣又组成整个社会可恶环境的一部分。他用别人对他的态度去对待比他更弱的人，以期获得某种满足。他与妓女莉扎的交往就是如此。

　　"手记"给人强烈印象的第二个层次是它为俄国文学乃至世界文学提供了一个"地下人"形象。人们有理由不喜欢他的阴郁，不赞成他的观点，却无法否认他是一个诚实的人，他袒露内心极为彻底，不加掩饰，不给自己套上神圣的光圈，甚至连理想化的点缀都没有。他不仅敢于面对现实的丑恶，而且更敢于面

---

　　① 原载《外国文学评论》1993 年第 2 期。

对自身的丑恶，不是所有的人都有如此勇气的。这个藏在地下室的人展示了自己灵魂的扭曲和压抑、严重的心理障碍，同时又抑制不住自我的冲动和欲望，而他一直难以忘怀对莉扎的伤害，也表现出他内心还蕴涵着善，还存留着一些人性的闪光。因此他又是一个矛盾的人。从他自述的方式和内容也可看出他的矛盾性。他说自己是一个凶狠的人，又说自己并不凶狠，他高呼"地下室万岁"，又诅咒"让地下室见鬼去吧！"[①]前言后语自相矛盾，前一句肯定，后一句即刻予以否定，前一段文字责骂别人，结果责骂的鞭梢在后一段打向自己。言为心声，言辞的矛盾暴露了内心的矛盾，他对自己的评价也是如此：既不凶狠，也不善良；既非小人，也非君子；既不是英雄，也不是爬虫。他所感受到的屈辱会转化为快感，所经历的痛苦会上升为乐趣。他的自我意识与行为之间更是常常相违，意识不能完全控制、支配行为，行动往往违反本意，明明意识到"美和崇高"，却会做出最不体面的行为；明明想维护自尊，报复那些侮辱他的人，到头来情不自禁地怯场退避……他的这些似是而非，似非而是的思想意识形成一种张力，蕴涵着为后世不断证实的某些客观存在的事实。这说明主人公还是一个有思想的人。他是陀氏笔下第一个思想者形象。陀氏在以后的《罪与罚》(1866)、《群魔》(1871—1872)、《卡拉玛佐夫兄弟》(1879—1880)等等长篇小说中塑造了如拉斯柯尔尼科夫、斯达夫罗金、伊凡·卡拉玛佐夫等一系列思想者主人公。他们内心分裂的心理特征是从《两重人格》发展而来，而他们丰富的思想特征则承继了《地下室手记》（以下简称《手记》）。《手记》中的"我"开创了陀氏作品中思想者主人公之先河。他蛰居地下室，面壁而思，似乎与世隔绝，却参与当时俄国社会问题的思考：俄国向何处去？他对革命民主主义者提出的理想水晶宫——空想社会主义大厦，合理利己主义，社会环境决定人的本性，理性的作用等等观点表示了异议与反驳。他的这些思想在当时不合时宜，与时代思潮背道而驰，所以不为人们所称许。时至今日，历史的发展证明他的偏颇言论也不全是陈词滥调，他至少帮助人们认识自我，提醒人们不要盲目乐观，忘乎所以。水晶宫的理想固然令人神往，但空想并不等于科学。即便是科学结论也不是万能的或一劳永逸的，一旦陷入僵化、绝对的境地，它不仅框死活生生的人，自身也沦为机械的、僵死的教条。人的理性使人有明智的目的，也有功利的斟酌，但理

---

① 本文的《地下室手记》的引文均出于顾柏林的译本，见上海译文出版社 1988 年版的陀氏作品集《赌徒》。

性是有限的,而人的欲望却强烈得多,会冲破理性的束缚,达到疯狂的程度。诸如此类的观点,对于目睹并经历了 20 世纪的政治迫害、战争屠杀、血腥镇压等人间悲剧的现当代读者来说,不啻是醒世恒言。

《手记》给人丰富印象的第三个层次是主人公所作的思考还带有哲学意味。仅仅把这部小说归结为社会哲理性小说显然是不够的,它还含有对人的存在这一更为广泛的哲学命题的思考。陀氏凭借他的敏感、深思与观察,发现了生活在 19 世纪中叶俄国现实中的某些个体,致使 70 年以后那些也看重个体的现实存在的存在主义小说家和他有了对话的基础。难怪美国学者 W. 考夫曼(Walter Kaufmann) 在《存在主义》一书中,论及的就是"从陀思妥耶夫斯基到萨特"。

这里,我选择萨特的《恶心》和加缪的《局外人》这两部存在主义小说来与《手记》比较。《恶心》(1938) 是萨特的早期作品。采用日记体,通过历史研究者安东纳·罗康坦的日记记载他在布城的研究工作,日常生活及所思所想。实际上提出了对人生和存在的一系列看法。这是萨特最早的一部用文学形式来表达其存在主义观点的作品。加缪的《局外人》(1942) 用冷静的文学语言刻画了一个"荒诞的人"。《局外人》用第一人称叙述,以某公司职员莫尔索杀人被捕为界分为上下两部。第一部主要自述母死送葬,后与女友幽会,为邻居帮忙,在海滩上开枪打死了一个阿拉伯人;第二部自述被捕以后的情景,受审、开庭、最后被判死刑。

萨特在自传中讲到他 15 岁时沉浸在陀氏和托尔斯泰的作品中。成年以后他写的小说评论也常涉及陀氏。加缪不仅研读《群魔》、《卡拉玛佐夫兄弟》等长篇小说,还研究过陀氏晚年的《作家日记》,对其中提出的"逻辑自杀"等问题加以思考。他在《西绪福斯的神话》中选用《群魔》的人物"基里洛夫"作为第二章一节的标题。20 世纪 50 年代初他还改编并导演了《群魔》。陀氏对存在主义作家的影响是不言而喻的。

与陀氏的长篇小说相比,《手记》则显得单纯,在情节安排上比较简单,尤其《手记》的第一部集中在主人公的自我剖析和对某些问题的阐述上,带有文学哲学化的倾向。存在主义小说更集中地表现出情节淡化、哲学文学化的特点。在文学形式上两者互相接近。更主要的是《手记》中提出的一些问题在存在主义小说中得到延续的、深入的探讨,两者在精神内涵上有着重要的关联。它们的主人公都通过形而下的体验,达到形而上的哲学思考。对人类的生存状况作出了相近的论证。我国评论界对存在主义及其文学已展开专门研究,我在这里不准备对它们的哲学观点、文学特点作系统的赘述，只想考察一下《手记》与它们相关的思想联系与区别。

人的生存体验是个体最直接的感受。"手记"与两部存在主义小说的主人公都与人群保持着实际的或精神的距离，他们都有一种孤独感。"地下人"说："我是独自一个，而他们却是所有的人。"《恶心》的主人公洛康坦说自己是孤零零地活着，所有的人都看重与大家意见相同，只有他不。《局外人》的主人公莫尔索对生活、对他人，甚至对自己，似乎都是一个局外人。他们的体验也就带有独特性。"地下人"的生存体验可以归纳为痛苦，他拼命想摆脱屈辱，却在屈辱中越陷越深，他竭力想维护自尊，却落得更加可鄙的地步，他的痛苦有增无减。"恶心者"洛康坦的生存体验是一种强烈的生理反应——恶心。这种恶心作呕的感觉在他把石片投掷到水面时就抓住了他，以后时隐时现，无处不在，在咖啡馆的墙上，在昏黄的灯光里，他都感到恶心。甚至对自己热心撰写的 18 世纪洛勒旁侯爵的传记这一工作也感到厌恶，在恶心的状态中他的历史研究失去了任何意义与价值。"局外人"莫尔索最强烈的生存体验是"热得难受"，无论在给母亲送葬时，还是在海滩上，或是在法庭受审时，在他生存的每一个关键时刻他都感到闷热难当，做出反常举动，一步步走向生命的终局。

这些主人公的生存体验的核心表现出人是非理性的，自我是无法把握的。这一观点早在《手记》中已有表达，"地下人"执拗地认为人不是 2 加 2 等于 4 的数学公式，人身上存在着非理性冲动，向往破坏与混乱，这种冲动使人往往听凭于个人意志、欲望的驱使，而不考虑自己的利益，不顾及自己的利害关系。他本人就深有体会。他原本为了自尊去参加昔日同学的聚会，但在受到侮辱时产生破坏聚餐气氛的冲动。他采用的方式是沉默不语地在餐桌旁来回走动，这种冲动不仅没有保持住他的尊严，反而使昔日的同学更加讨厌他，鄙视他。他的行为表现出自我是不定形的，人无法理智地把握自己。"局外人"的行为则进一步具体论证了这一观点。莫尔索杀人没有理性的原因。本来他与邻居、朋友去海边度假日，在海滩上邻居雷蒙碰上一个阿拉伯人，这是雷蒙原先情妇的弟弟，双方因前嫌而互相怀有敌意。莫尔索尽管站在雷蒙的一边，但出于好意还是试图化解两个敌对者之间的冲突，拿走了雷蒙的手枪。阿拉伯人也退着走开了。仅仅由于天气炎热，莫尔索独自一人又到海边，再次碰上了阿拉伯人。太阳像火一样烤着沙滩和人，莫尔索头皮发涨，血管抽动，阿拉伯人亮出的刀子在阳光下闪闪发光，莫尔索的眼睛被汗珠渗入，热辣辣地看不清楚。他感到"太阳像铙钹

中国俄苏文学研究史论
История исследования русской и
советской литературы в Китае

似的在我头上一阵乱响",汗水刺痛了眼睛,模糊中产生错觉,仿佛对方的刀尖刺进了他的眼睛,他拔枪打死了对方。他的杀人带有偶然性,是热得难受的感觉在生理上造成错觉,引发冲动,造成杀人的事实,不能说他是预谋杀人,因为找不出他故意杀人的理性理由。这种非理性的冲动给他带来灾难性的后果,正应了"地下人"喋喋不休强调的:"人,不论他是何等样的人,也不论在何时何地,总喜欢随心所欲地行动,而绝对不喜欢按照理智和利益的指点去行动。"如果莫尔索当时不被太阳晒昏头,稍微有点理智,考虑到他与对方没有直接的恩怨、利害冲突,或像他自己事后想到的,如果转身走开,也就没事了。可他偏偏不走开,相反还向前走了一步,不仅没逃过太阳的直射,反而用子弹射倒了别人,结果叩响了地狱的大门。人的生存体验实际上是个体对外部世界的直接反应,它涉及到上述人的主体,还涉及到人存在的客体——外部世界。

人所生存的世界是荒诞的、"地下人"眼中的世界是丑恶的,肮脏的,他对理性所作的攻击说明他对外部世界的悲观看法。世界是不可知的,杂乱无章的,世界不会变得如理性主义者所期望的那么有条理、有规律。他把理性主义者所推导的自然规律比作石墙,但它看不见,摸不着,让人找不到可以发泄的对象,要人在它面前没错也要认错,石墙也是荒诞的。当然,"地下人"对世界荒诞的看法表达得比较曲折,而萨特笔下的"恶心者"对这个问题认识得更为明确,他直截了当地提出"荒诞"这个字眼,而且看到世界的荒诞、周围环境的荒诞比比皆是:人们在咖啡馆、酒吧打牌闲聊,在星期天做礼拜、吃丰盛的午餐;报上登着强奸幼女的新闻,博物馆展出名人画像;图书馆里与他相识的一个自学者在按字母顺序读书,计划读完整个图书馆的藏书,却没有任何自己的观点;主人公与女友4年未见,女友来信说:"一定要见你",待他赶去看她,她却好像忘了这回事,两人最后无话可说而分手……所有这些构成的外部世界是荒诞不经的,达到令人恶心的地步。"恶心"不仅是一种个人体验,而且上升为观照世界的哲学观念。《局外人》中世界的荒诞更集中地体现在莫尔索的案子上。首先新闻是荒诞的,因为莫尔索杀人一案发生在新闻贫乏的季节,为了报纸的销路,为了制造新闻,记者向当事人承认"把他的案子夸大了一些",尽管新闻不能干涉法律,但"夸大一些"所造成的舆论导向是不言而喻的。其次,审案的过程尤其说明法律是荒诞的。法官庄严而自信地声称:"我们国家的法律的确是很完美的。"然而从审讯到开庭对杀人案件本身未多作追究,却尽纠缠于主人公的个人生活,指控他不抚养母亲而把她送入养老院,指控他在母亲去世后不哭,还抽烟,喝牛奶咖啡，并在安葬母亲后就去游泳、看电影，与情人幽会。因此得出他是怀着一颗罪恶的心埋葬母亲的结论，进而推断出他是预谋杀人。然而法庭没有调查杀人前后的经过。找的证人大多与杀人一案无关，无视被告的意见，甚至没有人问他同意不同意这样的判决。一个人的命运就这样被决定了。检查官却还洋洋自得地指出葬母和杀人"这两件事之间有着一种深刻的，本质的，有联系的关系"。法律上的草菅人命比主人公"因为太阳"而杀人的冲动更荒谬绝伦。

《手记》的主人公写道："小说必须有英雄人物，而这里却故意收集了反面人物的一切特征。"三部小说的主人公都是非英雄形象，他们对人、人的存在及外部世界的看法都不乐观、不昂扬、不积极，但他们的所作所为也并未完全沉溺于悲观绝望之中，至少他们在不同程度上都采取了行动，作出了生存选择。"地下人"写下"手记"，为了剖析自己，检验一下：能不能至少对自己完全做到赤诚相见，不害怕全部真情？可以说，他勇敢地做到了这一点。这个没有价值的小丑说出了不少有价值的正人君子内心也可能有的东西，并且不回避自己的卑鄙无耻。"恶心者"采取的行动是停止历史研究，离开布城，既然他认识到世界是恶心的，研究是无意义的，那么及时地中止研究，另觅出路是他最佳的自由选择。"局外人"意识到世界的荒诞，存在的荒诞，进而以他特有的冷漠反抗荒诞，他在渴望生的同时，又坦然地面对死，想着第二天世人将围观对他的处死，让人感到他对世人的嘲讽，对自身死亡的超越。即使主人公们对人与世界的看法是悲观绝望的，但他们的思考却提供了更为开阔的视野，表现为更加清醒的理性目光、批判精神和乐观态度。于是悖论出现：认定人的非理性强过理性，实际上还是一种理性目光，它扩大了理性认识人自身的广度与深度；认定世界是荒诞的，实际上是一种批判精神，它从抽象地批判外部世界落到了具体的社会批判；认定人与世界的阴暗、卑鄙、龌龊的一面，实际上是一种乐观态度，用悲观绝望的表现形式去打破浅薄盲目的乐观，惊醒世人去重新思考生命，给人以正视自我和世界丑陋的勇气，从而冷静地直面未来。因而主人公们的思考给当今的读者以启发，所起的作用是积极的。

当然，在对待主人公的态度上陀氏与存在主义小说家们不同。陀氏并不完全肯定他的主人公。他在《手记》第一部的标题"注"中指出，人物与"手记"均属虚构，但虚构的基础在于"如果考虑到我们的社会赖以形成的那些状况，那么诸如这类手记作者那样的人物，在我们的社会里不但可能，而且必然大有人在。我想在读者面前用比往常更其鲜明的笔触，描绘消逝不久的那个时代中的一个人物。他是至今还活着的一代人的一个代表。"这是陀氏对现实体察的结果,直到晚年作家还为自己第一个发现这样的典型而感到自豪。因此陀氏只是赞同主人公的一部分观点,他用人物与革命民主主义者争论只是他的部分创作意图,而对现实的观察与表现同时也是他的创作动因,使他与人物保持着一段距离。萨特则主要把人物作为自己的代言人,旨在表达自己的哲学观点:生存的体验、生存的偶然性、生存的自由选择等等。加缪对自己的主人公给予肯定的评价:"他远非麻木不仁,他怀有一种执著而深沉的激情,对于绝对和真实的激情。"①陀氏是东正教信徒,他愿意相信上帝的存在,他往往给自己笔下的人物指明宗教拯救灵魂的出路,他自己也试图从信仰中找到他的人道的希望和理想。只是他又时时在怀疑至善至美的上帝究竟存在不存在,并把他的怀疑赋予他所不完全赞同的人物身上。萨特则根本不相信上帝的存在,他接过陀氏的怀疑作进一步的发挥,他指出:"陀斯妥耶夫斯基有一次写道:'如果上帝不存在,什么事情都将是容许的。'这对存在主义来说,就是起点。"②这就是说,萨特的存在主义认为上帝不存在,就没有上帝对人的制约和人对上帝的依赖。人就是自由的,人就要对自己的一切行为负责。这种对人自身的重视,肯定人的自由选择的权利及对选择的结果自行负责的权利,使萨特认为他的存在主义是一种人道主义。同样,加缪的荒诞哲学也是一种人道主义,加缪对人从不悲观,他悲观的只是人的命运。当然,萨特的人道主义是以无神论为前提,有别于陀氏的有神论。但是恰恰在人道主义这个基点上沟通了基督教博爱的人道主义、文艺复兴时代对"人的发现"的人文主义和20世纪对"人的再发现"的现代主义之间的联系,因而陀氏的含有有神论的人道主义与萨特的无神论的人道主义也互相接轨,从中可以看出存在主义作家和陀氏在文化思想基础上的联系与区别。

三

正是由于陀氏笔下的人物(不止于"地下人")能与20世纪的现代主义作家进行对话,他的人物所思考的问题至今仍刺激着20世纪的读者们,陀氏为现代主义小说家所推崇也就不足为怪了。中俄两国的陀氏研究中都有这样一种观点,即认为把陀氏与现代派联系起来是对陀氏的歪曲理解,认为陀氏的作品始

---

① 柳鸣九编选的《萨特研究》,中国社会科学出版社1981年版。
② [法]萨特:《存在主义是一种人道主义》,周煦良译,上海译文出版社1988年版。

终没有超出现实主义的范畴。我想,认为他是伟大的现实主义作家,并不妨碍认为他同时也是现代主义的鼻祖。这两者可以统一于陀氏一身。陀氏确实出现于 19 世纪俄国现实主义繁荣时期,他的作品也确实具有现实主义的特点,关于这一点中俄都有详尽研究,我不再重复。我只想说明把陀氏看做现实主义大师的同时又看做现代主义鼻祖同样有充分的理由。

理由之一,陀氏艺术的独特性使然。上面论及《手记》的几个层次已在一定程度上说明陀氏作品的多义性,更不要说他以后的几部长篇小说了。在他的作品中,以人为核心,人与社会的关系,人与他人的关系,人与自我的关系,人与上帝的关系构成他作品美学表现的重叠内涵。如果把人与社会、人与他人看成是陀氏在现实空间水平观察的对象,其中有他所处的 19 世纪中后期俄国社会生活的种种状况,有他对人与人之间关系的正反认识和理解,那么人与自我、人与上帝则成为他在心理空间垂直探求的两极,一极是人最深层的心理体验,开掘了变态与常态相混合的心理领域,一极是高悬于宇宙天际的信仰追求,人究竟是什么,上帝到底有还是无,成为他苦苦求索、一直没有解决的问题。他作品中的现实空间与心理空间互相渗透、依存、排斥、对抗,共同融成一个立体的有机整体,并充满着缠绕作品人物的社会问题、伦理问题、宗教问题、哲学问题等等。他的艺术的这种错综复杂的独特性使后代小说可以汲取不同的艺术养分,从不同的角度去认同他。而对现实的看法他也与同时代人不同,他曾明确谈到:"我对现实有一个与众不同的看法,而且大多数人认为几乎是荒诞和特别的事情,对我来说,有时却构成了现实的本质。"①有些评论者把陀氏的现实主义概括为荒诞的现实主义,正是看到他的现实主义有特殊之处。现代派作家对他的推许,也是与他艺术中有着荒诞之类的现代特质有关(关于陀氏的现代性参见拙作《从〈罪与罚〉看陀氏的现代性》,刊于华东师范大学学报 1986 年第 5 期)。无视这一点,甚至用主观、教条的观念硬去限死一个作家,硬作非此即彼、或非彼即此的定性,都是偏颇的。

理由之二,时代使然。陀氏所处的时代是俄国从封建农奴制过渡到资本主义发展的时代,陀氏感到的许多现实问题在 20 世纪不仅没有解决,而且变本加厉地恶性膨胀起来。工业文明带来的物质超常发展,战争带来的毁灭性打击,道德沦丧、人心不古等等状况加深了现代人分崩离析的感觉。现代主义小说家

---

① 冯增义等译:《陀思妥耶夫斯基论艺术》,漓江出版社 1988 年版。

中国俄苏文学研究史论
История исследования русской и
советской литературы в Китае

们在陀氏小说中发现了动荡时代的种种精神现象的特征及思考,产生了共鸣,因此他们接过陀氏的某些现代特质,并在自己的小说中加入个人的体察,继续对人和世界进行深入探讨。时代问题的延续发展,对人的关注、对人所处的日益严重的现实存在的关注也是现代主义文学在一定程度上从陀氏发展而来的共同基础。

理由之三,文学传统使然。西方现代主义文学也是植根于西方文化、文学传统和现实的土壤中。之所以出现把现代主义与现实主义对立起来的看法,有的是因为对现代主义文学持有全盘否定的看法,这已为越来越多的现代主义文学研究现实所纠正。有的是来自现代主义作家自身。他们为了标新立异,打着反叛现实主义的旗号,在文学形式上的革新往往比较极端,因而也造成有些作品思想深刻有余,可读性则不强,甚至晦涩难懂。纵观西方文学思潮的发展史,几乎都存在着一种文学思潮对前一种的反叛,例如浪漫主义对古典主义的斗争,现实主义对浪漫主义的否定,但每一种文学思潮都与自古希腊发展而来的文学传统有着既突破、创新又联系、发展的渊源关系。文学传统是无法割舍的,现代主义文学同样无法完全摆脱西方文学传统的潜移默化的影响,更不要说他们对传统还有意识地作出重新选择和变形利用。现实主义作家所推崇的荷马史诗、莎士比亚戏剧在现代主义作家那儿也并未受到完全的排斥,只是他们有自己的选择、借鉴的角度、方式和标准。西方文学传统同样也哺育了横跨欧亚大陆的俄国作家们。陀氏一方面吸收从古希腊以来的西方文学养料,另一方面由于他的现实主义的独特性使他也成为文学传统的一部分,受到后代作家的重新检视,得到另眼相看。

理由之四,文学发展的趋势使然。由于现代主义小说对文学的表现形式与内涵有新的开拓,使 20 世纪不少现实主义作家有意识地吸取了现代主义的艺术因子,同样,也有不少现代主义作家发现他们的文学革新走到极端,也给他们的作品带来弊病,因此他们也有意识地返回到现实主义艺术中吸取营养,这样,文学发展到当代,呈现出现实主义艺术与现代主义艺术的互补和互融的合流倾向,把二者看成水火不相容的观点显然过于绝对,过于狭隘。而一百多年前在陀氏那样复杂、矛盾、丰富的作家身上,最初这二者的艺术因素多多少少地混沌并存也是很自然的现象。

陀氏对 20 世纪的现代小说,无论现实主义还是现代主义的影响都是巨大的。

陈建华：
《"虚无党小说"：清末特殊的
译介现象》（节录）[①]

　　中国清末的戊戌变法虽然失败，维新思潮却已不可遏制。世纪之交，国人办的报刊和书局如雨后春笋般的涌现。一些有识之士公开主张变"师古"为"师夷"，由学"西洋之长技"到引入"政事之书"。一时译介包括文学作品在内的西方书籍成为一种时尚。如为世在《小说风尚之进步以翻译说部为风气之先》一文中所说："自西风东渐以来，一切政治习尚，自顾皆成锢陋，乃不得不舍此短以从彼长，则固以译书为引渡新风之始也。"梁启超在强调"译书实本原之本原"时还举俄国为例："大彼得躬游列国，尽收其书，译为俄文，以教其民，俄强至今。"

　　在当时的维新派人士梁启超等人看来，译书中小说最为重要，因为"欲新一国之民不可不先新一国之小说"[②]，"欧美化民，多由小说；榑桑崛起，推波助澜。"[③]而小说中又以政治小说与社会联系最为密切，欧美曰"各国政界之日进，则政治小说为功最高焉"[④]。

　　据《晚清小说目》统计，1882 年至 1913 年中国的翻译小说达 628 种，其中最多的一年（1907 年）竟达 130 种以上；《涵芬楼新书分类目录》（1911）著录创作小说 120 种，翻译小说 400 种。近年来还有两种统计数字，一种称：1896 年至 1916 年，翻译小说约 800 种；另一种称：1896 年至 1911 年，翻译小说达 1124 种[⑤]。数字尽管有出入，但译介盛况可见一斑。不过在最初的年代里，译介到中国来的外国作品中纯文学作品比重很小，小说中除了《巴黎茶花女遗事》和《黑

---

① 原载《华东师范大学学报》1996 年第 4 期。

② 梁启超：《论小说与群治之关系》，载《中外小说林》第二年第四期（1908）。

③ 《绣像小说》发刊词：《本馆编印绣像小说缘起》，《载绣像小说》第一期（1903）。

④ 梁启超：《译印政治小说序》，载《清议报》第一册（1898）。

⑤ 见樽木照雄：《清末民初小说のふたてぶろりぢ》、陈平原：《二十世纪中国小说史》（北京大学出版社 1989 年版，第 51 页）。

奴吁天录》等少数名作外,风行一时的是侦探小说(约占全部小说译作的三分之
一)和所谓"虚无党小说"。侦探小说姑且不论,虚无党小说当属政治小说之列。

阿英先生曾对虚无党小说作过评价,他将其纳入了俄国文学的范畴。他在
《中译高尔基作品编目》"前言"中认为:"俄国文学的输入中国,据可考者,最早
是清朝末年,那时翻译最多的,是关于虚无党小说。""侦探小说的主要来源是
英、美、法,虚无党小说的产地则是当时暗无天日的帝国俄罗斯。虚无党人主张
推翻帝制,实行暗杀。这些所在,与中国的革命党行动,是有不少契合之点。因
此,关于虚无党小说的译印,极得思想进步的智识阶级的拥护与欢迎。"[①]阿英先
生所注意到的虚无党小说现象,是研究早期中俄文学关系时不可或缺的一个环
节,有必要作进一步的探讨。

要谈虚无党小说,首先遇到的一个问题就是何为"虚无党"? 而这个问题又
是与虚无党小说何以在中国反清政治斗争的高潮时期倍受关注联系在一起的。
"虚无"即"无政府主义"一词的别名。虚无党即是信奉无政府主义的一种政治
力量。无政府主义的前辈是霍德文[英]和施蒂纳[法]。不过,它作为小资产
阶级的社会政治思潮则形成于19世纪,其始祖是蒲鲁东[法]。在19世纪后期
由于俄国特殊的社会条件,无政府主义思潮得到了广泛传播,俄国的巴枯宁
(1814—1876)和其后的克鲁泡特金(1842—1921)成为当时颇有影响的理论代
表。19世纪70年代末,俄国一部分从"土地和自由社"分裂出来的激进的民粹
主义者组成了"民意党"。其纲领是推翻专制制度,召开立宪会议,要求民主自
由,将土地交给农民。"民意党"在高峰时,曾在50个城市设有分支机构,有数
千人参加活动,并发行有秘密刊物《民意报》和《民意小报》。该党在思想上受
到无政府主义的影响,过高地估计了知识分子个人在社会发展中的作用,并以
恐怖活动作为主要的斗争手段。"民意党"成立后,多次暗杀沙皇及其大臣,并
于1881年3月将亚历山大二世刺杀。此后,民意党人遭到沙皇政府血腥镇压,
许多人被杀害、流放,或被迫亡命海外。尽管如此,一部分民意党人仍坚持斗
争,在19世纪80至90年代先后成立了"民意党恐怖派"、"民意党南俄组织"和
"民意社"等派别。这些组织积极开展活动,并于1887年行刺亚历山大三世(未

---

① 阿英先生将虚无党小说一概归入俄国文学范畴的提法似不够严密。在翻检清末的这一类小说
时,可以发现有的小说明确标明系英人所作。如《小说丛报》第十和十一期在"虚无党仇杀案"栏下所载
的"长篇小说"《黑漆之门》,就署有"英国惠廉圭克士原著"的字样。另就某些虚无党小说的内容来看,
也不排除有出自非俄罗斯作家之手的可能。

遂）。流亡海外的成员还在日内瓦出版了《民意导报》等革命刊物。民意党人的活动前后持续了将近20年的时间。把民意党（乃至俄国一切反对专制制度的政治力量）称为虚无党并不十分贴切，但在清末的中国确已成为一种约定俗成的现象。

从中国清末的虚无党小说所涉及的内容看，确实与俄国民意党人的活动十分接近。俄国民意党人虽然由于错误理论的导引，遭致了斗争的惨败，但这些激进的知识分子中有许多具有献身精神的优秀青年，产生过大量可歌可泣的动人故事，对此那些具有新思想的中国读者是至为钦佩的。虚无党小说的译介高潮与旨在推翻清朝统治的资产阶级民主革命高潮的同步出现，并非偶然。在清末的报刊上常常可以见到将中俄两国的革命运动进行对比的文字，以及《伟哉，俄国革命党》这样的标题和鼓吹暗杀的言论，如《革命评论》的"发刊词"（1906）在谈到当时力图推翻清朝统治的革命党人的活动时称："思想之革命兴，革命之崇拜兴，革命领域方以一泻千里之势恢宏扩大，其主张又与俄国革命党所提倡者一致无二。"在《迎接革命的新年》（1907）一文中又声称："欧洲之俄国，革命运动将益增其势；东亚之支那，将倾覆满洲朝廷，创立于基于正义人道原则之自由新国体，以竭其全力期能有所贡献于世界之文明。世界视听将悉集于此两国矣。"同时，在该刊的创刊号上既有"虚无党之始祖"巴枯宁的照片和介绍，又有将刊发小说《虚无党》的广告文字。小说集《刺客谈》（1906）的"叙"中谈到这样的现象："近数十年，俄国虚无之主义，澎涨之一时，大臣被刺，年有所闻，上自沙皇，下及臣僚，莫不惴惴焉以虚无党为忧。……近数年来，此风渐输于吾国，行刺暴举，屡见不鲜。"[1]《中国白话报》所载的《论刺客的教育》一文中则公开声称："现在的明白人，眼见这种黑暗政府，黑暗官吏，哪一个不想革命？但革命断非一次就可以成功的。……最快最捷的，只有刺客。"[2]有人还在行动上仿效之，如蔡元培先生就曾在上海爱国女学生中宣传过虚无王义，并教女学生制造炸弹。

清末的一些重要刊物，如《新新小说》、《月月小说》、《新小说》、《小说时报》、《小说丛报》和《竞业旬报》等都刊登过虚无党小说，其中影响较大的有《女党人》、《虚无党奇话》、《女虚无党》、《虚无党真相》、《虚无党之女》、《俄国之侦

[1] 新中国之废物文，见灌文新书社1906年出版的《刺客谈》一书。
[2] 白话道人文，见《中国白话报》第十八期（1904年8月10日）。

探术》和《虚无党飞艇》等。此外,还有《虚无党》(开明书局1904)等小说集出版。这里择要作些介绍,以略见此类小说之风貌。

长篇小说《虚无党奇话》曾在上海的《新新小说》第三、四、六、十号(1904—1906)上连载,译者为冷血(即该刊主编陈景寒),未见原著者名,另标"俄罗斯侠客谈"字样。译者在该刊第一号上为《侠客谈》写的"叙言"中称:"侠客谈之作,为改良人心社会之腐败也。"《虚无党奇话》虽连载多期,但仅刊出"政府……地狱"、"西伯利亚之雪"和"我友伯爵夫人"等三回。小说前三回没有花很多笔墨去写虚无党人的活动,而把重点放在描写一个犹太人家庭的悲剧和主人公走向虚无党的曲折道路。主人公叫露仇,原是彼得堡一富商之子。16岁那年,他正在外地求学时,父亲因所谓"与俄罗斯皇帝不和"的罪名而被罚做苦役,从此家破人亡。母亲饿死后,妹妹又惨遭蹂躏。露仇为妹妹报仇却也被判终身流放西伯利亚。他脱逃后,又几经周折,流亡到了伦敦,并加入了俄国的虚无党组织。他改名为普天,号公愤,开始投身于反抗专制制度的斗争。小说愤怒控诉了沙俄专制制度的暴虐,并明确表达了虚无党人的主张:"我们俄罗斯帝国的现在,这精神上,这财政上,实是万万不能再不改革了。如欲改革,实万万不能再爱惜生命了。……不才等爱国心厚,欲于这国土上一洗目下野蛮腐败的气象,立了个新制度、新法律,以与世界各国人民同受太平之乐,这就是我虚无党的本意了。"小说揭示了"官逼民反,民不得不反"这样一个道理,并颇有"壮士一去兮不复还"的悲壮之气。就已刊出的部分而言,作品的题旨已相当明确。而且,当身处清朝末年腐败的专制政体下的中国读者读到这样的文字:"诸君愿为专制国的人民,还是愿为自由国的人民? 诸君试平心静气自思罢了"时,其影响力自然不言自明。

如果说《虚无党奇话》尚未展开对虚无党活动的正面描写的话,那么《月月小说》创刊号和第二期(1906)上连载的"虚无党小说"《八宝匣》(未见著者名,上海知新室主人译述),则是直接描写虚无党人的暗杀活动的一部作品。小说写一个身居伦敦、自称是俄国大探险家赖柴洛夫的人雇佣了英国青年满立尔作书记(秘书),并向他出示了一只"华丽精致不可名状"的八宝匣和匣中稀世珍品大金钢钻石。而后,赖氏向新闻界公布了这一消息。来访者日甚。一天,俄驻英大使来访,赖称愿将此宝献给皇上(当时沙皇正起程赴欧洲访问)。于是约定午后由赖的秘书满立尔送至使馆,赖还请大使转告沙皇用拇指开启匣子的方法。当天下午,满立尔即将一包外烙有火漆印之物送至使馆,交给了大使的随员。傍晚,满立尔回到赖的寓所,发现人去楼空。警署探得赖为冒名的俄国虚无党人,立即赶往俄大使处,而此刻大使正准备携盒去见沙皇。大使的随员起贪心,窃盒潜逃。次日报载,某旅所一男子暴死(拇指处有一毒针刺入),身边有一空匣。小说丝丝入扣,颇带几分神秘气氛。文末有"译者曰"一节,称:俄国虚无党"其党人之众多,举动之秘密,才智之高卓,财力之雄厚,手段之机警,消息之灵通,盖久为欧洲各国之所称道矣。""虚无党何以不生于他国,而为俄所专有,则为专制政府之所竭力制造而成,可断言也。吾闻专制国之君主,尊无二上,臣民罔敢不服从。……观于此,专制之君,贪黩之臣,抑亦可废然返矣。"这则短短的评语,使人想起发表于同一时期的严复的《原败》一文。严复认为,俄国在日俄战争中失败"非因也,果也。果于专制之末路也。""卒之民不聊生,内乱大作。""革命党人,日益猖横,俄皇之命,悬其手中,所未行大事者,特须时耳。"[①]显然,这些评语和文章都是将俄国作为一面镜子来照中国,语意双关。

在虚无党小说中,相当大的一部分作品是描写虚无党人与沙俄政府的鹰犬——侦探机关之间所展开的惊心动魄的斗争的。如《小说时报》创刊号(1909)刊载的《俄国之侦探术》一篇(译者为冷。"冷"即该刊主编陈景寒,又名陈冷、冷血)。小说的情节在法国展开,采用的是第一人称的视角。沙俄当局指令俄驻巴黎秘密侦探局局长麦推奴追捕流亡的俄国虚无党人。麦氏心狠手辣,靠虐杀虚无党人而发迹。"我"奉虚无党组织之命,前往巴黎探明麦之动向,并设法营救一旦被捕的同志。敌我双方展开了紧张的角逐。虚无党人礼美贞被捕,他的女儿也遇难。但虚无党不仅获得了侦探局的秘密文件,而且最终开枪杀死了麦推奴。篇末:"俄国在法的虚无党人听了这个信悉,都暗暗地默诵俄国自由洪福,虚无党洪福。"译者批曰:"俄之侦探其周密也如是,然而虚无党人且仆之戮之如入无人之境。"对俄国虚无党人的赞叹之情溢于言表。

同样刊载在《小说时报》上的"长篇名译"[②]《女虚无党》(发表于1911年第十四和十五期,译述者为天津路钧,未署原著者名),在情节之曲折惊险和主题之鲜明尖锐等方面更胜于前者。译者显然对俄国虚无党人反对沙皇专制制度的斗争抱同情的态度,在译文前写上了这样的文字:"吾国人知此党非尽无意识之暴徒也。"小说一开始即渲染俄国虚无党非凡的力量:"警察虽严,侦探虽密,

---

① 见《外交报》第120期(1905.9)。
② 将该小说称为长篇似乎不确,全文不足四万字。

中国俄苏文学研究史论
История исследования русской и
советской литературы в Китае

而虚无党之秘密结社竟无地蔑有,警署竟无从探悉,其能力亦可想而知。"虚无
党总部有党员六万,哈克罗夫等领导人才智超群。此时,总部获悉,虚无党摩斯
瓜(莫斯科)支会因叛徒巴比罗夫的出卖而遭破坏,负责人加沙罗夫被捕。总部
决定全力营救,并立即派出八名党员前往出事地。于是,虚无党人与叛徒、警察
和密探展开了一场极为紧张的搏杀。最终,叛徒被处决,加沙罗夫在押送途中
获救,失去的文件也完璧归赵。小说以女虚无党人迦兰和瓦因等人为主要描写
对象,突出了她们在行动中所起的重要作用。值得注意的是,小说中还时时插
入议论,有时甚至是大段的议论。诸如:"回顾祖国,数千万之同胞犹沉沦黑暗
之地狱,此心几碎矣。""推倒恶劣之政府,争回天与之自由。""真爱国者,只知
有国不知有他,舍国事之外无事业,舍国事以外无希望。""牺牲目前有限之幸
福,而以同胞将来之安宁为希望。如是,方能坚忍精进,只知为国家为人民担任
应尽之义务,以此身为公共之身,无所顾惜。""抱四海一家,人类平等之主义,奉
独一主宰之真神,谓四海之民皆斯神之爱儿。故厌弱肉强食之世界,冀造自由
平权之天国也。然此乃血之代价,非假破坏之力,牺牲多数之生命,绝不能以达
此目的。……呜呼,不自由毋宁死,一息尚存,三尺之躯当愤。生不能有益于
世,何若速死之。为愈此,我侪所以不度德,不量力,欲推倒现在恶劣之政府而
建共和新国之原因也。"作者插入这些议论的目的无疑是为了渲染和赞美虚无
党人的爱国之心、大无畏的献身精神以及追求自由平等的斗争宗旨。

从上面提到的几部作品中已大体可以看出虚无党小说的基本风貌。清末
中国文坛对虚无党小说的接受主要是基于反对清朝专制统治的热情,这一点似
无疑义。不过,虚无党小说之所以流行是不是纯属政治原因?为什么清末尤看
重以女虚无党人为主人公的虚无党小说?这两个问题看来也值得一谈。对虚
无党小说热衷的原因,可以看看清末重要的文学家和虚无党小说的主要译者冷
血的一段话:"我爱其人勇猛,爱其事曲折,爱其道为制服有权势者之不二法
门。""我喜俄国政府虽无道,人民尚有虚无党以抵制政府。"①政治原因且不谈,
"爱其事曲折"显然也是一个不容忽视的原因。一些比较成功的虚无党小说,其
布局大多悬念迭生,情节往往惊险曲折。对习惯于鉴赏情节的中国读者而言,
在艺术上确实有一定的魅力。这里,我们不能不注意到这样一个现象:清末的
报刊上对虚无党小说分类的不一。大体有四种分类:政治小说、历史小说、侦探

---

① 见小说集《虚无党·叙》,开明书局1904年版。

小说、传奇小说。其中后两种分类尤其值得重视。例如，1906 年至 1907 年在《竞业旬报》上连载 13 期（第 11—14，16—24，未刊完）并产生较大影响的小说《女党人》一作就被置于"侦探小说"栏下。不必细述小说情节，且看看已刊出的九节的节名："阿里市之警信"、"巴尔痕伯爵失首领"、"空屋中之血迹"、"日记簿中奇情"、"伯爵之戕身物"、"侦得伯爵之头"、"勃野掰南绝迹圣彼得堡"、"勃野掰南旅居山麓"、"勃野掰南之被害"。仅此，已能感受到它确与侦探小说有某种联系。如果以"侦探小说者，于章法上占长"（觉我文，见《小说林》1907年创刊号）为依据，将其划入此类似亦不为过。有人大概也是从这一点出发提出如下见解的："吾喜读泰西小说，吾尤喜泰西之侦探小说。千变万化，骇人听闻，皆出人意外者。……俄国侦探最著名于世界。"[1]另有一些虚无党小说甚至带上了传奇色彩。如《虚无党飞艇》（译者为心一，载《小说时报》11 号）中那"必能震惊多行虐政之国"的飞艇及飞艇间的追逐等。

至于为什么清末尤看重以女虚无党人为主人公的虚无党小说的问题，倒不妨从对另一部与虚无党小说有关的作品《东欧女豪杰》的分析谈起。《东欧女豪杰》描写的也是俄国虚无党人的故事，虽说言明是创作，但不排斥有一定的编译成分。作品载梁启超 1902 年创办的《新小说》月刊第一至第五号，作者为岭南羽衣女士（罗普）。这部小说当时影响很大。同年，《新民丛报》第 14 号就有评论称："此书专叙俄罗斯民党之事实，以女豪杰威拉、莎菲亚、叶些三人为中心点，将一切运动的历史，皆纳入其中。盖爱国美人之多，未有及俄罗斯者也。其中事迹出没变化，悲壮淋漓，无一不出人意想之外，以最爱自由之人而生于专制最烈之国，流万数千志士之血，以求易将来之幸福，至今未成，而其志不衰，其势且日增月盛，有加无已。中国爱国之士，各宜奉此为枕中鸿秘者也。"[2]小说对专制主义的猛烈抨击，引起了清末中国读者强烈的共鸣，在 1904 年的《觉民》、《政艺通报》、《女子世界》和《国民日报》等报刊上都出现过关于这部小说的唱和诗。小说用章回体写成，如第一回"雪三尺夜读自由书，电一通阴传专制令"，第二回"裴荄弥挺身归露国，苏菲亚垢面入天牢"等，虽没有写完（仅五回），但脉络已很清晰。小说以一位留学瑞士的中国女性华明卿结识许多俄国虚无党女学生为引线，着力描写的是苏菲亚等虚无党人为国献身的故事。苏菲亚（即索

---

[1] 定一文，见《新小说》第 13 号，1905 年。
[2]《中国唯一之文学报〈新小说〉》，载《新民丛报》第 14 号（1902）。

菲娅)是俄国民意党女英雄,历史上实有其人,她参加了 1881 年刺杀沙皇亚历
山大二世的行动,其名声在当时中国进步青年中如雷贯耳。后来巴金还译过她
的传记,并给予高度评价。鲁迅也曾谈到:"那时较为革命的青年,谁不知道俄
国青年是革命的、暗杀的好手? 尤其忘不掉的是苏菲亚,虽然大半也因为她是
一位漂亮的姑娘。"①以女虚无党人为主人公的虚无党小说在清末大受欢迎。除
了与此有关外,恐怕也与女权思潮的兴起有联系。当时中国就有人极力倡导女
权思想,如马君武曾在译介西方女权思想时称"男女间之革命"是导致欧洲"今
日之文明"的"二大革命"之一②。《东欧女豪杰》中的女权思想与反专制思想是
紧紧结合在一起的。作者在小说中借人物之口写道:"我女儿现在是受两重压
制的,先要把第一重大敌打退,才能讲到第二重。"所谓第一重就是专制制度,第
二重就是妇女的解放。从俄国的女豪杰到中国的女豪杰(如清末《中国新女
豪》、《女子权》和《中国之女铜像》等作品中的女豪杰形象),其内在的契合已显
而易见。

《东欧女豪杰》是清末政治小说的代表作之一,这类小说的主要特点在它身
上基本上都有所体现。例如,小说并不把编故事放在首要位置,而常以故事来
引出人物的议论,以充分表达作者的政治观点。作者在小说开篇时就写道:"我
这部书不是讲来好耍的。……我三千斛血泪从腔子里捧将出来,普告国中有权
有势的人,叫他知道水愈激则愈逆行,火愈煽则愈炽烈。到那时横流祸下,燎原
势成的时候,便救也救不来了。"作者反对专制制度的激情溢于言表。在第一回
中作者就借人物裴荄弥之口说道:

> 若不用破坏手段,把从来专制一切打破,断难造出世界真正的文明。
> 因此我们欲鼓舞天下的最多数的,与那少数的相争,专望求得自由平等之
> 乐,最先则求之以泪,泪尽而不能得,则当求之以血。至于实行法子,或刚
> 或柔,或明或暗,或和平,或急激,总以临机应变,因势而施,前者仆,后者
> 继,天地悠悠,务必达其目的而后已。

这些话与前面提到的作品的题旨完全吻合。而小说第三回中长达数千言

---

① 鲁迅:《祝中俄文字之交》,载《鲁迅全集》第四卷,人民文学出版社 1981 年版。
② 参见马君武《弥勒约翰之学说》,《新民丛报》第 30 号,1903 年。

的议论则"读此不啻读一部《民约论》也"①。作者还在小说中不时观照中国，如华明卿这样对俄国姐妹说："妹妹在本国的时候，见我国政府严办会党，查禁报章，压制学生，牵连家属，凡有谈维新说自由的，都被杀逐。奸贼当朝，正人避地，弄得国势危弱，民不聊生，当时以为这样野蛮政府，在今日开明之世，是有一无二的了。不料贵国平日以文明自许，其顽恶犹复如此，这真可算物必有偶，天生一对大虎国了。"而同样令人感兴趣的是，小说中多次提到19世纪俄国享有盛誉的作家、作品和部分刊物。如作者在谈到俄国虚无党人与其先辈的关系时写道："因奉耶尔贞（即赫尔岑——引者，下同）、遮尼舍威忌（即车尔尼雪夫斯基）、柏格年（即巴枯宁）诸先辈的微言大义，立了一个轰轰烈烈的民党。"称主人公苏菲亚曾"暗里托人在外国买了遮尼舍威忌及笃罗尧甫（即杜勃洛留波夫）等所著的禁书，潜心熟读，大为所感。"在描写虚无党人书架上摆着的几本为人熟读的"表皮也破了，纸色也黑了"的书籍时，除列举了黑智儿（即黑格尔）的《权利哲学》和卢梭的《民约论》外，还列举了耶尔贞（即屠格涅夫）的《谁之罪》和遮尼舍威忌（即车尔尼雪夫斯基）的《如之何》（即《怎么办》），以及《现代人》、《祖国年鉴》（即《祖国纪事》）、《北极星》和《钟》等刊物。可见当时中国的知识界对19世纪俄国革命民主主义作家及作品已不陌生。

由此，笔者想到不仅同样提到这些作品而且更为系统地论及俄国虚无党人与其先辈的关系的一篇文章，那就是梁启超的《论俄罗斯虚无党》②。

此文显示作者对俄国革命及俄国文学均甚为熟悉，对俄国民粹运动失败原因的分析亦不失精当。不过，此文正写作于梁启超旅美归来，思想从"破坏主义和革命排满"转向保皇之时，所谓"吾自美国来而梦俄罗斯者也"。因此文中说古道今，无非是为了说明"后膛枪出而革命绝迹"是无法改变的规律，在统治阶级掌握新式武器和"愚氓"尚不理解革命的情况下，"区区民间斩木揭竿者"想用暴力推翻政府只能是梦想，俄国虚无党的悲剧就是证明。虽然梁的观点趋向保守，但是他在世纪之交时对政治小说的大力倡导和对俄罗斯文学的早期介绍，在那个时代都是极为可贵的。

如上所述，虚无党小说在中国清末的流行只是一种特定环境中出现的特殊的译介现象。虚无党小说虽有反对专制制度的热情和曲折惊险的情节，但是其

① 《〈新小说〉第三号之内容》，《新民丛报》第25号，1903年。
② 见《新民丛报》第四十和四十一合号本，1903年。

文学价值大多不高,因而随着辛亥革命的完成,它的使命也告完成。辛亥革命前后,真正具有文学价值的俄国文学名著逐步进入中国,开始为更多中国的读者所注意。"虚无美人款款西去,黑衣教士施施东来"①,俄国文学与中国的关系又将翻开新的一页。

---

① 参见阿英《翻译史话》一文。《黑衣教士》系契诃夫的小说。

赵 明：
《托尔斯泰·屠格涅夫·契诃夫——20世纪中国文学接受俄国文学的三种模式》（节录）①

"五四"新文学是在对域外文学影响的接受中发生、发展起来的。无疑，在"五四"文学传统中，应包括一个接受外国文学影响的传统。这一传统的流程，实际上又经历了一个由西欧文学向俄国文学转化的过程。而在对俄国文学的接受中，无论影响范式或接受模式，我以为托尔斯泰、屠格涅夫、契诃夫三个作家最有代表性。因为他们正好满足了中国新文学和中国作家最基本、最合乎逻辑的心理需求。托尔斯泰的思想、为人和艺术世界很适合中国知识分子最一般的良知：救万民于水火之中。这既是中国文人传统心理的延伸，也是他们现实热情的写照。对创作主体而言，托尔斯泰本质上意味着一种勇敢而又严肃的文学态度的建立。屠格涅夫小说对时代问题的敏锐注视正是中国新文学发展中文学意识高涨和小说功利观所最需要的。他小说中的知识分子出路问题和乡村世界的蛮荒与贫瘠正是中国新文学的基本主题。而他小说中优美的抒情世界对中国文人固有的欣赏习惯来说，又显然不仅仅是个艺术手法问题，而是如同中国古代的山水诗画，意味着一种个体愉悦心境的需求。契诃夫小说世界的广阔性和以短篇为主的形式最符合中国小说家初期对现实的认识和对创作的热情。他提供的是一种最易把握和借鉴的小说文体，这本质上又极符合中国作家对小说作用的功利性认识。

......

在日常生活中，经常出现这样的情形，即我们对一个人的第一印象并不总是建立在了解、分析的理性认识基础之上，而可能往往于一瞬间的感性印象中决定了对其特点的把握。尽管以后也许会不断修正这种印象，但那"第一次"的印象往往是深刻、强烈并且不易抹掉的。这或者因为那印象过于强烈，如同一

---

① 原载《外国文学评论》1997年第1期。

块崭新的白布染上了一块红色,无论怎么洗都会留下第一次的痕迹;又或者因为那印象大体不错,符合被认识者的特点从而更深地进入了印象者的认识层面。托尔斯泰在中国的被接受也大体符合上述特点。1906 年先行发表于上海《万国公报》,而后于 1907 年结集出版的《托氏宗教小说》所给予中国读者的第一印象,就是宗教家和道德家的托尔斯泰。1913 年,在中国第一次托尔斯泰作品的译介热潮中,所译《心狱》、《罗刹因果录》、《社会声影录》、《婀娜小史》、《人鬼关头》、《现身说法》和《恨缕情丝》等作品,仅从译名看,突出的也是宗教与道德方面。因此,不妨说,托尔斯泰对中国的影响层面或中国读者(作为读者的译介者)对托尔斯泰的认同和接受层面,最初是在道德伦理和宗教领域。

这种认同模式和影响层面在"五四"时期有没有改观呢? 1919 年,陈复光发表了《托尔斯泰之人生观》,沈雁冰发表了《托尔斯泰与今日之俄罗斯》,这两篇文章都突出托尔斯泰的道德学说,并持完全认可的态度。他们的观点恰好代表了新文学初期中国托尔斯泰论的一大特点,这便是"将中国传统道德加以托尔斯泰化,同时又将托尔斯泰道德主义加以政治化。"[①]这说明,不仅中国读者对托尔斯泰的认同模式在"五四"时期没有根本性改变,而且在此基础上上升到理性层次,与中国名人传统意识中的道德伦理意识合为一体。因此,托尔斯泰对"五四"新文学而言,意味着情感、理性认同下某种更为持久的模式的建立。这种模式在思想层面表现为"以天下为己任"的政治热情和"民众至上"乃至"四海同胞主义"的道德情怀。而上述两点反映到文学上,意味着一种具有强烈主体参与的文学态度的建立。它要求文学成为参与社会发展进程、净化人的心灵的某种有力工具。这使得中国知识分子在托尔斯泰那里发现的,恰恰是中国文人传统意识中最根深蒂固的东西。

"五四"新文学对俄国文学的热情是伴随托尔斯泰在中国的第二次热潮开始的。改刊后的《小说月报》的第一个专号是"俄国文学专号"。而其中作为重点介绍的是托尔斯泰。耿济之在《俄国四大文学家合传》中写道:"托尔斯泰……运用其高超之哲学思想于文学作品,以灌输于一般人民。他是俄国的国魂,他是俄国人的代表,从他起我们才实认俄国文学是人生的文学,是世界的文

---

① 刘文荣:《托尔斯泰与中国》、李定:《俄国文学翻译与中国》,见智量等著《俄国文学与中国》,华东师大出版社,1991 年。

学。"①这就说明，曾经主导了中国新文学发展总体氛围的对俄国文学"为人生"倾向的概括和认同，很大程度上来自于对托尔斯泰作品特色的总结。在"五四"时期译介俄国文学的文章中，几乎没有不提到托尔斯泰的，但托尔斯泰对"五四"新文学在文学范畴究竟意味着什么，我以为是更值得探讨的问题。

不言而喻，托尔斯泰的艺术主张和小说世界对"五四"作家文学观的确立是功不可没的。除了"为人生"准则以外，托尔斯泰对文学教化作用的肯定和其作品中强大的道德批判力量无疑为中国新文学提供了一个恰当的理论前提和很好的文学范本。这方面，要充分估计托尔斯泰的《艺术论》对中国作家美学观和文学创作的作用。在《小说月报》"俄国文学专号"里，张闻天撰文专门介绍了《艺术论》的主要内容，所突出的是托尔斯泰对艺术起源、目的和作用的概括。"艺术的起源是在连接别人与自己在同一情感的线索上，而用某种外部的指示来表示那种情感"。"总之，艺术不是快乐，却是为人生及个人与人类趋向于幸福的进步的路上所不可少的一种联合人类的方法。""艺术像言语一样，是交际的一种方法，所以也是进步的一种方法，就是人类向完善上运动的一种利器。"②张闻天所引托尔斯泰在《艺术论》中的上述观点，很符合中国新文学的现实需要和未来目标，而且本质上它已进入了中国作家的群体意识中。对此，我们不妨看看文学研究会同仁心目中的文学作用是怎样一种情形："我们觉得文学是不容轻视的，他的伟大与影响，是没有什么东西能够与之相并的。他是人生的镜子，能够以慈祥和蔼的光明，把人们的一切阶级、一切国界、一切人我界，都融合在里面。用深沉的人道的心灵，轻轻的把一切隔阂扫除掉。惟有他，能够立在混乱屠杀的现实世界中，呼唤出人类一体的福音，使得压迫人的阶级，也能深深的同情于被压迫的阶级。他是人们的最高精神与情绪的流通的介绍者。被许多层次的隔板所间断的人们，由他的介绍，始能恢复这个最高精神与情绪的流通。"③"我们确信文学的重要与能力。我们以为文学不仅是一个时代，一个地方，或一个人的反映，并且也是超于时与地与人的，是常常立在时代的前面，为

---

① 济之：《俄国四大文学家合传》、张闻天：《论托尔斯泰的艺术观》，载《小说月报》12 卷号外"俄国文学专号"，书目文献出版社 1981 年影印本。

② 济之：《俄国四大文学家合传》、张闻天：《论托尔斯泰的艺术观》，载《小说月报》12 卷号外"俄国文学专号"，书目文献出版社 1981 年影印本。

③ 周作人：《文学研究会丛书缘起》，阿英编选《中国新文学大系·史料、索引》，1936 年，见上海文艺出版社影印本第 73 页。

人与地的改造的原动力的……人们的最高精神的联锁,惟文学可以实现之。"①
不难看出,上述对文学作用未免夸大的认识,与托尔斯泰对艺术作用的认识是
相契合的。不妨说,托尔斯泰对艺术作用的观点,不仅符合中国主流作家对文
学作用的功利考虑,而且加强了这种功利意识在逻辑上的不可辩驳性。对于中
国新文学和20世纪中国文学来说,这种功利意识对于文学价值的判断首先在
于衡量它表达了什么样的内容,而较少注意它怎样表达。由此,中国现代文学
发展中那种重思想传达,轻艺术审美的风气或传统不能不说与托尔斯泰在中国
被接受的模式有很大关系。

　　托尔斯泰既然主要以一个道德批判型作家存在于中国作家的接受视野中,
那么这种形象的可变性有时就很耐人寻味。比如"五四"时期强调其道德性一
面,建国后相当长时期里又特别看重他的社会批判力量,否定他"傻头傻脑"的
道德意识。20世纪80年代初期的托尔斯泰热中,实际焦点又集中在安娜所显
示的个性解放和追求爱情自由的层面上。一望而知,接受者视线的转移轴心大
多处于现实需要的层次。至于托尔斯泰的小说艺术,几乎每个作家都强调学习
的重要性,但到底学来多少,恐怕不容乐观。中国现代小说以中短篇见长,托尔
斯泰的宏篇巨制客观上也就成了小说家们束之高阁的经典。至于有人自称从
托尔斯泰那里学来多少云云,我以为不过是在表达一种愿望。若说《子夜》在结
构上与托尔斯泰小说有师承关系,我看这种师承也极其表面;若论巴金与托尔
斯泰的关系,依我看巴金的小说也许更接近中国小说中《红楼梦》的某些传统,
只是添加了俄罗斯文学的勇气而已。所以,一定意义上说,托尔斯泰在中国,其
实是个被介绍得最多,但又在文本世界学习得最少的作家。也许他的小说艺术
本质上如亨利·詹姆斯所言,是学不来的。只可惜这样一位伟大的作家时常被
我们束缚在有限的认识空间里,从而变成了一尊伟大的蜡像。

　　托尔斯泰作为模式所呈现给中国文学的,除了被表象化、聚象化的托尔斯
泰式的人生观和文学观外,其人格力量也成为中国文人潜意识中无限仰慕的模
式。无论托尔斯泰说什么或做什么,他的最终目的都是帮助上帝把大地上不平
坦的地方弄平坦,并进而在人间建起上帝的天国。这是一种将坚定的信仰和坚
实的行动融合在一起的堂·吉诃德式的勇敢和西绪弗斯式的悲壮,而其中强大
的思想与人格力量又是少有的堂·吉诃德式的可笑与西绪弗斯式的荒诞。它

---

① 上海《文学旬刊·宣言》,原载1921年5月10日《上海时事新报》。

在现代最可能的延伸将是任何情况下对真理和价值（即使它们只存在于人的幻想中）的悲剧性追寻。指出这一点的意义不仅在于它曾经作为未能有效发挥的潜意识存在于中国现代文人的思想深处，而且更为重要的是，当世界变得越发不可理解，当某种普遍价值崩溃之后，作为价值良心的文人该如何守护自己的圣灯。中国当代文学中的"张承志现象"和晚年巴金的某些思想，或许是托尔斯泰模式在当代中国最有价值、最有光辉的某种可能性表象。

如果说托尔斯泰主要以一个思想家和道德伦理批判者的身份为中国作家所接受，从而使艺术家的托尔斯泰多少有些不幸的话，屠格涅夫在中国读者心目中却要幸运得多。1915 年 9 月，《新青年》前身《青年杂志》创刊号上，陈嘏用文言文翻译的屠格涅夫的中篇小说《春潮》开始连载，标志着屠格涅夫作品首次进入中国，1916 年 1 月起，《新青年》又分四期连载了陈嘏译的中篇小说《初恋》。《新青年》这种大张旗鼓译介屠格涅夫的爱情小说，表面看也许与当时人们的阅读欣赏习惯有关（民初"鸳鸯蝴蝶派"的恋情小说非常流行），但从《新青年》反传统的内容看，重视人的情感价值，肯定人的爱情权利，不啻也是选取屠格涅夫爱情小说的现实背景。另外，《新青年》译载屠格涅夫爱情小说的同时，当时该杂志的主编陈独秀在 1 卷 3、4 两期上发表了《现代欧洲文艺史谭》一文。他断定中国文学应趋向写实主义，在谈到近代四大代表作家时，提到"俄国屠尔格涅甫"，称他为俄国"自然主义"的代表。因此，不妨说，爱情成为中国新文化运动和新文学发展初期设计者们棋盘上很重要的棋子，而且也是写实应包括的内容之一。这样，我们就不至于认为，屠格涅夫在"五四"之间或初期，仅以一个爱情小说家的面目出现于中国。

"五四"时期，屠格涅夫作品的汉译出现了高潮。在新文学第一个十年中，他的主要作品都有了汉译本，成为最走红的外国作家。这种接受的心理基础和期待视野是："屠格涅甫的文学作品最适于吾人说明人生文学之用。因为他的作品并不像托尔斯泰、道司托也夫司基似的太偏于思想和主义的一面，却是纯粹的艺术的描写；又不像极端客观的写实派似的只作赤裸裸的描写，而不顾到作者的思想方面，却在纯艺术中表现时代的潮流和人生的趋向。"[①]耿济之的这段话表明了中国读者对屠格涅夫的作品的满意程度。它说明屠格涅夫作品所表现出的丰富而深刻的思想内容，对现实问题的敏锐观察和及时反映以及作品

---

① 耿济之：《前夜·序》，载沈颖译《前夜》，商务印书馆，1921 年，第1—2 页。

中国俄苏文学研究史论
История исследования русской и
советской литературы в Китае

所具有的高度的审美抒情的特点,非常切合中国文人内外两方面的心理需要。中国作家群体的社会愿望和个体的审美需求在屠格涅夫身上得到了完美的体现。由此,不妨说,托尔斯泰和陀思妥耶夫斯基式的宏大与高深,对中国文学而言,也许永远都是一种偶像。屠格涅夫才是中国新文学能够借鉴和学习的最好的文学范本。他使得中国作家能够将文学的现实功用和个人的审美情趣有效地结合起来,从而在文学中既表达社会愿望又满足个体的审美需求①。

　　但是,如果说在欣赏习惯和接受心理上屠格涅夫确实起到了一种别的作家所不可替代的作用,其实际创作中的情形则又是另一回事了。我们说屠格涅夫能够成为中国新文学所效仿的一种最好模式,并不意味着这种模式在中国现代小说家笔下得到了成功的实践。借鉴、模仿,甚至某些层面较成功的实践是有的,比如郁达夫和巴金。但这种接受所形成的艺术实践是否与中国小说家认识中对屠格涅夫特点的把握与钦仰相协调,我以为是个值得注意和分析的问题。比如,郁达夫的艺术个性很像屠格涅夫,他的小说从题材到技巧都有明显的屠格涅夫味道。但郁达夫小说在现实感上似乎只有屠格涅夫作品的尖锐性而缺少客观性;在审美层面上主观性大于屠格涅夫而又缺乏屠格涅夫小说浓郁的抒情氛围。这不单指一般的抒情性描写,而是指审美性的抒情把握。这种区别使我们看到,尽管屠格涅夫在中国作家心目中被当做集思想性与艺术性完美统一的代表来接受,但一旦他们拿起笔来自己创作,这种思想与艺术的统一体总要变形。这时个人的审美意识自觉不自觉地让位于群体的社会愿望。否则,我们只有说中国小说家的艺术感悟力太差,而事实又似乎不是这样。

　　中国现代小说家中,巴金是另一个与屠格涅夫文学关系较为密切的作家。就个人气质而言,巴金本人或许更像俄国小说中的某一类主人公。这类人物兼有屠格涅夫笔下贵族的柔弱和高尔基笔下勇士丹柯的雄心。无论巴金的小说在多大程度上切近屠格涅夫作品思想批判性与艺术完美性的统一,他的创作动机和那种来不及选择而匆忙上阵的创作姿态,还使我们能够发现他与屠格涅夫的真正距离。他说:"我缺乏艺术家的气质,我不能像创造一件艺术品那样,来写一本小说。当我写的时候,我忘记了自己,简直变成了一件工具;……许多许多人抓住了我的笔,诉说着他们的悲伤。你想我还怎能够再注意形式、故事、观点,以及其他种种琐碎的事情呢?我几乎是情不自已的。一种力量迫使着我,

---

① 文字下着重号系原文所加,以下同。

要我在大量生产的情形下寻求满足；我无法抗拒这种力量，它已经变成我习惯的一部分了。"①这段自白表面上似乎表明巴金的创作每每都处于一种人物、情感都呼之欲出的自由状态中，实际上却可能是最不自由的一种状态。这种状态在中国现代小说家中虽属极端，却是有代表性的。它使创作主体总是为思想层面的东西所激动而使创作本身处于一种并不从容的状态之中，并且使其审美意识往往处于欣赏、隐蔽的层面而较少融贯于作品的主导意识之中。

总之，中国现代小说家对屠格涅夫的接受基本存在于两种形态之中：阅读中的欣赏形态和创作中的无暇顾及形态。这种分裂情形正是"五四"以来中国作家文学功利意识的极好例证。在现代文学中，一个很重要的现象是，凡表达重大的群体愿望的题材与主题，每每落到小说头上，而那些反映个人情感世界的艺术冲动只留给散文或小品文。唯此，中国作家想用屠格涅夫式的小说反映托尔斯泰式的良心与愿望，而把屠格涅夫式的浪漫情怀留给只属于"自己的园地"的散文。在这种情形下，很难设想屠格涅夫小说在"五四"时期的极度流行会带来中国浪漫抒情小说的创作高潮并在中国现代小说发展中确立主导地位。郁达夫只不过开了个头，但也不得不服从现实主义的主流意识。这说明中国文学发展中的"现实需要"有如一张有形与无形的大网，整体规束着中国现代文学的氛围与方向。

屠格涅夫在中国被接受的历史和模式使我们有理由认为，至少现代中国的主流文学或多或少误读了屠格涅夫。这种误读既是客观的，又是主观的。它本质上消解了屠格涅夫作品的多层面性而只使之被纳入到一种既定的认识模式中。这种模式的变化已经到了 20 世纪 80 年代以后的事。中国文学在总体背景已变的情形下，突然发现屠格涅夫原来是个很深刻的作家。此后，中国现代作家中沈从文热的持续与中国文学中散文、小品文热的再度兴起以及文学对生命价值本身的重新思考，都使屠格涅夫在 20 世纪 80 年代以后的中国再度受到青睐，值得注意的是，这时的屠格涅夫已不光是拥有六部著名长篇的屠格涅夫，而是以他晚年的《散文诗》为代表的屠格涅夫。这种认识的变化虽然还不曾完全打破屠格涅夫自 20 年代以来在中国被接受的模式，但至少已是接近屠格涅夫本真的努力，而它至少说明中国文学已步入了从容不迫的轨道。

---

① 巴金：《我的自剖——给〈现代〉编者的信》，原载《生之忏悔》，见《巴金文集》第 10 卷，人民文学出版社，1961 年，第 144—145 页。

中国俄苏文学研究史论
История исследования русской и
советской литературы в Китае

虽然早在 1907 年和 1910 年,吴梼和包笑天就分别将契诃夫的小说《黑衣修士》和《六号室》译介到中国,周氏兄弟的《域外小说集》中也收了契诃夫的两个短篇,但比起托尔斯泰和屠格涅夫首次进入中国的情形,契诃夫在"五四"前对中国读者的影响可谓微乎其微。"五四"之后,契诃夫的作品被大量译介。1921 年《小说月报》"俄国文学专号"中刊有《异邦》和《一夕谈》;1923 年出版了耿济之、耿勉之合译的《柴霍甫短篇小说集》。至此,契诃夫对中国新文学的实际影响开始形成。

契诃夫对中国新文学的初期影响是在这样两个层面上展开的:一是在"文学为人生"口号下对契诃夫小说中现实批判性的认同,这与对其他俄国作家的取舍是一致的;二是契诃夫小说对以短篇小说为发端和主要形式的中国新文学而言,无疑提供了一种既具艺术感召力和思想批判性,又最易把握的文学范本。因此,对契诃夫小说技法的借鉴成为契诃夫在中国现代小说家意识中最明确的内容。中国新文学头十年较有成就的作家中,无不从契诃夫那里学到有用的东西,如鲁迅的客观与冷静,叶绍钧的讽刺,等等。因此,"在契诃夫的作品里,中国进步作家找到了对正在苦恼着他们的许多生活和创作问题的回答。其中包括譬如中国新的现实主义文学中人物描写的问题。按照许多世纪以来部分民族戏剧和古代小说的传统,文艺作品中的人物是用或善或恶的一种色彩进行刻画的。契诃夫的作品给中国作家揭示了一些创作的新途径和另外一些可能性。"[①]

但是,这种"创作的新途径和另外一些可能性"是否被中国现代小说家真正把握住了呢?总体而言,如果说中国现代小说家看中契诃夫的主要是他作品中的现实主义特性和描写技巧,并相应规定了契诃夫在新文学初期被接受的特点,那么他的"生活流"的画面世界和并非只是善恶脸谱的人物特点在中国新文学相当长时期内并不怎么特别受欢迎,或者说中国小说家并没有真正认识到契诃夫的伟大其实并不在于前者而在于后者。茅盾第一次翻译外国作家作品,选中的是契诃夫的《在家里》,之后他又接连翻译了契诃夫的十多篇小说和剧本[②],他也承认自己读了不少契诃夫的作品。但他自认为"并不十分喜欢他",而是

---

① 史涅德尔:《俄国古典作家在中国》,转引自王富仁《契诃夫与鲁迅前期小说》,载《文学评论丛刊》第 8 辑,中国社会科学出版社,1981 年,第 273 页。

② 茅盾:《我走过的道路》(上),人民文学出版社,1981 年,第 132 页。

"更喜欢托尔斯泰"①。这是比较极端的例子,却十分符合茅盾其人、其文的本质特点。他确实是个只可能崇拜托尔斯泰而不大可能理解和学习契诃夫的作家。这里存在着十分有趣的距离感:要么契诃夫离他太远,要么他离契诃夫太远。这其中不光隐藏着文学影响与接受中原本存在着的感觉距离,而且可能意味着某种文学才有的事实距离。

如果说茅盾对契诃夫的理解程度还可能受他作为批评家的某种限制,巴金早年作为一个普通读者对契诃夫的印象也许更能说明问题。他后来回忆道:"我还不到三十多岁的时候,我第一次接触到契诃夫的作品,我读过不止一篇(那个时候他的短篇译成中文的为数也不少),我读来读去,始终弄不清作者讲些什么。"②这里,令茅盾终生不喜欢,使青年巴金弄不明白的,正是契诃夫小说中超越一般现实主义作家和俄国其他作家的地方。在一个被托尔斯泰主宰了良知、又醉心于屠格涅夫艺术世界的时代,契诃夫作为小说家最杰出的方面不被理解和不被接受是正常的。对此,巴金在其创作生涯中最辉煌的时候对契诃夫的认识是颇有代表性的:"……读着他的小说,我感到非常难过。我读得越多,我越害怕读下去,……我的主人公常常是一些在学校内外的青年,他们明知道反抗会给自己带来更大的不幸,他们也要斗争到底。我的年青主人公需要的是热情和行动,而这些东西我以为和契诃夫小说里的那种调子是不一样的。"③在一个需要英雄,情愿为寻找英雄或缔造英雄而不惜付出任何代价的时代,契诃夫式的对生活的看法和建立在这种看法之上的艺术画面对中国新文学的陌生与距离是可想而知的。如此,所谓契诃夫小说对中国新文学的意义就只剩了技法的借鉴。

俄国文学发展到契诃夫,虽然其批判现实的主流并没有改变,但确实出现了一些新的东西,至少批判现实的角度变了。在文学与社会,小说与生活的关系中,出现了一种更为理性的态度。这样说并不否认契诃夫小说对理想世界的追求,而是指与托尔斯泰等作家相比,契诃夫对生活和现实的艺术把握较少情绪化的主观渗入,而是用一种超越生活表层现象的哲人的慧眼来描述人世间的

① 茅盾:《我阅读的中外文学作品》(1962 年 9 月),载《现代文学研究丛刊》1982 年第 1 辑,北京出版社。1982 年,第 336 页。

② 巴金:《我们还需要契诃夫》,原载《人民文学》1954 年 7 月号,原题为《纪念契诃夫的话》,见《巴金全集》第 14 卷,人民文学出版社,1990 年,第 337—338 页。

③ 巴金:《我们还需要契诃夫》,原载《人民文学》1954 年 7 月号,原题为《纪念契诃夫的话》,见《巴金全集》第 14 卷,人民文学出版社,1990 年,第 337—338 页。

中国俄苏文学研究史论
История исследования русской и
советской литературы в Китае

一切。它也许不属于青春与热情,却有着过来人的冷静和深邃的智慧。我们或许至今仍认为契诃夫是俄国最后一位批判现实主义作家,但是,最严格的批判现实主义作家是法国的巴尔扎克,而在俄国,托尔斯泰作为某种既具民族意义又具世界意义的高峰,其实已为批判现实主义文学在世界范围内画上了一个完美的句号,而契诃夫应该是立于传统的批判现实主义文学与现代主义文学之间的作家,从契诃夫的全部创作实践和美学思想看,他并不是严格意义上的批判现实主义作家,而契诃夫——批判现实主义作家却正是中国新文学初期直到今天仍存在于我们中间的误读。另外,从读者的阅读欣赏习惯而言,我们从 20 年代起就对 19 世纪的俄国文学倾注了极大的热情。但是,我们的接受视野是有意或无意被限定了的,我们喜欢并习惯了从普希金、果戈理、屠格涅夫到托尔斯泰以来那种热情和冲动以及对丑恶现实的诅咒和对理想世界的向往,我们习惯了文学在人生社会中的巨大作用;我们总希望在文学中得到人生的答案……在如此等等的欣赏习惯中,我们不可能不忽视契诃夫,不可能不误读他,并在这种误读的先意识中建立对他的接受模式。

如果说契诃夫式的小说智慧在中国新文学发展的相当长时期内未被重视和接受,那么随着中国现代小说家对小说认识的不断深入,这种小说智慧总要被注意到。1933 年,曾醉心于屠格涅夫的郁达夫开始喜欢契诃夫,而且认为“契诃夫型的忧郁人生意味,只有我们中年人才能领略”。他的《唯宿命论者》颇有契诃夫的味道。王西彦创作中的乡村世界和知识分子主题与屠格涅夫非常接近,他也很喜欢《罗亭》、《贵族之家》等小说,并撰有专题著作,但他后来也阐发自己对契诃夫小说智慧的倾心。1944 年起,巴金的小说风格出现了由“热”变“冷”的现象,除主观因素外,契诃夫的影响是分不开的。到了晚年,巴金对契诃夫的认识已发生了很大变化:“我是一个契诃夫的热爱者。这是我读契诃夫作品的第三个时期。我走过了长远的路才来到这里。……使我逐渐喜欢契诃夫作品的是我长时期的生活。”[①]这种变化的特点固然与时代氛围的变迁、作家个人生活和心态的变化有关,但某种意义上我们不妨说,它是中国现代小说逐渐走向成熟后必然产生的认识结果,在经历了热情高涨的时代和被迫纳入某种社会愿望的规范之后,中国文学和中国现代小说家才体会到契诃夫小说智慧的真

---

① 巴金:《我们还需要契诃夫》,原载《人民文学》1954 年 7 月号,原题为《纪念契诃夫的话》,见《巴金全集》第 14 卷,人民文学出版社,1990 年,第 337—338 页。

正意义。与此相关的一个重要现象是,在中国现代文学中,作家们对托尔斯泰的热情是一种始终不变的热情,但他们在主观认识中,却大多存在着一个由屠格涅夫向契诃夫转移的过程。巴金是最典型的例子。

由上述事实可以看到,契诃夫对中国新文学而言,是一种未曾真正形成模式的模式,是一种受制于托尔斯泰模式和屠格涅夫模式的模式,是一种囿于文学的技术层面而未曾真正深入到其审美层面的不稳定模式。因而这种模式在此后文学批评中可能依然存在,但在实际创作中被消解不仅是可能的,而且已经变成了事实。中国文学发展到今天,随着已往规范的被解构和文学宏伟目标与热情的趋于冷静,文学创作正趋于从容和某种意义上的无动于衷,例如当代文学中的新写实主义作品。无论作者的目标是什么,无论作者多么鄙视外国作家特别是俄国作家的影响,在我看来,他们作品的总体特征,其实正是契诃夫小说"生活流"和人物并非善恶脸谱化的写法。甚至文学失去英雄后的小人物形象的类型也是契诃夫式的,只不过他们还没有达到契诃夫的高度与深度。由此,契诃夫的真正意义也只有到了中国小说发展到最冷静、最自觉和最独立的时候才能实现。这样的时刻也许为期不远,也许永远都只能是个理想。

刘 宁：
《维谢洛夫斯基的历史诗学研究》
（节录）①

......

二、作为一门科学的总体文学史的任务与方法的提出

维谢洛夫斯基毕生孜孜不倦地研究的目的,是建立科学的总体文学史。他于1870年在彼得堡大学开出总体文学史课程时,开宗明义第一讲,就系统论证了"文学史作为一门学科的方法与任务",提出了作为科学的文学史的理论基础与方法论原则,即历史诗学的理论与方法。维谢洛夫斯基是在批判地总结以往俄国和西欧关于文学史研究的理论观念和方法的基础上,提出自己关于总体文学史的构想的。在19世纪上半期,严格地说来,俄国文学史作为系统化的科学尚不存在。在俄国大学里,俄罗斯语文课和俄国文学史课是合在一起开设的。直至1863年,才把总体文学教研室同俄罗斯语言文学教研室分开。随着俄国学院派的代表人物布斯拉耶夫、贝平、吉洪拉沃夫等主持大学的文学史讲座,把神话学和历史文化学的方法论引入文学史,才发展和加强了这门学科的科学性与系统性。19世纪下半期,法、德、意等国先后在大学里开设了总体文学课程。但是,正如维谢洛夫斯基根据他多年在西欧考察的体会所指出的,这类课程无论在理论观念还是方法论上都还存在不少局限和缺陷。总体文学在德国是作为一门拉丁－日耳曼语文课开设的,局限于诠释和解读古代文本,很少涉及文学史方面的概括的研究。在法、意等国则由于引进了泰纳等文化历史学派的方法论原则,增强了总体文学史的科学性与系统性,具有了"诸如开阔的历史视

---

① 原载《世界文学》1997年第6期。

野、文化特点的评述，历史发展的哲学概括"等优点。① 但是，由于西欧以实证主义为基础的文化历史学派的文学观念和方法论本身存在一些严重缺陷，如机械搬用自然科学方法于文学和文化史研究，突出杰出人物、作家个人在文学、文化史上的作用，把种族、民族的因素的差异强调到不适当的程度，以致模糊和抹煞了人类文化历史的统一性和规律性等等，令人"对于这些概括的科学可靠性仍会产生一些怀疑"②。

维谢洛夫斯基认为，要建立科学的文学史，就必须革新陈腐的、片面的文学观念，明确文学史的范围与任务，遵循科学的方法论原则。他遵循俄国革命民主主义者的唯物主义美学观和历史的、审美的批评方法，批判地吸取西欧和俄国神话学派和文化历史学派学说中的合理因素，肯定艺术是人类历史地变化着的社会文化生活的反映，因此，必须到社会文化史中去寻找理解文学史的钥匙。早在 1862 年的一篇学术报告中，他就明确地指出："各种生活事实由于相互制约而联系在一起，经济条件引起一定的历史制度，它们在一起制约着某种文学活动，而且无法把一个同另一个分开。"③但是，他对西欧文化历史学派固有的否定矛盾斗争的历史渐进论和把自然规律同社会历史规律混为一谈的实证主义历史观都持明确的批判态度。他强调指出："整个历史都是'矛盾的解决'，因为整个历史都是斗争。试着把人民孤立起来，把他们从斗争中排除出去，那时再来试着写他们的历史吧，如果还有什么历史的话。至今我们都无法相信历史现象的自然结构的可能性。历史并不是生理学。"④

维谢洛夫斯基的文艺史观具有鲜明的人民性和民主性。他坚信人民是历史的动力，也是文化的创造者。早在 60 年代开始独立学术活动时，他就明确宣告："请告诉我，人民是怎样生活的，我就告诉你，人民是怎样写作的……"⑤他在《文学史作为一门学科的方法与任务》一文中，尖锐地批判了以卡莱尔、爱默生的"英雄崇拜论"为代表的唯心主义文化史观，指出真正科学的文化史观决不迷信任何"独来独往的豪杰"，而"敢于窥探那些至今仍站在他们身后，没有发言权的群众"。他强调说：正是"在这里应当探索历史进程的隐秘动因"，而"如今伟

---

① 维谢洛夫斯基：《历史诗学》，莫斯科，高等教育出版社，1989 年，第 35 页。以下关于《历史诗学》一书的注释，凡未注明出处的，均引自这个版本。

②《历史诗学》，第 35 页。

③ 转引自日尔蒙斯基：《比较文艺学：东方与西方》，列宁格勒，科学出版社，1979 年，第 107 页。

④ 维谢洛夫斯基：《历史诗学》，列宁格勒，1940 年，第 392—393 页。

⑤ 维谢洛夫斯基：《历史诗学》，列宁格勒，1940 年，第 390 页。

中国俄苏文学研究史论
История исследования русской и
советской литературы в Китае

大人物成为了群众中所孕育的某一运动的或明或暗的反光,其亮度取决于他们对待这一运动的自觉程度,或者取决于他们付出多大精力来帮助这一运动得到表现"①。在这里,维谢洛夫斯基不仅指出了现代历史文化学所应遵循的方向——把重心转向人民生活,从中揭示历史进程的隐秘动因,而且明确提出了科学地评价文学艺术家、杰出人物在历史上的地位与作用的尺度。即看他们对待人民群众在历史上的进步要求和进步运动的态度如何以及他们在多大程度上表现了人民群众的生活和愿望。这也就构成了维谢洛夫斯基所构筑的总体文学史和历史诗学理论体系的方法论原则之一。

维谢洛夫斯基的文艺史观的另一显著特点是,它以人类社会文化发展的统一性和规律性为前提,具有面向世界,兼容东西方文化的开阔视野和与此相适应的历史比较的研究方法。他反对把文学的地域性与世界性、民族性与全人类性割裂和对立起来,认为既然人类社会文化的历史发展有其共同的规律性可循,那么作为各民族社会生活的反映的文学艺术也必然有其共同的规律性。随着统一的世界文学的逐步形成,各民族文学之间的相互影响和交流起着越来越重要的作用。任何一个民族的文化艺术及其传统都不可能脱离其他民族的文化艺术的影响而孤立地形成和发展起来。因此,在维谢洛夫斯基看来,作为科学的总体文学史不应当局限于某一个或几个民族文学的研究,而应当运用历史的比较的观点去研究各民族文学在统一的世界文学形成过程中相同或相似的东西,从而揭示出世界文学形成和发展的某些共同规律性。

总体文学史的科学概念必然要求与它相适应的科学的研究方法。这就是维谢洛夫斯基大力倡导和论证的在一般社会文化历史背景的制约下,以实证为基础的研究文学过程的历史比较方法。这种方法是同唯心主义美学的抽象理论和先验方法相对立的。它重事实,重实证,重归纳,着重考虑各种事实系列的连续性、重复性,从大量事实的比较分析中归纳和概括出某种因果性、规律性,并反复用新的可比系列来加以验证,而"这样的重复验证越多,则所获得的概括便越有可能接近规律的准确性"②。

运用比较法研究文学现象,通常把注意力集中于文学过程中出现的雷同现象,因为在这些重复出现的雷同现象中可能具有某种规律性。但是,鉴于各民

①《历史诗学》,第34页。
②《历史诗学》,第37页。

族文学形成和发展的社会历史条件各不相同,在雷同现象背后可能掩盖着不同的因果关系。维谢洛夫斯基综合各派有关观点,指出出现雷同现象大致有三种情况:(1)作品起源于同一个祖先(神话说),神话学派大多持这一观点,但往往把诗歌的神话起源视为永恒不变的,从而排斥其他起源和相互影响的可能;(2)一些作品受另一些作品的影响或受同一类作品的变异形态的影响所致(移植说),但移植说的信奉者都往往排斥神话说,看不到不同民族文学之间出现雷同现象,并不表明它们之间必然存在直接移植或相互影响;(3)作品之间的雷同可能是由不同民族、不同地域之间历史地形成的相似的生活方式、社会模式和心理结构所制约的类型学特征(自生说)。维谢洛夫斯基认为这三种学说并不相互排斥,应当加以综合利用,使其"相互补充,携手并进",从而为他的历史诗学研究奠定了坚实的方法论基础。

维谢洛夫斯基依据上述社会的历史的文艺观和历史比较研究方法,明确地提出了关于作为科学的文学史的概念,规定了历史诗学研究的任务。他首先从文学内容来源于社会现实生活的角度,指出:"文学史,就这个词的广义而言,——这是一种社会思想史,即体现于哲学、宗教和诗歌的运动之中,并用语言固定下来的社会思想史。"①这就同那种把美视为艺术的必然特殊内容的先验的、唯美的文艺史观划清了界限。他接着又从文学作为一种诗歌、形式(指艺术)的演变的角度,进一步指出:"如果在文学史中应当特别关注诗歌的话,那么比较研究的方法就会在这一较狭窄的范围内为文学史揭示出一个崭新的任务——考察生活的新内容,这一随着每一代新人而涌现的自由因素,怎样渗透到旧的形象之中,渗透到这些必然会体现出以往任何一种发展的必不可少的形式中去。"②在这里,维谢洛夫斯基克服了文化历史学派片面强调文学史与社会思想史、文化史的同一性而忽视文学的特性和艺术的特殊规律的缺陷,明确地提出文学史应着重研究文学形象的诗意体验及其艺术表现形式在历史发展过程中的辩证统一关系,把揭示艺术形式、艺术语言风格形成与演变的规律性作为总体文学史和历史诗学研究的首要任务。这样就把文学史的研究同诗学理论的研究有机地统一起来了。

---

① 《历史诗学》,第41页。
② 《历史诗学》,第41页。

中国俄苏文学研究史论
История исследования русской и
советской литературы в Китае

三、历史诗学的理论体系与诗学范畴

西方诗学自亚里士多德起,就一直是一种规范化的诗学。它依据古典文学范本推导出一系列文学创作所应遵循的规则和评价文学作品的标准模式,而并不对文学样式的起源和演变作历史的考察和评价。维谢洛夫斯基所构想的历史诗学则是对这种传统的规范化诗学的一种反驳。它"不去规范我们的趣味与爱好,把我们那些陈旧的诸神遗弃在奥林波斯山上,却在广泛的历史综合中使高乃依同莎士比亚和解。"[①]这是一种在广泛比较分析各民族自古至今的文学现象和过程的基础上,力求揭示人类文学艺术形成与发展的共同规律的历史的、归纳的诗学。它的任务在于"为文学史的研究方法,为归纳的诗学收集材料,这种诗学将清除文学史的各种思辨理论,为的是从诗歌的历史中阐明它的本质"[②]。这就突破了传统的规范化的思辨诗学体系的模式,开辟了一条运用历史比较的方法,从总体文学的历史研究中揭示出文学样式及其语言风格形成和演变的规律,从而阐明艺术的本质及各种诗学范畴的内涵的广阔道路。

在维谢洛夫斯基看来,历史诗学研究的中心课题就在于阐明"诗的意识及其形式的演变"[③]。他依据大量文学史料的历史比较研究,提出在人类历史上形成了一些"稳定的诗歌格式",诸如史诗、抒情诗、戏剧等文学样式,以及情节、修饰语、韵律等艺术手段。每一代新人都用对生活的新的体验来充实和丰富这些形象和格式,对它们作出新的组合和加工。这也就是文学语言、形式的"内在含义的丰富过程",即"在稳定的诗歌格式的界限以内的社会思想的进步"。维谢洛夫斯基注意到了文学艺术发展规律的特殊性,认为艺术形式的演变并不是简单地随着新的思想内容而不断地创造新的形式,而是对传统的形象和样式加以利用、改造,在继承中推陈出新,就像代代相传的稳定的语言符号的内在含义不断得到充实、丰富和发掘一样。他强调说:"无论在文化领域,还是在更特殊一些的艺术领域,我们都被传说所束缚,并在其中得到扩展,我们没有创造新的形式,而是对它们采取了新的态度。"[④]维谢洛夫斯基的这一天才论断对于后来俄苏形式主义学派和巴赫金等学者的诗学研究有极大的启迪作用。巴赫金一再

---

① 转引自日尔蒙斯基:《比较文艺学:东方与西方》,第117页。
② 《历史诗学》,第42页。
③ 转引自日尔蒙斯基:《比较文艺学:东方与西方》,第109页。
④ 《历史诗学》,第20页。

指出，"文学在其发展阶段上是有备而来的：现成的语言，现成的观察与思维的基本方式。但是，它们继续向前发展，尽管相当缓慢（在一个世纪的范围内，无法观察到）"，并强调说："维谢洛夫斯基的长处就在于此"，即发现了"文艺学与文化史的联系"，揭示了艺术形式、艺术语言的"符号学涵义"①。

按照维谢洛夫斯基的构想，历史诗学体系应当包括以下一些诗学范畴和课题的研究：（1）原始混合艺术与文学体裁的演变；（2）情节诗学；（3）诗歌语言风格的形成与发展；（4）诗人在文学继承与革新中的地位与作用等。自19世纪80年代起，维谢洛夫斯基陆续在大学开出了一系列历史诗学方面的课程，包括"叙事诗史"，"抒情诗与戏剧史"，"长篇小说、短篇小说和民间故事史"，19世纪90年代又开出了"诗学导论"、"历史诗学"等综合性课程，并陆续整理发表了其中一些章节。

维谢洛夫斯基的历史诗学研究首先是一种文学样式的起源学研究。他在《历史诗学三章》（1899）中，依据民间文学、民俗学、人类文化学以及考古学方面积累和发现的大量史料，系统深入地研究了文艺及其样式的起源问题。他提出在人类原始文化初期，存在着各种不同艺术混为一体的现象，即所谓"混合艺术"（синкретизм），而诗歌及其样式则是随着社会文化的历史发展逐步从混合艺术中演化出来的。混合艺术是有节奏的表演、歌舞和语言因素的结合，起初歌词只是偶然的即兴之作，其作用微不足道。这样的歌舞是集体进行的，任何个人的悲欢都消溶在集体的合唱之中。随着礼仪和祭祀活动的出现，即兴的歌曲变成了某种比较稳定、完整、更富有意义的东西，这实际上就是古代诗歌的萌芽。关键性的进步是随之出现的领唱。他处于"活动的中心，引导主要的声部，指挥其他的表演者"。主题和故事由领唱者吟诵和演唱，而合唱队则进行伴唱，轮唱，形成某种对话，于是相互补充的诗节交替编织成一种抒情叙事诗歌。在此基础上逐步演化出专门的叙事诗。由于后代对神话传说和祖辈英雄业绩的兴趣日渐增长，代代相传的各种抒情叙事歌曲按照传说的年代顺序或根据故事的内在结构而编织在一起，形成人们喜闻乐见的比较稳定的叙事格式和风格。这样就出现了叙事诗体裁。

抒情诗的胚芽也来自原始的混合艺术，主要来自合唱歌曲中情感激昂的因素，如合唱中的呼喊，作为"集体情绪"的表达的欢呼和悲叹等。抒情诗的最简

① 巴赫金：《话语创作美学》，莫斯科：艺术出版社，1979年，第344页。

中国俄苏文学研究史论
История исследования русской и
советской литературы в Китае

朴的形式是即兴的两句诗或四句诗。随着原始氏族、村社的瓦解和阶层、集团的分化,个人意识逐渐苏醒和发展起来,在这一基础上以表达个人主观情感为特征的抒情诗开始形成。在维谢洛夫斯基看来,抒情诗是在一定文化历史阶段上继叙事诗之后形成和发展起来的文学样式,因为"它要求个人意识和社会关系更深刻的分化"[①]。

维谢洛夫斯基认为,戏剧体的起源最为复杂,绝非黑格尔的所谓戏剧是"史诗的客观性与抒情诗的主观性的相互渗透"的产物这一先验图式所能解释的。经他研究判明,戏剧由于它的复杂混合性质,可以从不同的礼仪和祭祀中成长起来,于是形成了几个系列的演化类型。如果戏剧演出是从礼仪的合唱中演化出来的,那么它往往受到神话传说的限制,形成对白与歌舞交织的戏剧类型,如载歌载舞的印度戏剧。如果戏剧演出是在祭祀的基础上发展起来的,它便逐步同祭祀分开,显示出较鲜明的戏剧品格,即"由神话的人化的和人道的内容滋生出各种精神兴趣,提出道德秩序、内部斗争、命运和责任等问题"[②],从而构成富于悲剧意蕴的戏剧冲突。希腊悲剧就是体现了这一戏剧诞生的理想的古典类型。可是,希腊喜剧则是从农村祭祀酒神所唱的生殖器崇拜歌曲,即模仿礼仪的合唱中产生的。其中既没有某些神话的情节,也没有理想化的形象,只有来自世俗生活的人物性格和情势,随后被从现实生活中提炼出来的统一主题串连在一起,从而构成了富于喜剧性的戏剧冲突和狂欢式的风格特征。此外,还有其他一些戏剧诞生的方式和途径。各民族社会风尚、文化习俗的不同,也给予戏剧形成的方式以深刻的影响。例如,在古希腊,由于戏剧演出与祭祀的密切联系,在民众中形成了对戏剧演员的崇敬心态,而在中国和印度,脱胎于民间说唱的戏曲则往往不入大雅之堂,戏子的社会地位极低。

维谢洛夫斯基十分重视叙事文学作品中母题和情节的研究,力图通过情节史的研究,揭示出"情节与思想潮流之间的内在联系"[③]。他认为,构成文学作品的叙事基础的情节具有一定的图式,这些图式大都形成于原始社会,反映了远古时代人们的生活方式与文化习俗,诸如图腾信仰,母权制与父权制的习俗等。这些图式在各民族文学中经常重复出现,可以运用比较法分析归纳出其发展、演变的某些规律性。维谢洛夫斯基把文学作品的叙事图式区分为"母题"

---

① 转引自日尔蒙斯基:《比较文艺学:东方与西方》,第129页。
② 转引自《俄国文艺学中的学院派》,第250页。
③ 转引自日尔蒙斯基:《比较文艺学:东方与西方》,第132页。

（мотив）与"情节"（сюжет）两个基本因素，并把两者之间对立统一、相互渗透的结构功能作为构筑"情节诗学"的基础。他解释说："我把母题理解为最简单的叙事单位，它形象地回答了原始思维或日常生活观察所提出的各种问题。在人类发展的最初阶段，在人们生活条件和心理条件相似或相同的情况下，这些母题能够自主地产生，并表现出相似的特点。"[①]诸如，某人偷走了太阳（日蚀），某个恶毒的老太婆折磨美女等，都属于各民族民间故事中常见的母题。至于更复杂的母题组合，则形成了情节。"情节——这是一些复杂的图式，在其形象性中，通过日常生活交替出现的形式，概括了人类生活和心理的某些活动"[②]。维谢洛夫斯基认为，这一区分具有原则意义，因为从文学作品的起源上看，母题是第一性的，它直接源于原始的混合艺术，而情节则是对各种母题进行艺术加工和重新组合的结果。在这个意义上，情节"已经是创作活动了"。因此，追根溯源地研究一部作品的情节结构，力求揭示其情节起源于哪些母题，以及这些母题经历了哪些变异和迁徙，最后形成作家创作构思的基础，无疑有助于从情节诗学的角度探讨从民间故事、神话传说到现代小说的演变、发展的规律。维谢洛夫斯基的情节诗学研究对于后来俄苏形式主义学派什克洛夫斯基、艾亨鲍姆等的散文理论，普罗普的民间故事叙事结构分析，以及巴赫金的复调小说理论的研究都产生过深远影响，可谓开了 20 世纪小说诗学和叙事学理论之先河。

历史诗学研究的另一个重要课题是诗歌语言风格的研究。传统的诗学理论已判明，诗歌语言与散文（非艺术的）语言的区别，就在于前者更富于形象性、韵律感和表现力。但是，正如维谢洛夫斯基所指出的，诗歌语言与散文语言的区分是相对的，其界限是历史地形成和变化着的。其实，"每个词都曾在某个时期是比喻，都曾从某个侧面形象地表现客体的某个方面或特征"[③]。随着词汇所表示的概念的发展，它原有表象的生动性消退了。因此，诗歌语言为了保持自己具有具体感性的诗意特征，就需要借助于各种修辞手段来更新其形象因素。维谢洛夫斯基指出："修饰语是对词汇的一种片面的鉴定，它或者使词汇的一般含义得到更新，或者强调事物的某种富于代表性的突出特征。"[④]当词汇面临着变成抽象概念的时候，便需要用别的、在内容上和它相同的词汇来修复它的形

---

① 《历史诗学》，第 24—25 页。
② 《历史诗学》，第 302 页。
③ 《历史诗学》，第 276 页。
④ 《历史诗学》，第 59 页。

中国俄苏文学研究史论
История исследования русской и
советской литературы в Китае

象性,这样便产生了同义反复的修饰语(如红日、白光等)。如果是用强调事物特性的其他词汇同这个词汇相结合来恢复它的形象性,那么便形成了各种解释性的修饰语(如桦木长矛、白橡木桌子等)。由于不同民族在不同文化历史发展阶段上判断事物性质与价值的尺度不同,便能大致测定出各种修饰语出现的文化历史背景和民族的、地域的差异。例如,古希腊人认为桦木做的长矛最结实,所以在荷马史诗中长矛的修饰语大都是"桦木的",而在俄国勇士歌中凡是提及桌子,则总是用"白橡木的"作修饰语,因为在古代罗斯人们认为这样的桌子才最耐用,最气派。维谢洛夫斯基由此得出结论说:"修饰语的历史就是一部小型诗歌风格史。"[①]历史诗学的任务就在于通过各民族文学中修饰语演变的历史比较研究,揭示出诗歌风格形成和发展的历史规律。

维谢洛夫斯基还在《心理对比法及其在诗歌风格中的反映形式》(1898)一文中,对建立在心理对比基础上的复杂词组的形象性问题进行了专门的分析研究。所谓诗歌中的心理对比法,实质上就是诗歌中情意与形象之间互相引发,相互结合,彼此衬托的各种不同的修辞手段。各国民间诗歌中早有大量这类修辞手段,并引起了东西方文艺学家的关注和研究。如中国古代文论中,早就提出了"赋、比、兴"的美学概念来概括和分析这类诗歌修辞手段。维谢洛夫斯基的贡献在于他首次运用历史诗学的理论与方法,从两个方面深化了对诗歌中心理对比法的探讨。首先,他揭示了心理对比法的认识内容及其历史文化根源——原始社会的万物有灵论;其次,他把心理对比法看做民间诗歌形象性的源泉,系统地分析了它的外形构造和历史演变,并力求从中揭示出人类审美心理及其诗歌表现形式形成和发展的规律性。维谢洛夫斯基关于诗歌语言风格的研究对于后来俄苏各派学者托马舍夫斯基、迪尼亚诺夫、维诺格拉多夫、洛特曼等人的诗学理论、文学风格论的研究都产生了持续的、深远的影响。

维谢洛夫斯基还运用历史比较的方法,深入地研究了欧洲文学史和俄罗斯文学史上一些重要作家、诗人的历史地位和作用问题。他的论著《阿尔贝蒂的别墅》(1870)、《意大利小说与马基雅弗利》(1864)、《布鲁诺传》(1871)、《英国文学史》(1888)、《薄伽丘,他的环境和同龄人》(1893—1894)、《诗体自白——〈歌集〉中的彼特拉克》(1905)等,都是围绕着建立科学的总体文学史和历史诗学体系这个总前提而展开研究的。维谢洛夫斯基从不孤立地研究作家、诗人的

---

① 《历史诗学》,第59页。

创作,而总是把他们的创作同各自所属的时代、社会文化环境及其先驱者所代表的思潮和传统联系起来进行比较分析,从而确定其创作个性和思想倾向,并从他的艺术把握世界的独特方式中揭示出对于广阔的社会文化思潮的反映。在研究作家的语言风格特征时,他与信奉康德的天才论的唯美派截然不同,不是把作家在艺术上的创新单纯归功于他个人的天才或灵感,而是着重比较研究他在创作中如何运用历史上重复出现的主题、形象、情节、修辞手段等所谓"稳定的诗歌格式",并依据他对时代和生活的新的体验和理解来充实和革新这些形象和格式。例如,按照维谢洛夫斯基的研究,但丁与文艺复兴运动是密不可分的。但丁站在这一运动的源头,在他身上不仅预示了新世纪的人的觉醒,而且首次明晰地展示了新世纪的艺术家的风采和特征。但丁"在中世纪诗人之中,也许是仅有的一位诗人,他不是为了外在的文学目的,而是为了表达自己个人的内容,才去掌握各种现成的情节"[①]。为此,但丁从根本上改造了传统的地狱游历体裁的形式,把它同民间创作、中世纪诗歌等其他体裁形式结合起来,在《神曲》中达到了人类文学在由集体创作过渡到个人创作的新阶段上的最高艺术综合。薄伽丘、彼特拉克、拉伯雷、莎士比亚等文艺复兴的巨匠们正是沿着但丁所开辟的道路,把诗歌、小说、戏剧等文学样式的创作推进到了一个绚丽多姿的新境界。

维谢洛夫斯基还以历史诗学的观点和方法研究了站在18—19世纪之交俄国感伤主义、浪漫主义诗歌运动源头的茹科夫斯基的创作。他在《瓦·安·茹科夫斯基·感情和"心灵想象"的诗歌》(1904)一书中,不仅深入揭示了茹科夫斯基的审美观念和创作个性形成的个人生活基础和历史文化背景,阐明了这种审美观念和个人感情、想象力在其诗歌风格特征上的表现,而且通过历史比较分析确定了茹科夫斯基作为俄国感伤主义、浪漫主义诗歌的创始人,作为一种特殊的"社会心理类型"在俄国文学史和社会文化史上的地位与作用。维谢洛夫斯基还准备进一步运用历史比较的方法研究普希金的创作,为此搜集了大量资料,但是这一专著未能完成。维谢洛夫斯基的呕心沥血之作《历史诗学》也终究未能完成。直到1940年,该书经苏联学者日尔蒙斯基的整理、编辑和注释,才得以问世。

维谢洛夫斯基未能完成他构筑历史诗学体系的宏伟设想,固然有其客观原

---

① 转引自《俄国文艺学中的学院派》,第275页。

中国俄苏文学研究史论
История исследования русской и
советской литературы в Китае

因(研究规模过于庞大,即使像维谢洛夫斯基这样学识渊博的学者也难以胜任),但究其主观原因,则在于他的历史比较研究在方法论上存在严重缺陷。由于受西方实证主义哲学的影响,维谢洛夫斯基认为,只有现象或事实是"实证的东西",通过对现象的归纳就可以得到科学的定律,强调"只要经常用事实来加以检验","就会达到最终的、最充分的概括"①。因此,他企图在排斥任何哲学和美学的理论指导的前提下,单凭对各种文学现象、经验事实的对比和归纳,揭示出社会历史和文学发展的共同规律。而这是根本违背"从生动的直观到抽象的思维,并从抽象的思维到实践"②这一认识真理、认识客观实在的辩证的途径的。由于维谢洛夫斯基的文艺观和方法论仍带有旧唯物主义的形而上学的直观性,因而他不能真正科学地揭示艺术反映现实的能动的辩证关系,在研究诗歌起源时,也就不能真正科学地阐明从非审美现象过渡到审美现象的复杂原因。

日尔蒙斯基在为《历史诗学》一书所作的序言中,对维谢洛夫斯基的历史诗学理论和方法的意义与局限作了全面的历史评价,明确地指出:"苏联文艺学的任务就在于举起从伟大学者手中掉下的旗帜,在对整个历史过程和艺术的特点作马克思列宁主义的理解的基础上,把他所开创的工作继续下去。"③

巴赫金曾以"更大胆地利用各种潜力"为题发表答《新世界》杂志编辑部问的文章,针对苏联文艺界积重难返的一些弊病,如思想僵化,视野狭窄,缺乏学术争鸣、科学创新精神等,提出文艺学应当更新观念和研究方法,继承和发扬以维谢洛夫斯基为杰出代表的俄国文艺学派注重人文精神和人类历史文化的综合、比较研究的优良传统,批判地吸收西方现代人文学科和自然科学的新观念、新方法,加强国际间的学术文化交流和对话,以开拓文艺学和诗学研究的广阔新天地。回顾维谢洛夫斯基的历史诗学研究跨两个世纪的历史命运,我们也可以从中获得不少有益的启示。从 19 世纪到 20 世纪,有多少标新立异,轰动一时的新流派、新学说已成为昙花一现的过眼烟云,唯独像维谢洛夫斯基的历史诗学这样深深扎根于人民生活,扎根于民族深厚文化传统,而又面向世界,面向全人类文化的学说却永葆青春,生气勃勃。这里难道没有值得我们研究、借鉴和深思的东西吗? 让我们也进一步打开眼界,"更大胆地利用各种潜力吧"!

---

① 《历史诗学》,第 35 页。
② 《列宁论文学与艺术》,人民文学出版社,1983 年,第 45 页。
③ 日尔蒙斯基:《比较文艺学:东方与西方)》,第 136 页。

　　屠格涅夫的第一部戏剧作品《疏忽》是一部模拟讽刺浪漫主义戏剧的独幕剧，这个作品明显地表现出剧作者对当年剧坛上的脱离现实生活虚浮之风的态度，同时也表现出剧作者非同寻常的才华。虽说作品并未产生多大的影响，但别林斯基却对它的构思和布局颇为赞赏。第二部戏剧作品《缺钱》在情节和手法上还都显露出对《钦差大臣》的有意和无意的模仿。在写作《猎人笔记》的时期，即1847—1851年间，屠格涅夫创作出的一批戏剧作品则脱去了模仿的痕迹，鲜明地表现出了剧作家屠格涅夫的独创性。就题材而言，这些戏剧作品是颇为广泛的：它们一方面与《猎人笔记》相联系，事实上有些剧作就是对《猎人笔记》的某些篇章或片断进行戏剧化处理的结果；另一方面，有些作品涉及到果戈理和陀思妥耶夫斯基的"小人物"的题材；此外，还有一些剧作的题材与屠格涅夫后来的小说创作相关联，或者准确点说，他以一个戏剧作家的眼光，在合乎戏剧特点的范围内表现了他后来在小说创作中，特别是在长篇小说中着意表现的人物和冲突。屠格涅夫戏剧作品的题材上的独特性，在后者显露得尤为突出，而正是在这一点上他的创新在俄罗斯戏剧史上具有开拓性意义。就艺术形式和手法而言，屠格涅夫的戏剧的创新更为突出，他忠于自己的艺术个性，以抒情诗人的才情和心理学家的特异的洞察力，在情感和心理变动中表现了社会的时代的内容，创造出了他独特的戏剧表现手段和俄罗斯戏剧的新形式。

　　对俄罗斯颓废贵族的揶揄和讽刺是《猎人笔记》的主题之一，这一主题在屠格涅夫的戏剧作品中也表现出来。在独幕喜剧《贵族长的早宴》中，剧作家通过一场遗产的纷争揭示出外省贵族生活的空虚、猥琐，讽刺和嘲弄了他们愚蠢、自私、唯利是图的丑恶本质。这一戏剧题材是根据《猎人笔记》中的《小地主奥夫

----

① 原载《上海师范大学学报》1998年第1期。

中国俄苏文学研究史论
История исследования русской и
советской литературы в Китае

谢尼科夫》中的一个插曲扩展而成,而其主题则又与另一篇随笔《我的邻人拉其洛夫》相呼应。《缺钱》中的扎济科夫的行径虽与《钦差大臣》中的赫列斯达可夫不无相似之处,但屠格涅夫和果戈理要表现的思想的侧重点却有所不同。作品结尾处通过仆人马特维依第的话为整部剧作点题:"黄金时代,你已过去了!贵族门庭,你已转移了!"关于这一主题,屠格涅夫后来在长篇小说《贵族之家》中以另一种方式和格调作了更为深入的表现。

"小人物"的题材在屠格涅夫的戏剧作品中也占有突出的位置,这主要表现在两幕喜剧《食客》和三幕喜剧《单身汉》这两部优秀作品中。在19世纪40年代以前,俄罗斯文学中表现"小人物"命运的主要是散文作品,从普希金的《驿站长》、果戈理的《外套》到陀思妥耶夫斯基的《穷人》等优秀作品,都是小说创作。"小人物"是19世纪俄罗斯封建农奴制社会的必然产物,如同"多余人"一样,这是一种"土生土长"的带有特定的民族性的人物,或者说是一种带有鲜明的民族性的题材。可是"小人物"如何走进戏剧,特别是如何把这种处在悲苦地位的"小人物"引进当时比较流行的喜剧,在屠格涅夫以前的俄罗斯戏剧中,并无多少经验可以借鉴,格里鲍耶陀夫和果戈理的喜剧的主人公都是主流社会的人物,普希金的历史悲剧写的则是帝王将相。"小人物"一般又没有什么惊天动地的"业绩",他们有的只是"被侮辱和被损害的"心灵。所以展示出这一类人物的被扭曲被摧残的内心世界,也就成为普希金、果戈理和陀思妥耶夫斯基这一类散文作品的显著特色。而对于"最困难的一种艺术形式"(高尔基语)的戏剧来说(而相对说来,在创作上喜剧又要难于悲剧),由于时间和空间以及艺术表现上的种种限制,在心理刻画方面较之散文作品要困难得多。可是,屠格涅夫却在上述两部喜剧中成功地做到了这一点。这既得力于作为现实主义者的剧作家对生活素材的深入发掘,也得力于作为心理学家的剧作家的艺术才华。无怪当年革命民主主义批评界对这两部作品给予了高度的评价。

《食客》的情节构思是精妙的:主人公库左夫金是一个寄人篱下的"食客",几十年中他一直过着屈辱的生活,连亲生的女儿也不敢相认。在欢迎新主人回来的宴会上,他当着来宾的面公开了隐藏在心底的一桩秘密:新主人叶列茨基的妻子奥丽嘉是他的女儿。这一宣布引来轩然大波,叶列茨基要库左夫金承认他散布的是谎言,目的是想敲诈钱财。最后,在女儿的劝说下,他接受了一笔钱后被扫地出门。《单身汉》的故事更富于喜剧性:主人公莫什金是一个地位低下的老单身汉,与他19岁的养女玛莎相依为命。玛莎很爱她的未婚夫维利茨基,但他也是一个地位很低的十等文官，为了自己日后的仕途，在朋友的劝说下，他决定抛弃玛莎，想另攀高枝，于是玛莎便陷入痛苦之中。为躲避人言，她想离开这里远走高飞。但莫什金又不忍心让玛莎离开，正在这进退两难之际，莫什金突然想出一个两全其美之计：他还是一个单身汉，他为何不娶玛莎？于是"父女"变成了夫妻，所有的问题都得到"完美"的解决。

《食客》和《单身汉》在喜剧性的场景和构思中表现了严肃的社会性主题，透过戏剧性的情节，剧作家展示出"小人物"的悲苦、辛酸的处境，揭露了贵族的虚伪和冷酷的本性，表现了对社会的不平等的抗议和维护人的尊严的人道主义思想。在这一点上，它们和《猎人笔记》进步的思想倾向是一致的。无怪《食客》问世后，即激怒官方评论界。而《单身汉》的思想锋芒虽要隐蔽些，但在剧作家"含泪的笑"中依然包含着对社会的批判。

屠格涅夫的上述戏剧作品属于被人们称之为"社会风俗喜剧"的行列，在俄罗斯戏剧史上，这一戏剧形式的真正的开创者是果戈理，而后来的集大成者则是奥斯特洛夫斯基。屠格涅夫在这一条戏剧线索上的意义便在于：一方面他以自己的描写"小人物"的戏剧作品丰富和扩大了这种戏剧形式的表现内容，并以合乎自己的艺术个性的表现手法特别是他所独具的心理表现手法（关于这一点我们将在下面谈及）丰富了俄罗斯戏剧艺术；另一方面，他自然而然地（并且是恰到好处地）成为连接果戈理和奥斯特洛夫斯基的桥梁。

然而戏剧家屠格涅夫在俄罗斯戏剧史上的地位和作用并不止于此，他对俄罗斯戏剧的独特的也可以说是更大的贡献是他创造了俄罗斯抒情心理剧，从而在俄罗斯戏剧史上写下新的篇章，并无可替代地成为在这一条戏剧发展线索上作出巨大成就的契诃夫的先驱。屠格涅夫的抒情心理剧有《物从细处断》、《村居一月》、《外省女人》和《索伦托的黄昏》等，其中，独幕喜剧《物从细处断》和五幕喜剧《村居一月》是两部优秀作品，是屠格涅夫抒情心理剧的代表剧作。

值得注意的是，与前面所说的社会风俗剧不同，这两部作品的主人公都是贵族青年知识分子，是屠格涅夫最熟悉的并在后来的小说创作中着力加以描写和表现的"文明阶层"。面对着自己"心爱的"人物，剧作家放弃了他在表现其他人物（如"小人物"）时的一些戏剧手法，而把笔力集中到主人公的内心世界。应该说，屠格涅夫的抒情心理剧这一形式的创造，在很大程度上是为他们所要表现的"内容"（题材和人物）所决定的。虽说作为一种艺术形式，戏剧在刻画心理方面较之于其他形式如诗歌和小说有诸多不便之处,但屠格涅夫却凭其诗人和心理学家的才华在戏剧的种种限制中"游刃有余",不仅成功地把主人公内部的心理冲突转化为外部的情节冲突,还创造出以此作为主要特征的抒情心理剧这一新的戏剧形式。

《物从细处断》以贵族庄园作为背景,展示出三个男青年与一个姑娘之间的感情纠葛。从表面看来,几乎没有多少"戏"可言,幕一拉开,出现在我们面前的是一些平平常常的画面:到女主人李芭诺娃的庄园里来的客人们有的在玩牌,有的在打台球,有的在喝茶、聊天,一切"就像生活里一样"(契诃夫语)。可隐藏在这平常的生活画面之下的,是复杂的心理动作,是一场看似平静实则是激烈的感情的争夺。戈尔斯基告诉穆欣,是他把斯塔尼岑引进女主人李芭诺娃的家的,可眼下斯塔尼岑真的要向女主人的女儿薇拉求婚时,他又有点受不了。事实上,戈尔斯基是一个皮却林式的人物,他曾用一时的热情所诱发出的美妙的言辞和暗示撩拨了薇拉单纯的无经验的心,可他又是一个没有责任心的优柔寡断的人,等到薇拉打算选择他时,他又动摇和害怕起来,于是便劝告薇拉选择斯塔尼岑。等到斯塔尼岑就要成功了,他的心理便不平衡了,甚至还忌妒别人。然而薇拉对生活的态度却要单纯和自然得多,她看透了戈尔斯基是一个"什么人都不能够爱的人",于是便接受了斯塔尼岑的求婚。一场心理的和感情的冲突过后,一切恢复到开始的一幕,大家还像往常一样到花园去散步,好像什么事也没有发生。剧作以穆欣说出的一句带有点题意味的谚语"物从细处断"作为结束。

严格地说,《物从细处断》展示出的只是生活中的一个片断,并且还不是那种外部十分热闹的生活片断,而是人物内心世界的一段潜流,因此,占据作品中心位置的并不是人物的外部动作(在这方面几乎没有什么"戏"),而是人物的心理动作。我们看到,作为语言大师的屠格涅夫是这样纯熟地驾驭戏剧的语言,他善于把体现出人物各种不同的心理动作的对白精心编织在人物日常的谈话之中,使得在那些表面看(听)来是平平常常的没有戏的地方出了戏,这样便达到一种无处没有戏或者说满台都是戏的境界,这样一种戏剧表现手法不能不说是别开生面的和具有独创性的。

屠格涅夫的抒情心理剧中最优秀的也是最具有代表性的作品是《村居一月》。

《村居一月》(原名《大学生》)的剧情并不复杂,它写一个大学生别利亚耶夫来到一个贵族地主的庄园当家庭教师,在这个家庭里引起一场感情上的连锁反应:空虚而又懒散的女主人娜塔莉娅对养女维罗奇卡十分忌妒,原因是年轻英俊的大学生别利亚耶夫爱上了维罗奇卡,而她自己也对这个年轻人想入非非;娜塔莉娅的情人拉基金又非常忌妒大学生,原因是娜塔莉娅完全被大学生吸引住了而把他冷落在一边。于是,"母"与"女"之间便展开一场心理上的较量。结果是别利亚耶夫毅然离去,结束了一个月的乡居生活;维罗奇卡为了结束所处的从属地位,同时也因为爱情上的失意,一气之下,答应嫁给一个老地主;拉基金也灰溜溜地走了。

就剧作的外部情节来看,并无多少"戏"可言,要是让一般通俗剧作者来处理,这一情节内容很可能成为一场争风吃醋的闹剧。可在心理学家屠格涅夫的笔下,舞台上几乎是风平浪静的,几乎没有什么大起大落,但在每一个人物的内心,又无一不是波澜起伏,而且是一浪高过一浪。屠格涅夫的这种心理化的戏剧手段是十分符合人物的性格特征的,剧作家善于通过精心设计的对话来表现人物的心理。女主人娜塔莉娅尽管处在居高临下的地位,但毕竟是受过贵族教育的,不属于那种凶狠的悍妇之列,所以她的话不可能是粗俗的,即令她处在爱情的争夺战中,但她说出来的话多半还是文雅的。她的生活懒散而又空虚,丈夫忙于管理庄园,无暇顾及她,虽说她的身边有一个拉基金,但他们之间的"柏拉图式的爱情"却无法满足她情感的需求。她本来对大学生并不注意,但是她的养女维罗奇卡与大学生之间纯朴自然的爱情,却引起她的忌妒,甚至要"夺人之美",这是与她的地位和性格相符的。但她的教养又不可能使她"赤裸裸"地上阵,于是,她分别与大学生和养女之间展开心理上的"攻坚战",这些听似"文雅"实则是包含着"火药味"的对话就构成了剧作的中心部分。在前者,她的"进攻"遭到对方的迂回反击,大学生以同样"文雅"但却是"带刺"的话语赢得了精神上的胜利,这种语言方式和心理特征是符合大学生的教养和身份的。而在后者,她的"进攻"却出她意料之外地遭到对手的直接反抗,维罗奇卡作为一个纯朴的情窦初开的少女捍卫自己的爱情时所表现出的勇气和胆量也是可信的,比较起来,其话语中"文雅"的成分更少一些,而"锋芒"则更多一些,这也是符合维罗奇卡她的身份和心理的。那位"柏拉图式的"恋爱者也不完全是小丑式的人物,他的话虽常常是别有用心,但也是用"文雅"的方式说出来的,而且又往往是矫揉造作的,这也是他的教养和身份所决定的。总之,这些耐人寻味的深含人物心理动作的对话占据了剧作大部分内容,而人物的外部动作减少到最低限度。透过舞台的寻常的生活场面,读者(观众)分明感受到隐藏在这平常的

中国俄苏文学研究史论
История исследования русской и
советской литературы в Китае

生活画面下面的心理潜流和它泛出的阵阵波澜,这就是屠格涅夫的《村居一月》
的显著特色,也是屠格涅夫抒情心理剧的显著特色。

总的说来,屠格涅夫在他的抒情心理剧中对人物所作的种种处理还基本上
没有超出心理学的范畴,换句话说,剧作家主要是围绕两种心理类型来组织和
展开抒情心理剧的结构和冲突的。屠格涅夫调侃和讽刺了那种空虚的矫揉造
作的浪漫主义生活态度,而肯定了那种纯朴的自然的感情和精神。尽管在某些
人物身上也多少暗示出某些社会性的因素,但严格地说,就像这一时期的中短
篇小说一样,屠格涅夫在他的抒情心理剧中还没有从社会的角度去把握和理解
人物的心理和行动。

不过应该指出,抒情心理剧是一种戏剧的"高级形式",一般不太适合演出,
或者说演出的难度较大。它可能更适合于"阅读"。不过,若经大手笔的精心处
理,则很可能获得极大的成功。事实上,屠格涅夫的戏剧作品在当年的演出率
并不高,甚至后来剧作家本人也认为,他的剧本确实不怎么适合演出。学术界
和戏剧界对屠格涅夫的戏剧作品的重视和推崇,则是在 19 世纪末到 20 世纪初
间的事。那时,契诃夫的戏剧正风靡一时,人们在称道契诃夫的抒情心理剧艺
术时,回过头来看屠格涅夫的戏剧作品,才发现和认可屠格涅夫在戏剧领域的
重要地位和他作为俄罗斯抒情心理剧的先驱者的作用。与此同时,屠格涅夫的
抒情心理剧也在"大手笔"斯坦尼斯拉夫斯基的执导下打开了它的演出史的新
一页。换句话说,只有斯坦尼斯拉夫斯基这样的大艺术家才能如此透彻地理解
和把握屠格涅夫的戏剧艺术的精髓,如他关于《村居一月》便有以下的几乎只有
屠格涅夫本人才能说出的见解:

在《村居一月》中我们首先碰上的是内心的刻画。这一点一定要让观
众和演员自己都能很好地理解。假如从屠格涅夫的剧本中取消了人物内
心的刻画,那么作品本身也就不需要了,观众也无须到剧院看戏了,因为演
员的所有外部动作,在剧本里,尤其在我们的演出中,都被压减到最低限度[1]。

斯坦尼斯拉夫斯基的这一番话,不仅对演员具有指导意义,对我们认识和
研究屠格涅夫的戏剧作品无疑也具有很高的参考价值。

---

[1]《斯坦尼斯拉夫斯基全集》中译本第 1 卷第 385 页。

一

新中国的文论建设是从学习苏联文论起步的。新中国成立伊始，我国社会主义文学"以苏联文学为榜样"，我国文论以苏联文论为目标和方向，这是历史的选择，也是文学和文论的选择。

在新中国的文论建设中，把译介马克思主义经典作家的文论著述放在首位，这对确立马克思主义文艺思想在我国文学和文论中的指导地位，具有极其重要的意义。我国翻译工作者在这方面做了大量卓有成效的工作，功不可没。当然，新中国对马克思主义文论的译介，并非白手起家，而是有着自己的先驱。1925 年我国第一次翻译发表列宁的文艺论文《托尔斯泰和当代工人运动》，从而揭开了我国翻译马克思主义文论的序幕。从那时到新中国诞生的 20 余年里，鲁迅、瞿秋白、郭沫若、茅盾、冯雪峰等，都先后译过马克思、恩格斯、列宁、普列汉诺夫、梅林、卢那察尔斯基等的文艺著述。鲁迅在 30 年代曾把这种译介比喻为普罗米修斯给人类盗天火或给起义的奴隶贩运军火。但是，那时由于受条件的限制或对情况不明，也曾把马克思主义文论的庸俗社会学家诸如弗里契等，作为马克思主义文论大家来译介；把苏联"拉普"领导人的"辩证唯物论创作方法"，奉为马克思主义的创作方法而加以宣扬。20 世纪 40 年代，我国马克思主义文论的译介取得了新进展，其著名代表是周扬在延安解放区编校的《马克思恩格斯列宁论艺术》(1940)和编选的《马克思主义与文艺》(1944)两本书。1949 年后，马克思主义经典作家文艺著述的翻译和编选，不仅数量大、品种多，而且更为完备，迎来了马克思主义文论译介的新时代。除根据俄文翻译出版了

---

① 原载《文艺研究》2000 年第 4 期。

中国俄苏文学研究史论
История исследования русской и
советской литературы в Китае

马克思、恩格斯、列宁、斯大林的大量著作以外,还编选出版了《马克思恩格斯列宁斯大林论文艺》(1951)和《斯大林论文学与艺术》(1959),并根据俄文翻译出版了《马克思恩格斯论文学与艺术》、《马克思恩格斯论浪漫主义》和《马克思恩格斯论艺术与共产主义》以及有关马克思主义经典作家文艺著述全貌的里夫希茨编选的《马克思恩格斯论艺术》(4册,1960—1966)和克鲁奇科娃编选的《列宁论文学与艺术》(2卷,1960),翻译出版了早期马克思主义者的文艺著述,如普列汉诺夫的《论西欧文学》和《没有地址的信·艺术与社会生活》等。这些译介工作不仅对确立我国文艺领域马克思主义文艺思想的指导地位,而且对我国文艺理论的建设,一代又一代文学新人的培养,都发挥了巨大的作用,应该予以充分肯定。

事物总是一分为二的。从今天看来,20世纪50年代,在学习和译介马克思主义文论及苏联文论的同时,也曾不加分析地引进了一些非马克思主义的东西,有时甚至把苏联文论简单地、直接地等同于马克思主义文论,从而产生了一些负面影响,如1951年和1953年北京文艺界举办的两次文艺整风学习,在指定的22种学习文件中,就掺进了二次大战后联共(布)中央关于文艺问题的4个"决定",其中包括日丹诺夫批判苏联作家和诗人左琴科、阿赫玛托娃和批判形式主义的报告,并将这些"决定"和报告中的某些错误内容和错误做法视为正确的东西,运用于我国的文学实践和批评。例如,1956年6月20日《文艺报》的一篇署名文章,便教条地把左琴科和肖也牧相提并论,指责后者的《我们夫妻之间》(1950)等作品对人民没有丝毫真诚的爱和热情,如果按作者的这种态度来评定作者的阶级,那么,简直就能够评为敌对的阶级了。"如果把左琴科的照片贴在你的牌子上面,你们不会不同意的吧?"其实,苏联从对左琴科的讽刺故事《猴子历险记》的无限上纲直到否定他的全部创作,是极其片面和站不住脚的。历史和实践都已表明,左琴科是苏联文学界的一位优秀讽刺作家。又如,我国在批判电影《武训传》时,1956年8月12日《人民日报》刊发《斯大林给杰米扬·别德内依的信》(1930),并在"编者按"中写道:斯大林指出,别德内依对苏联生活缺点的批评变为对苏联生活的"诽谤"。这封信的精神与社论《应重视〈武训传〉的讨论》的思想是相通的。然而在今天看来,斯大林的信及1930年12月6日联共(布)中央书记处《关于杰米扬·别德内依同志的讽刺小品〈从热炕上爬下来吧〉和〈不讲情面〉的决定》,都失之偏颇。这两篇讽刺小品主要描写苏联顿涅茨矿区生产混乱,管理人员无能、懒惰及一些消极现象,根本谈不上是对苏联生活的"诽谤"，但何以会引起苏联领导层如此之重视和如此之批评呢？其个中原因正如 1997 年才得以公布的该"决定"所写：《真理报》刊发别德内依的讽刺小品《不讲情面》中，有一处涉及到有关谋杀斯大林同志的错误传闻，《真理报》不会不知道应禁止刊登类似的传闻。今天可以这样说，苏联对别德内依这两篇讽刺小品的批评和我国当年对待《武训传》的态度，都不正确。

我国在 20 世纪 50 年代为了向苏联文论学习，翻译出版了不少苏联文论教科书和著作，如涅多希温的《艺术概论》（1953）、季莫菲耶夫的《文学概论》与《文学发展过程》（1954）、契尔柯夫斯卡雅等的《苏联文学理论简说》（1954）、从苏联大百科全书选译的《文学与文艺学》（1955）、毕达可夫的《文艺学引论》（1958）、叶皮诺娃的《文艺学概论》（1958）和柯尔尊的《文艺学概论》（1958）等，以及《苏联文学艺术论文集》（共两辑，1954 和 1956）与《文艺理论译丛》（共两辑合订本，1956 和 1957）等。在短短的几年里，我国翻译出版如此数量的苏联文论著述，反映了那些年代我国高校文论教学和文化研究的广泛需要，而且产生了一定的积极作用，这不应该否认：它们对于我们认识和了解马克思主义文论的基本观点，如文艺为社会主义、为劳动人民服务的方向，文艺与上层建筑和意识形态的关系，如何对待古典遗产及资产阶级上升时期的文学以及对"两种文化"论、文艺的阶级性和党性、民族性和人民性、个性化和典型化的阐述等，都具有重要的意义和价值。但是在今天看来，这些苏联文论著述并不完备和全面，往往忽视对语言和形式的应有探讨，独尊现实主义而把浪漫主义简单地分成进步的和反动的两种，将现代主义的诸多流派归结为腐朽的和颓废的而加以全盘否定，等等。这是不可取的。也就是说，这些苏联文论著述还存在着简单化、教条化、庸俗化的倾向和缺陷，而在那些年代里却几乎被我们奉为马克思主义的著作。

从今天看来，我们在 20 世纪 50 年代译介苏联文论时，常常采取全盘接受的态度，而不能以我为主具体分析哪些属于社会主义文学的普遍规律和成功经验，是必须学习和借鉴的；哪些是个别的或局部的经验，只适用于苏联文论而不适用于我国文论的建设；哪些是苏联文论的不足与缺点，甚至是失误，是不能照搬而应加以避免的；哪些是苏联文论中正在探讨或处在变化和发展中的东西，需要时间进行观察和研究，而不能匆忙地加以肯定和否定，更不能从两国政治关系的好坏，便先入为主地判断苏联文论方面的是非，等等。

中国俄苏文学研究史论
История исследования русской и
советской литературы в Китае

二

事情的变化开始于 1956 年。这一年的 4 月 3 日,《人民日报》根据该年苏共 20 大的总结报告和赫鲁晓夫关于斯大林的秘密报告,发表了《关于无产阶级专政的历史经验》的编辑部文章。该文传达了毛泽东同志的一个观点,即"我们有不少研究工作者至今仍然存在着教条主义的习气,把自己的思想束缚在一条绳子上面,缺乏独立思考的能力和创造的精神,也在某些方面接受了对斯大林个人崇拜的影响"。我想,这也适用于我们前些年对待苏联文论的那种教条习气。还是这一年,毛泽东和党中央提出了"百花齐放,百家争鸣"的方针,从而极大地推动了文艺的发展。可是没过多久,随着反"右派"斗争的展开和中苏两党的论战,一场文化思想领域批修运动便悄然兴起。从 1960 年起,文艺上的修正主义被视为一种国际性现象,人性论和人道主义则被看做修正主义者的主要思想武器。与此同时,苏联文学开始被定性为"苏修文学"。从此我国对苏联文学和文论的态度急转直下,由全面学习、全面接受转向全盘批判、全盘否定。有关苏联文学和文论中的人性论、人道主义等著述以及苏联对现代主义的重新探讨等著述,都被列入"现代修正主义文艺思潮"在内部翻译出版,专供批修参考之用。这就是那套内部的"黄皮书"(因其封面是黄色而得名)。

1966 年 5 月起,一场长达十年的"文化大革命"席卷全国。对"苏修"文艺和文论的批判随之愈演愈烈。江青提出,必须破除对"俄国资产阶级文艺评论家别林斯基、车尔尼雪夫斯基、杜勃罗留波夫以及斯坦尼斯拉夫斯基的思想"的"迷信",并声言无产阶级从巴黎公社以来,都没有解决自己的文艺方向问题。张春桥则跟着胡说:从《国际歌》到洋板戏,这中间是一个"空白"。"四人帮"就是如此疯狂和愚昧地企图把苏联、中国及其他各国一百多年来的无产阶级文艺运动一笔勾销。江青还扬言,批"苏修"文艺"要捉大的,捉肖洛霍夫"。根据这一旨意和要求,"四人帮"在批"苏修"文论方面,便"捉"苏联科学院院士、著名文论家赫拉普钦科。1972 年上海翻译出版了他的专著《作家创作个性和文学的发展》(1970)在内部发行,并在一篇讨伐性的"序言"中,把它定为"苏修"文论的代表之作。一个有趣的插曲是,20 世纪 80 年代初,赫拉普钦科不知从哪位访华归来的苏联人士那里得知,该书早在中国翻译出版,便通过苏联汉学家李福清教授访华之机,索要中文本。我们外国文学研究所的几位同事对此感到为难,因为该书的"序言"是批判他的。几度商量后,只好请上海有关出版社把"序言"除掉，重新做了一本送他。这是中苏文论交往中一个小小的有趣的历史插曲。

好在"文化大革命"这不幸的一页早已翻了过去。

三

我国社会主义改革开放的新时期里，苏联文论重新受到了足够的重视和应有的评价，不少苏联文论家及其著述得到了译介和研究，成绩卓著。

然而，在这20年里，不时在报刊上出现一种意见，认为苏联文论僵化，教条主义浓厚。这有一定的道理。我在前面也谈及了这一点。但我认为，僵化和教条主义并不是苏联文论的全部。

苏联文论像其他各国文论一样，都经历了一个变化和发展的过程，都是一种动态的文论。尤其是20世纪50年代中期以来，它的变化和发展，它的开拓和进取，显而易见。我们在20世纪50年代译介的那些文论著述，只是苏联文论的一部分，甚至是很少的一部分。1956年以后，特别是1960年批"苏修"以后，苏联文论也成了"苏修"文论。正是由于这种政治标准和价值观念的制约，许多具有新意和拓展性的苏联论著并没有及时译介过来，有些甚至直到今天也没有译介过来。这就给某些人造成一种印象：苏联文论僵化，充满教条主义和庸俗社会学；中国文论深受其影响，等等。

今天，该是"把历史还给历史"的时候了。

我以20世纪50年代中期至70年代初苏联文论的状况为例，展示它不仅多样丰富，而且学派纷呈，既有传统的社会学派、认识论派、意识形态论派和心理学派等，也有新的审美学派、价值学派、对话论派、文化学派、结构学派、符号学派、语言学派和比较文学派等，其中有些学派诸如"塔尔图—莫斯科符号学派"、"苏联比较文学派"和巴赫金的对话或文化学派，都是举世闻名的。我不妨举出一些有代表性的著述，让事实本身来说话，如斯托洛维奇的《论艺术审美实质的若干问题》（1953）和《现实和艺术中的审美》（1959）以及《艺术的审美价值》（1972）、布洛夫的《艺术的审美实质》（1956）、赫拉普钦科的《现实主义方法和创作个性》（1957）、维诺格拉多夫的《论文学语言》（1959）、布尔索夫的《作为创作个性的作家》（1959）、屠加里诺夫的《论生活和文化的价值》（1960）、洛谢夫的以古希腊罗马文化研究为视野的8卷本《古希腊罗马美学史》（第1卷，1963）和《语言模式一般理论导论》（1968）、维戈茨基的《艺术心理学》（1965，写于

1923 年）、巴赫金的《陀思妥耶夫斯基的诗学问题》（修订本，1963）和《论拉伯雷创作》（1965）、洛特曼的《结构诗学讲义》（1964）和《艺术文本结构》（1970）和卡甘的《艺术形态学》（1972）等。此外，还有比较文学研究论集《俄国文学与国际联系》（1963）和《俄国和欧洲的文学联系》（1966）以及日尔蒙斯基、康拉德、托马舍夫斯基的有关著述。

　　特别值得一提的是苏联科学院世界文学研究所主编的反映苏联文论重要变化和取得历史性进展的 3 卷本专著：《文学理论——历史阐述的基本问题》（1962—1965）。这是一部综合研究历史和诗学的大型文论著作，也是一部别开生面的文论代表作：既专门阐述文学过程、文学作品的内涵、文学形式及其历史的独特性，又深入揭示其形式的内容性。限于篇幅，我无法将其目录译成中文，但从它的第 1 卷第 1 章"语言和形象"中，也不难看出其结构的独特性和新颖性。要知道，这是在 20 世纪 60 年代中期撰写的一部著作，而那个时候的中国和世界的文论研究又处在何种发展阶段，这都是可以比较和探讨的。这部著作不论其规模和内容，也是此前数十年的苏联文论所无法比拟的，它是苏联文论发展中的一部历史性著作。

　　回顾历史而没有历史主义，是不可能真正认识历史的。——这就是我对苏联文论的一点粗浅了解和认识。究竟应该怎样客观评价苏联文论，这仍然是一个有待探讨的课题。

贾 放：
《普罗普故事学思想与
维谢洛夫斯基的"历史诗学"》①

弗·雅·普罗普(1895—1970)作为俄国民间文艺学界一位大师级人物,与许多卓有成就的学者一样,是博采众家然后独树一帜的。他富于独创性的理论贡献,尤其是他的故事文本结构功能分析,已成为世界故事学界熟知的经典,几十年来不断被许多国家的学者阐发、运用,乃至"克隆"出本国的"版本"。而且,其影响早已越出民间文艺学的疆界,成为诸多学科共享的财富。至于他所"博采"的"众家"有哪些,他"采"了什么,如何"采"的,即他思想形成的理论渊源问题,受关注的程度似有所不同。在俄国,虽有日尔蒙斯基、梅列金斯基、普济洛夫、契斯托夫等著名学者在各类文章中从不同方面有所涉及,并颇多精辟之论,但单就此问题做的全面系统的探讨似乎还暂付阙如。在俄国之外,这方面的研究就更为薄弱了。然而,要全面完整地把握一位大学者的学术思想,以求得窥其全貌,避免盲人摸象式的片面理解,追根溯源这一环节又是不可或缺的。

当我们从这一角度开始探索之旅时,首先看到的"源头"之一,便是维谢洛夫斯基的历史诗学。亚·尼·维谢洛夫斯基(1838—1906)的学术活动贯穿19世纪下半期至20世纪初,是此期活跃于俄国文艺学界的学院派的杰出代表之一。他所构建的以历史比较方法为依据、以建立科学的世界总体文学史为目的的历史诗学体系博大精深,对后世产生了多方面的深远影响。普罗普对他的继承主要体现在他的"情节诗学"、历史起源学和方法论上。通过具体的比较分析,我们可以看到,普罗普对维谢洛夫斯基历史诗学理论持的是一种富于革新精神的扬弃态度,在充分评价其意义、充分汲取其精髓的同时,又有自己的发展创新,二者的关系可以说提供了一个学术思想薪火相传的范例。

----

① 原载《北京师范大学学报》2000 年第 6 期。

一、故事的结构功能研究与"情节诗学"

普罗普在《故事形态学》(1928)第一章中回溯故事研究的历史时,认为对一个现象的研究可以或者从其组成与结构方面,或者从其经历的沿革与变化方面,或者从其起源方面进行。这三方面研究的排列顺序照他看来,"只有在对一个现象进行描述之后,才可以谈它的起源。"因此,他对当时占统治地位的一些所谓故事起源研究持不以为然的态度:"……像通常所做的那样,未对描述问题做专门的阐述便去谈起源问题——那是徒劳无益的,显然,在阐明故事从何而来这个问题之前,先必须回答它是什么这个问题。"①他将自己这本书的任务定位于"从本质上描述"②故事,即研究故事的"组成与结构方面"。论及前人在这方面的研究,他首先提到了维谢洛夫斯基的情节诗学理论。他认为维谢洛夫斯基专谈这一问题的言论虽然不多,但却有重大的意义。

维谢洛夫斯基在此问题上的理论贡献首先在于他对叙事文本进行切分,划分出了"情节"与"母题"两个量级的结构要素。他将情节理解为母题的综合,一个母题可以归属于诸多不同的情节。"一组母题便是情节"③,"将母题理解为最简单的叙事单位,它形象地回答了原始思维或日常生活观察所提出的各种问题。在人类发展的最初阶段,在人们生活条件和心理条件相似或相同的情况下,这些母题能够自主地产生,并表现出相似的特点。"④对维谢洛夫斯基来说,母题是第一性的,情节是第二性的。要研究情节,先要研究母题。普罗普在对维谢洛夫斯基提出的一般性原则给予高度评价的同时,也指出维谢洛夫斯基对"母题"的解释现已无法接受。因为母题依然可以再分解成若干要素,每个要素可以有不同的变体,而最小单位不应是个逻辑整体。

不过普罗普并未在同一层面上继续切分下去,而是提出了一个新的概括性的结构成分单位——"功能"(function)。他后来在《神奇故事的结构研究与历史研究》(1966)一文中记述了这个概念的形成过程,他说这种理论方法的产生"缘于一个观察结果":他大学毕业之后研读起阿法纳西耶夫编选的故事集,读到了一系列关于被逐的继女的故事。在不同的故事里,继女被后母派到树林里

① [俄]弗·雅·普罗普:《故事形态学》,列宁格勒:科学出版社,1928年,第11—12页。
② [俄]亚·尼·维谢洛夫斯基:《历史诗学》,莫斯科:高等学校出版社,1989年,第21页。
③ [俄]弗·雅·普罗普:《民间文学与现实》,莫斯科:科学出版社,1976年,第31页。
④ [俄]亚·尼·维谢洛夫斯基:《历史诗学》,莫斯科:高等学校出版社,1989年,第24—25页。

去时分别落到了严寒老人、林妖、熊等等的手里,普罗普发现它们考验奖赏继女的方式不一样,行动却是相同的,他认为这些故事应该算同一个故事。那么阿法纳西耶夫为什么把它们作为不同的故事呢？原来阿法纳西耶夫认为不同,根据的是出场人物;而他认为相同,根据的是角色的行为。这一发现激发了普罗普的研究兴趣。"于是我开始从人物在故事中总是做什么的角度来研究其他的故事。这样,根据与外貌无关的角色行为来研究故事这样一种极为简单的方法就通过深入材料的方式,而非抽象的方式产生了。我将角色的行为,他们的行动称为功能。"①

"角色"与"人物"这两个概念的区分最早源于亚里士多德的诗学传统,"角色"可直译为"行动者",如哈里逊所说,"应当小心地把行动者与人物区别开来,行动者——发出行动的人——对戏剧是必要的,而人物,在亚里士多德的术语中,却是后来增加上去的。事实上,对一出成功的悲剧来说,并不是非要不可的。"②这里划分所谓必要与不必要的标准便是在故事结构中是否具有功能作用,能否引发功能性的事件。普罗普的区分应该说以上述观念为本,但他偏重于揭示故事的具体内容层面("人物")与抽象结构层面("角色")的辩证统一关系,他举出四个故事进行比较:

1. 沙皇赐给主人公一只鹰,鹰负载主人公到另一国度。

2. 老人送给苏申柯一匹马,马负载主人公到另一国度。

3. 巫师给了伊凡一只船,船将伊凡运载到另一国度。

4. 公主给了伊凡一个指环,从指环中跳出的年轻人将伊凡背负到另一国度。

从中可以看出故事的具体内容层面,如人物的姓名、身份、获赠的方式等为可变的因素,而角色的行为及其功能,即抽象结构层面是不变的,它们构成了故事稳定的内核,是最基本的要素。因此"角色的功能是可以替代维谢洛夫斯基的'母题'……的那种组成成分。"

普罗普在《故事形态学》中通过对阿法纳西耶夫选集中100个神奇故事(第51—150号)的分析比较,得出了神奇故事具有31项功能的学说,这已是学界熟知的经典,不再赘述。至于诸项功能的排列顺序,普罗普的看法与维谢洛夫斯

---

① [俄]弗·雅·普罗普:《民间文学与现实》,莫斯科:科学出版社,1976年,第136页。
② 岁钢:《叙事学导论》,昆明:云南人民出版社,1999年,第10页。

中国俄苏文学研究史论
История исследования русской и
советской литературы в Китае

基相左。维谢洛夫斯基认为母题的组合顺序是偶然的,他说:"难题与相会(母题举例)的选择与安排具有相当的自由"①。形式主义学派的代表人物之一什克洛夫斯基亦持此说。普罗普则认为,事件的发生顺序有其规律,偷盗不会发生在撬门之前。"至于故事,它同样有其十分特殊的规律……要素的排列顺序是严格的、同一的。"由此他推导出"所有神奇故事按其结构都是同一类型"的结论。后来他称"这于民间文艺学家来说,是个十分重要的发现。"②

维谢洛夫斯基的"情节诗学"有十分丰富的内涵,它对于叙事研究的意义,首先在于这一取向开启了进入作品内部结构的大门。普罗普作为一位有胆识的后继者,继续深入"迷宫",以自己的探索辟出了一片更为新奇的天地。

二、历史起源学研究与民族志主义

在俄国民间文艺学发展史上,与神话学派和流传学派的强大影响相比,人类学派的影响相对较弱,但到了维谢洛夫斯基,情形有所改观。在故事起源问题上,他认同英国人类学派泰勒、兰卡各、哈尔特兰德、弗雷泽的"遗留物"说,认为叙事类作品的情节内容反映了古老的风习和制度(外婚制,图腾崇拜,母权制,父权制,结拜制)及一些历史事件。其中母权制和父权制形成的渐进过程对民间创作的发展具有尤为重要的意义。他认为所有的民族都经历了这样一个发展阶段。他通过分析比较斯拉夫与西欧的口头文学作品、拜占庭的文献史料、圣经故事及一些殖民地原始部落的民族志材料,从中发现了一些共同的主题,如贞节受孕、奇迹化的诞生、父子交战、血亲婚配等等……这些主题发生在母权制及母权制为父权制取代的过渡阶段,是这段历史的反映。要强调的是这里所说的历史不是按照纪年,而是按照文明的发展程度来划分的。维谢洛夫斯基在他的时代能以这样的眼光提出问题和分析问题,实属难能可贵。普罗普因此而称他的学说是"真正意义上的历史诗学"。

普罗普在《故事形态学》中完成了对故事的内部结构分析,即回答了"故事是什么"的问题之后,按他的计划转向了下一个课题——探讨故事的历史起源,即"故事从哪儿来"的问题,"开始寻找在神奇故事情节比较中揭示出的那个系统的历史根基","尽可能有条不紊和循序渐进地由对现象与事实的科学描述转

---

① [俄]弗·雅·普罗普:《故事形态学》,第31页。
② [俄]弗·雅·普罗普:《民间文学与现实》,第144页。

入对其历史原因的解释。"①这便是他于 1938 年完成、1939 年作为博士论文通过答辩的第二本专著《神奇故事的历史根源》（由于战争，1946 年才获出版）。俄国著名民间文艺学家泽连宁在他为这本书写的学位论文评语中称其是"立足于两门学科——民间文艺学与民族志学的交界线上"②。旁征博引世界范围内的民族志材料，通过具体的分析比较来说明神奇故事作为一个整体及各个母题的历史源头，的确是这本书的突出特点。普罗普循着弗雷泽、维谢洛夫斯基等开辟的道路，将"仪式说"运用于神奇故事这一体裁的具体研究，并做了淋漓尽致的发挥，且有所补充。

普罗普在该书第一章开宗明义，指出这部著作的任务是想阐明"历史往昔的哪些现象（不是事件）与俄罗斯的故事相符合并且在何种程度上确实决定以及促使了故事的产生。"③接下去，他对"历史往昔"的概念加以扩展并使之更为准确。在他看来，故事所对应的并不是直接的生产形式，而是与不同历史发展阶段中的生产形式相适应的社会制度，具体而言，便是作为该制度具体表现形式的各种法规（在此指仪式与习俗），许多故事的情节和母题正是在这些法规的基础上产生的，其中最为重要的，便是在原始民族生活中具有重大意义的成年礼仪式，除此外，神话、原始思维的形式也都在故事起源的考察中占有一席之地。

普罗普将成年礼仪式称为"神奇故事的远古基础"。如故事中孩子们被带到树林里或被林妖劫走，主人公被妖婆亚加痛打或接受其他考验，主人公被怪物吞下又咯出，林中的男人之屋，主人公得到宝物或神奇的助手，故事结尾的婚礼等，都可在成年礼仪式中找到呼应。

但这种对应关系并非是单一的，普罗普将其划分为三种类型：一是直接对应型，即故事与仪式、习俗完全吻合，这种情形较罕见。二是重解型，即故事对仪式的重新解读。具体说便是将仪式中某些由于历史变化而变得无用或费解的因素替换成合乎逻辑的情节，在有的例子中二者之间的关系有清晰的脉络可寻，但更多的时候是混沌一片，辨析起来并不容易。三是转化型，即在故事中保

---

① ［俄］弗·雅·普罗普：《民间文学与现实》，第 138 页。

② ［俄］德·康·泽连宁：《秋涅尔纪念文集》，圣彼得堡：科学院人类学与民族志学研究所，1998 年，第 142 页。

③ ［俄］弗·雅·普罗普：《神奇故事的历史根源》，圣彼得堡：圣彼得堡大学出版社，1996 年，第 16 页。

中国俄苏文学研究史论
История исследования русской и
советской литературы в Китае

留的仪式痕迹与仪式本来的内涵或解释意义相反,这其实是重解型的特例。这证明"情节有时产生于对往昔曾有过的历史现实的否定态度。"①

故事与神话的关系一直是个众说纷纭的话题,很多人往往从形式的角度来划分二者的界限,对此普罗普提出了自己的见解。他认为:"神话与故事的区别不在其形式而在其社会功能。"但是"神话的功能并非一成不变,它取决于民族的文明程度。"②在这里,根据研究的需要,他"将神话作为故事可能的源泉之一"。值得一提的是,20年后,普罗普在与法国结构主义理论家列维—斯特劳斯论战时再次论及这个问题,他除了依然坚持"神话作为一个历史范畴要比故事古老","它们的界限不在形式方面"的立场外,又对故事与神话各自的本质属性做了更明确的界定,对神话的各分支系统与故事的关系作了更细致的说明,并分析了神话在不同历史阶段的存在情况及其作用的变化。

梅列金斯基认为,注意到神话是故事的来源之一是普罗普胜过维谢洛夫斯基的地方,他说:"维谢洛夫斯基对情节起源的许多解释的不准确及经不起推敲缘于忽视了生活与故事之间常常还夹着神话以及故事最初是由神话发展而来,其中包括与成年礼仪式相关的神话,对此,桑狄夫、普罗普、凯姆贝尔在自己的时代都注意到了。"③

除了成年礼仪式与神话起源外,故事中还有一些形象不是从任何一种直接的现实中发源的,如飞蛇或飞马,鸡足小木屋,不死的科谢依等等。普罗普将它们的起源归之于原始思维的形式。普罗普发挥了列维 – 布留尔的学说,认为原始思维不懂抽象概念,它在活动中,在社会组织形式中,在民间文学中,在语言中表现出来。故事中有一些母题便源于原始人的死亡观念,如奇迹化的降生,死者转生为新生婴儿,主人公出行时穿的铁鞋,主人公前往的遥远的王国等等。

进行了上述分析后,普罗普再次重申:"故事结构的单一性并非隐藏在人类心理的某些特点中,也不是在艺术创作的特殊性里,它隐藏在往昔的历史现实中。"④这一贯穿始终的主导思想,使他判然有别于那些从文本到文本的理论家们。在写于1946年的《民间文学的特性》一文中,普罗普专题论述了民间文学

① [俄]弗·雅·普罗普:《神奇故事的历史根源》,第25页。
② [俄]弗·雅·普罗普:《神奇故事的历史根源》,圣彼得堡:圣彼得堡大学出版社,1996年,第26页。
③ [俄]叶·莫·梅列金斯基:《历史诗学:结论与前景》,莫斯科:科学出版社,1986年,第41页。
④ [俄]弗·雅·普罗普:《神奇故事的历史根源》,第353页。

与民族志学的关系,他认为只研究文本的方法是有缺陷的方法,"民族志学对于我们进行民间文学现象的起源学研究尤为重要。在此民族志学构成了民间文学研究的基础,没有这个基础它便成了空中楼阁。"①

有研究者认为,在 20 世纪 30—50 年代的俄民间文艺学界,在运用民族志学材料研究民间文学的方法迫于文艺学、纯语文学方法论的压力而被削弱的情况下,"普罗普不仅是这一传统的少数几个捍卫者和继承者之一,而且还为其注入了新鲜血液。他以独具一格的思想丰富了它,形成了当代民间文学现象历史起源研究的方法,这可称之为民族志主义的方法。"②

三、"归纳诗学"与历史主义

就整体而言,19 世纪的俄国学院派推崇西欧的实证主义文艺学、文化学研究,并将这种精神贯注于自己的实践中。当他们从不同角度探讨文艺创作和文学历史发展的规律性时,不约而同地把目光投向了民间文学、古代文学、民族志及文化史等方面的文献史料的发掘整理和考证。维谢洛夫斯基是其中突出的代表。他所倡导的运用历史比较法研究世界文学的整体发展历史,正是以实证为基础的。他强调注重事实材料、注重从对事实的归纳概括中发现事物发展的内在规律性和因果联系。与传统的规范化思辨诗学相反,历史诗学的任务在于"为文学史的研究方法,为归纳的诗学收集材料,这种诗学将清除关于文学史的各种思辨理论,为的是从诗歌的历史中阐明它的本质。"③尽管对实证的过分强调使他的学说带上了形而上学直观性的局限,削弱了其方法论的意义,但循此方法构筑的大厦,毕竟比从先验的理论出发基础要坚实些。

这种"归纳的诗学"在普罗普的故事学研究和一般理论阐述中都有充分的体现。在与列维－斯特劳斯的论战中,他认为自己与这位法国结构主义理论家的根本分歧之一在于自己是个"经验论者,并且是个坚定不移的、首先注重仔细观察事实并精细入微和有条不紊地对其进行研究的经验论者",是一位做"十分经验化、具体化、细致化研究"的学者。而列维－斯特劳斯是位哲学家,二者的不同在于"哲学家会认为那些合乎此种或彼种哲学的一般性判断是正确的。学

---

① ［俄］弗·雅·普罗普:《民间文学与现实》,第 28 页。
② ［俄］鲍·尼·普济洛夫:《重读和重新思考普罗普》,《古风今存》1995 年第 3 期,第 5 页。
③ ［俄］亚·尼·维谢洛夫斯基:《历史诗学》,第 42 页。

中国俄苏文学研究史论
История исследования русской и
советской литературы в Китае

者则认为正确的首先是那些从材料研究中得出结论的一般性判断。"①《故事形态学》中神奇故事的结构要素与结构模式是通过对大量故事材料的比较分析而概括归纳出来的。所以当列维—斯特劳斯奇怪于普罗普为何不把自己的方法用于神话而要用于故事,并对此做了想当然的解释时,普罗普更奇怪列维—斯特劳斯提出问题的方式,他认为在科学中从来不是先产生方法,然后再考虑把这个方法用到哪个对象身上。

在《论民间文学的历史主义及其研究方法》(1968)一文中,普罗普进一步强调了归纳方法对于民间文艺学的一般理论意义:"关于民间文艺学历史研究的方法……我认为,民间文艺学的方法只能是归纳的,即由材料研究得出结论。这一方法在精密科学和语言学中已经确立,但在民间创作的科学中尚未占统治地位。这里是演绎法占优势。即从一般理论或从预设前提考察事实的角度出发的途径。"②他列举了民间文学研究中种种随心所欲的解释,尽管这些假设中也有零星的真理,但它们方法论的基础却是靠不住的。

归纳与演绎作为不同的推理方法,从逻辑层面上说应该具有同等重要的意义,实证主义的局限也就在于对后者的轻视。不过普罗普是从民间文学研究的角度论述归纳方法的独尊地位,这与实证主义似还有所不同。

对故事的历史研究上文已有所涉及,历史主义又是个很大的话题,在此难以充分展开。仅就事论事,通过对普罗普故事学理论渊源的梳理和对其民间文艺观的整体观照,笔者以为,许多人心目中仅作为《故事形态学》作者的普罗普,与作为一个整体的学者普罗普是有距离的。尽管他因故事结构功能分析的理论创新被后起的结构主义者们引为同道,但他从来不是一个"纯粹的"结构主义者,也不存在所谓40年代"转向"的问题,对故事结构的历史根基的看法,在他是"从一开始就明确的"和一以贯之的,只不过在第一部著作中它是作为一张有待日后兑现的"期票"。他始终在历史的新旧更替这样一个动态过程中考察民间文学与现实的关系,"历史主义始终处于他学术兴趣的中心地位。"③而这正是结构主义者们不屑一顾的态度与方法。应该说,普罗普是不多见的能将故事的结构研究与历史研究、共时研究与历时研究结合得较好的学者之一。

在一篇纪念普罗普百年诞辰的文章中,普罗普研究专家普济洛夫对这位大

---

① [俄]弗·雅·普罗普:《民间文学与现实》,第133页。
② [俄]弗·雅·普罗普:《民间文学与现实》,第128页。
③ [俄]弗·雅·普罗普:《民间文学与现实》,第10页。

学者的贡献和地位做了如下总结："弗·雅·普罗普留给我们的一条遗训是不要在文本表层和局部现实中寻找民间文学的情节、母题、诗学因素与现实的关系，而要在文本的深层内容，在言外之意中，在其与传统的相互关系中，在这一传统转换的性质和方法，在潜在的民族志根源中寻找。弗·雅·普罗普的一大功绩在于——他克服了习见的对民间文学文本表面、直观的阅读，而深入到了其内部。在这方面他继承发扬了在波捷布尼亚、维谢洛夫斯基、弗雷泽、马林诺夫斯基的著作中体现的本国及世界民间文学研究的优良传统，同时又作出了自己独特的卓越贡献，他因此而加入了民间文艺学经典作家之列。"①

---

① ［俄］鲍·尼·普济洛夫:《重读和重新思考普罗普》,第5页。

周启超：
《直面原生态 检视大流脉——20 世纪 20 年代俄罗斯文论格局刍议》（节录）①

20 世纪俄罗斯文论,无疑是世界文论这株枝叶繁茂的大树上风姿绰约的一大支脉。她的个性是鲜明的。她的建树也是丰厚的。绝非"形式主义"或"庸俗社会学"所能一言以蔽之,也不是"科学主义"与"人文主义"这两种思潮的较量就能全然框定的。即使是在产生了"形式学派"与"庸俗社会学派"的 20 年代,俄罗斯文论的发育状况也并非如此单一。这里,且让我们就以 20 年代这一个断面为"切片",来进入俄罗斯文论发育机制的历史检视。

"语言艺术形态解析"

在俄罗斯文论由其古典形态向现代形态的转型历程中,具有里程碑意义的思想"驿站",当然是首开"解析之风"的"形式学派"。"解析",即视文学为语言艺术形态而对作品文本加以结构分析。"形式学派"这一开路先锋的历史功绩已然获得历史确认。然而,"重语言艺术形态解析"作为文论探索的一大取向,之所以蔚然成风,且不仅是一代之风,乃是得力于那些同"形式学派"在总体上志同道合但活动于另一些圈子之内的文论研究集群。在 20 世纪 20 年代俄罗斯文论界那群聚集在彼得格勒"诗语研究会"与"莫斯科语言学小组"之中的青年理论家——维·什克洛夫斯基、罗·雅各布森、鲍·艾亨鲍姆、奥·勃里克、鲍·托马舍夫斯基、列·雅库宾斯基、格·维诺库尔、尤·迪尼亚诺夫等人——堪称文论研究传统模式之最早的也是最为坚决的挑战者。19 世纪甚为流行的精神文化史的、社会思想史的、传记索隐式的、社会学的、心理学的、宗教哲学主观主义、印象主义、点评随笔式的文论,在这群青年理论家笔下遭遇最猛烈的抨击。这种挑战,绝非偶然。那个年代里,使文论研究从诸多人文学科的"兼管"

① 原载《文学评论》2001 年第 2 期。

状态中独立出来，"使诗学重新回到科学地研究事实的道路上来"，使"文学科学"走上"科学化"轨道乃是一种相当普遍的时代呼声。"文学科学"之自主自立意识空前高涨，文论研究之"科学化"的自觉自为的激情空前浓烈。

在这种理论自觉中，"诗语研究会"与"莫斯科语言学小组"充任了那种披荆斩棘的"弄潮儿"与摧枯拉朽的"旗手"角色。他们要"复活词语"。他们视"文学性"为"文学科学"唯一的主人公。他们将目光聚焦于"作为手法的艺术"。他们不再将诗人的创作奉为"秘不可测"而只可意会的"神殿"，而是要闯入作家写作的"作坊"里去"解析"其抒情的方式与叙事的技巧，要研究《外套》或《堂·吉诃德》是怎样"制成的"。对作品文本的艺术特性美学品格的生成机制，而不是作家本人的生平身世予以第一位的关注，对作品文本语言的"文学性"的构成形态，而不是作品的社会历史起源与社会文化功能予以最集中的考察，——这就是"重语言艺术形态解析"的"形式学派"文论最突出的表征。

然而，"诗语研究会"与"莫斯科语言学小组"，不过是那个时代文论研究中"科学化"追求的一个典型。"形式学派"的同时代人也曾以各自不同的姿态在另一些学术基地上，展开着与之类似的"语言艺术形态的解析"。在"诗语研究会"的大本营所在地，还有另一群同样对文学语言深感兴趣的学者，他们汇聚于国立艺术史研究院语言艺术部；同"莫斯科语言学小组"一样倾心于"文学科学"之"科学化"建设的，尚有国立艺术科学院里的一批理论家。正是这几个学术基地上的学者集群，以不同的视角切入"语言艺术形态的解析"，在不同的层面上关心着文论研究如何获得自主自立的独立品格，而共同构成了一个以互证互识互补互动为存在方式的"解析流脉"，促成了俄罗斯文论的"科学化"取向在 20 年代进入其学术生长的第一个高峰时期。

先来看看活跃于国立艺术史研究院语言艺术部里的诗学研究。于 1920 年成立的语言艺术部与不久便在这个部内组成的"艺术言语研究会"，堪称是一个比"诗语研究会"要稳健得多的"理论诗学"摇篮。探讨文学史研究的"科学化"，将文学史定位为"语言艺术史"，乃是这个基地学者们的共同理念。语言艺术部在成立伊始就表现出一种理论自觉：

迄今为止，对文学纪念碑的研究饱受方法上无原则性的折中主义之苦：诗歌作品不是被当成世界观的材料，就是被视为历史文化的因子，等等。由于文学科学对这些场外使命的屈从，对其他学科（哲学、心理学、精神文化史)方法的屈从,文学史作为一门科学之独有的使命,它独有的方法,进而连它在一系列其他学科中所独有的一席位置,都一直处于模糊不清之中。①

这样一种对学科状态的审视,对问题在方法论层面上的自省,对"文学科学"的独特性与自主性的关怀,同雅各布森对那种"街头警察式"文学史家的嘲讽,对那种已然沦为"哲学史、文化史、心理学"之"材料"的文论研究的发难,可以说,是一脉相通的。

类似于什克洛夫斯基对作品"艺术手法"的关注,类似于雅各布森对作品语言"文学性"的倾心,维·日尔蒙斯基、维·维诺格拉多夫等栖身于艺术史研究院的文艺学家热情呼吁:

> 艺术史研究院,相应于自身的独特使命,应当视文学为语言艺术。这里的研究对象,犹如研究院的其他系部,乃是在其历史发展之中的那些艺术的(在这个场合便是诗的)手法。②

诚然,同样将文学史视为语言艺术史来研究,艺术史研究院里的诗学研究集群,与被贴上"形式主义"标签的"诗语研究会"或"莫斯科语言学小组"的姿态立场还是颇有分野的。日尔蒙斯基与维诺格拉多夫善于将历史的维度与美学的维度"兼容"起来,这乃是对什克洛夫斯基与雅各布森的偏激立场的某种矫正。这种矫正意识,使得艺术史研究院里的这群文艺学家与"形式学派"保持一定的距离。日尔蒙斯基之所以能在1923年写出《论"形式化方法"问题》一文,及时地提出运用"形式化方法"的界限问题,便是这种自觉的矫正意识的一个例证。鲍·恩格尔加尔特的著作《文学史中的形式化方法》(1927),不仅是最早的一部评析"形式学派"的专著,而且也是从内部来检视"形式学派"的力作。但是,这种矫正,乃是行进在同一理论取向上同一个文论流脉内部的自我匡正。艺术史研究院里的这个诗学研究集群对文学科学的独特性与自主性的执著关怀,对定位于"语言艺术形态之解析"的文论建设的执著投入,充分表明他们也

---

① 《艺术研究的任务与方法》,彼得格勒,1924年,第219、220页。
② 《艺术研究的任务与方法》,彼得格勒,1924年,第219、220页。

是热衷于形式倾心于语言学视界的。有人称他们为"准形式主义者"，并不是毫无根据。艺术史研究院里这种"解析"，虽然没有"诗学研究会"或"莫斯科语言学小组"那样的狂飚突进般的声势，但其理论实绩也是相当丰厚的。且不说学者个人论著，仅仅语言艺术部的年鉴《诗学》就连出 5 辑（1926—1929），系列文丛《诗学问题》有 11 辑（1923—1927）；从诗学研究人才培养与诗学理论思想发育来看，艺术史研究院也是一个学术重镇。这里培养出像莉·金兹堡与格·古科夫斯基这样出类拔萃的"形式学派"的传人；这里接纳了横遭批判的"诗语研究会"的中坚；什克洛夫斯基、艾亨鲍姆等人在"形式学派"解体之后均安身于此；迪尼亚诺夫在 20 年代下半期的学术建树，更是得益于艺术史研究院这个理论诗学的重要基地。

无独有偶。几乎与艺术史研究院里"准形式主义"的诗学研究相平行，在国立艺术科学院，也有一个倾心于"文学科学"的"科学化"、执著于"语言艺术形态解析"的学者集群。著有《美学片断》（1922—1923）与《词语的内在形式》（1927）的古·什佩特，自 1923 年起就出任艺术科学院副院长。鲍·雅尔霍自1922 年始就在这里主持"理论诗学研究室"工作。1925 年，他发表《科学的文艺学的界限》，两年后又写出《形式分析之最简要的原理》。什佩特与雅尔霍的形式研究与"形式学派"的探索，乃是一种对话与潜对话。什佩特等人主张"有机诗学"，"艺术形式"在他们的理论体系中是作为"内在形式"而被理解的。什佩特率先关注"结构"与"系统"的区分，确立了文学作品是一个"结构"的概念；率先致力于严格区分语言学、诗学与艺术哲学的研究对象，严格区分"诗"的真实性、先验的真实性与逻辑的真实性，强调真实性不等同于现实性。什佩特提出的一系列极富独创性的理论学说，在 20 年代俄罗斯文论由古典形态向现代形态的大转型中，发挥了相当大的建设性作用。什佩特的方法论立场——反对传记式与心理主义的立场，什佩特对"文学科学"的"科学化"与文论研究的自主性的关怀激情，并不亚于什克洛夫斯基与雅各布森。

直到今天，人们在对诗歌作品加以阐释时仍不能放弃对作者身世生平的窥视；直到今天，治"文学"的历史家与理论家仍醉心于在诗人的沙发下面床第下面摸来摸去，好像借助于有时在那些地方找到的什么破烂，他们

中国俄苏文学研究史论
История исследования русской и
советской литературы в Китае

就能够去弥补对诗人所言与白纸黑字一样清楚地所写之贫乏的理解。①

什佩特认为,根据诗人的"心灵"来对诗作加以阐释,即所谓"历史的"或者"心理的"方法,乃是一种非文学的工作,是科学中的"庸俗习气"。什佩特甚至将这类阐释比喻为"捡破烂"。可见,什佩特对所谓历史的传记式的或心理的肖像式的文论研究是深深厌恶的,他对这类传统"旧学"的叛逆甚至是偏激过分的。然而,这种"破旧"的激情反衬着"立新"的志向。什佩特认为:

"诗学——此乃关于思想的词语外衣之学问。"②

什佩特主张,应当对"词语的客观结构"加以解析,而且这种解析应当成为"一门独立而专门的学科"。他反对任何在作品之外见出比"词语外衣之样式"更多的东西的企图,反对任何借作品而作题外发挥的演绎。什佩特对诗学研究的自主性,对文论研究的"科学化",是一往情深的。

就在艾亨鲍姆一再辩白,声称"诗语研究会"的研究旨趣并不在于或并不主要是方法问题之时,艺术科学院的雅尔霍则公开将自己的方法称为"形式化方法"。他并不赞同"诗语研究会"将"形式化"视为一场"革命运动"的张扬姿态,但他在其"理论诗学"建构中一直坚持用"形式化方法"去抗击种种非科学化的立场:或用主观的信念或用当下的功利去演绎文学作品。本着寻找"文学科学"的客观真理那样一种根本目标,雅尔霍毕生致力于"精确的文艺学"的建构。他是俄罗斯文论中倡导运用统计学、概率论的方法而将文论分析量化的一位先驱。

可见,在 20 世纪 20 年代的俄罗斯文论界,不独有"诗语研究会"与"莫斯科语言学小组"那样的以语言学视界来全面介入文论研究的"弄潮儿"。从"词语的复活"到"词语的内在形式"这种诗学思想的演进,乃是一个由诸多环节共同构建的"理论之链"。行进在"重语言艺术形态之解析"这一航道上的"形式研究",乃是拥有诸多学派或集群的。它们在不同的基地以不同的姿态、不同的视角切入文学形式,但它们同时被语言学方法论所召唤,同时被语言学视界所支配,同时被把文学理解为一种独特语言现象的观念所吸引,被把文学定位为一种独特的语言艺术的理念所陶醉。它们彼此共同致力于语言艺术形态解析而

---

① 古·什佩特:《美学片断》,第三分册,彼得格勒,1923 年,第 74—75 页,第 40 页。
② 古·什佩特:《美学片断》,第三分册,彼得格勒,1923 年,第 74—75 页,第 40 页。

建设"科学化"的文论。这些学派或集群确乎构成了一个互生互证互动互补的文论流脉。这个流脉的旗号是：文论研究是一门独特学科的自主自立与自觉自为，语言学视界具有促成文学研究走上科学化轨道的本体地位与迫切意义。在这个文论流脉中，有什克洛夫斯基与雅各布森那样的热烈甚至偏激，也有日尔蒙斯基，雅尔霍那样的温和甚或矜持。然而，共通的激情与共同的理念将这些个性迥异的文论家维系在同一个探索取向上。也正是由于他们的共同奋斗，俄罗斯文论在本世纪第一个 25 年终于完成了由传统形态向现代范式的第一次大转型：哲学的、美学的、心理学的、精神文化史的、历史的、传记的、社会思想史的以及其他主观主义、印象主义色彩很浓的文论研究取向，在这个时期受到了空前猛烈的挑战，以语言艺术形态为切入点的、追求客观性与科学化的"语言学取向"被推上文论研究的前台。这一取向的成果，除了我们比较熟悉的"诗语研究会"和"莫斯科语言学小组"主要成员的那些著作之外，它还以简约的形态凝聚于二卷本的《文学百科》(1925)，以通俗的形态表述于托马舍夫斯基所著的《文学理论·诗学》(1925 年初版，1931 年第 6 版)。

"文化意识形态解译"

20 世纪 20 年代的俄罗斯文论显然不是"形式学派"独领风骚的年代，甚至也不是重语言艺术形态的"解析流脉"一脉称雄的年代。

> 革命的十年应当被确认为俄罗斯文艺学史上最富有成果的时期……革命年代普遍的激奋也波及学术界……一部分学术依然在旧轨道上行进，但革命的浪潮为学术冲出新而深的河道。文艺学发生了根本性更新。[①]

帕·萨库林当年曾作过上述总结。这种"根本性更新"，不仅仅在于文论研究中语言学视界的引进，不仅仅在于使诗学走上"科学化"轨道的追求。就在"形式学派"狂飙突进，"解析流脉"普遍开花之际，与之针锋相对的"社会学派"拉开了阵势，重文学的文化意识形态意蕴之演绎的"解译"——作为一种文论取向，也应运而生。这也是一个有诸多支流的大流脉。即使在 20 世纪 20 年代的社会学文论这个界面上，它也包含"重文学内容的社会学"、"重文学作品的社会

---

① 《文学与马克思主义》第一分册，莫斯科，1928 年，第 121 页。

中国俄苏文学研究史论
История исследования русской и
советской литературы в Китае

学"、"无社会学的社会学"与"形式与内容的社会学"等多种类型。史称"弗里
契学派"、"彼列韦尔泽夫学派"、"萨库林学派"与"约费学派"。这几个学派,都
推重文学的文化意识形态的"解译"。

"解译流脉"的文论,在其学术思想发育进程之中,经历了"社会心理解译—
阶层心理解译—阶级心理解译—党派心理解译"这样一种在社会学视界上的蜕
变。在这一流脉中,有弗里契那样咄咄逼人的"艺术社会学""旗手",弗氏的
《社会学诗学诸课题》便是新学派之最初的宣言之一;有彼列韦尔泽夫那样欲主
宰文论进程的"首领",他主编的论文集《文艺学》(1928)标志着那个后来被指
称为"庸俗社会学"学派的形成;也有萨库林那样在社会学文论阵营内部被指责
为"没有社会学的社会学",实际上正是萨氏的"文学社会学"最具价值。"社会
学"文论家也是有不同的理论姿态的。符·弗里契力图建构的乃是一种大写的
"艺术社会学"——弗氏坚持将整个艺术理论化为"艺术社会学",欲以"艺术社
会学"包容艺术创作的各种样式,涵盖艺术创作从总体诗学到具体诗学的种种
课题[①];瓦·彼列韦尔泽夫则干脆拒弃了"文学社会学"这一概念,而标举"马克
思主义的方法"——彼氏强调:

> 就实质而言,是没有什么社会学方法的,也不可能有,因为我们拥有这
> 么多的社会学方法,一如拥有这么多的社会学……那种社会学方法,它理
> 应被称为马克思主义的方法,马克思主义方法理应为之命名的还不是社会
> 学的,而是历史唯物主义的方法。[②]

帕·萨库林在"社会学文论"建设中的理论姿态,却与弗氏大相径庭,也与
彼氏迥然有别。萨库林没有这两位同道那么大的"雄心"。萨氏宁愿"保守"而
不"越位"。萨库林的著作旗帜鲜明地取名为《文艺学中的社会学方法》。与弗
氏或彼氏相比,萨氏的"社会学文论"可谓名副其实的"文学社会学"。这种"文
学社会学"的特色,体现在其"文学作品观"与文学作品的"解读类型说"。萨氏
的文学作品观的核心内容是"三层面说"。首先,文学作品是作家艺术创作的产
品;其次,文学作品是一种社会现象;再次,文学作品是一种处于不间断的流变

① 参见符·弗里契《艺术社会学》,莫斯科 - 列宁格勒,1926 年。
②《文艺学》论文集,瓦·彼列韦尔泽夫主编,莫斯科,1928 年,第 9 页。

之中的历史生活的事实。相应于这三个层面，萨库林确定了文学史研究的三个序列；其一是考察"内在序列"，其二是研究"因果序列（社会起源）"，其三是分析"建构序列"。在对各个序列加以区分时，萨库林也十分关注"操作程序"。

> 研究者应当是在一开始就去内在地把握作品，然后再去作因果的考察……为了确保结论的正确性与准确性，研究者应当使自己摆脱任何成见，一开始就应当直接地逼近作品或作家，将之视为一个独立自主的艺术单位，而不用去怀着任何决定论与历史主义的念头。

> 对我们重要的乃是去了解：《叶甫盖尼·奥涅金》作为一种具有其艺术实体的艺术创作其本身是什么？只有在搞清这个之后，文学史家方才获得那种以社会学家的姿态站出来而提出"何以如此"之追问的资格……①

萨库林认为，文学作品的解读有"四个类型"：印象的、内在的、社会的与历史的。这不同类型在萨氏笔下又被评价为艺术作品之接受与研究的不同阶段。其中，"印象式"与"内在式"解读是文学接受的原初状态，而"内在式"乃是分析工作的出发点，这里要求学者有一种特殊的即直觉的能力。可见，萨库林的"社会学文论"对文学作品的艺术本性还是相当尊重的，它给"内在研究"保留了席位。

当我们直面文论思想发育的原生态时，便不难看出：萨库林当年在与"形式学派"的争鸣之中，在倡导"社会学文论"之际，其思想视野还是比较开阔的，其理论思路还是相当灵活的。萨氏的"文学社会学"探索，同那种将文学作品的创作与社会心理——阶级心理甚至党派心理直接挂钩，视文学作品是社会生活的直接反映，是阶级斗争的直接记录的"社会学文论"——史称"机械社会学"甚或"庸俗社会学"，还是保持距离的。萨库林在众声喧哗之中采取了一种相当清醒的姿态：吁请文论家们对文学作品加以整体的透视与多层面的综合。萨库林在派流纷呈之时保持了一种相当理智的立场：萨氏的"文学社会学"涵纳着对心理学派文艺学成就的吸收。萨氏这种将内在的分析与社会学的论证相结合的路向，在20世纪20年代那种剑拔弩张的论战氛围中受到了左右夹击。作为一个执著地考察文学创作的社会性层面的文论家，萨库林无疑是重文学的文化意

---

① 帕·萨库林：《文艺学中的社会学方法》，莫斯科，1925年，第27—28页。

识形态的"解译流脉"文论的一员主将。自 1919 年发表《寻找科学的文艺学》至
1928 年出版《文学风格理论》,萨库林是忠于他的社会学文论的方法论原则的。
这自然招致他的论敌——"形式学派"的攻讦;然而,在"解译流脉"内部,在高
扬"社会学视界"的那一群文论家心目中,萨库林的方法论又是"相当保守的"。
一些人对萨库林的理论学说十分不满,将之称为"没有社会学的社会学"①。萨
库林对"文学科学"之独立性的尊重,对文学作为语言艺术之本体特征的尊重,
不能见容于那种将文学定位为阶级心理党派意识之等价物而自居为马克思主
义文艺学的机械社会学与"庸俗社会学"。同时代人当中,只有卢纳察尔斯基敏
锐地认识到萨库林文论探索在方法论上的价值所在。作为一个自身也相当尊
重文学创作的审美品格与艺术品性的文艺学家,卢纳察尔斯基当年在指出萨库
林理论学说中存在"某些可争议之处"的同时,曾十分肯定地确认萨库林"视角
的细致","在将一般社会学原理移植到专门领域时的谨慎","既具有高度的学
术善意,又拥有分析的精细"。卢纳察尔斯基甚至不无憾意地写道:"这样的学
者要是更多一些,不论是对于整个马克思主义还是对于文艺学,俱是一件幸
事。"②

　　不幸的是,历史的车轮并没有依照卢纳察尔斯基的愿望而前行。视野开阔
持论公允的萨库林的"社会学文论"建设工程注定不能如愿以偿:萨库林曾设想
以总题为《文学科学:总结与展望》的 15 部专著,来全方位地阐述文学理论基本
问题与文艺学方法论基本问题,来系统地建构一种完整的文学科学即文艺学。
可是,萨氏只有三部专著与若干篇论文遗世。这位出身于文化历史学派的文艺
学家,一生致力于对文化历史学派的取向加以校正,力图将"社会因果研究"与
"作品内在逻辑"之科学的"内在式"研究相结合。然而,同属于"解译流脉"的
弗里契的"艺术社会学"以及在论战中崛起的彼列韦尔泽夫的"庸俗社会学",
以其强势淹没了萨库林的"文学社会学"。"社会学文论"经彼列韦尔泽夫弟子
们之手滑入愈来愈偏执愈来愈狭隘的歧途。简单化地将作家的立场完全等同
于作家所属阶级的立场,教条化地将作品人物的心理完全等同于作家本人的心
理,粗暴地剥夺艺术家作为创作主体的独立视界,粗野地干涉艺术家的才情与
智性于其中发挥开来的自由空间……凡此种种彻底地败坏了"社会学文论"的

----

① 参见《星》,1926 年第 2 期同名文章。
② 《纪念帕·尼·萨库林》文集,莫斯科,1931 年,第 128—129 页。

声誉,断送了文学社会学。

这种流于"庸俗社会学"的"社会学文论",自然遭到文论界持另一些取向的学者们的抗击。然而,在一场大批判之后,俄罗斯文论竟在总体上驶入"泛社会学"轨道。重文学的文化意识形态的"解译流脉"由此牢牢地占据文论主流的位置。大而无当的"风格研究",了无根据的"创作方法研究",紧跟时势的"党性与人民性研究",大行其势。为了阻止文论研究融化在"语言学视界"之中,为了遏制"形式主义文论"死灰复燃,一些自居为马克思主义的文论家牢牢地把持着文论界"话语霸权",沉醉于文学的文化意识形态意蕴的演绎。在"解译流脉"文论不再是复调中的一个声部而跃升为主流大行其道之际,"解析流脉"文论自然不再拥有平等对话的席位而沦落为文论话语的边缘。不过,这种情形的发生,还是20世纪30年代俄罗斯文论界的事情。整个20年代尚且是自由对话百家争鸣的年代。

"解析"与"解译"之间的"解读"

以"形式学派"为"龙头"的重语言艺术形态的"解析流脉",同以"社会学派"为中坚的重文化意识形态的"解译流脉"之激烈空前的论战,使20年代俄罗斯文论思想的发育呈现出诸雄割据壁垒分明的景象。然而,这个年代整个文化的探索格局,还不是"形式学派"与"社会学派"这两家的对立与斗争所能完全概括的,这个时期文论建设大潮中理论学说之丰富,立场姿态之多样,也远非"解析流脉"与"解译流脉"这两条路线的抗衡与较量所能全然涵盖的。在两大阵营的对垒与交锋之际,"解析"与"解译"两大流脉探索取向上的片面性也日益暴露出来。

于是,旨在克服"解析"与"解译"之各自的倾斜而整合出新的取向的"第三种视界",便顺势而生。一方面,可以看到:"语言学诗学"的一些追随者们开始致力于用"社会学思想"去补充自己;另一方面也不难发现:"社会学诗学"的一些响应者则尝试着去吸收"形式分析"的成果。于是,旨在将"解析"与"解译"两大流脉之正面的、建设性学说加以吸纳,而剔除其负面的、消极性偏执的"第三种路向"——"形式化社会学诗学"也悄然面世。鲍·阿尔瓦托夫不仅发表了《论形式化社会学方法》(1929)一文,还出版了《社会学诗学》(1928)一书。自然,这种并不拥有自己独特的研究视界的"融合",只能产生人为的折中的学说。

真正有个性有价值的理论建树,乃是来自于那种富有独创性的研究,那种立足于深切而系统的研究基础之上的,对"形式学派"与"社会学派"理论内核中的合理成果的有机吸收,来自于那种对"解析流脉"与"解译流脉"文论思想之深层的"对话"与"潜对话"。在 20 世纪 20 年代里,能自觉地行进在这条路径上而同显赫一时的"形式学派"或"社会学派"展开这种"对话"且卓有建树的名家名说,有维戈茨基的《艺术心理学》(1925),普罗普的《故事形态学》(1928),也有维诺库尔的《传记与文化》(1927),巴赫金的《陀思妥耶夫斯基创作问题》(1929);还有别列茨基的《在语言艺术家的作坊里》(1928),阿斯柯尼多夫的《概念与词语》(1928)。这些独立不羁并未卷入"学派圈子"之内的文艺学家,比较敏锐地看出"形式学派"与"社会学派"的理论学说在文论建设中的正面与负面价值,致力于从各自选定的界面去"批判地吸收""解析流脉"与"解译流脉",致力于去校正它们的偏执而有所突破,去补正它们的片面而有所超越。这些学者,将注意力投入到"语言学视界"与"社会学视界"的整合上,"理论诗学"与"历史诗学"的整合上,微观解析与宏观解译的整合上,历时考察与共时透视的整合上,进而有可能使自己的文论探索进入一个崭新的境界。他们在"形式学派"止步驻足或不屑一顾的地方"起航",重新开发心理学、美学、哲学、文化学的理论资源,使之用于文论建设;他们在"社会学派"流连忘返或不能自拔之处设防,充分尊重文学作为语言艺术的独特品性,充分尊重语言艺术对社会生活加以审美观照与审美表现的中间环节。这种姿态立场,使他们得以提出了一系列引人入胜的文论学说。这种整合视界,在维戈茨基与巴赫金的文论探索中有突出的表现。

……

维戈茨基、巴赫金这样的勇于在流派纷呈的文论建设中另辟蹊径的独特姿态,在 20 世纪 20 年代俄罗斯文论探索中远非孤立的现象。在方法论层面上敏锐地观察到"语言学视界"与"社会学视界"之片面性的,在理论范式上深切地预感到单一"解析流脉"与单一"解译流脉"之严重危机的,在那个年代不乏其人。有学者坚持文学首先是一门艺术,主张将文学与艺术文化中非语言艺术门类相比较,而不是将文学与语言事实相比照[①];有学者注重从语文学传统观照文化语境而切入作品解读,主张对词语的研究应当在人文学科一系列分支的交叉

---

① 参见亚·别列茨基《在语言艺术家的作坊里》,莫斯科,1923 年。

之中展开,在语言学、文学学、逻辑学、哲学、艺术学、文化学的交叉之中进行①。不论是对语文学与美学的回归,还是向心理学与哲学的重返,都是对那年代显赫一时的"新潮文论"即"形式学派"与"社会学派"的某种匡正,是对"文论新潮"即"解析流脉"与"解译流脉"的某种抗衡。在这种对"新学"的匡正与抗衡之中,这些学者并未重蹈"旧学"的覆辙,并未回返19世纪的历史文化、历史比较、艺术哲学以及文艺心理学。这些学者致力于开拓新的理论空间:追求由科学化"解析"与人文化"解译"所整合的"解读",形成了别具一格的"解读流脉"。

这一"解读流脉"的基本立场是:确认文学乃是一种独特的文化现象,而不仅仅是一种独特的语言现象,也不仅仅是一种独特的社会现象,主张文学既是一种语言艺术又是一种文化意识形态,而不仅仅是具有审美功能的语言,也不仅仅是社会生活政治较量阶级斗争的工具。基于这种立场,"解读流脉"力求既要从哲学、美学的维度来观照文学,又要从社会学、心理学的维度来考察文学,还要从语文学、文化学的维度来透视文学。这样的"解读",既能在视文学为语言创作这一视界之中清楚地看到"语言品性",又能防止"语言艺术形态解析"之中将文学研究融化为语言学的偏颇,而去守护文学首先是一门人文艺术的"人文"品种。这种守护,也是对语言学视界的一种提升,使文学语言的"解析"获得美学的高度、心理学的深度、文化学的力度,与此同时,这种守护又可阻止文论研究回到艺术哲学先验思辨的老路,因为立足于语文学坚实的科学精神,立足于文化学丰厚的历史语境,文论研究方可避免滑入歧途——那种将文学创作消融于某一种意识形态之"解译"的简单化、教条化与庸俗化。20世纪20年代俄罗斯文论中的第三种视界——"解读流脉"的探索实践表明,他们的理论立场与学术追求确实是引人入胜富有成效的。

行文至此,我们大体完成了对于20世纪20年代俄罗斯文论格局的历史检视。重语言艺术形态的"解析",重文化意识形态的"解译"以及在"解析"与"解译"之间穿行而力求进入整合境界的"解读",是在总体上决定这个年代俄罗斯文论探索取向的三大流脉。"科学化"文论、"人文化"文论以及将这两者"兼容"与"整合"的"第三种视界",是这个年代俄罗斯文论思想发育的基本取向。正是这三大流脉的互动与共生,这三大取向的对抗与对话,成就了20年代俄罗斯文论建设中众声喧哗多元求索的繁荣景象。

① 参见谢·阿斯柯尼多夫《概念与词语》(1928),载《俄罗斯文论》(文选),莫斯科,1997年。

这种直面原生态的历史检视,有助于我们考察出文论思想发育的丰富性与多样性,有助于我们清理出文论思想演化的流脉、视界、范式与理念。通过这种清理,我们可以提出以下两点看法:

一、直面原本就丰富的历史。很长时期以来,我们习惯于以一种主义战胜另一种主义的"思潮较量史"或"流派斗争史"的眼光,来观照文学进程。进而,也习惯于以类似的"斗争哲学"来看取文论进程。譬如,将 20 世纪 20 年代的俄罗斯文论概括为"形式主义方法"与"马克思主义方法"的较量史,似乎可以用托洛茨基们[①]战胜什克洛夫斯基们[②]来一言以蔽之。其实,当我们抛开"思潮史"模式而直面文论思想发育的原生态,就会看出这种"定论"是很有问题的。首先,应该看到,所谓"形式主义方法"与"形式学派"并不是一回事。一如"社会学派"与"马克思主义方法"并不是一个等值的同义语。不论是"形式学派"抑或"社会学派",当年都是以复数形态存在于俄罗斯文论界;再者,20 世纪 20 年代的俄罗斯文论格局远非是"形式学派"与"社会学派"这两个阵营的斗争所构成,进而也不是"科学主义"与"人文主义"这两种思潮的较量所能框定。仅仅关注"学派之争"、"思潮之争",是难以进入全面而完整的历史检视的。对文论思想发育的原生态的全面考察,呼唤着我们的视野从单一的"学派"走向多类型的"流脉"。"解析"、"解译"及"解读"这三大流脉的互动共生分明证实,非此即彼的"两条路线"斗争哲学并不足以概括文论进程的全部丰富性。

二、吸纳真正有价值的理念。"解析"、"解译"及"解读"这三大流脉,以其各自独有的理论姿态,各自独具的理论视界,提出了各有特色的种种新说。经过激烈的争鸣、热烈的论战,经过批评实践与时间的检验,这些学说的建树与局限渐渐彰明。从一个年代来看,它们以其鲜明的理论个性丰富了文论思想资源;从一个世纪来看,它们的理论探索轨迹必然要经受历史进程的"抹擦"。最为重要的,并不在于那些于具体语境中提出的学说,而是促成那些学说生成的视界;并不在于那些适用于具体场合的范式,而是孕生这些范式的理念。吸纳 20 世纪 20 年代俄罗斯文论不同流脉所创建的一些真正有价值的理念,对于我们的文论建设将是不无裨益的。

---

① 列·托洛茨基曾强调"艺术永远是社会的仆从"。参见列·托洛茨基《文学与革命》,莫斯科,1923 年版。

② 维·什克洛夫斯基曾声称"艺术的颜色里永远不会反映出飘扬在城堡上那面旗帜的颜色"。参见维·什克洛夫斯基《文艺散文、思考与评论》,莫斯科,1961 年版。

王志耕：
《基督教与陀思妥耶夫斯基的"历时性"诗学》[①]

一

艺术"时空体"(хронотоп)是巴赫金根据物理相对论的时空体所创造的艺术批评新概念，并以此对陀思妥耶夫斯基的创作进行了全面解析，其"复调"理论便建立在这种时空观念之上。他说："在文学的艺术时空体里，空间和时间标志融合在一个被认识了的具体的整体中。时间在这里浓缩、凝聚，变成艺术上可见的东西，空间则趋向紧张，被卷入时间、情节、历史的运动之中。时间的标志要展现在空间里，而空间则要通过时间来理解和衡量。这种不同系列的交叉和不同标志的融合，正是艺术时空体的特征所在。"[②]艺术时空体与物理时空体的共同特征是，时间与空间需要互相印证与评价，在某种意义上说，艺术中的空间以时间为尺度，而时间同样以空间为尺度。但在时空体中作为总体评价的两者有着不同的构成方式，这是艺术时空体与物理时空体的不同之处。由此看来，艺术的类型与艺术中时间与空间的结合方式有着重要关系。有的时空体以时间的发展为主要标志，尽管这种时间也是被选择之后的时间，但它仍是情节进程的主导；而空间则在时间的进程中变幻不定，尽管它仍是时间所赖以展现的物质。而有的时空体则以空间的转换为主导，时间成为凝固的物质，成为容纳空间的物质。

从这一理论出发，巴赫金对托尔斯泰和陀思妥耶夫斯基做了比较。他认为主宰托尔斯泰作品时空体的是"传记时间"，即更为客观化的延续性时间。它流

---

① 原载《外国文学评论》2001年第3期。
② 巴赫金：《小说的时间形式和时空体形式》，白春仁译，见《巴赫金全集》第3卷，石家庄：河北教育出版社，1998年，第274—275页。

中国俄苏文学研究史论
История исследования русской и
советской литературы в Китае

动于作品所描写的内部空间之中,空间中所发生的事件有转折,但不是"瞬间"
的转折,而是在不断进程中的转折。而陀思妥耶夫斯基的艺术时空体是一种
"门槛"式时空体,时间在这种时空体中不是渐进的,而是突变的,事件均发生在
短暂的瞬间,或者事件均处于门槛意义上的时间之中。门槛型的空间与处于门
槛上的时间相交叉,表现人的危机、堕落、复活、更新、彻悟等精神变化。这种门
槛式瞬间似乎失去了长度,它们"以独特的方法相伴为邻,交叉交织在陀思妥耶
夫斯基作品里,犹如它们许多世纪中在中古和文艺复兴的人民广场上相伴为邻
一样(就实质说,也同在古希腊罗马的广场上一样,只是那时的形式稍有不同罢
了)。在陀思妥耶夫斯基那里,大街上和室内群众场面(主要是客厅)中似乎复
活和再现了古代的狂欢节和宗教神秘剧中的广场。"[1]

  在巴赫金看来,陀思妥耶夫斯基作品中没有一个统一的整体性精神,因此
也就无从谈起这一精神的延续过程。而从时空体的角度来看,既然没有延续性
时间,这一进程当然也就不存在。他反驳了恩格尔哈特的观点,因为恩格尔哈
特认为在陀思妥耶夫斯基作品中,不同领域标志着不同的精神发展阶段。巴赫
金在这一问题上为了维护自己的观点,对"思想小说"和复调小说作了这样一个
价值判断:"一部小说中的不同领域,正是以不同的主人公思想为基础,受主人
公思想的决定,倘若在每一部小说中不同主人公的思想都当作统一发展进程中
的不同环来安排,那么小说便应是按照辩证发展的方法结构起来的有始有终
的哲理整体。如果是这样,我们在最好的情况下所能见到的,也不过是哲理小
说,表现一定主题的思想小说,即使这个主题思想是逐渐发展起来的。如果情
况差一些,那便是披上小说形式的哲理。这种辩证发展进程的最后一环,不可
避免地只会是作者出来作综合,使此前的各个环节作为已经迎刃而解的一些抽
象问题而不复存在。"[2]这其实是巴赫金自己的逻辑,即使是一个有始有终的哲
理整体,也未必一定要作者出来做出一个综合性总结。在笔者看来,陀思妥耶
夫斯基是在描写对话时营造了一个特定的语境,在这一语境中,对话者都遵从
某种隐含的有益原则,即:争论表达个体的声音,但并不对整体语境构成损害。
退一步说,陀思妥耶夫斯基的作品同样也是一种特殊的主题性思想小说。所

---

① 巴赫金:《小说的时间形式和时空体形式》,白春仁译,见《巴赫金全集》第3卷,石家庄:河北教育
出版社,1998年,第450页。
② 巴赫金:《陀思妥耶夫斯基诗学问题》,白春仁、顾亚铃译,北京:生活·读书·新知三联书店,1988
年,第56页。

以,从时间角度否认作者整体精神的存在,实际上是巴赫金为了完成自己的理论而设定的一种偏见。

巴赫金的另一个论据是,陀思妥耶夫斯基从未创作过传记型作品,而这类作品正是托尔斯泰所擅长的。在巴赫金看来,既然没有传记性人物,所以也就没有了人物的完整精神历程。于是所有小说里写的都不外是众多意识的对峙,而对峙最终并没有通过作者的辩证推论得以消除,使得这些意识始终保持分立的状态,不能形成或融入统一精神。为了实现这种意识分立的共时结构,作者不让作品中出现主人公的回溯性情节,也就是说,"他的主人公从不回忆什么东西,他的主人公没有属于生平往事的身感实受的经历。他们从自己的过去中只记得仍然属于现在、至今仍然在感受的东西,如没有赎完的过失、罪行,没能忘怀的屈辱。人物生平中只有这些事实才能被陀思妥耶夫斯基用到自己的小说中去,因为这些事实符合他的共时原则。因而在陀思妥耶夫斯基的小说中,没有原因,不写渊源,不从过去、不用环境影响及所受教育等来说明问题。主人公的每一个行为全展现在此时此刻,从这一点上说并无前因;作者是把它当做一个自由的行动来理解和描写的。"①巴赫金的观点等于说,作品中的人物思想是一成不变的,因为即使是突变、倒转、顿悟、升华,也都必有成因,而作者如果不向读者揭示这一成因才是难以想象的。而我认为,人的所谓"自由行动"也绝不是毫无缘由的,他既然是"选择",则必然是使选择成为过程中的一个环节,并且这一环节不会是前后脱节的一环。此外,主人公的某些意识、观念、理论、思想可能不会在作者的辩证调控之下达到形式上的统一,然而意识的对立最终不会走向恶性的后果,相反,它会在作者的统一性精神形成的语境之中得到隐形评价。从这一意义上说,意识的对立虽然没有消除,但人物却可以通过自身意识的发展变化而使原先的意识遭到消解,从而达到向"聚合性"的趋近。

巴赫金过于热衷于对陀思妥耶夫斯基的共时性和未完成性的理解,因而忽视了陀思妥耶夫斯基时空体中的时间之维,对其作品的历时性因素避而不谈,往往以"凝缩"、"门槛"一言以蔽之。而在我看来,陀思妥耶夫斯基的时空体固然有"门槛"的特征,但这并不能说明它的时间维度只限于"门槛"的那一瞬间,或者如巴赫金所说的,只有共时性的情节才被挑选进入作者的视野。而即使人

---

① 巴赫金:《陀思妥耶夫斯基诗学问题》,白春仁、顾亚铃译,北京:生活·读书·新知三联书店,1988年,第61页。

物都不带有传记的特性,没有过去,没有回忆,没有成因,没有性格的合理推导,这也并不能说明时间维度的消失,因为陀思妥耶夫斯基所着力表现的并不是现实的物理时间,他着力展现的是人的精神历程。

　　无论复调还是时空体,巴赫金实际上是站在结构主义的立场上来分析问题的,尽管他也对结构主义进行过批判。当他从"体裁传统"的角度来揭示陀思妥耶夫斯基的诗学原则时,他为自己规定了这样一个任务——发现陀思妥耶夫斯基作品中的原始结构。正如结构主义者所认为的那样,原始结构无论何时都会以显在或潜在的方式存在。从某种意义上说,寻找一种原始结构也是本文的目的,原始结构固然可以共时地发现,但这种结构本身并不必然是共时的,**流动的时间形式同样可以作为原始结构共时地存在**。巴赫金却把这种原始结构作了绝对化的理解,他不厌其烦地分析了苏格拉底对话、梅尼普的讽刺、古希腊罗马的小说及传记作品、骑士小说、拉伯雷的《巨人传》等,其目的只有一个,那就是证明陀思妥耶夫斯基的创作中存在着一个绝对的平面式空间结构。

　　巴赫金的这一理论体系应该说富有启发性,也基本上可以自圆其说。但它否认了陀思妥耶夫斯基因其宗教人类学理想而展示的人的精神历程,阻碍了我们从另一个角度去发现陀思妥耶夫斯基作品的历时性原型:地狱、炼狱和天堂的三段式结构。因此,如果说我的研究不是对巴赫金的反驳,而是对他的理论的一种补充,也许更为确切。

二

　　从文化诗学的立场看来,理解陀思妥耶夫斯基的艺术世界,无论是形式问题还是情节、内容问题,都可从他的世界观和文化观念中找到某种解答。一种艺术结构不是孤立地创造出来的,即使从体裁传统的角度也不能说明全部问题。巴赫金在论及这一问题时同样采取了他惯用的闪烁其辞的方法,一带而过,欲言又止。例如,他在谈到陀思妥耶夫斯基情节的瞬间性时说:"从抽象的世界观方面看,这一特点表现为陀思妥耶夫斯基的世界末日论——政治上的和宗教上的世界末日论,表现在他要加速'结局'到来的倾向上,要在此时此刻便预感到结局,认为在同时共存的不同力量的搏斗中就已经有未来存在";而在谈到陀思妥耶夫斯基世界观中的时间观念时,巴赫金甚至作出了令人百思不得其解的结论:"他只善于从同时共处这一角度来观察和描绘世界。不过这一特点自然应反映到他的抽象的世界观上。我们在他的世界观中,同样也发现了类似的现象:在陀思妥耶夫斯基的思维中,看不到渊源因果方面的范畴。"①他在这里武断地对陀思妥耶夫斯基的整个思维下了定论,给人以放下一句话便扬长而去的感觉。

我想既然是谈到世界观的问题,我们不妨看一下陀思妥耶夫斯基是否具有历时性观念。

陀思妥耶夫斯基的确不曾写过以客观历时性为主导的时空体作品,然而在他的观念中始终存在着对人的历时性理解。早在 19 世纪 50 年代,他就构想写一部大型长篇小说,分成几个部分分别描写一个人的传奇经历,但这一想法未能付诸实现,也没有留下可供研究的资料。② 19 世纪 60 年代末,陀思妥耶夫斯基完整构思了一部传记性作品,他在 1868 年 12 月 23 日从佛罗伦萨给诗人迈科夫的信中写道:"在此地我脑子里现在想的是:一、一部庞大的长篇小说,它的名字是《无神论》(看在上帝份上,只有你我知道),但在着手之前,我差不多要把无神论者、天主教和东正教徒们的书库读完才行。即使给这项工作以充分的保障,最早也要两年之后才来得及做。人物有了:一个我们社会中的俄国人,**上了些岁数,**并不十分有教养,但也不是没教养,不是放荡不羁,**——忽然间,**就在上了年纪的时候,失去了对上帝的信仰。他一生只从事过一件公职,从未离经叛道,45 岁之前没有任何引人注目之处。(一个心理学的谜底;一段深深的感情,一个人和俄罗斯人。)失去对上帝的信仰,此事对他影响巨大。(小说中的情节已经存在,背景是些重大事件。)他在新生代、无神论者、斯拉夫派和西欧派、信仰狂和隐修者以及教士们中间窜来窜去;还上过一个耶稣教徒、传道者、一个波兰人的钓钩;摆脱了他之后,又滑入鞭身派的深渊——最终他发现了基督和俄罗斯大地,发现了俄罗斯的基督和俄罗斯的上帝。(看在上帝的份上,不要对任何人讲;而对我来说是这样:写完这部小说,即便死去,也算把话都说出来了。)"③从 1869 年 7 月开始,陀思妥耶夫斯基在笔记本中陆陆续续写出了小说的提纲,在这个提纲接近完成的时候,他从德累斯顿给迈科夫的信中再次提起

---

① 巴赫金:《陀思妥耶夫斯基诗学问题》,白春仁、顾亚铃译,北京:生活·读书·新知三联书店,1988年,第 62 页。

② СМ. Достоевский Ф. М. Письмо А. Н. Майкову от 18 января 1856;М. М. Достоевскому от 9 ноября 1856;Е. И. Якушкину от 1 июня 1857//Полн. собр. соч. ,Л. ,1985,т.28,кн. i.

③ Достоевский Ф. М. Письмо А. Н. Майкову от 23 декабря 1868//Полн. собр. соч. ,Л,. 1985,т. 29,кн. ii,c.329.

中国俄苏文学研究史论
История исследования русской и
советской литературы в Китае

这部小说:"这将是我的最后一部长篇小说。篇幅相当于《战争与和平》,思想会
受到您赞赏的——至少我从以前与您的交谈中可以想象得到。这部长篇小说
将由五部大型中篇构成(每部 15 印张左右;全部构思我用了两年才酝酿成熟)。
几个中篇彼此完全独立,因此每本甚至可以单独出售。第一部中篇我预定给卡
什皮廖夫:其中的事件发生在 40 年代(长篇小说总题目为《大罪人传》,但每个
中篇将单独有其题目),贯穿在所有章节中的主要问题,就是自觉不自觉困扰我
一生的那个问题——上帝的存在。主人公在其生命历程中有时是个无神论者,
有时是个信徒,有时是个宗教狂和宗派主义者,有时又回到无神论立场。第二
部中篇将全部发生在修道院里。……一个参与了刑事犯罪活动的 13 岁男孩,
有见识而放荡(我熟悉这类典型),是整部长篇小说的主人公,被父母安置到修
道院(我们的圈子是有教养的)以接受教育。一个狼崽儿,一个虚无主义孩童,
与吉洪相遇(您是知道吉洪的性格和整个人物形象的)。"①"就在这里,主教吉
洪以自己对生命、快乐、罪孽、和解、宽恕与自由意志等问题的思考影响了这个
迷途的孩子。第三部到第五部的内容是:主人公从修道院重返社会,以实现他
成为伟人的梦想,他处处以伟人自视,他记得吉洪给他的教导:要战胜整个世
界,必须战胜自己。高利贷者的怂恿,聚敛钱财;各种思想的影响;恶行;自我否
弃,由高傲走向苦行,漫游俄罗斯;一段恋情;终于成为非凡的人,从极度高傲转
变为极为温顺、仁慈,正是在此意义上成为至高无上者。最后开办教养院,成为
慈善家,一切明朗。在悔罪之中死去。"②这堪称为一个宏大的构思,一个当代人
的完整的精神历程,一个对生命如何走向完成的注解。显然,当初的《无神论》
与《大罪人传》应是属于陀思妥耶夫斯基的同一个构思。多年以来这个计划让
他不能忘怀,直到 1876 年他还在《作家日记》中写道:"我早已为自己设定了一
个理想,即写一部有关当代俄国子辈们的小说,当然也要写到俄国当代的父辈,
以及他们在当代的相互关系。……我尽可能从社会各阶层选取父与子,并从子
辈们的童年开始对他们加以考察。"③陀思妥耶夫斯基最终并未实现这一构想,
而是把它贯穿到了《白痴》、《群魔》、《卡拉马佐夫兄弟》等作品中,因为当作家

---

① Достоевский Ф. М. Письмо А. Н. Майкову от 6 апреля 1870//Полн. собр. соч. , Л. ,1986, т. 29,
кн. ii, с. 117—118.

② С. М. Достоевский Ф. М. Наброски и планы. 1867—1870//Полн. солр. соч. , Л. , 1974, т. 9, с.
125—130.

③ Достоевский Ф. М. Дневннк писателя 1876//Полн. соб. соч. , Л. ,1981, т. 22, с. 7.

进入到创作实践的阶段时,发现精神的发展历程不必用客观的时间长度来加以展示,历时性也并不以物理时间长度为标志。陀思妥耶夫斯基研究专家辛尼科夫说过这样的话:"当然,巴赫金是对的:在陀思妥耶夫斯基已经完成的作品里,人完全处在现在时中,从获得某种新的品质和确立思想的意义上说,主人公身上没有发生进化。然而,在草稿异文中对人物性格发展的评注证明,作者始终在考虑着结局,他所描写的'摇摆状态'必须引向这一结局。"①也就是说,我们在陀思妥耶夫斯基多年的构思中明确地看到了这种"渊源因果"的思维范畴,而且从中还可以发现一种历时结构的存在:堕落—受难—新生。而这也就是基督教观念中"地狱—炼狱—天堂"的人生三段式结构的体现。其实如果我们关注一下陀思妥耶夫斯基笔下人物的精神发展历程,就会在他的所有作品中发现形象的历时性进化。后面我们将对此作出分析。

在此我们有必要看一下陀思妥耶夫斯基相关的文化观念。

由于陀思妥耶夫斯基描写的主要是人处于危机中的状态,也就是人在自由之路上所进行的选择,这类人既有下地狱的可能,也有上天堂的可能,他们在这一选择过程中经受煎熬,所以许多人都以"炼狱"这一意象来概括陀思妥耶夫斯基笔下的形象世界。炼狱作为生命历程的中间环节标志着时间的延续,它将地狱与天堂联结了起来。就这一意义而言,陀思妥耶夫斯基接受了西方教派的神学观念。

俄罗斯正教的基本教义不承认"炼狱"的存在,原因是圣经中从未提到过"炼狱"这个词和相应的概念。然而天主教派坚持认为,炼狱作为地狱与天堂之间的涤罪场所是一种实在之物。霍米亚科夫在他的著名论文《教会惟一》中说:"我们为生者祈祷,以使主赐福给他们,同样为死者祈祷,以使他们蒙恩亲睹上帝之容。除了被接纳进上帝之国和被判受难,我们不知有灵魂的中间状态,因为我们从使徒或基督那里未获得关于这一状态的教义;我们不承认炼狱,即以可通过自己或他人的善事而赎免的痛苦来净化灵魂,因为教会既不知以任何外部手段或痛苦获得救赎,也不知通过善行以免除痛苦这种与上帝的交易。"②但在我看来,东正教不承认炼狱存在的原因除了在圣经中找不到对此的明确说法之外,更重要的是,他们反对把救赎定位于通过有形教会加以实现,而从天主教

① Г. К. Шенников Мысль о человеке и структура характера у Достоевский//Достоевский. Материалы и исследования. Л. 1976,т. 2,с. 5.

② Хомяков А. С. Церковь одна//Сочинения богословские,СПБ. ,1995,с. 52.

中国俄苏文学研究史论
История исследования русской и
советской литературы в Китае

的解释来看,炼狱的功能与机构化教会的功能相类似,肯定炼狱便等于肯定了有形教在救赎中的中介作用,因此,正教理论由否定教会机构而否定炼狱便不足为奇了。实际上,炼狱在救赎中的功能——假如我们读一读但丁的《神曲》就可以明白——并不像霍米亚科夫所说,仅仅是一种外部手段,而正教的基本教义中也并不否定苦行与善的救赎作用。

巴赫金在论述陀思妥耶夫斯基的时空体时多次提到中世纪的神秘剧和但丁的《神曲》,并将陀思妥耶夫斯基的描写比喻为神秘剧中的狂欢化广场。这种宗教神秘剧就是天主教关于"地狱、炼狱、天堂"三界说的具像化展现,它多在广场式舞台上演出,舞台相当宽阔,舞台上方代表天堂,常有天使或圣者沿着绳索起降,舞台的最低层级代表地狱,以舞台上的人落下表示进地狱,而这个舞台广场也就代表了现世,具有炼狱的性质。从这种戏剧形式来看,它自然具有不同空间的共时性特征,巴赫金正是从这一角度来理解的。但我们换一个角度来看,这种戏剧形式也恰恰是通过平行的空间表现历时性事件。一般宗教神秘剧多描写圣者在现世经受种种磨难,抵御种种诱惑,最后升入天堂,而诱惑者与堕落者坠下地狱。因此,我宁可把宗教神秘剧看做是一个历时性结构的典型体现,因为它的首要任务就是形象化地告诉民众基督教观念中的生命历程是什么样的。但丁的《神曲》(神圣喜剧)其实就是这种神秘剧的文本化再现,甚至连名称都可看出其间的关系来。

因此,陀思妥耶夫斯基从宗教神秘剧和但丁里接受的观念是:人的精神历程就是从黑暗走向混沌,再由混沌走向光明,如同《神曲》中的主人公,由黑暗的山脚向着明亮的峰顶攀登。陀思妥耶夫斯基之喜欢但丁,[①]难道如巴赫金所说,是因为但丁创造了一种"形式上的复调"形态?显然不是。真正的原因恰恰在于但丁卓越地展示了生命由苦难走向光明的辩证历程。从这一意义上说,陀思妥耶夫斯基是通过但丁或宗教神秘剧接受了包括"炼狱"在内的三界说。赖因哈德·劳特即认为,与其说在陀思妥耶夫斯基的思想中人的得救过程在尘世生活中已经完成,"倒不如说,在他看来,净化的过程可以认为在尘世生活的界限

----

① 据施塔肯奈德尔回忆,陀思妥耶夫斯基喜爱的作家除普希金、但丁外,还有英国作家班扬。而班扬的《天路历程》正可称为漫游式时空体,即以时间为主导因素的时空结构。См. Штакеншнейдер Е. А. Из《Дневника//Ф. М. Достоевский в воспоминаниях современников, М. ,1990,т. 2,с. 360. 》.

之外仍在继续。在这一点上，他与拒绝炼狱的正教教义是相抵触的。"①而我倾向于认为，陀思妥耶夫斯基在这一问题上既没有否弃正教的救赎观念，同时也接受了天主教思想中的合理成分，从而形成了自己辩证的人类精神发展观②。实际上，到了 20 世纪，一些正教思想家已不再纠缠于炼狱问题，因为这并不关乎两派教义的实质，相反，炼狱这一概念更有助于从救赎的过程来解释人与上帝的关系。同样，也有人肯定了陀思妥耶夫斯基创作中对炼狱这一形象的使用，如别尔加耶夫说："在痛苦中陀思妥耶夫斯基看到了人的最高尊严的标志，自由生命的标志。痛苦是恶的后果。但恶将在痛苦中燃尽。陀思妥耶夫斯基在自己的创作中使人经历了炼狱和地狱。他把人引到了天堂的门前。"③也就是说，人在自由选择中因为向恶的可能而堕入痛苦，罪孽在痛苦中炼净，从而达到灵魂的升华。我认为，首先是在陀思妥耶夫斯基的观念中已具有这样一种思想：人以及整个人类作为天赋神性的生命，虽然历史地陷入了罪孽的泥淖，但他们最终会走向完善，走向理想的统一体，这一理想的标志就是"基督的天堂"。陀思妥耶夫斯基在笔记中写道："不论是全人类的，还是部分的、每一个体的全部历史，都不过是发展、斗争、追求和达到这一目的。然而结局将是，在达到人类的这个最终目的（达到它以后，人类便不必继续发展，就是说，不必继续前进、斗争，不必在每一次堕落时去检视理想并永远追求它——因此，也就不必继续活着）的同时，人也结束了自己的尘世存在。总之，人是尘世的、仅只是发展着的生命，因此，他不是已完成的，而是过渡性的。"④陀思妥耶夫斯基这里所持的显然是一种神学的辩证理论：人是预定可以满足最高需求、达到最大幸福的，他在自身的发展过程中，在随时可能出现的堕落中，都不会失去那一永恒理想；但这一理想并不是人全部生命的终结，它仅标志着人在尘世存在的最高追求，人将在达到这一理想之后进入灵魂的永生。从这一意义上讲，人的现世生命是过渡性的、不断发展的。陀思妥耶夫斯基后来在《群魔》的准备材料中借助人物之

---

① Райнхард Лаут: Философия Достоевского в систематическом изложении, перед. И. С. Андреевой, М. ,1996, с. 138.

② 列昂契耶夫曾说过："就其宗教观念而言，陀思妥耶夫斯基并非始终严格坚持那些公认的、我们所有东方教士所遵循的教义原则，而是放任自己跨越这些原则的界限。"см. Леонтьев К. Н. Избранное. М. ,1993, с. 303.

③ Бердяев Н. А. Миросозерцание Достоевского, Прага, 1923, С. 109.

④ Достоевский Ф. М. Записная книжка 1863-1864гг. //Полн. Соб. соч. , Л. , 1980, т. 20, с. 172—173.

口以更为形象化的语言表达过同样的思想："人就其本性来说具有绝望和诅咒的情感,因为人的头脑的构造就是如此,它不断地怀疑自己,对自身表示不满。因为人惯于认为自己的生活方式不令人满意,由此而产生对来世生活的迷恋。显然,我们是一些过渡性的生命,我们在尘世的生活,显然就是由蛹变为蝴蝶的连续性生活。请想一想这句话:'天使永不堕落,魔鬼在永久倒下之前已堕落,而人则堕落并复活。'我认为,人们都在变成魔鬼或天使。"①陀思妥耶夫斯基一生致力于破解人的奥秘,除了从本体论角度对人的内在神性的理解之外,"堕落并复活"——就是他基于整个基督教人类学理论而对**时间中的人**的集中概括。

三

当然,也有人认为,陀思妥耶夫斯基的作品正是东正教非炼狱观的体现,拯救直接由地狱到天堂②。但我认为,对于只重精神不重教义的艺术家陀思妥耶夫斯基来说,他宁可像但丁一样接受炼狱的三重结构模式,因为只有加入这一环节,才会形成基督教原始观念中的完整形象,也才能构成连续性的意义链。

其实已有许多学者发现了这一现象。受到巴赫金批驳的恩格尔哈特的见解实际上颇为出色,也堪称切中肯綮。他把陀思妥耶夫斯基的创作世界划分为三个领域,第一个领域是"环境",在这里,机械的必然性居于统治地位,也就是一片无神赐的领域,其中的人物不是生活在神的启示之中,而是滥用自由,做着背离上帝的选择。第二个领域是"土壤",这是人民精神在发展中构成的有机体系,它是一种综合的领域,已含有神圣的种子,同时也带有本能的欲望成分;第三个领域是"大地",这是一个充满神恩的世界,是一个人真正复归神性的世界,只有超然于俗世的阿辽沙和佐西马长老才配得上这个世界,自然,俄罗斯虔诚教徒就成为这一领域的主题③。恩格尔哈特的这三个领域虽然是共时存在的,但他认为,这三个领域及相应主题所构成的关系代表着"精神在辩证发展中"的不同阶段,展示了一条统一向上的途径。但他使用了三个自拟的概念来概括这一点,使人在理解上可能发生混淆。法国人纪德也对陀思妥耶夫斯基的人物进

----

① Достоевский Ф. М. Бесы. Подготовительные материалы//Пол. соч. собр. ,Л. ,1974,т. 11,с. 184.

② СМ. Есаулов И. А. Категория Соборности в русской литературе. Петрозаводск,1995,с. 123—125.

③ 巴赫金:《陀思妥耶夫斯基诗学问题》,白春仁、顾亚铃译,北京:生活·读书·新知三联书店,1988年,第52页。

行了灵魂的三层次划分,即远离灵魂的智性领域、感性领域和超越感性的复活领域。他将第一层次明确称为"地狱",第三层次即复活领域则无疑是天堂,而第二个层次,纪德虽然以《永恒的丈夫》为例作了分析,但因为仅强调了"感性"的情感纠葛而未能抓住主要问题,即陀思妥耶夫斯基所描写的不仅是**堕落与复活**,更重要的是**从堕落走向复活**。这一过渡阶段就是炼狱,是智性、情感、神恩驳杂相处的阶段,是人在考验中走向复活或选择堕落的阶段。作为身处强大的世俗文化消解宗教文化这一现代背景下的纪德,大概很难理解这一点①。较之恩格尔哈特与纪德的三分法,罗扎诺夫的观点较为明确,不过他首先不是为陀思妥耶夫斯基的艺术世界划分层次,而是看陀思妥耶夫斯基描写了人类精神发展的哪些层次。他在《论陀思妥耶夫斯基》一文中指出:"我们可以把每个人、或许是每个民族及整个人类的精神发展历程分为三个时间段(момент)。并非每个人都能全部体验到这三个时间段,无论个人、民族或者以其全部生活构成历史大周期的整个人类,这种精神发展都未必能够达于完成。但如果这一发展完满的话,总是要经过三个阶段;原始的直接明确性,堕落,复活。"这里,罗扎诺夫把地狱与炼狱两个领域进行了合并,统一理解为复活之前的"堕落"阶段,并认为陀思妥耶夫斯基所描写的只是这一阶段,因为人类历史更多地是处于这一阶段,堕落与罪孽成为一种核心现象,并且由它导出两种事物——宗教与艺术。宗教告诉人们真实的处境并与之斗争,艺术的发生则是因为堕落产生了提升与复活的需要。由此可见,陀思妥耶夫斯基的艺术固然只描写了堕落的阶段,但并不意味着时间在这里转变为共时的空间。尽管罗扎诺夫认为在陀思妥耶夫斯基的作品中所看到的往往只有一种色调,只有暗淡的光亮在闪烁,精神上的纯洁与光明无从得见,但他同时也指出,"这一阶段以其相对于过去和未来的意义而标示出其他两个阶段",因为在他看来,只有在堕落之中才能领悟永生的含义②。

　　巴赫金认为陀思妥耶夫斯基描写的是"门槛"时空体,大概是出于与罗扎诺夫"第二阶段"说同样的根据,但巴赫金拒绝承认陀思妥耶夫斯基的历时性结构,因为他忽视了一点,即对"门槛"形式的描写实际上是对总体时间历程的一种标志性选择。为了避免上述学者观点的偏颇,我在此明确地选择"地狱—炼

---

① 参见纪德《杜思妥也夫斯基》,彭镜禧译,台北:志文出版社有限公司,1977年,第123—124页。
② CM. Розанов В. В. О Достоевском//Сочинения,М.,1990,с.172—175.

中国俄苏文学研究史论
История исследования русской и
советской литературы в Китае

狱—天堂"(堕落—受难—复活)这一结构,以说明陀思妥耶夫斯基诗学的历时性原则。陀思妥耶夫斯基在创作中运用这种结构的方式有两种,一种是在同一个艺术形象中历时地展现精神的辩证发展历程,一种就是以不同的艺术形象代表不同的精神发展阶段,共时地展现历时内容。

我们可以通过短篇小说《诚实的小偷》来看这种结构的第一种体现形式。小偷叶梅利亚在叙述者阿斯塔菲口中出现的时候是一个地狱品相的人,是一个贪杯好色的寄生虫。然而当他结识了阿斯塔菲之后,后者的善良与宽容给他营造了一个精神上的炼狱,他开始学做事情,开始为自己的无能和放荡而悔恨,开始意识到自己的堕落:"这时他的发青的嘴唇突然颤动起来,一颗泪珠顺着惨白的面颊往下流,在他没有刮过的小胡须上晃荡。我的叶梅利亚失声痛哭起来,一道道泪水直往下淌……"然而在这之后他又偷了阿斯塔菲的裤子。作者在这里的叙事中没有采用惯常的心理描写手法,但又明确无误地告诉读者,小偷叶梅利亚正在经历着怎样的炼狱的熬煎。他嘴上虽不承认偷了裤子,行动上却流露出他正在受着良知的谴责,他在窗台上"不声不响地坐了三天三夜","他像口枯井一样,连他自己也觉不出在簌簌掉泪。"小说的大部分篇幅都是描写叶梅利亚的这种矛盾与痛苦的心态,直到他临死时,小说写道,他让阿斯塔菲把他那件糟烂的大衣去卖"三个银卢布":"请您在我死后把这件大衣卖了,葬我的时候也用不着它,我这么躺着就行。那是件值钱的东西,对您也许还有用处。"并最终说出"那条裤子……这个……是我从您那儿拿走的……阿斯塔菲·伊万诺维奇……"[①]——只有这时,我们才感受到,炼狱之火在小偷叶梅利亚的内心造成了多么巨大的"罚"的力量,而这种炼狱之罚最终使小偷灵魂升华。在这篇小说中,主人公几乎始终处于"门槛"状态,但这并不妨碍作者为我们揭示出一个人的灵魂从地狱到炼狱、再到天堂的完整过程。

如果说《诚实的小偷》还是陀思妥耶夫斯基的早期作品,或许还更重历时性效果的话,那么我们来看一看他晚年的《一个荒唐人的梦》是如何展现这一历程的。小说的主干是写荒唐人的梦,因而过去几乎所有评论家都将目光集中于这个梦境体现出的乌托邦观念,而很少有人注意到这个梦在小说的时间之链中替代了"炼狱"这一中间环节,整个小说的主旨与《诚实的小偷》异曲同工。小说

---

① 陀思妥耶夫斯基:《诚实的小偷》,曹中德译,见《陀思妥耶夫斯基选集·中短篇小说选》,北京:人民文学出版社,1997 年,第 197—215 页。

首先向我们描绘的就是一个堕落者，一个基里洛夫式的试图以自杀来完成人神之路的地狱品相的人。然而小姑娘的出现阻止了他自杀的计划，并开始进入梦境：这是一个拥有"原始的直接明确性"的世界，人们有如"太阳的孩子"，快乐，友爱，与物质世界融为一体。然而作为罪孽象征的主人公进入了这个世界，他就"像传遍很多国家的鼠疫菌，玷污了这块在我到来之前没有任何罪恶的整个乐土"，于是乐土变为地狱，淫欲、谎言、暴力、司法机构，所有我们在现世所习见的东西，都相继出现，"知识"成为这个世界的主导观念，如他们自己所说的，"我们有了学问，学问可以使我们重新找到真理，我们会自觉地接受真理，知识高于感情，对生活的认识高于生活。学问赋予我们智慧，智慧能发现规律，对幸福规律的了解——高于幸福。"智性控制了这个世界，人们相信只有通过学问和智慧才能组成一个理性社会，于是为了加速事业的发展，"智者"便发动战争，以消灭妨碍理想实现的"愚者"，鲜血染红了神殿的门口。面对如此景象，荒唐人从梦中惊醒。这个所谓梦境不过是荒唐人精神历程的一个环节而已，因为他自身的堕落就是由"钻研学问"、过于看重自身的智性所致，这种结果发生在他的自身便是自我毁灭，而发生在整个人类则是梦中世界所展示的情景。梦境反映了荒唐人对这一问题的反省与参悟，从而替代了其精神发展的"炼狱"阶段。梦中醒来的荒唐人终于发现真正的真理，走上了传播福音之路①。在我看来，这篇小说较之《诚实的小偷》更为鲜明地体现了陀思妥耶夫斯基对人的精神辩证发展历程的观念。

在陀思妥耶夫斯基的长篇小说中融进了大量的思想与哲理内容，因而这一历程似乎被淡化了。但实际上，在陀思妥耶夫斯基小说的两种精神历时发展的模式中，长篇小说由于空间的扩展却为第二种形态的成立提供了有利条件，这就是以不同的艺术形象代表不同的精神发展阶段，共时地展现历时内容。最典型的例子便是卡拉马佐夫三兄弟的形象，它们恰好组成了这样一个完整的结构。德米特里是一个地狱品相的人（尽管他的性格也是有变化的），伊万所具有的是炼狱品相，而阿辽沙则以其天使般的面貌闪耀着天堂的光芒。在这三个人物之间客观地形成了一种承续性，尽管他们同时也构成对话。小说始终围绕着天使对鬼魂的拯救这一主题展开，从而使情节具有了一种发展的向度，三种品

---

① 陀思妥耶夫斯基：《一个荒唐人的梦》，潘同珑译，见《陀思妥耶夫斯基选集·中短篇小说选》，北京：人民文学出版社，1997年，第645—667页。

中国俄苏文学研究史论
История исследования русской и
советской литературы в Китае

相的人形成一个统一体。俄国的流亡批评家莫丘尔斯基认为:"《卡拉马佐夫兄弟》向我们展示了**作者的精神传记**和**他的艺术自白**。但转化为艺术作品的陀思妥耶夫斯基的个人历史却变成了人的普遍个性的历史。偶然的和个体的消失了,全世界的和全人类的成长起来。在卡拉马佐夫兄弟们的命运中,我们每个人都会认出自己的命运。作家是把三兄弟作为一个**精神统一体**来描写的。这就是一个三重组合结构中的聚合性(соборная)个性:智慧的始基体现在伊万身上,他是个逻辑学家和理性主义者,天生的怀疑论者和否定论者;德米特里代表了情感的始基,在他的身上有着'昆虫的淫欲'和情欲的灵感;在阿辽沙身上所规定的是意志的始基,这种意志体现为把在博爱之中实现自我作为理想。……三种个性主题是平行发展的,但几条平行线却交汇于一个精神总纲:三兄弟分别以自己的感受体验着同一悲剧,他们承担着共同的罪责和共同的救赎[①]。在同一个悲剧中三兄弟有着共同目标,但感受不同:德米特里是老卡拉马佐夫性格的延续,他承担着实际的罪责;伊万在内心深处已成为凶手,他所承担的是精神上的罪责;而阿辽沙是以拯救者的身份来承担罪责,如同耶稣的各各他受难,是一种怜悯式的俯就,救赎的最终结果体现在阿辽沙的天堂品相之中。由此可见,小说是以形式上的共时形态集中表现了历时的精神发展图景。

我们注意到,陀思妥耶夫斯基也描写了若干性格没有明显变化的天堂品相的人物,如梅什金、阿辽沙等,但在"地狱、炼狱、天堂"的原型结构中,这类人物除了标志出天堂存在之外,他们在这个结构中还肩负着一种不可或缺的功能——引导者,如同《神曲》中的维吉尔和贝雅特丽齐。这个引导者一方面参与对话,一方面作为一种评价标准而存在,它标示出一种矢量,一种价值趋向。这个引导者自身不存在时间性,并不随时间的进程而变化,但他的游历是在时间中进行的,并给他的游历空间以时间尺度,而不像巴赫金所认为的那样,他们只是"作为一个观察者",或者仅仅是"情节参与者之一"[②]。仍以《罪与罚》为例,索尼娅所扮演的就是引导者的角色。拉斯科尔尼科夫因她有着妓女的身份而将她与自己列为一道,都是"受诅咒者",然而两者之间却存在着本质的差别。索尼娅自称有罪,但她身在泥淖,心灵却始终与上帝同在,她在无形之中映衬出

---

① Мочульский К. Достоевский. Жизнь и творчество//Гоголь. Соловьев. Достоевский. М. ,1995,с. 521.

② 巴赫金:《陀思妥耶夫斯基诗学问题》,白春仁、顾亚铃译,北京:生活·读书·新知三联书店,1988年,第57页。

拉斯科尔尼科夫的卑微,也在无意之中将拉斯科尔尼科夫引向复活。引导者作为一种正面的价值尺度,代表了作者的眼光和理想的统一精神,它使得各种对话具有了有益性语境,使得人物的精神发展有了一种可见的标的。

当然,并非陀思妥耶夫斯基所有作品都具有同样的模式,但如果要说明陀思妥耶夫斯基的创作中根本不存在一种"精神辩证发展模式"的存在,甚至要证明陀思妥耶夫斯基根本不具备这样的思维方式,就必须做到论证周延。我们承认陀思妥耶夫斯基作品中存在着共时的模式,但同样也承认其中存在着历时的模式,而这种模式的存在与其文化观念是密切相关的,因为他相信,人类社会固然罪孽深重,但也正由于此,它才有了新生的基础。正如弗里德连杰尔所说的:"陀思妥耶夫斯基坚信,他那个时代的俄国经过不和谐和'混乱'最终必将走向'和谐',这种信念反映在他的长篇小说的形象配置中,反映在这些小说的情节发展的逻辑中。……小说家陀思妥耶夫斯基能够感知历史的'破坏'与'创造'的复杂的辩证法,在'否定'和'混乱'中看出人类要求了解和实现未来的世界性'和谐'这一普遍进步动向的复杂的、有时是悲剧性的、病态的反映,这种能力在他描绘诸如拉斯柯尔尼科夫和伊凡·卡拉马佐夫这样的悲剧性主人公——否定者——时就清楚地表现出来了。"①

① 弗里德连杰尔:《陀思妥耶夫斯基的现实主义》,陆人豪译,合肥:安徽文艺出版社,1994年,第38—39页。

《果戈理的精神遗嘱
——读〈与友人书简选〉》（节录）①

　　对上帝和基督的爱是果戈理的《与友人书简选》一书的主要内容和激情。果戈理的基督教思想、意识和情绪在书中得到了淋漓尽致的表现。

　　果戈理在《与友人书简选》中指明，人要想拯救自己就应当热爱上帝，因为"在俄罗斯无论发生什么事情，都有上帝之手存在"。（54）"谁要是与上帝在一起，谁就光明地凝视前方。"（185）"任何人离开对上帝的爱都无法拯救自己……"（121）果戈理认为人的聪明是上帝的功劳，是上帝的财产，是"上帝在你身上把它培养而成；上帝的一切天赋赐予我们，是为了让我们用之为我们的同行服务，因为他嘱咐，要我们时时刻刻互相指教"。（198）那么，怎样去爱那个谁都没有见过的上帝呢？果戈理指出，是基督发现了一个伟大的秘密，基督让人们在对俄罗斯的热爱、对兄弟们的友爱里获得对上帝的爱。因为"如果不热爱俄罗斯，您就不会热爱自己的兄弟们，如果不热爱自己的兄弟们，您就不可能炽热地产生对上帝的爱，而如果不炽热地热爱上帝，您就不会拯救自己"。（123）果戈理在这里把对俄罗斯的爱作为对兄弟的爱和对上帝的爱的先决条件，表现了他对俄罗斯的炽热情感，但是这一切最后都落到对上帝的爱上去了，爱上帝的宗旨就是为了完善自己的道德，为了拯救自己。

　　在果戈理眼中，基督首先是最伟大的人："唯有基督可以把贤明赐予我们。贤明并非我们每个人与生即来的，对我们每个人来说，它不是天生的，而是最高的天赐。"（74）果戈理对基督的笃信促使他在 1848 年 2 月去耶路撒冷朝圣："我朝圣的主要原因之一，是真诚希望去祈祷并且请求恩准真诚地履行职务，请求在那个给我们揭示了人生之谜的人身旁，在他很久以前足迹到过的地方，恩准我走进人生。"（328）其次，基督还是最聪明的人，因为他解出了人生之谜。"人

　　① 原载《国外文学》2001 年第 4 期。

生是个谜。……当一个比所有人都聪明的人（指基督——原编者注）毫不犹豫地坚定地说他知道人生是什么，当唯有这个人被所有人、甚至被那些不承认他身上具有神性的人都公认为迄今所有先人中的一位最伟大的人物的时候，那么就应当相信他的话……"（326）果戈理对在基督身上集中的人类的智慧感到吃惊："我首先惊奇于耶稣身上的人类智慧和迄今罕见的对灵魂的认识……"①既然如此，果戈理认为人就要相信基督，因为"对非基督徒来说，人间一切变得困难了；可是对于那个把基督带进自己生活的一切事情和一切行动之中的人来说，——一切就容易了"。（187）人"只是为了基督才承担职务，因此应当像基督而不是像其他任何人吩咐的那样去执行它"。（181）

既然果戈理对基督是如此崇拜，他当然就认为基督的博爱思想应当成为世界性的法则。果戈理在谈服务的思想时曾经提到"法"的问题。他认为一个人只有把自己固定在一定的职位上，才容易用基督的法则去约束自己，指导自己的言行。他这里的"法"是指基督的博爱思想。博爱不仅包括爱的精神，还有和解的思想。果戈理阐释到："只要把所有那些在我国遇到极其微妙的个人不快变为最亲近的人和兄弟（基督嘱咐要首先对这些人予以宽恕和厚爱），只要别去看他人怎样对待你而要看你怎样对待其他人，只要别去看其他人怎样爱你而要看你本人是否爱他们，只要你不论受了什么侮辱，都能首先伸出和解之手，只要能在不长的一段时间过程中这样去做——那么你会发现，你与别人交往要容易些，别人与你交往也容易些，并且你能在一个并不显眼的职位上确实办成许多有益的事情。"（326、327）"谁若愿意真诚地为俄罗斯服务，谁就应当对俄罗斯有一种大概会压倒一切其他感情的爱，谁就应当非常热爱芸芸众生并且成为一位真正的基督徒。"（303）

那么，怎样去信仰上帝和热爱基督呢？怎样得到基督的博爱情神呢？果戈理认为必须诉诸上帝设在尘世上的"机构"——教会。果戈理认为在俄国离开东正教教会是无法解决俄罗斯社会生活中无论是个人还是人民的任何问题，因为"……万物的最高一级机关是教会，人生诸多问题的答案寓于教会之中"。果戈理用最优美和热情的词句赞美俄国东正教教会，认为俄国东正教教会的行为是明智的，教会是一种生命。"这个教会就像位贞洁的处女，唯独它从圣徒时代起保持自己的毫无瑕疵的原始贞洁，这个教会极其深刻的教义和极其细微的外

---

① 《果戈理全集》，第 8 卷，安徽文艺出版社 1999 年版，第 368 页。

中国俄苏文学研究史论
История исследования русской и
советской литературы в Китае

在仪式好像为了俄国人民而直接从天上移了下来,它有能力独自解决一切疑难症结和我们的问题,它可以当着整个欧洲的面创造出前所未闻的奇迹,让我国的任何阶层、身份和职位的人接近其合理的界限和范围,并且在不改变国家里的任何东西的情况下,赋予俄国一种力量,以教会迄今以来用来吓唬人的那种机构本身的协调严谨去震惊世界,而这个教会我们并不熟悉!况且这个为生活创建的教会,我们至今还没有带入我们的生活中!"(45)因此,果戈理抱怨俄罗斯人对自己的教会了解不够,没有真正认识它的价值和意义,"我们虽拥有一件无价之宝,可不但不关心它,没有感觉到这点,而且甚至都不知道把它放在何处了"。(45)所以,果戈理向广大教徒发出号召:"我们应用我们的生活去捍卫我国教会,整个教会就是生活;我们应用我们心灵的芳香宣告教会的真理。"(46)

果戈理在致茹科夫斯基的一封信里,再次对俄国的官方教会进行了肯定和赞扬。他说:"在我们国家内部有一个暂时并非人人都能看到的一切事物的调解者,——这就是我国的教会。它已准备一下子行使自己的全部权力并且以闪耀的光芒照耀大地。在我国教会里含有真正的俄国生活——从国务活动到家庭事务——的方方面面所需要的一切,它对一切进行调整,给一切指明方向,给一切指明一条合理而正确的道路。在我看来,不经过我国教会,没征得它的赞同就把某种新秩序带入俄国的想法是极不合理的。"(101)由于果戈理对俄国东正教教会的极度信赖,他在为这本书专门撰写的"光明的复活"一节中,在世界总的秩序混乱之中抛出东正教俄国第三罗马形象,希望莫斯科在基督的第二次降世之前成为神圣的东正教世界中心,希望俄国首先庆祝基督的"光明的复活",并把基督精神推广到整个俄罗斯。果戈理作为一个笃信基督的作家,他对上帝和基督的信仰和热爱是无可非议的。他把"道德的自我完善"视为解决社会问题的良方这点是可以理解的。但是他对俄国官方教会在俄国社会中的作用大加赞扬,认为俄国教会能够调解和解决西方教会无法解决的矛盾,能够让一切问题和解并且找出解决一切问题的办法,这显然是一种病态的幼稚,暴露出他用基督教观念去思考和解决问题所堕入的误区。这也是招致别林斯基的激烈批判的原因之一。

果戈理在《与友人书简选》里用了不少篇幅谈各种人的社会职责问题,指出人的职责在社会生活和自我道德完善中的重要意义和作用。

果戈理在谈到官吏的职责问题时指出,每个官吏既要完全了解自己的职务，又要知道自己职务的权限和法律范围，让每个职务回到自己的合理的圈子去。就是说不要越权办事，更不要滥用职权。此外，每个官吏要懂得自己职务的崇高意义，竭心尽力地搞好自己的本职工作。

果戈理在论述女人和妻子的职责问题时，认为"女人的影响可能十分巨大，特别是现在，在当今社会的有序或无序的情况下"。（14）他尤其指出达官贵人的妻子对丈夫的影响，认为妻子在某种程度上可以左右丈夫的事业和命运：好的妻子是丈夫的好参谋和护身符，坏妻子是丈夫的灾星，可能毁掉丈夫的一切。俄国社会的各级官吏收受贿赂和办事不公，绝大多数是由他们妻子的挥霍无度造成的。他写道："妻子的心灵——对丈夫来说是护身符。她保护丈夫不受道德疾病的传染；她是一种力量，让丈夫在正道上站稳脚跟，并且她是向导，把丈夫从弯路引上康庄大道；相反，妻子的心灵可能成为丈夫的灾难，可以把他永远毁掉。"（15）果戈理这段话说得有一定道理，因为妻子左右丈夫的现象是有的，妻子怂恿丈夫贪赃枉法的事情在俄国屡有发生，但不能把罪过全都扣到女人的头上。俄国社会的受贿和不义等丑恶现象的存在是俄国的整个社会机制的产物，是俄国各级官吏自身素质造成的，将这种现象产生的根源大都推到他们妻子的身上就有失偏颇了。

果戈理对妻子的要求是，"妻子应当是丈夫的贤内助……是他（丈夫——笔者）从事一切美好事业的真正鼓励者。"（175）那么妻子怎样做到这点，才能使自己成为一个对丈夫"从事一切美好事业"的真正支持者和鼓励者呢？果戈理告诫，一个好妻子应当笃信上帝，上帝会给她指点迷津，使她成为丈夫的好帮手和鼓励者。妻子要经常祈祷，要与上帝进行内心的交流，这样她就会"……催促他去他的单位上班，要时刻提醒他，他的全部身心应属于公共的事业和整个国家的事业（他个人的家业不是他所关心的事，因为它应落到您的身上，而不是他的身上），他之所以结婚，正是让自己摆脱开区区琐事，让自己全部献身于祖国，妻子嫁给他不应妨碍他供职，而是有助于他供职"。（174）

果戈理在谈人的责任问题时重点论述了作家的职责问题。他认为作家生命的意义就在于创作。作家应当真诚地创作，停止写作对于作家来说就等于停止生命，人生就会失去全部的价值。创作成为果戈理的一切思考的唯一对象，为此他抛弃了生活中所有其他的东西；他承认当自己久久思考的东西被搬上稿纸的时候，他感到是人生中最美好的时候，并且他得到了极高的享受；但是作家的创作既应当具有审美价值又应当具有训诫意义。他说："我是一位作家，而作家的职责——不仅仅是给思维和审美带来愉快的活动;如果他的作品不能给心灵带来某种好处,如果人们从作品中得不到某种训诫的东西,那还要严格追究作家的责任。"(9)这里他强调作家创作的训诫性作用。此外,作家创作还是为了行善:"我心中经常有行善的愿望,这是我提笔写作的唯一原因。"(111)

作家要创作必须具备写作才能,没有才能是无法进行创作的。果戈理认为作家的才能是上帝赐给的一种天赋,果戈理说:"我是主创造的,主没有向我隐瞒我的使命。"(120)在果戈理眼中,作家的创作是在执行上帝的意旨:"我听命于那种不取决于我们,但要按照那个人的意旨而产生的普遍要求,也像其他人思考那样,思考着自己的个人完善。我感到我现在离我追求的那种东西尚远,因此我不应发表言论。"(322)因此当一个人觉得自己与上帝对作家的要求距离尚远的时候,就不应写什么东西。果戈理对文学创作的认识与东正教人士的看法有相似之处。俄罗斯东正教大学校长约翰(俗名为艾卡诺姆采夫)就说过,"不诉诸上帝,不诉诸宗教,没有那种把人的灵魂与绝对物联系起来的精神力量,就不可能有文化。创作就自己的本性,就其精神本质来说是一种深刻的宗教行为。"①

作家的使命是什么? 果戈理认为,作家的使命首先是完善自己,然后是教育人们。这"对作家的要求是相当高的,这也是对的……"(319)要教育别人,首先要完善自己,自己先成为一个优秀的人。在这方面,果戈理认为自己离真正作家有较大的差距。他说自己在中学里受到的教育并不好,觉得自己在道德品质方面是"非常渺小"的,所以希望真诚地改善一下自己,表现出他自己想成为"一个完人的典范"的真诚愿望。果戈理还把作家职责与为社会思想联系在一起。他认为一个作家应当很好地用自己的笔为国家服务。作家创作的作品愈好,他对社会的贡献愈大,为国家的服务愈好。"总之,为让作者本人感到并且深信,在创作自己作品的时候,他正是在履行一种义务,为了这个义务他来到世上,正是为了这个义务才赋予他能力和力量,让作者本人感到并相信,在履行这个义务的时候,他同时也在为自己的国家服务,好像他的确在国家机关供职一样。"(303)

我们通读《与友人书简选》可以发现,自我剖析是贯穿果戈理全书的精神。果戈理认为,围绕着他的《与友人书简选》一书所展开的争论是对他的活生生的

---

① 《19世纪俄罗斯文学与基督教》,莫斯科大学出版社1997年版,第15页。

机体进行的一次可怕的解剖,这种解剖甚至会令一位体格健壮的人出一身冷汗。但是果戈理接受批评的态度是诚恳的,"为能听到一点点真话,可以原谅说真话人的任何侮辱人的腔调。"(105)他对人们的批评是欢迎的。他虚心地说:"无论许多断言和结论令一位心灵高尚、心地坦诚的人多么惊讶和难受,我还是强打起精神,尽我自己的一切微弱的办量,决心去忍受一切,并且利用这个机会就像听从来自上天的训诫一样——更加严厉地把自己审视一番。"(293)

果戈理以一种自我剖析的态度对待自己,认为"在我们的心灵深处隐藏着各种卑鄙而渺小的自尊和怕受触摸的可恶的虚荣,因此应每时每刻用一切可能的工具刺激、敲打、痛击我们,我们应时时刻刻感激那只敲打我们的手。"(106)尤其是果戈理感到自己身上有许多缺点甚至是卑鄙的东西:"我身上聚集了一切可能有的卑鄙,每一种数量都不太多,然而我至今却又未在任何人身上发现有这么多。"(114)因此,"我必须去到离人们稍远的某个地方,哪怕稍稍进行一下自我改造。"(5)

正因如此,果戈理十分感谢《与友人书简选》这本书的问世:"尽管如此,我仍然要感谢上帝给予我力量让这本书问世。我需要一面镜子来照照自己并且把自己看得更清楚些,如果没有这本书我就未必有这样一面镜子。这样一来,我的书的真诚愿望是给别人带来好处,可是它首先给我自己带来好处。"(329、330)他认为这本书好像一面镜子,能够照出他的许多缺点,使他感到羞耻和脸红,进而改正他自身的缺点,促使他心灵的净化和道德的完善。

果戈理在书中不但表现出一种自我剖析的勇气,而且还有一种"从我做起"的精神。果戈理指出,"至今有许多内在道路阻止每个俄国人全面发展自身力量,既妨碍他将之用作道路,又妨碍他将之用作我们如此热心地为之忙碌的其他各种外在的修养,修平这些内心的道路是件更为重要的事情。"(191)果戈理认为剖析心灵应当首先从自己做起。"首先让自己的灵魂变化纯洁些,然后再努力纯洁他人的灵魂"。(98、99)果戈理写信的目的之一,诚如他所说,"有一些信是我用来指责教育自己、请求并要求得到别人的指责,同时认为有必要去指责别人的那种时候写的;另一些信是我感到应把指责保留给自己,而与其他人说话只应表现出兄弟之爱的那个时候写的。"(295)所以,他一再强调在指责别人之前要首先指责自己,在批评别人之前一定要首先批评自己,无论如何也不要把批评和审视的目光从自己身上移开。他认为作家的自我道德修养更为重

中国俄苏文学研究史论
История исследования русской и
советской литературы в Китае

要,因为作家比普通人对社会承担着更大的职责和义务。如果"他本人还没有像自己国家的公民和全世界的公民那样进行自我修养,如果他屈从于所有人当前的普遍嗜好,本人尚在进行着自我完善的过程,那么他出来登上活动舞台甚至是危险的:他的影响与其说有益,不如说有害。"(321)因此,他大声疾呼:"啊,我们是多么需要在众目睽睽之下公开地挨一个耳光哇!"(186)果戈理写信的另一个目的,是为了得到人们的批评。他在 1847 年致 A. 罗塞特的信中说道:"我的书信出版的原因之一乃是为了接受教训,而不是去教训别人。"①他说:"我把致地主们和身居各种职务的人士的几封信(其中绝大部分没有发表)纳入我的《与友人书简选》中,这完全不是为让人们毫无保留地同意我的观点,而是为让人们引用一些笑料一样的事实驳倒我。来自讲究实际的和经验丰富的人们的反对意见对于我很重要,因为它们向我更深刻地揭示俄国本质的时候,让我更加接近情况。"(309)

《与友人书简选》这本书的内容丰富,问题涉及面广,作者所谈的问题基本上分为两大类,一类是与人的自我改造和社会改造有关的问题,另一类是与文学艺术有关的问题。我们以上只是介绍第一类问题,限于篇幅,果戈理在书里对文学艺术问题的论述我们只能另文介绍了。

通过我们对果戈理的《与友人书简选》中以上内容介绍可以发现,这本书是果戈理对真理长期的、痛苦的精神探索的产物,叙述作家从心灵上走近基督的历程,揭示出作家的自我完善的道路,具有一种预言的、启示录的性质。这本书的观点尽管有许多缺点,甚至错误,但毕竟是了解果戈理的精神世界、创作思想和艺术个性的一个重要作品,在果戈理创作中乃至 19 世纪俄罗斯文学中都占有重要的地位。过去长期封杀这部作品,将之打入冷宫是错误的,而需要对它予以认真的解读、分析和研究。

---

① B. 魏烈萨耶夫:《生活中的果戈理》,安徽文艺出版社 1999 年版,第 309 页。

汪介之：
《高尔基与别雷：
跨越流派的交往和沟通》（节录）①

在1907—1909年间所写的一组论文中，别雷不仅确认高尔基是当时俄国现实主义文学的核心，而且认为他是整个当代文学的代表人物之一。在《象征主义与当代艺术》一文中历数当代主要作家、诗人、批评家和政论家的名字时，别雷将高尔基放在第一位，恐非偶然或随意。别雷看到，高尔基的创作在当时产生了"整整一批模仿者"，足见其影响之大。如果从创作风格的角度看，别雷本人或许更容易接受安德列耶夫，而且后者在当时文坛的呼声也相当高。但是别雷却公正地指出，安德列耶夫不但未能达到列夫·托尔斯泰的水准，也未能达到高尔基的高度。个人的创作倾向和审美趣味没有影响别雷对高尔基的评价。

身处白银时代文学的多元格局中，别雷既和高尔基等现实主义作家之间存在分歧，也同象征主义圈子内部的人们（如勃洛克、勃留索夫等）展开争论。然而别雷又说："我们同高尔基和勃洛克论争，正因为我们珍视他们"；"我们珍视作为艺术家的高尔基。"②同时，别雷还试图在高尔基的作品中发现某种现代主义因素。并以此为根据来论证现实主义与现代主义文学的共通性。如他认为，高尔基的小说《忏悔》中的一些篇章，就渗透着印象主义。在《安·巴·契诃夫》一文中，别雷还写道："高尔基、安德列耶夫等其他具有象征主义气质的现实主义作家，和契诃夫的风格有着天壤之别。"③在别雷看来，现实主义文学所显示的忠于现实、精确地描写现实生活、对社会现实作出这样那样的评判等特点，并不是象征主义所否定的；象征主义所反对的只是将文学的任务归结为给生活摄

---

① 原载《外国文学评论》2002年第4期。

② Андрей Белый，*Критика Эстетика Теория символизма в2-томах*，Т. 1，Москва：Искусство，1994，стр 269，270.

③ Там же，Т. 2，стр 360，272.

中国俄苏文学研究史论
История исследования русской и
советской литературы в Китае

影,也不赞同艺术反映阶级斗争的主张。别雷的这些见解,特别是他关于高尔基是"具有象征主义气质的现实主义作家"的看法,值得我们注意。

1907 年,象征派评论家菲洛索福夫(1872—1940)发表《高尔基的完结》一文,一度在俄国评论界引起某些人的响应。有人宣称"我们不是高尔基的崇拜者";有人认为剧本《小市民》似乎已"耗尽"了《切尔卡什》和《三人》的作者的才华;还有人断言,如果承认高尔基和陀思妥耶夫斯基处于同一水平线上,就等于否定后者。针对这种情况,诗人勃洛克曾以《论现实主义者》(1907)一文阐明自己的观点,肯定了高尔基及其创作对于全俄罗斯的意义。次年,高尔基的新作《忏悔》问世,别雷随即发表论文《真实的言说》,由这部中篇作品说开去,对高尔基作出中肯的评价,成为对勃洛克文章的一种回应。

别雷注意到,一段时间内,对高尔基的热情洋溢的反应曾经被轻慢的指责所代替;但是,《忏悔》却使人看到,作家才华最出色的部分重新苏醒。别雷指出,高尔基至今仍然善于洞察俄罗斯灵魂;他热爱俄罗斯,他的作品渗透着真正的美、感人的恳切和道德的激情。别雷写道:

> 高尔基的《忏悔》是有重大意义的:它以其内在的真实性使我们恢复了对这位天才作家的兴趣:无论如何,作为在许多方面都迥异于象征主义的另一流派的代表人物,高尔基是远离我们的;但是他关于俄罗斯的言说,却比伪民粹派的叫喊更贴近我们的心灵,在那些人看来,似乎在我们这个令人忧伤的国度,阳光比在回归带还要温暖……《忏悔》向我们透露出一种真实的严肃性;而这样的严肃性却是最新潮的神秘主义——现代主义者所不具备的。[①]

作为象征主义者、现代主义者,别雷并不缺乏对自身所属流派的批判态度。他甚至愿意"忧郁地承认":我们中间的许多人都比高尔基缺乏活力。

14 年以后,在柏林,在为纪念高尔基开始创作活动 30 周年而写的那两篇文章中,别雷似乎试图给高尔基以某种总结性评价。他指出:经过考察高尔基 30 年的文学生活,可以看到,无论他曾是什么样的角色,俄罗斯都进入了他的内心世界;他是一个富有预见性的、经常使人激动的形象,显然不能将这一形象列入

---

① Там же, Т. 2, стр 360, 272.

"纯艺术"的框架内。但别雷又主张将高尔基从具体的历史限定中"解脱"出来，强调"他的现代性根源于一种永恒的、属于未来的东西"①。

愿某些过去全盘肯定高尔基，如今又简单地否定高尔基的评论者们，关注一下象征主义作家别雷对高尔基这位"异己者"的评价！

在白银时代多种文学思潮的交叉和矛盾中，高尔基对于各种文学现象始终没有采取简单化的态度。对于包括象征派在内的各派作家和诗人及其创作，他往往是既有肯定，也有批评，但从未一概排斥。他对别雷的评价也是如此。例如，在1907年10月初的一封信中，高尔基在谈到由索洛古勃、别雷、勃洛克和安德列耶夫编辑的《俄罗斯晨报》文学专栏时，曾说它是一个"有害的大杂烩"②。但是，就在同年底以及次年初，高尔基却两次写信给友人，请求代购别雷的诗集《碧空之金》（1904）。1911年，高尔基又将别雷的另一本诗集《灰烬》（1908）和象征派诗人巴尔蒙特的《我们将像太阳一样》，同时推荐给初学写作者。高尔基还把别雷的第三部诗集《骨灰盒》（1909）和1922至1923年在柏林期间别雷所赠的七本书，一起作为私人藏书一直保留在自己身边。别雷小说创作的代表作《彼得堡》的两种版本，均为高尔基所收藏。

在1907年10月的那封信中，高尔基第一次书面提到别雷，但几乎没有展开评价。此后不久，在《个人的毁灭》（1909）这篇长文中，高尔基在评述现代俄罗斯文学时，曾通过引用批评家楚科夫斯基文章中的一段话，间接地涉及别雷。楚科夫斯基认为，别雷、勃洛克、勃留索夫等人的诗歌创作的共同点在于"对无限境界的畏惧"。高尔基指出：这是楚科夫斯基宣布的"关于现代文学的一个玷辱人和作家的'真理'"③。尽管高尔基未必赞同别雷等人的诗歌艺术探索取向，但楚科夫斯基对于他们的评论，他无疑是不以为然的。

对于别雷和楚科夫斯基的不同态度，同样见于高尔基1910年初从卡普里写给散文家、批评家阿姆菲捷阿特罗夫（1862—1938）的信。高尔基在这封信中说："我理解安·别雷的情绪，那种迫使他陷入反犹主义的情绪"（指别雷的文章

---

① Андрей Белый, *Прболемы творчества. Статьи, воспоминания, публикации*, Москва：Советский писатель, 1988, стр. 299—300.

② М. Горький, *Собрание сочинений в30-ти томах*, Т. 29, Москва：Государственная художественная литература, 1956, стр 27.

③ 高尔基：《论文学》（续集），冰夷等译，人民文学出版社1979年版，第108—109页。

中国俄苏文学研究史论
История исследования русской и
советской литературы в Китае

《在转折点》——引者注）；而对楚科夫斯基等"不知深浅、肆无忌惮"的一批文人，他则给以无情抨击。高尔基认为，后者只是多少了解俄罗斯文学中的一些词句，"却完全远离它的精神"，他们"从欧洲'最新的批评'中拿来、输入一些东西，胡闹、起哄、捣乱"[①]。高尔基写这封信与发表《个人的毁灭》一文时间相隔不远，对别雷和楚科夫斯基的看法是前后一致的。

别雷的长篇小说《彼得堡》是高尔基重视的作品。他对小说的题名尤为注意。在他保存的该书 1916 年版本的扉页上，书名下面有他本人画下的明显的着重号。同时代的另一象征主义理论家维·伊凡诺夫关于这部作品的"内容丰富而深刻的题名"具有"极大的分量"的说法，曾得到高尔基的认同。但是《彼得堡》的语言表述形式却是高尔基难以接受的，他甚至认为，这部小说似乎"不是用俄语写出来的"，作品的语言给人的感觉好像是犯了"不能容忍的舞蹈病"[②]。

十月革命胜利初年，高尔基和别雷之间开始建立起个人交往关系。高尔基在极其困难的条件下为保护和发展俄罗斯文化所作的种种努力，如创立世界文学出版社、建立"学者之家"和"艺术家之家"等，得到了别雷、勃洛克、勃留索夫等象征主义作家的支持。1921 年高尔基和别雷都到了柏林以后，两人的关系达到高峰。创办和编辑《交谈》一刊，使他们的联系更为紧密。正是在这个时期，高尔基曾在两封信（均写于 1922 年）中谈出了自己对别雷的基本评价意见。其一，高尔基在致作家皮里尼亚克的信中写道：

　　您显然为别雷所迷惑……不知不觉地、盲从地运用他的结构、韵律和词汇。还在莫斯科时，我就和您谈过您对别雷的依赖。但别雷是一个具有非常细腻而精致的文化修养的人，是一位表现特殊主题的作家，其实质是对感情做哲理思考；因此不必模仿别雷，不能整个地接受他，连同他那作为某种独特的世界、作为他那独特的物质和精神世界建立于其上的星球的全部象征物。无疑，他是有异于您、不能为您所理解的，而且同样是有异于我

---

① Литературное наследство, Т. 95, *Горький и русская журналист ика начала XX века. Неизданная переписка*, Москва : Наука, 1988, стр 183.

② *Максим Горький в воспоминаниях современников В 2-х томах*, Т. 1, Москва : Художественная, литература, 1981, стр 351.

的,虽然别雷作品的紧张感和独创性令我赞叹不已。①

在给另一作家费定的信中,高尔基对别雷作出了类似的评价:

别雷是有精雅文化修养和广博知识的人,他有自己独特的主题;看来,这种主题用别的语言是不可能展开的,它所要求的正是那种只有别雷才可以运用、只有对他才适合的巧妙复杂的语言。②

从这两封信中可以看出,高尔基一方面充分肯定别雷的文化素养和丰富知识,承认他的思维和追求的独特性,另一方面又认为他的语言是不可模仿的,甚至是怪异的。高尔基尤其"担心"青年作家受到别雷作品语言的影响。20 世纪 20 年代后期至 30 年代初,他曾在给好几位作家的信中一再谈到这个问题。在《论散文》(1933)一文中,高尔基还曾就别雷的小说《假面具》的序文中的一段话,重提初学写作者不要模仿别雷的语言风格的话题。高尔基写道:"安德烈别雷是个年纪已经不轻、受人敬重的文学家。他对文学的功绩是大家都知道的,他的作品大概会被成千上万准备从事文学工作的青年人阅读。有趣的是,当这样的青年在这个'德高望重的作家'的序文里读到:'我不去搜购现成的堆砌起来的文字,而是搞了一套自己的词汇,哪怕它们是怪诞的也罢'之后。他会作何感想呢?"③高尔基特别补充说:"我完全无意贬低安德烈别雷过去对俄国文学的功绩。他是那些不安定的文学艺术家之一,他们不断地寻求新的形式来描写人们的处世之道。"但这种寻求主要是出于"一种要强调自己的个性、显示一下自己无论如何总是与其他同行有所不同的愿望"④。

这段评论不仅和高尔基对别雷的一贯看法相吻合,而且表明在高尔基的理解中,别雷等象征主义作家在艺术形式上的追求完全不是什么"大逆不道"的事情,至多不过是标新立异罢了。而且,高尔基一般不反对文学中的标新立异。他在自己晚期的长篇小说《克里姆萨姆金的一生》中,曾引用别雷诗集《碧空之

① Литературное наследство, Т. 70, *Горький и советскне писателн: неизданная переписка*, Москва: АН СССР,1963,стр 311,469.

② Литературное наследство, Т. 70, *Горький и советскне писателн: неизданная переписка*, Москва: АН СССР,1963,стр 311,469.

③ 高尔基:《论文学》(续集),冰夷等译,人民文学出版社,1979 年,第 394 页。

④ 高尔基:《论文学》(续集),冰夷等译,人民文学出版社,1979 年,第 396 页。

金》中的《在山上》一诗,把它作为打破文学保守主义的例证①。至少,文学中的
标新立异在高尔基看来并不一定是坏事。这一事实同时表明:高尔基收藏包括
《碧空之金》在内的别雷作品,并非仅仅出于文人藏书而不读书的习惯。

　　《论散文》和《克里姆·萨姆金的一生》都写于那个把阶级斗争观念引入文
学和文化领域的 20 世纪 30 年代,也即某些评论者认为高尔基被"招安"或"晚
节不保"的时期。然而,出自高尔基笔端的这些文字,在涉及像别雷这样一位已
一落千丈的作家时,难道不能看出半点日丹诺夫、叶尔米洛夫式的霸气吗?

---

① 《高尔基文集》(20 卷集),人民文学出版社,1983 年,第18 卷,第99 页。

在 20 世纪,肖洛霍夫是唯一获得价值标准大相径庭的斯大林文学奖和诺贝尔文学奖的作家。在苏联和中国,肖洛霍夫头上也有过许多顶或褒或贬的帽子:无产阶级作家,社会主义现实主义的杰出代表,人道主义者,乡土作家,富农阶级的代言人,苏维埃时代农民情绪的表达者,构成了一个多面的肖洛霍夫。小说第一部刚发表时,人们对它颇多非议。1929 年西伯利亚《现在时》杂志就有一篇题为《为什么白卫军喜欢〈静静的顿河〉?》的文章,认为"肖洛霍夫客观上完成了富农的任务……结果肖洛霍夫的作品甚至成了白卫军喜欢的东西"②。列日涅夫则称《静静的顿河》是"旧式哥萨克阶层的百科全书",称肖洛霍夫是"哥萨克阶层的斗士,它的歌手"③。后来,主流意识形态终于接纳了它,但仍存疑虑。1940 年 11 月,法捷耶夫在斯大林奖金委员会讨论《静静的顿河》的会上发言时说:"肖洛霍夫以其巨大的天才力量和对哥萨克生活、风俗的深刻了解,表现了一个哥萨克家庭的历史,表现了反革命事业注定要失败。然而,前途是什么? 目的是什么? 代替它而诞生的事物是什么? 这在小说中却没有。"④在中国,过去人们基本上把肖洛霍夫划归社会主义现实主义代表作家之列,但也有人对此表示疑问。李树森先生有一篇文章,题目则显示了他的观点:《新的历史条件下的列夫·托尔斯泰——苏维埃时期农民情绪的表达者》⑤。在一段时间里,一些以主流自居的批评家,采取用名誉招安的策略,有意突出肖洛霍夫迎合主流意识形态话语的一面,却对他的另一面视而不见。现在,肖洛霍夫"不合时宜"的一面又往往被人们当作了一种超越时代的睿智。不同倾向的阅读者,出

----

① 原载《外国文学评论》2002 年第 4 期。
②《肖洛霍夫秘密生平》,刘亚丁、涂尚银、李志强译,四川人民出版社,2000 年,第 20 页。
③ И Лежнев Две души(О《Тихом Доне》М Шолохова). —《Молодая гвардия》,1940г. стр 113.
④ 参见孙美玲编选《肖洛霍夫研究》,外语教学与研究出版社,1982 年,第 26 页。
⑤ 见李树森《肖洛霍夫的思想与艺术》,吉林大学出版社,1987 年。

中国俄苏文学研究史论
История исследования русской и
советской литературы в Китае

于不同的阅读期待,似乎都从肖洛霍夫的作品中读到了他们所需要的东西。造成这种状况的原因,也许在于肖洛霍夫本来就是多面的。现实造就了"多面"的肖洛霍夫,"多面"的肖洛霍夫决定了其作品的多种"声音"。为此,与其纠缠于对肖洛霍夫其人的定性及对其作品的种种价值判断,不如看看《静静的顿河》究竟存在着哪些话语? 它们是怎么言说的? 话语背后包含着什么样的文化精神? 以此为切入点,也许可以找到一条与作家、作品展开对话的途径。

一

话语被认为是与一定文化精神相联系的,作为某种知识载体和特定价值指向符号的概念、范畴体系,它包含概念范畴、话语规则和文化架构三个层面。[①]我们通过对《静静的顿河》的叙事的分析,发现小说存在着三套既对立又相互依存的话语:

A. 关于真理的话语

作品有一个预设的任务就是展现哥萨克人如何通过战争、痛苦和流血,走向社会主义。作品把拥护苏维埃、迈进社会主义称为"伟大的人类真理"。对此,肖洛霍夫自己有过明确的说明:

> 写作《静静的顿河》的主要任务,是表现顿河边疆区的人们的生活。许多人问我,像格里高力·麦列霍夫这一类人的前途如何? 苏维埃政权已经把这种类型的人从他们所处的死胡同里解脱出来。他们中间的某些人选择了同苏联彻底决裂的道路,但多数人则靠近了苏维埃政权。[②]

B. 关于"人性"的话语

《静静的顿河》中描写了数百个人物形象,这些人物或被冲进了历史的旋涡之中,或在日常的劳作生息中证明着生命存在的意义。在谈及《静静的顿河》的创作时,肖洛霍夫又说过:"对于作家来说,——他首先需要把人的心灵的运动表达出来。我在葛利高里·麦列霍夫身上就想表现出这种人的魅力。"[③]在这一

---

① 曹顺庆、李思屈《重建中国文论话语的基本路径及其方法》,《文艺研究》1996 年第 2 期。
② 参见孙美玲编选《肖洛霍夫研究》,外语教学与研究出版社,1982 年,第 470 页。
③ 参见孙美玲编选《肖洛霍夫研究》,外语教学与研究出版社,1982 年,第 470 页。

套话语中,叙述者服从审美的价值体系,即着眼于人物是美的还是丑的。在他看来,选择人物,确定同情倾向的标准是:该人物是否富于人性,是否显示出了性格特点中某种优于他人的品质。因此,他将视点聚焦于所有体现人性的魅力(哪怕是某一方面的魅力)的人物,或关注人性的毁灭,而不太在乎人物是属于赤卫军的阵营,还是白卫军的或叛军的阵营。因此,这一套话语与上述 A 话语就构成了冲突。

C. 关于乡土的话语

肖洛霍夫从小生活在顿河流域,与顿河有着血肉般的联系,他对哥萨克那粗野而不乏纯朴、蛮悍而不乏真情的生活,对顿河两岸迷人的自然风光,有一种本能的亲切感。肖洛霍夫以充满激情的笔触,描写哥萨克的日常生活,他们在革命中的命运。小说中充满生命活力的顿河草原,往往构成了与那个血腥、动荡的世界相抗衡的另一世界。小说的视角更多地取自哥萨克的立场。也许,高尔基正是在这个意义上称肖洛霍夫是一位"地域性"作家,把《静静的顿河》看作是"地方文学",说肖洛霍夫"像一个热爱顿河、哥萨克人生活和大自然的哥萨克那样写作"。① 这构成了作品内在的乡土情结。

三套话语分别呈现出不同的叙事方式和价值取向。如何理解这三套话语的运作机制及其相互关系,便成为理解作品的关键。从人物设置的角度说,我们可以按照不同话语的价值取向,把作品中的人物分为不同的类型。假如按照 A 话语所服从的历史伦理标准,这部作品的主要人物应该分成这样两组:

1. 米哈伊尔·柯晒沃依—施托克曼—贾兰沙—伊万·阿列克塞耶维奇—彭楚克—波得捷尔柯夫

2. 格里高力·麦列霍夫—彼特罗·麦列霍夫—小李斯特尼次基—佛明

前一组人物是布尔什维克,或是拥护苏维埃政权的进步群众;后一组人物则是白卫军官和参加暴动的普通哥萨克。按照 A 话语的要求,本来应该表现这两个不同阵营的你死我活的斗争。着力展现前一组人物如何正义在手,仇恨在胸,奋起战胜后一组人物,或如何因势利导、分化瓦解、孤立打击他们。居于作品中心的应该是前一组人物,因为他们体现了革命发展的趋势。

然而,作品实际上恰恰与之相反。在《静静的顿河》中,居于中心的是后一

---

① 参见孙美玲编选《肖洛霍夫研究》,外语教学与研究出版社,1982 年,第 11 页。

中国俄苏文学研究史论
История исследования русской и
советской литературы в Китае

组人物,第一组人物,除柯晒沃依外,在作品中时隐时现。作品的中心主人公是双手沾满了赤卫军战士鲜血的格里高力·麦列霍夫。于是,按照人性的话语,又可以把作品中的人物以是否具有"人性魅力"为标准分成两类:富于人性魅力的,如格里高力、阿克西妮亚;缺乏人性魅力的,如柯晒沃依、波得捷尔柯夫、米佳、佛明。柯晒沃依、波得捷尔柯夫,都是布尔什维克主义的坚定信奉者,对敌人从来毫不留情;而小李斯特尼次基、米佳等,则是坚定不移地站在反布尔什维克一边,米佳主动要求加入行刑队,双手沾满了革命者的鲜血。从历史叙事的角度说,他们都应该是他们所属阶级的英雄。然而,在私人叙事中,历史叙事的价值标准被悬置起来,真正具有"人性魅力"的并不是那些坚定不移的革命者和反革命者,而是左右摇摆不定的格里高力,是美丽、"放荡"、充满生命激情、对生活有着执著的爱的阿克西妮亚。

按照乡土话语,我们又可以把作品人物分成哥萨克与外乡人。哥萨克是个特殊的群体,在革命中,来自"俄罗斯"的革命与哥萨克常常形成矛盾。从这个角度来说,无论是白卫军,还是在革命阵营中,哥萨克与"外乡人"的立场往往是不一致的。"外乡人"更多地是从阶级利益的角度设计俄罗斯命运,而哥萨克则更多掺和着一些"本土主义"的考虑。像革命阵营中的波得捷尔柯夫,就有较浓厚的哥萨克"地方主义"倾向。而在格里高力的人生选择中,也常常可以发现"哥萨克气质"的影响。

《静静的顿河》的三套话语,不仅影响到小说中的人物的归类(所谓"立场"),小说的叙事也与此相关,历史叙事(或曰"史诗性"叙事)、私人叙事、抒情式叙事,分别对应于三套话语。

小说一开头,展现在读者面前的是麦列霍夫家的院子。这是一个哥萨克村庄:靼靼村。院子在村子的尽头,正对着顿河。小说以麦列霍夫家为主线,首先展现的是和平时代的私人生活场景:这一家人在顿河边的这块土地上耕种、钓鱼、割草、休养生息。而其中的主旋律又是主人公格里高力的爱情、婚姻。在每家每户的院子里、屋顶下发生的故事,无论喜怒哀乐,都是非常个人化的。作品的叙事立场,基本上属于私人叙事。按照生活本身的法则,展示生生不息的生活中的多种色彩。可是,这和谐静谧的生活,却随着战争的到来而被打破了。第一次世界大战,不仅改变了俄罗斯历史的进程,也强制性地介入到每一户哥萨克人的场院里。战争改变了他们的生活,从此,他们被抛入历史的洪流,或自觉或不自觉,或主动或身不由己,在历史大潮中作出自己的选择。

从此,小说又引入了另一条叙事线索:历史叙事。作为一部史诗性的长篇小说,小说再现了一系列历史性事件:从第一次世界大战,到十月革命、国内战争,其中的许多事件,如二月革命,临时政府的成立,科尔尼诺夫进军彼得堡,被临时政府关押、释放,哥萨克听从红色波罗的海水兵的劝说,撤出皇宫广场,顿河革命军事委员会的成立,与顿河军政府的谈判,等等,都是真实的历史事件。由此,小说还引入了一系列历史性人物,如革命阵营中的列宁、斯大林、托洛茨基、布琼尼,白军将领科尔尼洛夫、卡列金、克拉斯诺夫等。作者为了增强历史真实性,还运用了不少文献档案、电报信件。在这一历史大背景之下,小说展示了顿河哥萨克在战争与革命中的命运:他们如何通过血与火的洗礼,走向社会主义,走向"伟大的人类真理"。

显然,小说中历史叙事所依据的价值观,是体现主流意识形态关于"真理"的话语,而私人叙事则依从于"人性魅力"的话语。历史中的个人命运,构成了小说中的历史叙事与私人叙事的沟通桥梁。历史叙事中的人物与事件多由真人真事构成,而作品的虚构人物有时也成为某些事件的参与者或旁观者。长篇小说中的私人叙事则多为虚构。一方面不少历史事件都是通过虚构人物的视角叙述出来的,另一方面,社会历史的变迁,也直接影响到主人公们的行为动机、选择及其最终的结果。

肖洛霍夫引入历史事件,归根到底是为了给 A 话语表达的真理提供注脚,给虚构主人公的命运提供最终的压力。也就是说,把 A 话语从背景搬到前台来。而与 B 话语相一致,虚构事件主要是为了表现主人公身上的魅力或人性的泯灭。通过一系列虚构事件,作品展示了格里高力·麦列霍夫身上的人性由萌发到残存、泯灭的过程,作品的悲剧性正在于强大的个性被毁灭。

而在表现顿河两岸绚丽的自然风光的时候,在为哥萨克的命运慨叹的时候,《静静的顿河》的叙述者又变成了抒情诗人。雅各布森说:"抒情诗的出发点和引导主题是第一人称和现在时,而史诗的出发点和引导主题则是第三人称和过去时。"[①]《静静的顿河》的叙述者的人称和所使用的时态,恰恰与此相符合:史诗式的和长篇小说式的叙述者,采用第三人称,动词用过去时。当作品感情激荡之时,叙述者突然由第三人称变为第一人称,动词也变成了未完成体现在时:

---

① 陆梅林、程代熙主编:《美学文艺方法论续集》,文化艺术出版社,第210页。

中国俄苏文学研究史论
История исследования русской и
советской литературы в Китае

低低的顿河天空下的故乡草原呀! 一道道的干沟,一带带的红土崖,
一望无际的羽茅草,夹杂着斑斑点点、长了草的马蹄印子,一座座的古冢静
穆无声,珍藏着哥萨克往日的光荣……顿河草原呀,哥萨克的鲜血浇灌过
的草原,我向你深深地鞠躬,像儿子对母亲一样吻你那没有开垦过的土
地![1]

最后一句话的俄文原是: Низко кланяюсь и по - сыновьи целую твою
пресную землю, донская, казачвей, нержавеюшей дровью политая степь![2]

这里,尽管没有直接出现"我"这个词,但是通过"鞠躬"和"亲吻"这两个未
完成体动词的单数第一人称现在时,形成了"我"与大地母亲直接对话的效果。
在作品中,面对顿河及其草原,这样一往情深、充满诗意的文字,比比皆是。

二

《静静的顿河》的几套话语互相依存,但有时候又是相互冲突。肖洛霍夫宣
称要在作品中表现"伟大的人类真理",但他以"人性"的话语作为评判人的价
值尺度,以"乡土"的话语与"真理"抗衡,有时就可能悄悄地进行话语的置换。
A 话语被悬置起来,被另外的话语所取代。

肖洛霍夫在小说中一方面展示了革命发生、发展的过程,具有摧枯拉朽的
力量,但小说更动人的,却是哥萨克的原生态生活及其生命激情。他们在一种
自然生态中生活,从创造生活的劳动到种种最简单、最原始的本能,"肉感的、臀
部丰满的女人,草垛里的淫欲,谷仓里的奸情,篱边的分娩……"[3]无不散发着生
命冲动的气息。格里高力与阿克西妮亚的爱情,首先表现的也就是一种基于原
始的生命激情、不顾一切要厮守在一起的强烈愿望,阿克西妮亚那张"放荡、贪
婪、丰满"的嘴唇,那痛饮生活之杯时"如癫似狂"的情感,首先吸引了格里高力。

在性爱描写中,肖洛霍夫往往强调了人的自然本性,直接切入到人的肉体
本能冲动中并避免作出道德评价。小说中有一个情节,1918 年哥萨克暴动时,

---

① 肖洛霍夫:《静静的顿河》,力冈译,漓江出版社,1986 年,第 718 页,以下有关小说的引文,只标页
码,不再加注。
②《静静的顿河》,莫斯科,文学艺术出版社,1987 年,第二册,第 54 页。
③ 参见孙美玲编选《肖洛霍夫研究》,外语教学与研究出版社,1982 年,第 439 页。

格里高力曾带领一支哥萨克部队驻扎在一个村庄。房东女儿的丈夫跟着红军走了。房东为了讨好哥萨克军官，有意让女儿接近格里高力。这是一个高高的、很漂亮的风流女子，在棚子里的大车上，一夜的癫狂之后，早上：

> ……她恋恋不舍地贴在格里高力的胳膊上，哆嗦着说：
>
> "我男人可不像你这样……"
>
> "他又怎样呢？"格里高力用两只清醒的眼睛望着灰白色的苍穹，问道。
>
> "他一点也不中用……没有劲儿……"她很信赖地朝格里高力身上贴了贴，声音中露出了哭腔。"我跟他过得一点都不甜……干床上的事儿他不行……"（第 691 页）

对房东女儿来说，评价一个人的标准，并不是他的阶级立场、信仰，而是"干床上的事儿"行不行。正是基于此，在她眼里，当红军的丈夫竟大大不如"反对革命"的格里高力。

在这里，"性"具有了一种"话语"的意义。这是属于自然原生态意义上的人性，它像自然中花儿的绽放，代表着一种"本真"。反过来，革命的暴力却在剥夺人的生活、剥夺个人生存权利的同时，也在剥夺人的本性。彭楚克从机枪队调到顿河革命军事委员会的革命法庭，担任执法队长，每天干着枪毙人的"脏活儿"。这种令人厌恶的活儿，弄得他筋疲力尽。有一晚，安娜溜进他房间，彭楚克却十分羞惭地发现，自己"身子空了"、"无能为力了"。

这一情节，最典型地体现了消灭生命行为对生命活力的扼杀。后来，直到他离开行刑队，"性"功能才重新恢复。这真是一个意味深长的隐喻。人们可以因为各自不同的信仰而相互厮杀，但人性中总有一些共同的东西是不可磨灭的。《静静的顿河》始终把人、人性放在重要的位置。而从叙事角度来说，小说以格里高力为主人公，许多事件都是通过格里高力的眼睛表现出来的，而格里高力的内心世界，也得以充分展示。以一个摇摆于革命与反革命之间的人作主人公，这使《静静的顿河》异于二三十年代那些表现革命主流话语的作品。像《铁流》、《恰巴耶夫》、《钢铁是怎样炼成的》等，都是以革命的英雄作主人公。而处在革命对立面的人物的内心世界，基本上是完全被忽视的。而《静静的顿河》，以格里高力的命运为主线，细致地揭示出他的"心灵的运动"，他的追求、希望、矛盾、苦闷、悲伤，他的许多行为，哪怕是站在革命对立面的行为，也能够为

中国俄苏文学研究史论
История исследования русской и
советской литературы в Китае

读者所同情、理解。格里高力因为内心极度苦闷,发疯一般砍死了四名水兵:

"我杀死的都是一些什么人呀!"他生平第一次在极大的痛苦中挣扎起来,喊叫着,随着在嘴唇上团团转的唾沫一起,吐出了这些话。"弟兄们,不要饶恕我! ……行行好,千万行行好,把我杀了吧……判我……死罪吧! ……"。(第 894 页)

站在格里高力的叙事立场,格里高力这种疯狂屠杀行为,可谓丧心病狂、罪大恶极,但在读者心目中激起的,更多的不是痛恨,而是对格里高力内心极度苦闷的理解与同情。反过来,柯晒沃依为了革命大义灭亲的行为,却未必能获得读者认同。哥萨克暴动被打败后,因为患病无法上前线的柯晒沃依,担任了鞑靼村革命军事委员会主席,他娶了格里高力的妹妹杜尼娅为妻。格里高力从叛军投奔红军,却受到怀疑,复员回乡。请看格里高力与柯晒沃依的一段对话:

"我是说干脆的。怎么想,就怎么说。你什么时候上维奥申去?"

"尽可能在最近几天去。"

"不是尽可能,而是明天就得去。"

"我步行了差不多有四十俄里,太累了,明天要休息一下,后天我去登记。"

"命令上是说:要立即登记。你明天就去吧。"

"不能休息一天吗? 我又不会逃走。"

"谁他妈的知道你的心思呢。我不能为你担保。"

"你怎么坏成这样啦,米沙!"格里高力惊讶地打量着老朋友那板得紧紧的脸,说。

"你别骂人! 我听不惯这一套……"米沙喘了一口气,提高声音说,"你要明白,你这种军官习气该扔掉了! 明天你就去,如果你不好好去的话,我就派人押着你去。明白吗?"

"现在全明白了……"格里高力狠狠地看了看正朝外走的米沙的脊背,就和衣躺到床上。(第 1300—1303 页)

在这里,叙事者明显地将视点聚焦于格里高力。就情感的距离而论,叙事者更倾向于格里高力一方。大义灭亲的柯晒沃依，本来应该是被歌颂的对象，却使人感觉不近人情。这显然违背了 A 话语的历史伦理价值观念。

在《静静的顿河》中，在人的世界之外，还有一个独立的世界，这就是生生不息的大自然。人的世界与大自然的世界，息息相关。那永不停息地奔腾、时而和缓、时而咆哮的顿河，那静默的充满原始生命力的草原，也不断地唤起人的生命激情。但是，当人的世界中正进行着残酷的厮杀时，大自然又以它固有的生命节律，构成与那个充满着凶杀与仇恨的动荡世界相抗衡的另一世界。当参加布尔什维克的"杰克"被白军军事法庭处死：

> 过了半个月，小小的坟堆上长出了车前草和嫩蒿……还有，五月里，野鸭子在供牌旁边打架，在瓦灰色的野蒿里做窝儿，把附近快要成熟的冰草压成一片绿毡：那是野鸭子厮打的战场，争的是母鸭子，争的是生存、爱情和生儿育女的权利。过了不久，就在这供牌附近，在一个小土包脚下，在乱蓬蓬的老蒿底下，一只母鸭子生下九个蓝中带黄的花蛋，母鸭子便卧在这些蛋上，用自己身体的温暖来孵化，用灿烂有光的翅膀保护着。（第 671 页）

当人与人之间正在相互毁灭着生命的时候，大自然却焕发着旺盛的生命活力。从某种意义上说，大自然形成了对人的世界的一种反衬。人对人太残忍了，而且在残忍之中，还时时要找出崇高的理由。大自然反而朴素坦荡得多，连生存的竞争也自有其固有的法则。大自然时时在呼唤着人的回归。在格里高力的人生道路的选择中，常常表现出一种倾向，这就是向土地、向纯朴的往日生活、向充满野性生命力的大自然的回归。他一方面在连年的征战中疯狂地冒险，一方面又总想"远远地离开这个充满了仇恨和敌视的难以理解的世界"。在矛盾重重、不知道路该往何处走时，他便总会想起过去，想起那片土地。故乡、童年、往日的生活，构成了格里高力在漫漫漂泊征途中的心理依托与归宿。对于格里高力来说，生活中最大的梦想便是在自己的土地上和平地生活、自由地劳作。

革命、人性、乡土，它们各自都暗含了一种价值取向，但相互之间又似乎总是不能两全的，这便构成了一种话语的冲突。而有时，同一话语之间，也是矛盾的。正像关于"人性"的话语，《静静的顿河》在展示人性的魅力的同时，也正视

中国俄苏文学研究史论
История исследования русской и
советской литературы в Китае

了人性中野蛮的、可怕的方面。《静静的顿河》在对人的描写中,常常拿人和动物相类比。人身上的这种动物性即使人有一种原始的纯朴美,一种生命激情,有时也表现得非常可怕。特别是在战争中,战争往往把人身上的兽性全部激发出来。

从历史叙事角度说,战争往往表现为两个阶级、两个世界或不同民族间的冲突,其中有正义与非正义之分。为阶级、为信仰、为国家民族、为正义而战,使战争中的人往往具有了一种崇高的英雄主义精神。但从私人叙事的角度说,战争又可能是反人性的,是在冠冕堂皇的幌子的掩盖下,人性中的攻击性、破坏性冲动,人的非理性的狂暴激情的发泄。弗洛伊德心理学强调,人的本能有两类:生的本能和死的本能。生的本能表现为一种生命的欲望与创造,在性爱中表现得最为充分。死的本能则表现为一种趋死情结,人的攻击性、破坏性、虐待欲。《静静的顿河》最充分地表现了这两种本能如何体现在性爱与战争中。性爱是生命的创造,战争是生命的毁灭。《静静的顿河》在表现新旧两个世界的斗争时,一方面遵循历史真实的原则,展示了不同的人如何为自己的阶级、信仰而战,另一方面又切入到人性的非理性层次,揭示出人性中的可怕方面。美国批评家爱德华·布朗曾指出:"通过对别人的人身进行残酷的攻击来发泄狂暴的激情,这是《静静的顿河》用以写成的材料……每隔一定的间隙,故事情节中便会插进一个人对另一个人的身体施加不可恢复的伤害的情景。"①

在《静静的顿河》中,敌我双方都在为自己的信仰而奋斗,但他们共有的兽性本能,攻击性、破坏性冲动,又使战争成了人的狂暴激情的一种发泄。无论是顿河苏维埃主席波得捷尔柯夫枪杀被俘的白军军官,还是暴动的哥萨克对"红鬼"疯狂报复。许多场面,如果略去具体的人名,你恐怕无法分辨,在"红"与"白"双方,在崇高的名义下,究竟是谁在"消灭"着谁。同样是对人身进行着"残酷的攻击",同样都有各自的神圣的理由。陀思妥耶夫斯基曾说"刽子手的特性存在于现代人的胚胎之中"(《死屋手记》);高尔基在《不合时宜的思想》中,面对战争中的暴行,感到"兽行是人类所固有的一种特性,一种即使在和平时期(如果地球上还有和平时期的话)人们也不陌生的特性"②。肖洛霍夫对此也许深有同感。

---

① 《诺贝尔获奖作家谈创作》,北京大学出版社,1987年,第341页。
② 高尔基:《不合时宜的思想》,朱希渝译,江苏人民出版社,1998年。

三

事实上，《静静的顿河》的多套话语，背后都有着一定的文化或意识形态背景。同时，它也与之前的许多作品相联系。弗莱认为，一部作品都是由其他文学作品创造的，它体现了一种文学"原型"，一种"传统"的力量。解构批评则强调，文本之间都有一种空间上的组合关系和时间上的聚合关系，从而构成一种"互文性"。从这个角度，我们不妨来看看《静静的顿河》的多重话语与"传统"的联系及其所体现的文化精神。

《静静的顿河》首先是一部关于"革命"的小说。但如前所述，这种"革命"往往只停留在"历史"叙事中。很多历史事件，只是以档案等原生性的叙事形式出现在作品中，而没有化入作品整体的情节。于是，史实性事件只是作品的"叙事"，而不是情节。而在虚构人物的"故事"中，尽管他们的命运仍由"革命"决定，但由于引入"人性"话语，这就使小说无论在叙事、人物命运，还是在作品风格的基调上，都与通常意义上的"革命"小说或以后所谓的"社会主义现实主义"经典作品拉开距离。

就《母亲》、《钢铁是怎样炼成的》、《苦难的历程》、《铁流》、《恰巴耶夫》这些社会主义现实主义的经典作品来说，它们都有一个共同的模式：作为一种"成长—启悟小说"，主人公处在两个时代之间，历史的发展与他的发展是同步的，伴随着一个新的历史的到来，也有新的人产生出来。时代的发展启发了主人公的思想觉悟，使他们成长起来，变成他们所依附的阶级成长的一种象征。而《静静的顿河》的主人公，却是与时代发展格格不入的流浪者、多余人。《静静的顿河》写的不再是一个人随着时代的成长而成长的故事。它在表现作为某一个体的哥萨克与代表城市、文明、进步的革命的冲突时，既包含了对哥萨克历史、现实、文化心理、性格的揭示，同时也包含了对于暴力革命中的正负面因素的思考。肖洛霍夫既要通过格里高力展示"人的魅力"，又要写出他与革命不合拍的个人悲剧。

在表现革命的苏联文学作品中，哪怕是悲剧，也往往是"乐观的悲剧"。它主要反映新与旧、个人与社会的斗争，反映某个阶段的尖锐的不可调和的矛盾，有时敌对力量暂时占上风，主人公为了实现理想勇敢地牺牲自己的一切直至生命。由于苏联文学要求一种整体上的历史进化论，作品需要反映历史趋势，即社会主义革命的最终胜利（即后来社会主义现实主义定义中所说的"现实的革命发展"），所以英雄主人公的牺牲与其说意味着个体肉体的毁灭，毋宁说是一种精神的震撼：一个人的牺牲将唤起更多人投身到革命事业中。这就形成了苏联文学特有的悲剧模式：并不渲染死亡带来的悲哀和痛苦，而是着眼于死者对生者的启迪和激励，抒发后来者的壮志豪情。

在《静静的顿河》中，肖洛霍夫用生动的画面和细节表现了第一次世界大战和后来的革命给哥萨克人带来的一系列悲剧。但这"悲剧"却少了一些"乐观"。这里既有革命者悲壮的牺牲和悲壮的胜利，更有哥萨克家庭的家破人亡。作家将叙述聚焦于主人公格里高力人性泯灭的悲剧过程。小说的第一部有一个预设在第一次世界大战之前，格里高力处于人生的佳境：内心和谐，身心健康，天性快乐，热爱劳动，珍惜生命。这是他人性最完满的时期。当他走上战场，第一次被迫杀死了一个奥地利军官，他的善良的天性开始受到撞击，继而有所减损。在激烈的阶级斗争中，他的人性越磨越少，兽性越聚越多。而当格里高力终于回到故乡，手里只剩下一个儿子，"头顶上是黑黑的天空和亮得耀眼的黑黑的太阳"。这是历史中的个人的悲剧，却少了些崇高的意义。

而在关于"人性"的话语中，肖洛霍夫继承了俄罗斯古典人道主义传统，但又赋予它一种现代意义。《静静的顿河》在对人性的探索中，首先立足于人的原始欲望，基本的动物根性。小说对哥萨克自然纯朴的乡村生活、充满原始生命激情的爱情、具有一种野性生命力的顿河草原的描写，揭示了一种生命之美、力量之美、野性之美。卢那察尔斯基称《静静的顿河》"充满了野性力量"。

俄罗斯文学常常具有一种强烈的道德感。果戈理、陀思妥耶夫斯基、托尔斯泰等作家，有感于西方资本主义对古老俄罗斯的冲击，人的道德感的丧失，自动地肩负起道德拯救的使命，从人格化、道德化的上帝中去寻求人的出路。道德善恶，常常成了作家们研究人、表现人的起点与终点。代表善良、仁爱、克己、宽恕、具有自我奉献与牺牲精神的主人公们，成了作家们对日渐消失的古老道德之美的永恒渴念。正是在这种"道德"升华中，俄罗斯文学更多地表现为灵魂的气息、道德的说教，而感性的欢乐、生命激情的展示则微乎其微。

《静静的顿河》却首先将人的情欲、人的生命激情提高到生命本体的高度。别林斯基认为："诗人也可以描写情欲，因为它是现实的对象；可是，诗人在描写情欲的时候，不应该沉醉在情欲中；情欲应是他创作中进行激情观察的对象，却不应该是他本人所向往的东西"[1]。而在《静静的顿河》中，"情欲"在某种程度上恰恰成了作家所向往的东西，成了向"孩子一般天真的灵魂"、向原始生命的回归。肖洛霍夫并没有以道德感来规范或者美化他们的爱情，而是在展示男女主人公善良正直的人性美的同时，着力描写了他们的疯狂情欲，它与充满原始生命活力的大自然一起，恰恰构成了小说的最动人所在。

但另一方面，肖洛霍夫也通过战争，写出了"人性"的可怕。肖洛霍夫既要写出在那场席卷俄罗斯大地的革命中人们为信仰、为正义而战的英雄主义情怀，又切入到人的非理性层次，展示人性中的攻击、破坏性冲动、嗜血本能怎样影响了战争，从而使作为新旧两个世界的斗争的革命又带有了杂色。肖洛霍夫对"人性"多层面的揭示，使它更多地与现代人道主义有了相通之处。

同样，《静静的顿河》的乡土话语中也暗含着多重的意义。一方面，在乡土俄罗斯的现代转型过程中，从现代化的视野来看，乡土可能代表着落后。而革命，在托洛斯基看来，首先是城市的。"布尔什维克主义是城市文明的产物。"[2]对待代表革命的城市的不同态度，便决定了作家的艺术分野。

正因为如此，苏联文学早期的一些代表主流意识形态的经典作品，如《母亲》、《钢铁是怎样炼成的》及"无产阶级诗歌"，都充满了一种城市抒情。相反，曾被称作革命的同路人的一些作家，如皮里尼亚克、叶赛宁、克留耶夫、谢拉皮翁兄弟……他们对代表了革命与新的生活的城市却带有更多的害怕、排斥心理，从而时时表现出对过去、对乡村的依恋。他们被托洛斯基称作"农民化知识分子"，其作品成了"一种新的苏维埃民粹主义"。他们始终以农民的方式接受革命，与代表革命的城市格格不入，仿佛永远是城市中的"多余人"、"第三者"。与时代前进步伐的不合拍，恰恰构成了这些"农夫化作家"的共同特点。

《静静的顿河》的作者，同样带有"农夫化作家"的倾向。主人公心目中的那片"乡土"，始终成了他用以对抗"革命"、"城市"的心理屏障。如果说乡村更多地与农业文明联系在一起，在文化精神上体现为群体意识、平等理想、和谐原则、人身依附关系，那么现代城市则更多地体现了崇尚自由、个人主义的精神和世俗化原则。而在苏联由政府指令强制实行的告别乡村的现代化运动中，又常常是以反现代（反自由、个性、竞争）的方式完成的。社会主义现实主义的一体

---

① 《别林斯基选集》，上海译文出版社，1980年，第二卷，第211页。
② 托洛斯基：《文学与革命》，刘文飞译，外国文学出版社，1992年，第77页。

化、模式化原则，正是那种古老的斯拉夫"民族主义"精神的体现。相反，那些农夫化作家，坚守边缘立场，坚持独立与对自我个性的执著，在某种意义上更体现了一种现代精神。因此，如何看待《静静的顿河》的"乡土回归"，也就不是简单的价值评判可以解决的了。

肖洛霍夫作为"革命作家"、"人道主义作家"、"农夫化作家"，这多重身份决定了他的作品的复杂性。《静静的顿河》被批评家们的变色眼睛作了过滤之后，仍旧被当成了社会主义现实主义的典范作品。其实，如果说社会主义现实主义作品都是独白型的，《静静的顿河》可说是个典型的对话性文本。巴赫金强调，纯粹的对话关系乃是"同意和反对的关系，肯定和补充的关系、问和答的关系"。而当对话出现在人与人的意识中，就构成了一种对话性，这是"在各种价值相等、意义平等的意识之间相互作用的特殊形式"①。在《静静的顿河》中，各种声音杂然并存，众声喧哗，都有其存在的合理性，但谁也无法取得统治地位。这就使这部小说迥异于苏联文学中那些完全体现主流意识形态的独白型文本，而获得了丰富的意义。它是开放的，可不断阐释的，这正是作品的魅力所在。

---

① 转引自董小英著《再登巴比伦塔——巴赫金与对话理论》，三联书店，1994 年，第 18 页。

《普希金文学人民性思想的涵义和影响》（节录）①

在普希金时代，俄国的文艺学还处于形成阶段，现代文艺学的许多概念要么尚未出现，要么很不明确。就拿"浪漫主义"这一概念来说吧，在 19 世纪初期的俄国，它的含义就是相当混乱的。至于普希金本人，他所说的"浪漫主义"有时是现实主义之意。例如他在谈到自己的历史悲剧《鲍里斯·戈都诺夫》时说："我自愿放弃了为经验所证实、为习惯所确认的艺术体系向我提供的许多好处，力求用对人物和时代的忠实描绘，用历史性格和事件的发展来弥补这个明显的缺点，——总之，我写了一部真正浪漫主义的悲剧。"②这里所说的"对人物和时代的忠实描绘，用历史性格和事件的发展"来进行创作，实际上是典型的现实主义的特点。

"人民性"概念的情况也颇为相似：有的人认为人民性在于从祖国历史中选取题材，有的人则认为人民性在于遣词造句，也就是用俄语进行阐述和使用俄国成语。总之，人民性当时也没有一个明确的定义。因此，普希金首先面临一个正名问题。尽管《论文学中的人民性》只是一篇类似提纲的草稿，但观点却是很明确的。联系他在其他短论、书信和诗歌中的论述，我们可以清楚地看出他的文学人民性思想的两层涵义。

普希金的人民性思想的第一层涵义是民族性。他说："作家的人民性是一种只能为本国同胞赏识的优点，——对于别人来说，它要么就不存在，要么可能是一种缺陷。"③这种人民性是由各个不同民族的不同气候、不同政体、不同信仰所造成的，它既包括某一民族的风俗、迷信和习惯，也包括某一民族的思想和感

---

① 原载《外国文学评论》2003 年第 1 期。

② 卢永选编：《普希金文集》第 7 卷，张铁夫等译，北京：人民文学出版社，1995 年，第 163 页。

③ 卢永选编：《普希金文集》第 7 卷，张铁夫等译，北京：人民文学出版社，1995 年，第 151 页。

情的方式。因此,文艺作品要反映每个民族的"特殊的容貌"。

那么,如何反映"特殊的容貌"呢?

普希金认为,首先,俄国作家应该用俄语进行创作。18 世纪和 19 世纪初期,"法语病"像瘟疫一样肆虐于俄国文坛。法语不仅是上流社会的交际语言,而且也是贵族作家们进行文学创作的基本语言。人们从小获得的一切知识、一切概念都来自法国书籍,作家们习惯于用法语思考,用法语写作。除了诗歌以外,科学、政治、哲学方面的书籍,几乎全是用法语写的,有时连一些普通概念都无法用俄语表达。法语的普遍使用和对俄语的鄙视,成为阻碍俄国文学发展的重要原因之一。

针对这种情况,普希金呼吁俄国作家应当在俄罗斯和用俄罗斯语言进行创作,他说:"我们有自己的语言;鼓起勇气吧!——我们有自己的风俗、历史、歌谣、童话等等。"[1]他号召青年作家倾听民间的语言,认为去听听莫斯科烤圣饼的女人谈话不是什么坏事,因为她们所说的话非常纯正。他表示,他不喜欢在古朴的俄罗斯语言中看到欧罗巴的矫揉造作和法兰西的精雅细腻的痕迹。他认为,粗犷和纯朴对它更为相宜。

但必须指出,普希金并不赞成那种"人民性在于遣词造句"的观点。他认为,即使是用俄语写的作品,但如果迷恋古语、方言土话、职业用语和行会隐语,那只能使语言变得晦涩难懂,也谈不上什么人民性。他既反对"俄罗斯语言爱好者座谈会"的守旧派捍卫教会斯拉夫语的主张,也不赞成卡拉姆津派对上流社会贵族知识分子语言的偏爱,而主张向民间口语学习,用民间口语来丰富书面语言。正是在民间语言的基础上,他创立了俄罗斯文学语言。

其次,俄国作家应该从祖国历史中选取题材。这一观点首先是布尔加林提出来的。他在谈到"俄国的人民悲剧"时,要剧作家们注意那些"俄国历史上非常丰富"的"史诗性和戏剧性题材",如瓦兰人的到来,诺夫戈罗德和普斯科夫的独立,诸侯的敌对,鞑靼人的入侵等。他认为这些历史事件比异国传说的吸引力要大得多。"所有这些事件所期待的仅仅是一位天才用诗歌和虚构的鲜花加以装饰,以民族形式出现在俄国的舞台上。"[2]应该说,普希金对布尔加林的这一观点并未完全否认。他自己也认为,作家必须掌握自己的题材,遵循本国文学

---

① 卢永选编:《普希金文集》第 7 卷,张铁夫等译,北京:人民文学出版社,1995 年,第 137 页。

② 转引自 А. С. Пушкин, *Собрание сочинений в десяти томах*, том 6,Государстве нноеиздательство художественной дитературы 1962,стр 255。

中的传统习惯。俄国的现代史还是一片未开垦的处女地,有无数的历史事件值得作家去描绘。除了俄国作家,谁也无法从事这一工作。1825年,他在给格涅吉奇的信中提到,希望能够出现描绘俄国历史人物的史诗,如斯维雅托斯拉夫、弗拉基米尔、姆斯季斯拉夫、顿斯科伊、叶尔玛克、波扎尔斯基等等。他说:"人民的历史是属于诗人的。"①

再次,俄国作家应该反映本民族的风俗和精神。普希金虽然赞成从祖国历史中选取题材,但并不赞成人民性仅仅"在于从祖国历史选取题材"的观点。在他看来,"民族的风俗、迷信和习惯"以及"思想和感情的方式"(精神)比题材更重要。他援引大量事实来说明自己的看法。英国戏剧家莎士比亚的《奥赛罗》、《哈姆莱特》、《请君入瓮》取材于异国生活,西班牙戏剧家维加、卡尔德隆从意大利小说和法国民间抒情诗中汲取悲剧题材,法国作家拉辛的悲剧从古希腊史中取材,但由于这些作品都"打上了人民性的烙印",反映了一定的社会生活,因而不能否认它们有着"伟大的人民性的优点"。普希金为了证明自己的观点,还举出一些俄国作家的作品加以反衬,如赫拉斯科夫的《俄罗斯颂》、奥泽罗夫的《德米特里·顿斯科伊》、克留科夫斯基的《波扎尔斯基》、霍米亚科夫的《叶尔玛克》等悲剧作品虽然取材于本国历史,但普希金认为,它们与俄国的风俗和精神水火不相容,也就是没有任何民族的、俄国的东西,因而根本谈不上人民性。

普希金的人民性思想的第二层涵义是民众性。在《论民众戏剧和波果津的〈玛尔法女市长〉》一文中,他写道:"在悲剧中展开的是什么呢? 它的目的是什么呢? 人和民众——人的命运和民众的命运。"②在这里,他把反映人的命运和民众的命运作为悲剧的首要任务。然而,法国古典主义悲剧却不是如此。在法国,戏剧艺术本来诞生于广场,它是民众的一种娱乐,为民众所喜闻乐见,与民众有着密切的联系,可是拉辛却把它从广场和集市搬进了宫廷,于是逼真成了"戏剧艺术的主要条件和基础",即"严格遵守服装、色调、时间和地点",与此同时,"戏剧抛弃了通俗易懂的语言,采用了时髦的、精选的、非常文雅的语言"。由于观众在教养方面高于作家,因此后者"不敢放任自己进行自由和大胆的虚构","竭力揣摩地位与他迥然不同的人们的各种雅趣"③。凡此种种,就是普希金所说的"拉辛式的宫廷戏剧"的主要特点。俄国戏剧的情况也是如此。普希

---

① 《普希金论文学》,张铁夫、黄弗同译,桂林:漓江出版社,1983年,第52页。
② 卢永选编:《普希金文集》第7卷,张铁夫等译,北京:人民文学出版社,1995年,第234页。
③ 卢永选编:《普希金文集》第7卷,张铁夫等译,北京:人民文学出版社,1995年,第236—238页。

中国俄苏文学研究史论
История исследования русской и
советской литературы в Китае

金认为,俄国的戏剧也不是出于民众的需要。罗斯托夫斯基的宗教神秘剧、索菲娅·阿列克谢耶夫娜公主的悲剧,只不过是一种宫廷娱乐。古典主义的悲剧用拙劣生硬、矫揉造作的语言写成,充满违悖情理的内容,死气沉沉、平淡无奇,对民众的爱好未能产生任何影响。它与拉辛式的宫廷戏剧的区别在于,人们"想把苏马罗科夫式的宫廷悲剧下放到广场上去,——然而却障碍重重!"①

1824—1825 年,普希金在米哈伊洛夫斯科耶创作历史悲剧《鲍里斯·戈都诺夫》时,开始思考戏剧改革问题。这时,他对莎士比亚的戏剧已经作过系统的研究,并且极为赞赏,对古典主义戏剧则感到极其厌恶,认为它已经不适应时代发展的需要。在这年夏天写的《论古典主义悲剧》一文中,他对古典主义的"三一律"中的情节的一律作了肯定,认为"引人入胜是戏剧艺术的首要规则",但对地点一律和时间一律却予以否定,认为"情节发生的地点受到限制","事件过分迅速"。文章最后提出了他的悲剧三原则:"喜剧和悲剧二者的混合,情节的紧张,严格选用有时必须使用的平民用语。"②这三项原则是他以莎士比亚为师,在创作实践中总结出来的,并具体地运用到了《鲍里斯·戈都诺夫》的创作中去,而最后那项原则便是语言运用上的民众性。1829—1830 年,他写了《悲剧〈鲍里斯·戈都诺夫〉序言草稿》一文,明确地宣称:"我坚信,对我国戏剧最适合的是莎士比亚戏剧的人民性原则,而不是拉辛式悲剧的宫廷习气。"③文中的"народные законы"(人民性原则,或译民众性原则)这一词组中的"народные"一词,其意义恰恰是我们所说的该词的第二层涵义。此后不久,在《论民众戏剧和波果津的〈玛尔法女市长〉》一文中,他正式提出了建立俄国民众悲剧的任务。他写道:"我们的悲剧是仿效拉辛的悲剧而形成的,它能否抛弃自己的贵族习气呢?它怎样才能从自己节奏鲜明、一本正经、彬彬有礼的对话,转变为民众激情的粗野流露和街谈巷议的自由抒发呢?它怎样才能一下子甩掉卑躬屈节的习气,怎样才能摆脱那些习以为常的规则和强使俄国的一切适合欧洲的一切的做法呢?在欧洲,从谁那里可以学会民众懂得的语言呢?这些民众究竟有着什么样的激情?他们有着什么样的心弦?悲剧在哪儿能找到共鸣?——总之,观众何在?公众何在?"④这一连串的问题是对俄国古典主义戏剧的排炮轰击,也是

---

① 卢永选编:《普希金文集》第 7 卷,张铁夫等译,北京:人民文学出版社,1995 年,第 239—140 页。

② 卢永选编:《普希金文集》第 7 卷,张铁夫等译,北京:人民文学出版社,1995 年,第 150 页。

③ 卢永选编:《普希金文集》第 7 卷,张铁夫等译,北京:人民文学出版社,1995 年,第 178 页。

④ 卢永选编:《普希金文集》第 7 卷,张铁夫等译,北京:人民文学出版社,1995 年,第 240—241 页。

建立俄国民众悲剧的宣言和纲领。

普希金是他本人的人民性思想的实践者。他创作了俄罗斯第一部民众悲剧《鲍里斯·戈都诺夫》,悲剧的主题就是"人民的公意决定一切";他创作了第一部现实主义诗体小说《叶甫盖尼·奥涅金》,广泛而又真实地描绘了 19 世纪初期的俄罗斯社会生活;在《别尔金小说集》中,他把"小人物"主题引进俄罗斯文学,扩大了文学的表现范围,使文学在现实主义和民主主义的道路上前进了一大步;在长篇小说《上尉的女儿》中,他生动地描绘了 17 世纪农民运动领袖普加乔夫的形象和他所领导的那场波澜壮阔的人民斗争。总之,普希金在自己的创作中表现了人民对祖国的热爱,对自由的渴望,对沙皇的憎恨,对未来的憧憬,反映了他们的思想感情和历史使命,并塑造了维林、普加乔夫等人民性格典型。因此,他当之无愧地被后人称为"现实生活的诗人"、"民族的诗人"、"人民的诗人"。

文学的人民性是一个不断发展的概念。在普希金时代,人们通常是在人种学而不是社会学意义上使用这一术语,亦即在"民族性"意义层面上去进行理解和阐释,而且特别强调从本民族历史中选材、使用本民族语言和描绘本民族的风俗习惯。普希金试图给人民性一个科学的定义,但他所说的人民性也主要是指民族性。不过他认为,当每个民族的"特殊的容貌"在诗歌的镜子中得到反映时,这副"特殊的容貌"不仅包括"风俗、迷信和习惯",而且包括"思想和感情的方式",从而丰富了人民性的内涵,这是他的一个重要贡献。此外,普希金在许多文章特别是在一组关于戏剧的文章中谈到了文学的民众性问题,这是他的文学人民性思想的一个重要方面,为人民性概念的科学化打下了基础。

在普希金之后,人民性问题成了俄国文学中头等重要的问题。正如别林斯基所说:"普希金是第一个又伟大又具有民族性的俄国诗人,在他之后,所有的人都开始倾向人民性,所有的人都在追求人民性……"[1]"目前,人民性成了文学的首要优点和诗人的最高功勋。现在,把一个诗人称为人民的,就意味着对他进行赞扬。"[2]不过,别林斯基早年对人民性的理解也没有超出民族性的范围。他在 1835 年写的《论俄国的中篇小说和果戈理君的中篇小说》一文中说:"果戈理君的中篇小说具有极高的人民性;然而,我不想对它们的人民性过多议论,因

---

[1] В Белинскнй, *Сочинения в одном томе*, Москва Молодая гвардия, 1950, стр 355355, 80, 504, 739.

[2] В Белинскнй, *Сочинения в одном томе*, Москва Молодая гвардия, 1950, стр 355355, 80, 504, 739.

中国俄苏文学研究史论
История исследования русской и
советской литературы в Китае

为人民性并非什么优点,而是一部真正艺术作品的必要条件,如果应该把人民性理解为对某一民族、某一国家的风俗、习惯和天性的忠实描绘的话。"①到了1844年,亦即他逝世前4年,他仍然只承认普希金是"民族的诗人"(национальный поэт),而不承认普希金是"人民的诗人"(народный поэт),"连谈论把'人民的'这个形容词用到普希金或任何一个俄国诗人身上,都是一件可笑的事"。②尽管如此,他毕竟开始把民族性和人民性这两个不同的概念区分开来。在他逝世前一年写的《1847年俄国文学一瞥》一文中,他针对某派贵族"何必让文学中充斥着这么多庄稼汉"的叫嚣,旗帜鲜明地回答道:"大自然是艺术的永恒的典范,而大自然中最伟大和最高尚的对象乃是人。难道庄稼汉不是人吗?"可是,在一个粗鲁的、没有受过教育的人身上,能有什么令人感兴趣的东西呢?'怎么没有呢?他的灵魂、智慧、内心、激情、爱好,总之,也就是一个受过教育的人身上所具有的一切。"③这是作为革命民主主义者的别林斯基对文学人民性的新的阐释。

在19世纪,文学人民性理论的进一步完善是由杜勃罗留波夫实现的。按照 Г. Н. 波斯彼洛夫的观点,杜勃罗留波夫的《俄国文学发展中人民性渗透的程度》(1858)一文,使人们对文学人民性的理解产生了决定性的转变。④ 他在谈到普希金时写道:"我们说:人民性的形式,是因为它的内容,就连普希金自己也还没有理解。我们[不仅]把人民性了解为一种描写当地自然的美丽,运用从民众那里听到的鞭辟入里的语汇,忠实地表现其仪式、风习等等的本领……"在普希金的作品里,这一切都有:他的《水仙》是最好的证据。可是要真正成为人民的诗人,还需要更多的东西:必须渗透着人民的精神,体验他们的生活,跟他们站在同一的水平,丢弃等级的一切偏见,丢弃脱离实际的学识等等,去感受人民所拥有的一切质朴的感情,——这在普希金却是不够的。"⑤在谈到果戈理的时候他又写道:"要是我们的文学发展进程,以果戈理为结束,那么可以说,我们的文学到现在为止,还几乎从来就没有完成过使命:表现人民的生活,人民的愿

① В Белинскнй, *Сочинения в одном томе*, М осква Молодая гвардия, 1950, стр 355355, 80, 504, 739.

② В Белинскнй, *Сочинения в одном томе*, М осква Молодая гвардия, 1950, стр 355355, 80, 504, 739.

③ В Белинскнй, *Сочинения в одном томе*, М осква Молодая гвардия, 1950, стр 355355, 80, 504, 739.

④ 参看 Г. Н. 波斯彼洛夫主编《文艺学引论》,邱榆若、陈宝维、王先进译,长沙:湖南文艺出版社,1987年,第560页。

⑤《勃罗留波夫选集》第2卷,辛未艾译,上海译文出版社,1983年,第184页。

望。"①上述引文中杜勃罗留波夫对普希金的评价是否正确,我们姑且不去管它,需要肯定的是,杜勃罗留波夫关于"人民的诗人"所需的条件和文学的使命的论述,已经具备了现代意义的文学人民性概念的基本因素。

---

① 《勃罗留波夫选集》第 2 卷,辛未艾译,上海译文出版社,1983 年,第 187 页。

20 世纪 70 年代以后,全球性的生态危机日趋严重,人与自然的关系引起人们的普遍关注,俄罗斯的生态哲学与生态文学对此做出了积极的回应。与西方的有关研究相比,他们的探讨更显示出强烈的理性色彩和宗教意识:在追求理性的同时伴随着一种末世论的情绪,或者说是期待着通过末世论的启示唤回人类理性。这种生态末世论是一种源于对人类命运的忧思而发出的警示录。

一、从传统末世论到生态末世论

思想史的考察发现,俄罗斯的宗教思想比西方思想更多地体现了末世论的意识,或者说末世论是俄罗斯宗教哲学的一个基本内容。危机时代的俄罗斯哲学与文学总是面向末世论神话:每逢历史处于转折时代,在世纪的交汇点上,在危机与动荡时期,便总会有末世论神话的复活。19 世纪末 20 世纪初,十月革命时期,20 世纪末,每个时代都赋予这个神话以自己的变体。在俄罗斯思想的末世论情怀中,对永恒的天国理想的期待与对现世生活的关注往往并行不悖,同时兼有超越与入世的双重品格。我们在索洛维约夫、列昂季耶夫、赞奥多罗夫、别尔嘉耶夫、弗兰克、弗洛罗夫斯基等重要思想家的论述中都可以发现这一特征。

生态末世论从传统末世论而来,二者既一脉相承,又不尽相同。末世论的传统问题探讨的是借助于圣经的宗教道德标准,通向天国,通向心灵的永恒居所,通向人类的终极生命的道路。它从犹太教论述世界末日的情景和世人的最终结局这一主要神学命题演变而来。随着基督教的崛起,弥赛亚的末世论逐渐被基督教的救赎说取代,虽然基督教末世论也主要指向末日审判,但已将天国

---

① 原载《外国文学评论》2003 年第 3 期。

理想从犹太教的此岸搬到了具有超越性的彼岸。生态末世论则又面向人类现世的灾难境遇——从彼岸回到此岸，天国理想却早已不复存在。犹太教的末世论将世界末日理解为犹太人作巴比伦俘囚的悲惨境遇。生态末世论则认为，由于全球性的生态危机，整个人类的生存都已濒临毁灭的边缘，因而它所关注的问题也更具现实性和普遍性。

"俄罗斯民族，就自己的类型和灵魂结构而言，是信仰宗教的人民。即使是不信仰宗教者也仍然有宗教性的忧虑，俄罗斯人的无神论、虚无主义、唯物主义，都带有宗教色彩。俄罗斯人即使离开了东正教，也仍然会寻找神和神的真理，寻找生命的意义。"①别尔嘉耶夫的这段话道出了俄罗斯人独特的思维理路。素与神学联系紧密的俄罗斯宗教哲学更偏重经验事实而缺乏抽象的体系，对生命的解说充盈着宗教情感；俄罗斯文学对生命对世界的哲学探究使之具有了宗教意味，并成为最深刻最重要的俄罗斯思想的表达方式。别尔嘉耶夫同时还指出："俄罗斯文学不是诞生于愉快的创造冲动，而是诞生于人和人民的痛苦及其灾难深重的命运，诞生于拯救全人类的思考"②。俄罗斯哲学同样如此，这正是俄罗斯思想的价值与魅力所在。他们始终面向终极，面向永恒，关注人生的意义、世界与人类的终极命运问题。当这种惯有的宗教思维与全球化的生态危机相遇时，便出现了生态末世论的复活。

生态末世论的内容主要涉及人与自然关系的罪与罚以及救赎世人的努力。20世纪俄罗斯的生态哲学与文学中的末世论主题主要表现为这样三个层面：由对人与自然的和谐关系的向往所引发的神话怀乡病；由人类文明本身所蕴含的生态危机所导致的世界毁灭的末世图景在作品中一再重现，使作品成为现代启示录；面对末世灾难，作家们纷纷探索救赎之路，指出人类的文明之路在于理性的复归，理性的复归要靠信仰来完成，信仰的目的在于通过上帝直抵人心，实现道德的自我完善，进而改变这个世界面临的末日命运。由此构成了20世纪的救赎篇。应该说明的是，这三个层面是不可分割的整体，共同表达着一个完整的生态末世论主题，因此往往在一部作品中同时并存。由于篇幅限制，笔者将单独撰文探讨生态末世论中的弥赛亚意识。

---

① 汪剑钊编选：《别尔嘉耶夫集》，上海远东出版社，1999年，第5页。
② 汪剑钊编选：《别尔嘉耶夫集》，上海远东出版社，1999年，第6页。

中国俄苏文学研究史论
История исследования русской и
советской литературы в Китае

二、神话怀乡病

既然当今世界生态危机的根源在于现代文明,那么通过神话来反拨现代文明,理解自然,便成为现代生态思考和讨论中始终伴随着的一种神话怀乡病。神话是人类文化传统的凝聚,通常反映着人类原始状况的本性以及人与自然的和谐关系。当文明的幻象使人自以为成了自然的主宰,试图以有限对抗无限,破坏了这种和谐关系并受到大自然的严厉惩罚时,代表人类良知与理性的哲人和诗人便渴望通过神话对现实的超越暂时回归本真的存在。这种对家园的怀想既令人神往又使人惆怅,神话的理想化仿佛是对人类黄金时代的追忆,伴有某种失落的苦痛。当代哲学家 B. П. 盖伊坚科在《宗教世界观中的自然》中指出:"对待自然的'神话'方式并没有被技术文明的发展所取代。这种方式被保存在宗教实践中。那种世界观艺术家们有时可以接近,并由此存在于艺术之中。它仿佛被保存在我们的文明之外,然而却证明了人类生存的另一种量度的存在。"①被保存在宗教与艺术中的这种量度就是人类的良知与理性,它称量出人类中心主义的偏狭。

作为历史的积淀,神话的认识价值受到哲学家和文学家的充分重视。莫伊谢耶夫赞同别尔嘉耶夫关于"历史是神话"的观点,认为历史若没有神话就没有价值。"历史需要神话,因为这是现实幻象的缩影,是启示人类思维本质的阐释。科学方法应该能够向它学习,在其交叉点上建立起一幅我们称之为历史的全息图。"接下来他进一步提出:"历史哲学应该致力于让历史成为思想(神话);思想的演化,思想的流传特征。"②艾特玛托夫的小说一向以神话特质和哲理沉思见长,他对神话功能的高度概括与莫伊谢耶夫之说有异曲同工之妙:"神话和传说是人民记忆的结晶,是人民生活的结晶,是用神话——幻想的方式表达的人民的哲学和历史的结晶,是人们对后代子孙的遗训。人通过对自然界的表面认识,创造了自己的精神世界,并意识到自己是这个自然的一部分。"③

生态文学作品中关于大自然的神话往往带有早期泛神论和多神教的特征。

---

① В. П. Гайденко, "Природа в религиозном мировосприятии", *Вопросы философии*, 1995 №3. CTP. 43.

② Н. Н. Моисеев, *Судьба цивилизации Путь разума*, Москва, Языки русской культуры, 2000, CTP. 120.

③ 艾特玛托夫:《对文学与艺术的思考》,陈学迅译,新疆大学出版社,1987 年,第 72 页。

赫克教授指出，在斯拉夫人的原始宗教中，万物皆有神灵。"他们崇拜佩伦的名字以及许多别的自然神。他们也敬拜死人，敬拜祖宗，他们还有一种动物性的崇拜，凡神秘的引人敬畏的东西都受敬奉。"①关于这一点，列昂诺夫在《俄罗斯森林》（1953）中通过主人公林学家维赫罗夫的演讲作了更为详尽的阐释："人们把对原始生活的感知，编成了神话传说。在认识一个民族的历史方面，这些传说的价值绝不亚于物质文化的遗迹，他们是无价之宝。我们的远祖，如同呆在黑暗里的婴儿一样，总是怀着惊悸恐怖的心情注视着四面八方并不存在的凝滞不动的面孔，有的阴沉、狰狞，有的和蔼可亲。而由此也产生了象征恐惧和虔诚的多神教……在我们祖先崇奉的自然力中，就有作为美和善的偶像的参天古树……人们对这些古树怀着崇高的敬意，聚在他们的脚下，或者裁决疑难，审理案件，或者倾听歌手赞颂该部落往昔的征战壮举。"

这种自然崇拜在索洛维约夫的"万物统一"说中得到理论上的概括和总结。他强调人与自然界在上帝爱的原则下统一为一个整体，认为万物统一就是上帝的实质（但这里的上帝是哲学里的上帝而非基督教里的上帝）②。这一学说的提出主要是针对西方的理性主义和世俗化传统，其中蕴含着泛神论的因素，而泛神论的趋向是宇宙中心论的结果。属于俄罗斯哲学中人本主义一脉的索洛维约夫通过这一学说在一定程度上弥合了人类中心主义和宇宙中心论的分裂，也弥合了哲学与神学的分裂，使得科学、哲学与神学有机地综合起来，形成完整知识，即"自由的神智学"。这种广泛联系又成为俄罗斯宗教哲学的一大特征。作为俄罗斯宗教哲学集大成者，索洛维约夫的思想深刻地影响了整个俄罗斯思想文化界。其后有关人与自然关系的思考，无论是在宗教哲学界还是文学界都与这一思想有着千丝万缕的联系。由此我们便不难理解在莫伊谢耶夫的生态思想和阿斯塔菲耶夫、拉斯普京、艾特玛托夫等的生态文学作品中，科学与宗教、理性与信仰为什么会如此奇妙地结合在一起。

文学作品作为神话的主要载体，起到了记载、保存和创造神话的作用。我们且将目光锁定阿斯塔菲耶夫的《鱼王》（1972）、拉斯普京的《告别马焦拉》（1976）、艾特玛托夫的《白轮船》（1970）、《断头台》（1986）这几部具有广泛影响的生态小说，探讨其中的宗教意识。以宗教观而论，艾特玛托夫是无神论者，阿

① 赫克：《俄国革命前后的宗教》，高骅、杨缤译，学林出版社，1999年，第189页。
② 张百春：《当代东正教神学思想》，上海三联书店，2000年，第84页。

中国俄苏文学研究史论
История исследования русской и
советской литературы в Китае

斯塔菲耶夫和拉斯普京后来都转向了东正教。然而、他们以西伯利亚和中亚草原为背景的作品,都塑造了自然神的形象。在他们笔下,大自然这一充满神性的存在有着多样化的表现形式。

阿斯塔菲耶夫的《鱼王》具有浓厚的泛神论色彩。这部作品写的是一个游子重回故里的所见所闻所思所悟。宽阔浩荡的叶尼塞河及西伯利亚冻土带上的莽莽森林就是他的故乡,他和这片养育他的土地上一切有生命的东西息息相通。他对大自然深怀敬畏之心,时常感叹大自然的伟力,"感到自己是大千一叶,和生命之树却有一茎相连……"他称叶尼塞为"生命之河"。"生命之河"与"生命之树"这两个巨大形象的根基都可以延伸到神话意识,"它们是一切存在机制、一切开端与结局,一切地上、天上和地下的,亦即整个'宇宙志'的直观体现。"[①]在他的笔下,大自然处处弥漫着神性。

"鱼王"是叶尼塞河中一条硕大无比、带有女性意味的鳇鱼,贪婪的偷鱼者伊格纳齐依奇施放排钩将这个自由的精灵钩住,并且不顾爷爷的告诫,没有放掉这庞然大物,结果自己也被掀入水中,腿上扎进了自己施放的排钩动弹不得。于是,"河流之王和整个自然界之王一起陷入绝境。守候着他俩的是同一个使人痛苦的死神。"这次死亡历险使伊格纳齐依奇终于有所悔悟,从道德层面反思自己和自然、和女性的关系。阿斯塔菲耶夫提醒我们,人与自然是统一的整体,我们大家都是大自然的产物,是她的一部分,不管我们是否愿意,我们都与创造人种的规律同在。他认为,"人对周围大自然的态度,就已经是人本身,他的品格,他的哲学,他的心灵,他对周围人的态度。"[②]索洛维约夫"万物统一"的观念通过人与自然联系的原则得以体现。

拉斯普京的作品呈现出典型的多神教特征。他在大自然的图景中将自己哲学宗教的世界观具体化了。在《告别马焦拉》中,他通过"岛主"和"树王"这两个超现实的形象赋予神秘的大自然以具象的特征。"岛主"是一只略大于猫、与其他任何动物都不像的小动物。它能看见一切,了解一切,又不妨碍一切。它预感到这块四面环水的孤独土地上所发生的劫难,见证了马焦拉在劫难逃的厄运。在人类的暴行面前,它又显得那么无能为力,只能发出绝望的哀鸣。

如果说"岛主"是一个冥冥中神秘的存在,那么"树王"则是一个有灵魂的

---

① Н. Л. Лейдерман, М Н Липовецкий, *Современная русская литература*, Книга2, Москва, УРСС, 2001. СТР. 73.

② Виктор Астафьев, "Память сердца", *Литературная газета*, 1978. 11. 15.

实体,是自然之魂的具体体现。这是一棵主宰一方、权威无上的老树,他把马焦拉村固定在河底,固定在同一块土地上。由于心存敬畏,人们不敢称"它"而称其为"他"。每逢重要节日,如复活节和三一节,人们便给"他"上供。"他"犹如神明的化身,人们一旦冒犯便会受到报应。由于树权被男人们砍了,被孩子们烧了,就酿出了一个男孩从帕沙树权上跌下摔死的惨剧。两个外来人(小岛的毁灭者)用斧子砍,斧子被弹开,用油锯锯,油锯被卡住,架起熊熊烈火,树王依然纹丝不动。当人们焚毁了马焦拉林,"他"周围的一切都已不复存在,惟有"那'树王'却静穆而雄伟地高耸在他们的头顶上,除了自己的威力外,不承认任何威力。"

相比较而言,艾特玛托夫的神话意识最自觉也最强烈,他善于借神话抒发对人生悲剧性的思考,使他的小说本身成为一则现代神话。因为融合了吉尔吉斯和俄罗斯两种文化传统,他笔下的神话也更为瑰丽多姿。《断头台》塑造了狼神比尤丽的形象。"狼神"是月亮上存在的一个虚灵,因为人类的暴行而连失三窝幼崽的母狼阿克巴拉在这个世界上孤苦无告,只能把它当作倾诉对象:

> ……你下来吧,狼神比尤丽,下到我这里,让咱俩坐在一起,一起号啕痛哭吧。下来吧,狼的神灵,让我把你带到那片现在已经没有我立足之地的草原。下到这儿来,下到这石头山里,这里也没有我们活动的余地,看来,哪儿也没有狼的地盘了。

这些作品通过人格化的手法赋予"鱼王"、"树王"、"岛主"、"狼神"以超人的智慧和力量,然而在号称"自然之王"的人类面前它们又常常显得无可奈何,束手无策。这些自然之神的意义在于昭示人类,世间万物都跟人一样,是大自然的一部分,都有着同样的生存权利。这些形象从根本上否定了人类中心主义。当代著名思想家 H. H. 莫伊谢耶夫院士(1917—2000)在《人类……能否生存下去?》一书中痛彻地反思了人类中心主义所导致的现代文明的危机:"如果承认 20 世纪是预警的世纪,那么 21 世纪就可能不是完成的世纪,而是毁灭的世纪。其中,可能会发生那种在很多人意识中深信不移的世界观的崩溃,他们在文明背景下接受教育,这一文明是建立在人对自然的无限权利的基础上

中国俄苏文学研究史论
История исследования русской и
советской литературы в Китае

的。"①自以为拥有了无限权利的人类残暴地剥夺了地球上其他物种的生存权利,作出种种物伤其类的非理性行为。这正是人类自我毁灭的开端。

三、末世论神话

末世论神话是对人类文明所蕴含的生态危机的启示录。早在 20 世纪初,当文学的末世论主要面向旧制度的毁灭,对大自然还在低吟浅唱之时,费奥多罗夫在他的"共同事业哲学"中就已经辩证地看待人与自然的关系了。一方面,针对俄罗斯频仍的自然灾害,他提出能动地改造自然的思想,另一方面,他还清醒地预告了生态末世前景:"土地贫瘠,森林消失,气象恶化,表现为洪水和干旱——这一切都证明将有一天会'大难临头',这提醒我们对此警告仍不可掉以轻心……就这样,世界走向末日,而人甚至以自己的活动促进了末日的临近,因为剥削性而非建设性的文明只能导致加速末日来临的后果。"②而造成这一切的,恰恰是因为"人已尽其所能地作了一切恶,无论对自然(因掠夺而使自然荒芜和枯竭),还是对他人(发明杀人武器和彼此消灭的手段)"③。

20 世纪下半叶,在生态文学作品中,地球毁灭的古代神话、末世论和启示录的意象以家园毁灭、孩子死亡的悲剧图景多次重现,全面展示了人类的生存危机。

《圣经·创世纪》对洪水神话作如下记载:"水势在地上极其浩大,天下的高山都淹没了。"拉斯普京的《告别马焦拉》所描绘的正是这样一幅凄惨的世界末日景象:由于安加拉河下游要修建水电站大坝,马焦拉岛即将沉没水底,"又是一片寂静,四周只有水和雾,除此之外,什么都没有。"小岛的毁灭令人联想起《圣经》中的洪水意象。四周环水的马焦拉岛并不是诺亚方舟,人们不得不离开这世代居住的家园。

《启示录8:10》通过火的意象展现了一幅世界末日图景:"第一位天使吹号,就有雹子与火掺着血丢在地上。地的三分之一和树的三分之一被烧了,一切的青草也被烧了。"《告别马焦拉》最后描写人们居住了三百年的村子被放火

---

① Н. Н. Моисеев, *Бытв или небыть…Человечеству?* Москва, 1999. CTP. 284.

② Н. Ф. Федоров, *Сочинения*, CTP. 521. 转引自徐凤林著《费奥多洛夫》,台北,东大图书公司,1998 年,第 123 页。

③ Н. Ф. Федоров, *Философия обшего дела* I, CTP. 5. 转引自徐凤林著《费奥多洛夫》.台北,东大图书公司,1998 年,第 123 页。

烧掉的画面正好与此呼应。符·维·阿格诺索夫主编的《20世纪俄罗斯文学》从宗教意识出发解读这部作品："《告别马焦拉》一开头，便出现了具有象征意义的戏剧冲突，马焦拉岛（读者清楚马焦拉 Матера—的词源是'Мать'母亲—'родина'祖国—'земля'土地）上平和、静谧而又生气勃勃的生活，恰与空荡荡、光秃秃、一切都消蚀殆尽（источение 是拉斯普京最喜欢的词）形成对比。草房呻吟着，风呼啸而过，吹得大门啪啪作响。作家强调，'黑暗降临在马焦拉岛上'，他多次重复的这句话令人联想起俄罗斯的古籍和启示录。正是在这里，出现了火灾的情节……而在火灾发生之前，'天空中群星陨落'。"[①]与洪水意象和火灾意象相关联的是意味深长的死亡意象：老太婆达丽亚努力把就要烧毁的老屋涂白，装饰上杉树，"这是准确地反映了基督教为死者涂圣油（临死前求得精神解脱和接受不可避免的死亡）"[②]。岛主在同这个世界告别的时候发出的凄厉嚎叫，更是发人深思的末日哀鸣。

官僚主义的猖獗导致家园的毁灭，人对这个星球上生死相依、休戚与共的动物朋友也要斩尽杀绝。在阿斯塔菲耶夫的《鱼王·黑羽翻飞》中，城里人携带弹药来到西伯利亚塞姆河畔的密林深处，用油锯放倒雪松。猎取黑貂，把飞禽走兽打得死的死，残的残。"秋天是森林鸟类的浩劫，雷鸟首当其冲。这是一场人祸，是最有理性的生物所造成的一场祸害。"作家为雷鸟唱起悲哀的挽歌。

> 已经是仲夏了，可楚什镇的池塘四周仍然堆着去年留下的黑色羽毛，像是送葬的花圈。
> 　　……
> 整整一冬加一春，乌鸦、喜鹊、狗和猫都大嚼雷鸟；一旦起风，干枯的池塘四岸的黑羽就纷纷扬扬起来，在楚什镇上空翻飞，遮蔽了晴空，火药的余烬和死灰好像蒙住了太阳茫然若失的脸庞。

对自然的疯狂掠夺必然导致人性的堕落，因为人类的道德标准是在漫长的岁月中通过与自然的相互作用而形成的生存法则，恣意践踏劫掠大自然的恶行

---

① 符·维·阿格诺索夫主编：《20世纪俄罗斯文学》，凌建侯等译，中国人民大学出版社，2001年，第524页。

② 符·维·阿格诺索夫主编：《20世纪俄罗斯文学》，凌建侯等译，中国人民大学出版社，2001年，第523页。

中国俄苏文学研究史论
История исследования русской и
советской литературы в Китае

注定要受到大自然的惩罚。《在黄金暗礁附近》一篇，偷渔人柯曼多尔在河上与渔场稽查队周旋之时，女儿塔侬卡横死在醉酒司机的车轮下，从此他的良心永无宁日。《鱼王》中的伊格纳齐依奇性格残暴，年轻时曾侮辱过本村姑娘格拉哈，在一次非法捕鱼时遭到了鱼王的报应：在水中被咬得遍体鳞伤，几乎毙命。极端利己主义者戈加·盖伊采夫践踏自然、蔑视女性，最后落得葬身鱼腹的可悲下场。

在阿斯塔菲耶夫心目中，大自然是女性，是母亲，是人类的养育者，但是现代文明中的人却忘恩负义，毁灭了自己的生存根基。其恶果就是使人类成了这个星球上的孤家寡人。二十多年以后，在 1997 年 7 月 2 日的《文学报》上，阿斯塔菲耶夫发表了题为《在世纪之末，人变得越来越孤独》的文章，从存在主义层面阐释这部作品，他说"在我的《鱼王》中突然探索到生态主题。那是什么样的生态主题啊！这本书写的是人的孤独，大多数文学——我们的和美国的——全都在写人的孤独"。[①]

孩子是人类生命的延续，是人类的未来与希望，孩子的死亡是整个人类终极命运的一种隐喻。人与大自然关系的罪与罚在《鱼王》和《告别马焦拉》中都以孩子的死亡这一沉重主题展现出来。艾特玛托夫的《白轮船》和《断头台》两部作品更加浓墨重彩地渲染了这一悲剧主题。艾特玛托夫在《断头台》中指出："生命高于死亡——世上没有比生命更高的尺度。""要知道，在一切终了的时候，在几十亿年之后世界末日到来，我们的星球也将死亡，变得暗淡无光的时候，来自银河系的宇宙意识一定能在这无边无际的死寂和空虚中听到我们的音乐和歌声。这就是创世以来注入我们心中而且无法排除的意识——死后永生！人多么需要认清，多么需要相信：人的这种自我延续从原则上来说是可能的。"生命的延续是世上一切有生之物的本能，然而，号称"最有理性"的人类却以种种自杀性的行为使自己走上了断子绝孙的不归路。

《白轮船》讲述了一则关于长角鹿妈妈的神话。远古时候，在族人被邻近部落斩尽杀绝之际，长角鹿妈妈拯救了布谷族一男一女最后两个孩子，把他们带到伊塞克湖，用自己的乳汁哺育他们，直到他们长大成人，结为夫妻，繁衍生息，成为布谷族的祖先。显然，长角鹿妈妈不单纯作为动物而存在，它还是大自然

---

① Виктор Астафьев, "Человск к концу века стал еще более одиноким", *Литературная газета*, 1977. 7. 2.

的化身,自然是人类之母的深层意蕴便由此凸显出来。然而,人类子孙却恩将仇报,把祖先的遗训抛在脑后,用鹿角装饰死者的坟墓以炫耀自己的财富。长角鹿妈妈悲伤地离开了伊塞克湖。悲剧主人公就是那个7岁的小男孩——一个颇具有象征意味的现代弃儿。他喜欢听莫蒙爷爷讲长角鹿妈妈的神话,把周围的一切都看成神话,相信大角鹿在森林中的重现是对人们的宽恕。小男孩梦见长角鹿妈妈将"生命的摇篮"带给人类繁衍后代。护林所所长奥罗兹库尔背弃祖先遗训,迫使莫蒙爷爷射杀大角鹿,并将它砍成一堆烂肉。小男孩圣洁的心灵遭受亵渎,他拒绝接受这个罪恶的世界,怀着神话之梦游向他心中的白轮船。表面上看,奥罗兹库尔的恶行直接导致了小男孩的死亡。如果跳出这个简单的因果链条,从人类生存的整体性来关照,就可以看出作家的深刻寓意:奥罗兹库尔砍掉象征"生命的摇篮"的鹿角和他的无后之间存在着某种必然联系,善良无辜的小男孩的死则使得大自然对人类的惩罚具有了普遍性的意味。

《断头台》以重重悲剧将末日悲哀推向了极致。作家首先从自然悲剧和人的悲剧两个层面展示自然生态与精神生态的全面危机。在自然悲剧里,母狼阿克巴拉一家在荒原上繁衍生息,人类为完成肉类上缴计划,用现代武器射杀羚羊,为开矿筑路而焚烧草原,为满足贪欲流氓酒鬼巴扎尔拜掏掉狼窝卖了钱换酒喝,致使母狼连失三窝幼崽。人类对草原上的动物进行残暴的血腥屠杀:

> 荒原给天国诸神作出了血的奉献,因为荒原始终只是荒原——车里冒着热气的死羊堆积如山……大屠杀在继续。越野汽车横冲直撞,闯入已经奄奄一息的羚羊堆里,射手们忽东忽西地撂倒一批批动物,这就使羊群陷入更大的恐慌和绝望,简直如同《启示录》中描写的世界末日那么可怕。

自然悲剧与人的悲剧紧密相连:狼变得异常凶残,疯狂地报复人类以发泄丧子之痛。在孤独无望地找寻幼崽的过程中,牧民鲍斯顿三岁的儿子肯杰什唤起了它的母性,它同孩子玩耍,想把孩子带走。鲍斯顿慌乱中射死母狼,误杀幼子。这两重悲剧暗含着一个命运之环:虽然人狼相搏的第一个回合,人胜狼败,但这场战争并没有胜利者,人最终受到了最严厉的惩罚——肯杰什的死象征着人类所面临的末日命运。作家伤感地描绘着末日景象:

> ——周围一片死寂,到处覆盖着厚厚一层大火后的黑色灰烬,大地成

了废墟——没有树木，没有草场，海上没有船只，只有一种奇怪的、没有止息的声音，隐隐约约从远方传来：像有人迎风哀吟，像埋在地底的铁制甲胄在哭泣，像丧钟……这就是人们期待的那个不幸结局，这就是上帝的启示，这就是富于理性的人类的历史的终了。为什么会发生这种情况，人类怎么能灭绝自己的后代，毁于一旦，彻底被消灭？

从狼的末日到人的末日只有一步之遥，这一切正是缘于人类自身的罪孽。作家借这一命运的因果链提醒人们：人类是一个整体，人与自然同样是一个整体，在这个星球上，没有相互隔绝的命运。在这个意义上，保护自然就意味着保护人类自身。艾特玛托夫在写作《白轮船》的时候就对人与自然关系的问题进行过严峻的思考："实际上，人在很久以前，就在力争保护自己不受'自己'的侵犯，人很早很早就在考虑一个永恒的问题——要保护周围世界的财富和美丽！这问题是如此重要，以致古代的人们，就已通过各种悲剧的形式，认为有必要在自己对自然的态度上作'自我批评'，有必要讲出对自己良心的谴责。这是对后代的警告：任何时候都不要忘记自己在长角鹿妈妈——换句话，也就是在大自然面前，在万物之母面前的责任。"[1]

从神话怀乡病到末世论神话，体现了人与自然的关系由和谐到背叛直至受罚的历程。生态末世论迫使人类正视自己的所作所为，参悟这一环环相扣的命运因果链中所蕴含的朴素真理：人类失去记忆，忘记历史，背弃大自然，就是对善的否定，对传统的背叛，对根的疏离，就注定要受到大自然的严厉惩罚。就像莫蒙对孩子说的："人要是记不住自己的祖宗，就会变坏"。亦如拉斯普京所言："真理存在于记忆之中，谁失去记忆，谁就失去生活。"[2]记忆与良知和理性相连，失去良知和理性的人类必然受到报复。哲人和诗人们期待着让末世论神话警示人类反躬自省，与此同时，他们还在继续为迷途的人类寻找救赎之路。

---

[1] 艾特玛托夫：《对文学与艺术的思考》，陈学迅译，新疆大学出版社，1987 年，第 73 页。
[2] 转引自彭克巽著《苏联小说史》，北京十月文艺出版社，1988 年，第 281 页。

在人类社会的发展进程中,20 世纪的俄罗斯历史可谓波澜壮阔,惊心动魄:三次世界性的战争——第一和第二次世界大战以及东西方间的"冷战",俄罗斯都是主战场;三次全国性的革命——二月革命和十月革命以及戈尔巴乔夫－叶利钦的"改革",均极大地改变了俄罗斯民族乃至整个世界的命运和面貌。背衬着这样的历史背景,20 世纪的俄罗斯文学同样是起伏跌宕、精彩纷呈。然而,在一个很长的时间里,在一个很大的范围内,我们却常常会听到一些议论,称 20 世纪的俄罗斯文学是单调的、乏味的。这样一个"误读"的出现,首先是因为,我们很久以来一直缺乏一种关于 20 世纪俄罗斯文学历史的全面、客观的描述。在意识形态的长期对峙中,东西方的俄罗斯文学史家各执一词,俄罗斯境内外的文学也各自为政,因而出现了诸多关于 20 世纪俄罗斯文学有所不同、甚至是相互对立的看法。而如今,无论是在主观方面(文学史家的心态、文学观念和文学史方法论等),还是在客观方面(时代氛围、文学史料的新发现和国际学术交流的加强等),对 20 世纪的俄罗斯文学进行全面把握的时机已经成熟。而在这一方面,首先梳理、归纳出 20 世纪俄罗斯文学的有机构成,或许是一个不容回避的课题。

"俄罗斯文学"和"苏联文学"

早在 20 世纪的前 20 年,就已经有人开始使用"20 世纪俄罗斯文学"的概念了②,但他们的概念更多地是一个时间概念,是为区别于 19 世纪的文学而使用的,就像我们今天的"21 世纪文学"的说法,所指并非作为整体的"21 世纪文

---

① 原载《外国文学评论》2003 年第 3 期。

② 如:Венгров, *Русская литература XX века*, 1914—1916; Иванов-Разумник, *Русская литература XX века*, 1920.

中国俄苏文学研究史论
История исследования русской и
советской литературы в Китае

学"，而意在强调一个新的文学时期的开始。直到 20 世纪 80 年代，"20 世纪俄罗斯文学"的概念才作为一个断代文学史概念被广泛运用，在俄罗斯和中国，都迅速写作、出版了一些以此为题的文学史著①。这一概念的提出，无疑与接近世纪之末的时间背景有关，与世纪末强烈的整合愿望有关，但是我们也注意到，这一概念的被提升，实际上是与另一概念即"苏联文学"的被贬黜联系在一起的，人们有意无意之间，其实是在用"20 世纪俄罗斯文学"的概念来排挤或取代传统的"苏联文学"概念。其实，这两个概念并不能相互替代，无论是就其内涵还是外延而言，它们都是不尽相同的。

"苏联文学"的概念最早出现在 1923 年，在 1934 年召开的第一届全苏作家代表大会上，高尔基在题为《苏联的文学》的报告中，对这一概念作了这样两个界定：首先，苏联文学应该是一种本质上不同于西方文学和俄罗斯旧文学的新文学；其次，它"不仅是俄罗斯语言的文学，它乃是全苏联的文学"。就高尔基的后一层含义来说，"советская литература"的汉译"苏联文学"是准确的，它其实等同于俄语中的另一种表述，即"литература СССР"；可是若就高尔基的第一层含义来说，"советская литература"就应该译为"苏维埃文学"。前一种译法更注重国家和地理方面的意义，后一种译法似乎更具有政治和意识形态色彩。欧美斯拉夫学者在使用"Soviet literature"的概念时，意欲突出的则往往只是这里的后一层含义。"советская литература"这一概念在汉语中同时共存的两种译法，不仅是对高尔基上述定义中两层含义的准确传达，同时也折射出了这一概念自身所具有的多义性和复杂性。

与"苏联文学"关联最多的另一个概念，就是"русская литература"，这个俄语词组在中文里同样存在着多种译法："俄罗斯文学"、"俄国文学"或"俄语文学"。在苏联解体之前，苏联和中国的学者大多用"俄罗斯文学"或"俄国文学"来指称十月革命之前的俄罗斯古典文学，若要面对苏联时期俄罗斯民族的文学或俄联邦境内的文学，则常常要添加一个限定，即"苏维埃俄罗斯文学"（советская русская литература）。在 20 世纪俄罗斯文学的历史中，苏维埃俄罗

---

① 如：В. В. Агеносов：*Русская литература XX века*，М. 2000.（中译本：阿格诺索夫《20 世纪俄罗斯文学》，凌建侯等译，中国人民大学出版社，2001 年。）李辉凡、张捷《20 世纪俄罗斯文学史》，青岛出版社，2000 年；李毓榛主编《20 世纪俄罗斯文学史》，北京大学出版社，2000 年；李明滨主编《俄罗斯二十世纪非主潮文学》，北岳文艺出版社，1998 年；张杰、汪介之《20 世纪俄罗斯文学批评史》，译林出版社，2000 年；刘文飞《二十世纪俄语诗史》，社会科学文献出版社，1996 年。

斯文学无疑是一个居中的大板块。

"俄罗斯文学"和"苏联文学"这两个概念相互纠缠在一起，你中有我，我中有你。一方面，从20世纪俄罗斯文学历史的纵切面上来看，"俄罗斯文学"是大于"苏联文学"的，前者不仅纵贯后者，而且头尾均超出了后者，即20世纪之初十几年间的"白银时代文学"和苏联解体之后近十年间的文学，换句话说，"苏联文学"只是俄罗斯文学发展历史中一个特定的阶段。另一方面，从20世纪俄罗斯文学的横剖面上来看，"苏联文学"又是大于"俄罗斯文学"的，在苏联时期，苏联文学是一个由数十个语种合成的多民族文学，而俄罗斯文学只是其中的一个组成部分。历史、社会和政治的诸多原因，造成了"俄罗斯文学"与"苏联文学"两者间关系的复杂性，而这一复杂性反过来又使这两个概念有了一定的伸缩性。面对这两种文学存在，我们时常会生出某种欲理还乱的感觉。然而，这两个概念相互纠缠，相互补充，反倒说明了20世纪俄罗斯文学之构成的丰富和多元。

我国俄罗斯文学翻译和研究的先行者如鲁迅、瞿秋白等，曾率先使用"苏俄文学"的合称；在苏联解体前相当长的一段时间里，我们也一直非常习惯于"俄苏文学"的说法，而很少能体味到其中的不相吻合。如今，这些概念都很少有人再频繁地使用了，尤其是在谈论20世纪俄罗斯文学的时候。用"20世纪俄罗斯文学"的概念来包容或是置换"苏联文学"的概念，自然有其合理性，这一不约而同的举动，至少包含着这样几个内在动机：首先，欲将20世纪的俄罗斯文学作为一个整体来对待，并对其发展的过程及其内在规律进行探讨。其次，在"冷战"结束、苏联解体之后，人们更乐意以一种更平和的心态去看待文学，在竭力淡化文学研究的政治色彩的同时，倾向于以折衷主义的立场去面对文学的历史，《20世纪俄罗斯文学》一书的主编就在序言中写道："不能将20世纪的整个文学全归于革命的传统，从而否定其他方面的作品也具有生存的权利"，"20世纪的文学既包括苏联文学，也包括国外的俄罗斯文学，还包括不久前还处于地下、只为少数专家们知晓的那种文学（地下文学）"[①]。最后，为世界范围内的俄罗斯文学研究者搭建一个话语平台，使两个常常相互对立的研究阵营同时失去旧的框架，并在一个新的文学语境中赢得越来越多的交流或共识。

当我们的关注对象渐渐地由"苏联文学"扩大（抑或是缩小）为"20世纪俄

---

① 阿格诺索夫：《20世纪俄罗斯文学》，中国人民大学出版社，第2—3页。

中国俄苏文学研究史论
История исследования русской и
советской литературы в Китае

罗斯文学"的时候,我们不可避免地要舍弃苏联文学中的某些东西,但我们仍要时刻注意到苏联文学在 20 世纪俄罗斯文学中特殊的地位和影响。剔除了苏联文学的 20 世纪俄罗斯文学,只留得下一个"虎头"和一截"蛇尾"。苏联时期的"俄罗斯文学",应该包含这样几个内容:其一为俄罗斯联邦境内的文学,即"российская литература";其二为以俄语为创作母语的俄联邦少数民族作家、尤其是犹太裔作家的创作,即"русскоязычная литература",如西尼亚夫斯基、布罗茨基等人的作品;其三为用俄语首发的或翻译为俄语的苏联其他少数民族作家的创作,如贝科夫、艾特马托夫等人的作品,这类创作也许可以用俄语表述为"литература на русском языке"。这也就是说,"苏联文学"的基本构成,几乎都可以被纳入"20 世纪俄罗斯文学"的框架。至于苏联文学所体现出的道德感、社会责任感和英雄主义激情等,则更是 20 世纪俄罗斯文学区别于同时期世界其他文学的重要识别符号。

"本土文学"和"境外文学"

每一个民族都会有移居他国的侨民,这些侨民中也必定会有人从事文学创作,因此,古往今来,"侨民文学"在世界文学中都不是一个罕见的现象。但是,无论是就其传统之悠久、作家人数之众多而言,还是就其创作成就和世界影响来看,俄罗斯的侨民文学在世界文学中都是数一数二的,而 20 世纪的俄罗斯侨民文学更是出现了一个前所未有的高潮。

俄罗斯地处欧亚之间,在文化上一直面临着一个向东还是向西的两难选择,从彼得开始的一系列改革,都或多或少地带有强加的色彩,它们加深了社会上下层之间的差异。这两大矛盾,曾被目为俄罗斯民族背负着的沉重十字架。也许,正是这些矛盾导致了俄罗斯民族的集体意识在某种程度上的分裂,而源远流长的"分裂派"和"流亡者"传统,也许就是这种民族性格上的"双重人格"在文化和文学中的一个体现。

在 20 世纪三个特定的历史阶段里,有为数众多的俄罗斯作家由于种种原因流亡国外。1976 年,一份名为《第三浪潮》的俄罗斯流亡者的文学艺术丛刊在巴黎开始出版;1982 年,美国加州大学曾邀请一批俄罗斯侨民作家和世界各国的斯拉夫学者聚会洛杉矶,以"第三浪潮:俄罗斯侨民文学"为题举行了为期三天的研讨，会后出版了同名论文集①。从此，关于 20 世纪俄罗斯侨民文学"三个浪潮"的说法就在世界斯拉夫学界传播开来了。"第一浪潮"出现在十月革命之后，当时，总共约有一千万人逃离革命后的俄国，在他们中间，就有大量或主动或被迫地离开祖国的俄罗斯知识分子，他们的人数竟如此之多，据说在一艘驶离彼得堡的客轮上全都是哲学家和文化人，人称"哲学之舟"②。当时流亡的著名作家就有布宁、阿尔志跋绥夫、阿·托尔斯泰、扎米亚金、库普林、茨维塔耶娃、梅列日科夫斯基等等，他们落脚的城市有巴黎、布拉格、柏林、贝尔格莱德以及我国的哈尔滨、上海等地。"第一浪潮"的代表人物大多是"白银时代"的文化人，他们在流亡的状态中坚持对文学的忠诚，在艰难的生活中保持创造的激情，在异域的土壤上营造出了一个个"文学俄罗斯"的文化孤岛。在对"第一浪潮"的研究中，被茨维塔耶娃称为"喀尔巴阡的罗斯"的巴黎俄侨文学，一直得到了很多的关注，相比之下，中国的俄侨文学却始终没有得到足够的重视，但在最近一两年里，中国的尤其是哈尔滨的俄侨文学却成了国际斯拉夫学界的一个热门话题，涅斯梅洛夫、佩列列申、阿恰伊尔等旅哈俄侨诗人已成为多部文学史的重点描述对象。③ "第二浪潮"出现在第二次世界大战之后，当时沦陷区的一些俄罗斯人逃到了非交战国，战后又有一些人从德国的战俘营直接去了西方，这些人中，后来有一些人选择了文学创作的道路。相对于"第一浪潮"，"第二浪潮"的创作实绩和世界影响无疑都要小很多，而且，曾被视为"祖国叛徒"的他们，其创作也很难在祖国赢得共鸣。最近，情况发生了变化，他们同样不幸的遭遇及其在文学中的再现，已开始进入俄罗斯普通读者的阅读视野，他们中的叶拉金、莫尔申等人，已被公认为 20 世纪俄罗斯文学中的重要作家。20 世纪 60—70 年代，解冻之后复又出现的政治控制政策，再加上东西方冷战的国际大背景，使许多作家感到压抑，因而流亡，官方也主动驱逐了一些持不同政见的作家，他们在 20 世纪的后半期形成了声势浩大的"第三浪潮"，其中的代表作家有索尔仁尼琴、西尼亚夫斯基、布罗茨基、季诺维约夫、阿克肖诺夫、维克多·涅克拉索夫、沃伊诺维奇、萨沙·索科洛夫等。

------

① Edited by O. Matich with M. Heim, *The Third Wave: Russian Literature in Emigration*, Ardis, Ann Arbor, 1984.

② Сост. П. Басинский и С. Федякин. *Современное русское зарубежье*, нзд АСТ, М, 1998, стр 5.

③ 在不久前举办的"俄侨文学国际学术研讨会"（哈尔滨，2002 年 9 月）上，哈尔滨的俄侨文学就是最主要的议题之一。

中国俄苏文学研究史论
История исследования русской и
советской литературы в Китае

20 世纪俄国侨民文学取得了巨大的成就,在 20 世纪总共五位获得诺贝尔文学奖的俄罗斯作家中,就有三位是流亡作家(布宁、索尔仁尼琴和布罗茨基)。与此同时,侨民文学把俄罗斯文学的火种播撒到了世界各地,极大地扩展了俄罗斯文学的影响,也在一定程度上强化了俄罗斯文学与世界许多国家文学之间的联系。20 世纪俄侨文学的强大存在,使得众多的文学史家们有理由指出,在 20 世纪的俄罗斯,同时并存着两种文学。自始至终都有两部文学史在平行地发展着[①]。的确是世界文学史上一个很罕见、很独特的景观,这在一定程度上也的确是 20 世纪俄罗斯文学进程的真实风景。但是,我们感到,世界各地的俄罗斯文学史家们在面对两种文学或曰两部文学史的时候,似乎过于看重两者之间的对立,过于强调两者之间的迥异,而对两者之间相互补充、相互依存,甚至是相互联系、相互影响的复杂关系估计不足,比如,我们至少可以在这样几个方面深化我们的思考:

第一,这两种文学各自都并不是铁板一块的。在"本土文学"中,就一直存在着托洛茨基所谓的"国内流亡者"[②],如阿赫马托娃、曼德里施塔姆、帕斯捷尔纳克、普拉东诺夫、布尔加科夫等等,到 20 世纪的下半叶,与"官方文学"相对的"地下文学"又逐渐形成了气候;而在"境外文学"中,无疑也存在着许多条不同的"战线",俄罗斯侨民作家相互之间的争论,就其激烈程度而言往往并不亚于他们与本土作家之间的争论,比如巴黎俄侨文学界对茨维塔耶娃的孤立,索尔仁尼琴和西尼亚夫斯基的对峙等。也就是说,在"本土的"或"境外的"文学中,又同样共存着两种或两种以上的文学,这样一来,摆在我们面前的,就不仅仅是"一种还是两种文学"的问题了。

第二,这两种文学是相互补充的。十月革命之后大批作家和文学家的离去,使新社会的文化建设面临着严峻的挑战,但是,以高尔基、勃洛克、马雅可夫斯基等为代表的新文学奠基人,在一片废墟之上迅速建立起了一座宏伟的文学大厦,倾听革命,歌颂英雄,反映建设生活,成了新文学的主要内容,在很短的时间里,一种人类历史上全新的文学就诞生了,定型了,并对其他一些国家的文学产生了空前的影响,在世界文学历史中留下了深深的痕迹。另一方面,"白银时代"的文学在十月革命后被带到了境外,俄罗斯文学的宝贵经验和传统躲过了

---

① В. В. Агеносов:Литература русского зарубежья,Терра Спорт,М 1998,стр 65. Edited by O. Matich with M. Helm. *The Third Wave：Russian Literatune in Emigration*,p. 21.

② 托洛茨基:《文学与革命》,刘文飞、王景生、季耶译,外国文学出版社,1992 年,第 13 页。

那场疾风暴雨式的革命,得以保全,然而,到了世纪中叶,随着一些流亡老作家
的相继去世或封笔,世纪之初文学传统的延续似乎又是在本土悄悄地进行的,
"白银时代"诗歌文学的旗帜被阿赫马托娃和帕斯捷尔纳克高举着,最后传到了
布罗茨基等人的手中,而布罗茨基这"最后一位阿克梅派诗人"①,后来又把这个
"彼得堡诗歌传统"带出了境外。与此恰好形成对照的是,"第二浪潮"的作家
们大都是在战前苏联文学的氛围中成长起来的,叶拉金就曾承认,他的诗歌导
师就是西蒙诺夫,这一代作家把本土文学的某些风格糅合了境外的侨民文学。
再比如,索尔仁尼琴流亡时期创作中所体现出来的浓厚的意识形态色彩,曾使
得有些西方学者将他称为"一个社会主义现实主义作家"。由此可见,20世纪
俄罗斯境内、境外文学的相互联系和相互影响是显而易见的,除了少数例外(如
纳博科夫的中、后期创作),就整体而言,俄罗斯境外文学与本土文学之联系的
紧密,远远超出了它与其寄居国文学之间的关联。

最后,这两种文学又是相互依存的。其实,回过头来看一看20世纪的俄罗
斯侨民文学,除"第一浪潮"作家外,后来的流亡作家还不都是苏联文学的产儿!
有的作家是在本土成名之后再远走他乡的,有的则是在国外合成自己的生活体
验和文学修养的,但无论如何,每一位流亡作家都在自觉或不自觉地置身在来
自本土的传统之中,套用布罗茨基的一句话:"每一位作者都在发展——甚至是
在用否定的方式——其前驱的公设、语汇和美学。"②在一个世纪的时间里,"本
土文学"一直在源源不断地向"境外文学"输送人员和素材,提供语境和比照。
而侨民文学的存在,又一直对本土文学形成一种压力,一种刺激,在某些特定的
情况下,也构成一种有益的借鉴,促成了本土文学在某些方面的改进。苏联解
体前后,侨民文学大量返回故乡,引发了一场空前的"回归文学热",但好景不
长,侨民作家们在"凯旋"之后却感到了从未有过的失落,失去了抨击的对象和
竞争的对手。他们似乎也就失去了写作的意义和存在的价值。在本土文学发
生了深刻变化之后,境外的侨民文学也就随之终结了,这个事实本身反过来也
说明了两大文学内在的依存关系。

"侨民文学"(эмигрантская литература)的概念由来已久,但今天的学者更
乐于采用"境外文学"(зарубежная литература)的说法,与此相关的"本土文

---

① V. Polukhina, *Brodsky through the Eyes of his Contemporaries*, Macmillan, Basingstoke, 1992, p. 9.

② Brodsky, *Less Than One*, Farrar Straus Groux, New York, 1986, p. 194.

学"(метропольская литература)概念,也是近些年才流行起来的。这两个概念都更像是中性的。表现了一种欲淡化原有概念之意识形态色彩的企图。两种文学的分野和并存,自然有其深刻的政治和社会原因,但我们今天更值得去做的,就是从文学发展的自身规律出发,去观察两者之间的联系和影响,我们更倾向于将这两种文学并存的局面理解成一场独特的文学竞争,将 20 世纪俄罗斯文学中这一奇特构造理解成同一枚文学硬币的两个面。

"官方文学"和"地下文学"

"官方文学"(официальная литература)指的是苏维埃时期占据正统地位的文学,也是传统的苏联文学史所描述的主要对象。叶罗菲耶夫在他的《追悼苏联文学》(1990)一文中将苏维埃时期的俄罗斯文学划分为"官方文学"、"乡土文学"和"自由派文学"三大板块①,这大约是关于"官方文学"较早的文学史意义上的表述。这里的"官方"一词,其中不无讽刺和调侃的意味,可以想象,在官方文学处于绝对权威的时候,反而不会流行"官方的"之类的说法。由于"官方文学"的代表人物往往都成了苏联作家协会为数众多的书记处书记,有人又将其称为"书记文学"。

"官方文学"的概念是 20 世纪 90 年代才提出来的,可是它的实体和性质早在 20 世纪 20—30 年代就被确立了。1925 年,俄共(布)中央作出了《关于党在文学方面的政策的决议》,公开宣布反对"中立的艺术",这个决策也为执政党通过"决议"等行政命令手段管理、干预文学创造了先例。1932 年,联共(布)中央又作出了《关于改组文学艺术团体的决议》,宣布解散一切文学团体,建议成立统一的苏联作家协会。1934 年,全苏第一次作家代表大会在莫斯科召开,在会上讨论成立了苏联作家协会,并将"社会主义现实主义"奉为苏联文学基本的创作方法。苏联作家协会的建立和社会主义现实主义创作方法的确立,标志着"官方文学"的最终定型。

苏维埃时期,文学被视为一个举足轻重的意识形态工具,是教育人民、打击敌人的有力武器,"文学是生活教科书"的命题得到了坚决、彻底的贯彻,作家被视为人类灵魂的工程师。在这种情况下,一方面,文学和文学家赢得了崇高的社会地位,高尔基回国后所享受的待遇,几乎是一人(列宁和斯大林)之下,万人

---

① 见《世界文学》1991 年第 3 期。

之上；可另一方面，文学又必须是同一的，文学家又必须是听话的，乐意履行服务于社会、政党，甚至某一具体政治目的的义务。就像一个受到神秘委任、被赋予某种特权的人，它获得了一些便利，同时也受到了诸多制约。"官方文学"并不完全等同于"苏联文学"，但却是后者一个最主要的组成部分，因此，苏联文学的某些成就和不足在"官方文学"中便有了更为集中的体现，而且，其成就和不足往往又是相伴而生的，比如：官方文学极大地扩大了文学的社会影响，抬举了文学家的社会地位，与此同时，它却又往往面临着沦为奴婢、丧失自我的尴尬处境；官方文学有现成的国家宣传、出版机构可以利用，作家们衣食无忧，且面对的是一代又一代嗷嗷待哺的文学读者，可另一方面，作家的创作个性和创作自由却得不到充分的保证，他们的声音往往会沦为廉价的宣传，或是在被过滤之后只剩下了空洞和虚假；官方文学继承了俄罗斯文学传统的社会责任感，对普通人民的生活和情感也给予了较多的关注，但是，它却无法直面现实，无法对现实中种种不合理的现象进行揭露和抨击，而失去了批判精神的文学，就难以体现作家面对生活的良心和面对小人物的人道主义情感了。

　　"官方文学"的存在，客观上也就提供了某种"非官方文学"出现的可能性。对这种与"官方文学"相对的文学，人们后来以"地下文学"（подпольная литература）的概念来命名。在俄罗斯文学中，"地下文学"的传统和"侨民文学"的传统一样悠久和深厚，早在17世纪，就有僧侣秘密抄写、传播禁书，18、19世纪，在俄国严格的图书审查制度下，几乎每个大作家都有作品曾被查禁，拉季谢夫的《从彼得堡到莫斯科旅行记》、恰达耶夫的《哲学书简》、普希金的"自由诗作"、托尔斯泰的宗教言论等等，都曾被迫在"地下"流行。到了20世纪，言论和出版受到控制的现象仍时常出现，而这也正是"地下文学"产生和存在的必要前提。在20世纪，俄罗斯的"地下文学"经历了一个此起彼伏的发展过程。在"白银时代"，虽然也有过对普列汉诺夫的著作和阿尔志跋绥夫的《萨宁》等书的查禁，但出版环境相对而言还是比较宽松的；十月革命之后，一些知识分子借助文学表达他们对新现实的不理解和不接受，如古米廖夫的诗歌和扎米亚京的小说等，这类作品自然只能转入"地下"，而到了30年代的集体化时期和战后的"个人崇拜"时期，所有的非正统、非主流文学全都被视为异端，除了作为古典文学遗产的十几位18、19世纪的经典作家，除了加入官方文学阵营的十几位老作家，几乎所有"白银时代"作家的作品都被深埋进了地下。这种情况一直持续到50年代中期，此后，随着苏联社会中"解冻时期"的到来，"地下文学"纷纷被发掘出来,有的甚至被归入了主流,但好景不长,从 60 年代起,一个声势更加浩大的"地下文学"运动又兴起了,它一直持续到戈尔巴乔夫的"改革时期"。纵观整个 20 世纪的俄罗斯"地下文学",可以发现,其兴衰似乎始终是与政治和社会的大气候紧密联系在一起的,官方的控制愈紧,则"地下文学"就愈是兴盛,相反,在一个相对宽松的环境里,"地下文学"则会纷纷浮出水面,或步入主流,或自行淡出或消亡。在 20 世纪的最后 20 年,由于言论和出版的空前自由,"地下文学"便失去了继续存在的理由和意义。

20 世纪俄罗斯的"地下文学",其成分也不是单一的,它大致包括:(1)一些作家私下写作的、由于种种原因暂时不愿或无法拿出来发表的作品,比如阿赫马托娃的《安魂曲》、雷巴科夫的《阿尔巴特街的儿女们》等;(2)一些通过手抄本、打印稿、照相复制或地下报刊等形式或手段传播或发表的作品,这类文学又称"自版文学"(самиздат),如地下文学杂志《大都会》、布罗茨基的诗作等;(3)一些因政治观点与政党或政府相左而被查抄或被禁止发表的作品,其实也就是所谓的"持不同政见文学"(диссидентская литература),如格罗斯曼的《生活与命运》、索尔仁尼琴的《古拉格群岛》和西尼亚夫斯基的《什么是社会主义现实主义?》等;(4)所谓的"自编歌曲"(авторская песня)也是"地下文学"中一个独特的构成部分,它在 50 年代兴起,在 60—70 年代达到高峰,其代表人物加里奇、维索茨基和奥库扎瓦的创作,将诗歌和音乐完美地融合在一起,大胆地针砭时弊,吐露真情,成了民众用来对抗僵硬、死板的官方话语的有力武器;(5)一些保存下来的旧出版物,主要是"白银时代"的文学遗产,如古米廖夫和曼德里施塔姆等人的诗歌,别尔嘉耶夫和舍斯托夫等人的哲学著作,索洛古勃和别雷等人的小说,这些作品后来在 20 世纪 80 年代中期大都被重新出版,构成了所谓"回归文学"的中坚。

20 世纪俄罗斯"地下文学"的文化和历史意义是不言而喻的:它继承了俄罗斯文学一贯的批判精神和人道主义情怀,使俄罗斯文学的传统在 20 世纪得以继续,同时也体现出了俄罗斯知识分子的文化良心和社会责任感;它与"官方文学"形成一种互补,使得苏维埃俄罗斯的文学不致过于单调和苍白,与此同时,"地下文学"还是"本土文学"和"境外文学"之间的一根纽带,常常起着一种穿针引线的作用,在维系整个 20 世纪俄罗斯文学的有机统一方面起到了一定的作用。

像"俄罗斯文学"和"苏联文学"、"本土文学"和"境外文学"之间的关系一样.“官方文学”和“地下文学”之间也一直存在着某种复杂的联系：首先，“官方文学”和“地下文学”的界限并不总是一成不变的，比如，30 年代的“肃反”时期和战后的“个人崇拜”时期，许多“官方”作家和诗人由于“出格”的写作被投入集中营，而由他们中的幸存者创作出的“集中营文学”，在“解冻时期”却得到了官方的首肯和倡导，一时竟成了时尚，之后不久，在“停滞时期”，这一题材又再度成了写作禁区。其次，“官方文学”和“地下文学”的标签本身并不论证作品的优劣，通俗地说，“官方文学”中也不乏传世之作和经典之作，如《静静的顿河》，而“地下文学”中更不乏平庸之作，甚至还充斥有廉价的西方意识形态宣传品。最后，作家和诗人们自身的角色转换，更为两种文学间的复杂关系增添了新的变数，比如，许多得到多方公认的“官方”作家都曾写有“地下”作品，如特瓦尔多夫斯基的《凭借记忆的权利》、伊萨科夫斯基的《真理的童话》等，而以半地下性质的诗歌创作起步的叶夫图申科、沃兹涅先斯基等人，后来却成了官方的作协书记。“官方文学”和“地下文学”之间的复杂关系，构成了 20 世纪俄罗斯文学中一个有趣的话题。

“白银时代文学”和“别样文学”

以上对 20 世纪俄罗斯几种文学类型的描述，多是从共时的角度作出的，如果历时地看，20 世纪的俄罗斯又可以被划分为三大段，即世纪之初的白银时代文学、具有 74 年历史的苏维埃俄罗斯文学和苏联解体后的俄罗斯文学。

关于“白银时代”（Серебряный век）这一概念的起源，说法颇多，有人认为，俄国学者马科夫斯基的《在“白银时代”的帕纳斯山上》（慕尼黑，1962）一书最早推出了“白银时代”的概念，用以概括 19 世纪末、20 世纪初的俄罗斯现代主义诗歌运动；接着，有人发现，马科夫斯基本人曾称，是俄国哲学家别尔嘉耶夫率先提出了这一名称；后来又有人说，最早将这一概念以大写字母开头表述出来的，是俄国诗人奥楚普（他于 1933 年发表在巴黎俄侨杂志《数目》上的《白银时代》一文）。概念是谁最早提出来的，似乎并不重要，关键在于，这个概念准确地界定了在 19 世纪以普希金为代表的“黄金世纪”之后俄罗斯文学的又一个高峰时期。在世纪之初的 20 余年里，俄罗斯的作家和诗人们与哲学、宗教和艺术等领域中的同胞并肩携手，共同创造出了俄罗斯文化史上又一个“天才成群诞生”的奇观。

如今，在回首仰望“白银时代”的文学遗产时，我们能更清晰地意识到其诸多可贵的文学史意义：首先，那一时代的文学家体现出了空前的艺术创新精神。俄国形式主义者在世纪之初开始了对文学"内部规律"的探讨，文学研究由此开始了其"科学化"的历程，文本、语境、词乃至声音和色彩，都成了精心研究的对象。世纪初俄罗斯现代主义诗歌的三大潮流象征主义、阿克梅主义和未来主义，虽然风格不同，主张各异，但在进行以诗歌语言创新、以在诗歌中综合多门类艺术元素为主要内容的诗歌实验上，它们却表现出了共同的追求。如今，人们已经意识到，20 世纪世界诸多艺术门类中的现代主义潮流，都发端于世纪之初的俄国，这不能不让人感叹"白银时代"俄国文化人巨大的创新精神。其次，在进行空前的艺术创新的同时，这一时代的人却也保留了对文化传统的深厚情感，只有以俄国未来主义诗歌为代表的"左派"艺术对文化遗产持否定态度，而那一时代的大多数文化人无疑都是珍重文化的。阿克梅派诗人曼德里施塔姆一次在回答"什么是阿克梅主义？"的问题时说道："就是对世界文化的眷念。"①联想到"白银时代"是一个现代派的时代，是对 19 世纪俄国批判现实主义的某种反拨，"白银时代"文化人的这种态度就显得更加可贵了。

　　"白银时代"的文学和文化传统在某种外力的作用下突然中止，只剩下一些余脉在境内潜流，或溢出境外。然而，从 20 世纪的 60—70 年代开始，"白银时代"的文学遗产似乎又在某种程度上被激活了，在世纪的最后 20 年里出现的一种新文学走向，与"白银时代"构成了某种跨越时空的呼应。

　　在 20 世纪最后 30 余年间的俄罗斯文学中，除了"官方文学"和"流亡文学"外，还有三个先后兴起、相互之间有着某种内在联系的文学运动。

　　其一，是 60—70 年代的"地下文学"，其中最值得一提的是西尼亚夫斯基的写作、布罗茨基的诗歌和文学丛刊《大都会》。西尼亚夫斯基在 1956 年就写了《什么是社会主义现实主义？》一文，对官方创作方法的权威地位提出了挑战，后来，他在集中营里又写作了《与普希金散步》等书，在对俄罗斯神圣不可侵犯的文学偶像普希金进行了一番调侃的同时，也宣传了他的自由主义文学思想。布罗茨基从 50 年代末开始写诗，在 60 年代，随着"布罗茨基案件"引起的轩然大波，布罗茨基也成了一位举世闻名的诗人，他的诗歌综合性地继承了 17 世纪英国玄学派诗歌和"白银时代"阿克梅派诗歌的传统，形式严谨却又含有先锋色彩，内容悲观却又不时流露出几分戏谑，在他于 1987 年获得诺贝尔文学奖之

① О Мандельщтам，Слово и культура，Советский писатель，Москва，1987，стр 9.

后,在他成功地将"白银时代"的诗歌遗产介绍给整个世界之后,人们意识到了他的诗歌遗产对于俄罗斯诗歌乃至整个俄罗斯文学的意义。甚至有人还将团结在他周围的诗人群体称为"布罗茨基诗群",将以他的创作为代表的 20 世纪俄罗斯文学中的那段时期命名为"青铜时代"(Медный век)。文学刊物《大都会》(Метрополь)出版于 1979 年,发起者为阿克肖诺夫、比托夫、维克多·叶罗菲耶夫、伊斯康德尔和波波夫等人,这份刊物发表了一些在思想上有异端倾向、在形式上有先锋色彩的作品,在文学界和社会上都激起了较大反响,其编者和作者因此也都受到了不同程度的惩罚。

其二,是所谓的"别样文学"。《大都会》的编者在杂志的前言中曾号召作家们大胆写作,创造出一种"编外文学"来。10 年之后,果然有批评家丘普里宁出面用"别样文学"(другая литература)的概念来概括一种新的文学倾向了①。他所指的主要是一批文学新生代的创作,这些作家有维涅季克特·叶罗菲耶夫、维克多·叶罗菲耶夫、彼得鲁舍夫斯卡娅、托尔斯泰娅、皮耶楚赫和波波夫等人,这些大都出生在 20 世纪 40 年代前后的作家,主动放弃了传统文学那种过于神圣的使命感和责任感,转而用一种更平实、更超然的态度来面对生活和文学,他们关注的对象不再是英雄而是普通的人,而且大多是具有某种缺陷的人,他们不再关注文学的教育功能,而似乎更愿意通过文学来展示现实的压抑、命运的无常和存在的荒诞。"别样文学"的产生,是苏联解体前迷惘的社会情绪和西方现代派文学思潮共同作用的结果。

其三,是后现代文学。苏联解体之后,俄罗斯文学中迅速出现了一股名曰"后现代主义"(постмодернизм)的文学思潮。的确,一切都倒塌了,一切都得重新开始,整个社会结构和价值体系都面临崩溃,这样的社会和文化大环境,无疑为后现代思潮的兴起提供了绝佳的土壤,作家们卸下了俄罗斯文学一直背负的沉重的意识形态包袱,轻松地展开了一场文化狂欢活动,尽情释放"解构"的愿望和"重估"的激情。一部新出的 20 世纪俄罗斯文学史著作对于俄罗斯后现代作家的立场有一段很好的概括:"后现代主义者向当代人建议应具有(但不是强加的责任)以下一些思想特征:有独立的批判性见解、不怀成见、宽容、坦率、喜欢审美的灵活开朗、善于讽刺和自嘲,并以此来取代一成不变的世界观(用后现代主义的话来说,是顽固的空想世界观和神话世界观)。后现代主义认为灵

---

① 见 Литературная газета,8 февраля 1989 г.

中国俄苏文学研究史论
История исследования русской и
советской литературы в Китае

活的相互作用或保持礼貌的中立,要比任何一种斗争都好,无拘无束的、没有任何负担的对话比争论要好。"①当今的俄罗斯批评界认为,俄罗斯后现代文学虽然是在 20 世纪 80—90 年代形成热潮的,但其源头还应追溯到 50 年代末,西尼亚夫斯基那种无羁、调侃的写作态度,被视为后现代精神的最早流露,而维涅季克特·叶罗菲耶夫的《从莫斯科到佩图什基》(1969)和比托夫的《普希金之家》(1971)则被视为俄罗斯后现代主义文学的奠基之作,后来陆续发表的可称为俄罗斯后现代文学代表作的小说,还有萨沙·索科洛夫的《傻瓜学校》、维克多·叶罗菲耶夫的《俄国美女》、哈里托诺夫的《命运线》、佩列文的《"百事"一代》等。在《"百事"一代》的第一章里有这样一段文字:"不能说他们背叛了自己先前的观点,不能这样说,先前的观点所朝向(观点总是有所朝向的)的空间,本身就倾塌了,消失了,在智慧的挡风玻璃上没留下任何细小的斑点。四周闪烁的是完全别样的风景。"②俄罗斯后现代文学所体现出来的,也就是这样一幅"完全别样的风景"。

"别样文学"虽然是批评家用来指称某一个文学团体的,但我们觉得,也可以把这个概念放大,用它来涵盖上述三种类型的文学,因为,这三种文学之间有着某种共性的东西,即对现实的存在主义感受,对文学的实验性技巧和先锋派手法的热衷,以及对文学的自由空间和文学家的个性价值的追求和捍卫等,无论是相对于俄罗斯的古典文学而言,还是与苏维埃时期的官方文学相比,它们似乎都是"另类"。

世界文学中的后现代主义于 20 世纪 60 年代兴起于欧美,众所周知,它是作为对现代主义的反拨而出现的,可是在俄罗斯,后现代主义却出现在现实主义或社会主义现实主义之后,因此有人指出,俄罗斯的后现代主义其实更应该被称为"后现实主义"(постреализм)、"后社会主义现实主义"(постсоциареализм)或"后苏维埃文学"(постсоветская литература)。的确有一些批评家曾将俄罗斯后现代主义视为"俄罗斯现实主义传统的继续和发展",并将这一点解释为俄罗斯后现代主义与西方后现代主义的主要差异。这类观点不无道理,但它们都或多或少地忽视了俄罗斯后现代文学与"白银时代"文学之间内在的渊源关系。在 20 世纪的一头一尾,俄罗斯作家都在真诚地面对文

---

① 阿格诺索夫:《20 世纪俄罗斯文学》,中国人民大学出版社,第 643 页。
② 佩列文:《"百事"一代》,刘文飞译,人民文学出版社,2001 年,第 6 页。

学，潜心地进行文学实验，执著地捍卫文学的自由和自主，两代作家的态度和精神是具有相近和相同之处的，当然，后现代主义者们也往往用自嘲消解了使命感，用调侃取代了迷信的虔诚。将这两段文学对接起来，我们便能看到，俄罗斯后现代主义中的"现代"是有来由的，20世纪的俄罗斯文学于是便体现出了更加清晰的完整性。再由此出发，我们还能感觉到，20世纪俄罗斯文学中一直存在着两股潮流，其一从世纪之初的无产阶级文学到苏维埃文学再到苏联解体之后以索尔仁尼琴、拉斯普京等为代表的"新斯拉夫派"文学，其二为从"白银时代"文学到苏维埃时期的地下文学和部分侨民文学再到以后现代主义为代表的"别样文学"，这两股文学潮流或此起彼伏，或相互交织，共同汇成了20世纪俄罗斯文学奔流不息的长河。

在20世纪俄罗斯文学的历史中，我们还能找出一些诸如此类的"对立的统一"：从大的方面讲，就有"乌托邦文学"和"反乌托邦文学"的并行，就有"市民文学"和"乡村文学"的毗邻，就有"社会主义现实主义文学"和包容其他创作方法的所谓"社会主义文学"的共存；从小的地方看，就有分别以柯切托夫和《十月》杂志、特瓦尔多夫斯基和《新世界》杂志为代表的两种文学立场的对峙，就有诗歌中"高声派"和"细语派"的各领风骚，就有战争文学在描写对象上的或为"全景"或为"一寸土"的不同取舍，如此等等。正是这些不同元素、不同风格、不同流派甚至不同性质的文学，共同合成了20世纪俄罗斯文学的有机整体，它们的对立、统一和转化，使20世纪的俄罗斯文学显得起伏跌宕，悲喜交加，充满了令人目不暇接的戏剧性突转，使20世纪的俄罗斯文学获得了一种多声部的"复调"结构，构成了一部精彩绝伦的文学交响乐。

吴泽霖：
《俄罗斯后现代主义文学与
俄罗斯民族文化传统》（节录）[①]

俄苏社会文化传统与俄罗斯后现代主义文学

俄国后现代主义文学思潮悉由舶来之说的一个最重要的思想依据,即是认为 70 年的苏联社会不是走在世界现代化的道路上,而是历史的一种曲折。所以,俄土之上没有形成后现代主义文学思潮的内在根据。然而,历史考察表明,苏联存在的 70 年,的确是世界现代化进程的一种形式,尽管它是一种过于残酷而终于失败的形式。

俄国走上苏联道路伊始,俄国著名文学家扎米亚京就在小说《我们》(1921)中,预言式地把"机器和国家权力过大的威胁"并列为人类在现代化道路上遭遇的两大相关危机。实际上,西方的意识形态化、体制化了的科学技术(科技暴政)和苏联的科学技术为意识形态、为体制服务,本来就有着相同的意义。

无论看上去多么奇怪,在世界对立的两极之间,在"发达的社会主义超级大国"这边和发达的资本主义西方那边,人们所遭遇的生存困境,也就是后现代主义文学得以产生和将矛头指向的处境,本质上十分相似。这就是逻格斯中心主义、理性主义、科学主义这些现代化社会赖以维持的信念及其体制。只不过在不同社会制度下,它们的具体表现形式各异罢了。比如在苏联,其表现形式就是集权主义,是一元化意识形态的霸权话语和体制,是力图为党的真理信仰和狂妄的唯理论,是科学为政治服务。

而对这一切的揭露和批判,可以说,贯穿了整个苏联史。从巴赫金的狂欢化理论、对话理论,到布尔加科夫对唯理论、一元话语的嘲弄(《大师和马格利特》),从普拉东诺夫对人在建设"社会主义新生活"中被异化、被抛弃状态的揭

---

① 原载《外国文学评论》2004 年第 3 期。

露(《切文古尔》、《基坑》、《疑虑重重的马卡尔》)，对科学主义神话的揶揄(《初生海》)，一直到 20 世纪 60—80 年代具有强烈批判性、离心性的现实主义、现代主义、后现代主义文学，我们都可以清楚地看到这一"忍无可忍"的意向。当然，只是到了社会主义社会的"发达阶段"，问题才表现得那么明朗、那么深重、那么令人绝望，以至不突破那种传统的话语，就别无生路。于是，种种我们称之为后现代主义的态度、话语就应运而生了。苏联社会意识形态及体制的"发达"和社会形态的转型巨变是俄罗斯后现代主义文学产生的土壤和直接推动力。

由此可见，并不像众多学者所坚持的，苏联当年对意识形态领域的控制、其极权社会体制的专横，压制了后现代主义文学的产生。实际上，透过表象，我们会发现，俄罗斯后现代主义文学的出现，恰恰叨光于卢宾卡[1]和古拉格，叨光于克格勃和书报检查制度。它正是这个体制的合法产儿。

意味深长的是，俄国第一部后现代主义文学作品《和普希金散步》就是西尼亚夫斯基－捷尔茨 1966—1968 年在劳改营里写成的。可以说，这是宣判他"反苏宣传罪"以后他继续提出的辩词。监禁生活和劳改营中极端孤独的处境把他在"外面"的感受激活了。"文王拘而演周易，仲尼厄而作春秋。"专横绝对、至尊一元的强权话语使他"意有郁结，不得通其道"，他因此产生了一种要冲决这窒息人的可憎话语的激情，要寻找一种新的具有摧毁传统话语的爆破力的话语。正是在这种艺术家所特有的灵魂的苦斗中，西尼亚夫斯基创造了自己也未必了然的后现代主义话语。这一叙事典范把诗性的思维融汇于社会人文学科，创造了这部居于文学、批评、哲学、语言学和文化学之连接点上的著作。

简而言之，是 20 世纪 60 年代知识分子对昙花一现的"解冻"的失望，是重新弥漫的精神上的窒息和施加于肉体上的镇压，是监狱和劳改营，直接唤来了俄国后现代主义文学的三部最初的经典性作品的问世。西尼亚夫斯基－捷尔茨的《和普希金散步》、安德列·比托夫的《普希金之家》和维·叶洛菲耶夫的《从莫斯科到佩图什基》都不约而同地创作于 20 世纪 60 年代末，与西方后现代主义文学经典几乎同时出现。

斯科洛帕诺娃认为，囿于条件，西尼亚夫斯基没有受到西方后现代主义的直接影响，他是独立地走到了后现代主义的跟前[2]。不过，我们还是愿意设想，

---

① 莫斯科地名，苏联内务部所在地。

② 参见 Н. С. Скоропанова, Русская Постмодернисгская литература. Москва. Иед. флинта. стр. 82.

这些俄国后现代主义文学的先行者通过种种渠道,嗅知和吸纳了欧美后现代主义思潮(打开国门,融入世界正是苏联知识分子当年的普遍呼声)。但应该指出的是,这些作品从思想资源到叙事内容、风格都显然充溢着俄国社会民族文化传统的影响。这说明俄国土壤已具备了孕育生成和积极接受后现代主义文学思潮的内在条件。

断定俄国缺乏繁育后现代主义文学思潮的内在根据的另一个重要理由,则是认为后现代主义文学应该和现代主义文学毗邻,而苏联社会主义现实主义文学传统作为一种缺乏文学发展内在根据的"历史插曲",是对"白银时代"发展起来的俄国现代主义文学的否定,是俄国文学史的断裂。而实际上,我们仔细看去,俄国"白银时代"现代主义文学中的许多先锋和激进的思想理念恰恰是在苏联社会主义现实主义文学思潮中得到发展,以至达到极致而陷于荒谬的。在"上帝"缺席的精神危机中。这些激进思潮充满了摧毁和重新整合这个世界的渴求,充满了奔向宇宙、奔向终极、创新宇宙、创新人类的冲动。在对不可知的、神秘的彼岸世界的憧憬中,人们不惜摧毁这个现实的世界。这种蔑视物质的狂热、毁灭一切的激情贯穿于一些象征主义、未来主义诗人以及无产阶级诗人的创作之中。伊·谢维里亚宁(1887—1941,俄国"白银时代"著名诗人)就曾高呼:

> 一切都消失吧,和我心志不一的一切!消失吧,这石头的城池!消失吧,压抑人的一切!消失吧,整个宇宙!消失吧,一切短暂的东西!一切脆弱的东西!一切渺小的东西!一切不能成为永恒的东西!

直到苏联社会主义现实主义文学,人们还带着誓欲终结历史的激情,要把现实直接建立在理想的云天之上,并把一切都化作永恒、化作纪念碑。

可以说,19世纪的批判现实主义文学、"白银时代"文学和苏联社会主义现实主义文学共同构成的扬弃相沿的俄国文学传统,是俄国后现代主义文学赖以形成的文学基础。借用当代后现代文艺理论家维克多·叶洛菲耶夫的话说,即所谓后现代主义文学是"寄生于过去的文化形式之上的"①。而打碎苏联社会主义现实主义文学这一宏伟大厦。有时就像是顺着它那逼向极致的趋向轻轻加

---

① 参见《当代外国文学》2003年第4期,第160页。

了点劲儿——宏伟顿时就化作荒唐。而充满后现代主义揶揄的 соц—арт①，就是为了让这片土地摆脱几十年的苏联社会主义现实主义的宏大话语而诞生的，它直接把苏联社会主义现实主义放到后现代的魔镜下来曝光、来解构。соц－арт 的构成，用的都是从社会主义现实主义解构下来的碎片；同时，人们又发现它和欧美现代派文学中的 поп－арт（大众文艺）正成对称②。

所以，我们以互文性、解构、戏仿、游戏、荒诞、黑色幽默、调侃等等来说明俄国后现代主义文学与西方文学的共同特征的时候，还应该透过这些一般性的特征，发现由俄国独特的历史文化所形成文学独特性。

俄国后现代主义文学的解构激情与形而上追求的潜在冲动

摧毁形而上学的同一性和终极真理的虚妄性，是后现代主义思潮的一大主题。而俄国是一个"思想的国度"，一个具有终极追求和弥赛亚（对人类命运具有使命者）思想的国度，这一思想传统必然使知识分子在后现代环境中充满了心理矛盾和痛苦。这就使俄国后现代主义文学富于解构激情同时充满建构形而上理想的潜在冲动，而这种冲动又常常伴随着无力建构精神自立机制的绝望和苦闷。俄国后现代主义文学一方面对世界的荒谬性表现出一种无可奈何、玩世不恭、百无聊赖的态度，但另一方面，它更涌动着离经叛道的激情、解构的狂热和站在她一手捣毁的宏伟建筑的废墟上的焦躁不安。在这里，"失去独立性的"作者的"零度写作"并未使人物全如一些西方后现代人那样不再执著，不再爱憎，不再思索。

比如，《从莫斯科到佩图什基》的主人公在努力挣脱"中心"之时，又无时不在憧憬着永远也到达不到的乐土佩图什基。在哈里托诺夫的小说《命运线》里，既有视人生如一堆散乱无序的糖纸的虚无观，有打碎理性建构、解构"宏大叙事"的激情，同时，小说又自始至终显露出主人公寻觅一种真实人生轨迹的欲望（"近了。这一时刻近了……"，"一切应验了，最后的命运线相汇在一起……"）。而维·佩列文的小说《黄箭》中，主人公安德列从落在肮脏桌布上那一道道阳光的"黄箭"看到人生："它们在太阳的表层开始自己的行程，跨越宇宙无垠的空旷，穿过厚厚的云层，最终仅仅是为了在昨天喝剩的令人恶心的汤碗

---

① соц－арт，直译社会主义现实主义大众文艺，系指 20 世纪后 20—30 年间俄国造型艺术中一种大众性的以调侃苏联政治宣传为题材的流派。

② 参见 B. Курицен，русский литературный постмодернизм. 2000 Москва. Изд. ОГИ.

中国俄苏文学研究史论
История исследования русской и
советской литературы в Китае

里消失。"

俄国后现代主义文学对意识形态的否弃和憎恶并未扩展为对一切精神的、特别是形而上世界的虚无绝望。相反,我们在俄国后现代主义文学对传统理念、特别是苏联意识形态的解构中,在其使文学摆脱"非文学任务"的"纯艺术"追求中,能清晰地察觉出俄罗斯人执著的思考。而由于俄苏文化深远的意识形态传统,很多作品几乎从拒绝一切意识形态转而陷入另一种意识形态执著。

比如,从俄国后现代主义文学的互文性特征中,我们往往可以读出有关社会历史、现实的或明或暗的具有意识形态辩论性的对话。这可以在《和普希金散步》的亦真亦假、半庄半谐的叙述中,在《从莫斯科到佩图什基》主人公云山雾罩的酒后疯话中,特别是在早期俄国后现代主义文学作品隐含的对苏联思想体制的揶揄调侃中找到例证。难怪直到1990年,《文学问题》还把发表《和普希金散步》视为"一个社会政治事件"①。也无怪乎俄国后现代主义文学家索罗金虽自称"只受文本的吸引",他的书"只是写在纸上的字母",但实际上其作品分明充满"反苏维埃的激情"②。这也是为什么从不言及政治的佩列文,虽被称为"经典的后现代主义者",同时又被俄国批评家认作"地地道道的俄罗斯作家兼思想家",而且是"类似于托尔斯泰或车尔尼雪夫斯基"③。

俄国知识分子的天性使他们还不习惯于无思无虑地"平面地"生活。他们宁愿在精神上有一个地下的角落,宁愿做个地下人(从 подпольщик 到 Андеграунд Ⅱ)、"多余人"、落伍的人。在一些俄国后现代主义文学作品中,我们总会觉察出,在那非理性的与世沉浮的淡漠中,隐隐呈现着一种属于俄国知识分子传统的忧思,一种"多余人"甚至落伍人、地下人的自觉甚至快意。这绝不是在后现代荒诞世界里"找乐儿",而是要撕破这后现代主义的面具。

《黄箭》中的"汗"一次次提醒主人公安德列要"醒醒",要"清醒点儿"。而看上去忧心忡忡的安德列也几次承认:"我在沉思",我"在思考生活"。

《从莫斯科到佩图什基》的主人公维尼奇卡看上去失去了身份,但在流浪汉的外表下,他却有着一颗俄罗斯知识分子的心。这颗被宏大叙事百般蹂躏的心,依旧在一次次追问着被官方话语抢占着的话题——俄罗斯思想的传统问题,比如人生的道路、人生的意义。

---

① Литературные вопросы, 1990, № 7.
② 见《外国文学动态》2003 年第 3 期,第 29 页。
③ 科尔涅夫语,见《俄罗斯文艺》2003 年第 3 期,第 35 页。

生命对于人只有一次，而它应该这样度过，就是不要弄错（兑酒的）配方：先来变性酒精——100 克，……

什么是世界上最美好的东西？——为解放全人类而斗争。而更美好的，就是，第一，日古利啤酒——100 克……

在维尼奇卡对尼奥斯特洛夫斯基名言的纠缠和调侃中，我们当然会看到对官方话语的揶揄、对神圣精神殿堂的亵渎，看到玩世不恭和自我作践。这是俄国思想者失落了理想和使命、失落了思想所指的空空落落的心。对尼奥斯特洛夫斯基名言的纠缠，既是对蒙骗、捉弄他的世界的报复，也隐含着对理想的苦苦追索。在嬉笑怒骂的调侃中，维尼奇卡在为俄罗斯人的苦难、为普世人生的不幸而流泪。

这使人想起屈原放逐，行吟泽畔，自谓举世混浊而我独清，众人皆醉而我独醒。渔夫怪他"不能与世推移"，说"举世混浊，何不随其流而扬其波，众人皆醉，何不哺其糟而啜其醨"。看上去，"后现代"的俄国知识分子既扬其波，又哺其糟，可文化遗传的使命感却使他们的灵魂不得安宁，甚至在潜意识里，他们仍要怀瑾握玉地肩负着与后现代主义相悖的先锋意识、使命感（弥赛亚思想）和形而上的焦虑。

宗教思想资源与俄国后现代主义文学

以非理性主义来解构理性主义，俄国后现代主义文学首先诉诸本国传统文化，特别是其中反理性的、宗教的乃至东方神秘主义的思想资源。当然，这和俄国后现代主义文学发展的初始阶段因冷战隔绝而无法直接了解西方文化思潮有关。但是在苏联解体后，这依然是俄国后现代主义文学的一大特色。因为这些非西方的文化传统，不仅储存在俄国 19 世纪经典文学、白银时代文学乃至这一时期的俄国宗教哲学思想中（比如弗兰克对一切偶像——从"革命的偶像"、"政治的偶像"、"文化的偶像"到"理想、理想主义偶像"——的摧毁，自然会成为俄国后现代主义文学解构功能的武库[①]），而且还深深蕴藏在俄国人的意识和潜意识之中。比如在维·佩列文的作品中，就有着俄国传统非理性思想的印

[①] 弗兰克：《俄国知识人与精神偶像》中《偶像的毁灭》一章，徐凤林译，学林出版社，1999 年。

记,甚至还有从东方佛教思想、玄学思想中取得的思想资源。这可以从他的小说《黄箭》、《一个中国人的俄国南柯梦》、《夏伯阳和真空》中清晰地看出。

而更经典的例子,可以举出被称为俄国后现代主义文学"鼻祖文本"的《从莫斯科到佩图什基》。人们对它有过种种阐释。说它是俄罗斯传统的"寻找真理"母题的发展(弗·穆拉维也夫),是"狂欢文化传统的独特反射"(安·左林),是"默示录式的现实主义",表现了以狄奥尼索斯狂迷观念为特征的"俄国象征主义者宗教现代主义世界观"(H.维尔霍夫采娃–德鲁别克),是"幻想小说",是"一种乌托邦小说的变种"(A.盖尼斯)。M.利波维茨基从中看到了"独特的圣愚文化传统",而 H.日沃鲁波娃则看到了主人公哲学中"遁入非理性世界"的"反文化思想"。

不过,我们从任何单一的角度,都无法完整地阐明对这部作品的感受。的确,从这部独特的俄国后现代主义文学开山之作中。我们可以"找到"俄国文化传统特有的东正教思想、圣愚精神、酒文化的影响,找到从 19 世纪经典作家到 20 世纪初白银时代唯心主义思潮的种种影响。但是我们只有把俄国文化传统作为一以贯通的整体,才能充分体悟这一作品的丰富内涵。因为它是整个俄国传统文化融一的产物,而不仅仅是受了某种影响才产生的。

比如说,主人公维尼奇卡找到了一种最具象征意义的俄罗斯人典型境界:醉境。它既是俄罗斯的一种独特的狂欢化形式。又和俄罗斯独特的圣愚现象有着某种相似的功能。在这种境界中,俄罗斯人与其说倾向于偶或一时的狂躁,不如说陶醉于受虐屈从。在这种亵渎神明的癫狂中,既潜藏着挣脱羁绊的叛逆激情,又包含着东正教培育的自愿承负苦难十字架的自虐、苦行精神。而后现代人荒诞的生存状态,在俄罗斯人这种独特醉境里找到栖所。这里有俄罗斯后现代主义文学摧毁理性、解构崇高、重建自我以支撑起俄罗斯后现代人生状态的独特民族方式。在百无聊赖的冷漠后面,蠢动着俄罗斯人紧张求索的潜意识,它暗中竭力挣脱理性主义的"规范"、"模式"的专制和强权话语的逻辑羁绊,力图给心灵以自由。这独特的醉境是臻至真理的大道,因为只有在这种反理性的自由中,心灵才会获得理性所不能企及的智慧,达到形而上的真如境界。

> 别看我有时醉意醺醺,
> 可我的眼睛里

闪烁着豁然省悟的奇辉。

（叶赛宁《斯坦司》）

迷离的醉眼窥察出世态的底蕴，乖张的昏话吐露出警世的箴言，古怪不恭的行止中自有真诚而智慧的道理。

因此，我们不仅仅可以在《从莫斯科到佩图什基》的诸多宗教典故里，更可以从维尼奇卡自我作践的酗酒中，从他的种种"自觉自愿的苦行中"，看到东正教思想在俄国后现代主义作品中的底蕴地位。我们甚至可以把维尼奇卡的精神苦旅看作对耶稣救赎献身的戏拟。而从他对尼奥斯特洛夫斯基名言的纠缠里，我们又可以体悟到对屈从、忍让的宗教精神的宣说。

世界上需要的不是"为解放而斗争"，不是积极的、进攻的、只争朝夕的执著狂妄的行动。维尼奇卡谴责傲慢、粗暴，他希望"世上的一切都应该发生得既缓慢又错误。让人无法骄傲，让人垂头丧气、不知所措"，他希望"要是世上的人都像我现在这样安静而胆小，不相信自己，不相信自己在天底下的位置有多了不起，那该多好！那就不会有任何狂热的人，那就不会有任何功勋和狂迷"。而醉境配方的功用正在于此。它使人"精神变得异常崇高，可以走到他的面前，离他一米半，冲着他的脸啐上半小时唾沫，他也不会回你半个字"。

通过这似非而是的胡言乱语，维尼奇卡道出了他从自己国度冷酷的现代化进程中悟得的真谛。这段话现出了俄罗斯后现代精神、传统宗教精神和俄国反理性精神传统是怎样地糅合在一起。

后现代主义文学中的传统文化思想，使俄国后现代主义文学在总体上没有走上西方后现代主义声言的"平面的"、"没有深度"、"没有意义"的道路。俄国后现代主义文学所富有的互文性特征也恰恰是它和传统文化具有千丝万缕的联系的实证。

所以，扎根于悠久的俄罗斯现实主义文学传统，与俄国现实主义传统相糅合，是俄国后现代主义文学又一特征。俄国现实主义传统无孔不入地渗透到后现代主义的反叛之中，以至于人们对诸多俄国后现代主义文学作家作品进行评价时往往将其和现实主义相联系。比如，小说《游荡者》(1968)的作者，"令人休克"的"新"文学作家之一尤马姆列耶夫就自称是"形而上的现实主义者"；而彼特鲁舍夫斯卡娅的残酷生活写真的后现代主义笔触又被称为"极度的现实主义"；作品渗透了玄学思索的佩列文被称为"后苏联超现实主义"；在俄国被称为世纪之交最"热"的后现代主义作家多甫拉托夫,又被称为"戏剧现实主义"作家或"后现实主义"作家①。

　　这说明后现代主义和现实主义不仅不是水火不容的,而且可以是相生相长的。在俄国,后现代主义在现实主义传统中寻找资源,现实主义又向后现代主义寻求新的观念和方法,由此便出现了现实主义与后现代主义合流的创作倾向。写出了大量现实主义作品的著名作家马卡宁,在 20 世纪 90 年代推出了《铺着呢布,中间放着长颈玻璃瓶的桌子》(获 1993 年布克奖)、《地下人,或当代英雄》(1999)两部力作。这两部将现实主义和后现代主义融为一体、开创了俄国独特的"新现实主义"的作品,就是最雄辩的例子。

　　不少人预见了俄国后现代主义文学的衰微。然而,既然后现代化是俄国社会面临的真实生存处境,那么,俄国后现代主义文学就有存在的必然性,而深厚的俄罗斯文化传统又给了它营养滋润。因此,我们更应该多去发现它的新特征、新变种和它对俄国文学、世界文学的新影响。

---

① 《外国文学》2003 年第 6 期,第 4 页;《俄罗斯文艺》2003 年第 3 期,第 32 页。

林精华：
《文学理论的迁徙：俄国文论与中国建构的俄苏文论》（节录）[①]

  众所周知，在俄国文学理论发展史上，批评家的批评实践及其所蕴含的理论意义，不仅对文学理论体系建构起了重要作用，而且其本身构成了文学理论的组成部分——影响了俄国文学理论生成的特色，即文学理论的批评化趋势。在这方面，当以别林斯基、赫尔岑、车尔尼雪夫斯基、杜勃罗留波夫、米哈伊洛夫斯基之类的民粹主义批评家，普列汉诺夫和瓦罗夫斯基之类早期马克思主义批评家等最有代表性：他们所受的文学研究训练是很有限的，他们的文学批评活动完全不是在科学院和大学里进行的，也不受国家意识形态操控，主要是成功运用西方启蒙主义、写实主义和马克思主义等理论对本土文化现象，他们的批评范式和批评目的与国家文学理论不同，与学院派的文学理论也有别。他们作为民间批评家和理论家，先后立足于西方启蒙主义和国内民族主义的立场审视俄国现代性建构及其所遭遇的问题，发表了大量可以提升到文学理论高度上的文学批评。可以说，这种文学批评性的文论在俄国文论体系中是独立存在的，给人们提供了一整套有效认识文学的观念和方法——强调文学的社会功能、文学批评的社会作用，启发了后来苏联国家文学理论的建构。现代中国知识界从19 世纪 20 年代便开始大量译介，把它当作现代中国文艺理论和美学思想建设的主体性资源，作为俄国文学理论的主要成就和根据所在。但是，中国译介这部分是要在适应于中国需求的现实主义或唯物主义框架下翻译、理解和诠释的，而不是要保持原貌的介绍他们，如《小说月报·俄国文学研究专号》(1921)就收录有郭绍虞的《俄国美论与其文艺》，它基本上是以别、车、杜的现实主义美学及其批评作为主体，论及 19 世纪末现代主义思潮则如是曰，"尼采超人思想和法国颓废派思潮足使俄国青年未成熟的心减少爱的精神而注入颓废的倾向，

[①] 原载《文艺理论研究》2005 年第 3 期。

中国俄苏文学研究史论
История исследования русской и
советской литературы в Китае

这亦是当时社会情形必然的反映。幸这种利己主义的教义与颓废趣味，在俄国文坛不会为长时间的支配，不久颓废派移于象征主义以希望未来，而尼采思潮已成为社会主义化了。在象征主义盛行时代的美论虽亦可以看出由于当时人心憧憬不安的反映，而却有希望，有宗教的情调，不似颓废派的过于颓丧了"，对这种文学批评中的民族性特点、民族主义诉求就很不在意。

更重要的还不是选择这部分俄国文论，而在于中国进步知识分子按照自己对唯物主义和现实主义的粗浅理解，以此翻译并诠释这部分俄国文论，导致俄国文论在向中国迁徙过程中发生了很大的变异。这种情形，当以周扬译车尔尼雪夫斯基《艺术对现实的审美关系》（大连读书出版社 1948 年 2 月初版）及从中生发出最重要的唯物主义美学概念"美是生活"，最为引人注目。原作中的这段话很著名："Самое общее из того, что мило человеку, и самое милое ему на свете--жизнь; ближайшим образом такая жизнь, какую хотелось бы ему вести, какую любит он; потом и всякая жизнь, потому что все-таки лучше жить, чем не жить: все живое уже по самой природе своей ужасается погибели, небытия и любит жизнь. И кажется, что определение: 《прекрасное есть жизнь》 прекрасно то существо, в котором видим мы жизнь такою, какова должна быть она по нашим понятиям; прекрасен тот предмет, который выказывает в себе жизнь или напоминает нам о жизни"[①]。周扬最初把它译成"在人所宝贵的一切东西中，他所最宝贵的是生活；第一宝贵是他所愿意过，如他所爱的那样一种生活；其次是一切的生活，因为生活到底比不活好；但凡活的东西在本性上就恐惧死亡，恐惧不存在，而爱生活。'美是生活'，任何东西，我们在那里面看得见照我们的概念应当如此的生活，那就是美的；任何东西，凡是独自表现生活或使人忆起生活的，那就是美的"[②]。据周扬的译后记所言，该译本是根据柯甘（S. D. Kogan）的英译本（英文版《国际文学》1935 年第 6—10 号）重译的，包括把书名改为《生活与美学》、正文加上一些小标题，并标注这个译者乃苏联著名翻译家。然而，参考苏联的著名英译本发现这段话是这样表述的，"the most general thing that is dear to a man, than which there is nothing dearer in the world, is life; first, the life a man would like to lead, the life he

---

① Чернышевский Н. Г., Избранные статьи.（Сот. и вступит. статья А. Ланщикова），М.：《Сов. Россия》，1978，C. 31.

② 车尔尼雪夫斯基著、周扬译：《生活与美学》，大连光华书店，1948 年，第 7 页。

loves, and then, any life; for, after all, it is better to be alive than dead; by their very nature, all living things have a horror of death, of nonexistence; they love life. And it seems to us that the definition: 'Beauty is life'; 'beautiful is that being in which we see life as it should be according to our conceptions; beautiful is the object which express life, or reminds us of life'", 如果再往下读就是分析生活方式的不同带来生命力的差别，从而造成不同的审美情态，"Let us trace the chief manifestations of beauty in different spheres of reality in order to test it. Among the common people, the 'good life', 'life as it should be', means having enough to eat, living in a good house, having enough sleep; but at the same time, the peasant's conception of life always contains the concept – work: it is imlxxssible to live without work; indeed, life would be dull without it"①. 实际上，这位美学家深受费尔巴哈的人类学理论影响——在本质上他和费尔巴哈一样，也是强调人的生命的重要性②，这在车尔尼雪夫斯基这篇学位论文中也能显示出来，如另一著名段落（《хорошая жизнь》，《жизнь, как она должна быть》, у простого народа состоит в том, чтобы сытно есть, жить в хорошей избе, спать вдоволь; но) вместе с этим у поселянина в понятии《жизнь》всегда заключается понятие в работе: жить без работы нельзя; да и скучно было бы. Следствием жизни в довольстве при большой работе, не досодящей, однако, до изнурения сил, у молодого пселянина или сельской девушки будет чрезвычайно свежий цвет лица и румянец во всю щеку первое условие красоты по простонародным понятиям. Работая много, поэтому будучи крепка сложением, сельская девушка при сытной пище будет довольно плотна, это также необходимое условие красавицы сельской; светская《полувоздушная》касавица кажется поселяницу решительно《невзрачною》……（重视人的身份、地位、工作、生活方式等差别，

---

① N. G. Chernyshevusky, Selected Philosophical Essays. Moscow: Foreign Languages Publishing House, 1953, p. 286—288. 该译本是根据苏联科学院哲学研究所编辑、国家政治文献出版社出版的三卷本车尔尼雪夫斯基《哲学选集》译出的。

② 车尔尼雪夫斯基在这篇学位论文三版序言中明确陈述该文"是第一个应用费尔巴哈的思想来解决美学基本问题的尝试"。据朱光潜先生所论，车尔尼雪夫斯基的《哲学中的人类学原理》（Антропологический принцип в философии）接受了费尔巴哈的人类学原理，而费尔巴哈的人类学原理主要是从生理学来看待人及人与自然的关系问题，社会性的人也还是当作动物性的人看待的（朱光潜：《西方美学史》下卷，人民文学出版社，1979 年，第 562—563 页）。

以及由此带来人的生命力各有区别,进而导致美的情形各不相同),无不是强调生命活力的重要性——不是说生活的美好。查著名的 C. 奥热科夫主编的《俄语详解词典》"жизнь"词条 1. Совокупность явлений, происходящих в организмах, особая форма существования материи (Возникновение жизни на земле. Жизнь вселенной). 2. Физиологическое существование человека, животного всего живого (Дать ж. кому. Вопрос жизни и смерти). 3. время такого существования от его возникновения до конца, а также в какой-н. его период (долгая ж.). 4. Деятельность общества и человека в тех или иных её проявлениях (обшественная ж. семейная ж.). 5. Реальная действительность (войти в ж.). 6. Оживление, проявление деятельности, энергии (улицы полны ж.)①,即这六个义项分别着眼于"存在"、"人的生命"、"生平"或"生涯"、"生活"、"现实"、"生命力"或"生机"等;查俄国著名的古罗斯文化史专家科列索夫(В. Колесов)对"жизнь"词源义的研究,"凡与活的生物或有机体,首先是与人的任何存在联系在一起的一切,在斯拉夫语中一律用词根 жи 来标识。这个古老的词根源于印欧语时代(gi),жи 乃其斯拉夫语的形式:在我们时代初期,根据斯拉夫语硬化规则,更为古老的 г 替代 жи。жизнь 的表现是各种各样、无可计数的,在自己的意识中,人首先把它们固定在一些范围明确的支点上,当然,这些支点是由其思想水平确定的。把一个古老后缀附在词根上,逐渐形成了一些新的独立词,这些词在集体意识中使一些不断变化基本特点得到了稳固,形成了生生不息过程的最初看法",并举例 жила вена для обозначения силы жизни: по вене течет кровьдарительница жизни, жизни, без крови нет жизнь②。再联系 1970 年代受业于洛特曼、1980 年代在美国斯坦福大学和加州大学柏克莱校区成长起来的帕佩尔诺(Irina Paperno)教授之力作《车尔尼雪夫斯基与现实主义时代:关于行为的符号学研究》(Chernyshevsky and the Age of Realism: A Study in the Semiotics of Behavior, 1988)的最终结论,即"车尔尼雪夫斯基把艺术视为建构现实的完整手段,看作解决人之存在的主要问题的生命教科书(учебник жизни, позволяющий разрещить главные проблемы

① С. Н. Ожегов, Н. Ю. Шведова, Толковый словарь русского языка (4 - е изд.). М.: Азбуковник, 1999, C. 194.

② В. Колесов, Древняя Русь: Наследие в слове. Мир человека (古罗斯:文字中的遗产、人的世界). СПб.: Филолог. Фак. СПбТУ, 2000, C. 75.

человеческого существования）。他不仅研究了详细叙述这种理念的艺术理论，而且创造了能有助于现代人借此掌控现实及改造现实的艺术作品"①。因而，这段话应该译成"对任何人而言，在他活着的时候，没有什么比生命更为宝贵了。首先，人人都愿意按着他所希望和所喜欢的那种方式生活；其次，任何类型的生存机会都同样宝贵，因为无论如何活着终究比不活着要好：但凡生物，就其本性而言，总是恐惧死亡、害怕生命不复存在并且热爱生命的。这样一来，似乎就可以下定义了：'美是生命'；'美是一种存在，我们从中能看得见生命，并且是按照我们的理念应当如此的那种生命；美是这样一种事物，它自身就显现或提示生命"'。由此便可以说，上文所引的周扬的译文是有误的，他后来便有所修正，但他仍然译成"有人觉得可爱的一切东西中最有一般性的，他觉得世界上最可爱的就是生活；首先是他所愿意过、他所喜欢的那种生活；其次，是任何一种生活，因为活着到底比不活好：但凡活的东西在本性上就恐惧死亡，恐惧不存在，而爱生活。所以，这样一个定义：'美是生活'；任何事物，凡是我们在那里面看得见依照我们的理解应当如此的生活，那就是美的；任何东西，凡是显示出生活或使我们想起生活的，那就是美的"②。

　　这种问题多多的翻译与周扬本人理解俄国文学理论的观点是息息相关的，而不是他的外语水平高低所致。按他《唯物主义的美学——介绍车尔尼雪夫斯基的美学》（《解放日报》1942 年 4 月 16 日）解释，车尔尼雪夫斯基是一个社会主义和革命民主主义活动家，进而称其学位论文和"其他哲学著作一样，表现了革命的和唯物主义的倾向。他把唯物主义的结论应用到艺术的特殊领域。这是一本具有尖锐的、战斗的、论辩的特色的著作，它对唯心主义美学的一个大胆挑战，是建立唯物主义美学的第一个光辉的贡献"，"'美是生活'这就是他在美学上的有名公式"，并引述了后来与上述译文完全一致的段落作为原作者本人的思想，如此之论分别作为 1948 年初版本、1957 年再版本的译后记（易名为《关于车尔尼雪夫斯基和他的美学》）再次刊出，所以周扬会把"что прекрасное в природе имеет значение прекрасного только как намек началовек"（原文第 35 页）这样的句子译成"自然界的美的生活，只有作为对人的一种暗示才有美的意义"（汉译第 10 页），如果联系上一句话"красоту в природе составляет то，

----

　　① Ирина Паперно，Семиотика поведения：Николай Чернышевский – человек эпохи реализма. М. НЛО，1998，С. 184.

　　②《车尔尼雪夫斯基选集》（上卷），北京三联书店，1958 年，第 6 页。

что напоминает человека",我们就应该把它改成"自然界的美在于提醒人注意到,自然界之美只有对人有暗示时才会有美的意义"。尽管朱光潜先生指出 жизнь 兼有"生活"和"生命"两个意义(很遗憾没指出翻译上的原因,而把责任推及车氏本人,说原作者没有区别这两种不同的意义)①,而钱中文的《"认识论美学"思想体系》(《文学评论》1986 年第 3 期)在评述蔡仪主编的《美学原理》时则明确指出了周扬这个译本问题(说 жизнь 在原作者那儿应该有"生活"、"生命"和"生命力"三个不同层次的意义),1999 年北京大学出版社出版其《文学理论:走向交往对话的时代》又收录这篇书评(第 94—104 页),但是事情诚如朱光潜所说,"车尔尼雪夫斯基的《艺术对现实的审美关系》(1855)在我国解放前是最早的也几乎是唯一的翻译过来的一部完整的西方美学专著,在美学界已成为一部家喻户晓的书。它的影响是广泛而深刻的,很多人都是通过这部书才对美学发生兴趣的,并且形成他们的美学观点,所以它对我国美学思想的发展有难以测量的影响"②。这种误读性译语因为始终没有得到修正,继续成为"唯物主义美学"的主要根据所在,这段名译及从中引出的艺术乃"生活的教科书"、"再现生活"、"判断生活"、"改造生活"等常被中国学界用来作为唯物主义美学的原则。

当然,除了这种观念上的误区和理论准备不足而带来的迁徙变异之外,不认真探究这种文学批评和美学理论自身的不足,也是导致中国建构的俄国文论走样的重要原因。我们知道,别林斯基是很有才气的批评家,《文学的幻想》(1834)、《论俄国中篇小说和果戈理先生的中篇小说》(1835)等已经成就了他的理论家声望,在普希金去世后发表的包括 11 篇论文的《亚历山大·普希金作品集》(1843—1846)等奠定了评价普希金的基调,但普希金这位很有学识的作家,1836 年 4 月 23 日曾这样致信一位出版家描述别林斯基,"假如他能够在保持独立见解和敏锐力的同时,多学习、多读书、更尊重传统、更谨慎,简而言之,假如他更成熟一些,我们或许就把他看成一位真正佼佼不群的批评家"。正因为缺乏警觉,客观上促使中国知识界误以为这群批评家的文学批评和文学理论是俄国文论中最有价值的部分,从而在结构上影响了中国对俄国文论的筛选、判断、接纳。

----

① 朱光潜:《西方美学史》(下卷),人民文学出版社 1979 年版、1985 年印刷,第 563—564、575 页。
② 朱光潜:《西方美学史》(下卷),人民文学出版社 1979 年版、1985 年印刷,第 559 页。

可以说，仅就这两个方面而言，中国所建构的俄国文论距离实际俄国文论有很大的距离，而且造成这种迁移的变异现象并非中国译者和理论家在某些具体方面误解所致，而是由于时代的理论准备不充分和整体上误读俄国造成的，文论上的误解是整个误读的组成部分。

张建华：

《"童话魔棒"演绎下的虚拟世界①
——托尔斯塔雅后现代主义短篇小说〈痴愚说客〉解读》

托尔斯塔雅的短篇小说充满了各种美妙的或不美妙的幻想与童话，有评论家把她的短篇小说比作"一根能将生活变成童话的魔棒"②。用童话式的虚拟世界描摹本真的世界特征与人生图景，是这位特立独行的俄国后现代主义女作家理解与把握生活的一种不同寻常的美学感知方式。

《痴愚说客》就是这样一篇十分典型的作品。它是托尔斯塔雅2001年短篇小说精品集《黑夜》中的一篇，被文学史家和评论家视作后现代主义小说的"美学纲领"性文本③。在这篇小说中读者看不到具有完整叙事特征的可以理解的现实世界，推动叙事发展的也不是情节的有序进展，而是一个虚拟人物——"痴愚说客"费林"说痴"性的片断性叙说，是他幻想出的一个又一个"童话"。托尔斯塔雅表达了一种与任何形式的现代人文主义相脱离的意图，依照一种心理学、地理学的方法，向我们展开着关于历史文明与现代文明的叙说。

关于"痴愚说客"费林的"童话"

费林是贯穿小说全文的中心人物，是"童话世界"的制作者，是作家用戏仿的后现代笔法塑造的一个当代俄罗斯文化"圣愚"④。"费林"一词在俄文中作"专门在夜间出没的、类似猫头鹰的猛禽"解。在小说中他专门在晚间邀请朋友

---

① 原载《外国文学》2005年第3期。

② Вайль П，Генис А Городок в табакерке，"Звезда"，1990，№8，d48，转摘自 Нина Ефимома（США），Мотив игры в произведениях Л Петрушевской и т. татьяной，"Вестник Московского университета"，cep9，филогия1998 №3，c60.

③ Н. Л. Лейдерман и М. Н. Липовецкий，《Современная русская литература》в трех книгах，3-я книгаУРСС，М. 2001，c. 43.

④ 圣愚：俄罗斯东正教中的清教徒，专以痴癫形象示人，云游四方，批判不公，弘扬正义且具有预言功能。

来下榻之处做客，向他们叙说他所杜撰的"童话"故事。小说的原文标题——
"法基尔"有两个意思：一是指无家可归、四处云游、清心寡欲、穷困潦倒的僧人；
二是指教堂里以苦行示人，但精神坚毅且具有预言未来本领的圣徒。"痴愚说
客"的费林寄人篱下、沉湎于幻想、执著痴愚于自己创造的"童话"，同时又侃侃
而谈，竭尽迷醉、蛊惑、警示他人之能事。

费林有着一个令人"赏心悦目"，却不无滑稽的长相：乌黑亮丽的"阿纳托利
式的美目"，靡非斯特式的眼神，色泽银白的大胡子，如同刚刚嚼了块煤炭的有
点发黑的嘴……他有着深厚的文化积淀，有着常人难以企及的"思维潜能"，他
的心灵中有一座美丽而丰饶的"大花园"。他会营造一个温暖、光明、温馨的家
庭氛围，让来到这里的客人感到亲切美好而留连忘返，他收藏着让人羡慕不已
的古董，他会讲谁也不知道的美妙故事。在他的"童话"世界里，一切都是稀世
珍宝，甚至连小狗也能开门、做饭、热汤，切好面包，放好刀叉，等候主人的到来。
总之，他是一个"一抬手，一蹙眉就能将世界变得无法辨认的无所不能的先生"。

费林的言语、行动、思索和隐私常常会被世俗生活所鄙弃，所忽略。人们常
常数落他和他家中的一切。他的功利而又势利的情人阿丽莎，一度对他崇拜得
五体投地的嘉丽雅，最后都对他彻底失望，弃他而去，但他却始终没有放弃善的
努力，这种努力是发自内心的，全然没有高尚者们装腔作势的伪善表演。所以，
在他的身上似乎崇高的迎求与不无卑劣的苟且兼有，也许这正是抵抗异化的最
好方式。费林并不与主流与世俗同谋，他对现实的阻斥、抗拒与遏制是有限的，
对现实绝望之后的热情把他引向了另外的精神出路。

当他绘声绘色地讲述那些荒谬故事的时候，历史与现实的荒唐与丑陋会时
有所现：将在商店买的肉馅充作罕见的美味是独特时代的社会性疾患——自欺
欺人；强行追索秘密的食谱配方，点心师的精神分裂——极权政治的产物；种种
来历不凡的荒唐珍藏，人们物质生活的窘迫，历史学家窘迫的生活与受创的精
神压制——一个并不发达与民主的社会；500万宝石回归人民——人民当家做
主的荒唐……但费林并非社会主流意识的异见者，更不是一个愤世嫉俗的斗
士。作为一个标准的后现代主义叙事者，他不断地在用一种天马行空、游戏式
的思维方式，借助充满假定性的想象，把历史文化与现实生活当作一个无穷尽
的虚拟的文化系列，演绎着他的童话故事。费林解读世界的方式不是政治学
的，也不是道德学的，而是心灵学的，人类学的。一切社会的矛盾冲突，政治歧
见都变得很淡很淡了，重要的是能讲述出来以求得心灵的解脱与今人的价值

中国俄苏文学研究史论
История исследования русской и
советской литературы в Китае

重估。

关于费林"宫殿"的"童话"

费林所居住的"宫殿"是由费林和他的客人嘉丽雅等凡俗之人臆造的。那是一个十分浪漫而又宏伟的世界:浆洗过的洁白的桌布,明晃晃的灯火,暖融融的温度,特制的美味馅饼,英国的红茶,从天花板传出的优美动听的音乐,令人心醉的谈话,蓝色的帷幔,玻璃橱柜里的各种珍藏,墙上挂满的各式珠串,来自"天上的"魏式瓷器……"宫殿"矗立于"玫瑰山顶",山被装点得奇异多彩——建筑式样不同,装饰风格各异,创作构思多样。

由这座美丽而富饶的"宫殿"衍生的现实既是人们的孩子,也是人们的玩具。他们玩的是一种心灵的轻松,他们从不为自己确定目标,也不看别人的脸色行事。这个幻想世界之所以很值得客人们把玩,因为这里毕竟温馨:有美味可尝,有香茗可品,有珍藏可赏,有迷人的音乐和醉人的故事可听,还有美人相伴……在繁忙的都市节奏压榨下的郁闷不堪的人群通过在这里聚合与聊天,可以远离现实,可以逃避混乱无序,享受安宁与悄然的惬意,从而求得一种心灵的释放。更难能可贵的是,由这种释放带来的心灵惬意能够一再重复——人们可以一而再、再而三地得到费林的邀请,在这里欢度心灵的节日。所有"俗人"都把这座宫殿当作理想的去处和可以完全放心的地方,与这个"宫殿"和它的"主人"费林相比,包括尤拉与嘉丽雅夫妇在内的所有客人永远都是愚钝的"阿乡",谁也无法阻止他们向"宫殿"长久地跋涉。宫殿的意念尽管是虚幻的,但人们的努力却是真诚的。直面虚无的"宫殿"的主人费林总是极力把对现实的绝望和美妙的幻想推到极致,以此来提高理想之光的价值。

然而,费林的"宫殿"是柔软和脆弱的。"宫殿"式寓所其实不过是位于莫斯科胜利广场上的一栋普通的居民塔楼,费林也不是它的真正主人,那是他向一位极地考察人员租用的。在严酷的现实面前,在嘉丽雅为代表的费林忠实的听众和好友们的心目中,费林美好的童话很快化作了"黑夜里的焰火,色彩斑斓却瞬间即逝的风儿,黑暗中火红玫瑰在我们头顶上空的歇斯底里的发作","那株结满金色果实的树已经枯萎"。随着宫殿童话的破灭,人们都离散而去。"我们的上帝已经死了,他的庙宇已经空无一人。永别了!"这是嘉丽雅,也是女作家对苏维埃神话模式彻底失败作出的深刻的感喟。众人向往、憧憬的这座"宫殿"是物质极大丰富的乌托邦王国,是个虚构的天堂,是20世纪苏维埃俄罗斯社会主义"神话"的幻影。而与这种"童话"形成鲜明对照的是饱经沧桑的历史学家的生活。老人马特维·马特维依奇如今依然家徒四壁，喝的是已经泡得没有味道的茶，吃的是自制的不得不加上糖的果酱，至今仍然穿着一条已经洗得发白的运动裤，留在他记忆中的是革命后强行的分地，大官僚、阴谋家，一个名叫库津的庸才对他的迫害。在作家看来，费林的"宫殿"世界与现实的凡俗世界是难能和谐的，或者说幻想世界和现实世界是根本无法沟通的，这就是当今世界的真实状态。兴许，通过费林的提醒，正在变得庸常的现实人也可以在这里享受幻想，重新在色彩迷乱的都市下做梦，即使那梦最终会醒，那也是"美妙"的。

小说结尾，在臆想的童话破灭之后（阿丽莎最终识破"宫殿"连同其中的一切都不是费林的），情人阿丽莎离费林而去，嘉丽雅也来找他"算账"。但费林似乎毫不在乎，对嘉丽雅的指责也毫不生气，依然像往常一样，听音乐、吃鳕鱼，甚至津津乐道地把鳕鱼当鲈鱼来吃，继续讲他的关于极地人员和歌德的"童话故事"。其实他自己并没有生活在"宫殿"的童话中。费林已经没有了听众，失去了朋友，尽管他的住房是借的，生活是拮据的，他仍然活得如鱼得水，为能给他人带来短暂的生命的美好而开心。形单影只的他坚守为别人制造"童话"的个性，坚持他的文化战略，以有限而不变的活法应对着无限而万变的生活。

关于俄罗斯文化的"童话"

小说由费林讲述的故事中充满了包括俄国与苏联时期在内的俄罗斯历史中大众文化的内容，比如，历史古玩的收藏，美味佳肴的食谱，甜点师的信教，苏维埃新政权建立初期人们的迁居海外，往艺术家住宅中安插无房的穷人，芭蕾舞演员的命名，"瓦西里·焦尔金"式的游击队员的功勋，苏维埃弹唱诗人弗拉索夫的说唱，被人们推崇备至的"特异功能"者……

由费林信口说出的荒唐故事显然无力承担政治与历史的重负，它们只不过是一些文化戏言。但咂摸下去，里面深藏着叙说者对俄罗斯经典文化蓄意的嘲弄，长期以来始终被人们视作极权统治的血案，你死我活的阶级斗争的史实，可歌可泣的反法西斯战争的英雄壮举，苏维埃艺术家为了人民与艺术献出一切等等壮伟的业绩，严肃庄重的历史记述统统被消解了。在费林的一切都"付笑谈中"的展示与赏玩中似乎蕴蓄着一种内在朴实的道理：人类你死我活的生存状态其实不过是历史的一种叙说方式而已，对早已凝结成历史过去时的人类自身

中国俄苏文学研究史论
История исследования русской и
советской литературы в Китае

的黑暗,后人未必始终要给自己的心灵留下永远作痂的疮疤而耿耿于怀。

与此同时,费林讲述的历史"童活"故事还充分展示出文化等级性差异的可笑性:普希金之死与甜点师库兹马的狂饮导致诗人未能吃到所喜爱的甜点联系了起来,忠诚于祖国与人民的游击队员不仅能用手枪击落德国飞机,而且还因此获得了一套货真价实的英国瓷器,贫穷的农夫用古老的"真正的魏氏瓷器"作餐具端来了牛奶,"法力无边"的芭蕾舞女演员居然用一条训练有素的腿阻止了轮船启航,芭蕾舞大师索巴金娜-科什金娜-梅思金娜的姓名的变更(由狗而猫而鼠的)演绎成了一种渐次屈尊的人生游戏,人们会像在苏联时期的商店里售货员对待顾客那样把追逐女性的人类文化的奥林波斯神——歌德臭骂一顿。这是把包括苏维埃文化在内的俄罗斯文化世俗化了,具有高度人格尊严与傲慢精神的文化精英们其实也都难逃庸常生活的卑俗,有着再日常不过的,与凡人毫无二致的好食、好色之性。

托尔斯塔雅所能让人悟出的经典文化,的确有着似曾相识的历史依托,包含着苏联社会令人心碎的梦魇和伤痛的悲歌,比如,社会革命党人,革命胜利后一切归苏维埃,游击队员,反法西斯战争,具有特异功能的人等。更为荒唐的是,小说以高度隐喻性的手法,讲述了尤拉、嘉丽雅夫妇策划的换房故事,他们与15家要求换房的家庭进行了联系,却最终以一户的反悔而功败垂成。"15户人家叫啊、吼啊,闹了个天翻地覆,连地球轴心都错了位,火山爆发岩浆奔涌,名为'安娜'的飓风将一个年轻的、欠发达的国家刮走了,喜玛拉雅山变得更高了,马里亚纳沟谷更深了"。嘉丽雅一家"改换门庭"的这一叙说显然隐喻着苏联的解体与15个加盟共和国的独立。但所有这些绝不是有关社会历史的具体叙说,因为所有碎片式的记忆都没有任何的因果链接。

小说中提到的现象都是对20世纪苏联历史的涉及,但小说既无对历史史实的具体纠缠,也无特定时空的铺叙,这种超然的态度表明,作者是在对历史沉渣、时代污渍和罪恶因子的具休内涵剔除洗涤之后的思考。这样小说便避免了任何意义上的时代、社会分析,女作家不避讳俄罗斯人的苦难历程和崎岖命运,却既没打算揭露、批判或抗争,也无意进行道德重估;小说是有关存在、生命、历史的书,却不是耽于存在、生命、历史的终极思考。

就文学的文化传承而言,无论在普希金的还是托尔斯泰的创作中,无论在拉斯普京还是索尔仁尼琴的创作中,我们都很难发现有类似托尔斯塔雅小说的先例,无法找到后者与俄罗斯文学传统之间的内在联系。但是,我们又很难否认小说中俄罗斯文化的特性与气质。这是一种与历史文化相连,却未受经典文学传统熏染而又不乏创造精神的崭新的文学混合体。

关于都市文明与郊野文明的"童话"

小说《痴愚说客》的主体不是人,不是人的命运,而是现代人的叙说与现代人的感受。如果说费林的动情叙说展开的是"客观的"虚拟世界,那么小说中女市民嘉丽雅的心灵感应便是对虚拟世界的主体感受。正是由于嘉丽雅的存在,费林的"虚拟妄说"才具有了广阔的精神版图的意义,才被附加了精神与情感沟通的内容。身居郊野的嘉丽雅对都市文明与郊野文明的思考使得小说成为一篇反映中心与边缘冲突的现代"童话"。作家在小说中并没有揭示现代都市文明的真相,她大概也没有想这么做。女作家只是通过嘉丽雅心目中两种不同文明的对立与碰撞,表达了她对现代两种不同文明的思考。

费林连同他的"童话世界"是嘉丽雅崇尚追随的目标。都市、中心始终在嘉丽雅的视野中,成为她梦牵魂绕的对象。而她身居其中的郊野如同"极地般黑暗","充满着野性,昭示着苦难"。离开都市走向郊野的漆黑、泥泞的道路是"世界尽头"原型的延伸。郊野"三流的生活"充满了屈辱与"戳心窝子"的事情。她在大雨与泥泞中艰难跋涉到大剧院看芭蕾舞的故事正是她企图走出蛮荒融进都市文明的一次徒劳的尝试。观看"天鹅湖"芭蕾舞演出与眼泪、屈辱相伴,舞台上的"小天鹅"最后化作了"黄脸的""工会会员",高雅失落,激情索然。与嘉丽雅为伍的"苦命的狼"更是小说中荒芜、野蛮的叙事点,忽远忽近出现在荒郊山林中的一个生命,它们始终蛰伏在嘉丽雅心中,是不断回到她现实意念中蛮荒的图腾。这是嘉丽雅演绎的人类生存图景的一个"童话"模式。嘉丽雅对远郊生活与大自然中蒙昧、野蛮的各种回忆,对都市文明与郊野文明的比较,是生活在中心与边缘的人们相互之间不可能理解的一个明证。

郊野是一种具有隐喻性的缩微景致,是远离中心文明的人类中不得意者的集聚地,是远离现代都市文明的生命存在方式。然而与都市文明一样,郊野也是一种否泰并存,祸福相依的宿命。嘉丽雅渐渐意识到,都市文明不仅仅"活力四射",同时还是一种浊世文明、日益物化的文明。费林的"童话"破灭了,自诩为国王、苏丹、魔术师的费林不过是个"会伪装,善于装腔作势"、自欺欺人的"可鄙的小矮子,穿上君王睡衣的小丑而已";"绝预美妙的尤物"阿丽莎也不过是个"长着小胡子"、"穿着菜绿色连衣裙"的俗物,她嫌弃费林没有自己的住房而离

中国俄苏文学研究史论
История исследования русской и
советской литературы в Китае

开了她;著名弹唱诗人在朋友聚会上的演唱也只为了赚取一个卢布。嘉丽雅最
终没能在费林身上和他的"宫殿"里找到她追求的美丽。而郊野不仅仅是"生活
最后的脆弱地带",是泥泞的"前寒武纪",还是一个"空气出奇地清新……尤其
是对孩子好,别墅都用不着"的地方。居住在那里的人有着都市人所没有的"诚
实",是她消除恐惧、摆脱紧张、远离现代世俗的一种方式,是心灵之家。小说结
尾,"郊区边缘时空"的贫瘠与野性被诗意化了,衍生出一种富于韵律的宁静、温
柔、敦厚的诗意化的美:"现在——该回家了,尽管路不近。未来——是新的冬
天,新的希望,新的歌谣。是呀,我们讴歌乡郊、雨水,泛出灰白色的楼房、黑暗
来临前漫长的黄昏。我们讴歌旷野,褐色的青草,小心翼翼的脚下那冰凉的黏
土层,我们讴歌姗姗来迟的秋日的朝霞……"两种文明互为映衬,互为表里,互
为补充,构成当代文明难以或缺的整体。

关于爱情的"童话"

小说中的爱情处理是相当低调黯淡的。作品中没有任何浪漫情爱的情节
构置,当然也更没有深深的情爱悲怆,书中有的是后现代社会的爱情本质:功利
与非浪漫。在后现代社会里,连人本身都是脆弱的,何况比人更脆弱的爱情。
如果说,现代爱情童话带给人们的是爱情的理想画图,那么现代文明的后现代
情爱模式是一服提供给现实中爱情男女的清醒剂。从这个意义上说,《痴愚说
客》还是一本写给女人看的书。

费林喜欢的女人如同他叙说的故事、邀请的客人和收藏一样,奇特、罕见。
她们或是杂技演员,或是白皙得耀眼,以至于客人不得不戴上墨镜以免造成"雪
盲"。与费林相伴的阿丽莎,是个看起来魅力四射的年轻女子,这种魅力主要来
自她与众女人的不同:从她的女人通常没有的小胡子,少见的鹰钩鼻子,到奇怪
的腌渍黄瓜色的裙子。更要命的是,俗不可耐的阿丽莎尤其喜欢出风头。费林
之所以容纳这样的女人不是为了爱,而是担心自己的灵魂在混乱无序的现实中
变得形单影只,害怕对周围一切冷漠疏远后的孑然独立,于是渴求一个新奇独
特、可爱可触的异姓。这是他唯一可以抓得住的一个美好的世界,是一个似乎
可以拒绝污秽肮脏的方式。但是费林爱的方式是荒诞的,因此爱的努力也是徒
劳的,最终他仍然茕茕孑立,形影相吊,回归"孤独"。

嘉丽雅是一个很"土"的女人。她所生活的都市远郊,粗糙、肮脏、野蛮,那
儿只有生活的庸常,那是一个磨损感情、消蚀浪漫的地方。在这样的地方,她与

尤拉的家庭生活便成了一种负担，成了不知所终的期待，无法抵御的无边的空虚，甚至带上了发霉的味道。一边是风光无限，另一边是阴霾重重。陷入无望的她心生厌意，想换换环境，换换爱情。在费林的身上她看到了未曾构设过的爱情理想，在他的身上种下了种种浪漫的期望，费林是以一种幻象的形式出现在她的爱情憧憬中的。心智与情感结构还发育得不甚健全的嘉丽雅错把幻想当现实，她一度钟情的男人只是她自己幻想的一厢情愿的爱的投射。一旦看到了费林那座宫殿的虚妄，他言说的虚妄，思想的虚妄，行为的虚妄，她便懂得了自己的爱的迷误，似乎也就学会了理解她所处的这个世界，包括她的家庭与她自己。于是她看到了自己和尤拉要"比他诚实一千倍"，又从骨子里想回家，因为爱情走到最后怎么说起来都是老婆老公孩子，柴米油盐，虽然细微琐碎，却也实在具体，让人心里踏实。

托尔斯塔雅1991年在接受记者采访时说："就天性而言，我只是个旁观者。一边观察一边思索：'天啊，多么奇妙的荒诞的舞台，荒唐的舞台，愚蠢的舞台……为什么我们所有的成年人要参与这种游戏呢？'"[①]女作家以一种旁观者的身份，用种种"童话"展示了虚拟世界和在这一世界中现代人生存的荒唐"个案"，同时又在不断地将其演化为稳定与恒久的人生图景：生活的庸常，现实的无序，生命间的龃龉，爱情的虚妄，心灵之家的寻觅。作家质疑生活，挑战现实，表达了意欲摆脱乌托邦式的神话思维，解决生存危机的一种非理性的努力。小说大大强化了这样一种不无偏执的理念，即社会秩序、人类关系普遍受到了一种莫明其妙的、日益非理性化的威胁。小说是人间美好失落后的畅想，灵魂遭遇后的迷茫，是怀疑者的怀疑，寻觅者的寻觅，是在对无序、混乱的现实否定后的一种新的世界结构的期待。

作为一种艺术的开放式的遐想与神游，《痴愚说客》没有传统小说所遵循的"方向与线路"，甚至连一条贯穿始终的情节主线都没有。文中没有任何足以称得上是理性的思索与判断，与道德伦理也几乎无涉。作者逼近生活、思索的原质地，仅仅从生活、文学本身的视角出发，对流行的社会意识和价值观念作了极力的疏离与背弃，回到了文学写作的本体。

小说所提供的新的时空体验，沿用后现代的话语，可以叫做后地理、后历史

[①] 阿·尼托奇金娜：《塔·托尔斯塔雅：我没加入布尔什维克……》，载《首都》，1991年 No. 33，第 12 页（俄文）。

的体验。即作者跳过地域空间的物理和社会维度,穿越历史,将活着的与死去的、过去的和现在的串联在了一起。托尔斯塔雅笔下的小说是对时间空间的重新设置,对人生经验的重新组合。就小说所反映的事件整体和部分细节而言,它们是虚拟的。而按照历史的逻辑它们又是一种潜在的和可能的,故而又是可以理解的。这种虚拟世界具有现实世界的效果性,这是一种具有真实性的虚拟。这种真实性体现在它们反映了现实世界的本质性特症:荒唐性、非逻辑性和混乱性。

女作家后现代主义创作实践的用心在于反思 20 世纪现当代俄罗斯文明的困境,并建构了一种新的"二元对立语境":原始文明与现代文明的对立。它为人们认识俄罗斯人精神生命的存在与发生、发展提供了一个新的、可供阐释的文化语境:精神生命的苦难与现代文明的关系,这是一种新的忧患意识。西方马克思主义学派的著名学者本杰明说,小说的结尾应当"把读者带到对生活意义的某种预感式的意识"①,托尔斯塔雅似乎做到了,她确实把有关时间、空间、生存、生命的"预感式的意识"传达了出来。

---

① 转引自王鲁湘等编译《西方学者眼中的西方现代美学》,北大出版社,1987,第 227 页。

　　尼·别尔嘉耶夫(1874—1948)是20世纪初俄罗斯文化复兴运动中宗教哲学最杰出的代表。他通过一种创造性的综合,传承了德国思辨神秘主义、唯心主义和俄国东正教思想文化,形成了自己独特的新基督教哲学。十月革命后不久,他流亡西方,一直到去世。他丰厚的思想遗产直到苏联解体前后,才得以在俄罗斯本土重新发掘。我国学者在20世纪90年代初几乎与俄罗斯同步地关注到别尔嘉耶夫,从1990年刘小枫主编的《基督教文化评论》第1辑刊登《论人的奴役与自由》(节译)起,我国学者就开始了对其著述不间断的翻译与研究,这种努力使别尔嘉耶夫在我国思想文化界也产生了广泛的反响。到目前为止,在俄罗斯哲学家中,他的著作被翻译成汉语的最多,据笔者的收集和统计,有13部全译本两部节译本,以及我国学者自编的两部文集。而各类专门性研究文章也有60余篇(其中包括台湾地区研究性论文6篇,俄国哲学整体研究中涉及别尔嘉耶夫思想的文章则不在其内)。

　　我国现有的研究主要涉及了别尔嘉耶夫的宗教哲学,历史哲学,文化哲学,社会哲学,伦理学,对他的神学观、人格主义、存在主义、人道主义、创造、自由、奴役、历史、末世论、技术的形而上学、客体化世界批判、马克思主义观、性学伦理观、俄罗斯思想等主题以及别尔嘉耶夫的生平和思想演变进行了研究。

　　笔者认为,在别尔嘉耶夫的思想中,自由、个性、创造是三个核心词,而其中"自由"又是核心的思想主题。他思想的各个层面、各个角度都是由此而阐发来的。但此"自由"并非中国语境中"自由"一词的涵义。正如我们常谈到的,别尔嘉耶夫的主要思想来源之一是德国思辨神秘主义和德国唯心主义。他对"自由"的理解得到雅·别麦关于"深渊"(Ungrund)学说的启发。Ungrund(德语)

---

　　① 原载《郑州大学学报》2006年第2期。

中国俄苏文学研究史论
История исследования русской и
советской литературы в Китае

意思是深渊、无根基,是雅·别麦的一个神学概念。别尔嘉耶夫说:"爱克哈特关于 Gottheit(神)和别麦关于 Ungrund 的学说的意义就在于此。圣三一体和造物主都是从无中、从 Gottheit、从 Ungrund 中诞生的。造物主上帝创造世界已经是第二行为了。从这个观点出发可以认为,自由不是造物主上帝的造物,自由在'无'中,在 Ungrund 中,自由是原初的和没有始原的。自由不为造物主上帝所决定,自由在上帝用来创世的那个'无'里。……上帝是在 Ungrund 中被显示的,自由也是在这个 Ungrund 中被显示的。"[1](P57) "上帝从虚无中创造了世界。但同时可以说,上帝从自由中创造了世界。创造的基础应该是无限的自由,这个自由在世界的创造之前就被包含在无中,没有自由,上帝就不需要创造。上帝对存在是万能的,但对非存在则不然。"[2](P115) 自由是非存在,自由高于存在,"自由的世界,这是不从属于理性化、不被客观化的世界。……存在本身不是原初的,而是理性化的结果,是思维的结果。"[3](P93) 这也就是说,自由是不能被存在所决定的。自由是非被造的,并非另有一个造物所赋予。别尔嘉耶夫哲学就是这样一种关于"自由"的学说,一种自由基督教的哲学。而且,别氏是按照自由的尺度来划分哲学的类型的:"必须在两种哲学之间作出选择:承认存在高于自由的哲学和承认自由高于存在的哲学。"[4](P45) 对自由的这种态度,将他与其他哲学家分开。正如他自己所言:"自由的问题其实贯穿于我所有的著作中。"[3](P94) "对我来说,自由是第一性的存在。我的哲学的特点首先在于,我确立哲学的基础的,不是存在,而是自由。好像任何一个哲学家都没有创作过这种彻底形式的哲学。……自由存在于开端,自由存在于终结。……我的基本信念是,自由在自由中上帝才能出现,只有经过自由上帝才能发挥作用。"[3](P51—52)

我国学者的别尔嘉耶夫研究基本上都是在这样一个有关他思想的德国来源的基础上展开的,或者毫无来源地直奔他的其他思想主题。而涉及到其思想来源的研究不是认为他的思想来源于别麦,就是简单地提及一句他的思想受其影响,至于怎样由别麦的"深渊"生成了别尔嘉耶夫的"自由",他们之间究竟是怎样一种关系,则语焉不详。事实上,爱克哈特关于 Gottheit 和别麦关于 Ungrund 的学说与别尔嘉耶夫的"自由"学说,是两种根本不同的学说,其间发生了根本的变异。别氏只是受到了"深渊"学说的启发,得到了一种触动与灵感,之后,他便走向了不同的方向。他说:"有几年对我来说特别重要。那时我非常喜欢别麦,阅读了不少他的著作,写了不少关于他的短论。但是,把我关于自由的学说归因于别麦关于深渊（Ungrund）的学说是错误的,我把别麦的深渊理解为原初的、存在之前的自由。但在别麦那里,自由是在上帝之中,是作为他的黑暗元素而存在。而在我这里,它在上帝之外。"[3]（P93—94）别尔嘉耶夫便由此创造性地形成了自己独特的自由的哲学,并在此基础上展开多层次、多维度的哲学探索,而其他主题则是由此生发出来的。

我国学者对别尔嘉耶夫思想的研究,大多从哲学、神学的角度着眼,对他思想的另一个重要来源则缺少认知和关注,这就是他与陀思妥耶夫斯基的血肉相连的关系。而这一血肉相连的关系,也正是他与俄罗斯文学,与俄国思想、文化隐秘关系的关节点。但遗憾的是,别氏关于俄罗斯作家与俄罗斯文学的许多专论几乎没有中译本,具体研究也基本阙如,仅见的两篇,一篇是4 000多字的《别尔嘉耶夫与陀思妥耶夫斯基》（《博览群书》2002年第4期）,直接涉及了别尔嘉耶夫与陀思妥耶夫斯基的联系;另一篇《思想家和文学批评家别尔嘉耶夫》（《文教资料》1999年第3期）则只是在后半部分从文学批评角度涉及了别尔嘉耶夫对几位文学家的评论。其他的文章均一两笔带过,而这样的论述也不多。之所以会产生这种研究上的倾斜,我想,一是因为人们可能被别尔嘉耶夫基督教哲学家的身份框住了,研究者总是很自然地从哲学角度寻找其思想资源;二是大约受制于研究者的专业背景,因为在我国别尔嘉耶夫研究者中,有三分之二来自哲学专业,从自身的学科与专业出发阐发别氏的思想,也顺理成章。但局限也是明显的,最近有学者在《请勿引用三联的（俄罗斯思想）》①一文中指出,该著的汉译中有许多误译、漏译。笔者对照原文与译本后发现,误译中的一类,就是由于对相关文学作品和人物不熟悉所致。

如果说上述两个原因仍属于表面的话,那么第三原因则属于深层方面的,那就是20世纪80年代中期以来中国当代文学观的巨大变迁。"文学"在当代已经不再是可以"新一国之民"或为政治服务的载道"工具",而是以"文学本身"为核心而建立起的一整套观念,其中"纯文学"居于核心位置。这一在20世纪80年代曾发挥过极大社会能量的文学观念,在进入20世纪90年代以后,则使文学日益丧失了中国现代史中的那种公众意识和社会思想载体的作用,从而成为技术分工中的一个门类;私人化、作坊化已经或正在成为作家们的文学实践。在这种情势下,把复杂、丰富、沉重的哲学思想,与在我们意识中日益变得

---

① 这是一篇网文,载"新语丝":http://xyx. 3322. org/index. html

中国俄苏文学研究史论
История исследования русской и
советской литературы в Китае

脆弱的"文学"联系起来,仅从主观自觉上而言,这一思路就不大容易形成。因此,除了研究对象与研究者自身的出身背景、知识结构等因素的限制外,"文学应当承担什么?"——这个心结似乎让研究者们不大愿意从"别尔嘉耶夫与俄罗斯文学"这样一个角度去阐发别氏的思想;即使把别尔嘉耶夫与文学相关联,那也是一个哲学家、思想家与作为一个门类的文学的关联,就仿佛我们说某人以哲学为职业,但他又爱好花鸟鱼虫一样。甚至我们这些专事文学研究的人,在被当代这种"提纯"的文学观塑造之后,也不愿意囿于"文学"的圈子,总想冲出自己的学科,冲到哲学、历史、宗教、社会学……的领域里去,而不是去考虑文学本身的那种不受任何观念规定的那种"综合性"。

在研读了别尔嘉耶夫的相关著作及国内和俄罗斯的研究成果之后,我又翻译了别尔嘉耶夫的重要著作《陀思妥耶夫斯基的世界观》,并整理了别尔嘉耶夫创作年表。在阅读与翻译过程中,我发现,别尔嘉耶夫与俄罗斯文学的关系是非同一般的,那是一种血肉相联的关系。对此,我们不仅需要重新思考"别尔嘉耶夫与俄罗斯文学"的命题,也需要重新审视我们自己的文学观。可以这么说:别尔嘉耶夫哲学著述其实是在表达一种俄罗斯文学精神,或者说表达一种精神的俄罗斯文学。特别是陀思妥耶夫斯基,对别氏而言,不是他哲学思考的可被抽象肢解的对象,而是他生命中不可分割的部分,是他全部哲学著述的具有绝对意义的思想源泉,并在其世界观的形成过程中,起了决定性的作用。与此相应,俄罗斯文学不仅是别尔嘉耶夫思想的主要养分,也是他回应俄罗斯及世界现代问题的主要路径。而国内研究对别尔嘉耶夫与俄国东正教思想文化,特别是与俄罗斯文学的这样一种关系,则缺乏一种凸显的认识。

别尔嘉耶夫的第一部哲学著作《自由的哲学》出版于 1911 年,而被他认为属于自己最完备的哲学著作《论人的使命》,完成于 1931 年。这 20 年是他的哲学观形成、发展、成熟的重要阶段。在这个重要阶段里,早期的不少其他思想已逐渐淡出他的视野,但陀思妥耶夫斯基则须臾也没有离开过。他说:"还是在小男孩的时候我就形成了来自于陀思妥耶夫斯基的习性。他比任何一位作家和思想家更震撼我的心灵。"[5](P383) 1907 年发表《大法官》,1914 年发表《斯塔夫罗金》,1918 年又有《陀思妥耶夫斯基创作中关于人的发现》和《俄罗斯革命的精神实质》问世(后者分三节,分别论述"俄罗斯革命中的果戈里"、"俄罗斯革命中的陀思妥耶夫斯基","俄罗斯革命中的托尔斯泰"),并于 1921—1922 年间,在自由精神文化科学院开设关于陀思妥耶夫斯基的系列讲座,于 1923 年以

《陀思妥耶夫斯基的世界观》为名结集出版。事实上，《陀思妥耶夫斯基的世界观》凝聚了别尔嘉耶夫许多年对陀思妥耶夫斯基不间断的思考，形成了别尔嘉耶夫世界观的基本面貌。他说："我不仅试图揭示陀思妥耶夫斯基的世界观，并且也融进了非常多我个人的世界观。"[5]（P383）因此，有俄罗斯学者说，他的著作，应该取名为《别尔嘉耶夫的世界观》。可以说，别尔嘉耶夫是从陀思妥耶夫斯基的思想遗产中形成了自己的精神方式和自己独特的自由精神哲学的。在此后各种著作中阐述自由、创造、奴役、俄罗斯革命、共产主义与基督教等这些哲学主题时，他都会回到陀思妥耶夫斯基。尽管他生平中也有过转向，但那只是表面的，从其《思想自传》和其他一系列著作中可以看出，其一生的思想核心是他的新基督教精神，即以精神自由为基础的基督教精神，而这一精神的起源就是陀思妥耶夫斯基的《宗教大法官的传说》中的基督形象。他说："《宗教大法官的传说》一直对我具有重大意义。……在《陀思妥耶夫斯基的世界观》一书中，我就是据此来阐述我的思想的。它对于理解我的精神道路和我对基督教的态度极其重要。《宗教大法官的传说》中的基督形象走进了我的灵魂，我接受了'传说'中的基督。基督永远与自由精神相联系，对我来说，终生如此。"[3]（P168）他还交代这一思想根基的来源说："在对自由的第一直觉中我遭遇了陀思妥耶夫斯基，他一如我的精神之父。"[5]（P383）

将俄罗斯文学作为自己的思想资源，这对别尔嘉耶夫的哲学思想产生了重大影响。同时，这又是一个双向的互动过程。他与同时代知识界、文学界（特别是象征主义文学流派）的交流与论争，也大大激发与促进了他的思想发展。他对同时代的俄国象征主义文学流派最重要的代表人物都有过论述，如《评罗赞诺夫的"宗教大法官"一书》（1906）、《基督与世界——论罗赞诺夫》（1908）、《俄罗斯灵魂中"永恒的村妇性"——就"村妇性"与罗赞诺夫的论争》（1915）、《新宗教意识——论梅列日科夫斯基》（1916）、《论维·伊万诺夫》（1916）、《论别雷的〈彼得堡〉》（1916）、《模糊的圣容——论别雷》（1922）、《为勃洛克辩护》（1931）等等。而罗赞诺夫的《在别尔嘉耶夫的讲座上》、梅列日科夫斯基的《关于新宗教意识——答别尔嘉耶夫》、扎伊采夫的《尼·别尔嘉耶夫》等等，以及一批宗教哲学家对他的评述，形成了他与那个时代最优秀者的交流与互动。直到晚年，他依然关注着苏联国内的文学界，并就著名的阿赫玛托娃和左琴科受审一案撰写文章《创作自由与制造灵魂——与阿赫玛托娃和左琴科事件相关》（1946年）。如果留意以上所提及的别氏著作的著述时间，就可以看出，俄罗斯

中国俄苏文学研究史论
История исследования русской и
советской литературы в Китае

文学精神几乎贯穿于他的一生。

别尔嘉耶夫与俄罗斯文学的联系,不仅表现在他的思想来源以及上述他与俄国文学界的那种互动关系,而且还表现在他以其宗教哲学思想全新地阐释了俄罗斯文学。从他关于诗人、作家、文学界事件的论述中可以看出,它们从来都不是纯文学的论述,而是文学中理应包含的哲学、宗教、历史和社会思考。这种文学性的思考,恰恰无意中为我们提供了一个打破学科界限,从人类精神文化最高形式的角度关照文学现象(也是精神现象)的范本。

"跨学科"如今已经成为人文学科的一个热门话题。事实上,今天的"学科"本身以及"跨学科"的努力,都无不折射着人类知识的现代困境。许多人文知识,尤其是思想、精神,是没有学科界限的,也许我们本着它们的原貌去走近、认知与体验就够了。如果真要思考"跨学科"的问题,我倒非常认同孙歌的思考方式。她在《竹内好的悖论》序言中谈到,跨学科的真正目的,是通过"互补关系揭示那些在一个学科内部很容易被遮蔽的问题"。"跨学科仅仅是一种机能,一种迫使自己和别人都自我开放的机制,它不必要也不太可能走出自己受训的那个学科的思维方式,但是它却可以质疑和对抗这个学科内部因为封闭而被绝对化了的那些知识。""跨学科必须依赖不同学科之间具有张力关系的对话……必须依赖高度的精神创造力……依赖非常识性的精神工作方式,才有可能重新组织处理知识和问题的基本方式。"[6]而别尔嘉耶夫正是以一种高度的精神创造力全新地阐释了陀思妥耶夫斯基,并更新了既往的阅读、思考和把握问题的方式。

在《陀思妥耶夫斯基的世界观》中他这样写到:"我不打算对陀思妥耶夫斯基作文学史研究,也不打算写他的生平和描述他的个性。我的著作也完全不是一部文学批评专著。"他认为,文学批评对他是"不太具有价值的创作。"这里,他所指的文学批评,即是当时很风行的"提纯的文学批评"。但他也"不是带着心理学的观点走近陀思妥耶夫斯基,揭示陀思妥耶夫斯基的'心理学'"。他说:"我的著作应该走进精神领域,而不是心理学领域。……陀思妥耶夫斯基是最伟大的俄罗斯形而上学者。思想在陀思妥耶夫斯基的创作中起着巨大的核心的作用。"[5](P384)作为敏锐把握时代潮流的思想家,他却又坚决抵制了那个时代的风尚。他说:"与现代主义的时髦——倾向于否定思想的独立意义,怀疑它们在每一个作家身上的价值——相反,我认为,如果不深入到他丰富和独特的思想世界,就无法走近,无法理解陀思妥耶夫斯基。陀思妥耶夫斯基的创作是真正的思想盛宴。……陀思妥耶夫斯基打开了许多新的世界，……但那些把自己局限在心理学和艺术的形式方面的人，那些阻断了自己通往这个世界的道路的人，永远也不会理解在陀思妥耶夫斯基的创作中揭示了什么。"[5]（P385）

别尔嘉耶夫经历了俄国文学由 19 世纪的批判现实主义向现代主义的过渡。"为艺术而艺术"的唯美主义与形式主义曾是一股巨大的创作和批评浪潮，裹胁着人们。然而，别尔嘉耶夫与这种"时髦"相悖，依然执著于自己气质中对精神性的追求，一开始就冲击了先前的对陀思妥耶夫斯基进行研究的学科定位——文学史研究、文学批评、"心理学"批评。他要进入的是陀思妥耶夫斯基的精神领域、形而上领域，紧紧抓住"思想在陀思妥耶夫斯基的创作中"所起到的那种"巨大的核心的作用"。文学在他那里，等于思想和精神。也正是在人们认为的文学家身上，诞生了别尔嘉耶夫的自由哲学。他这样评价陀思妥耶夫斯基："他的创作是关于精神的知识和科学。"[5]（P386）对于有关陀氏的各种分割式的片面狭隘的"学科式"研究的局限性，他从一开始就有清醒的意识，他说："人们是带着各种各样的'观点'走近陀思妥耶夫斯基的，以各种世界观来评价他，因而，陀思妥耶夫斯基的许多面不是被揭开了，就是被遮蔽了。对于一些人来说，他首先是'被侮辱与被损害的人'的保护人；对于另一些人来说，他是'残酷的天才'；对于第三种人来说，他是新基督教的预言家；对于第四种人来说，他发现了'地下人'；对于第五种人来说，他首先是真正的东正教徒和俄罗斯弥赛亚思想的代言人。不过，在所有这些见解中，似乎揭示了陀思妥耶夫斯基身上的某种东西，但与他整个的精神并不相符。对于传统的俄罗斯批评来说，长期以来陀思妥耶夫斯基都是被遮蔽的……"[5]（P386）

针对这种情况，他给自己设定的是要"完全更新它们"[5]（P386）。那么，这种被遮蔽的东西是什么呢？别尔嘉耶夫写道："任何伟大的作家，一种伟大的精神现象，都需要作为一种整体精神现象去把握。……要走近伟大的精神现象，需要一颗信徒般的心，而不是怀疑主义地肢解它。"[5]（P386—387）正是在哲学与文学的张力之中，别尔嘉耶夫以他信徒般的虔敬，天才的哲学家和文学者直觉，建构起一种全新的阅读陀思妥耶夫斯基的知识和问题方式，从而更新了关于精神的知识和科学。这一点，我们只要注意一下该书各章的题目就一目了然：陀思妥耶夫斯基、人、自由、恶、爱、革命、社会主义、俄罗斯、大法官、神人，人神。这些词是别尔嘉耶夫整个哲学创作的独特的"共相"，是他的主要的问题。正是通过理解陀思妥耶夫斯基，别尔嘉耶夫才形成了自己的关于人、自由、恶、

中国俄苏文学研究史论
История исследования русской и
советской литературы в Китае

爱等的思想,并揭示出了人类精神的共相。这里已经远远超越了所谓的学科范畴,已经不存在神学与文学、哲学与文学之分。

需要指出的是,别尔嘉耶夫在他那个时代并不孤立。在他之前,就有罗赞诺夫的《陀思妥耶夫斯基的大法官》(1891)和梅列日科夫斯基的《托尔斯泰与陀思妥耶夫斯基》(1900—1902),这两位同时代人在认识陀思妥耶夫斯基的理路上都启发过他。而且,梅列日科夫斯基一生都以自己独特的小说体思想传记的形式探索着基督与反基督的主题,为此古米廖夫指责他对"诗学"与"神学"混淆。也许古氏没有意识到,在最高的诗(如但丁、歌德的诗)中,是没有文学与神学之分的。在陀思妥耶夫斯基所代表的俄罗斯文学中,同样没有文学与神学、文学与哲学之分。这一俄罗斯文学传统已经构成俄罗斯和人类思想文化的有机部分,而别尔嘉耶夫则恰恰继承并阐发了这一文学的精神传统。

别尔嘉耶夫这种超越学科的思考,还集中表现在他以新的精神方式,以新的处理知识和问题的方式,走进俄国整个的精神、文化传统和当代运动中,其中包括俄国文学史上各种倾向的诗人、作家、文学批评家和各类知识分子,以此来解读整个俄罗斯民族精神。这一点,在别尔嘉耶夫晚年所著的《俄罗斯思想》中尤为突出。

别尔嘉耶夫对作为民族生活和民族使命的精神主题的"俄罗斯思想"的思考,是通过俄罗斯的思想运动、民族意识的发展来阐释的,他引用了大量的资料——从中世纪到20世纪20年代,从"民间宗教信仰的本能"到顶级的理论著作与艺术作品。但对他具有完全绝对意义的是19世纪的俄国文学(及其后的"白银文学")。在这里汇聚了俄罗斯精神的所有线索与主要成就,别尔嘉耶夫确信,正是在俄罗斯文学中"隐藏着最深的哲学与宗教渴望"。别尔嘉耶夫对俄罗斯文学中所表达出的"俄罗斯思想"异常敏锐,他不仅从普希金、莱蒙托夫、果戈里、丘特切夫、托尔斯泰、陀思妥耶夫斯基那里清晰地听到了它们,而且在乌斯宾斯基那里,在契诃夫和他的《没有意思的故事》那里找到了宗教—哲学的种子。他正是从俄国五彩缤纷的文学创作和批评里看到俄罗斯精神的不同走向。比如,他在普希金、莱蒙托夫、果戈里、丘特切夫、托尔斯泰、陀思妥耶夫斯基、赫尔岑、别林斯基、车尔尼雪夫斯基、比萨列夫以及同时代的罗赞诺夫、梅列日科夫斯基、伊万诺夫、别雷、勃洛克等所代表的不同的文学倾向中,看到了俄国宗教与国家,知识分子与人民,斯拉夫派与西欧派,俄罗斯社会主义与俄罗斯虚无主义,俄罗斯民粹主义与俄罗斯无政府主义,俄罗斯的末世论思想与俄罗斯的马克思主义等这些既对立又联系的复杂、多层的俄罗斯精神。如果依据他的分析，可以建构起一个"俄罗斯的多极精神结构"。而在这一多极精神结构中，同样映射着现代世界中人类诸多的精神问题。正如他评述陀思妥耶夫斯基时写的那样："如果所有的天才都是民族的，而非世界的，是以民族的方式表达全人类的东西，那么，这对于陀思妥耶夫斯基来说尤其正确。"[5]（P387）我们也可以说，别尔嘉耶夫"以民族的方式表达全人类的东西"。他从俄国文化土壤里诞生，以全部俄罗斯的思想文化（包括俄罗斯文学）为营养，回应着俄罗斯所有的问题，也回应着全人类的现代问题。

由此可以看出，俄罗斯丰厚的思想文化、俄罗斯文学，尤其是陀思妥耶夫斯基构成了别尔嘉耶夫哲学思想的一个来源，甚至是最重要的思想资源。因此，探讨别尔嘉耶夫与俄罗斯文学的关系，便是从本源上理解其哲学思想的世界性意义与民族性意义。而"俄罗斯文学"这一词语本身，也因此而获得了远远超越我们平素理解的那种"文学"的含义，正像陀思妥耶夫斯基早已超出了文学家身份、同时又是当之无愧的文学家一样。

参考文献

［1］Н. А. Бердяев, О назначении человека［А］. Опыт парадоксальной этики［С］. Москва, 2003.

［2］Н. А. Бердяев, Философия свободного духа［М］. Москва, 1994.

［3］Н. А. Бердяев, Самопознание（опыт фипософской автобиографии）［М］. Москва, 1990.

［4］Н. А. Бердяев, О рабстве и свободе человека［А］. Царство духа и царство кесаря［С］. Москва, 1995.

［5］Н. А. Бердяев, Миросозерцание Достоевского［А］, Смысл творчества［С］. Москва, 2004.

［6］孙歌：《竹内好的悖论》，北京：北京大学出版社，2004。

后　记

　　本书是一部学术史研究专著,是本人主持的国家社科十五规划项目"中国俄苏文学研究史"的成果。全书四卷,卷一至卷三是正文,分六编四十四章,另有卷四两编为研究文献选编。本书主要探讨了中国俄苏文学研究的发展历程和学术上的成败得失、重要的文学现象和代表作家的研究状况、重要的研究成果和其他相关的问题。

　　本书撰写分工如下:

　　导论:陈建华;

　　第一编　第一章:陈建华,第二章:陈建华,第三章:陈建华,第四章:陈建华,第五章:陈建华,第六章:查明建、张曼;

　　第二编　第七章:王志耕,第八章:阎国栋,第九章:田洪敏,第十章:王向远,第十一章:余嘉;

　　第三编　第十二章:田全金,第十三章:汪介之,第十四章:汪介之,第十五章:田全金;

　　第四编　第十六章:张素玫,第十七章:耿海英,第十八章:耿海英,第十九章:耿海英,第二十章:耿海英;

　　第五编　第二十一章:陈建华、池大红,第二十二章:周青、陆红芸,第二十三章:陈建华、池大红,第二十四章:曾思艺,第二十五章:丁斯扬,第二十六章:李志华、王英飞,第二十七章:陈建华、沈喜阳,第二十八章:王圣思、田全金,第二十九章:周青,第三十章:陈建华、徐烨,第三十一章:杨凯;

　　第六编　第三十二章:汪介之、余嘉,第三十三章:叶红,第三十四章:徐速,第三十五章:王圣思、王锐,第三十六章:杜心源,第三十七章:韦玫竹,第三十八章:谢晶晗、徐烨,第三十九章:王霞,第四十章:王霞,第四十一章:余嘉,第四十二章:沈喜阳,第四十三章:马美龄,第四十四章:汪莹;

第七编　陈建华、田全金编选；

第八编　陈建华、田全金编选；

后记：陈建华。

全书由陈建华主持撰写。负责总体设计、队伍组织、部分撰写和全书统稿等工作。本书撰写者主要是国内该领域的著名专家和高校教师，部分研究生在专家指导下参加了工作。部分初稿修改甚多，笔者统稿历时半年多，从 2005 年 6 月开始，并主要利用了暑假和 9 月后出国三个月进行学术交流时所有的余暇。

另有几点需要说明：

本书原来的构架中还有一个附录："中国的俄苏文学研究专家"。其愿望是想介绍一下为中国俄苏文学研究作出过贡献的专家（主要是老一代的学者以及少量的学术成就突出的中青年学者）的学术经历和学术成果，并已经收集了一些材料，有些专家还提供了他们的相关资料。但实际操作起来，这项工作难度极大，首先专家的选择要相对全面，其次专家的介绍必须准确，还要最好能经过本人或家属的确认，最终因无法达到预定的目标而只能暂时放弃。在此特向已为此提供过资料的专家表示歉意。

本书目录中各章标题下的细目只是主要内容的提示，并不强求与书中的小标题对应。

本书前 5 章利用了本人已有的相关成果，但作了修改和充实。

本书主要讲述的是中国大陆的俄苏文学研究的情况，台湾地区的相关情况作为专章单立。港澳地区原准备列入，因作者赴美访学，材料一时难以收齐，只能暂缺。

本书第四卷为文献资料卷，分别收取了解放前和解放后的角度不同且有一定代表性的学术论文，在入选的少量论文中对 20 世纪 90 年代以来的成果略有偏重。该卷无法涵盖许多杰出学者的优秀成果，不少文章甚至在选入后终因篇幅所限不得不割爱，而所载文章亦因篇幅所限多为节选，节选内容由编者酌情定夺，敬请谅解。

本书成书过程中，田全金副教授不仅参与了部分章节的写作，并承担了不少具体的事务性工作。

本书的俄文目录由耿海英和田洪敏翻译，并经俄罗斯圣彼得堡大学阿·罗季奥诺夫教授校对；英文目录由王霞翻译，陆钰明校对。

对中国百年的俄苏文学研究作一次直面历史的科学的学术梳理，记录下众多具有强烈事业心的研究者以生命和智慧为这一学科构建起来的知识系统和范式体系，为新世纪的研究者提供一块前行的基石，乃是编写者的初衷。本书的编写者虽然努力追求史述与论证、纪实与分析、总结与前瞻相统一的目标，但深知即使目前书稿已成，离这一目标仍有不小的距离，即使在具体问题的选择和评价上也有不少不尽如人意之处。以作家研究为例，中国学界对俄国作家研究的面非常广泛，我们在选择对象时却因篇幅等种种因素的制约，只选择了24位作家，如勃洛克等诗人本来也可列为专章，但考虑到在相近的时段已选择了阿赫玛托娃、茨维塔耶娃、马雅可夫斯基、叶赛宁等诸多诗人，只好舍弃。选择和评价上虽无亲疏好恶之分，但疏漏和失当仍难以避免。此外，做学术史研究要求研究者尽可能全面和详尽地占有资料，善于从纷繁复杂的现象中把握重要的学术问题，要有理性的反思精神等，难度是相当大的。本书无疑会因编写者在上述方面的欠缺而存在种种不足。因此，编写者由衷地期待学界的批评和指正，以使其在今后可能的情况下走向完善。

本书于2005年夏基本完稿，当年9月初送交北京结项。2006年春节刚过，笔者接到全国哲学社会科学规划办的通知，本成果顺利结项，获得"优秀成果"称号，并称文稿将由北京组织出版。在结项过程中，有5位专家审读了这部冗长的书稿，并给予了极为认真的匿名评审。对此，笔者和全体作者特向专家致以真诚的谢意。

专家们对书稿都给予了肯定，有些专家就选题的价值表达了自己的见解："中国俄苏文学研究百年来的历史非常值得总结，期间复杂而微妙的内涵非常值得探讨，这不仅是由于俄苏文学承荷着别国文学所未有的极沉重的社会历史使命而具有特殊的文学研究价值，而且我国百年来吸纳探索俄苏文学的过程又与我国艰难的现代化进程息息相关。因此对中国俄苏文学研究史之探讨有着借鉴和反省的双重价值。""中国的外国文学研究史，包括俄苏文学研究史，是新近才被认识到的一个重要研究课题。我国学界过去较为重视外国文学在中国的译介和传播的研究，而对中国学者对外国文学的研究成果不够重视。《中国俄苏文学研究史论》在很大程度上填补了这一领域的空白，具有明显的创新意义和学术价值。""《中国俄苏文学研究史论》详细梳理了近百年来中国学界对俄罗斯文学研究的历史史实，并对这一段历史作了明确的理论阐释。对各个国别文学作类似的梳理是十分必要的。俄罗斯文学研究界同仁以这本富有内涵的著作开了先河，是外国文学总体研究工作中一项重要的基础建设。"

　　有些专家则称赞了书稿所取得的成绩："它是近年来一部真正潜心撰写的上乘学术著作。全书架构完整,叙述详尽,具有十分宽阔的学术视野。全书设计颇具匠心,不仅于中国对俄国文学研究的早期的历史有详细考证和梳理,对新中国时期,特别是'文革'之后和苏联解体后的研究情况也有十分精到的论述。全书体现了一种新的阐述俄罗斯文学的观念。一个多世纪俄罗斯文学研究在中国已经有了一个清晰的描述和理论立足点。""《中国俄苏文学研究史论》是一部有创见、高质量的学术史研究专著。作者以敏锐而独到的学术眼光和新颖的研究视角探索中国俄苏文学研究的发端、历史地位和整个发展历程,对近百年来中国俄苏文学研究的成果做了恰如其分的评价。该项成果是我国第一部俄苏文学研究史论,填补了我国学术史在这方面的空白。这部著作在研究角度、探索的深度和广度方面达到很高水平,对有关的学术问题把握得当,因而具有很高的学术价值和理论价值。"

　　专家的评语使书稿的全体作者深受鼓舞,但也深知书稿离上述评语还是有相当距离的。5 位专家均详尽地指出了送审的书稿中存在的问题和有待改进之处,这些意见极具价值。为完善成果,笔者和相关作者在收到规划办转来的匿名评阅书后,立即参照专家意见逐项作了再度修改,而且调整的幅度比较大,删除了 20 多万字,同时又补充了相当多的内容,细部的改动就更多了,希望这些改动能有助于书稿质量的进一步提高。本书今后如果有可能作充实和修订,那么专家们的建议也将为此指明方向。

　　在本书即将付梓出版之际,应该特别提一下本书与重庆出版集团的缘分。记得前两年陈兴芜总编来沪组稿,我们在聊及这本当时尚在撰写的书稿时,陈总编表现出浓厚的兴趣,表示希望以后能得到这本书稿,并高质量地出版,后来陈总编又多次通过社里的其他编辑前来询问此书的进展情况和由重庆出版的可能。此后,笔者与陈总编和重点图书室吴立平主任等人又有过面谈,当然更多的是电话和电子邮件的往来与切磋。在交往中,陈总编和吴主任以及有关编辑的诚意、热情和事业心,都让笔者颇为感动,这也是促使本书从北京滞留 8 个多月后转而走向重庆的原因之一。在出版过程中,重庆出版集团不仅投入大量资金,而且精心设计和组织。笔者由衷感谢重庆出版集团及相关的编辑同志为本书出版所作的努力和所付出的辛勤劳动。同时,笔者衷心感谢全国哲学社会科学规划办和国家社科基金外国文学学科评议组的专家的支持,感谢与笔者一起走过多年撰写历程的全体作者的真诚合作,感谢同事和亲友的理解和关心。

中国俄苏文学研究史论
История исследования русской и
советской литературы в Китае

　　这几年经常有机会去俄罗斯走走,到了俄罗斯的许多地方,感受到了俄罗斯人民对中国人民的友好感情,也强烈地意识到增强两国人民相互了解的必要。我们的研究工作其实也包含着文化交流的层面。2006 年和 2007 年是中国的"俄罗斯年"和俄罗斯的"中国年",谨以此书表示祝贺。

　　　　　　　　　　　　　　　陈建华
　　　　　　　　　　2005 年初冬写于圣彼得堡大学
　　　　　　　　　　2006 年深秋改写于华东师范大学